第七批援藏干部集体　光荣出品

天堑

西藏和平解放纪实

卢一萍◎著

中国出版集团
现代出版社

图书在版编目（CIP）数据

天堑：西藏和平解放纪实 / 卢一萍著 . —北京：现代出版社，2017.9
ISBN 978-7-5143-6137-7

Ⅰ . ①天…　Ⅱ . ①卢…　Ⅲ . ①报告文学—中国—当代　Ⅳ . ① I25

中国版本图书馆 CIP 数据核字（2017）第 215937 号

天堑：西藏和平解放纪实

作　　者：卢一萍
选题策划：谭　洁　黄应胜
封面题字：卫　兵
责任编辑：李　鹏
出版发行：现代出版社
通信地址：北京市安定门外安华里 504 号
邮政编码：100011
电　　话：010-64267325　64245264（传真）
网　　址：www.1980xd.com
电子邮箱：xiandai@vip.sina.com
印　　刷：三河市宏盛印务有限公司
开　　本：710mm×1000mm　1/16　印　　张：29.25
版　　次：2017 年 12 月第 1 版　印　　次：2017 年 12 月第 1 次印刷
书　　号：ISBN 978-7-5143-6137-7
定　　价：59.80元

英雄经得起千百次传扬。

谨以此作献给：

为和平解放西藏而作出卓越贡献的先烈和前辈，

以及那些迄今仍在为建设西藏而无私奉献的人们！

1950 年前的西藏既不是神秘的"世外桃源"，

也不是"人间地狱"，

西藏是一个不知怎样幸存下来

进入 20 世纪下半叶的中世纪社会。

——［加拿大］谭·戈伦夫《现代西藏的诞生》

在家马和野马还没有分开以前，大地上有一个金人，名叫阿加尼，

他和一个雌猴结婚，生了四个儿子。

长子叫"东客"，次子叫"东玛"，三子叫"东督"，幼子叫"东岱"。

有一天，幼子上山开荒种地去了，回来时发现三个哥哥都走了。

结果，大哥到了出金子、产粮食的平原，成了汉族；

二哥走到能种庄稼，又能放牧的地方，成了藏族；

三哥就在不太远的山区，成了珞巴族；

小弟留在家，就是今天的僜人。

——西藏察隅民间故事

序

阴法唐

  时光荏苒，转眼西藏和平解放迎来 65 周年。如果从中国共产党和毛泽东同志决定进军西藏、建设西藏的 1950 年 1 月 2 日算起，那就是 66 周年多了。作为一名十八军的老兵，我一直心系西藏，那里的山山水水令我魂牵梦绕。金戈铁马、爬冰卧雪的光辉岁月恍然如昨。在我 94 岁高龄之际，能看到一代代建藏人、援藏人沿着我们的脚步，继续在雪域高原奋斗、奉献，深感欣慰。我相信，有他们的继往开来，并和西藏人民共同战斗，西藏的明天一定会更美好。

  由于地理上的高海拔，缺少现代交通网络，直到上世纪 50 年代初，西藏几乎一直与世隔离。19 世纪后期和 20 世纪初期，探险时代到来，欧洲少数旅行家、传教士和间谍有幸踏足西藏，撰写了大量真实与虚构混杂的旅行记和探险报告，进一步增添了西藏的秘境氛围。以致现在，西藏在很多人的心目中，依然是神秘、灵性、充满玄妙幻境的地方。因此，无论西藏的历史和现实，都一直是许多人感兴趣的话题。但在很多方面，却又真伪难辨。众所周知，流亡的"达赖集团"的很多说法是为"藏独"服务的，是颠倒黑白的；而在欧美，他们是为自己的意识形态服务的，正如著名学者谭·戈伦夫在《现代西藏的诞生》导言中所说，很长一段时间内，"在西方，特别是在美国，不允许大学的学者提出被认为是亲共的观点。对西藏的研究被强行地推到非黑即白、非错即对，非好即坏的境地。"这就需要我们更加客观地面对西藏的历史和现实，负责任地书写和研究西藏。

  20 世纪 50 年代初，为了完成祖国统一大业，人民解放军以十八军为主，分别从四川、青海、新疆、云南多路进军西藏，越过世界屋脊的千重高山、万条巨壑，克服了高原缺氧、冰川激流、风雪严寒、悬崖深谷以及疾病饥饿等难以想象的困难，徒步近万里，征服了世界屋脊，完成了和平解放西藏的历史重任。

西藏和平解放，使西藏社会进入了一个历史新阶段，是西藏历史上一个伟大的转折点，是西藏历史发展的必然，是根据实际，创造性地解决民族问题的经典范例。在和平解放西藏的历史过程中，中央制定的战略和主要方针原则，以及在具体决策中所体现的民族、宗教政策，不但对做好今天的西藏工作依然具有启迪和借鉴作用，而且对当今世界错综复杂的民族问题的解决具有良好的示范意义。

人民解放军和平解放西藏后，陆续有当事人、新闻工作者、史料收集单位及作家对这一题材做过整理和文学书写，其中有小说、报告文学、回忆录、口述实录、人物传记，据不完全统计，约有 20 余种。但已出版的作品多以史料征集为主，都只表现了某个方面的内容，比如有些只写进藏女兵、有些只写修建川藏公路、有些只写昌都战役、有些只写独立支队进藏。迄今为止还很少有作家利用文学创作的手法，用大气、宏观的笔触，对这一史诗性的主题进行书写。

值得庆幸的是，2008 年出版，后又出增订本的《解放西藏史》早已与读者见面，现在由第七批援藏干部组织发起、委托青年作家卢一萍执笔创作的这部《天堑：西藏和平解放纪实》长篇纪实文学又是这一领域的新收获，它也是一部全面反映十八军进藏建藏艰辛历程和崇高精神的难得精品。

在历批次援藏干部打下的坚实基础上，第七批援藏干部在艰苦的自然条件下，在复杂的反分裂斗争形势中，在艰巨的发展任务面前，继承和发扬"老西藏精神"——其核心是："长期建藏，边疆为家；一不怕苦，二不怕死；自觉遵纪守法；自力更生，艰苦创业"和"特别能吃苦，特别能忍耐，特别能战斗，特别能团结，特别能奉献"，简称"长期建藏，两不怕，艰苦创业，守法纪"和"五个特别"——舍弃常人所拥有的，放弃常人所享受的，长期着眼，百年大计，奉献雪域高原，矢志艰苦奋斗，为西藏的建设、改革、发展和稳定贡献了自己的智慧和力量，展现了新时期援藏干部无私无畏、甘于奉献的新风采。

据我所知，第七批援藏干部饱含着对十八军进藏光辉岁月的真情回顾，饱含着对那段珍贵历史的深深眷恋，饱含着对十八军进藏部队的崇高敬意，也为了在历史的发展进程中原汁原味地保留下前人留下的宝贵精神财富，让西藏各族干部群众更好地继承和发扬，推动西藏更好、更快的发展，他们组织发起并创作了该书，这是一件非常有意义的事情。在该书的创作过程中，他们做了大量工作。有的进藏后就关注十八军进藏这一题材，对这段历史进行过深入研究；有的利用空闲时间专门对幸存的进藏老兵进行走访，收集掌握了很多第一手的素材；还有人查阅了和平解放西藏这一重大历史事件的很多史料，书中描述的有一些是以前未曾或体现不够的细节，都是他们新挖掘整理并提供的。

该书采用文学手法，在充分尊重十八军官兵口述史实和散失的各种解放军进军西藏的史料的基础上，对十八军进军西藏过程中许多惊心动魄、真实感人并充满正能量的故事进行了充分表达，全面展现了进藏部队解放西藏、建设西藏、发展西藏的精神风貌，既有史料价值和宣传效应，又具有文学性和可读性。使这段历史经过文学的表达，焕发出了新的色彩，具有了新的力量。同时，该书还将西藏的历史现实、人文风俗，进军之艰苦卓绝，官兵之牺牲奉献、光荣梦想纳入视野，提炼出了"老西藏精神"这个深沉的主题，再现了那个艰苦卓绝的光荣年代，还原了扑朔迷离的历史细节以及藏地特有的风土人情，构筑起了壮美的英雄史诗格局，给进军西藏、解放西藏、建设西藏、卫国戍边军人们的不朽功勋与奉献精神赋予了历史的重量，并提升到了时代精神的高度。

所以，我认为这是一部用全景式的笔触、以史诗般的笔法书写的大气、雄浑、充满正能量，具有较高文学品质的主旋律作品。通过这部作品，表现出了数万将士如何以人类难以想象的钢铁意志，以压倒一切困难的英雄气概，以大公无私的牺牲奉献精神，用智慧、青春、热血和生命捍卫了祖国领土的完整，在雪域高原书写了催人泪下的不朽篇章，反映出了一个时代的风云变幻和人生命运，表现出了新中国初创时期一代人高尚的思想品格和精神境界。

为此，我希望有更多的读者能读到这本书。

正如献词中所说，"英雄经得起千百次传扬"，当你翻开此书，也就是在传扬英雄的故事，经历精神的洗礼。

2016 年 4 月北京

目　录

第一章　解放前夕的西藏

一、诡计和诅咒

1949 年春天，在遥远的世界屋脊，无线电收音机是许多西藏贵族、僧俗官员的时髦品。他们收听到了国民党军队节节败退，中国共产党不断获胜的消息。一个新的时代正伴随着史无前例的巨痛，在世界东方的中国到来了。随着 1 月 31 日北平解放，随着 4 月下旬南京被攻占，随着国民党军队相继失守太原、武汉、西安、南昌、上海，以蒋介石为首的国民党政权即将失去对中国的统治权。解放大军乘胜追击，狂飙突进，剑指华南、西南……整个世界无不为之震动。

每一条消息都令这个与世隔绝的奴隶制王国的贵族们悲观和忧虑，都会引发讨论、生发谣言。拉萨笼罩在一片惶恐之中。

他们已经知道信奉无神论的共产党已变得非常强大，所以他们更愿意跟疲弱的国民党政府打交道。四品官桑颇就曾说过，无论国民党怎样说西藏是中国的一部分，都不能把他们的主张付诸实践。例如，他们甚至没有能力派军队护送班禅活佛进藏。

在这种失败气氛的笼罩下，许多人如惊弓之鸟，开始做逃往印度的准备。他们开始把金银财宝转移到印度或藏匿在寺庙之中，开始购买印度卢比，装在羊皮口袋里，放在随手可以拿到的地方，备好马匹，以便一旦发生不测之事，扛起钱袋即可逃跑。

早就觊觎西藏的英国，加紧了策划"西藏独立"的步伐，图谋将西藏从中国分裂出去，纳入西方势力范围；较晚插手的美国，则想把西藏作为在冷战中遏制新中国的一个基地；而印度则想把西藏建成它与中国之间的缓冲国。

这时，印度驻拉萨领事馆代表黎吉生亲临噶厦①"外交局"，把主管外事工作的扎萨、僧官柳霞·土登塔巴和俗官苏康苏巴·旺钦次旦请到印度驻拉萨领事馆驻地德吉林卡密谋反华、反共策略。当时，柳霞去罗布林卡用早茶返回时，都要趁便去德吉林卡与黎吉生磋商或接受旨意，并将有关情况书面报告噶厦。

黎吉生是英国人，以前任英国驻拉萨领事馆首席代表，印度独立后，摇身一变，成了印度驻拉萨领事馆首席代表。他的角色不言而喻，代表着英印两个国家，企图残延它们在西藏的特权。

1949年6月下旬，黎吉生诡秘地对"外交局"局长柳霞·土登塔巴说："拉萨来了很多共产党的人，留他们在这里，将来就会充当内应，把共军引进来"，并拿出了共产党人的名单。这一伪造的情报，使西藏上层惊恐不安。黎吉生还直接向大札摄政进言："目前正值中国政局大变时期，你们要立即把汉人驱逐出拉萨，如不这样，势必会里应外合引进共产党。"

黎吉生的阴谋得到了大札摄政及各位噶伦的支持。他们认为这样就会像1912年辛亥革命后，趁国内混乱，驱逐清朝的驻藏大臣和驻防西藏的清军一样，重温"西藏独立"的旧梦。

接着，噶厦在罗布林卡接连召开了几天的秘密会议，密谋"驱汉"事宜。他们对此事采取了严格的保密措施，在非常神圣的绿松石佛像前发过誓。

同时，驻扎江孜的第六代本②被调回拉萨。往常藏军调动事宜由马基——即藏军司令部负责，此次却由噶厦直接发令，因此，在拉萨出现了各种猜测和谣传。

当时，国民党政府保密局拉萨情报站也有察觉，给拉萨支台下辖的日喀则、昌都、山南三个分台送去了一纸通知，内称："据报，德吉林卡的英国人向噶厦提供的种种情报中有一件涉及通信方面的内容，言及：'他们用定微机测出拉萨有秘密电台的方位。建议噶厦突击搜查，

---

① 噶厦：最初由清政府规定设立的原西藏地方政府，达赖和摄政以下的政府机构，最初由三僧一俗四名噶伦组成，外国多译为"内阁"。

② 相当于团，每个代本辖500至1000人，其指挥官也称"代本"，由贵族充任，四品俗官。

定能破获'等情，希望支台做好应变准备。"驻藏办事处处长陈锡璋了解到隶属国民党政府军令部二厅系统的拉萨情报组的电台台长谭熹已由组长江新西派人协助转移到比较安全的处所。

陈锡璋与支台长罗坚商议后认为，他们的电台即使转移到比较隐蔽的地方，每天仍要照常工作，如果被人盯住，人家很可能顺藤摸瓜。再者，要应付好西藏噶厦政府的突然搜查。

一天，知宾土登列门来到噶厦通知诸位噶伦，明日于大札摄政官邸罗布林卡孝登殿举行噶厦会议，噶伦喇嘛然巴·土登贡钦、噶伦索康·旺钦格勒、噶伦噶雪·曲吉尼玛、总管堪布钦绕丹增等前往参加。僧俗官员按时到达后，大札说，印度驻拉萨领事馆代表黎吉生近期向他透露内部情报时称，时下拉萨的汉人中有共产党间谍。目前中国政局不定，如果他们内外勾结，共产党进军西藏的可能性更大。因此，要立即把汉人驱逐出藏，这事关西藏政教安危。

大札之所以敢如此嚣张，是因为西藏噶厦政府主管审计工作的孜本夏格巴·旺秋德丹去美国等西方国家游说之后，经印度返回西藏，向噶厦禀报说，他与美国总统杜鲁门和国务秘书觉尔奇玛会晤商定，务必阻止共产党入藏，所需武器、弹药、军饷等军事、经济援助，美国答应提供。进而强调要在全藏广征新兵，做好阻止共产党的战备工作。

但实际情况并不像他所言。

1948 年 1 月，西藏地方当局特派夏格巴·旺秋德丹为团长并派在康藏首屈一指的商业巨户"邦达仓"大老板邦达阳丕协助该团活动。因邦达阳丕久在印度、香港等地经商，能说一口流利的英语，了解国内外情况，是该团政治经济活动的参谋。他们一行五人到达南京后，一面拜访南京中央政府机关首脑，一面暗自探查国共中原战局的胜负情况，以便采取对策。

在此期间，夏格巴没忘发财。他到达南京后，即拜会蒙藏委员会委员长许世英。见到许后，即口头提出要求说，请求中央政府协助西藏得到一点二次世界大战后英国放在印度的英印剩余物资。据称他为此曾会见驻印度的英国远东最高军事首长蒙巴顿勋爵，要求过问此事。英当局认为此事虽小，但备价购物，恐影响英中盟友关系，婉言谢绝。夏格巴失望后，又想通过国民党政府的关系，谋求取得。许世英当面向夏格巴解释，不便向英国提出这个要求。接着该代表团向许要求，以国家牌价购买 50 万元美金。当时正值国民党军事上处于不利地位，物价飞涨，黑市美钞涨到官价比的 1:38，如果获得，顷刻之间即可牟得巨额暴利。

许世英听后，叫夏格巴写个书面报告，找行政院研究后再说。后经行政院与财政部研究，将结果向蒋介石请示，蒋批示说，目前国家外汇短缺，该团所请暂缓办理，并命善加解释。行政院将文件转蒙藏委员会后，许世英十分为难，仍拟请准其购少许外汇，以示怀柔之意。许又和夏格巴相商，请夏格巴将数目减少。夏格巴很不满意，提出 20 万元美金，但这个数字依然庞大。许与行政院研究后，即转告夏格巴，说目前国内战局扩大，需用外汇量大，政府对外汇控制很严，即是万元以上都难办到。认为该代表团远道来京，往返印度等地，需用少量外汇，为此，政府在困难条件下，特赠送该团美金 2000 元，作为旅途之用。

夏格巴闻言大为不满，怒形于色，说西藏有许多事要做，需用外汇，即使再困难，也不至于连做路费的外汇都没有，谢谢你们的照顾。说完匆匆离去，拒绝了国民党的礼物。第二天整个代表团就不辞而别，未留只言片语，离开了南京。而国民党政府机关过了一天才知道，当时向西藏驻京办事处打听，该处答复说，该团已离京，仍经香港、印度原路返藏。

没过几天，国民党特工人员从香港发来电报，告知西藏夏格巴代表团，已由美国驻港领事签署去美护照，搭海轮去美国了。这一下急坏了蒙藏委员会和外交部，他们最担心的是美国政府以国宾身份接待该团，因此造成严重后果。他们频频接触，研究对策。

其实，夏格巴代表团这次到南京来，任务是多方面的。他们固然想在国民党政府手中捞到一笔官价外汇，借以发笔横财，而最主要的还在于西藏当权者企图独立，故暗自观察国内局势变化，他们在国共两党战争中，已明显看到国民党的败迹。西藏地方当局考虑到，如果国民党失败了，共产党主持了国政，他们不信仰宗教，会危及西藏政教大业；如果国民党打败共产党，能维持政权，但西藏仍难以得到独立。可以看出他们既不满国民党，又畏惧共产党，似乎无论哪方胜利，都对他们不利。

西藏地方当局为了应付未来的风云变幻，决定派代表团，利用中国长期混乱的局势，想从外交上找到一条出路，所以他们试图投靠美国。据说美驻港领事给他们秘密签署的去美的护照，是经过华盛顿批准的。

自清朝政府被推翻后长达数十年的时间，中央政府与西藏噶厦政府的关系总是若断若续，实际上西藏噶厦政府的一些人经常企图摆脱国民党政府的统治和管辖。1948年7月12日，中国外交部常务次长叶公超向美国驻南京大使提出抗议：一、西藏当局无权作为一个独立国家同其他国家打交道。二、西藏商务代表团所持的是西藏旅行证件而不是中国护照，他应当记住这一点。商务代表团团长夏格巴无权同美国政府进行直接磋商。三、美国驻香港总领事在向商务代表团颁发签证时并没有通知中国驻香港的特使。四、美国一直承认中国对西藏享有主权，令中国政府吃惊的是，美国驻香港总领事竟然承认了西藏的旅行证件。中国政府希望知道，美国驻香港总领事是主动发放这些签证的，还是美国政府授权他这样做的。如果他是奉美国政府之命发放这些签证的，那么中国政府希望得知美国政府是否已经改变了其"对西藏的一贯态度"。紧接着，中国驻美国大使顾维钧也向美国国务卿马歇尔提交了备忘录。"美国国务院马上打起了退堂鼓，声称美国并没有制定新的西藏政策"，并向中国驻美国大使撒谎说，"美国驻香港总领事奉国务院之命，并没有向西藏人签发旅行证件，而只是在单张表格上签了字"①。

国民党政府因此请美政府在该代表团到达美国时，不得以国宾或官方代表名义接待。并致电中国驻美大使馆立即派员去旧金山码头迎候夏格巴，并对该团在美的住宿、饭食、游历等项问题妥为安排。该团在美之日，须派专员照护，以防节外生枝。并禁止国内报纸登载该团活动新闻。

这是西藏夏格巴代表团秘密访美后，国民党政府所做的补救措施。这几项措施也的确有效，使夏格巴代表团去美后，受到严重挫折，一筹莫展。他们一到美国旧金山码头，就受到大使魏道明的欢迎，未见有美国官员的影子。该团到达华盛顿后，住在事前指定的旅馆，大使

---

① 梅·戈尔斯坦著，杜永彬译：《喇嘛王国的覆灭》，第603~604页，时事出版社1994年6月版。原件引自美国国家档案。

馆派有专人护侍，无论集体或个人外出，都派人相陪。有次他们驱车到美国国务院，该院见有中国人陪伴，也未予接见；夏格巴不甘心，又写了一封英文信给国务院，回信也只热烈欢迎他们远道来美，说国务卿很忙，无暇接见，请他们去美国各地参观，如有贸易商务交涉，请他们去与相关公司联系。该团去美不到一周，感到国民党中国大使馆对他们控制得很严，实在没有再留美的必要，只好离开。

虽然西藏封闭，但这些消息还是传回了一些到世界屋脊，知道这帮人在美国没有什么作为。因此，当权者因意见分歧而发生了争论。

噶伦噶雪·曲吉尼玛当即质疑。他问道："我们驱逐汉人合适吗？"

他立即受到了总管堪布钦绕丹增、噶伦索康、噶伦喇嘛然巴等人的驳斥。他们一致认为，一定要趁中国时局不定之机，把汉人从西藏驱赶出去。

其实，噶厦在此之前就已责成噶准夏扎·甘登班觉命令20个宗谿：为了政教平安，根据噶厦雪藏书《罗刹女仰卧风水相谱》中禳灾祈福的有关记载，组织各地喇嘛大作法事；分别在圣地拉萨近郊的根沛吾孜峰、觉穆斯新、嘉桑曲沃日峰、山南桑鸢寺赫布日峰等地为大自在天诵经祈祷；在保佑西藏众生的神山举行燔柴烟祭；为诸护法神设祭供、挂经幡。供品折合现金，大约为250两藏银，按惯例层层加码。信差将此令送到各宗谿，并要求各宗谿宗本[1]和主要头人亲自去圣地挂经幡，并及时汇报法事情况。

噶厦还把哲蚌寺的乃琼神汉请到大昭寺降神。乃琼降神后说："现在危害我们政教大业的敌人来自东方，居住西藏境内的汉人是藏在我们腹腔中的祸根，要赶快把他们驱逐出去，不然，一旦外敌入侵，他们会作内应。"噶厦于是决定举行非常祈祷法会，抛食驱魔，"扣锅"诵咒[2]。

1948年4月的一天，噶厦召见国民党政府驻藏办事处处长陈锡璋。告诉他："为了使共产党向汉府[3]发起的激烈战斗窒息于襁褓之中，使国府不战而胜，噶厦拟增作降敌祈祷法事。"

---

① 即宗本，也叫宗堆，相当于县长。宗，相当于县。

② 夏扎·甘登班觉：《原西藏地方政府驱逐国民党蒙藏委员会驻拉萨办事处人员前后》，亲历者手稿。

③ 指中华民国政府。

陈锡璋知道他们的真实用意，说："我对噶厦如此周全的考虑表示感谢，为将此事通过无线电台报告中央，请赐给我一份此次降敌祈祷法事的原文抄件。"

但噶厦没有特制的原文，只给他抄了一份法事活动的程序表。

不久，噶厦请在拉萨门仲院内的宁玛教活佛举行制伏仇家的恶咒法术。在鲁布广场上搭起了一座有两层楼高的草棚，里面堆放了酥油、糌粑、青稞、茶叶共约数十包。草棚的周围依次摆放着用酥油、糌粑捏塑的二三十个影射仇家的人体像。一切准备就绪，要点火驱魔那天，活佛念咒，众喇嘛围绕草棚诵经，敲打法器，十几名惹朵阿爸、惹朵阿妈① 赤着上身，披头散发，装扮成妖魔鬼怪，跳跃号叫，诅咒捏塑的人像要遭到五雷轰顶、魔火烧身。然后用火点燃草棚，把二三十个用糌粑捏成的人像一齐抛入烈焰中。

同时，在鲁布广场上架起一口大铁锅，烧火熬茶，乃琼护法神双手持长矛，搅动锅里的茶水，诵咒施法，做扣锅姿势，并将长矛抛入锅内，在一旁的人蜂拥而上，把大锅翻扣地上。在被推翻扣地的大铁锅上，盖上一大块毛织毡子，其周围用泥土压严并让十几名背尸人看守，七日后，祈福禳灾法事主管撬开扣在地上的大铁锅，察看、记录地面的余烬残灰，根据显示的迹象，判断被诅咒的仇家会得到何种报应，然后逐一向噶厦政府报告。

当时，国民党政府驻藏办事处的工作人员和住在德吉林卡内的黎吉生都被邀前来观看。

二、风雨飘摇中的国民党政府驻藏办事处

1949 年 7 月 8 日，拉萨的天空依然晴朗，阳光强烈。噶厦召见陈锡璋。在召见他前，为了防止拉萨发生骚乱，又把第二代本的查希兵营调进拉萨市内，派藏军在大昭寺、布达拉宫、摄政大札府第、四噶伦官邸和尧西达才住处担任警卫。

陈锡璋到噶厦后，坐在红色缎面厚垫上，其前置一雕花木桌，并

---

① 旧西藏搬运拉萨市尸体送往葬地的劳苦人，居住在拉萨河堤岸的背后。有时也为官府驱使充当巫汉、巫婆或下等劳役。

上了茶，翻译哲旺坐在虎皮垫上。噶伦喇嘛然巴对陈锡璋礼节性的问候之后，直言不讳地说道："近期以来，我们为了汉藏情谊长存，尽快解决国共之间的内战，热切希望国民党获胜，但近期数月国民党军队连遭惨败，西藏也无别的支援力量。西藏乃佛教圣地，为了国府取胜，这次破例增作祈福禳灾法事。但现在传来的消息是国民党已一败涂地。倘若共产党掌握政权，宣布拉萨国民党代表更名为共产党代表，这样不仅西藏有了共产党的代表，而且卫藏康三区也将会有'红色特务'出现。共产党执行的是消灭宗教的红色俄罗斯制度，西藏实行的是政教合一制度，两者水火不相容。你们也知道，国民党的军队或官员走到哪里，共产党就追到哪里，藏政府对贵处人员的安全，实在不敢负此重责。现在西藏民众大会①决议：西藏政府对国民政府暂时断绝政治关系，而宗教关系还是存在的。请你并转告其他机关准备于两星期之内启程赴印，噶厦已派定一名乃兴②和一名代本，带领军队妥为照料和护送至印度边境。"

陈锡璋听后，还想有些缓解的时间，就说："我即电蒙藏委员会请示，俟得复电，再作答复。"

然巴说："国民政府方面，噶厦已直接去电通知，你不必再行去电，现在所有电报邮件均已封锁，你也无法通信了。"

陈锡璋这时还不知道，噶厦在下达最后通牒的同时，已派藏军破坏了驻藏办事处无线电台的天线，以防止他们把消息传达到内地。他感到吃惊："我没有得到上级命令，就这样一走，是不对的，等我考虑一下再谈吧。"

陈锡璋从噶厦出来，时已傍晚。办事处和他的住宅已有藏兵把守，无线电台的确已被藏兵控制。

这是一起明目张胆策划"西藏独立"的严重事件。

陈锡璋内心一阵悲凉。

而国民党政府的无能使他早就预感这一切终将发生。

因为达赖喇嘛的父亲、被尊为"佛公"的祁却才仁与热振活佛交好，常以中央来的自居，最后突然暴毙。当时拉萨僧俗界人士几乎一

---

① 噶厦的议事机构，但并无普通民众参与，只是将与会官员的范围扩大、级别降低。

② 引导员之意。

致认为是死于谋杀。国民政府驻藏办事处英文秘书柳升祺说，头一天"佛公"来到办事处聚会，还和他们在一起谈笑风生，第二天办事处就被告知说，"佛公"圆寂了，去世了。

达赖喇嘛的母亲德吉才仁在其口述自传中说，"他断气时，血从他的鼻子与直肠流出来"，当时就认定"佛公"是被噶厦政府的人毒死的，"我丈夫之所以被人毒害，是因为如果他还活着，逮捕和暗杀瑞廷（即热振活佛）的计划就不会进行得这么顺利"。

祁却才仁被毒杀后，噶厦政府还要挟达赖喇嘛的母亲，让她将在南京学习的达赖喇嘛的二哥嘉乐顿珠和姐夫彭措扎西（黄国桢）召回拉萨。在遭到拒绝后，大札活佛又想把达赖的母亲和姐姐送回青海西宁，监禁达赖在拉萨的兄弟。西藏地方分裂势力还不想就此罢休，大札活佛甚至想废掉达赖喇嘛，另立德珠仁波切为十三世达赖喇嘛的转世灵童。

噶厦逮捕前摄政五世热振·土丹江白益西坚赞后，在狱中谋害了他。他们的目的是妄图断绝与中央政府的隶属关系，搞"西藏独立"。热振活佛被捕后，藏军炮轰色拉寺的火炮就是购自英国，而且是英国人参与指挥的。

当热振活佛被囚禁时，西藏办事处曾陆续向国民党政府电告"热振事变"的情况，并提出了解决这一事件的办法和步骤。与此同时，色拉寺的全体僧众联名写信给驻藏办事处，请求立即转呈中央，设法营救热振活佛，但国民党政府风雨飘摇，自顾不暇，处于濒临全面崩溃的前夕，未能及时采取有效的应对措施。

热振活佛被害后，噶厦宣布热振活佛的罪状中有"勾结中央，危害大札摄政"一条。这使一部分有爱国思想、与汉族官员关系密切的藏族人士心生戒惧，疏远了与中央政府人员往来。一些原本与热振关系密切的官员为了自保，也纷纷转向，致使中央政府派遣在西藏工作的人员惴惴不安，各自盘算退路。有的人做返回内地的准备，有的人与人合伙做生意，有的人开设了赌场，经费早已中断的江新西等情报人员为不坐困等待，出面集资开办了"圣城餐厅"。

圣城餐厅坐落在热闹的八廓街，门面宽敞，内设雅座，备有各种赌具。菜肴和面食糕点都聘请名厨制作，价廉物美，开张后每日顾客盈门，进项可观。最初，噶厦的一些官员也常去光顾，后来被噶厦禁止。

1946 年元旦，蒙藏委员会西藏办事处处长沈宗濂离藏之前，就曾表示，藏事已无能为力，他决不回任，并约定他到南京后，设法将同来诸人陆续调回。沈宗濂临走时，副处长陈锡璋代理处长，"暂维处务"，遇事均报由沈宗濂转呈蒙藏委员会处理。

1948 年年底，驻藏办事处的人员大部分离开了西藏，只留下代处长陈锡璋，藏文秘书李国霖，英文秘书柳陞祺，专员刘毓珙、余敬德、常希武、藏族翻译张旺、负责庶务的汉僧密慧等人虚付局面。第二年，蒙藏委员会任命熊耀文为驻藏办事处处长，将陈锡璋内调为蒙藏委员会藏事处处长。但国民党朝不保夕，熊耀文不肯远来边疆，迟迟不来接任。陈锡璋只有困守拉萨。到 1949 年上半年，余敬德、柳陞祺陪陈锡璋的夫人、女儿先后去了印度，这时，办事处的主要负责官员只剩下四人，他们困处边疆，一筹莫展，这使陈锡璋也想坚辞离职。这样的一个机构当然无力应付复杂多变的西藏局势，就连与噶厦礼节性的交往也近乎中断。

执掌噶厦政权的亲英印官员认为搞"西藏独立"的时机已经到来，加紧与英印勾结，除原已成立的非法的"外交局"积极活动外，还派出各种代表团，游说西方国家。同时，派遣宇妥·扎西顿珠去印度，负责与英国人交涉购买军火，聘请军事教官，到西藏来训练藏军使用火炮和通讯技术。据宇妥家人拉巴达真说，市面上传说，英国人给噶厦赠送的数十箱专治淋症的"M+B"药片，其实都是军用药品，只不过贴的是"M+B"的标签，以掩入耳目而已。另外，还给噶厦的僧俗官员赠送了五百支手枪。

噶厦在 1948 年下半年，还派人在拉萨北郊测绘地形，计划修建飞机场。同时拟订了扩军计划，如增加十二冈六屯代本营，另外还规定了"仲扎"①的子弟也要抽丁从军，如曾在驻藏办事处诊疗所工作、在国立拉萨小学读过书的陈德被指派充任军医。还有马任荣、丁洪德、陈志、尤素福、铁布拉等人在驱汉事件发生后，一律应召编队，驱使到那曲地区的嘉黎县待命。

为了与中央政府对抗，为"西藏独立"做准备，热振事件后，噶厦就已从外国购进军火，扩编军队。后来，为了迷惑人心，使征粮、

---

① 贵族。

征兵等事项得以顺利进行，大街小巷开始流传由官方编造的种种谣言。什么大昭寺内的"松玛"护法神的头转向了东方，向众生预示"东方有事"；什么"军事威胁自东方来"，等等。这些谣言及其用意，陈锡璋都知道。

到 1949 年，陈锡璋照例发放布施后，与噶伦索康闲谈，索康告诉他，南京已甚危急，并劝他如急欲回去，不妨先走。不久，札萨擦绒也在闲谈中对他说，国民政府眼看就要垮台，熊处长也不会来了，如果共产党来了，他们可以同往印度躲避。又有一天，他与噶伦嘎雪闲谈，谈到共产党。陈锡璋说这是一个新潮流，就像拉萨河正在涨水，潮流所至，滩石均遭没顶，是无法阻止的。嘎雪听后，拍着胸膛说，我们西藏是佛教圣地，绝对不容共产党渗入，虽战至最后一人，也绝不屈服。

陈锡璋将与擦绒、索康和嘎雪的谈话告诉了李国霖、刘毓琪，他们研究后认为：南京国民党政权已到垮台地步，西藏噶厦政府的态度将有重大变化。国民党一旦垮台，中间须经一空档时期，这时间长短难以预料，我们留在这里等个什么？若依靠亲近英印的西藏当局，那无异间接投降英印，我们宁死不为。

1949 年开春之后，驻藏各单位的经费杳无消息，邮电亦日渐稀少，大家感觉国民党政府崩溃在即。夏格巴于三四月间回到拉萨，带来外边不少消息。听说英国和印度正在酝酿承认中国新政权，同时英国操纵印度运动喜马拉雅山系各国组织防共阵线，西藏噶厦政府也有意追随。那时陈锡璋遇到西藏贵族官员，只能对他们说，西藏之所以见重于英国和印度，是因有中国在，倘一意依靠它们，放弃了自己立场，则它们将变为另一面目。为西藏自身计，无论中央政治如何变化，应保持现有关系，万不可听信外人。但西藏噶厦政府崇洋媚外，加紧与西方勾结，正如当时驻藏的尼泊尔代表凯西尔所说，西藏要人目无祖国和邻邦，总认为白种人高人一等，实是不可救药。

三、自今日起，停止联络

1949 年 6 月，原钦差大臣衙门里驻扎了藏军，扎什城兵营的藏兵也增多了。谣言四起，一说是为对付汉人的，还旧话重提，说起辛亥年西藏当局驱逐清军时杀了多少汉人，万人坑的遗址犹存。

7月7日，云南商人刘福堂招婿上门，大办喜事。当天宴请噶厦官员。当众宾朋正在揖让入座时，大东商行的李福良神情紧张地跑来说："出事了，满街都是藏兵，商店都关门了！"惊惶的人们，霎时都作鸟兽散。

当天，西藏噶厦政府管理拉萨市治安的机构朗孜夏派人挨家挨户向居民传达噶厦命令："凡是雇用康巴人当用人的主人家，无论男女，自今日起，一律自行解雇，不得继续留用，违者处罚！"

"驱汉"的具体工作交给了噶厦的社会调查局。在噶厦召见陈锡璋时，主管社会调查局工作的仲译钦莫①和孜本②带领第二代本凯墨·才旺顿珠、勒参巴平绕巴等四名工作人员及若干藏军士兵前去查封了办事处的电台，并留了几名藏兵看守。随后，孜本南木林巴从怀里掏出一个小册子，给其他人指点要搜查的人家有无收发报机。当即派了两名工作人员和孜恰列空、拉恰列空③的恰朗各一人和四名藏兵分头通知这些汉人家庭，限于一周内离开西藏。对拉萨小学的教师等一部分人限于两周之内离开。另外安排两名恰朗去监视、看守一些将要离去的汉人。

孜本南木林巴说，河坝林的回族居民，以及在拉萨小学担任过藏文老师的擦珠活佛，都应同汉人一道被驱逐④。

噶厦驱汉的决定还通报给了日喀则总管和昌都总管拉鲁·次旺多吉噶伦。据此决定，各地区的国民党工作人员和涉嫌人士由各地负责遣返。

从噶厦回到住所，陈锡璋当即与李国霖、刘毓珙两人研究，对于藏政府驱汉应如何对待，大家认为：第一，西藏是中国的领土，虽然西藏目前要和中央断绝关系，但他们始终看西藏民众是自己人，所以此刻不宜以对等方式，向藏方提出什么抗议和保留什么条件，自己家

---

① 最高僧官机构译仓中的官员，相当于秘书长，一般为4人。

② 孜康（财税局）中的俗官，一般为4人。

③ 孜恰列空：历代达赖喇嘛的专门管理自己财产的机构。拉恰列空：同孜恰列空共同负责达赖喇嘛、摄政接见贵宾和重要人物回赠的金银和皮革药材，负责供应噶厦等机关厨房的后勤供应。

④ 强俄巴·多吉欧珠：《原西藏地方政府阻止西藏和平解放的事件之一》。《西藏文史资料选辑》第17辑。

里的事，将来自己会有办法解决。第二，国民党是何情况，他们不知，从藏方此次举动看来，想是已经垮台。西藏的驻京代表早已撤退到印度的噶伦堡，尚无回拉萨的消息，而藏政府亦拟将他们送到印度，未尝不是还想保留一个双方犹豫的时间。因此，原驻京代表们还是到印度向驻该国使领馆探明内地情况，再作计议。

7月9日，常希武在北京商人张奇英店里吃早饭，办事处的勤务姜杰找来，急匆匆地对他说："处长请你马上去，有要紧事！"

常希武快步赶到办事处。陈锡璋一见他劈头就问："你们那儿没事吧？"

常希武说："还好。"

陈锡璋语气沉重地说："昨天噶厦请我去开会，要中央政府驻藏机关的工作人员及其眷属在规定的期限内一律离开西藏。我要把这一情况尽快电告蒙藏委员会。现在交通部拉萨电信局的电台已被拆，并派有藏兵监视，你得想办法把我拟好的电报发出去。"

"好的，你放心！"

常希武带着姜杰立即赶到罗坚住处，将收发报机装进两只小皮箱里，提到办事处三楼一间空闲的屋子里，架好天线，调试好收发报机。把陈锡璋送来的电报译稿标上"十万火急"的等级，与重庆总台联络。因为干扰大，信号微弱，通报不畅，费时半个小时，才勉强发出。为了不发生差错，约定次日8时再会晤。常希武害怕错过时间，那天夜里，就在临时报房里合衣倒在卡垫上，一直挨到天明。

次日8时，与重庆总台联系上。通报顺利，常希武收到对方收妥凭证，立即通知对方："自今日起，停止联络。"接着狠狠敲了几记"SOS"后，收拾好电机，他心情沉重、精神恍惚地返回住处。

已失去南京，迁至广州的国民党政府行政院立即发表声明："西藏地方当局，此项措施，无论于理于法，实多未合。"行政院同时致函噶厦："对此事'深为骇愤'，'希即撤销前议'。"

四、站在异国，回首西藏

为了督促拉萨的涉嫌人员限期离藏，噶厦责成雪恰勒空的恰朗分别负责监视。

据格龙·洛桑旦增回忆[1]，他当时任拉恰列空的朗生，1949年担任定吉米官期间来到拉萨时，正是一年一度的夏季朝觐筵宴的第一天，拉恰列空的全体朗生照例前往罗布林卡拜谒达赖喇嘛，而后回到强佐娱乐园林处。午餐吃了面条，在正饮用饭后酒之际，拉恰秘书说，噶厦政府命令十三名恰朗即刻到德细列空[2]待命。此时，多数恰朗已沉入醉乡，但大家带着醉意，仍然遵命前往，被命令去检查汉人住处。

下午5时许，大家分头行动。格龙·洛桑旦增和僧官扎巴亚吉、俗官强欧巴以及全副武装的十名藏兵由房管人员陪同直奔在拉萨八廓街南侧、崔科家西侧的旧措那米官府。索朗仁青和周善贤两位汉民住在米官府三层楼房内。他们抵达米官府外时，强欧巴说："我们的行动要尽善尽美，稳妥适当，不可鲁莽冒失。"格龙·洛桑旦增说："我认为应把藏兵暂且留在西敏珠院内，我们几人先去说明事由，如若对方抗拒不从，再调兵员前来不迟。"强欧巴同意。

格龙·洛桑旦增独自一人先赴米官府，到了住处，对索朗仁青和周善贤说："据传，近日在拉萨有很多共产党的特务，故此，我们特到此处办理公务。"说完，搜查了两位汉族人的家产，查找有无通讯设备。

因为德细列空严厉强调绝对不能让两名汉族人潜逃。所以格龙·洛桑旦增和自己的两名用人及房管人员在十四天内，不分昼夜地看守着两名汉族人，遇他们外出上街，也相伴同行。

当时，驱逐离藏汉民的大部分家具，被看守人员折半价购买。周善贤因经济拮据，每日悲伤，十分可怜。

被迫离藏赴印的人集中在办事处，其中以情报人员居多。他们有的要走西康路，有的要走青海路。陈锡璋叫乃兴去和噶厦商议：原从西康来的，叫他们仍由西康路回去；从青海来的，仍由青海路回去，若办不到，叫他们同走印度一路，不必分批，以免失散。乃兴回来说，噶厦顾虑到西康和青海两路都不平静，所以采取印度一路，至于分作三批，实因沿途住房不够，到卓木后，由乃兴负责交物，代本负责交人，决不会有差错。

---

① 格龙·洛桑旦增：《我任雪恰朗（拉恰列空的朗生）时参与原西藏地方政府驱逐国民党驻藏工作人员事件的点滴经过》，亲历者手稿。

② 原西藏噶厦政府管理群众生活的一个机构。

7月11日，第一批离藏赴印人员启程，计有江新西、江镇西等工作人员及其眷属和用人共30人左右。

因为堪仲群培土登担心被驱逐的汉人不能服服帖帖地离去，故当第一批离藏汉民启程的那天早晨，他叫强俄巴·多吉欧珠和雪康·土登尼玛去观察江新西等人的动静，于是两人在彭康的房顶上对他们进行了仔细的观察。当他们离开住处上了路，强俄巴向群培土登汇报了这一情况后，他才放下心来。

这批人中，刘云峰是一位手艺很好的裁缝，他裁剪缝制的汉装，做工精细，穿着合体，汉族官员和汉族商人都喜欢请他做衣服。他也热心公益，如1944年驻藏办事处在拉萨发起为抗战捐献和1945年庆祝抗战胜利活动，他在川帮中积极宣传，四处奔走，做了不少有实效的工作，所以驻藏办事处的官员和商界人士都对他有好感，交往也多，这就引起了西藏当局的疑忌，列为被逐之人。另一人张天保，他家两代人在拉萨经营一处占地约五百平方米的菜园，生活比较富裕，因为有位亲戚是军统拉萨情报站的情报员，受到牵连。

第一批被驱逐的很多人，在被驱逐前，噶厦政府曾派官员率领藏兵到他们家中搜查过，并派人住在他家监视其行动；在途中，江新西由一名藏军排长始终伴随。到指定的住宿处，江新西也被安顿在楼上，上楼便把楼梯搬走了。

主管"外交局"的扎萨柳霞·土登塔巴和苏康苏巴·旺钦次旦在驱汉时多次前往黎吉生处商谈"驱汉"的一切事宜。

7月17日，第二批人员离藏赴印。计有侯国柱、王禄安、曹巽、康刚民、胡继藻、郭殿英等人。其中郭殿英是业余联欢社的厨师。他之所以被驱逐是因为与汉族官员关系密切。康刚民、胡继藻二人是曾去日喀则筹建过国立日喀则小学的。侯国柱、王禄安是日喀则情报组的组长和电台台长。

第二批人员离藏之际，噶厦派一噶学①来到驻藏办事处，以噶厦名义馈送程仪，大家坚辞不受。噶学说："三位噶伦说了，数年以来，彼此相交至好，现在不得已而暂时分手，若仅此区区之意，亦不肯接受，未免太相绝了，我也无法销差。"陈锡璋只得收下。送他的是藏银

———————————

① 即地方政府的办事员。

五千两，印币两千卢比。送李国霖的是藏银一千五百两，印币一千卢比。送刘毓珙的是藏银一千两，印币三百卢比。国立拉萨小学校长邢肃之、测候所主任曾巽、电台台长席裕翼均有馈送，数目均次于李国霖。

乃兴告诉陈锡璋，噶厦定于19日为大家饯行。陈锡璋于19日上午向达赖辞行，中午赴噶厦饯行之宴。主人是三噶伦，即然巴、索康和嘎雪。客人是陈锡璋、李国霖、刘毓珙、邢肃芝、席裕翼、颜俊、化名汪藻的常希武。

7月20日，第三批人员离藏赴印，计有30余人。护送的有一位藏军如本①、一名乃兴和20余名藏兵。

噶厦在清代修建的接官厅吉采鲁定搭了帐篷，备了酒饭，为第三批离藏人员举行了送别仪式。

第三批人员走的路线，不是惯走的由卓木到岗多的路，而是从卓木经龙头山到噶伦堡的那条。这是藏方布置的，因美国汤姆斯父子二人要从岗多入藏，不愿让双方中途相遇；同时也因有大批军火从印度经岗多运进西藏，也不愿让他们看见。

陈锡璋一行到达帕里时，得知电讯局没有封锁，他赶紧前往，分别致电中国驻德里大使馆和驻加尔各答总领事馆，报告离藏情况，请领馆预备收容，并向印方办理临时居留手续。

第三批人员到亚东春丕塘与先期出发的两批人会合，翻过乃堆拉山口，走出了西藏地区，进入锡金地界。站在异国，回望西藏，每个人心中都别有一番滋味②。

他们于8月24日到达噶伦堡。

西藏当局驱汉之后，断绝了同中央政府的电报联系，却同英国、印度保持着密切的邮电来往。国外从黎吉生的电报中获知拉萨发生"驱汉事件"后，英国路透社于7月27日称："英国从未承认中国所说的'西藏是中国的一部分，并受中国统治'的说法。"8月10日，美国合众社也说："西藏当局利用中国之困难，可能完全脱离中国名义上的宗主权。"

然后，噶厦政府在9月9日给广州的国民党政府代总统李宗仁发

---

① 藏军军官，相当于营长。

② 常希武：《"驱汉事件"前后见闻》，亲历者手稿。

了一封信，信中说："为中藏双方政府利益，并为西藏佛法领域长治久安计，吾必须遣走一切可疑之共产党秘密工作人员。为检出可疑之共产党秘密工作人员，不使彼等任何一人乔装混迹于西藏，西藏民众大会特请中国代表及其随员、无线电报员、学校教师、医院工作者及一切其他可疑之人，必须在规定期限内，各自返回原籍，以免妨碍现存中国与西藏间之法主与檀越关系。"①

这封信将中央政府与西藏噶厦政府说成"中藏双方政府"，将中央政府与西藏噶厦政府的关系说成"法主与檀越关系"。西藏地方政府为了做"西藏独立"的迷梦，采取了这样一个明显而过激的步骤。

为此，拉萨当局借助了神灵的力量，命令僧人进行祈祷，树立新的经幡，更换了新的转经筒，请出了很少使用但被认为拥有无与伦比法力的护身符。

对此，中国共产党授权新华社于9月2日发表了《决不容许外国侵略者吞并中国的领土——西藏》的社论。社论在概述了百多年来西方列强对西藏的侵略过程之后指出："英、印反动派为了吞并西藏，竟敢妄想否认西藏是中国领土的一部分，这是侵略者在白昼说梦话。任何人找遍中外公开出版的地图和关于中国内政外交的文件也无法找出任何的'根据'。"解放西藏"是中国人民、中国共产党和中国人民解放军的坚定不移的方针。任何侵略者如果不认识这一点，如果敢于在中国领土挑拨，如果敢于妄想分割和侵略西藏和台湾，他就一定要在伟大的中国人民解放军的铁拳之前碰得头破血流"②。9月7日，《人民日报》又发表了《中国人民一定要解放西藏》的署名文章，表明中国人民解放西藏的坚定立场，中国人民坚决反对分裂西藏的行径。次日，参加过长征的藏族干部天宝（桑吉悦希）又在《人民日报》上发表了《西藏全体同胞，准备迎接胜利的解放！》的文章，揭露西藏地方当局制造"驱汉事件"的阴谋，指出西藏是中国的一部分，任何反动派阴谋出卖西藏，都将遭到西藏人民的反对而彻底失败。10月1日，羁留青海的第十世班禅额尔德尼·确吉坚赞致电毛泽东主席、朱德总司令

① 《西藏地方政府为驱逐国民党政府驻藏办事处人员致国民党政府电》。西藏历史档案馆。

② 《和平解放西藏》，第147~149页，西藏人民出版社1995年8月出版。

称："西北已获解放，中央人民政府成立，凡有血气，同声鼓舞。今后人民之康乐可期，国家之复兴有望。西藏解放，指日可待。"随后，遭受亲英分子迫害而逃往内地的原西藏摄政热振活佛的近侍堪布益西楚臣，前往青海西宁向人民解放军控诉帝国主义者破坏西藏内部团结的罪行，要求迅速解放西藏；著名藏传佛教大师喜饶嘉措在西安发表谈话，谴责帝国主义策划拉萨当局进行所谓"独立"的阴谋。

五、匪夷所思的热振之死

与"驱汉"行动同时进行的，是噶厦的内部斗争。

就在噶厦召见陈锡璋的同时，非常诡异的是，拉萨八廓街东北面一条街上，突然传来了一个小男孩儿稚嫩的喊叫声：汉人开枪了，战争爆发了！

谣言迅速传遍整个拉萨，这座高原之城顿时陷入恐慌之中。商铺关门，家家闭户，人们纷纷收拾物品逃跑。

位于八廓街的拉萨市政厅得知这一消息，抓捕了这个小男孩儿，并开始追查。经过审问，得知他是噶伦噶雪·曲吉尼玛的厨师的使童。这个小男孩儿说，是噶雪的厨师指使他到街上去喊的。

审问的情况报告给了噶厦。而噶雪仅把它当作一个玩笑，一笑之后就没事了，所以没加理会。其他噶伦也没说什么。这件事情似乎真像一个玩笑。但当这份报告送到大札摄政的办公室时，当即引起了他的重视。当晚，他召集然巴和索康两位噶伦，决定让噶雪接受停职审查。

而噶雪还蒙在鼓里。

7月22日，噶雪·曲吉尼玛出席在罗布林卡召开的噶厦会议时，还像往常一样。但他不久就感觉到了异样。因为另外两位噶伦已经在主持会议，仲孜官员已经到齐。一会儿，大札摄政的知宾土登列门进来通知他到摄政的会客室相见。

他去后，摄政却没有面见他，土登列门只令他在摄政传令室等候。不久，土登列门在摄政座椅旁向他宣布了摄政的命令，说在对西藏政教安危至关重要的驱汉期间，一个小男孩儿在街头闹事，泄露机密，向汉人通风报信。据说与你噶雪·曲吉尼玛有关，社会上对你议论纷纷。为此必须查个水落石出，现已任命仲译钦莫和孜本共八人负责审理此案，审理结果日后公布。从本日起你不得回家，暂住罗布林卡孜恰列空接受审查，此间不准会见外面的人，也不准与任何人通信。

在宣读指控他的罪状前，土登列门已对他手下的侍卫官说："噶雪是个阴险狡猾之徒，如果他试图把手伸进衣袋掏枪，就用棍棒打他的手。在我宣布他的罪行时，你们必须站在他身边并保持警惕。"

给噶雪定的罪名是，他家有人散布战争已经爆发的谣言，引起社会骚乱，扰乱公众安宁。这种不负责任且引起人们恐慌的行为发生在拉萨闹市区，出自一位噶伦家，因而罪行非常严重。他还有其他犯罪行为需要调查，在这些罪行查清之前，他不得参加噶厦会议，而应被监禁监视。

噶雪被带进罗布林卡孜恰列空，再也没有回家的权利。监视他的是两名普通僧俗官员，看管他的是一名警卫定本①和25名士兵。

从次日起，仲译钦莫和孜本的官员即正式调查这一事件。他们把那个男孩儿和噶雪的厨师叫来审问。厨师否认了小男孩儿的指控。于是，审问的官员采取"面对面鞭打"的刑罚进行逼供。这种刑罚是让两名有犯罪嫌疑的人面对面站着，然后同时鞭打他们的屁股，直到其中一人改变其口供为止。小男孩儿忍受不了暴打，很快便改口说是噶雪的马夫指使他那样干的。于是，噶雪的马夫又被抓来以面对面鞭打的方式进行审问。小男孩儿忍受不了暴打，又改口说他搞错了，是噶雪的侍卫官泽旺指使他去做的。泽旺被召来后，他承认对这个小男孩儿的行为负有责任，但他坚持说没有人指使他这样做②。

噶雪·曲吉尼玛知道自己是因当初那句"驱逐汉人合适吗"的质疑而被陷害了。他知来者不善，也四处打点，甚至找到了达赖喇嘛的副经师赤江活佛出面相助。赤江活佛就向他的朋友、僧官然巴噶伦交涉，请他帮忙释放噶雪并恢复他的职权。然巴明确表示他会尽力而为。在经过审讯证明此事与噶雪无关后，然巴告诉赤江活佛，噶雪不会有什么问题。但当噶伦们向大札摄政汇报后，大札拿出了一封热振以前写给噶雪的亲笔信。信上说噶雪曾经劝说热振收回摄政职权，并自愿

---

① 藏军军官的一级，相当于连长。

② ［美］梅·戈尔斯坦著，杜永彬译：《喇嘛王国的覆灭》，第643页。时事出版社，1994年版。

从拉萨前去帮助他。大札把这封信给噶伦们看了，说对噶雪这种人，你们应当给予他应得的惩罚。

从 1947 年热振事件起，大札就一直在等待剪除噶雪的机会，现在他好不容易等到了。

事情的原委是这样的。

十三世达赖喇嘛去世后，噶厦政府提出了三名摄政候选人，即五世热振呼图克图土登坚白益西·丹巴坚赞、宗教界有名望的甘丹寺赤巴米娘·益西旺丹、经师普觉活佛江巴土登楚臣，然后将三人的名签送到布达拉宫帕巴洛格夏神像前占卜。占卜的结果是，热振活佛中签，当选为摄政，但要求他与司伦朗顿·贡噶旺秋共同执掌西藏政教大权。

1939 年春季，热振摄政通过噶厦向"全藏民众大会"表明已见，说："过去从未有过摄政同司伦共同执政的先例，而我现在就如'一教二佛'，不仅不便主持政务，且对确认达赖喇嘛转世灵童多有不便。"

不久，朗顿·贡噶旺秋被撤销了司伦职务。这样，热振就全面执掌了西藏的政教大权。

热振是个生性快乐的人，他没有摄政的架子。在去拉姆拉错朝圣的路上，他一边走一边唱着西藏的歌谣，可以让噶厦的官员走在他的前面，也可以与随从并辔而行。

十三世达赖喇嘛的转世灵童拉木顿珠在拉萨举行坐床盛典后，热振活佛为小灵童赐佛号为丹增嘉措，并亲自担任他的经师，对达赖喇嘛精心呵护，传授经文。与此同时，十四世达赖喇嘛的父亲祁却才仁、母亲德吉才仁和达赖的兄弟姐妹们也随他来到拉萨，成为被称为"达拉"的大贵族。

祁却才仁一家从青海祁家川山沟里的普通农家一下子飞升为西藏的大贵族，拉木顿珠从一个懵懂幼童一跃成了十四世达赖喇嘛，这种命运的大圆满，让祁却才仁对热振活佛感恩不尽，加之热振活佛的佛家高僧品行，祁却才仁一家与热振活佛建立了非常良好的信任关系。据达赖喇嘛后来在他的自传中说："热振（瑞廷）被指定为我的高级亲教师。一开始，我小心翼翼与他相处，但我后来很喜欢他。他最引人注目的特征是鼻子，连续有节。他充满想象力，有一种相当自由的心性。他举重若轻，不会过度小题大作，他爱郊游与马，后来他和我父亲成了好友。"

达赖的父亲是汉藏混血家庭，只会说青海地方汉语，不会说藏语，更听不懂拉萨的藏话，所以，他一家人尽管成了显赫的西藏大贵族，却无法与僧俗界的达官贵人交往，平时只能与热振活佛接触。他在与热振活佛的接触中，慢慢了解了西藏地方政府存在的分裂与反分裂势力的斗争。热振活佛的爱国思想和反对亲英势力分裂西藏的主张，也得到了达赖喇嘛的父母的支持，他们赞同热振活佛的"反对分裂，和睦中华大家庭"的主张。

国民党政府驻西藏办事处成立后，祁却才仁理所当然地将其当成"娘家"走动。所以他和办事处的关系非常好，与办事处官员的来往非常密切，常常参加办事处的聚会。陈锡璋在《西藏从政纪略》，朱少逸在《拉萨见闻记》中都记述过，达赖的父亲不仅不会说藏语，也不习惯藏族的生活方式。当年国民政府蒙藏委员会委员长吴忠信率领代表团在拉萨拜见达赖父母时，达赖父亲身着汉装，长袍马褂，以青海汉族人喜欢的馒头招待代表团，并频频表示"藏人的糌粑吃不下"，劝代表团多吃点馒头。

祁却才仁还曾经背着西藏地方政府，在热振活佛的支持下，请国民党驻藏办事处帮助他把达赖的哥哥嘉乐顿珠、姐夫彭措扎西（汉名黄国桢），悄悄送到南京去学习了五年[①]。

由于热振希望加强同中央政府的联系，这使英国人很不喜欢他。英国派驻拉萨的官员黎吉生在《关于 1938 年 10 月至 1939 年 9 月西藏事务报告》中贬损热振对西藏是"凭自己的兴趣来进行统治的，他的行为是由金钱支配的"，认为他"并不同情英国在西藏的利益"。热振更让亲英的、企图让西藏独立的势力不满。他们说他喜欢打猎和放风筝，一年花在放风筝上的费用就达 75 称[②] 藏银，让仆人把苹果放在手掌心上让他练习射击；说他专制独裁，说他私生活有问题；说在他执政期间，他的喇章[③] 扩张为与邦达仓、桑堆仓齐名的三大商业贸易商号。为了巩固自己的权利，他用计谋让赤门噶伦隐退，让朗顿辞职，又免

---

① 任善炯:《"藏独"毒死达赖父亲，达赖却铁心搞"藏独"》，亲历者手稿。

② 每称合藏银 50 两。

③ 喇章：原指大喇嘛的佛宫，后发展为以大喇嘛为首的政教合一的组织。这里指大喇嘛的私家机构和产业。

去了宇妥侍卫代本团代本一职，强行辞退了老管家而任用他的亲戚、年轻的降白坚赞来取代……

即使上述一切不是谣言，也只不过是当时西藏大多数贵族的生活方式。

就拿朗顿辞职一事来说，主要是他支持其亲戚尧西颇本之子——后来被认定为德珠活佛——为达赖喇嘛转世灵童，而阻碍安多男童作为达赖喇嘛转世灵童。他阻碍将格桑活佛及其随从从青海发来的已寻找到转世灵童的报告直接转交给热振，从而导致他被解职。从热振后来的命运可以看出，他并不是一个政客，并不熟谙权力斗争之道。这导致了他的悲剧。

到1940年初，拉萨城里突然开始四处流传，说热振破戒，与多名异性包括其弟媳有染，无资格再担任达赖喇嘛的经师。还说达赖喇嘛明年要受沙弥戒，热振活佛应考虑提前辞职，不然有人会闹事，危及政教大业。

热振听到了这些传言，便去找一位深得他信任的喇嘛来占卜自己的命运。热振问占卜者，自己是继续担任摄政还是辞去摄政好？占卜的结果预示，他若继续任职，对西藏政教大业和热振喇章有利，但对达赖喇嘛的健康不利，使其不能长寿；对他本人也不利，若辞职回寺静养，则可消除凶兆[①]。热振对此深信不疑。他召集热振扎萨江白坚赞、前任扎萨江白德来、雍乃喇嘛洛桑益西朗吉、卡朵喇嘛洛桑土旦、森本堪布阿旺洛旦等人，共商辞去摄政事宜。

森本堪布阿旺洛旦认为有凶兆可以祈祷消除，不必辞职。但热振坚决要辞去，他让大家讨论谁接任摄政为宜。雍乃喇嘛提出，既然活佛为躲避凶兆，他认为暂时离职两三年即可，期间可暂设代理摄政。待静修消灾后，再复任摄政。雍乃和江白坚赞、江白德来认为大札·阿旺松绕是热振的经师，且年事已高，可由他代理摄政。但阿旺洛旦认为大札心狠手辣，他一旦掌权，将来不可能收权。热振认为他不该说自己圣师坏话，把他骂了一顿。这次密议就此结束。之后，他又召集了自己十分信任的喇嘛丹巴江央、平雪·次旦多吉、彭康·扎西多吉三位噶伦，把占卜预示的凶兆、自己准备辞职静修、拟由大札代理摄

---

① 据噶雪·曲吉尼玛：《回忆热振事件》，亲历者手稿。

政诸事告知他们，请他们给予高见。丹巴江央、平雪·次旦多吉表示同意。但彭康·扎西多吉不同意热振辞职。但在当年年底噶厦召开的"全藏民众大会"上，热振宣布了自己辞职，让大札代理摄政的决定。

热振没有想到，他的这一决定会使自己走上绝路。

由于热振与大札原系师徒关系，热振很信任大札。大札活佛接任摄政时，曾亲口对去觐见他的噶伦、基巧堪布和其他代表说："我因年迈，只能任职两三年，到时候再奉请热振活佛复任摄政王。"当时全藏大会书写了一份纪要。纪要首先详述和赞扬了热振活佛在政期间完成寻访达赖喇嘛转世灵童、迎请拉萨的大事，后又举行剃度、取法名和坐床等宗教仪式；边境安谧，政教统一等业绩，然后明确写上："热振活佛为消除不祥征兆，暂时辞职回热振寺静修，由大札活佛接任摄政二至三年，期满后仍由热振活佛继任摄政，直至达赖喇嘛亲政为止。"这份纪要写成了一式四份，每份盖有六颗公章，热振、大札、噶厦、全藏大会各存一份[①]。

从此，社会上议论纷纷，说热振活佛把摄政和首席经师职位全部让给大札就是为了将来便于收回权力重新执政，是"喇嘛欲马得了马，弟子欲牛得了牛"。

但热振没有想到的是，期约到了，大札丝毫没有交权的意思。大札1941年1月1日接任摄政和首席经师职位，1944年正月，热振认为自己只要到拉萨去见大札一面，大札就会交还摄政大权。正月三日的占卜节预示达赖喇嘛有凶兆，噶厦组织全藏僧俗为达赖诵经祈祷，但他们却不邀请热振，即使热振一方哲蚌寺廓芒札仓堪布群培杰布、阿巴札仓[②]前任堪布阿旺克乔，色拉寺堆扎仓堪布坚赞森格等为达赖喇嘛诵经祈祷时，也不得出门与外界接触，不准参加各级会议和发表言论，实质上是被软禁了。但热振依然认为，只要到拉萨面见大札摄政，即可收回权力。所以他采用了另一个办法。1944年，色拉寺吉扎仓以大经堂要举行开光仪轨为名，邀请他到拉萨。很多人也认为，热

---

① 据噶雪·曲吉尼玛：《回忆热振事件》。

② 札仓：札仓是藏传佛教的经学院，由寺内僧众集体组成。哲蚌寺建成初期有七个札仓，分别由绛央曲法的七大弟子主持，后来各地的僧人不断增多，根据他们的学位内容和籍贯合并成现在的罗赛林、廓芒、德明和阿巴四大札仓。

振这次到拉萨，肯定会重任摄政。噶厦到拉萨门仲桥迎候，各僧俗官员，各大寺活佛、堪布，富商大贾，蜂拥朝拜。

热振去大札的官邸会晤，对大札说："我已结束了为消除凶兆，静坐修经的功德，并考虑到您年事已高，继续主持政教事务有困难，故特地来到拉萨。"

不想大札活佛却双手捂着耳朵，装聋作哑，嘴里不停发出"啊啊"之声，不作回答，更不谈奉还摄政职位之事。

大札拒绝还权的消息一经传出，议论沸腾。原先如过江之鲫不断来朝拜热振的人流，一下断了。热振一腔悲愤地回到了热振寺。

大札不交权，热振活佛便向国民党驻藏办事处求助。他说，当他辞职时，请大札代他出任摄政王，本来在私下里已经订好盟约，三年后还政于他，现大札不但不准备还政，还做了许多恶事。如果这一状况继续下去，西藏必将为帝国主义所吞并，这是他无法忍受的，所以请求中央支持他重新当政。热振还表示，如果他能重任摄政，一定为增进中央与地方关系作贡献。办事处的答复是，中央答应予以支持。并告知热振，中央已委任他为国民大会的委员，要他赴内地出席。热振很想去内地，却不敢前往。当他得知他的两个好友即将出席甘孜地区国民大会时，热振秘密召见他们，并委托二人务必代表他向国民党政府陈述大札投靠外国，破坏汉藏关系的恶行，恳求中央明令大札辞职还权。

这场政治斗争看起来是热振和大札之间的争斗，其实幕后的人物却是英国驻藏代表黎吉生。1947年2月，黎吉生没有通过当时的西藏"外交局"，也没有通过噶厦，而是直接去见大札摄政，向他报告说："热振派遣霍甲本之子顿朗和拉噶尔·土多去内地参加国民大会，受到优礼接待，胜过噶厦派去的两名扎萨。尤其值得注意的是，热振派去的这两人参加'国大'后留在南京。他俩承认西藏是属于中国领土而非独立，要求国民党派兵入藏，并给予武器和经济援助。国民党也准备派大军入藏，还决定派飞机轰炸拉萨！据悉，国民党已给了顿朗很多武器和金钱，热振喇章和扎什伦布寺喇章联合起来，要在色拉寺和扎什伦布寺建立军事基地，由扎什伦布寺喇章发动叛乱。"

大札听了黎吉生编造的密告，惶恐万状，立即召来噶厦的四位噶伦，命噶厦严加注意。并特别强调说，"根据黎吉生的要求，对他提供情报一事要严加保密。"噶厦官员们颇为感戴。认为要不是黎吉生提供情报，他们还蒙在鼓里。他们当即给驻南京三人代表堪穷土登桑布、孜仲登次仁、洛泽娃强巴阿旺发了加急密电，要他们详查在南京参加国民大会的代表除噶厦委派的两名扎萨外，还有何人参加，并要他们侦查内外各方是否有对西藏采取行动之企图。

第二天，黎吉生又通过噶厦的所谓"外交局"，转告噶厦说，热振前些时日向他提出要求，请他帮忙允许他去印度。黎吉生让他先同噶厦晤谈。并说热振当时想去印度，实则是经印度去南京。现在他有可能经藏北去内地。

4月14日，噶厦政府收到了驻南京办事处人员发回的一封加急电报，立即召开了"全藏民众会议"。当天拉鲁迟到了，其他噶伦已经到齐，他们把看完的电报交给他看。当他看到"只准噶伦以上人阅"的字样时，不禁惊得"啊"了一声，噶伦喇嘛然巴急忙打手势叫他不要作声，示意"切莫让外边人听见"了。电文大意是"热振代表顿朗和拉卡尔·土多两人已向国民党政府要求派部队和飞机支援热振，蒋介石答应五天答复，请你们当机立断"。

噶伦喇嘛和基巧堪布①们惊恐万分。立即开了高级密会，参会的有噶伦喇嘛然巴·土登贡庆、索康·旺清格列、噶雪·曲吉尼玛、拉鲁·次旺多吉、基巧堪布钦绕热旦共五人，商讨如何对付这一严重事态。与会人都发表了各自的意见。最后索康说："若不是英国人黎吉生预通情报，我们真是头炸烂了，还不知道是怎么回事。目前的情势就是要看谁动手快，是争速度，我们只有立刻派人去'迎请'热振活佛来拉萨，别无他法！"

此情禀报给大札后，他气得面红耳赤、泪满双目，声嘶力竭地喊叫道："快把热振押到拉萨来！"

根据噶厦的决定，噶伦索康和拉鲁一同带200名藏军骑兵于2月14日出发，秘密、火速赶往热振寺。于16日破晓时到达普托河，派藏军代本阿南包围了热振寺，派四代本格桑率50名藏兵直入寺内。

拉萨热振喇章札萨益西楚臣等人得知噶厦派人抓捕热振活佛的消

---

① 基巧：民国时期西藏地方行政机构。基巧内设有总管，由四品以上僧官或俗官担任，三四年为一任，期满后由噶厦决定是否留任。

息时，已是 15 日黄昏，他当即出发前往报信，一夜赶走三天的路程，于黎明时分赶到热振寺侧面山上时，藏军已将热振寺团团包围。他托人代信给热振，但热振活佛已难以脱身，他只收到了热振派人捎给他的信："……说不说原因，是路人皆知的事，我们同祖国和汉族的关系是多少代人形成的，不是短期的事。因此依赖祖国是稳定的，但是亲英派却主张西藏脱离祖国，这不得人心啊，他们忘了英军两次侵略给我们民族带来多少惨重的灾难啊……我托甘孜代表向国民政府反映，支持我还政，岂料，他们抓住这个把柄，指责我图谋不轨。现在只有如此了，我跟他们到拉萨当面说清事实。但看来这一点想法都难以实现了。眼下，我和整个寺庙都落在人家手心，哪里还有陈述意见的自由呢？你现在还在法网之外，要迅速向国民政府报告，申明这里发生的一切。"[①]

益西楚臣看完信，朝热振寺扑通跪下，直到看着藏军将热振活佛押走，才含着悲愤离开，逃往内地。

热振在离开热振寺时提出要骑自己的青鬃马，索康怕热振马快，中途逃跑，没有同意，只让他骑骡子。

当拉鲁押着热振走到拉萨城北大路时，被色拉寺僧人得知，曾试图在途中拦截营救，藏军向这些僧人开枪，把他们全压回寺内。然后押着热振通过流沙河桥，直抵布达拉宫，关进了孜夏角监狱。

随后，热振喇章、雍乃喇嘛、卡多喇章、尧西彭康、桑都仓等家的财产被查封。除雍乃喇嘛潜逃，其余人均被逮捕，被剥掉了官服官帽，打乱发髻，革掉一切职务，也押进孜夏角监狱囚禁。

热振事件发生后，拉萨哗然，僧俗信众反响强烈，大札唯恐发生事变，下令铁棒喇嘛禁止各寺僧人闹事；在布达拉宫、罗布林卡、夏钦角监狱周围、"雪"军械库、热振喇章等处布满藏军守卫。但还是发生了藏军与色拉寺的战事，导致色拉寺差点被毁。

仲孜们从热振喇章搜查出的信件中，发现了雍乃喇嘛与热振活佛的密信底稿。雍乃喇嘛在信中写道："大札活佛胡作非为，已达到不可容忍的地步。吾等决心趁大札按惯例冬季回寺的机会，在东噶雪古山沟设下埋伏，将彼枪杀……"热振复信告诫，"你等决不可鲁莽行事，

---

① 噶雪·曲吉尼玛：《回忆热振事件》，亲历者手稿。

'佛塔虽倒，层级犹存'，如果再闹，恐难维持现状，还是耐心等待国民党中央政府支援为宜。"但年轻的江白坚赞和出谋人雍乃喇嘛、卡多喇嘛等人听不进热振的劝告，坚持他们的决心不变。

热振活佛被关押在布达拉宫孜夏角监狱期间，曾被提审过三次。审讯中他宣称自己不仅没有做过违反政教大业之事，还劝导属下不要有违法举动。他还给达赖喇嘛的大经师赤江活佛、权势显赫的僧官仲译钦莫群培土登和噶伦噶雪·曲吉尼玛写信求助，并在每个人的信中放入从自己脖子上取下来的琥珀珠两颗作为礼物。在给噶雪的信中，热振活佛写道："由于您熟知热振喇章与大札摄政之间产生不和的来龙去脉，因此我请求您设法帮助我获释。假如继续监禁我、折磨我，那么等到水干鱼现时就会见到令人不愉快的结果，请斟酌。"[①]

5月7日，噶厦和仲孜们准备按既定之判决书宣判，但因为出现了不同意见，一时无法定罪。比如，土登列门和帕拉·土登维登二人提出要严惩热振，剜掉热振活佛一双眼珠。而一部分僧俗官员和色拉寺、哲蚌寺的堪布们提出了不同意见，与会的其他官员不仅不讨论，反而纷纷到布达拉宫后门和德阳厦等处去上厕所、散步，出出进进，不能聚齐定案，在此情形下，主持会议的仲孜们所写判决书只开了个头，下文不知该怎么写。正在这时，突然狱监来报告说热振患了重病。会议即将这一情况报告大札摄政和噶厦，请来了钦绕罗布医生为热振诊病。诊断结果说热振患的是"疯瘫症"，是一种周期性神经错乱疾病，需要服用藏药阿格尔三十五。

当天下午4时许，大札摄政的侍卫官、当时负责看管热振的总看守雪准格桑阿旺送来一包药，里边有三颗丸药，要看守夏尔孜·益西土丹让热振服用。一个小时后，看守按格桑阿旺告诉的服法，用肉汤给热振服下，热振服下不久，病情加重。夏尔孜发现这些药丸湿润软和，用手捏了一下，流出黄色汁液，包药的纸上留下了黄色斑点。夏尔孜立即明白格桑阿旺所说的这个"阿格尔三十五"是什么药了。意识到热振已被下毒，但已无力相救。

天快黑的时候，孜准·彤巴又送来一包药，当时热振刚服过格桑阿旺送来的药，所以夏尔孜没有让热振再服此药。一会儿格桑阿旺

---

① 同24。

又问他给热振的药服过没有，夏尔孜·益西土丹告诉服过，但病情加重了，格桑阿旺叫剩下的一丸也要服下去，夏尔孜只好按格桑阿旺的要求，当面让热振服下这丸药。半夜，热振想吐，但吐不出来，急促地喘着粗气，用微弱的声音要求请国民党驻藏办事处医生或英国商务办医生帮助打针。夏尔孜11点多钟在格桑阿旺来巡视监狱时向他转告了热振的要求，格桑阿旺推说深更半夜的，哪儿去找医生来打针？说完就走了。热振的病情更加恶化，许多人都能听到夏钦角监狱传出的撕心裂肺的喊叫声。11点10分左右，热振在剧烈疼痛中猝然去世[1]。

第二天，仲孜向大会公布了这一消息，即令扎萨擦绒前去验尸，在他的背部和臀部上有一道伤痕。他说这可能是受到护法神惩罚所致。他的说法引起了众人的嘲笑。还有人开玩笑说，发青处可能有人会说是皮鞭打的。

非常明显，热振是被毒害致死的。但西藏当时流行的说法是热振受到了非人的折磨，他被弄瞎了，还被去掉了睾丸。对其下手的就是两狱卒之一、龙夏之子乌坚朗珠，因为热振去世不久他就获得了升迁，被委任为拉萨米本[2]。当时，拉萨街头许多评论热振遇害的民谣也是针对他的：

> 罪孽深重的普觉（乌坚），
> 双手沾满了杀害山羊的鲜血，
> 作为这罪恶勾当的报偿，
> 他得到了拉萨米本的宝座。

无论热振是被大札摄政的侍卫官雪准格桑阿旺用毒药杀害的，还是龙夏之子、狱卒乌坚朗珠将其折磨致死的，真正的指使者都是大札摄政。美国著名人类学家梅·戈尔斯坦分析说——

有理由认为，大札当局肯定希望除掉热振，因为他是抵抗大

---

① 龙夏·乌坚多吉：《回忆热振活佛在狱中被害经过》，亲历者手稿。

② 市长。

札的核心人物，也是策动反对大札的暴乱的最重要的因素。他作为一名大活佛名扬藏区，一直受到了广大僧俗民众的尊崇，在他被捕之后，宗教声望不但没有受到丝毫影响，甚至还有所提高。因此，只要热振活佛活在世上，大札摄政当局就面临着一场推翻噶厦运动的威胁。热振竭尽全力企图利用国民党政府的军事力量重新登上摄政宝座，这就把热振与大札之间的争端这一内部政治问题转化为十分危险的有外部力量卷入的冲突。虽然热振身陷囹圄，但只要还活着，就可能给汉人以干涉西藏内部事务的口实。李铁铮透露，蒋介石当局发来电报，要求噶厦政府对热振表现出宽大和仁慈，不要做出杀害他的决定。蒋介石当局的这一请求正好表明其对热振非同寻常的关注及直接插手西藏事务的企图。似乎是在1947年，大札或是他的管家担心国民政府插手西藏事务的行动蔓延开来，出于对西藏安宁的需要，他们做出了杀害热振的决定①。

热振被害后，由于热振喇章被噶厦查封，喜德扎仓来了八个喇嘛将热振活佛的遗体领回，热振的后事就在喜德扎仓办理。他的遗体安放在寺内，供人瞻仰。拉萨成千上万的人来到这里，人人流泪哀叹，悲声震天。人们不明白，究竟是什么灾难降临到这样一位高僧大德身上？最光辉灿烂的大活佛为什么会沦落到如此可怜的地步？人们看见从热振的鼻孔里流出来一股鲜血，浸透了覆盖他面部的那块绸缎。

就这样，国民党政府在西藏噶厦政权中一个重要友好人物，一心主张藏汉团结、反对分裂的热振便在西藏政坛上消失了。

1947年年底，锡金总督哲吉和英国人黎吉生通报噶厦说，国民党政府的报刊评论热振事件说：西藏热振事件的性质是中英之争。而热振之死，决定了拉萨接下来的走向，那就是越来越紧地与英印捆绑在一起，越来越沉溺于“西藏独立”的迷梦，而不知道其梦境与他们在现实中的境况一样混乱、无望。他们把所有希望都寄托在美国、英国、印度的怜悯上，其乞求的姿态完全不顾尊严。他们不知道，对于一个乞丐，施舍者不会不断给你零钞，你第二次去乞讨时，他们就会厌烦。作为一枚并

---

① ［美］梅·戈尔斯坦著，杜永彬译：《喇嘛王国的覆灭》，第532~533页。时事出版社，1994年版。

不重要的棋子，只有在万不得已的情况下才会拿来利用一下。

六、噶雪因莫须有的罪名被流放

因为热振在狱中给噶伦噶雪·曲吉尼玛写过信，噶雪又是在热振抓捕交出摄政大权时，要大札将他提升为噶伦的，所以，大札就一直在等待剪除噶雪的时机。

在被软禁的近一个月时间里，噶雪认定仲译钦莫和孜本会共同审理他，会来找他核对问题，可谁也没有来问过他一句话。

但噶雪对统治集团内部情况的了解，使噶伦们担心一旦指控他，他会抖出内幕，使他们陷于不利。另外，把八廓街一个男孩儿引起的骚乱与噶雪扯在一起，也证据不足。但噶伦们还是一本正经地成立了一个调查委员会，并在最终做出了一项绝妙的判决：因为噶雪很清楚他犯了什么罪，所以噶厦没有必要一一列举。现将噶雪流放山南，终生监禁，且不能以任何理由减刑。服刑期间，他不能与任何人进行通信联系。最初的判决还说要查封噶雪的财产，但因为他为了当官打点，负债累累，连债务都无力偿还，财产一查封，他刚好不用偿还债务。所以，噶厦认为，对噶雪最严厉的惩罚就是让他的子孙偿还这些债务，因此，判决书判决，噶雪的债务由其子偿还 [1]。

确定了判处的结果之后，噶雪·曲吉尼玛被叫到摄政传令室，知宾土登列门在摄政座前向他宣判，最后的判决书是这样说的：

> 摄政令，经审查，"驱逐汉人"时一乞丐在街头闹事与噶雪·曲吉尼玛没有牵连。但噶雪·曲吉尼玛与卸任摄政热振狼狈为奸，偏向汉人，胡说什么"驱逐汉人，合适吗"之类不从西藏政教安危考虑的短见之言。对噶雪·曲吉尼玛本应与热振、卡尔多一样，没收家产以儆效尤，但念噶雪·曲吉尼玛平时勤于公务，从宽处理，撤销噶伦职务，发落乃东宗终身监禁。监禁期间禁止与外界通信和会面。

---

① ［美］梅·戈尔斯坦著，杜永彬译：《喇嘛王国的覆灭》，时事出版社，1994年版，第636页。

宣判后，噶厦分别向山南总管和乃东宗宗本去函并派查西军营的一名排长和十名士兵将噶雪押送乃东宗。

噶雪被押解到乃东宗时，该宗新建的监狱已经落成。监狱一楼一顶，楼上只有一道门，没有窗户。四周筑有高墙。他被关进楼下的监舍内，面积仅数平方米，只有一个小通气口，室内黑暗。看守人员从天窗口架梯上二楼，楼口便是看守的卧室，南边有一小厨房和一厕所专供看守使用。

噶雪被投入这暗无天日的大牢后，不仅派了一名乡吏和十名百姓日夜看守，而且山南总管和乃东宗本也不断来查狱。1949年10月1日，毛主席宣布中华人民共和国成立后，他们很紧张，怕他越狱，便从当时驻守泽当的居尼粗乃军营代理代本嘎德·朗杰多吉所部抽调藏兵，严加看守。

七、大札明目张胆的分裂活动

驱逐汉人，解除了噶雪·曲吉尼玛的职务并终身监禁后，大札摄政为了维护贵族及农奴主的利益，明目张胆地进行分裂活动。为了阻止人民解放军进藏，噶厦提高了行政管理效率。僧官然巴噶伦负责对外事务，俗官噶伦绕噶厦分管藏军和军务，噶伦索康负责招募军队和军费开支。也就是说，噶厦的主要工作围绕"藏独"展开。

为此，西藏当局大力增强军事能力，早在1947年就向印度购买了144挺轻机枪和36万发机枪子弹、168支司登冲锋枪和配套的20.4万发子弹、1260支303式步枪和25.2万发子弹、42支配有630发子弹的VEREY手枪。西藏当局还计划增设一个1000名士兵的代本团，从无业的男子包括乞丐中招募，但有人认为这是向当地的地痞流氓提供武器而加以反对，最终噶厦放弃了这一想法。

1948年，随着中国共产党不断胜利的消息传到拉萨，西藏当局加快了改善藏军装备、提高藏军素质的步伐。8月，藏军总司令在拉萨会见黎吉生，希望印度继续向西藏提供军事装备。1949年2月，他们开出了军购清单：配备1000万发子弹的轻机枪1500挺和数门迫击炮，并请求印度派遣军官到西藏帮助训练藏军，同时希望扩军2万人。但印度只追加了350万发子弹。当时印度在江孜设有"印度商务代办处"，派有少量军队驻守，印度同意藏军派少量军人去江孜接受武器操作训练。当年9月，西藏噶厦政府邀请印度新任锡金政治专员达雅到拉萨，迫切要求印度再向西藏提供更多的武器弹药，清单是：2英寸、3英寸口径迫击炮各20门，2英寸、3英寸口径迫击炮炮弹各1万发，303式步枪子弹200万发，司登冲锋枪子弹100万发。同时派遣12名藏兵到江孜接受勃朗宁轻机枪和司登冲锋枪的操作技术训练。

1949年9月16日，西藏官员会议讨论通过了经噶厦和基巧堪布提出的具体扩军措施。第二天，会议又根据时任印度驻拉萨代表处电台台长的英国人福克斯——其之前是英国驻拉萨代表处电台台长，已在西藏居留十余年——提供的情报，采取了文武应对之策，在北部地区加强军事防务，任命大堪布洛桑扎西和四品官门堆色为后备部队负责官员。同时提出了如下措施："第一条，为政教安全起见，已进行的息危扬善祈祷活动，还要继续进行，并使之见效；第二条，根据两位负责后备部队官员的计划，扩建政教护卫军一万人。加征'岗屯'①兵员，所有适龄人都要登记，各地积蓄要统一调拨使用；第三条，改善同印度的关系；第四条，同汉区的边界问题要妥善解决；第五条，同印度签订条约。"②

噶厦同时准备从富裕家庭招募青壮男子创建一个仲扎代本团；成立军饷局，统一调拨各地积蓄的粮食。在此前后，藏军已由11个代本陆续扩充到16个，将装备了新式武器的部队派往康区和那曲，并对其进行额外训练。此外，年轻的僧俗官员都接受了使用勃朗宁轻机枪的训练。

大札自任摄政后，就在为西藏独立做准备。为此，噶厦邀请了印度电力总公司负责人瑞德到拉萨考察，答应向西藏提供一座500千瓦的小型水电站，并在拉萨架设电线，为此，他们把拉萨附近一块空旷之地改造成了临时小型机场，由印度航空公司把那套45吨的发电设备空运到了拉萨。噶厦还特别注重发展了通信能力，让福克斯帮助培训西藏选派的官员操作无线电台。后来噶厦又高薪雇请了英国间谍福特在1949年夏天建立了西藏第一座无线广播电台——拉萨电台，以便向

---

① "岗屯"均为西藏过去的土地计量标准。系西藏过去为征集兵员，按贵族所领土地面积，每12岗或6屯征兵1名。

② 《西藏地方当局为对抗祖国统一的"文武策略"》，1949年9月17日，原件存西藏历史档案馆。

外宣传西藏的独立主张。西藏地域辽阔，地形复杂，福特又相继在准备与解放军对抗的昌都、那曲建立了无线电台。

福克斯还积极为西藏地方当局出谋献策。福克斯于 1950 年 1 月 17 日致函藏军总司令称：为了不使共军迅速前进，应当彻底破坏各条官道、大路、桥梁，还应在各个重要的阵地、能重创共军之地、没有桥梁的重要小河及山垭口处埋设地雷，查处煽惑公众的共军间谍等。藏军总司令立即复函福克斯表示感谢。福克斯在对西藏噶厦政府官员的谈话中，还详细策划了有关藏军编制、兵力部署、训练计划、军队装备、士兵给养、指挥安全等事宜，提出要噶厦派遣各级军官去印度接受军事训练，然后派往昌都等地担任指挥。

在这些西方势力的支持下，西藏噶厦政府在加紧对抗的准备。

据雪康·索朗达吉回忆，他原任帕里宗本，铁虎年（1950 年）2 月 20 日左右，他收到噶厦的命令，称："政府已从印度政府买妥一批军火，命你于藏历 3 月 1 日准时亲赴锡金接收。到彼后与锡金总督大臣海叶商讨运藏事宜。你须立即组筹运出，途中不得丢失、损坏和延误。按惯例从锡金至亚东的运费英镑 1 万元，已由噶伦堡的拉萨商人察珠仓之子汇兑彼处，到时前往领取。（武器）运到亚东之后，立即移交给亚东总管邦达的代理人负责运送。有关向江孜运送之事宜已给亚东总管代理人另有指令。给你所派的两名助理是由上下亚东各遣一名小头人，此事请与亚东总管面商。"[①]

据此，雪康于藏历二月二十七日离开帕里，3 月 2 日抵达锡金。3 日早晨去海叶的官邸，向他呈示了噶厦的指令。

海叶说："将派你来此处接收军火一事，噶厦已来电通知，现在你及时到达甚好。军火已从西里古里军营经过印度大吉岭里波昂军营发来此处。大吉岭里波昂军营的负责人于今晚或明日准时到来，一俟他们到达，再讨论决定运藏事宜。有关这件事有两点要注意：第一，印度政府自始至终对西藏是真心友好和关心帮助的。由于西藏东部有遭赤色侵害之危险，他们便迅速答应出售这批军火，这纯属我们内部事务，因此，你必须保证严守机密，尤其不得接触新闻记者。第二，目

---

① 雪康·索朗达吉：《西藏噶厦政府从印度政府购买军火情况》，亲历者手稿。

前锡金地区的时局也不太安宁，等这批军火运到后，你得及时接收并尽快运往西藏。否则，若稍有停留，就有遭歹徒抢劫的危险。"

雪康说："保密可以做到。但因一时来不了大批驮运军火的骡马，所以成批接受再加上时局紧张，我是难以承担的。因此，只能根据雇用骡马来的多少分批接受，然后运往西藏。对此，请多加关照，给予安排。"

"你估计每周能运出多少件军火？"

"按噶厦指令要我尽速运送，但商客所雇的骡马和亚东人搞运输的骡马不到的话，我则束手无策毫无办法。不过我的两位亚东助理将有较准确的估计，待我和他们商议后再告诉您。"

"既然如此，你先和他们商议，等军营负责人到来之后，再详细研究有关运输事宜。"

雪康从海叶官邸出来，便返回旅馆。

藏历三月五日午后，雪康被叫到锡金总督办公室。那里除锡金总督外，还有西里古里和大吉岭里波昂两个军营的两名校级军官、常驻锡金的印度军官格詹古达团长。另外，还有锡金的贵族、锡金总督署的阿廷大臣、锡金总督的大秘书、印度政府常驻亚东商务总管等。经西藏噶厦政府四品官拉耶巴图·索朗多杰翻译，一一介绍那些军官后，众人便讨论了向西藏运送军火事宜。据亚东的两个小头人估计，每周有可能交接骡马200匹的驮子，但也没有绝对把握。因为西藏的牦牛尾巴、羊毛、皮张等运往印度的时间一般是秋季后期，春季藏商的骡马来得很少。因此，雪康说："我希望由于时局的情况，根据来的骡马多少分批交接。"

一名军官说："既然如此，我们用汽车运送。不过每车需有士兵护送，十多辆汽车一起到这里，因为没有车房，你得租用仓库，每天须支付少量的房子租金和护车士兵的工钱。"

雪康说："噶厦除运费外，并未给我房子租金和护车士兵工钱。所以只能根据所来骡马驮子的数量交接运往西藏，其他事情我无能为力。"

最后，他们只得同意了雪康的意见。

交接枪支弹药的地点定在离锡金城北5英里名叫博哲埃斯谷的地方。该地原为一所藏文学校，以后由印军一个团驻扎。藏历3月8日开始交接工作。军火有两类：一类是2英寸口径火炮68门，3英寸口径火炮62门，各附带炮弹；另一类是埃斯占汉步枪，约有200多箱并附带子弹。两类共有 2400 多箱。

藏历三月十日左右，由亚东总管的代表转来噶厦的电报和藏文明码簿一本。电令称："你可能已抵达锡金。关于所委工作，前已有指令，望军火运藏一事不可延误，尽速运往拉萨。如有特殊情况需要报告时，按所寄藏文电码簿立即向噶厦呈报。"

藏历三月十五日左右，雪康到印度噶伦堡察珠仓之子处提取运费汇兑。当时因宇妥扎萨扎西顿珠在噶伦堡医治眼病，雪康便在他那里住了两天。次日下午 3 点多，他在午休时，仆人达珍将他叫醒后说："一个外国人问帕里宗堆在不在。"

雪康擦了一把脸准备出来迎接时，来人已进入屋内，他用印度语说："对不起，你是帕里宗堆吗？"

雪康说："是的，你有什么事？"

他说："好极了，昨天我去锡金，说你已去噶伦堡了。今天在这里会见你太好了。"和他一起来的还有一位印度妇女，据她介绍，这位来人是美国常驻加尔各答的商务代表，她自己是商务代表的翻译。随后他翻了一下笔记本后又说："你是不是帕里宗本雪康公子？"

雪康说："是的，你们找我有何贵干？"

他说："请不要见怪。我们是属于国际统一阵线组织的，所以我以自己人的角度请问您，听说西藏的昌都一带有严重的赤色恐怖活动。你是西藏政府的官员，能否给我介绍一些这方面的情况？"

雪康说："我虽是政府方面的人，但目前常驻西藏边境的帕里宗，西藏又没有新闻报纸可看，所以不太清楚有什么情况。各国收音机里讲的，你比我更清楚。这方面倒是有些沸沸扬扬的说法，但详细情况我确实不了解。"

来人接着问："西藏政府从印度政府购买的军火听说派你来接收，请问军火究竟有多少？"

雪康说："我只是负责从边境接收驮子，至于枪支弹药有多少，是什么枪支，则一无所知。"

"有多少驮子呢？"

"因我的交接工作刚刚开始，有多少驮子还不清楚。"

"那么，这些军火买来是为了防御赤色恐怖的吗？"

"这是肯定的。"

"既然如此，假如西藏政府向我们美国提出武器援助要求的话，美国政府一定会给予帮助的。您认为如何？"

"我相信会援助的，谢谢！但此事只能由政府之间直接商谈，此次我无此任务，故无可奉告。"

于是便结束了谈话。

此事雪康未向噶厦报告，便从那里返回锡金，继续做向西藏运输武器的工作。因每周来的骡马多少不定，多时有7100头，少时又只有300头左右。他根据骡马来的数量安排驮子向西藏运送。

当时锡金博哲埃斯谷的印军军营里，大部分士兵都住帐篷。每运到一批枪支弹药，便存放在土洞内，并由士兵守卫。由于时局不安宁，英国过去在锡金所拥有的特权现由印度人拥有。至于内政方面，锡金国王有一定的权力，但1949年锡金民众国大党反对君主制，把锡金王室包围起来，印度政府乘机借口平息锡金骚乱，派印度政府代表海宛萨赫率印军士兵接管了王室，在局势未平息前暂由印度军队进行军事管制。国大党的领导和锡金萨曼族的扎西哈布一起一度与国王分庭抗礼，大有将实行民主制度与国王进行会谈之势，但实际上只是"鹬蚌相争，渔翁得利"，从此国王的权力大部分被海宛萨赫篡夺。过去锡金王室有卫队50多人，此后被印度军队代替，海宛萨赫便常驻锡金。雪康在锡金时，两派经常相互示威游行，制造事端。因此，向西藏运送武器时，不得不警惕防范。

藏历四月初，噶厦发来电报称："昌都一带边界等处情况十分严重，因此，各军营已派士兵50多人到江孜印军驻地专门学习大炮的装卸和使用技术。你将军火交接的收尾工作详细交代给可靠代理人后携带一定数量的武器和凭据立即亲赴江孜。有关学员毕业后向各地分配之事，已给江孜总管和二宗堆另去指令。"

当时，军火的交接工作虽已基本结束，但由于锡金至亚东之间那坨拉的道路被洪水冲垮百余处，骡马来往中断。于是雪康主仆携带少量干粮，从锡金步行3天到达亚东，然后骑马6天回到了江孜。

八、筹运军饷粮时的争权夺利

西藏噶厦政府迫切需要更多的武器弹药，便又向印度政府追加购买了40门迫击炮及2万发迫击炮弹、200万发303式步枪子弹和100万发司登冲锋枪子弹。派遣装备了新式武器的部队去替换康区和那曲的部队。此外，采取了进一步改善行政效率的措施，禁止官员们搓麻将，指令他们上交所有麻将牌。使用勃朗宁轻机枪的训练扩大到了所有年轻的官员，其中包括所有僧官。

当时西藏噶厦政府的权力实际掌握在以大札摄政为首的少数谋求西藏独立的人手里，很少有人敢站出来对这些做法提出意见。只有阿沛勇敢地发表了自己的看法。他说我们只能与解放军进行协商，而不能打仗。国民党有800万军队，还有美国的援助，与解放军交战，最后还是失败，逃到台湾去了。西藏男女老少加起来，总共只有100万人，而且没有战斗经验，没有武器，无论如何也不可能取得胜利，打仗的结果只能是受到不可估量的损失。

他是清醒的。但没有任何用处。西藏噶厦政府在一条不归路上继续盲目前行。

由于噶厦政府准备武力抵抗解放军进藏，所以在藏北地区布置了大量军队，并筹集多达10万克①的军饷粮，准备运送到那曲、巴青等地。

据阿旺洛桑回忆②，这批军饷粮主要从后藏地区的日喀则、白朗、堆琼、旺月、江孜、色仁钦孜、平措林、拉孜、昂仁、协噶尔、艾宁卡、南木林、加措、拉普、林噶、仁布等宗、谿③的入库粮中筹集。并强迫民众从堆协噶尔和后藏各宗谿往藏北赶运。当时西藏没有公路，军粮全靠骡马驮运，路程遥远，往返需两个多月，加之藏北气候恶劣，地势高拔，缺少草料，很多驮畜死于路途，这进一步加重了沿途百姓的差役负担。

在运送这批军饷粮时，除了上述各宗、谿外，还向岗巴、马江、尼木等宗谿征派了驮畜乌拉④。

噶厦政府任命孜准谢宁强钦和雪仲加斯巴为筹集、运送这批军饷粮的总负责人，任命玉拉谿堆孜仲果芒土登洛桑和雪仲戌库巴负责从

---

① 西藏过去的计量单位，1克等于6市斤。

② 阿旺洛桑：《土牛年（1949年）原西藏噶厦政府为藏北地区筹集、运送10万克军饷粮的有关情况》。

③ 谿：比宗（县）略小些的城镇。

④ 差役之意。

各宗、豁筹集并核实上缴军饷粮，任命孜准顿珠结布和雪仲擦第更巴在藏北各地负责这批军饷粮的接收入库工作。同时，噶厦政府还从恰团军中选派一个定[①]的士兵给僧俗两位总负责人，驻扎于日喀则，具体管理军饷粮的筹集和运送。

当时无论远近，军饷粮都要靠马、骡、驴、牛等畜驮运。噶厦政府在给僧俗两位总负责人的令文中说："此次为保卫佛国圣教的军队运送饷粮，事关重大，所系非小。无论政府、寺院还是贵族，也无论他们持有怎样的铁券文书，都要一视同仁地征派驮畜乌拉。"

于是，筹集、运送军饷粮的负责人登记上部各宗、豁及马江、尼木等地的驮畜情况。其余各地则由筹集、运送军饷粮的负责人及其代理人亲自分赴各地进行登记，并召集各宗、豁代理人、佐扎及民众代表就运送军饷粮一事进行了商议，再由僧俗两位总负责人根据商议情况向噶厦政府报告。

根据噶厦政府的批文及各地筹集军饷粮的数量、远近距离的不同等情况，分成上、中、下三个部分安排：上部的拉孜、昂仁、平措林、协噶尔、艾宁卡等地筹集来的军饷粮，由各宗、豁自己的驮畜运送到拉平渡口，再用牛皮船运到大竹卡渡口，船费则根据饷粮数量由上述各宗、豁筹付；中部的日喀则、色仁钦孜、白朗、堆琼、旺丹、江孜等地筹集来的军饷粮由各宗、豁自己的驮畜运送到乌玉宗塘地方，并由这些宗、豁的驮畜将上部各宗、豁运送到大竹卡渡口的军饷粮分运到乌玉宗塘；下部的香玉四宗和仁布等地筹集来的军饷粮由各宗、豁自己的驮畜运送到乌玉宗塘，然后再由香玉地方的南木林、拉普、加措、林噶、仁布、马江、尼木等宗、豁负责运送到到羊八井。从羊八井到那曲、巴青等地的分送工作，则由羌基即藏北总管向藏北四镇地区征派乌拉来完成。

由于当时交通运输极为不便，再加上需要运送的军饷粮数量又大，筹运年粮给政府、寺院、贵族及其属民造成了极大的负担。而且各地百姓还要款待往来的不少官员，被藏军士兵敲诈勒索，加上贪污受贿，更是苦不堪言。

谁也没有想到的是，日喀则总管堪穷吞巴·强巴克珠会与谢宁强

---

① 相当于排，排长叫"定本"。

钦和加斯巴争权夺利。

本来，当时担任日喀则总管的是堪穷吞巴·强巴克珠和台吉松培巴两人，但台吉松培巴不幸去世，总管任上只有他的代理人，因此，日喀则的事务基本上由堪穷吞巴一人独掌。

由于谢宁强钦和加斯巴握有噶厦政府明令政府、寺院和贵族都要一视同仁支应运送军饷粮乌拉差役的尚方宝剑，因此，大家不得不对他们服服帖帖、优礼有加。堪穷吞巴对此心存妒忌，以至无中生有，制造事端。

在日喀则地区筹集军饷粮时，噶厦政府派遣康聂尔鲁定巴·索朗次仁为代理总管，兼理筹集军饷粮事务。有一天，堪穷吞巴突然把康聂尔鲁定巴叫到自己的住处，无中生有地指责他在军饷粮负责人与日喀则总管之间挑拨离间，并突然揪住康聂尔鲁定巴的头发，对其他拳脚相加，一顿痛打。

于是，康聂尔鲁定巴顶着乱蓬蓬的头发跑到孜准谢宁强钦处，哭诉了吞巴大人对他的指责和殴打，并请求道："我从未在大人们之间挑拨离间过，请您帮助说明情况，以使吞巴大人息怒。"

谢宁强钦前往堪穷吞巴处说明了情况，但他们之间的矛盾却在貌似和好的表象下日趋恶化。

不久，日喀则所属百姓邀请亚东格西活佛主持当地民间法会仪式，当格西活佛从江孜来到日喀则附近时，日喀则总管府的两位强佐也前往迎接，堪穷吞巴便趁机把原总管松培巴的随从叫来，并说"两位强佐准备给噶厦政府作个报告，但因诸事缠身，一直没能做成，今天我把报告作好了，你把二位强佐的印章带过来"。而堪穷吞巴对报告的内容没有作任何说明。

堪穷吞巴呈送的报告中包括：一份他唆使部分总管府工作人员及政府庄园佐扎、措本等假借日喀则总管辖区内所有政府、寺院、贵族领地全体官民名义呈送的报告书，一份伪称由日喀则总管府辖内政府庄园收税官修苏结布呈送的报告书，以及一份伪称由僧俗两位日喀则总管及其代理人联名呈送的报告书等。这些报告称：征集、运送军饷粮的负责人蹂躏、扰害百姓；对喇章所属领地不予登记、免征差役；独断专行，不与日喀则总管等当地官员协同等等。

噶厦政府收到报告后，信以为真，立即给日喀则僧俗两位总管回复批文，要求两位总管严查征集、运送军饷粮的人员扰害、蹂躏百姓的具体情况，并报告到噶厦政府。

当时，噶厦政府已经任命台吉彭旭巴接任此前逝世的日喀则总管松培巴之职。台吉彭旭巴便与堪穷吞巴一起，根据噶厦政府文告的要求向日喀则总管府辖区派出工作人员，对军饷粮征集、运送人员扰害百姓的情况进行调查。

很快，负责征集、运送军饷粮的人员得知后，便给噶厦政府呈送了报告，说明日喀则总管堪穷吞巴实是无中生有，捏造事实。噶厦政府收到报告后，又向台吉彭旭巴发布令文，要他秉公查实征集军饷粮的负责人扰害百姓的情况，向相关人等讯问堪穷吞巴·强巴克珠前述报告是否属实。同时，噶厦政府还给谢宁强钦和加斯巴发文说，如果你们找到你们在报告中所说日喀则总管堪穷吞巴扰害百姓、无中生有地作虚假报告以及损公肥私的证据，立即报送噶厦政府。

于是，谢宁强钦和加斯巴便向噶厦政府报告了堪穷吞巴扰害百姓以及将总管府所辖十八宗、豁仓储粮降价变卖、损公肥私等情况的报告。

但是，在台吉彭旭巴讯问、核实报告的真实性方面，由于报告的呈送者堪穷吞巴系其合作共事者，在讯问核实的具体操作上多有不便，碍于面子而迟迟拖延未办。

一天，谢宁强钦到日喀则总管府，给台吉彭旭巴献上一条哈达，请他根据噶厦政府的令文尽快核实报告的真实性。

在场的堪穷吞巴马上气势汹汹地说："正在对你们扰害百姓的情况进行调查取证，很快就会搞清楚的。至于我是否呈送了虚假报告，我也在敦促台吉大人讯问核实，而绝没有妨碍他的核实工作。"

谢宁强钦回答说："是啊是啊，台吉大人诚实正直，表里如一，我们没有什么可说的。我们是否扰害了百姓，你们已经做了调查，而你摊派苛捐杂税、蹂躏百姓、欺上瞒下、损公肥私的证据，我们也已经呈报给了噶厦政府。因此，你现在无权说我们什么，我们也不会接受你的训令。我们很快就会在噶厦对质，以见分晓。"

双方谁也不服谁，以至发生争斗。待强佐等工作人员调停、分开他们后，台吉彭旭巴说："看在双方都是政府官员的分儿上，我一直设法不让家丑外扬。不过，既然你们要这样，我可以马上开始分别进行调查核实。"

讯问核实工作已经无法再拖延了。彭旭巴经过讯问，得知堪穷吞巴的报告都是编造的。但他在向噶厦政府报告时，却将收税官修苏结布的报告扣了下来，没有呈送。谢宁强钦和加斯巴得知此情，立即向噶厦政府作了报告，请求噶厦政府让彭旭巴呈交收税官的证词。彭旭巴收到噶厦政府的训令后，才不得不呈交。

这样，堪穷吞巴作虚假报告的情况得到了证实。但过了一段时间，可能因为吞巴家族人多势众、暗通关节，最后这件案子就不了了之了。

九、热脸贴不上冷屁股

从筹集、调运军饷粮这件事上，可以看出西藏噶厦政府的腐败。但就是这样一个腐败无能的政府，却要对抗 20 世纪中国第一次成立的强大的人民政府。中国共产党确信，西藏之所以企图脱离中国，正是由于西方帝国主义对中国内政的干涉。自从鸦片战争开始，中国就是西方帝国主义瓜分、殖民的目标。早在 1913 年，十三世达赖喇嘛与英国外交官查尔斯·贝尔交往后便把所有汉人驱逐出西藏并中断了与内地的关系；而时隔 36 年，噶厦政府再次驱汉。正如梅·戈尔斯坦所说，英国所推行的西藏政策要么是企图消除汉人在西藏的影响，要么是把中国在西藏的全部作用和影响削弱到象征性的地步。此时，消除英帝国主义的影响、解放西藏已成为中国共产党在西藏问题上的当务之急。

但西藏地方政府声称西藏不存在帝国主义者，汉藏关系属于供施关系。西藏"外交局"在 1949 年 11 月 2 日从拉萨给毛主席发了一封信[1]：

共产党总统帅毛泽东阁下：

西藏是观音菩萨教化之地，已成为宗教兴旺发达的美妙地方，不论在过去和现在，一直享受着独立自主的权利，从未丧权于外国。由于青海、新疆与西藏接壤，请不要让（共产党）军队越境进入西藏领土。你若能向手下文武官员下达如此命令并认真执行，

---

① 《西藏"外交局"坚持所谓西藏"独立"给毛泽东的电报》，《和平解放西藏》第241 页，西藏人民出版社 1995 年 8 月第一版。

我们就放心了。西藏的一些土地，在最近几年被中国占去了，如中国内部的战乱结束后，希望能举行谈判解决。

西藏外交局
土牛年九月十二日

这封被后来的历史学者认为天真得出奇的信的抄件还分别寄给了印度和美、英两国，以寻求他们的政治支持和军事援助。

在印度驻拉萨代表黎吉生的直接策划下，噶厦"外交局"向美、英、印、尼泊尔发去紧急求援信，在给英国的信中明确提出，希望英国帮助其获得联合国席位。同时，噶厦还向上述四国派出"亲善使团"，寻求对其"独立"的支持和军事援助。据时任仲译钦莫的拉乌达热·土登旦达回忆，当时请求援助的内容非常明确："共产党已经基本上占领了全中国，现在他们正在向西藏边境推进，企图入侵并占领西藏。对此我们不得不进行反抗，我们必须寻求军事指导和帮助，以设法阻止共产党涉足西藏。并且我们还需要购买和租借剩余的 WW Ⅱ 式武器和弹药，需要购买飞机和汽车，需要操作这些机器设备的人，也需要美元。我们也希望继续保持独立并加入联合国。为了实现上述目标还需要你们给予帮助。"[①]

在决定由什么人充任"亲善使团"特使时，引起了争议。

保守的官员和寺院堪布说，这些特使事关政教合一的西藏的命运和前途，必须用卜卦抽签的办法挑选出"有缘分的人"，他们认为只有这样的人最适合与中国或美国谈判。而测试"来世的运气或缘分"是西藏传统的用人方式。但阿沛等具有现代观念和自由意识的俗官则竭力反对。他们认为这种做法可能导致会讲英语不会说汉语、了解英国事务的官员去了中国，而只会讲藏语和汉语、了解内地情况的官员去了英国，并认为无论来世的命运如何都没有什么实际意义。阿沛认为抽签问卦肯定会有答案，但未必是合理的答案，他尖锐地打了个比方说，假如你抽签问卦想知道究竟应当从布达拉宫房顶的东边还是西边往下跳，那么二者必选其一，你都得跳下去。

争论的结果是，因循守旧的势力占了上风，依然用抽签问卦的方

---

① 拉乌达热·土丹旦达：《〈关于和平解放西藏办法的协议〉签订前后》，亲历者手稿。

式选出了出访的特使：

中国使团由夏格巴和土登杰波率领，泽仁札萨任英文翻译，达赖喇嘛的姐夫平措扎西任汉文翻译；美国和印度使团由堪穷土登桑杰和登恰·多杰坚赞带队；英国使团由宇妥·扎西顿珠和堪穷土登堪绕带领；尼泊尔使团由泽松彭康和堪穷洛桑旺杰任团长。

其结果正如阿沛所言——夏格巴因为曾带领西藏代表团在南京索要大笔美金不成而不辞而别去了美国，表示不希望再到内地去；而原驻南京办事处官员土登桑杰也怕去美国，他一听到这个消息就感到惊恐和焦虑，因为他了解中国人而不是美国人。

但因为这是抽签决定的，是神的旨意，谁也不能违抗，所以，他们在抽签当天便去噶厦领取了旅行所需的证件和一份书面指示。给土登桑杰的指示是，他到美国应千方百计寻求资金和武器援助，并亲自去联合国呼吁，如没有这种可能，则应请求美国代表把西藏的呼声转达给联合国。为此，噶厦给了他 10 万卢比作为活动经费。

每个人都凭所持西藏的旅行证件到驻拉萨的印度代表黎吉生处换发前往印度的签证，到印度后，再到英美驻印度的大使馆领取访问英美的签证。

西藏政府特别想得到美国的支持，所以做了大量的工作。他们在1949 年 12 月 22 日首先给美国总统杜鲁门写了信：

虽然西藏作为一个独立的国家近 30 年来一直没有遇到什么麻烦，但是近来中国共产党的领导人却通过他们的无线电台宣称西藏是中国领土的一部分，并且还发表了许多其他关于西藏的言论，这完全没有根据且令人迷惑不解。而且，中国共产党已经占领了新疆、西宁（青海省省会）以及西康等边疆省份。

因此，在这万分危急的时刻，我们不可能再漠不关心、麻木不仁了。所以打算委派"喇恰"堪穷土登桑杰和四品官登恰·多杰坚赞率领一个特殊使团出访贵国，旨在得到贵国政府的援助。

因此，如果我们的使团到达华盛顿时，您能善意地从各方面给予尽可能的帮助，我们将表示最衷心的感谢[1]。

　　而美国驻新德里大使馆担心向西藏"外交局"做出书面答复有可能被西藏人看作是对他们独立地位的承认，所以只是口头向西藏地方当局的一位非正式代表表示：他们对西藏提出的援助请求予以重视，他们还在等待美国国务卿的答复。

　　为了讨好美国，噶厦政府没有气馁，又主动给美国驻新德里大使写信，一改之前"没有政府允许，不准外国人入藏"的规定，马上给两名美国人颁发签证和西藏护照，允许他们经察隅前往缅甸。噶厦又指示昌都总管拉鲁，在中国领土上的其他美国公民遇到类似的情况，要从昌都撤退或经由昌都地区返回时，也可以答应他们的请求。

　　当他们在收音机里收听到美国无任所大使[2]菲利普·杰塞普发表的关于美国将支持亚洲及反共产党国家和民族的演讲后，当即写信给他：

　　　　西藏已决定抵抗共产党的进攻。基于这一理由，西藏政府所派遣的特殊使团将立即前往美国及其他国家寻求帮助。

　　　　尽管如此，但是我们还是希望您到达印度之后，能够把访问西藏列入您的活动日程当中。

　　　　在做出意向性的决定之后，请预先通知我们，您将乘坐何种交通工具前往我们的都城拉萨[3]。

　　但西藏地方当局的"热脸"贴上的还是美国的"冷屁股"。由于美国并没有正式承认西藏是一个独立的国家，又必须做出回复，所以使美国驻印度大使馆的官员十分为难。在1950年1月6日给美国国务卿的信中，使馆担心如果以美国驻印大使馆的名义书面回复西藏"外交

---

　　① 梅·戈尔斯坦：《喇嘛王国的覆灭》，第647页。引自美国国家档案，193B.00/1-650。

　　② 无任所大使（ambassador-at-large），亦称巡回大使，是外交使节的一种，他不是常驻某国的使节，而是政府中的一种专职，当然也有临时委派的。无任所大使的任务是代表国家元首与有关政府商谈某一重要问题、递交国家元首亲笔信件或者视察驻外使领馆的工作等。

　　③ 1950年2月20日，美国驻印度大使致美国国务卿的电报。引自［美］梅·戈尔斯坦：《喇嘛王国的覆灭》。

局"的信，会被西藏人看成是对他们独立地位的承认，所以仅出于礼貌，口头向西藏政府的一名非正式代表表示对西藏方面的请求予以重视。也就是说，美国拒绝了他们的请求。美国国务卿迪恩·艾奇逊指示美国驻印度大使馆，要他们口头劝阻西藏人不要派遣使团访问美国，如果西藏希望同美国政府磋商，地点定在美国设在新德里的大使馆可能比在华盛顿商谈好。美国驻印度大使诺·韩德逊去拜访了印度外交部长梅农，试探印度对西藏希望向华盛顿派遣使团的看法，并在1950年1月20日用电报给艾奇逊做了汇报。在报告中韩德逊说，梅农认为派遣这样一个使团出访是无济于事的。与此同时，英国也希望西藏重新考虑其向英国派遣使团的决定，同样认为派遣这样的使团是徒劳的，因为不存在准许西藏加入联合国的可能性，并且英国也不可能直接向西藏提供援助。

即使这三瓢冷水当头泼下，西藏政府还是麻木而执迷的。他们重申要派一个使团继续前往大不列颠，并近乎乞求、毫无自尊地请求：在使团"到达贵国时仁慈地给予必要的帮助和指导"。英国人再次拒绝了他们。

不久英国路透社对外披露了西藏地方当局准备向四国派遣"亲善使团"的消息。对此，中央人民政府对此非法行径当即予以严厉斥责。外交部发言人于1950年1月20日发表声明指出："西藏是中华人民共和国领土"，"拉萨当局当然没有权利擅自派出任何'使团'，更没有权利去表明它的所谓'独立'。""中央人民政府将不能容忍拉萨当局这种背叛祖国的行为，而任何接待这种非法'使团'的国家，将被认为对于中华人民共和国怀抱敌意。"①

由于中国政府的严正立场，西藏当局的幻想成空，非常失望，但他们不相信英国会与美国一样拒绝他们的要求，重申他们将派遣使团前往大不列颠。英国再次予以拒绝。因此，赴英、美、尼泊尔的"使团"未能成行，在江孜待命，只有赴印的"使团"秘密到了新德里。然而他们得到的答复是，在同中华人民共和国打交道时，应避免一切好战的语言和行动。也就是说，在西藏解放日益迫近时，"西藏已被英国和印度从他们的援助计划和对外政策中一笔勾销了。英印两国所奉行的

---

① 1950年1月21日《人民日报》。

对藏政策是口头上支持西藏自治，而又不打算从外交和军事方面给予援助。"① 这其实是两国从各自的国家利益出发的——英国在 1950 年 1 月 6 日宣布承认中华人民共和国，成了第一个承认新中国的西方国家。印度则于 1950 年 4 月 1 日与中国建立了外交关系，是第一个与中国建交的亚洲非社会主义国家。

虽然如此，英印依然在支持西藏地方当局，美国更是将其视为亚洲的一支反共力量。

早在 1949 年 4 月，人民解放军发起渡江作战前后、蒋介石逃离南京时，美国共和党就大肆攻击杜鲁门总统"丢掉了中国"。美国当局出于内政的需要，一改以往明确表示西藏属于中国的态度，开始关注"西藏独立"问题。美国国务院远东事务司的露丝培坎发表政策评述说："一旦共产党在中国获得胜利，美国不应当继续认为西藏是在中国当局权力范围之内"。她主张立即派遣美国官员赴拉萨预先建立秘密联系。美国驻印度大使韩德逊赞同露丝培坎的意见，催促这样的代表团尽快派出。经美国驻印度大使馆与西藏噶厦官员夏格巴联系，美国哥伦比亚广播公司广播评论员劳威尔·托马斯父子于 8 月进入西藏。他们同摄政大札以及噶厦高级官员进行密谈，鼓动西藏建立有技术的游击队，接受技术训练和军事援助。托马斯父子在西藏活动了两个月后返回美国，在机场举行的记者招待会上宣称："美国就要担负起维护西藏独立的重任。"托马斯很快受到杜鲁门总统的接见。后来托马斯又向国务卿艾奇逊建议，要美国给西藏更多的现代化武器，以帮助他们抵抗进入西藏的中共军事力量。西藏地方当局因为有美国人的来访而受宠若惊，急切希望得到美国的支持和援助。11 月 19 日，美国外交人员在新德里会见了噶厦官员索康和有权势的邦达仓家族的一位代表。索康告诉这些人说，美国是"最强大和最有力量的国家"，并且是西藏的唯一希望。

虽然美国逐渐取代英国，成为西藏分裂势力的主要支持者，但由于中央人民广播电台和苏联的塔斯社一再宣传西藏派往英美的使团是非法的，美国政府也不敢明目张胆地支持"西藏独立"。

1951 年 1 月 30 日，噶厦极其失望地被迫做出决定，令其欲出使

---

① ［美］梅·戈尔斯坦著，杜永彬译：《喇嘛王国的覆灭》，第 654 页。时事出版社，1994 年版。

美英、已走到江孜的使团原地待命，停止前进。但噶厦没有把他们召回，而是对他们隐瞒了英美不让前往的消息，指示他们根据情况见机行事。这使这些官员确信美国会接待他们，之所以不能继续前往，是提前到达印度的夏格巴欺骗所导致的。

夏格巴肩负到中国内地去与中国共产党谈判的使命，但他一接到任务就称病请假，后来又坚持要收到噶厦所发布的从美国购买的黄金已全部收到的一份书面声明后再说。他还认为直接前往内地会与向其他西方国家发出的援助请求背道而驰，从而把西藏置于不利境地。总之，他迟迟不率团动身。其实，他真正的原因是担心在当时西藏的政治气候下，他的政敌会对他发动攻击。

大札摄政最后终于答应派代表团同新的中国政府进行谈判，但要求把谈判地点改在汉藏交接的某个地点而不是中国内地。大札摄政指示夏格巴商谈四个议题：一是西藏政府"外交局"给毛泽东主席那封信的答复；二是北京和西宁的无线电声明；三是获得西藏领土完整的担保；四是要让中国政府知道，不能对达赖喇嘛统治的连续性进行任何干涉，他们将保持和维护自己的独立地位。

这四个议题不仅非常不现实，且毫无意义，所以大札的决定也就没有任何价值了。

第二章　进军西藏宜早不宜迟

一、高瞻远瞩

对于解放西藏的问题，毛泽东高瞻远瞩，早有考虑。1920 年 12 月 1 日，他在给蔡和森的一封信中写道："帮助蒙古、新疆、西藏、青海自治自决，都是很要紧的①。"1922 年 7 月，中共二大通过的《中国共产党第二次全国大会宣言》首次提出了解决国内民族问题的纲领，即"用自由联邦制，统一中国本部、蒙古、西藏、回疆"。1941 年 5 月 1 日，由毛泽东审阅和修改的《陕甘宁边区施政纲领》颁布施行，其中第十七条规定，"依据民族平等原则，实行蒙、回民族与汉族在政治经济文化上的平等权利，建立蒙、回民族的自治区"。1947 年，毛泽东在接受记者龚德·斯坦因的采访，谈及中国少数民族问题时指出："中国必须首先将外蒙古作为一个自然的实体，然后组织一种中华合众国，以满足蒙古人民的愿望，对西藏也是如此。"根据上述指导思想，1947 年成立了我国第一个少数民族自治区——内蒙古自治区。1949 年，在筹建新中国、确定国家结构形式时，毛泽东就是否实行联邦制征求李维汉的意见。李维汉认为，我国不宜像苏联一样实行联邦制，因为"苏联少数民族约占全国人口的百分之四十七，与俄罗斯民族相差不远；而我国少数民族只占百分之六，并呈现大分散小聚居的状态，汉族同少数民族之间以及几个少数民族之间往往互相杂居或交错聚居。"据此，中国共产党提出了"民族区域自治"的纲领，即各民族一律平等，有"建立自治区域"的权利，但不能从中国分离出去。

综上可以看出，毛泽东从青年时代开始，西藏就在他的视野之中，

---

① 中共中央文献编研室编：《毛泽东书信选集》，人民出版社 2003 年版，第 3 页。

他和他领导的共产党人就在探讨少数民族问题。

随着解放战争的胜利，1948年12月30日，毛泽东用两天时间为新华社撰写了新年献词，发出了"将革命进行到底"的号召。次年2月4日，毛泽东首次以中国主要领导人的身份在河北省平山县西柏坡村会见来访的苏联共产党中央政治局委员米高扬。在谈到解放战争的进程时，毛泽东指出，解放全国，"大陆的事情比较好办，把军队开去就行了"。"比较麻烦的有两处：台湾和西藏。其实，西藏问题也并不难解决，只是不能太快，不能过于鲁莽，因为：一、交通困难，大军不便行动，给养供应麻烦也较多；二、民族问题，尤其是受宗教控制的地区，解决它更需要时间，须要稳步前进，不应操之过急"。毛泽东对解决西藏问题的深谋远虑，使米高扬深为折服，他2月7日离开西柏坡时，对担任翻译的师哲说："毛泽东有远大的眼光、高明的策略，是很了不起的领袖人物。"[1]

十世班禅喇嘛是1937年在流亡途中圆寂于青海玉树的九世班禅喇嘛的转世灵童。国民党政府在节节败退、南撤台湾的紧急关头，于1949年6月3日由代总统李宗仁亲自颁布命令，确认青海省循化县文都乡玛日村的宫保慈丹为九世班禅额尔德尼的转世灵童，准免于金瓶挚签，继任第十世班禅额尔德尼。8月10日，国民党政府还特派蒙藏委员会委员长关吉玉前往青海塔尔寺，主持十世班禅的坐床典礼，从而使当时西藏噶厦政府另立班禅灵童以进一步控制后藏的努力失败。有研究者评价，这是国民党政府在它统治大陆后期，干得最有远见的一件事。

根据国际国内和西藏形势，中共中央对解决西藏问题的考虑和筹划也逐渐明晰具体。1949年夏，第一野战军进军大西北。毛泽东未雨绸缪，在8月6日给第一野战军司令员兼政委彭德怀的电报中指出："班禅现到兰州，你们攻兰州时请十分注意保护并尊重班禅及甘青境内的西藏人，以为解决西藏问题做准备。"毛泽东对班禅的重视，与苏共不谋而合。当年年底，苏共就保护班禅一事专门提醒中共。12月26日，刘少奇给彭德怀发了一封电报，指示彭德怀和西北局："班禅童子对我解决西藏问题有很大作用，苏联同志劝告我们要切实注意不要使班禅

---

① 师哲：《在历史巨人身边》，中央文献出版社1991年12月版，第380页。

被人下毒毒死。望予注意。"①

得到班禅喇嘛的支持对于共产党人具有特别重要的意义，因为他是格鲁派中与达赖喇嘛具有同等地位的大活佛，在后藏及康区拥有大量信众，如果他能理解和支持中国共产党维护国家统一的决心，无疑会是巨大的力量。

在此之前的 9 月 26 日，人民解放军总司令朱德在中国人民政治协商会议上做出三项庄严的保证，其中第一项就是保证解放包括西藏、台湾在内的全部中国领土，完成中国统一大业。

10 月 1 日，中华人民共和国成立。班禅额尔德尼向毛泽东和朱德发去贺电：

> 北京中央人民政府毛主席，中国人民解放军朱总司令钧鉴：
>
> 　　钧座以大智大勇之略，成救国救民之业，义师所至，全国腾欢。班禅世受国恩，备荷优崇，二十余年来，为了西藏领土主权之完整，呼吁奔走，未尝少懈。第以未获结果，良用疚心。刻下羁留青海，待命返藏。兹幸在钧座领导之下，西北已获解放，中央人民政府成立，凡有血气，同声鼓舞。今后人民康乐可期，国家之复兴有望，西藏解放，指日可待。班禅谨代表全藏人民，向钧座致崇高无上之敬意，并矢拥护爱戴之忱。
>
> 　　　　　　　　　　　　　　　　　　　　班禅额尔德尼　叩
> 　　　　　　　　　　　　　　　　　　　　　　十月一日②

同一天，班禅额尔德尼还向彭德怀发去了同样一封电报，在电报中请求："我们诚挚地恳求您率领正义之师解放西藏，消除叛乱分子，拯救西藏人民。"

同样是在这一天，人民解放军总部再向全军发布命令："迅速肃清国民党反动军队的残余，解放一切尚未解放的国土。"10 月 13 日，毛泽东在关于西南、西北作战部署的电报中，正式明确"经营云贵川康

---

① 刘少奇:《建国以来刘少奇文稿》第一册，中央文献出版社 2005 年出版，第 232 页。
② 西藏军区档案库。

及西藏的总兵力为二野全军及十八兵团，共约六十万人。"①两天后，他给老友周世钊回信说："除台湾、西藏外，全国各地大约几个月内即可完成军事占领。但大难甫平，民生憔悴，须有数年时间，方能恢复人民经济，完成土地制度的改革及提高人民政治觉悟水平。"②

二、转换战略部署

当时，担负解放大西南任务的第二野战军第四兵团协同第四野战军第十五兵团解放广州后，正沿西江向粤桂边疾进，准备参加围歼白崇禧集团的作战；第三、第五兵团刚集结于常德、邵阳地区，准备进行川黔作战。

而解放西南除了进军所经地区地形复杂、千山阻隔、万水奔流，平均路程远达 2000 公里（第四兵团则约行军 4000 公里）外，胡宗南全军也正向四川集结，并有向昆明撤退的可能。蒋介石、何应钦及桂系正在企图建都重庆割据西南，所以蒋介石为控制西南，其残余精锐都将退据西南。二野的作战任务十分艰巨。

西北地区的陕西、甘肃、宁夏、青海、新疆在 10 月底前已全部解放，战争已经结束。毛泽东考虑改由以西北局为主，承担解放西藏的任务。

11 月 23 日，毛泽东致电彭德怀指出："西藏问题的解决应争取于明年秋季或冬季完成之。就现在情况看来，应责成西北局担负主要的责任，西南局则担任第二位的责任。因为西北结束战争较西南为早，由青海去西藏的道路据有些人说平坦好走，班禅及其一群又在青海。解决西藏问题不出兵是不可能的，出兵当然不只有西北一路，还要有西南一路。故西南局在川康平定后，即应着手经营西藏。打西藏大概需要三个军，如何分配及何人负责指挥现在还难决定。但西北局现在即应于藏民干部准备问题及其他现在即应注意之问题作出计划。"③

① 《毛泽东关于西南、西部作战部署给彭德怀的电报》，《和平解放西藏》第 45 页，西藏人民出版社 1995 年 8 月第一版。

② 毛泽东：《建国以来毛泽东文稿》第一册，中央文献出版社 1987 年版，第 69 页。

③ 《毛泽东关于解放西藏问题给彭德怀的电报》：《和平解放西藏》第 46 页，西藏人民出版社 1995 年 8 月第一版。

彭德怀接到毛泽东的电报后，即派野战军政治部联络部部长范明对西藏情况和入藏路线进行调查。

在此期间，也即1949年12月6日，毛泽东第一次走出国门，远赴苏联访问。在途经满洲里时，毛泽东得到西藏当局派出"亲善使团"出国求援的消息，果断调整"先解放台湾再解放西藏"的战略规划，把西藏的解放提前。此前金门战役失利，使毛泽东认识到，在海空军力量不足的情况下，跨海作战，台湾的统一难以立即实现，而西藏的解放对当时国家统一就显得十分突出，且更具现实可行性。他给中共中央并西南局写了一封信。此信的大意是，印、美都在打西藏的主意，解放西藏的问题要下决心了，"进军西藏宜早不宜迟，否则夜长梦多"。

范明对当时西北入藏的线路进行了调查。他因为经常撰写各种重要公文，彭德怀亲切地称他为"军中翰林"，有时还开玩笑地叫他"范大人"，所以彭德怀对他是很信任的。一月之后，范明交出了一份调查报告。彭德怀据此于12月30日报告中央并毛主席：据调查由青海、新疆入藏困难甚大，难以克服。由打箭炉分两路：一路经理塘、科麦；一路经甘孜、昌都；两路入藏，较青、新二路为易。如入藏任务归西北，须在和田、于田、玉树屯垦囤粮，修筑道路，完成入藏准备需要两年。且由南疆入后藏及由大河坝入前藏，二路每年只有4个月（5月中旬至9月中旬）可通行，其余8个月，因大雪封山，不能行动。另兰州、西宁两处，现有约300人的藏民训练班，如入藏归西南军区担任，藏民训练班将来可能争取部分送二野随军入藏。

1950年元旦，毛泽东的日程是这样安排的：上午，苏联共产党中央委员会、最高苏维埃、部长会议联合举行盛大的团拜会，邀请毛泽东及中国代表团参加；下午，莫洛托夫、米高扬拜会毛泽东，安排毛泽东在莫斯科和列宁格勒参观的具体事宜。尽管十分劳累，加之与斯大林的谈判也很艰苦，但毛泽东收到彭德怀的电报后，即予回复：

中央、德怀同志，并请转发小平伯承贺龙三同志：

（一）德怀同志十二月卅日关于西藏情况及入藏路线的电报业已收到阅悉。此电请中央转发刘邓贺三同志研究。

（二）西藏人口虽不多，但国际地位极重要，我们必须占领，并改造为人民民主的西藏。由青海及新疆向西藏进军，既有很大困难，则向西藏进军及经营西藏的任务应确定由西南局担负。

（三）既然由西北入藏每年只有五月中旬至九月中旬共四个月时间可以通行，其余八个月大雪封路不能通行，则由西康入藏之时间恐亦相同。而如果今年四月中旬至九月中旬不向西藏进军，则须推迟至一九五一年才能进军。我意如果没有不可克服的困难，应当争取于今年四月中旬开始向西藏进军，于十月以前占领全藏。为此，建议：（甲）请刘、邓、贺三同志于最近期内（例如一月中旬）会商一次，决定入藏的部队及领导经营西藏的负责干部等项问题，并立即开始布置一切；（乙）迅即占领打箭炉，以此为基地筹划入藏事宜；（丙）由现在（一月上旬）至四月中旬以前共三个半月内，被指定入藏的军队，应争取由打箭炉分两路，推进至西康、西藏的接境地区，修好汽车路或大车路，准备于四月中旬开始入藏；（丁）收集藏民，训练干部；（戊）闻西藏只有六千军队，而且是分散的，似乎不需要我在上次电报中提议的三个军，而只需要一个充足的军或四个师共约四万人左右的兵力，即已够用，惟需加以特殊政治训练，配备精良武器；（己）入藏军队可定为三年一换，以励士气。

（四）进军及经营西藏是我党光荣而艰苦的任务。西南刚才占领，西南局诸同志工作极忙，现又给以入藏任务，但因任务重要，且有时间性，故作如上建议。这些建议是否可行，请西南局筹划电复为盼。

毛泽东

一月二日上午四时于远方 ①

毛泽东喜用毛笔，重要文稿均用毛笔书写，这封关于西藏工作指示的电报，就是用毛笔一气呵成的，整个电文只修改了几个字，说明他对西藏问题思虑已久，考虑成熟，全局在胸。

当时，二野及一野第十八兵团用两个月时间，突进 2000 余公里，势如破竹，歼敌正规部队、游杂武装、地方团队 90 万人；同时，12 月

---

① 《毛泽东关于由西南局筹划进军及经营西藏问题的电报》；《和平解放西藏》第 47 页，西藏人民出版社 1995 年 8 月第一版。远方指苏联莫斯科。

9日，卢汉在昆明通电起义，二野第四兵团也结束了广西战役，开始向云南挺进。到2月7日，云南全境解放。4月7日西昌战役结束后，残存于西南地区的蒋介石正规部队被全部肃清。美国及蒋介石妄图割据西南，建立反共基地的企图彻底失败。

因此，毛泽东及时转换了进军西藏的战略部署，将主要战略方向由西北转向西南，将担任进军西藏的任务由西北局转交给了西南局。

三、刘邓同时想到了十八军

刘伯承、邓小平看到毛泽东来自"远方"的电报后，对毛主席解放西藏的迫切心情和决策意图心领神会，立即缜密研究了贯彻执行这一重要指示的方案。

刘邓当时着重考虑了两个问题：第一，从哪个方向进军？从地理上看，西北进藏道路比较方便，历史上军队也多从这个方向进藏，但物资支援有困难；另一个方向是从西南进藏，物资支援比西北好，道路艰险，也可以走。清末赵尔丰经营川边、钟颖率川军进驻拉萨，都是从西南进去的。所以，从西南进军虽有很多困难，但是可行的。第二，选择哪个部队担任这一重大任务？经过反复研究，刘邓同时想到了十八军。

刘邓认为，十八军军长张国华比较年轻，既当过军事指挥员，又做过政治工作和地方工作。政治委员谭冠三在大革命时期就参加农民运动，1928年参加湘南暴动，后随朱德、陈毅上井冈山。他们二人在解放战争时期，率领部队屡挫数倍强敌，开辟和巩固了豫皖苏解放区，对转入战略反攻和实施淮海决战起了重要作用。刘邓初步决定由张国华、谭冠三率部队进军西藏。

在部队组成上，目前各部队都已进到指定位置，正在"安家"，是从各兵团抽调三个师组建进藏部队，还是十八军全军执行进藏任务？刘邓认为，进军西藏时间紧迫，任务艰巨，前者不利于统一指挥。特别是在进藏初期，部队要起军政府的作用，要建党建政，又要开展地方工作，还要搞生产建设。十八军这支部队英勇善战，作风顽强，在军、师领导层中，有一大批老红军、老八路、老新四军干部，一定能够承担这一重大任务。

十八军前身是由原冀鲁豫军区第一纵队二十旅和豫皖苏军区独立旅等部队组建起来的。他们曾在敌后孤军作战，坚持敌后抗日、挺进大别山的艰苦岁月里，在参加淮海、横渡长江及进军大西南的征战中，历尽千辛万苦。大军南下，从安徽到江西、经湖北到湖南、贵州，进入四川，征战数千里。

1949 年 12 月 27 日，成都战役胜利结束，国民党政府留在大陆的最后一支主力胡宗南部队被全部歼灭。12 月 30 日人民解放军进驻成都。十八军奉命进驻川南，军部驻泸州，军长张国华兼任川南行署主任；五十二师驻宜宾，五十三师驻纳溪，五十四师驻自贡。十八军属第二野战军五兵团建制，兵团机关和它所辖的另两个军十六军、十七军都在贵州。相比之下，十八军驻防地区的条件是全兵团最好的。官兵们喜气洋洋，说十八军吃苦最多，野战军首长都知道，这次专门照顾他们了。当时，军里多数部长都已被任命为川南行署的厅局长，部分团长政委则任命为县委书记或县长。政委谭冠三到自贡市当市委书记，已经喝了十八军战友给他准备的送行酒，即将走马上任。

所以，整支部队在 1950 年 1 月 4 日接到驻防命令后，都兴高采烈地开赴指定驻地。当时部队虽有半个多月没有行军了，但因为是凯旋回师，川南安家，大家的劲头特别足，也感到从没有过的轻松愉快，每个人都像是去迎接一个即将实现的美好梦想。天府之国的秀丽景色令人目不暇接，一路都是欢歌笑语。人人脚下生风，一天三四十公里的行程，不知不觉就到了宿营地。

1 月 7 日，五十二师进抵犍为县境，再有三四天即可到达宜宾。

不料，师部当晚突然收到军部转来野战军首长一份急电，命令部队立即停止前进，两日后北返乐山集结，准备受领新任务；同时要五十二师立即派一名主要干部随军首长赴重庆出席野战军首长召开的会议。师长吴忠和师政委刘振国商议后，决定由刘振国去重庆开会。

情况来得太突然，官兵毫无思想准备，种种揣测迅速在部队流传。官兵都在问，这是什么任务呀，这么紧急，要半路停下来？到成都担任城市警卫吗？不像——部队刚刚离开成都，而且那里也用不了一个军；接管西康吗？也不像——听说这任务已交给从西北南下的一野十八兵团。但要军、师两级首长去重庆受领任务，可见这任务非同一般。有人拿着刚学习过的新华社 1950 年元旦社论琢磨开了。社论讲了

1950 年的主要任务，第一条就是"解放台湾、西藏、海南岛，完成统一全中国的大业"。很明显，解放台湾、海南岛主要是三野、四野部队的任务，那么，解放西藏呢？会不会摊到十八军头上呀？大家越议论感觉越像。

就在部队接到停止前进命令当日，刘邓给毛泽东、中共中央上报了第二野战军部队进军西藏的意见：

一、毛主席及德怀同志关于西藏问题的两电均收到。经我们考虑后，完全同意于今年即九月占领全藏。根据敌情，尤其交通经济条件说来，在兵力派遣上，先以一个军去，惟在开辟时，则准备以另一个师给予加强之。在康藏两侧之新青两省及云南邻界，各驻防兄弟部队如可能时予以协助。

二、拟定以二野之十八军担任入藏任务，以张国华为统一领导的核心，已指令该军集结整训，并召张及各师干部速来重庆受领任务，解决进军西藏的运输诸问题。

三、拟请由十八兵团在经营西康之部队中，指定一个师，随同十八军先期进西康之西部，如需要时，则由张国华统一指挥，参加藏东作战，任务完成后，即归还西康[①]。

军令如山。两天后，部队开始北返，掉头向乐山开进。

四、贺龙问计任乃强

刚刚由北线进军到成都的贺龙，得知十八军受领了进军西藏的任务后，立即着手对西藏情况进行调查了解。

他听说成都有几位藏学界的大师，就邀请他们来座谈。他首先找到的是任乃强。

任乃强是四川南充人，著名历史地理学家、民族学家、藏学家，是我国现代藏学研究的开拓者。他 1915 年考入北京高等农业学堂本

---

① 《毛刘伯承、邓小平对进军西藏的意见》：《和平解放西藏》第49页，西藏人民出版社 1995 年 8 月第一版。此电报也同时转发已到成都的贺龙。

科，五四运动中，作为学生领袖被捕入狱，后得全国声援，获释复学。毕业返川后，任乃强协助国民党元老张澜创办了四川第一所新型学校——南充中学，任教务主任兼史地教员。1929年，他应川康边防总指挥刘文辉之邀，以"边务视察员"名义，赴西康考察，"周历城乡，穷其究竟"，历时一年，遍历康定、丹巴、甘孜、瞻对九县，撰著《西康诡异录》《西康各县视察报告》。在此次考察中，他还收获了传奇爱情——与藏族女子罗哲情措喜结良缘。在她的帮助下，任乃强陆续撰成《西康图志》三卷，推动全国藏学研究，被誉为"边地最新之新志""开康藏研究之先河"。自1931年起，他先后参与川康公路选线；应张澜之邀，赴广西考察南方民族地区；担任西康建省委员会委员；任西康通志馆筹备主任，撰修首部《西康省通志》；绘制《百万分之一康藏标准全图》和西康各分县图；发起组织成立我国第一个专门研究藏学的民间社团——康藏研究社，创办并主编《康藏研究月刊》；先后担任重庆大学、华西协和大学、四川大学教授。

1981年2月，年已87岁高龄的任乃强老先生详细追忆了贺龙请他面谈西藏问题的情形[①]。

1950年元旦，四川全面解放后，解放军进入成都。有一天下午，任乃强正在课堂讲课，助教邱俊杰从系办公室来对他说，有一位叫李夫克的军人在办公室等他。任乃强回到办公室，互致问候后，李夫克说："人民政府有令，解放四川后，赓即进军解放西藏。我们访得先生是研究西藏问题的专家，故来向您征求资料，准备着手研究。"

任乃强很高兴地向他提供了《西康图经》三册、《康藏史地大纲》以及《康导月刊》《康藏研究月刊》各一份，以及一幅已经绘好的五十万分之一康藏地图。

贺龙看了地图，十分喜欢，派他自己的车子，再派李夫克请任乃强去面谈。

任乃强不胜惊喜，他当时衣服破旧，想换了衣服再走。李夫克说："贺老总已经知道您生活朴素，他喜欢生活朴素的人。他在等您，不用换衣服了。"

于是任乃强就穿着旧长袍、破毡鞋，戴着绒瓜皮帽，上车同去。

---

① 任乃强：《回忆贺老总召谈解放西藏》，新历者手稿。

到了驻地会客大厅，一位姓李的秘书说贺老总还在开会，快要完了，请任乃强在客厅稍候。不到 5 分钟，贺龙同李井泉、廖志高、李大章和胡耀邦等人来到会客大厅。

李夫克把任乃强介绍给贺龙。贺龙亲切地和他握手后，请他坐下。然后有些迫切地问道："任先生，你看解放西藏，应该注意哪些问题？这是我们大家的事，请就你的看法，爽快提出来，我们大家研究。"

任乃强说："红军长征，是经过了这个高原东部的，（行军）经验比我丰富。我试就研究所及，提出几个困难之点来，请求指正！"

贺龙笑着说："你就直说好了。"

任乃强说："我们内地绝大部分地方，平均海拔皆在 600 米以下；一般的大山，如泰山、嵩山，最高处也才 1000 多米。特殊的高山，如峨眉、太白，也不过 3000 多米。西藏和康青这个大高原，却绝大多数是海拔 4000 米以上的高原，随便一条山脉都高出 5000 米以上。便是低于 3000 米的河谷，也皆是悬崖绝壁的峡谷，几乎没有通路。在这样的大高原上，不只是气候寒冷、供应给养困难的问题，更有空气稀薄的威胁。就我所知，清雍正、乾隆时入藏部队与清末赵尔丰的边军，以及解放前陈遐龄、刘文辉等经边部队，（部队减员）绝大多数不是死于战斗而是死于晕山的。所谓晕山，就是因为负重的人，不懂海拔高空气稀薄的道理，仍像在内地一样奋力爬坡，到了体内热能已尽时，不知不觉，未感痛苦就倒地死去了。内地部队到这高原上作战，气压与肺活量不相适应，但世居高原的藏族民众，却能适应这样的气压。"

贺龙听得很认真："我官兵在与藏军发生战斗时，一定要注意这个问题。"

"但这一点是容易克服的。首先是要检验入藏部队的身体是否健康，要选拔没有肺病、心脏病和神经衰弱的人。其次是须要保持轻装、缓步，从容办事，慢慢锻炼身体，以适应高原环境。作战时，最要紧的是不要轻进轻退，要能坚持稳定的阵地战，还必须有骑兵与步兵配合。现在已有公路通到巴塘和德格，如用车运辎重，则易于解决气候不适应的困难。"任乃强继续说。

"这些道路据说路况很差，需要整修才能通行。"

"是的。入藏行军的更大困难，在于语言障碍。西藏噶厦政府不得民心，军队实力更不值一击。但由于民族间习俗不同，语言隔阂，解放军的爱民行动在那里无所展施，同时藏民对解放的云霓之望，当面也无从表达。若有一两支能说藏语的支队配合入藏那就方便多了。我想当前只能多多征募能通藏语的人员参军，进行教育、训练，协助解放军作战，借以克服语言隔阂的困难。"

贺龙表示赞同："这的确是个需要克服的问题。当年红军部队到西康，就遇到过这样的问题。西康与四川交界，很多藏族老乡能听懂我们说话。可是过了金沙江，恐怕能听懂汉话的人就少了。"

"现在金沙江以东的四川有 20 万平方公里的藏民住区，都是早已脱离了西藏统治、拥护共产党政权的。他们之中多有能兼通汉藏语的，至少有 1000 人可以征募来协助进军。这些人里有些人是旧官府的'通司'，染有借官勒索、鱼肉人民的积习，所以征募到后，必须集中加强教育，使他们的脑筋转变。待遇宜优厚，管理宜严格，惩奖要认真。否则他不但不能宣扬解放军解放藏民的德业，反而会造成藏民对解放军的误会。所以，我建议未来的驻藏部队与其他工作人员，要普遍学习藏语和研究藏俗。另外，要多多吸收藏族青年参加解放军，参加工作。"

贺龙听到这里，高兴地说："任先生说得好，请你继续讲。"

任乃强接着提出了入藏行军的最大内在困难，即汉藏文化上的一些冲突。

他说："一定要考虑到藏传佛教的潜在力量。藏传佛教统治西藏人心已经 1000 多年，根深柢固，牢不可拔，这是事实。其理论和设想是唯心的，它与辩证唯物的马列主义毫无共同之点。我们要解放西藏受压迫的农奴和牧民容易，要解放西藏上层人物的思想情感甚难。在当前我们还不能直接管理广大藏族人民的时候，还不能不通过旧有的西藏统治阶层来慢慢进行民主改革。我的看法，解放西藏的第一步，还只宜做到收回和稳定国家主权这一步。如何解放农奴和受压迫的西藏人民、如何推动社会前进的工作，这些尚有待语言、文字的隔阂基本打通以后，随着科学文化浸润、滋长，经济建设逐步开展，藏民生活方式逐步转变，在藏族自觉的情况下，慢慢推行起来。即是说，不可把西藏与内地等同看待，不能随着军事胜利就立即推行民主改革。希望解放军进入藏区以后，要保护寺庙，尊重僧人，宽容土司头人，争取他们对解放军的信赖支持。"

贺龙恳切地问道："我们宣布信教自由，已行了吧？"

"我还盼望再提高到尊重藏传佛教、保护寺院和僧侣、维持民族旧俗这一步来。比如汉唐两代，中原王朝武力虽强，却未能征服这个高原，反受其困扰。元、明、清代，因其俗而治之，就能建成统一的版图。清自乾隆时已把西藏政权收归驻藏大臣管理了，结果是由于语言阻隔，并未收到管理西藏的实效。清末赵尔丰经略川边，军事、政治方面都是成功的，只由于他和他的边军憎恶藏传佛教，激起藏民的疯狂反对，结果是人亡政息，一切化为乌有。刘文辉被刘湘联合的军阀们打得一败涂地，只剩下川边关外十几县的藏族地区。他的政治生命已到垂危的时候了，他玩出一套弘扬佛法的花招，便能稳住阵脚，慢慢又爬起来。刘文辉未用一兵一卒，就把康区局面稳定下来，使蒋介石无法把他吞下，这是我亲眼看到的事实。刘文辉的这一做法，虽然是不足为训的，但用来说明因势利导的效果，却是很有益的。"

贺龙一边思考，一边点头。

"这是我个人管见，谨提供进军西藏时参考。"任乃强随之补充说："我不是佛教徒。刘文辉在西康，文武僚属没有不皈依喇嘛的。未肯皈依，不去参加法会讲诵的，只我一个人。"

贺龙说："关于宗教影响的事，任先生就谈到这里。请另谈谈我们进军的路线。"

任乃强说："西藏的正规军队，有11个营，分统于11个代本。实际上都不足额，战斗力都不很强。就历史经验看，噶厦政府经常要留一营常驻拉萨，两三营分驻西藏地方。历次东犯所用的部队，不过七营以内。之前的川军和藏军，多年都是划金沙江分驻的。这段金沙江，长1200公里，水流湍急，只用皮船横渡，每船只载得几个人，要斜漂到一里以上才能划到对岸。守方只需有一支步枪守在对岸射击，皮船就会沉没，无登岸之望。若两军夹岸，谁要抢渡，都是万分困难的。估计解放军进入西康后，藏军必然集中兵力扼守金沙江各渡口，兵力分散。我军集中威力从一个渡口抢渡，就不难突破金沙江防线。一点突破，藏军就会全线崩溃，必然退守昌都。"

"我军突破金沙江后的困难有哪些呢？"

"我军一经突破金沙江后，要攻占昌都，便如瓮中捉鳖，是毫不费力的。因为昌都东边的岸山，绝壁顶上不是险峰而是与草原相接的坦途，敌军无法守住。我军占领东山，俯临昌都，正如俯看围墙下的院落一样，只需几响迫击炮就会摧毁敌军。但我建议大军占领昌都东山后，尽量用藏语喊话说服昌都噶伦，派员进行和平谈判。我们还要容许他向拉萨请示，促成和平解放西藏。只要达赖喇嘛愿意取消独立，容许和平进军，巩固国防，那就可以省却高原作战的麻烦。"

"假如他们拒绝和谈呢？"贺龙不无忧虑地说。

"若非得用兵不可，则宜先从青海玉树编组一旅骑兵，每员配备两匹快马，携带十天食粮和用具，轻装疾驰，从唐古拉山中，经黑河、当雄、羊八井一路，抢过曲水的雅鲁藏布江渡口，在南岸建设阵地，布置游骑，防止达赖喇嘛与其亲从逃向印度。然后从昌都进兵拉萨。在我军尚未进取昌都以前，达赖是不会出走的。他的十一营正规军，必然都要调向东方，企图固守昌都。对青海草原这方面，布置的兵力必弱。例如黑河，也是藏北一个重镇，但那里并无险阻可以扼守。我们的骑兵，不去攻占城邑，只取道驰过，藏军无力制止。当雄、羊八井、曲水等处只有民兵守卫，那是不能发生截阻效果的。西藏民兵虽多，大都只有明火枪和刀矛、弓箭，有快枪的很少。他们都不愿为奴隶主出死力。奉令守着隘口的，便只保持隘口不失守罢了。所以一旅精锐的轻骑，可以纵驰藏境。直到渡过雅鲁藏布江南面建成营地，达赖也无可奈何。若还从青海方面，更有大军随轻骑，虚张攻势，则轻骑更容易深入到雅鲁藏布江南面去。这样截断达赖南奔印度的路而不进攻拉萨，则达赖必能派遣代表商谈，接受和平解放的条件。反之，若我军渡过金沙江就取昌都，然后向拉萨进军的话，达赖等人自然无力抵抗，但他们必然会在大军尚未抵达拉萨之前向印度逃跑。他若跑到印度，就会受到英帝国主义的利用，造成国际上许多麻烦。这是有多次历史教训的。"

贺总又问："你说的这些非常重要，那么金沙江渡口的情形怎样？"

任乃强答道："邓柯县境江水较平缓，但公路未通，对岸有春科喇嘛寺，藏人必有重兵守护。德格与巴安①两县，当时已通公路，后勤供应较方便，德格的卡松渡还未通公路，岗拖渡已通公路了。岗拖渡口的后方有龚丫村的现成营房，为藏方视界所不能到，很适合做抢渡营地，准备抢渡工具。对方的防江营地，只能扎在岸山后的矮坝村，

---

①　即现在的巴塘。

江岸掩体战壕是经不起炮击的。若我军在龚丫准备好抢渡，突然推出一排炮火，击毁对岸守军工事，压住敌人火力，便可用皮船和木筏抢渡一批战士过岸，建成桥头阵地。跟着载过电缆铁桩，建成斜跨江面的索桥，用木筏缘缆运载大军过江。敌军待援迟缓，必然溃退。只要突破这一点，敌人沿江守军都会退走昌都。来不及层层布防，我军便如进入无人之境了。德格以南，白玉、三岩、巴安、得荣等县，渡口虽多，地形险逼，殊少有利于抢渡之处。"

贺老总接着问道："你绘制的地图可靠性怎样？"

任乃强说："五十万分之一康藏全图，是用印度测量局绘制的十万分之一喜马拉雅山区与西藏部分地图做蓝本，按经纬度定点，用圆锥投影法，分幅绘制的。参对过斯文·赫定、罗克西尔、荣赫鹏、高伯克、柯尔斯、台克满等人的实地考察路线图，全都是符合的。更还有赵尔丰做四川总督时，调派四川陆军测量局人员实测的从巴塘至昌都、硕般多、拉里、工布江达，到拉萨，再由曲水渡雅鲁藏布江到江孜、日喀则一路的十万分之一缩尺路线图，还有刘文辉请四川陆地测量局实测的西康部分地图，潭锡畴、李春煜测定的二十万分之一川边地质图，及我自己考察绘制的各县地图纂合制成。所有地名部位完全可靠。我还收集有很多处测绘高点，绘有等高线，表示地形——这些地形不是绝对可靠，只有些重要地点部分是绝对可靠的。全图依经纬度分割为二十几幅，现只有两幅还未绘成。"

李克夫拿出他拿绘的《西康图经》三册和已经绘好的五十万分之一康藏地图，看后兴奋地说："真是太好了，我接收了胡宗南的测量队和四川测量局的人员，正无用他之处。从今晚起，就全部拨给你使用，赶快把全图绘完，愈快愈好！"

整个谈话共两个多小时，任乃强觉得贺龙和蔼可亲、虚怀若谷、爽朗真挚，令他十分感动。谈话结束后，贺龙仍嘱李夫克送任乃强回家，并立即安排绘图工作。

两个测量队共 40 多人，任乃强只留 6 人在他家绘制五十万分之一康藏全图的未完部分，其余的人留在皇城旧测量局内翻绘旧图。经过大约 20 个昼夜的辛劳，先把清末测绘的、自巴塘到拉萨和日喀则的十万分之一路线图，缩绘为二十万分之一的地形图，由任乃强分幅加以说明。交上去后，贺总立即付印，分发给部队了。

五十万分之一的康藏全图绘成后，一野参谋处准备付印分发。然而因那图原是上海大中国地图公司董事长顾颉刚与任乃强订约，由顾颉刚出钱资助绘制的，按契约出版权属于顾颉刚。贺龙答应部队使用后即交还他。

解放西藏的任务交给十八军后，贺龙又嘱咐张国华邀任乃强详谈。张国华请江参谋来邀请他共进午餐，任乃强到军部后，张国华和妻子樊近真与他谈了大半天，然后一起吃了午饭。

后来，贺龙还邀请了华西大学教授李安宅、副教授于式玉以及法尊大师谢国安等对康藏问题有研究的专家学者座谈。李安宅毕业于北平燕京大学，曾任教于美国哈佛大学、英国剑桥大学，后回国任四川华西大学社会学系主任。于式玉是李安宅夫人，早年求学于日本，长于民族、宗教文化研究。谢国安又名智慧保罗，系四川甘孜人，幼年即到西藏学习佛教经文，后曾到印度、尼泊尔研究佛教，20世纪40年代在四川大学华西研究所从事佛教研究工作。他们和任乃强一样，都是一流的藏学家、康藏史地专家和佛学大师，他们的讲解和分析使解放军对进藏道路、西藏政治、经济、宗教、军事及气候等情况有了初步的了解。

1月10日，贺龙就进藏路线、藏军力量、康藏气候以及宗教等问题写出详细报告，上报党中央、毛主席。报告最后在分析了达赖与班禅的历史地位和相互关系后建议：对宗教问题处理得适当与否，是一个关键，因而要十分慎重。一般的见解是"前方派赴易，后方勤务难；军事收拾易，政治收拾难"，国民党在康藏之所以失败，即由于对其内部宗教问题处理得不好，绝非支持班禅所能造成的。英国的势力能够伸张进去，也是从宗教问题着手的[①]。

同日，尚在苏联继续访问的毛泽东收到西南局的电报后，即在莫斯科复电，就进军和经营西藏问题做出进一步的指示：

（一）完全同意刘邓一月七日电之进军西藏计划。现在英国、印度、巴基斯坦均已承认我们，对于进军西藏是有利的。

（二）按照彭德怀同志所称四个月进军时间是从五月中旬算

---

① 《贺龙军事文选》，解放军出版社1989年2月版，第464~465页。

起，则由一月中旬至五月中旬尚有四个整月的准备时间（我前电写成三个半月是写错了）。只要刘邓贺加紧督促张国华及十八军等部，在时间上是来得及的。

（三）经营西藏应成立一个党的领导机关，叫什么名称及委员人选，请西南局拟定电告中央批准。这个领导机关应迅即确定，责成他们负责筹划一切，并定出实行计划，交西南局及中央批准。西南局对其工作则每半月或每月检查一次。第一步是限于三个半月内完成调查情况、训练干部、整训部队、修筑道路及进军至康藏交界地区。有些调查工作及干部集训工作，需待占康藏边界后才能完成，并为促成康人内部分化起见，务希于五月中旬以前占领康藏交界一带①。

五、接受重任

也就在当天，第二野战军电告第五兵团：十八军直属野司指挥，脱离五兵团建制。

张国华、谭冠三乘船由泸州到达重庆，立即受到刘伯承的接见。刘伯承询问了部队简要情况后，即传达了党中央，毛主席对进军西藏的决策和西南局、第二野战军的决定。刘伯承强调指出，解放西藏"是一个非常重要、非常艰巨、非常光荣的任务"。张、谭完全明白这三个"非常"的分量，当即表示"坚决完成任务"。

在张、谭到达重庆三四天后，军参谋长陈明义率供给部长赣荣光，卫生部长陈致明，五十二师政委刘振国、副师长陈子植，五十三师师长金绍山，五十四师师长张忠也风尘仆仆地赶到了重庆。

1月15日，刘伯承、邓小平、张际春、李达在重庆曾家岩西南局住地接见十八军军、师主要领导干部，传达了党中央、毛主席的指示和西南局的决定。

刘伯承说："毛主席命令今年进军西藏，是根据国内外形势确定的。从政治上看，现在英国、印度、巴基斯坦均已承认我们，对于进军西

---

① 《毛泽东关于进军和经营西藏问题的电报》:《和平解放西藏》第50页，西藏人民出版社1995年8月第一版。

藏是有利的。但是，美、英等国都在打西藏的主意，故进军西藏宜早不宜迟，否则夜长梦多。解放西藏是完成祖国大陆统一的最后一役，是党的一项光荣而又艰巨的事业，十八军担任这一任务是极其光荣的。你们都很年轻，相信你们一定能够完成这一任务。"

邓小平指出："解放西藏有军事问题，需要一定之军事力量，但军事与政治比较，政治是主要的。从历史上看，对西藏多次用兵未解决，而解决者多靠政治。"邓小平特别强调："解放西藏，要靠政策走路，靠政策吃饭"，"军事、政治协同解决。"这些思想，后来西南局概括为"政治重于军事，补给重于战斗"的方针[①]。

张国华和谭冠三在刘、邓首长下达进军西藏任务之后，立即代表全军将士坚决愉快地接受下来。当刘邓询问他们进军西藏有何困难时，张国华说，全军最担心的是粮弹接济，只要粮食有保障，其他任何困难，均有信心克服。

刘伯承表示："西南局、二野当采取一切措施，保障运输补给。但在领导思想上，要有饿肚子的准备，一个军在高原上前出几千里，要保证不饿肚子是非常艰苦的工作。"

1月18日，邓小平起草了关于进军西藏部署并成立中共西藏党的领导机构向中央的报告，报告中说："我们近日召集十八军师以上干部来重庆，讲清入藏任务并商谈具体准备，大家对此光荣任务的接受，尚称愉快。我们大体上确定于二月底完成准备，三月初出动，三月底主力集结甘孜地区，四月底集结德格地区，五月间占领昌都，昌都为藏军主力（三分之一）所在，距拉萨约一千六百到两千里，占领昌都就会震动全藏，促进内部分化。……再者关于西藏党的组织，我们拟成立西藏工作委员会，以张同华（军长）、谭冠三（军政委）、王其梅（军副政委）、昌炳桂（副军长）、陈明义（军参谋长）、刘振国（军政治部主任）、天宝（藏族干部、政协代表）七人为委员。张国华任书记，谭冠三任副书记。"[②]不久，又向中央建议自康、滇、青、新四省对西藏多路向心进军，以分散西藏噶厦政府抵御力量和解决粮食供给问题，

---

① 刘伯承、邓小平谈话记录稿，原件存解放军档案馆。

② 《邓小平军事文选》第二卷，军事科学出版社、中央文献出版社2004年7月版，第281~282页。

从而保障西南进军顺利进展。

中共中央于 1 月 24 日复电同意。并就由新疆、云南进军西藏问题进行了部署：从新疆向西藏进军由王震立即调查并提出意见；从云南进军察隅由刘邓在陈赓占领云南后，令其计划布置。

十多天后，十八军官兵的猜测就得到了确认：十八军担负解放西藏、经营西藏的任务。

部队将要进藏的消息一经证实，反应十分强烈。弯子实在转得太急，许多问题都亟待解决——比如干部的家庭、婚姻等方面就有不少实际问题。过去连年征战，根本无暇考虑，无法解决，打败了国民党军队，眼看一些问题有希望解决了，要进军西藏，又全都顾不上了。不说别的，连通封家信也不容易。只有少数个人问题较少的青年官兵对新任务很是激动：西藏是个鲜为人知的神秘地方，革命军人骑马挎枪走天下，能到世界屋脊去也是一件浪漫的事情。但无论是谁，有一点认识是共同的：进军西藏虽然没有大仗硬仗可打，却是"世界上最艰苦的进军"。

五十二师师长吴忠回忆说："思想工作任务实在艰巨。过去进军大别山，条件那样艰苦，也没出现这种情况。我们师领导班子成员对进藏也没有思想准备，也有个人问题和个人想法。"①

为了提高全师官兵的思想认识，五十二师于 2 月 5 日至 10 日在师部驻地乐山竹根滩召开了全师排以上党员干部参加的进藏动员大会。由于师政委刘振国已调任军政治部主任，大会由吴忠主持。

吴忠是四川苍溪人，不满 13 岁参加红军，参加了长征。抗日战争时期，他历任八路军总部特务团排长、副连长，晋西独立支队第二团连长、副营长，教导第三旅八团营长，鲁西军区第八军分区地区支队支队长，第五团副团长。他勇谋兼具，在景阳冈战斗中以少胜多，以弱胜强，崭露头角。抗战胜利后，吴忠调任晋冀鲁豫野战军第七纵队第二十旅五十八团团长，率部在吕庄战斗中歼灭国民党军一八一旅旅部，毙俘敌 1500 余人。接着他又参加了 1946 年 10 月章缝集大战的攻坚任务，亲自冲锋，颈部受伤后，仍率领突入敌阵的 180 名勇士，在四面受敌的险恶环境中，孤军奋战，坚守 13 小时，打退了火力绝对优

---

① 吴忠：《建立进军基地》，亲历者手稿。

势、兵力几十倍于己的国民党军王牌部队、整编第十一师20多次进攻，创造出了令人震惊的战绩，轰动了整个晋冀鲁豫野战军，在全军上下产生了巨大的影响。刘伯承、邓小平为此特地签发通令，嘉奖以吴忠为首的章缝集战斗的180名勇士，赞扬他们"表现了超人的英勇和顽强"，"不愧为人民的英雄和模范"，并号召全军将士向他们学习。吴忠一战扬名，成了闻名全军的英雄团长，此后任副旅长、旅长，第二野战军五十二师师长。毛泽东盛赞"吴忠有忠"，后1955年被授予少将军衔，当时他33岁，是最年轻的开国少将。进军西藏时，他28岁。

军长张国华赶来参加了大会，并在会上作了长篇讲话，讲了西藏的历史、地理、政治、军事和风俗民情。针对一些同志认为进军西藏没有大仗硬仗可打因而"不光彩"的思想，他说："过去我们能协同兄弟部队解放一个省会，消灭几万敌人，就兴高采烈，觉得很了不起。而这次进军西藏，是以我们十八军为主，我们不只是解放一个省会，而是解放全西藏，解放全西藏的人民，把帝国主义势力赶出西藏，完成统一祖国大业。西藏过去没有党的组织，现在由我们去那里建党开创党的工作，这还不值得我们自豪吗？"

张国华的讲话有的放矢，会上情绪活跃，会下感到顺气。一些人原来紧绷着的脸舒展了。

随后，上级为十八军充实了兵员。以五十二师为例，人数达到了11600多人，一个步兵连达到了150多人。对一些病弱官兵则调出另行安排，还更新、补充了武器装备，增编了骡马，配发了个人和集体使用的高原生活用品，部队真正实现了齐装满员、兵强马壮、装备精良。

六、川南安家梦难成

和平年代终于来了，前往川南安家，是南征北战的十八军将士最大的心愿。有家的希望被战火分隔的家庭尽快团聚，没家的想着能尽快成家。战士们想着能一养常年征战的疲惫，有些老兵已十多年没有回家探望过父母亲人……然而随着进军西藏命令的下达，这一切都只能放下，这其中包括张国华、谭冠三等军领导的妻子。

张国华的爱人樊近真是西藏现代金融业的开拓者和奠基人。成都战役之后，张国华写信给在长沙工作的樊近真说，他将任川南行署主任，而她也将到中国人民银行川南分行工作。得到了总行要她去川南工作的消息，樊近真十分高兴。两人历经南征北战，现在终于迎来和平，可以有个家了。但十八军担负进军和经营西藏的任务后，她暂被安排在川西分行任业务科长。不久，她接到西南局财经委员会书记刘岱峰的来电，要她速到重庆领受任务。她乘飞机赶到后，刘岱峰给她下达的任务是随十八军进藏，筹建银行。

樊近真1936年参加革命，大部分时间是在做经济和金融工作。自1945年起，她先后担任过濮阳银行行长、济宁银行业务部长、开封银行行长等职，有着丰富的经验，她自己对金融工作也有特殊的感情，所以欣然受命。

经过一段时间的酝酿筹备，樊近真等人组成了一个由12人参加的"随军银行"，其中6位是女同志。离开"天府之国"，进军到世界屋脊，大家难免有不少想法，但没有一人不服从组织安排。大家的想法是，按当时的规定，进藏官兵三年轮换，一咬牙就挺过去了。

1950年3月4日，天气晴朗，春日和煦，十八军在乐山举行了庄严隆重的进军西藏誓师大会。在场的官兵都看到了主席台上一个3岁左右的小女孩儿，她就是军长张国华的女儿难难。父亲在台上讲话，她举起幼稚的小手，对着全体官兵敬了一个军礼，还咿咿呀呀唱了一首军歌。全军将士都明白，军长带着爱女到动员大会会场，就是要表明他带女出征，坚决进藏的决心。

张国华带着大军打淮海、过长江，一路向西，女儿一直跟着母亲。直到樊近真从长沙赶到乐山后，他才见到女儿，才听到女儿喊他爸爸，父女相见才数十天时间。

但大军将行，张国华十分繁忙，享受这种天伦之乐的时间并不多。出发前的一天，他正在开会，难难高烧不退，警卫员来叫他去看看。正主持会议的张国华抽不出身。会议结束，工作忙完，他赶紧赶往医院，但女儿已经停止了呼吸。

谁也没有想到，难难会是十八军进藏牺牲的第一个生命。得知这个消息，全军将士都异常难过。

樊近真失去爱女的伤痛，直到数十年后也未平复。她的女儿张小康在《为了永久的纪念》^①这篇文章中写道：

> 2001 年，82 岁的母亲病重，我一直守护在她身边。母亲在弥留之际，眼睛一直看着天花板，神志已经有些恍惚，口中断断续续地喊着"小难，小难，我的孩子……"那一刻，守在病床旁的人都痛哭失声。五十多年过去了，我以为那段痛苦的经历已经从妈妈的记忆中抹去。可是当妈妈用生命的最后一息呼唤着自己早逝的女儿小难的名字时，那一刻，我才真正知道，多少年哪，父母亲把那种痛彻心扉的情感、那种难以割舍的亲情都一直深深埋在了心底。那不仅仅是妈妈对孩子的呼唤，那是整个进藏大军、整个一代人用理想、信念和生命对"爱"的铭记。

樊近真生前也曾回忆说：

> 刘少奇同志讲过，进藏是第二次长征。可见进藏之艰难。我虽然没有参加过红军长征，但战争年代也经历了诸多磨难，对我打击最大的还是使我失去了女儿难难。难难是我所生几个孩子中，遭受磨难最多，付出代价最大，因而也是最使我牵肠挂肚的一个，难难是我和国华同志结婚后的第一个孩子。怀孕时，经常行军打仗，每天行军三四十里，有时五六十里以上，同敌人周旋，敌人从村的东门进，我们从村的西门出，是常有的事；为了解决经费困难，我还冒着生命危险，到敌占区开封做情报工作。刚刚同敌人进行完拉锯式的战斗，就在兵荒马乱的黄泛区的路上生了难难，天寒地冻，产后 7 个小时又继续行军。此后，她跟随我长途跋涉，先后辗转大江南北的河南、江苏、上海、江西、湖南、贵州、重庆、四川 8 个省市的千山万水，吃了很多苦。由于她跟随部队生活，长得活泼可爱，大家都很喜欢她。就在乐山召开的十八军进藏誓师大会上，她还在主席台上给大家敬了个礼，战地记者把这一镜头拍了下来，成了永久的纪念。

---

① 该作为张小康所著长篇纪实文学《雪域长歌——西藏 1949—1960》的序言。该书 2014 年由四川人民出版社和中共党史出版社出版。关于难难的情况，主要参考了这篇文章。

新中国成立了，她本来可以过上安定的日子，可是却病死在新津，那时，她才两岁半。我的女儿，由于她来得很艰难，而起名叫难难，也由于她走得太快、太突然，所以对我思想上的打击、感情上的创伤特别大。国华同志忍着悲痛劝我，要禁得住打击，为了完成肩上的艰巨任务，为了西藏人民的解放，要想开些。就这样，我怀着十分悲痛的心情踏上了进藏的征程[①]。

对于这样的伤心往事，樊近真只写了这么多。她的女儿张小康在长达50万字的《雪域长歌——西藏1949—1960》这部书中，也没有提及。她把篇幅留给了她笔下的其他人物，只在书前的序言《为了永久的纪念》中，小心地提及了她的姐姐，似乎是至今仍然害怕说得太多会触及父母内心深处的伤痛。她写道：

> ……姐姐出生在战争年代，妈妈临产时，村庄被敌人包围，她只好躲在老乡的牲口棚里分娩。她在日记中记述道："瞎灯灭火，冷风习习，举目无亲，一边是驴的叫声，一边是我疼痛欲绝的呻吟声，真是难哪！"

樊近真于1951年4月1日调离川西银行，带着一岁多的儿子，怀着女儿，于4月10日提前到达甘孜。到达甘孜后，她即将分娩，但仍坚持进行调查研究，了解藏钞及西藏的金融情况，学习藏语，并做好入藏准备工作。5月份，她的女儿张小康降生在甘孜一座简陋的藏式土楼里，是十八军进藏路上降生的第一个小生命。生下孩子才3个月，樊近真就不得不把她和不满两岁的儿子托付给别人照管，踏上了进军西藏的征程。当时，她的大女儿离世才一年，作为母亲，难以想象她心中对儿子和女儿的担忧，难以想象那种母子别离时的痛苦。但作为军长的妻子，她必须做出表率。

谭冠三的爱人李光明是四川省通江县华家坪人，1933年初夏参加红军时才12岁，她参加过红四方面军一年零四个月的长征。

1935年6月红一方面军和红四方面军懋功会师后，因张国焘分

---

① 樊近真：《进藏初期的金融工作》，亲历者手稿。

裂红军，另立中央，拒绝北上，其所率左路军在甘孜、阿坝一代转战，三过草地。其间李光明曾先后在红军总卫生部、总医院任卫生员，参加救死扶伤和行军战斗。由于战斗不断，救护伤病员的任务十分繁重，像她那样年纪小、体力差的红军女战士，要8个人分两组轮流抬一副担架和伤病员，一起翻越梦笔山、夹金山、大雪山、党岭山，过数百公里的松潘草地。一路上不断有人倒下、牺牲，但她坚持走到了会宁，编入张秋勤任团长的妇女独立团。西渡黄河后，由于渡口被胡宗南的部队占领，她们被冲散。后来李光明寻找到了一支红一方面军的部队，到达陕西云崖镇，进入云崖妇女学校进行整训和学习，结业后到了延安，分配到延安留守兵团后方政治部剧社当社员，从事宣传工作。经刘忠、伍兰英夫妇介绍与谭冠三相识，两人于1937年8月结婚。

1947年7月中旬，时任晋察冀军区第三纵队政治部主任的谭冠三，在西柏坡参加完中共中央工作委员会召开的全国土地会议后，主动向中央北方局请求到长江以南敌占区去开辟工作。得到批准后，谭立即启程南下，李光明带着3个孩子随他同行。走到邯郸，李光明因身怀六甲行动不便，谭冠三将她和孩子安排在冀中深县王村他抗战时期的老警卫班长赵金标家里。李光明在这里生下了他们的第四个孩子谭戎丰。1949年3月，解放军进驻北平后，李光明把1岁的女儿谭齐峪和刚满7天的婴儿谭戎丰分别寄养在当地两户农民家里，把8岁的大儿子谭戎生和4岁的二儿子谭延丰送到北平华北军区荣臻学校。然后她被派往石家庄河北省委党校学习。当年12月，成都战役结束后，李光明接到总政治部的电报，要她即刻到北京集中，前往重庆二野报到。

李光明和孩子们已9个月没见，她把老大、老二接到招待所。老大已读二年级，已懂点事了，老二则寸步不离地跟着她，当晚睡觉时也紧紧抱着她，生怕他睡着了母亲把他丢下。四五岁的孩子是最需要母爱的时候，李光明心如刀割，偷偷落泪。第二天，她哄孩子说，妈妈哪里也不去，会一直陪着你。然后趁孩子熟睡之际，一遍遍亲着孩子的脸蛋，然后泪流满面离开孩子。孩子醒后找不到母亲，大哭大闹，情绪受到很大打击，很久才平静下来。而寄养在农村的两个孩子，她连探望的时间都没有，直到9年以后才把他们接到北京读书。

她从北京启程乘火车到武汉后，改乘轮船沿长江逆流而上，到达重庆。在招待所遇到十八军后勤部长扶廷修在二野开会，从他那里她才知道了谭冠三的情况。原来，她和谭冠三深县一别后，谭冠三到了豫皖苏区，当时刘邓大军胜利挺进大别山，中央中原局要创建新的根据地，需要抽调大批军队干部做地方工作，谭冠三被派到汝南工委任书记。成立豫皖苏八地委时，他任地委书记兼八分区政委，参加并支援淮海战役。1949 年 2 月，成立十八军，谭冠三被调任军政委，率部参加渡江战役，一路南下作战，历时十月，纵横八省，作战数十次。成都战役后，他又接受了解放西藏、经营西藏的重任。

　　李光明听后，为自己能参加进军西藏、参加第二次长征而高兴。

　　李光明搭乘扶廷修的汽车到达乐山十八军军部。虽然到达乐山已经很晚，但谭冠三还在部队忙碌，未回宿舍。拖着一身疲惫回来，看到李光明坐在屋里，吃了一惊。他们快三年没见面了！

　　两人说了很多话。但都避免提孩子，都怕对方难过。这是一个异常敏感的话题。两人都很挂念，谭冠三更是，戎马生涯，征战不止，没有定所，他们没法通信。他还不知道第四个孩子是儿是女，但他不敢问。

　　还是李光明先说了，告诉他几个孩子的情况，告诉他老四是个女儿。由于李光明刚到部队，对全局情况还不甚了解，就问谭冠三，老三老四那么小，又寄养在农村，可不可以先把他们接到四川安顿？

　　谭冠三沉默了好久，他作为军政治委员，对全军将士表示过，青山处处埋忠骨，何须马革裹尸还。他这次进军西藏，如果在路上牺牲了，也要把骨灰送到西藏，埋在西藏的土地上。等西藏解放了，红旗插上了喜马拉雅山，全家再在世界屋脊相聚。

　　为了减轻作战部队负担，军部决定把所有随军家属留在成都、乐山，组成妇女大队，进行文化学习和劳动生产。屠庆元任大队长兼政委，刘也风任副大队长。李光明被分配到第三中队任中队长，陈竞波的爱人孙立英任指导员。妇女大队实行军事化管理，除了文化学习，还要开荒生产，同时做进军西藏的各种准备。

　　十八军进军西藏誓师大会结束后，各个部队厉兵秣马，枕戈待旦。在出征前体检时，医生发现李光明已有身孕，动员她暂缓进藏，留在后方。李光明说："既然冠三同志已向全军将士表示了我们共同进藏的决心，那我就要坚决向前，即使遇到再大的困难和危险，我也要实现自己的诺言，决不能失信于众。"[①]

苏音是西南军政大学第八分校校长林亮的妻子。她 1921 年冬生于上海，15 岁参加共产党领导的上海妇女界救国会，进行抗日救亡活动。1937 年 11 月 12 日，她随上海地下党党员吴竞离开上海，到西安八路军办事处，办事处把她们安排到山西临汾八路军驻晋办事处学兵队学习。因为当时中央北方局就在驻晋办事处，所以北方局领导刘少奇[②]、杨尚昆、彭雪枫都亲自给他们授过课。

1938 年临汾告急，学兵队结业，北方局从学兵队党员骨干中抽调 20 人，参加北方局党校学习，苏音是其中一员。他们随北方局机关离开临汾，越过吕梁山，于 4 月底渡过黄河，到达延安。当年 12 月底，她奔赴华东抗日前线，八年抗战期间，一直战斗在环境艰苦的淮北皖东北根据地，1944 年夏她与林亮结婚。

渡江战役胜利，南京解放。1949 年 4 月下旬，苏音参加宋任穷率领的金陵支队进入南京。不久，林亮率领的十八军随营学校也进驻南京，夫妻不期而遇，很是惊喜。当时，苏音怀着孩子，即将分娩。她希望林亮能在身边，希望他能看到马上就要出生的孩子。

7 月 21 日中午时分，苏音临产，急需送进医院，不想林亮得到命令，率随营学校全体人员必须于当天午后 2 时出发，向西南进军。军令如山，他来不及向妻子告别，就踏上了西进的征途。苏音生下孩子后，留在南京西南服务团留守处工作。成都战役结束后，她得到了"十八军进驻川南，林亮到泸州工作"的消息，想到烽火硝烟的岁月即将结束，可以在天府之国安家，真是喜出望外。

1950 年 1 月，苏音带着两个幼小的儿子，与五十四师师长张忠的妻子和儿女同行，从南京乘船沿长江直上，计划直达四川泸州。行至三峡，他们正欣赏两岸壮丽秀美的峡谷风光，忽然传来十八军要进军西藏的消息，船上顿时一片哗然。苏音和很多人一样，当时都愣住了。

苏音到达川南时，十八军军部和随营学校已迁至乐山。苏音赶到后，被暂时安排在乐山地委组织部工作，等候进藏。

---

① 李光明：《两次长征》，亲历者手稿。

② 当时化名陶尚行。

作为一位从战火中走出的女军人，苏音明白，接受进藏任务是义不容辞的。只是令她焦急的是，怎么安置年幼的孩子？当时她大儿子4岁出头，二儿子才1岁多，肚子里还怀着一个孩子。

当时随营学校已更名为西南军政大学第八分校，林亮任校长并率部进至大邑县安仁镇待命。苏音因临近产期，只能和孩子仍留在乐山。因为进藏的道路每年只有5月中旬至9月中旬可以通行，她务必于5月上旬赶往成都。3月中旬，预产期已过，孩子还未出生，苏音心急如焚，就服用了催生药，3月25日，女儿小佳被催生出来了。女儿出生后，因幽门有毛病，喂奶后反流，造成营养不良，非常瘦弱，能否存活还是问题。进藏任务迫在眉睫，苏音只好忍痛决定把小儿子托付给保姆，又临时找了个奶妈喂养刚出生的女儿，自己带4岁的大儿子进藏。为此，她为大儿子缝制了羊皮小大衣、毛皮小靴子、毛皮帽子和皮手套。5月上旬，产后只有40多天的苏音，带着4岁的儿子，从乐山赶到了成都。

苏音到成都后住在十八军招待所时，林亮已在甘孜向昌都进军途中。她在招待所刚好与张国华的爱人樊近真住在一起。樊近真刚失去爱女，两人相互慰勉。

不久，张国华在北京参加完和平解放西藏"十七条协议"的谈判返回成都，得知苏音要带4岁的儿子一起进藏，就劝说她："进藏途中异常艰险，气候非常恶劣，绝对不能让孩子冒险入藏。"

苏音平静地说："我是个母亲，更是个战士，我不能因为孩子就不进藏。"

"你放心，我一定在成都给孩子找个最好的托儿所。"张国华坚定地说。

苏音一听，非常感动。果然，张国华在短短几天时间里，在军务十分繁忙的情况下，找到了川西区党委的育才托儿所，并亲自陪同苏音，乘坐吉普车把孩子送了去。他们向孩子告别时孩子显得很懂事，站在托儿所的大门口，看着他们，没有哭。但张国华却两眼潮湿，他一定是想起了他刚失去的爱女[①]。

---

① 苏音：《难忘的历程》，亲历者手稿。

七、三员干将

进军及经营西藏任务确定之后，配备干部、调整组织是首要的工作。西藏工委、十八军党委提出补充干部的要求，西南局、西南军区[①]都尽量予以满足。首先是配齐军领导班子：除经中央军委批准的第五十三师政委王其梅升任军副政委、第五十二师政委刘振国升任军政治部主任外，二野司令部作战处处长李觉还主动请缨进藏，任军第二参谋长。

李觉1914年出生于山东沂水，1937年参加中国工农红军，先后在东北军当过骑兵副排长、随营学校文化教员、教导员、副旅长、师长、野战军司令部作战处长。他是个富有文采和浪漫情怀的指挥员，被十八军官兵的革命激情所感染，主动要求参加进军西藏。

1950年1月15日晚，他到张国华住所，谈了自己的愿望，张国华一听很高兴。随后，李觉即向西南军区参谋长李达提出进藏要求，李达表示支持。

3天后，刘邓首长即批准了他的要求。李达对他说，进军西藏是十分复杂而艰苦的，每一个人都要有这个思想准备。红军长征路经甘孜时，亲身经历过那个地区的艰苦生活。进军西藏的关键是后方保障能力，刘邓首长对此非常关心，你要与后勤部的同志全面研究进藏部队的后勤保障问题。

春节前，李觉去见刘伯承。刘伯承对他说，我们上上下下对西藏情况了解得都不多，精细研究藏族同胞物质和思想方面的情况，从实际出发，实事求是，才能完成进军西藏、经营西藏的任务。这次进军，要进得去，站得住，保卫好边防。要做到这一点，搞好交通运输建设的战略意义尤其重大，因此，在进军的同时，要用很大的力量去筑路。

刘伯承还略带忧虑地对李觉说，这次进军，思想上要有饿肚皮的准备。他伸出三根手指说，要解决这个问题，一是进军部队要精兵；二是加强部队管理教育，保障人马健康；三是要搞生产，部队走到哪里就在哪里生产，历代王朝在边疆也搞屯垦戍边，我们叫建设边疆；

---

① 西南军区宣布成立时间是1950年2月22日，但在2月初已正式行文。第二野战军番号逐步停止使用。

最后一条是西南人民和部队全力支援你们。进军西藏的任务能否顺利完成，其关键在于能否实施顺畅的运输补给。为此，军区决定成立支援司令部，全面规划后勤支援工作：不惜任何代价赶修公路；抽调四五百辆汽车组成汽车部队；各军各抽 1000 匹骡马组成兽力队，担任甘孜以西的随军运输。

1950 年春节后，张国华到重庆研究进军方案。他对李觉说，中央要求我们于 4 月中旬以前，争取由康定分两路，推进至西康西藏的接境地区，修好路，准备于 5 月中旬开始入藏。而日前川西、西康匪患十分猖獗，严重影响进藏的准备工作。军部计划以主力投入剿匪，打开前进道路，自己动手，争取时间，做好进军准备，安定后方。同时，再组织一支强大的先遣支队，进至甘孜、巴塘及金沙江东岸沿线，以实现党中央、毛主席的进军部署。

农历正月初五，李觉带领 30 辆满载新式无后坐力炮、高平两用自冷式重机枪、各式电台等新武器装备的汽车车队，离开重庆，前往乐山十八军军部报到。

进军西藏急需大量藏族干部，但当时藏族干部数量极少。中央军委根据西南局的要求，立即在全军物色合适的人选。除选调红军长征时在四川阿坝地区参军、后在内蒙古伊克昭盟骑兵大队任政委的天宝外，又将在阿坝地区参加红军、时任安徽滁州军分区某科长的杨东生（协饶顿珠）调到西藏工委工作。随后，西南局又批准将原西康巴塘地下党组织负责人平措旺阶调西藏工委，另从西南军区部队和地方的通信、机要、医疗、外事、公安等专业部门，对口调来一批干部，充实西藏工委和十八军的干部力量。

1949 年 3 月，西北局通知天宝以藏族人士的身份，出席中国人民政治协商会议。他离开了塞北草原，经延安到达北京。当时由于国、共两党的和平谈判破裂，政治协商会议后推，他便留在中央统战部做临时工作。

7 月 8 日，西藏噶厦政府制造"驱汉事件"后，天宝在《人民日报》发表了《西藏全体同胞，准备迎接胜利的解放》的文章，对此予以强烈谴责。9 月 21 日，天宝作为唯一的藏族正式代表，出席了中国人民政治协商会议。10 月 1 日，他参加了中华人民共和国开国大典，当天在出席北京饭店举行的庆祝宴会时，在休息大厅里见到了刘伯承和邓小平。

刘伯承是天宝在红四方面军时的老领导,邓小平他也在延安见过。天宝跑过来敬礼,刘伯承很高兴,还叫着他的藏族名字说:"桑吉悦希,我们要进军大西南,你就不要再回西北去了,跟我们一起回老家去吧!"

天宝自从1935年参加红军北上抗日后就没回过家,无时不在思念自己的故乡康藏高原,听了刘伯承的话,高兴地说:"太好啦,我赶快回西北办手续,请老首长在彭老总前给我说说,让他放我走。"

邓小平说:"天宝,彭老总已经把你给我们二野了。"

原来刘伯承等人早就看中天宝,与彭德怀说好了。

天宝说:"我明天就回去办手续,延安还有我的一些东西。"

邓小平挥了挥手,说:"你那些破破烂烂还要它做什么?你先来二野,缺啥子我给你发!介绍信嘛,打个电报就行啦。"

天宝高兴地说:"那我跟你们走。"

刘伯承说:"你给李维汉同志讲一下,我们要带你走,问他同意不同意。"

当时李维汉、乌兰夫、刘格平等人都在休息大厅里,天宝马上去向他们汇报。李维汉说:"我们也打算让你到西南去。"

就这样,天宝随刘邓到了湖南,参加了第二野战军解放大西南的进军。到达重庆后,他被安排在西南局统战部工作,重点了解西南地区少数民族情况。他接触的第一件事,便是安顿班禅办事处。

班禅办事处原本设在南京,国民党政府撤退西南时跟着到了重庆。后来国民党溃逃台湾,他们没跟着去而留在了重庆。办事处负责人是桑格巴顿,下面有几个班禅堪布会议厅派来的工作人员,另外还有几个国民党蒙藏委员会的职员。重庆解放后,他们对共产党的政策不了解,疑虑颇大,加之生活上也有不少困难,因而人心惶惶。天宝找到办事处后,向他们宣传了共同纲领中有关民族政策的部分,并通过重庆市军管会,帮助他们解决了生活困难问题,使办事处人员的情绪稳定了下来。

1950年2月初,天宝接到通知,要他参加进军西藏,尽快赶到乐山十八军报到。他二话没说立即赶到十八军。

张国华一见他,热情地握住他的手说:"欢迎你,天宝同志,进军在即,我们非常需要你这个藏族同志来给我们做顾问!"

谭冠三笑着说:"天宝这个名字听说是毛主席为你改的,天宝天宝,你来了，天老爷都要保佑我们的，进军西藏一定旗开得胜！"

当时，西南局已任命天宝为西南军政委员会委员、西南民族委员会副主任。张国华说："你是西藏工委委员，但为了工作需要，你在十八军不担任什么正式职务，对外工作的身份是中国人民政治协商会议委员。"

天宝认真地说："好，只要有利于工作就行。"

同时，张国华还建议调乐于泓进藏做外事工作，很快得到了军委的同意。

乐于泓1908年生于南京，原名陆于泓。20世纪30年代初，他在上海从事党的地下工作期间，因工作需要改名乐于泓。乐于泓出身书香门第，1925年，因成绩优异，由常熟教会学校诚一中学举荐，被半费保送到上海圣约翰大学。入校不久，五卅运动爆发，乐于泓参加罢课，抗议校方镇压学生运动，和广大师生一道拒绝返校，转学到了苏州东吴大学生物系。他出自教会大学，能讲一口流利的美式英语，懂得西方宗教音乐。1929年他到上海从事地下工作，公开身份是上海无线电总台职员。1932年年底，妻子丁香因叛徒出卖被捕牺牲后，乐于泓转移到青岛担任共青团山东省临时工委宣传部部长。1935年9月他被叛徒出卖被捕入狱。国共第二次合作开始，1937年9月乐于泓从南京国民党"首都反省院"出狱。抗战时期，他担任过宿东游击支队兼四分区政治部主任，解放战争时期先后担任过豫苏皖边区党委宣传部部长、十八军宣传部部长，渡江战役后，因病没能随军挺进大西南，留在南京筹备成立总工会的工作。

1950年1月30日，乐于泓突然接到华东局转来中央军委电报，调他回十八军随军进藏。10天后，他又接到张国华、谭冠三的信，催他西行。

乐于泓小时候患过肺结核。1935年在青岛被捕入狱后，他在青州监狱遭受过酷刑拷打，身体受到摧残。在进行抗日战争和解放战争的12年中，他一直在战火中坚持工作，没有条件检查治疗。接到军委调令后，他到医院透视和拍X光片，才发现自己的左肺已经干瘪，右肺上部有两处钙化点。尽管如此他却认为自己的肺病早已成为历史，紧张激烈的战争年代都挺过来了，进藏又何足畏惧？所以，虽然许多朋友都劝他不要进藏，但他还是匆匆只身启程西行。

乐于泓 4 月 10 日抵达重庆后，因肺病问题，在山城滞留了整整一个月。西南局组织部和二野组织部、卫生部都考虑他身体不好，不宜进藏，并让他 3 次进医院检查，检查结果都一样：左肺萎缩，左胸肋膜肥厚，心脏向左侧移位，右肺代偿性向左扩张，并有钙化点，不适宜高原生活，不能进藏。

但乐于泓进藏决心已定，再三申述要求。后来张国华到重庆开会，二野组织部部长陈鹤桥、卫生部部长钱信忠同张国华反复商量，又咨询了奥地利医生、在晋察冀根据地工作了 12 年的傅莱，最后答应他："可以试一试，如身体不行，即速返回。"

乐于泓的入藏愿望终于得以实现。5 月 20 日，他随张国华乘机到达已由乐山前往到成都新津的十八军军部，担任新成立不久的中共西藏工作委员会政策研究室主任。

第三章　劝和使者的命运

一、和谈为先

1950 年 1 月 18 日，朱德在政务院召开的西藏问题座谈会上提出："西藏问题最好采取政治解决的办法，不得已时才用兵，要向西藏贵族、王公、喇嘛们说明我们的政策。"[①] 年初，当获悉西藏噶厦政府将派"亲善使团"出国寻求支持其"西藏独立"的阴谋时，中央人民政府外交部发言人在 1 月 20 日发表声明，对"美帝国主义及其侵略西藏的同谋们所导演的傀儡剧"进行了谴责，同时指出"西藏人民的要求是成为中华人民共和国民主大家庭的一员，是在我们中央人民政府统一领导下适当的区域自治，而在人民政协的共同纲领上是已经规定了的。如果拉萨当局在这个原则下派出代表到北京谈判西藏的和平解放问题，那么，这样的代表自将受到接待。"2 月 25 日，刘少奇为中共中央起草批复西南局的电报中强调："我军进驻西藏计划，是坚定不移的，但可采用一切方法与达赖集团进行谈判，使达赖留在西藏并与我和解。"4 月 27 日，周恩来在藏民研究班上讲话说："西藏派出代表与我们商谈，我们是欢迎的，但驱除英帝国主义出西藏是要坚决执行的。解放军必须进入西藏，目的是赶走英美帝国主义势力，保护西藏人民，使其能实行自治。"这些讲话和文件，都体现了中国共产党争取和平解放西藏的主张和方针。

西南局为制定和平解放西藏的具体政策和策略，进行了多方调查研究。除了贺龙在成都召集专家、学者座谈西藏情况，思考对西藏的政策外，西南局还派人在重庆与班禅原驻渝办事处以及原国民党政府

---

① 《朱德年谱》，人民出版社 1986 年 12 月版，第 40 页。

蒙藏委员会的部分人员座谈，了解西藏情况，收集有关西藏的资料，研究西藏历史、社会、地理、气候、政府及藏军等状况，提出政策意见与进军的初步方案，上报中央。

5月11日，西南局根据各方面调查的情况分析，认为"争取西藏和平解决的可能性较前增大"，"除继续加强进军的军事准备外，拟特别加强政治工作"，包括派人入藏，并请中央人民广播电台播放藏语节目，着眼争取西藏上层。为了同西藏当局谈判，西南局拟定四项条件上报中央：一、驱逐英美帝国主义势力出西藏，西藏人民回到中华人民共和国祖国的大家庭来。二、实行西藏民族区域自治。三、西藏现行各种制度暂维原状。有关西藏改革问题将来根据西藏人民的意志协商解决。四、实行宗教自由，保护寺庙，尊重西藏人民的宗教信仰和风俗习惯[①]。

中央在审阅西南局的电报后，于5月17日批复指出："西南局的四条较好。""当前西藏情况大致有以下几个需要注意的特点：一、政教合一，宗教神圣不可侵犯，达赖在西藏人民中有很高的信仰；二、长期以来由于帝国主义的侵略挑拨，西藏统治集团采取非爱国主义的态度；三、上层有分化，三大寺（哲蚌、色拉、甘丹）和达赖某种程度的内向是可能的；四、劳动人民极其穷苦，但统治阶级利用宗教维系力仍很强；五、地形、气候、粮食对进军作战不利。"中央明确指出："在解放西藏的既定方针下和军事进攻的同时，利用一切可能以加强政治争取工作，是完全必要的。这里基本的问题，是西藏方面必须驱逐英美帝国主义的侵略势力，协助人民解放军进入西藏。我们方面，则可承认西藏的政治制度、宗教制度、连同达赖的地位在内，以及现有的武装力量、风俗习惯，概不变更，并一律加以保护。至于西藏的亲英美官员和国民党员，只要他们不进行反抗，亦可不加追究。对国民党特务分子的处理，也不要提作条件，如藏方提出不要追究，则我可提出以不继续反抗破坏为条件。""总之，我们提出的条件，只要有利于进军西藏这个基本前提，在策略上应该使之能够起最大限度的争取

① 《西南局关于解放西藏的方针、政策向中央的请示》，《和平解放西藏》第75~76页，西藏人民出版社1995年8月第一版。

作用和分化作用。"①

西南局根据中央指示精神，由邓小平亲自起草，将原来的四条扩展为十条，于5月27日上报中央。毛泽东在审阅后，于29日批复："除第八条应加'西藏领导人员'数字外，均可同意。"其最后确定的内容是：

一、西藏人民团结起来，驱逐英美帝国主义侵略势力出西藏，西藏人民回到中华人民共和国祖国的大家庭来。

二、实行西藏民族区域自治。

三、西藏现行各种政治制度维持原状，概不变更。达赖活佛之地位及职权不予变更。各级官员照常供职。

四、实行宗教自由，保护喇嘛寺庙，尊重西藏人民的宗教信仰和风俗习惯。

五、维持西藏现行军事制度不予变更，西藏现有军队成为中华人民共和国国防武装之一部分。

六、发展西藏民族的语言文字和学校教育。

七、发展西藏的农牧工商业，改善人民生活。

八、有关西藏的各项改革事宜，完全根据西藏人民的意志，由西藏人民及西藏领导人员采取协商方式解决。

九、对于过去亲英美和亲国民党的官员，只要他们脱离与英美帝国主义和国民党的关系，不进行破坏和反抗，一律继续任职，不咎既往。

十、中国人民解放军进入西藏，巩固国防。人民解放军遵守上列各项政策。人民解放军的军费完全由中央人民政府供给。人民解放军买卖公平②。

上述十条又称"十大政策"或"十条公约"。它不但作为准备同西藏当局谈判的条件，实际上已成为中共中央和中央人民政府对西藏的基本方针和政策。

---

① 《中国共产党西藏历史大事记》，中共党史出版社2005年9月版，第18页。
② 《邓小平军事文选》第二卷，军事科学出版社、中央文献出版社2004年7月第一版，第295~296页。

为了将中央人民政府解放西藏的方针政策迅速传达到西藏和整个藏族地区，中共中央决定加强广播宣传工作。西安、青海省人民广播电台较早地开办了藏语广播。中央人民广播电台经过筹备，于1950年5月9日正式开播藏语节目。首次播出的内容，是邀请藏族学者、爱国人士喜饶嘉措大师等人对西藏各界人士和地方政府官员讲话。喜饶嘉措大师说："西藏是中华人民共和国领土的一部分，人民解放军有解放全国领土的任务和力量，前后藏的解放是有其必然性的。同胞们：慎勿听信英美帝国主义侵略集团的挑拨离间，认为西藏距西康、青海、新疆较远，中有雪山、石山和荒无人迹的草原，足以阻止解放军的前进。回忆红军的奇迹，人民解放军力量已大过百倍，已经解放全国绝大部分领土，进军西藏更无问题。"喜饶嘉措在讲话中不仅敦促西藏噶厦政府同中央谈判，还揭露台湾国民党在藏语广播中的挑拨行为。中央人民政府的声音传播到世界屋脊，在西藏上层人士中产生了积极影响。

1950年4月至5月，十八军北路先遣部队进军甘孜、邓柯等地后，消息很快传到金沙江以西。西藏噶厦政府昌都总管拉鲁·次旺多吉于5月26日致信甘孜解放军吴忠师长和天宝委员称："遥闻二公已莅甘孜，执行新政，实感庆慰。中藏情感仍应继续增进，彼此边疆尤须照旧维持和平。"

吴忠、天宝认为拉鲁的来信虽系主动同解放军联系，但实质上是坚持"西藏独立"立场，企图阻止解放军西进。于是他们拟定了复信，并于6月12日上报西藏工委、西南局审定后发出。复信首先阐述了当前形势和中央关于解放西藏的方针、政策，然后指出："西藏素为中国领土，中央人民政府对西藏同胞怀念甚殷，本军奉毛主席、朱总司令命令，协助西藏人民驱逐一切帝国主义侵略势力，以实现祖国领土主权完整统一，巩固国防。"复信在扼要地介绍了西南局关于解放西藏的四条方针政策后说："西藏地处边陲，近百年来为帝国主义所侵凌，造成人民生活之极大痛苦。本军热望与藏胞亲密携手，共谋解放。望阁下转报达赖活佛，即派员来甘孜前线指挥部就有关进军西藏解放之各项具体问题，详作洽商。"①

进驻邓柯的一五四团团长郄晋武、政委杨军也以"中国人民解放

① 《和平解放西藏》，西藏人民出版社1995年8月版，第83、84页。

军邓柯前线指挥官"的名义，分别于 7 月 16 日和 8 月 30 日向拉鲁和当面之藏军第三团牟霞代本写信，阐明和平解决西藏问题的愿望与政策。

南路先遣部队西藏工委委员、十八军民运部长平措旺阶等也于 8 月份向藏军第九团德格·格桑旺堆代本写信，劝其认清形势，及时做出正确抉择，并向藏军捎寄藏文宣传品。前线部队还请夏克刀登向格桑旺堆代本写信，阐述中共中央有关解放西藏的方针和民族、宗教政策，希望他深明大义，为和平解放西藏作出贡献。

上述工作产生了积极影响。特别是"十条政策"传到拉萨，在西藏上层人士中相互传播，引起震动。

二、密悟法师的使命

为了实现和平解放西藏的目的，西南局和西北局先后派出了劝和代表。

1950 年 2 月，中央军委有关部门在西北局的协助下，派出藏族干部张竞成等人，带着青海省人民政府副主席廖汉生致达赖喇嘛和大札摄政的信件，入藏进行联络。此信送到西藏噶厦政府后，曾在西藏官员会议上宣读，并有回复。随后，西藏地方当局派人将张竞成等人送回青海。这是中国共产党首次派员并以持政府官员信函方式与西藏当局直接联系。

同时，西南局得知汉族僧人志清法师曾在拉萨藏传佛教寺院学经，与西藏部分上层人士熟悉，便于 2 月 24 日上报中央，拟派他赴藏：

> 现在成都的志清法师，汉籍，曾居康藏二十余年，深知佛法，与西藏政教首要相友善。我党李筱亭与他谈解放西藏问题，他愿从旁效力。其谈话纪要已于二月七日印为机要参考送陈。我们拟找他立即赴西藏去说服达赖集团、索康扎萨父子等脱离英帝回到祖国，实行民族自治团结互助，以使达赖本人或其代表赴京协商解决西藏办法，或在进军中进行谈判，以免达赖为英帝挟持逃往印度，障碍滋多 [①]。

① 《西南局关于派志清法师赴藏向中央的报告》，西藏军区档案库。李筱亭时任西南军政委员会人民监察委员会主任。

中共中央次日即予批复同意，对派志清法师赴藏一事予以肯定后指出："我军进驻西藏的计划，是坚定不移的，但可采用一切办法与达赖集团进行谈判，使达赖尚在西藏并与我和解。"中央还指出："西北方面如有适当人选能派到拉萨去进行说服达赖集团者，亦应立即设法派去。"①

志清法师其实就是密悟法师。当时国民党留下了不少特务，经常进行暗杀活动，密悟法师答应进藏劝和，为了安全起见，他便改名志清法师。他生于1905年，俗名霍履庸，河北井陉人，幼时随大勇法师入藏求法，在康定出家。1925年他到拉萨哲蚌寺学经10余年，1944年在拉萨参加传召大法会的佛教学位考试，获得格西学位，是第一位取得格西学位的汉僧学者。按照当时寺庙的规矩，考上格西后要对僧众施舍稀饭、酥油、茶和金钱，但他当时穷困，没有那笔费用，国民党政府驻藏办事处给了他一些资助，索康噶伦供养了他几百斤酥油，才渡过了这一难关。1946年密悟法师回到成都，同刘文辉等人有交往，给一些上层人士讲过经，包括当时的中共地下党员熊子骏。

四川解放后，熊子骏任西南军政委员会副秘书长，他介绍密悟法师到重庆拜见了西南军事委员会主席刘伯承，向刘伯承介绍了不少西藏的情况。刘伯承动员他再去西藏，为和平解放西藏作贡献，密悟法师表示愿意前往。从重庆返回成都后，他向熊子骏建议，让成华大学教授贾题韬居士同他一起进藏。

贾题韬居士说："我曾是国民党青年党党员、国大代表、少将参议，还担任过'戡乱'委员，虽是空衔，但心中总有顾虑。"

熊子骏说："共产党的政策是只要爱国，既往不咎。"

贾题韬说："能为国家做事，求之不得，我答应和密悟法师一起进藏。"

密悟法师和十八军联络部部长徐淡庐取得了联系，决定比部队先行一个月出发进藏。

密悟法师一行进藏任务有二：一是通过密悟法师和西藏上层人士接触，介绍中央关于和平解放西藏的主张；二是密悟法师在康藏有较高声望，力争协助解放军解决一些进军中的困难。

---

① 《中央对西南局派志清法师赴藏电示西南局、西北局》，西藏军区档案库。

1950年春，密悟法师、贾题韬居士和色拉寺堪布阿旺嘉措一起，从成都出发。他们联系了一个马帮商队，同他们一起走。到了甘孜要过金沙江，密悟法师一行没有马牌，藏军不让过江。他在大金寺当过堪布，有些威望，向寺院要了一个马牌。但藏军对金沙江防备很严，虽有马牌，还是不让过江。

最后，密悟法师让大金寺先派一个人过江去探听虚实，并为他们过江做安排。

大金寺派江巴伦珠和密悟法师一行一起到了德格，江巴伦珠过了江。他们便搭了一个帐篷，在江边等候。

这时，格达活佛也出发赴藏劝和到了江边。他本是藏族，在西藏的威望很高，顺利地过了江。藏军对密悟法师他们还是不让过江。

十八军情报处长李奋这时在德格，密悟法师就配合他做德格女土司降央白姆的统战工作，最后，女土司答应为解放军进藏出力。

不久，江巴伦珠从金沙江对岸回来，他向大家报告说格达活佛已到昌都，但既不让他前往拉萨，也不让他返回甘孜。江巴伦珠劝密悟法师不要过江，说过江也发挥不了什么作用。

8月底，传来格达活佛在昌都遇害的消息。十八军机关指示将密悟法师暂留德格，而后移住甘孜大金寺等待时机。

直到昌都战役打响后，密悟法师一行才随部队过了江。到昌都时，昌都已经解放。他们见到了十八军副政委王其梅，协助他做昌都大活佛帕巴拉的统战工作。这时拉鲁已逃到太昭。十八军联络部副部长高衡得知帕巴拉与拉鲁关系较好，就请密悟法师做帕巴拉的工作，要他以昌都寺庙的名义给拉鲁写信，以解除拉鲁的顾虑，希望他能为和平解放西藏出力。帕巴拉同意了。他写好信后，就派他的管家顿珠扎西送到太昭，拉鲁回信表示了良好的愿望。

1951年秋，密悟法师一行先于王其梅所率十八军先遣支队抵达拉萨。当时，中央人民政府驻西藏全权代表张经武已在拉萨展开工作。十八军先遣支队胜利抵达后，贾题韬居士高兴之余，还特意赋诗一首：

换样书生出箭关，征鞍回首路三千。
伴同云月浑忘老，尝尽溪山水费钱。
四十生平惊梦醒，百岁事业从头看。

边城揽辔西风里，问有几人到马前。

到达拉萨后，密悟法师亲访拉鲁，动员他两次卖粮给解放军，后又帮助部队买下了宇妥的一处府邸作为办公的地方，解了燃眉之急。

后来，密悟法师留在西藏，翻译了许多佛教经典。1956 年中国佛教协会西藏分会成立时，密悟法师被推选为副会长，贾题韬居士担任副秘书长[①]。

三、红色活佛

就在密悟法师准备入藏劝和的同时，格达活佛也准备从甘孜入藏，履行劝和使命。

格达·洛桑登真·扎巴他耶——也即五世格达活佛——是甘孜县城西 10 公里处生康乡藏传佛教格鲁派寺院白利寺住持，民众都称他格达活佛。他 1902 年出生于生康乡德西底村，即原霍尔科地区下段。父亲是白利土司属下的一名差巴。7 岁时他作为四世格达活佛的转世灵童移居白利寺，以九世格达活佛坐床。17 岁时，格达去拉萨甘丹寺学经，历经 8 年苦读，学识出众，精通经典，获得格西学位。他还是一位富有才华的高僧，不仅谙熟西藏的宗教、历史、文学、艺术，而且对天文、历史、藏医学等都有很深的造诣。他喜欢创作诗词、绘画、搜集民间风情，至今在甘孜一带流行的"格达弦子"的词、曲就是他创作的。格达活佛严守佛教戒律，生活俭朴，心系众生疾苦，每遇百姓生老病痛，就夜不能寐。白利寺所得布施和其他收入，除寺庙供奉外，大部用来周济穷人。他还经常用藏医药为周围群众治病解痛，编写出词韵优美的藏族歌舞教群众传唱，以驱逐寂寞和悲伤。一些遭受军阀官僚迫害而无家可归的藏民，都常常得到白利寺的保护。他慈悲为怀，用自己的行为践行佛陀的教诲，在康定和北路各县的寺庙和群众中，享有很高声誉。

1936 年春夏之交，参加长征的中国工农红军第四方面军和红二、六军团先后来到康北高原，两大主力会师于甘孜。红军在进入藏区前，

---

① 贾题韬:《忆密悟法师进藏诸事》,《西藏党史通讯》1988 年第 2 期。

对藏族社会、历史、宗教和习俗进行了调查，有针对性地在军内开展了民族宗教政策的教育，同时布告群众，宣传抗日救国的主张和红军纪律，宣告藏、汉、回各族一律平等，禁止民族压迫和民族歧视。

贺龙 1936 年 5 月率部进入康南时，就在稻城签发了一张布告：

> 本军以扶番民的痛苦、兴番灭蒋、为番民谋利之目的，将取道稻城、理化进康川。军行所至，纪律严明、秋毫无犯。幸望沿途军民群众及喇嘛僧侣，其各安居乐道，勿得惊惶逃散。尤望各尽其力，与本军代买粮草，本军当一律以现金按价照付，决不强行。如有不依军令或故意障碍大军进行者，本军亦当从严法办，切切此布。

为了切实保障"回番民族宗教信仰自由"，"反对伤害番民族的风俗习惯和宗教感情"，红四方面军第三十军政委李先念特在格达活佛的家乡颁发了保护觉母寺的布告：

> 此系合则觉母寺院，凡一切人等，不得侵扰。此布①。

红军的革命宗旨和尊重少数民族的政策，迅速解除了藏族同胞的疑惧。红军所到之处，受到了热烈欢迎，当地群众或献上糌粑、酥油、奶茶，或帮助运输给养、枪炮，抬运伤病员。

格达活佛作为一个虔诚的宗教信徒，深受感动。他发自肺腑地说："真正视我'博巴'②为兄弟者，惟共产党和红军矣！"在此期间，他与朱德总司令和刘伯承总参谋长建立了亲密的感情，对共产党和红军，也有了更深的认识。他积极用物力、人力支援红军。当时朱德总司令感谢他说："这次你给了我们很大的帮助，我感谢你，我们永远不会忘记的！"

1936 年 5 月，中华苏维埃博巴自治政府在甘孜县成立。33 岁的格

---

① 周锡银：《为西藏和平解放而献身的格达活佛》，原载《四川文史资料选辑》第42 辑。

② 博巴，藏人之意。

达活佛以其卓越的组织才能和在藏族中的崇高威望当选为副主席，并在会上发表了演说。自治政府在施政纲领中破天荒第一次在藏区提出主张：推翻国民党、蒋介石在博巴领土内的衙门官府，打倒英、日帝国主义，没收其金矿、矿山、土地和财产交博巴依得瓦[①]；实行民族平等、自主，博巴坐自己的江山；建立博巴独立军，镇压反革命捣乱，维护革命秩序；没收土豪劣绅的土地财产分配给博巴依得瓦，博巴分得的土地可以自由买卖、出租或典当；组织群众生产，奖励兴修水利，发展牧畜，保护牛场、牧地，改善人民生活；废除封建等级制度，解放娃子（农奴），博巴依得瓦人人平等自由，特别要注意保护妇女和儿童；废除乌拉差役，取消苛捐杂税；信教自由，还俗自由，保护喇嘛庙的土地财产不受侵犯等等。同时还规定，自治政府要为红军筹措军粮、马料和羊毛，调派向导、通司[②]及其他支前劳力，安置救护红军的伤病员。

格达活佛一方面热情宣传上述革命主张，力图让更多的人觉悟，另一方面则率领僧俗群众为红军作通司、当向导、救护伤病员、筹措军粮马料等。他动员群众多吃野菜，把青稞、豌豆节省下来支援红军。据当年红军政治部出具的收条或证明表明，仅格达活佛主持下的白利寺，半年内交纳的"拥护红军粮"就有青稞134石，豌豆22石；支援军马19匹，牦牛19头。为此，时任红军前敌总指挥部政治委员的陈昌浩为白利寺发布告以示感谢：

> 查白利喇嘛寺联合红军共同兴番灭蒋，应于保护，任何部队不得侵扰，违者严办，切切此布。

1936年7月，红二、四方面军在朱德、任弼时、贺龙、刘伯承、徐向前、关向应的领导下，战胜了张国焘右倾分裂主义路线后继续北上。红军离开的第二天，国民党政府和封建农奴主还乡团随即进行反扑，博巴政府的工作人员有40余人遭到残酷杀戮。惨案发生后，格达活佛十分震惊，冒着危险，挺身而出，进行说理、劝阻，继而与大金寺、

---

① 依得瓦，藏语音译，"当地藏族人民"之意。

② 通司，翻译之意。

甘孜寺一起，巧妙地把 2000 多名红军伤病员转移到安全地带。为了躲避敌人的搜捕，他特派亲信喇嘛色波将 205 名红军伤病员送至道孚县章谷寺，委托那扎夏活佛掩护治疗。他还告诫色波说："你若完不成任务，就不要再回到我的庙里。"他还组织僧俗群众拿起火枪、刀矛、锄头进行自卫。格达活佛还写信给桑根寺的活佛桑根顿珠，告诫他不要辜负红军的期望，要全力保护隐藏在贡拉森林里的红军伤病员。他在信中说：

> 据透露，红军冲破了险阻，已胜利到达北方，开始了新的战斗，甚慰。……要知道，我们这里明媚的春天已经过去，盛夏的鲜花将经受暴风雨的摧残。要留根种，等待着未来的春天——开花、结果吧。那娇嫩的羊羔、犊牛要保护，要备足草料越寒过冬。当心夜里的魔鬼，严寒的虎狼，扑来吞噬人间的一切生灵。他们罪恶多端的劣迹，菩萨不赦，佛旨难容，终有一天会烈火焚身，让他们自食其果吧。
>
> 我格达的心和你桑根的心是连在一起的。我有朱总司令临行时的嘱托，你有贺总指挥辞行时留下的期望。我们都要有一颗赤诚的心，心里怀着宏伟的理想，当前群魔舞，风云变，我们心里要放宽，眼光要放长。当你看到东方霞光万道，那就是即将来临的希望。我们是佛门兄弟，你不会辜负我的期望……
>
> 请转告森林中的伤病人员。

桑根顿珠活佛接信后，立即向在森林里的红军伤病员转达了格达活佛的信息。桑根顿珠活佛在附信中说：

> 红军已胜利到达抗日前线，开始了新战斗。你们听到这一消息，一定很高兴，可是别忘了春天快要来到的时候，还有暴风雨的春寒；天快要亮的时候，还有黎明前的黑暗；临死的牛蝇最讨人嫌。为表达我对贺总指挥的深情厚谊，我要求你们到寒寺一避，躲开这场灾难性的搜捕和屠杀[①]。

---

① 格达的信和桑根的信均转引自邓珠拉姆收集整理的《格达活佛》。

在格达活佛的掩护下，红二、四方面军留在康北高原的伤病员，绝大部分被藏汉群众救护和转移。他听说红军在河西走廊牺牲了很多人后，非常难过，专门组织法会，为红军念经超度。格达活佛为了寄托、抒发自己对红军的思念之情，还编写了40多首独具民族风格的歌曲，其中一首歌词写道：

> 云雨出现天空，
> 朝霞遍满大地。
> 未见如此细雨，
> 默默滋润心灵。
> 高高的山坡上啊，
> 开满了鲜艳的花朵。
> 我们的队伍，
> 跨上骏马背着钢枪。
> 沿着长满荆棘的小路，
> 远征到北方去驱逐豺狼。
> 我们盼望着亲人啊，
> 早日回到这里——你们的家乡！

格达活佛保留着朱德总司令在主持成立博巴政府时亲手送给他的一面红旗。那面8平方米的长方形旗帜是红绸的，贴着用黑金丝绒剪的"甘孜博巴政府主席格"几个字，那个"格"字是方体字，有人那么大，看起来很有气势。白利寺将这面旗帜作为寺庙的一件珍品，用红布包上，放在最安全的地方保存起来，平时不轻易拿出来示人。

格达活佛非常怀念和关心红军的情况，盼望红军早日归来。有一次，他要朋友到康定去买了一张世界地图和一张中国地图，在地图上分析革命形势和红军所在地区的位置。抗日战争时期，他设法买了一本有朱德照片的书供在家里，还让人给他搞到了一张"山西八路军奋战图"，他视若珍宝，一直挂在经堂里。

1949年10月1日，中华人民共和国诞生，人民解放军正向四川和西康进军。格达活佛听到这一喜讯非常高兴，准备亲自去北京向党中央致敬和献哈达，表达他对新诞生的人民共和国的拥护，并盼从速解放康藏地区。经与夏克刀登、邦达多吉二人商议，他们认为，现在战乱时期，国民党要狗急跳墙，活佛亲自去北京安全无保障，最好派代表前往。

商定后，格达活佛的代表柏志、夏克刀登派他的秘书汪甲、邦达多吉的代表泽朗，这三人携带着格达活佛的亲笔信和当年他同朱德总司令的一张合影照片，从德格县出发，经色达、阿坝、甘南到达兰州，再转西安。

他们在西安见到了彭德怀司令员和习仲勋政委。彭总得知他们的来意后，说："毛主席已到莫斯科访问，估计春节后才回北京。现在新春佳节快到，你们在西安过年，过完年后再去北京。"

3人在西安过了春节后，乘坐火车来到了北京。在北京受到了朱德总司令的接见。他们把格达活佛的亲笔信和像片转交朱德，并敬献了哈达，转达了格达活佛、夏克刀登和邦达多吉的心愿，请求"神兵"迅速降临康藏。朱德对格达活佛很关心，详细询问了他的情况，并说解放军正向四川和西康进军，很快就要解放那里，西藏也要解放。朱德嘱咐他们回去路上要小心，并给每人赠送了紫色缎子藏式长袍一件，半统马靴一双和路费银元。

3人回来路过重庆，见到了刘伯承、邓小平、贺龙，表达了格达活佛等人的意愿，并敬献了哈达。当刘伯承询问他们还需要什么东西时，汪甲和泽朗二人希望给每人一支步枪用作路上自卫。刘伯承当即同意，给每人发了一支中正式步枪。三人到雅安后，又见到了西康省委书记廖志高，廖志高也给每人送了路费。

1950年春康定解放后，格达活佛在甘孜县召开了3000人的庆祝大会，并组织代表团赴康定欢迎解放军，动员藏族人员积极为解放康藏的部队修筑道路，做向导翻译，运送粮草。

四、请缨赴藏

十八军先遣支队到达甘孜以后，天宝和吴忠专程去白利寺拜访格达活佛。格达活佛则闻讯亲自到10里之外迎接。见面时他激动地握着他们的手说："朱总司令真是一位神将。当年红军离开甘孜时，朱总司令曾告诉我，红军15年左右一定再回甘孜。今天你们果然回来了，正好 15 年，太了不起啦！"

吴忠原本是红四方面军的一员，长征中到过甘孜。天宝是红军长征经过阿坝地区时参军北上的藏族青年。所以，两人对藏族地区都有特殊的感情，对格达活佛了解颇深。几天后，两人即去白利寺回访。格达活佛一再挽留他们在寺里多住几日。盛情难却，天宝和吴忠在白利寺住了一个星期才返回甘孜。格达活佛每天都和他们娓娓叙谈，还拿出他珍藏的朱德的照片和陈昌浩签署的专为保护白利寺而写的那张布告，满怀激情地谈起往事。天宝又讲了党中央、毛主席争取和平解放西藏的方针，格达活佛双手合十，连连点头称赞说："解放军攻无不克，战无不胜，藏军根本不是你们的对手。但中央却提出和平解放西藏的方针，实乃爱护众生，不使生灵涂炭，真是善德善行。我这个崇信释迦牟尼的有神论者，衷心欢迎你们这些无神论者！"

接着，吴忠谈起了进军西藏问题。格达活佛详谈了他所掌握的西藏方面的情况以及他对实现中央方针的一些想法。他说，西藏上层人物中他有不少熟人，为了减少进军西藏的阻力，避免不必要的牺牲，他经过反复考虑，决心去拉萨向西藏当局宣传解释中央的主张，希望吴忠和天宝向朱总司令报告，批准他的请求。两人为他的安全担心，劝他慎重考虑。但他言词恳切，表示决心已定。

天宝和吴忠离开白利寺时，格达活佛依依不舍，又亲自送至 10 里之外。

由于公路尚未修通，后方畜力运输的补给线过长，一时部队供应紧张，严重缺粮。吴忠号召大家以度粮荒的精神克服困难。队伍里人人挖野菜吃，一五四团有的连队还捕捉田鼠、麻雀充饥。这时，格达活佛已被任命为西南军政委员会委员、西康省人民政府副主席。他像支援红军长征路过甘孜时一样，再次动员牦牛运输、供应柴草，支援先遣支队，缓解了先遣支队的粮荒。

为了和平解放西藏，先遣支队向甘孜地区进军前后，中央即通知西藏噶厦政府派代表来北京谈判。但由于上层中的亲英印势力把持了西藏噶厦政府，将藏军主力布防于金沙江一线，迟迟不派代表前来北京。为了打通与西藏噶厦政府谈判的道路，西南局和十八军党委指示，先遣支队要多方调查研究，注意发现能与西藏噶厦政府接触、沟通的人员。

吴忠和天宝向军里上报了格达活佛自愿前往西藏进行劝和的请求。十八军将这一情况逐级上报。不久收到朱德复电，对格达活佛的爱国热忱深表嘉许，但认为他目前入藏安全无保证，劝他先去北京重叙旧谊，并邀他作为特邀代表参加将于6月中旬召开的全国政协一届二次会议，而后再作决定。当天宝把这一邀请面告格达时，他对天宝说："我是非常希望见到毛主席和朱总司令的。但是目前西藏尚未获得解放，实现祖国统一的愿望还没解决，我怎么好就这样到北京去呢？我希望先到西藏去，向拉萨三大寺以及地方政府中我的朋友们，宣传中央的民族、宗教政策，以我的所见所闻去说服他们。等西藏实现了和平解放以后，我再去北京见毛主席和朱总司令，您反映一下我的这个愿望。"

接着，格达活佛又致电朱德总司令，请求入藏劝和。

朱总司令为他这种以国家、民族大局为重，置个人安危于不顾的精神所感动，回电说他"入藏进行和平谈判，用意极嘉，无比欣慰 [①]"，同意了他的请求。但朱德仍关切他的安全，要他在安全有保证的条件下方可前往，如果出发后发现问题，应立即返回，切不可冒险勉为，并请他提出用何名义入藏的意见。

6月2日，格达回电：

朱总司令转政协全国委员会全体委员勋鉴：

　　政协委员会首届大会将于六月十日在京召开，达以公务羁身，交通阻隔，殊难亲临参加，实为遗憾。谨热忱祈祝大会成功。西藏地处边疆，首当国防要冲，百余年来即为帝国主义所垂涎。值当全国即将全部解放，为建设国防，完成统一富强之新中国，则西藏问题之解决实为当前刻不容缓之急务。至于一般具体方针如团结少数民族、信仰自由等，中央早于共同纲领中有明确之规定，此亦为我藏族人民所竭诚拥护者。西藏民性赢弱，风向颇萎，笃信教义，争杀予夺，实非藏民之所能为者。且解放军具有战无不胜、攻无不克之威力。窃以为西藏问题之解决应以和平为主，军事为辅。兹将陋见及就目前西藏一般具体情况提出，以供与会诸委商榷：

---

① 《三战时期进军西藏文电（一）》，第98页，电文资料。

（一）西藏内部情况

A.拉萨当局属于集体领导制，政权掌握在少数亲英派手中，彼等对共产党确有不甚了解者，且常有污蔑性之宣传，此或系受外蒙古以前实行过左政策影响所及。

B.三五年朱总司令率军抵康后组织博巴政府，当时所做各项措施，至今对西藏人民及喇嘛寺院等，仍留有深刻良好之印象。此种印象，曾直接影响于西藏内部。与那同时，达又奉朱总司令命令入藏工作，曾以公开及秘密各种方式，对西藏人民宣传，亦促使藏民对共产党增加较好的了解，且在目前国内外有利形势影响下，由（于）中国共产党已获得无比的胜利，更直接影响大多数人，使他们不会再跟随亲英派。

C.我出身甘丹寺，因与（在）大札以下及三大寺和群众中皆有工作基础，此以（亦）为今后开展工作的有利条件。

（二）对西藏内部的政策

A.（因）人民政府实行信教自由的政策及康藏人民笃信佛教的结果，西藏问题应用良好方法去解决，并实行朱总司令十五年前的指示，保留班禅与达赖的地位。

B.西藏问题如能按照和平（之方式）解决，则应保留西藏贵族生命财产之安全，并尊重其风俗习惯。

C.加强（在）藏族人民中间的宣传，积极培养组织广大的群众，以达到孤立少数亲英贵族的目的。同时人民解放军亦可采取稳扎稳打的办法，向西藏进军。

（三）做好进军西藏的准备工作

A.康藏地势高寒，交通不便，故工作准备实成为进军西藏的首要任务。愚意首先应复修康青公路及修建玉树经黑河至拉萨（交通）线，并积极妥修甘孜及玉树的机场，并在二处集中大批粮草，与（在）汽车飞机部队之配合（下），稳步齐进。

B.根据历史进军情况，旧道山多路险，空气稀薄，且为藏军防地，进军非易。可用少数部队牵制，大规模部队可走北路，由甘孜经玉树、黑河直捣拉萨。此线山稀路平，多为草原，适合部队前进。惟需准备露营之帐篷及食粮、木材等。事先宜充足准备之。

以上各端决非妥善，语误所在，希多指摘。最后敬祝大会胜利，各委员健康。

格达　拜

六月二日于甘孜①

　　当天，天宝去白利寺见了格达活佛，和他再次就他赴藏劝和一事交换了意见。格达说："我经过多方面考虑，进藏用西康人民或喇嘛寺院的名义都不会有效果，而且拉萨当局会拒绝的，因此我的意见用现有康定军管会或西南军政委员会委员的名义。总之，用人民政府派往西藏做和平工作的名义为妥善一些，其目的在于达到不流血的斗争为最好。"

　　天宝表示赞同。

　　格达活佛又说："时间越快越好，做到本月内动身，因为到金沙江边要等一个时期，守渡口的藏兵与昌都都必须向拉萨当局请示，但我有把握到西藏去，我和大札及其他很多人都有个人的朋友关系，因此安全也没有什么问题。当然少数亲英分子一定会利用一切的弱点来暗害我的，万一出事也是光荣的。因为这个任务是中央人民政府给我的，是为本民族解放事业做事，又有朱总司令和我比兄弟还亲的关系，所以我觉得个人没有什么顾虑……"②

　　6月8日，西南局回电同意格达用西南军政委员会委员及本人职务康定军管会副主任的名义入藏。

　　天宝将中央已经批准的"十条"作为和西藏噶厦政府和平谈判的条件，与格达活佛、大金寺的阿旺罗布交换意见。他再次来到白利寺，把十条政策的全文告诉了格达。格达听后，非常激动地说："共产党太宽宏大量了！西藏的现行政治制度维持原状，达赖喇嘛的地位及职权不予变更，各级官员照常供职，西藏实行民族区域自治。中央考虑的比我们想象的还要周到。有这十条，我去西藏的劝和使命一定能实现。"

　　格达活佛立即着手准备起程。行前准备工作很多，最重要的是要使格达尽可能多地掌握中央关于和平解决西藏问题的方针政策，以便

---

　　① 《三战时期进军西藏文电（一）》，第103~105页，电文资料。

　　② 《三战时期进军西藏文电（一）》，第108~109页，电文资料。

正确地、有针对性地向西藏当局进行宣传解释。为此，吴忠和天宝在他出发前一周便同在白利寺住下。对十项政策的内容逐条为他讲解，并回答他提出的问题。他们还共同研究了应付各种情况的方案。

吴忠和天宝始终认为格达活佛此行风险不小，他不但要和西藏噶厦政府中的亲英势力周旋，还须提防他们的暗算，天宝嘱咐他要处处多加戒备。格达则比较乐观，他认为西藏回归祖国是民心所向，何况解放军现已陈兵金沙江畔，西藏当局如敢顽抗，无异以卵击石，自己在这种有利形势下入藏，估计西藏当局对他不敢轻举妄动。

对于格达活佛主动要求入藏劝和，中央和西南局指示西藏工委和十八军部队尽一切力量给予支持。为此，天宝再去白利寺，征询格达有何需要，他表示一切都已准备停当，单等择日启程。

白利寺收入不多，格达活佛平时生活清苦。吴忠代表西藏工委和部队，想资助他一些银元，供途中使用，但他坚决不收。吴忠建议他带两支卡宾枪，以防散匪袭扰，他非常高兴地接受了这个礼物。

格达活佛平素十分关心信众的疾苦，因而深受当地百姓爱戴。他将进藏劝和的消息传出后，许多百姓非常挂念。他临走那些天，每天都有几十上百的百姓来到寺内，在院子里载歌载舞，祝福格达活佛此行吉祥如意。

7月10日，格达活佛和他的几名随从起程出发，当地群众都来送行。许多人失声痛哭，好似他们预感将会发生什么不幸似的。格达活佛上马后，有些年长的群众还跟在后面，手里摇着转经筒，嘴里高声为他祝福。此情此景，感人肺腑。

吴忠和天宝一起上马，与格达并辔而行，两人又一次次叮嘱他务必多加小心。格达活佛频频点头，要他们不必多虑。走了一程，格达活佛下马，不让两人再往前送了。他向吴忠和天宝及送行的友人说："我是为了藏族人民脱离帝国主义的羁绊，为了西藏人民少受痛苦，早日获得解放而去西藏的。我要亲自告诉那里的人民和喇嘛们，人民政府和解放军是西藏人民的救星，西藏人民不要再受帝国主义和反动分子的欺骗，应该回到祖国的大家庭。"他非常乐观地说："等到和平解放了，我要到北京去见毛主席和朱总司令。"同时，他也做好了牺牲一切的准备。他说："为了本民族的解放事业，我也做好了出事的思想准备。西藏人民了解我，他们都知道我是好人。谁杀害了我，老百姓就会反对他们，就会更加拥护共产党，拥护解放军。"他叮嘱白利寺的堪布，除管好家内事务外，要全力支持解放军进西藏。"如果我回不来了，就这样干下去！"

他又对柏志说："西藏能和平解放，我下决心去做工作，死也不怕。"

柏志要求与活佛同去。活佛说："我在拉萨熟人很广，达赖喇嘛的经师赤江活佛是我的老师，万一发生危险有赤江荫庇。我身着的黄缎长袍，也是他送给我的。你则举目无亲，动荡的拉萨不去为好。"他又接着说："朱总司令在甘孜成立博巴自治政府时，责成我负责团结藏族各阶层人士，为藏族人民的解放事业作出贡献，而我未尽到这一光荣伟大的职责，十分内疚，心中有感，虽赴汤蹈火，不达目的誓死不休，我心里有感，不入虎穴，焉得虎子。"

柏志一直把格达送到德格县。他们走到一个旷野牧场上，远近牧民们扶老携幼，从四面八方涌来欢送。有信众向格达活佛要藏药治病。格达活佛对他们说："我自己的药未带来，而带来的是人民解放军解放我们劳动人民的灵丹妙药。"

五、到达昌都

格达活佛走后，吴忠和天宝天天计算他的行程，等候他的佳音。并命令十八军侦察科密切关注。

侦察科为此西进到金沙江边的德格县。全科官兵加上五十二师侦察连100多人在军参谋处处长薛和、侦察科科长李奋、副科长高启祥的带领下，于6月中旬从甘孜出发，第一天傍晚就在白利寺附近的村庄里宿营。

第二天，队伍从白利寺继续行军西进。经过绒坝岔、松林口、玉隆、东台站等站口，翻越风雪弥漫的雀儿山，再经西台站、柯鹿洞，于6月下旬进驻德格。当部队开进德格县时，当地藏胞和刘文辉起义后仍留在当地的国民党德格县政府的职员们在路边列队欢迎。

在德格期间，侦察科的主要任务是调查、搜集和整理西去昌都地区各条道路的兵要地志材料，了解和掌握金沙江以西的藏军、藏政府动态及有关情况，为部队下一步进军昌都提供情报保障。他们了解情况的对象，除德格县城关镇里去过金沙江西面的藏汉居民外，还十分注意从金沙江西面渡江东来，前往康定、雅安一带经商、驮运砖茶的商人、骡帮——他们也是了解格达活佛在昌都情况的唯一信息来源。当时，侦察科与到达邓柯的一五四团二营，成为先遣支队伸向西面最前沿的两个触角，是整个十八军进军西藏所需军政情报的重要来源。

格达一路上都向藏族僧俗群众宣扬中央人民政府的政策法令，并列举所见所闻的事实，以亲身经历来说明人民政府和人民解放军如何尊重宗教信仰自由，保护喇嘛寺庙，尊重藏族风俗习惯，帮助人民改善生活。他还宣传中央人民政府维持西藏现行制度和一切改革事宜由人民及领导人协商解决的政策，并劝说喇嘛及头人、官兵不要与人民解放军为敌，汉藏民族必须紧密团结。

格达活佛是经德格朝拉山，在邓柯和德格之间的卡松渡口渡过金沙江前往昌都的。他从白利寺出发后，军部立即发来电报，指示侦察科密切注视、认真了解格达活佛进入西藏地区后的一切有关情况，并及时上报。薛和、李奋立即向参谋人员传达了这一指示。

格达活佛到达江达时，驻江达的德吉 [①] 兼代本嘎穷娃认为格达活佛是"中共特务"，命人转告格达活佛，去拉萨和昌都，要经昌都总管批准。格达活佛没有理他，径自前往昌都。嘎穷娃得报后，立即派一名协俄 [②] 带领一个班的藏兵追赶，要从决熊追回格达活佛。藏军追上格达活佛后，要他返回。格达正告那几名藏军士兵说："我本人要去昌都的原因早已说过，为的是西藏的佛教和众生的利益，别无他意，请你们转告代本老爷。"但他们坚持要他去见代本。格达不想为难他们，跟他们去了。他同嘎穷娃会见后没有几天，就被准许继续前行。

7月24日，格达活佛抵达昌都，借住在霍巴仓·松桑家。昌都总管拉鲁·次旺多吉与他进行了会见。格达活佛讲述了自己从1933年即与红军交往、相处、共事的经历，说明了共产党的民族政策，说他们会尊重西藏人民的宗教信仰。他结合史实，说明西藏自元朝起即属中国领土，阐明中国共产党按照历史的实际，一定会解放西藏，完成国家统一。中央政府的决心不可能动摇，其力量不可抵抗。

① 德格总管。

② 藏军排长。

拉鲁说："活佛也太小看噶厦政府的力量了。"

格达活佛说："国民党八百万军队都已败亡，噶厦政府的力量不足国民党的千分之一，任何想用武力抵抗解放军的企图都无异以卵击石。"

噶厦认为，"在东方，美国带领的联合国军正在和共产党作战，以美国之强大，世界局势的变化可期，噶厦在等待。"

格达活佛继续说："佛陀倡行觉悟。觉悟者，就是能识大体，察大局，有远瞻的能力。1933 年我接触红军，就知道历史会选择他们。噶厦想远靠英美，近投印度，我也听说做了很多工作，但所得几何？历史无法改变。"

拉鲁半晌无言。

格达活佛接着说："中央政府和毛主席提出和平解放西藏的方针是很慈悲很智慧的。这无论是从西藏的政教大局，还是从佛教所倡导的慈悲心怀出发，我们都应该响应。共产党和毛主席派我来，就是传达和平的诚意。我本人在中央政府的领导下，愿为佛教的昌盛，藏族悠久文化的发展，为保护好历史文物和古建筑，促进藏汉人民的亲密团结，尽最大的努力。"

拉鲁说："我们的制度与共产党的制度的确不相容。拉萨到处都在传说共产党的可怕。"

格达活佛说："在全世界，西藏施行的这种农奴制度早就废除了，但因西藏地处与世隔绝的雪域高原，有其特殊性，才得以保留。即使为了众生的福祉，我们的现行制度也应该改变。至于那些谣言，我们都知道是谁制造的，相信你是不会相信的。"

"那对于三大领主的财产，共产党会如何处理？"

"因西藏是西南边疆藏族聚居、佛教盛行的地区，有其特殊性。因此，对西藏的三大领主如同共产党在内地对待民族资产阶级一样，实行赎买政策。"

"活佛这次到昌都来，就是为了上述目的？"

"正是。为了上述诸事能得到顺利、圆满地解决，请您转告噶厦政府。如果您有不便，我决心亲去拉萨，面见达赖喇嘛和噶厦，予以陈述。"

"对于活佛所说，我可以转告，但你可否到拉萨，昌都方面不能决定，我要向噶厦请示，请你静候一些时日。"

格达活佛只好在昌都等待。

六、格达活佛被害

格达活佛刚到昌都即受到英国"驻昌都电台"台长罗伯特·福特的注意。

福特 1923 年 3 月 27 日生于英国波尔顿，1939 年 7 月从阿梭斯中学毕业后考入英国皇家空军无线电学校，1941 年 6 月毕业后成为一级空军技师，至 1943 年 7 月分别在英国诺丁汉郡、哈克纳及牛顿皇家空军站从事飞机内部无线电装备保养工作，升任班长。1943 年 10 月，他调印度，任古吉拉特、旁遮普、西垠德拉巴、海德拉巴、德干等地无线电学校教官。1945 年 5 月他应征赴拉萨代替休假的英国驻拉萨代表处无线电官员福克斯的工作，1945 年 11 月任甘托克英国驻锡金政治官员署无线电电台台长。1948 年 8 月福特返回印度英国皇家空军，1948 年 4 月退伍，当年 8 月，在英驻锡金政治官员霍普金森的安排下，二次入藏，任西藏噶厦政府无线电官员。1949 年 5 月福特被派赴昌都建立电台，并任昌都电台台长，官阶为列赞巴，五品官。他作为第一位担任藏政府官员的欧洲人接受了达赖喇嘛的摩顶。

福特首次入藏前，即奉命去加尔各答见霍普金森接受指示。霍普金森要他先到甘托克再转拉萨，并发给路费。其第二次入藏也是霍普金森安排，为便于福特打入噶厦政府内部，他安排与噶厦订立了福特受雇于噶厦政府无线电官员的合同，期限两年。霍普金森曾将这份合同送交英驻印高级专员和英皇家空军过目，征得他们的同意。英皇家空军要求福特到西藏后做气象记录，称任何有关气候的记录都是有用的。印度政府还拨出一笔款项作为福特部分路费及噶厦政府不履约或不发薪金时的补偿金。由此可见，福特二次入藏并非单纯是应噶厦政府的聘请，真正目的是从事间谍活动。

非常巧合的是，印度独立后，"作为权力转换的结果，英国使团已变成了印度使团，（原英国驻拉萨代表处无线电官员）福克斯有望接替工作。在业余时间他一直在为藏政府工作。……福克斯辞去了印度使团的工作，也当上了一名藏政府的官员。"① 这样，福特去昌都开办电台后，在拉萨为噶厦建立的电台就由福克斯掌管了——他不久又在那曲、日喀则设立了电台，由他的徒弟管理；而福特到昌都后，也在藏军的前沿阵地邓柯新设了电台——那里是"收集和传送边界外的军队行动情报的理想地点"。作为噶厦的无线电官员，噶厦的所有机密都在两人的掌控之中。

西藏是一个非常封闭的社会，在英国和俄罗斯力图把他们的帝国扩展到雪域高原时，西藏为了自己的宗教、生活方式和采金地，对所有的人关闭了大门。只有少数怀着不同目的的人闯入过，其中有间谍和士兵，探险家和传教士，但只有更少数幸运者得以返回，为自己的帝国提供了情报，讲述了充满魔幻色彩的故事。而更多的人，或抛尸荒野，或沉于大江，或不知所终，直到20世纪40年代，一名外国人要进入西藏，依然比登天还难。1950年，名为索噶的羌东哨所还狙击了试图进入西藏的5名外国人。其中3人当场被击毙，两人被活捉。

所以福克斯和福特能先后出任噶厦政府的官员，可见英国对西藏控制程度之深，也可见当时噶厦政府亲英的程度已到了不可救药的地步。

福克斯出生于伦敦，第一次世界大战时当过通信骑兵，1937年组建英国使团时就一直住在拉萨。福克斯还娶了一位藏族人为妻。在西藏有很深的根基。拉萨电台的新闻先用藏语广播，再由福克斯用英语对外广播，然后由达赖喇嘛的姐夫用汉语播发。后福克斯在昌都战役前夕，以治疗腿病为由，逃离拉萨去了印度。

福特和福克斯报酬优厚。福特在昌都时，霍尔康色甚至提出给他找一个临时妻子。他虽然自称没有答应，但还是给自己找了一个叫白玛的大约17岁的康巴女子，这个女子的继父在福特的电台帮他监听北京的汉语新闻广播。

福特从拉萨前往昌都时，可谓声势浩大。他在自己的回忆录《在藏被俘记》中记述，他有20匹乘骑，80头骡子和牦牛，10个赶骡人，40位搬运夫和一支由12名藏兵组成的武装卫队。除了全部的电台设备外，还带了为发电机准备的400加仑汽油。他自述在拉萨到昌都的

---

① ［英］罗伯特·福特著，王小彬、温汝俊译：《在藏被俘记》，中国藏学研究中心，内部出版。

途中根据印度测绘图，对西藏地图做过一些修正，实际上是绘制了西藏地图[①]。

格达活佛最初住在阿龙卡。抵昌都四五日后，他便与昌都贵族去福特处听北京藏语广播，当晚福特曾以茶点招待他。

因为格达活佛没有走德格正面的岗托渡口过金沙江、经同普（日松）、江达去昌都的大路，而是走北面卡松渡的小北路，所以从岗托过江而来的商人、骡帮等，途中都没有碰见格达活佛一行。大约到了8月中旬，十八军的侦察人员才从金沙江西岸过来的一个骡帮中了解到，格达活佛一行从卡松渡经过玉曲卡、多兰多等地，已经到达昌都，已经见到藏政府驻昌都总管，而且格达活佛至今仍然留在昌都，没有能去拉萨。

格达来到昌都时，拉鲁已准备离开昌都，由阿沛接任昌都总管。这个消息使福特非常震惊。他认为噶厦政府在大战即临之际召回拉鲁是愚蠢之举，而他更担心的是此事对他自己的影响，因为拉鲁是他决定续签合同留在西藏的理由之一。

福特把格达称为"红色喇嘛"。他写道：

> 他从西康的商道过来，住在镇上的一所房子里，等待西藏政府同意他赴拉萨的许可。一天，霍尔康色带他来电台收听北京的新闻。
>
> 格达在相貌上是一个典型的康巴人，鼻子有棱有角，引人注目；但他性格温和、平静而又含蓄。有我在场他似乎有点不自在——但他利用机会观察他所能观察到的一切。当我启动电台时，他密切地注视着我，当认为我没有看他的时候，他用眼光很快地环视了我的房间。
>
> 我给他上了茶和点心，但没有试着与他进行有礼貌的交谈。他也同样的沉默，收听完新闻后，谢过我便离开了。后来他再也没有来过电台。但从这以后我也没有听说过格达待在昌都的情况[②]。

---

① 王小彬：《〈在藏被俘记〉译者的话》，中国藏学研究中心，内部出版。

② ［英］罗伯特·福特著，王小彬、温汝俊译：《在藏被俘记》，中国藏学研究中心，内部出版。

他极力想撇清自己与格达的关系，以致前后矛盾，不能自圆其说。他接着又写道：

> 格达的管家来过两三次，给拉萨拍电报。他用的是普通的电文，办事员用商用电码为电文编码。看来文字是完全单纯的。他也尽可能地观察电台里的一切，后来他曾邀请扎西到他屋里设法向他打听。像洛桑一样，扎西保持了沉默，他们俩都顶住了去格达那儿接受摩顶的诱惑。包括康巴兵在内的许多人都去接受了格达的祝福。
>
> 格达几乎每天都去总管府，我在那儿碰见过一两次。拉鲁对我没有提及他的名字，但从别人那儿我听到他被拒绝去拉萨的传言。他一到昌都，政府的电报往来就要忙得多，但大约过了一周就又恢复正常。那时格达不再去见拉鲁，也仍不返回西康，由于他似乎想在昌都待一段时间，他索要了一间更舒适的住房。
>
> 给他的一间房是旧夏宫的一楼，是一间用来招待官员的房间，正好在电台楼下。我看见格达和他的管家以及 3 个康巴姑娘过来。姑娘们年轻貌美，脸蛋红润，她们太漂亮了以致我不敢请她们进我的单身宿舍……①

他后来又写了格达得病的情况：

> 可是，格达的病情更加恶化。我见到那位僧医并询问了病人的情况，他告诉我，草药也不起什么作用，现在希望全部寄托在祈祷上。喇嘛们为他进行了大量的祈祷活动。寺院里下来 20 多位僧人，带着鼓、钹、铃为格达祈祷了两天。第二天晚上直到我睡觉的时候，他们还在念经。
>
> 接下来一早，扎西告诉我格达活佛在黎明时已被火化了。②

---

① ［英］罗伯特·福特著，王小彬、温汝俊译：《在藏被俘记》，中国藏学研究中心，内部出版。

② 同上。

从上述叙述中看，福特并非从这以后没有听说过格达待在昌都的情况。而是对他的行踪了解得一清二楚。他承认格达是被毒害的。

> 火化通常是处理活佛尸体的办法。但在圆寂后通常不会这么快就被火化。一般来说，必须留有时间让死者的灵魂离去。这是引起我怀疑的第一个事情。
>
> 不久我又发现有关格达之死的其他异常情况。令我感到欣慰的是我未曾给他提供过医疗。恐怕这就是在此我能讲的全部。在长期的残酷审讯中，我尽力克制保守自己所知道的情况，而且现在也不打算泄露出去。我有充分的理由相信格达是被谋害死的。我想我知道是谁害了他。但愿他永远不会被发现 [①] 。

福特后来还在受审时说过，"我从小说里知道西藏喇嘛有把人弄死的秘方"。他没有说是哪本小说，其实有关西藏的虚构文学在西藏和平解放前是罕见的，即使西方有关它的小说描写也难觅踪迹。即便关于西藏的探险游记，也是19世纪末才开始较多的出现。福特这里的"小说"，应该是一个托辞。他的本意更准确地说，应该是"我知道西藏喇嘛有把人弄死的秘方"。格达活佛之死和热振之死其实有很多相同的细节，都是突然得病，然后用药后不但没有好转，然后病情反而加重，最后在很短的时间内突然非常痛苦地暴亡。而当时杀害热振的嫌疑人之一乌坚朗珠是拉鲁的弟弟，而格达又以与热振相似的方式死于拉鲁任上。身为噶伦，这两个案件中，拉鲁都不可能亲自动手。热振之死他要得到大札摄政的授意，然后通过其弟弟——一名狱卒来实施——他的弟弟在热振被害后很快升任拉萨市长。而格达被害，他最多也只是在福特的唆使下授意其下人——仁希布·嘎楚吾来干——格达圆寂后，原昌都总管府的官员因为战争即临，几乎全部留任，但嘎楚吾却作为特例，跟随拉鲁返回拉萨去了。

在西藏的政教史上，一直充斥着这样的谋杀，而且不仅仅是针对自己的政敌。康熙四十四年（1705年），实际控制西藏局势的拉藏汗

---

① ［英］罗伯特·福特著，王小彬、温汝俊译：《在藏被俘记》，中国藏学研究中心，内部出版。

与甘丹颇章政权第巴桑结嘉措之间发生冲突，拉藏汗杀了桑结嘉措，废黜六世达赖仓央嘉措，这位很有文学修养的达赖病逝于青海湖滨，年仅24岁。七世达赖噶桑嘉措享年50岁，八世达赖强白嘉措47岁去世。此后，九世达赖喇嘛隆朵嘉措在11岁时亡故，一直未能亲政的十世达赖喇嘛楚臣嘉措22岁时亡故，十一世达赖喇嘛凯珠嘉措18岁、亲政还不满一年，十二世达赖喇嘛成烈嘉措在20岁、亲政刚满一年时，均在布达拉宫暴亡。前后七世亡故的达赖喇嘛两位正值壮年，四位青春年少，一位尚未成年。对九世至十二世达赖的突然暴亡，人们也都怀疑是被人毒死的，但始终未能破案。清朝政府也认为几世达赖死得可疑，所以每逢达赖暴亡，驻藏大臣均会下令不准移动达赖尸体及达赖寝宫内一切物品，并将其侍从官员一律捕拿关押，由驻藏大臣亲自验尸，追查责任。但后来均不了了之。

格达活佛临死前，仍然念念不忘西藏的解放，他最后对接触到的人员说："解放军和藏族人民是一家人，我们应帮助解放军解放西藏，能为西藏解放出力，我死也不悔。"

8月22日午前，格达活佛以身殉国，时年47岁。格达活佛圆寂时，"全身发黑，口吐黄水，鼻孔流血流脓，皮肤裂口"。

七、是谁杀害了格达活佛

关于格达活佛的死因，有两种说法：主要的说法是他是被福特毒害致死的，当时新华社做了报道。但福特本人在押时只承认"唆使"之罪，后来则完全否认，并要求平反；另一种说法说他是被当时的昌都总管拉鲁害死的，西南局机关报《新华日报》做过报道，但拉鲁本人否认。王其梅和惠毅然在1950年11月20日由西南局转给新华社西南总分社的电文中说，"我们认为对外目前不公开指明拉鲁所为，只一般提出系勾结帝国主义的反动分子所毒害"[①]。后来他成了统战对象，没有再追究[②]。

作为加害格达活佛的嫌疑人，福特和拉鲁否认是正常的。

---

① 《三战时期进军西藏文电（三）》，第305页。电文史料。

② 王小彬：《〈在藏被俘记〉译者的话》，中国藏学研究中心，内部出版。

格达在昌都被毒害致死，后来查明是福特"教唆""主谋"的，其本人口供和旁证一致，由最高人民法院判处十年徒刑，并于1955年提前释放逐出国境。直接责任者楚嘎吾早已病故，具体策划者拉鲁和霍尔康（原西藏噶厦政府驻昌都的主要官员，后任西藏自治区政协副主席）在审讯福特时他们已是统战对象，未予追究。

这个早有定论的害死格达的案件，后来福特等外国人竟企图翻案、国内有人甚至说是病亡。"害"与"病"虽一字之差，影响却很大。因为福特真正企图推翻的是英国插手西藏问题的历史事实。赤诚劝和的格达活佛被害死，原因西藏噶厦政府在外国势力操纵下拒绝和谈，唯有进行军事较量，才能敞开和谈大门，中共中央遂被迫决定举行昌都战役。福特否认格达活佛被害，是要否定共产党发动昌都战役的正当性。

据天宝回忆，"当时才47岁的格达活佛，身材魁梧，体型富态，红光满面，说话声音洪亮，丝毫没有什么病态"。

昌都战役结束后。十八军副政委王其梅于24日进驻昌都后，立即着手调查格达活佛的死因，并于10月29日和11月20日两次就此事专门上报军委和西南局。

10月29日的电文是："……格达生前自称：在此久住会有意外，要求去拉萨或返甘孜，拉鲁不准。格达到昌都时，初住木嘎家，藏历七月七日（病后第二天）迁入松松家，初八又迁入龙王堂（福特所带电台住院）楼下，被楚嘎吾看管，不许见外人，格达所带人员亦不准接见。格达死前有几天不能吃东西，口吐黄水，肚痛头痛，鼻子里流血流浓（脓），四肢麻木。七月十二日（公历8月25日）死后全身乌黑，皮肤一触即脱落。尸体焚于喇嘛寺后山。"

11月20日的电文是："格达活佛一行十余人7月24日到达昌都，此间昌都寺院及市民至市郊热烈欢迎，格达委员代表西藏人民要求向拉鲁噶伦才旺多吉商谈和平解放西藏遭到无理拒绝后，即向此间僧俗人民传达中央人民政府对少数民族政策及毛主席关怀藏胞的情意，深得广大人民拥护。拉鲁及英藏特务未敢公开杀害乃暗布诡局，趁格达于8月13日至江卡（城内英特驻地）拍电向拉萨直接电商去拉萨的机会，竟以投毒咖啡，入夜毒发，次日加剧，但未致死，于是拉鲁乃以'边政府'机要秘书楚嘎吾用'邀请'格达到江卡官舍同住之名，将格达软禁于英特福特楼下，这时不准格达之随行人员护理，其男女弟子亦不准亲近。至 8 月 21 日拉鲁遣私医最后下毒，至此任何人均不准接近，22 日午前格达即殉国。"

据昌都江达瓦拉寺的嘎仲·阿旺土旦回忆，1950 年底他在甘孜听白利寺格达活佛的管家谈过格达活佛到昌都后会见拉鲁和后来被害的的情况。

拉鲁 1980 年曾亲笔写过一份材料，记录了格达活佛在昌都逝世的情况：

> 1950 年藏历六月，格达活佛到达昌都说，要为汉藏谈判协议之事去拉萨。我将此事连同格达活佛提出去拉萨的三条意见，一并电告拉萨。当时，由于帝国主义者进行各种挑拨，拉萨方面对于三条意见未做答复，复电告诉我："格达活佛不宜即来拉萨，应暂住昌都。关于三条意见，待后答复。"（我将）此事告知格达活佛。将格达活佛安排在昌都玛塘居住。几天以后，因昌都的江卡地方房子较宽敞，又将他搬迁过来。格达活佛住到江卡以后不久即去世。我去询问常住江卡的昌都总管府四品官楚嘎俄（吾），楚说：开始，格达活佛和四品官楚嘎俄一起到发电报的地方去观看时，见到格达活佛的英国人福特，显露出害怕的样子。以后，格达活佛又去发电报的地方，英国人福特一再献上甜茶请他喝了。由此，格达活佛得了重病。重病之际，福特又送去了药，服药后，活佛既不能张口，遂后死去。这是住江卡的昌都总管府四品官楚嘎俄（吾）对我说的[①]。

上述四件材料都肯定了格达活佛系遭人毒害致死，而绝无病故之说。

至于福特本人，他在 1950 年 10 月 21 日被解放军俘虏后，经过在昌都短期关押，即被押送重庆，由西南军政委员会公安处、重庆市公安局收监。在监狱期间，福特供认了他在藏从事间谍活动以及唆使别人毒死格达活佛的罪行。

1951 年 1 月 22 日的审讯记录是这样的[②]：

---

① 王贵采访记。他提供了拉鲁写的藏文复印件。

② 以下引用的审讯记录及福特的交代材料均抄录自公安部的原始文件，复印件由王贵先生提供。

问：格达到昌都后，都在哪些地方住过？什么时候移动的？

答：他住在昌都城内，我不知道确切地址。……在他死的前些日子，搬到我的房屋楼下……

问：经常去他住处看他的是哪些人？

答：昌都长官下面头一位官员仁希（四品官），姓名楚嘎吾，住在我的房屋后面一幢房屋的这一端……楚嘎吾曾去看过他……

问：他病了多长时间？于何时何地死的？

答：他搬来后的一个星期就死在楼下那间房里。

问：格达死后，昌都的长官对他的死有何感觉？当地老百姓又有什么谈论？你听到这些谈法有什么感觉？

答：……他是8月末死的，新长官（指阿沛）于9月莅临。在这些时候，我曾遇见旧长官（指拉鲁），但并未谈论。新长官莅临的那天，我曾去谒见致敬，但并未谈论他的死事。昌都的一般官员对他的死是秘讳而不谈说。人民对他死一般地感觉哀慊。我并未看见遗体，但听说是七窍流血。我从小说里知道西藏喇嘛有把人弄死的秘方……

1951年12月28日的审讯记录是这样的：

问：在格达委员没有到昌都前和到了昌都后，你向昌都当局是怎样表示你对格达委员的态度的？

答：在格达未到昌都前，我不知道这个人。格达到了昌都后，我知道了，他是共产党代表，并且格达还准备到拉萨去。在格达到昌都一个礼拜后，是1950年8月上旬，在沙王拉鲁的家里，我向他（拉鲁）表示同北京政府谈判没有好处，应该把共产党派来的谈判代表格达阻止在昌都，不让他去拉萨。

问：你向霍尔康同仁希楚嘎吾是怎样表示你的态度的？你向他们说些什么？

答：在格达到了昌都后，我曾去过昌都政府的财粮官霍尔康家里，他亦到我那里来过。我向他说，和谈没有用处，把格达阻止在昌都，不让他去拉萨。在同一时期内，仁希楚嘎吾到我住的那楼上来过，我亦以向霍尔康谈话的同样内容告诉他。

问：……你是用什么方法和手段制止格达到拉萨、破坏和平谈判的？

答：我只是唆使拉鲁等人不要和北京谈判，事情很明显，用不着我去告诉他们应该怎样做。

问：当时你是否意识到用什么方法毒死格达？

答：当时我意识到最方便的事情就是毒死格达。

问：那么为什么没有告诉他们呢？

答：当时我还有顾虑，迟疑不决。他们不会用其他的办法害死格达，就只有用无声无息的办法下毒害死格达，表面上就是病死的。因为格达是共产党公开的谈判代表，不能公开的害死，所以就想了这个办法，阻止格达到拉萨去，不能让他停留在昌都，更不能让他回北京，因此就把他毒死在昌都。

问：根据你的说法，格达的死，你应负一个什么责任？

答：是在我的唆使下，昌都官员毒死的，归根结底起因是由于我，所以是我毒死的。

1952年1月23日的审讯记录如下：

问：当你已经明白了格达委员是代表中央人民政府到西藏去进行谈判的，这当然对英帝国主义是不利的，你以英国间谍的身份打算怎么办了？

答：……我向拉鲁和霍尔康等人说："不能让格达到拉萨去，把他阻止在昌都唯一的办法只有去掉他——杀害。"他们在态度上是没有肯定的表示，只答应"对！对。"

问：你说了这话离格达死的时间是多久？

答：我是1950年8月上旬说的话，格达是8月底死的，时间约半月左右。

问：你是否本来没有给拉鲁说过毒死格达，但你为了迅速解决你自己的问题，来扩大自己是主谋杀害格达呢？

答：我确曾说过"把格达弄死"的话，目前为阻止格达到拉萨最好的办法就是弄死，我不是扩大自己的问题，而是真有这样的事。

问：你过去为什么不说？

答：因为我怕遭（招）致严重的后果，对本身不利，再者是把杀人的事和我自己连（联）系一起，人家会说我是个不人道的残酷者。

问：拉鲁等在听得（到）你的指使后，究竟如何具体去执行毒害格达的呢？

答：拉鲁等如何具体去执行毒害格达的情形，我未过问，更用不着亲身参与，但是主谋杀害格达委员的责任，我是应该负的。

1951年12月福特还写过一份交代材料：

……发现了格达喇嘛事实上是个共产党的代表，并且发现他有意到拉萨去。这时，我才按照福克斯以前交给我的八大指示去行事。八大指示的最后一条就是要我阻碍任何使西藏重返祖国怀抱的和平谈判的意图。那时我只能见到拉鲁一次，所以不能和他充分讨论格达喇嘛的事，但是我曾告诉拉鲁、霍尔康、楚嘎吾不应与格达喇嘛谈判，也不应该让格达喇嘛到拉萨去谈判。这就是直接唆使以拉鲁为首的昌都当局摒绝任何北京的和平谈判，也就等于唆使他们把格达喇嘛弄死，因为既然他是和平谈判的代表，如果不让他去拉萨，那他也不能留在昌都，这样就只有弄死他了。

格达喇嘛于1950年8月末死于昌都，据我看来，实际谋害是由昌都的拉鲁下令，而拉鲁是受了拉萨当局的指示，拉萨当局又是受到英国人的指示，因为那是英国政策的一部（分）。英国人与拉萨当局之间的联系，一定是经过拉萨的使团（即黎吉生为首的代表处）或经过福克斯（或两路齐进），由他们引向在印度的高级专员，再由高级专员直接与英当局联系。……所以，拉萨的使团与谋杀案件必有牵涉。至于奉拉鲁之令杀害格达喇嘛和（的）凶手必定是仁希楚嘎吾，因为他是格达喇嘛迁往江卡尔（我住在同一房子内）后最常来看格达的人，并且格达死后不久他便突然离开去了拉萨。……

格达喇嘛死后，我用私人密码电告福克斯。福克斯当时问我格达之死是自然之死抑或非自然之死。这个问题可能有两个含义：一个是福克斯不晓得，问问而已；另一个更可能的含义就是他预先的计划，他不过是说明英国的计划已经实现。

…………

鉴于上述事实，我和其他几个人必须负造成格达喇嘛之死的责任。整个阴谋是英国人为了英国的利益而鼓动的。我是在昌都的教唆者之一。

此外，与福特一同被解放军俘获的福特手下的印度籍工作人员汪达此理也在1951年12月6日所写材料中称，格达活佛"是被反共的西藏高级官员和帝国主义走狗毒害死的"，"沙王拉鲁、仁希楚噶吾和福特，对于格达喇嘛的死应负责任"。

可以明显看出，以上福特本人签字、盖手印的三次口供、一次笔供和汪达此理的旁证，都清楚地说明格达活佛是被害死而非自然病故。这些供词、旁证，同前述王其梅的两份电报、嘎仲·阿旺土旦的揭发、拉鲁1980年的亲笔追述，在许多基本点上是吻合的。

但是，福特一直不承认他亲手杀害了格达活佛。1954年11月，重庆市公安局最后一次提审福特时，福特仍然供称：格达之死不是他亲自下手干的，是指使拉鲁干的；楚噶吾是拉鲁的心腹，亲自下手一定是楚噶吾，他只负指使杀害格达的罪责。但福特的多次供词同拉鲁1980年的交代，有一个最大的不同点，即直接下手毒杀格达活佛者，拉鲁说是福特，而福特说是拉鲁手下的楚噶吾等人，这显然是互相推诿。共同点是他们两人都说格达是被害死的，都没有说格达是自然病故。

由于福特在重庆关押四年多期间认罪较好、有悔过的表现，加上1953年朝鲜停战和1954年印度支那停战后，中国与美、英等国有缓和关系的愿望，在此外交形势下，公安部门决定依法判处福特并予以提前释放。但若按起诉—审理—判决的通常法律程序办理，就会把拉鲁、霍尔康等人牵扯进去，并形成他们当众与福特见面对质的局面。而拉鲁、霍尔康等经昌都战役后的争取工作，均已成为中共的重要统战对象，在促成西藏和平解放的谈判中起过一定作用。当时，对西藏上层人物的统战工作是中共在西藏的中心工作，其他工作都要服从并围绕它进行。调查和审判会让已经开始靠拢中国共产党、走上爱国道路的拉鲁、霍尔康等人恐惧，可能在西藏上层人士中引起很大震动，使西藏局势更加复杂化。况且，福特已有明确供认，基本情节清楚，为此，公安部在1954年秋冬，先后征求国家民委及西藏工委张经武、范明等人的意见后，认为不宜公布拉鲁等人的姓名，决定不按一般程序由法院正式判决公布。

1954年11月21日，公安部呈报了由人民法院判决福特十年徒刑，在审判程序上免去起诉过程，仅当庭宣读判决书，宣判后提前释放、驱逐出境的特殊方式。这个方案报最高法院院长董必武后，他同意这样处理，总理周恩来因此予以批准。

最高法院宣判后，与福特进行了谈话。开始福特很恐惧，但听到将被提前释放时，福特当即很高兴地说："没有宣判前，根据我的犯罪，我认为我非死在中国不行，中国政府和中国人民对我这样宽大，表示感谢！"并说要将他得到的宽大情况带回去告诉英国。

接着，福特被从重庆押经武汉、广州，于1955年5月29日驱逐出境，到达香港。根据美联社次日的报道，"他在过界线后的谈话中精神很好，没有刮脸，但是在其他方面看来非常健康"。

福特返回英国后，曾参加英中友好协会，为促进两国人民的友好交往做过一些有益的事情①。

八、忍悲强渡，祭奠格达活佛

格达活佛被害后，他的遗体很快焚毁，其随行人员则不准返回甘孜，而是押送到拉萨"主持超度"。向家乡报丧的人员直到同年10月昌都解放后才返回甘孜。

德格离金沙江岸的岗托渡口约60里，中间有一个龚垭村，刚好位于德格、岗托中间，那里是从岗托启程东来的商人、骡帮行走半天路程后休息、打尖的地方。侦察人员外出调查情况，常去那里。

8月下旬的一天，吃过早饭后，侦察科的参谋吕超和王贵，带着藏族小战士文绍华从德格出发，前往龚垭。三人顺德格小河而下。夏季的德格河谷，一片葱绿，山坡上满是松树，山下路旁长了不少野花椒树，风光十分宜人。虽然道路崎岖，多有起伏，但他们一路还是快步如飞，约两个小时，就走到了龚垭。

---

① 王贵：《析格达活佛死因》，1992年写于军事科学院，复印件由王贵先生本人提供。

快进龚垭村时，在村头的小草坪上遇到一队骡帮。几十匹骡马低头啃食着草坪上的青草，驮箱子仍在马背上架着，没卸下来。骡马脖颈上挂着的铜铃不时发出叮叮当当的声音。八个赶骡马的藏族康巴骡夫盘腿坐在草地上，用几块石头架起来的铝锅烧茶喝。骡夫们一边用皮火筒打火烧茶，一边喝着酥油茶聊天。凭着侦察员进入藏区以后几个月的经验来观察，他们显然是从金沙江以西过江东来驮货经商的骡帮，正在龚垭打尖。骡夫们见到三个年轻军人，可能是已见过解放军，对解放军有所了解，没有一丝害怕。三人微笑着凑上去，一面向他们打招呼，一面挨着他们坐下。吕超掏出香烟，递给骡夫们每人一支。骡夫们吸着烟，喝着酥油茶，同三人攀谈起来。吕超和王贵刚学藏语不久，只能说一些简单的话语，而且多数是拉萨话，而对方回答的却是康巴方言，许多还听不大懂。因此，要深谈一点，只能借助文绍华这个小翻译。

王贵问他们："你们从哪里来？"

"昌都。"

"一路辛苦啊。"

骡夫们笑着摇头。

"你们今天早上从哪里启程？"

"岗托。"

"岗托的藏军检查严吗？"

"藏军要查看驮的货，还要收税。"

吕超接着还问了江达、同普一带藏军十代本的情况。骡夫们就他们看见的情况做了回答。

吕超接着问："你们听说过格达活佛的消息吗？"

骡夫们一听，脸色都有变化。他们互相看了看，没有立即答复。

吕超再次要文绍华把这句话翻译给他们。

骡夫中一个年纪稍大的回答说："听说格达活佛已经死了。"

王贵和吕超听后大吃一惊。吕超马上问道："在哪里死的？"

"格达活佛就死在昌都，现在昌都人都知道了。"

"你们知道他是怎么死的吗？"

骡夫们纷纷摇头，说他们不知道。

吕超对王贵说："这个情况可得马上向科里报告，咱们快回德格去吧！"

3人从草坪上站起来，告别了骡帮，快步赶回德格，向薛和、李奋、高启祥作了报告。他们一听，大为震动。薛和立即布置起草加急电报，向甘孜的军前指报告这一情况。

军前指很快回电，指示侦察科继续查证格达活佛死亡的消息，并了解有关的一切情况。

到9月中旬的一天，吴忠忽然听说有两名昌都来人要向他和天宝报告格达活佛的消息。他们不知道是祸是福，立刻接见。

来人一见到他们便号啕大哭，然后哽咽地报告说，格达活佛已在昌都遇害身亡！

经询问，这二人并不是格达活佛的随员，而是从甘孜去昌都的香客，是格达活佛的信徒，受格达活佛的管家热勒之托回来向他们报信的。他们虽然无法说明格达活佛遇害的详细情形，但格达活佛已死则是确定无疑了。

在几天里，这一消息已经在金沙江两岸藏族地区传开。侦察科里其他参谋也都了解到格达活佛已经死去的情报。军前指确定格达活佛已在昌都遇害身亡。

格达活佛不幸遇难的噩耗传来，举国上下为之震惊。

西南军政委员会立即组成了以王维舟主席为主任委员的追悼大会筹备委员会，委任张国华委员代表该会致祭，并责成西康省人民政府办理善后事宜。

在此前后，侦察人员不断了解到昌都地区藏军增兵的情况，得知他们又新建了一个"硕达洛松"^①民兵代本，还从拉萨方向运来大批武器弹药。同时，始终不见西藏噶厦政府派出代表来同中央谈判。各种迹象表明西藏政府拒绝和平谈判，决心用武力抗阻解放军入藏。

9月初的一天，薛和向参谋人员谈完工作后，以严肃的神情，慢慢地对大家说："格达活佛被西藏政府害死了，我们可得兴师问罪咧！"

大家也当即预感到，西藏政府竟然以残杀格达活佛的方式拒绝和平谈判，解放军同藏军这一仗将不可避免了。

王贵有感于格达活佛之死，填了一首《西江月》：

———————————

① 昌都以西的硕般多、边坝、洛隆三个宗的总称。

格达活佛遇难，
大恸康藏高原。
乌云滚滚遮西天，
何日方显晴暖！

出使未捷乍殒，
和谈大门骤关。
欲争敲得此门开，
须当兵戎相见。

临战工作在侦察科里紧张展开。

9月下旬开始，军部来电指示侦察科在德格、龚垭、岗托一线实施封江，暂时阻禁骡帮商旅通行。10月1日，中华人民共和国成立一周年的当天，李奋命令大家上山砍了许多松枝，背回德格，在进入城关镇的大路上搭了两个欢迎作战部队的彩门，一个门上写着"渡江门"，另一个上面写着"胜利门"。

不久，十八军副政委王其梅率前指和军直侦察营、工兵营以及五十四师炮兵连开进德格。侦察、工兵两营是昌都战役各路参战部队中的一路，各连队在德格—龚垭—岗托一线南北逐次展开。各部队军事上由侦察营营长苏桐卿统一指挥。

10月7日拂晓，强渡金沙江的战斗打响。侦察、工兵两营在五十四师炮兵连的炮火掩护下，凭借藏族牛皮船手的支援，经过岗托一天激烈战斗，当晚胜利渡过江去，并展开追击。两营在连克同普、江达，打垮十代本后，追击到觉雍以西，基本歼灭了藏军第十、第三两个代本。

11月20日，十八军通过恰贵多旦的关系，向瓦热、多斯、铜多三寺发来召开致祭格达活佛和支援前线会议的通知，邀瓦热夏仲·阿旺土旦和多斯、铜多两寺堪布去甘孜参加会议。瓦热夏仲带了两个用人和多斯寺的丹培主仆二人、铜多寺的西绕塔青主仆二人，过江经左钦拉山来到甘孜藏族自治州办事处处长恰贵·朗加多吉家。恰贵·朗加多吉给他们写了介绍信，并派车送他们去甘孜。

瓦热夏仲到甘孜后，受到了十八军的盛情接待。他们到孔萨颇章见了参谋长李觉和乐于泓主任。李觉请他们按照藏族习俗准备致祭格达活佛的事宜，开好追悼会。

不久，统战部的一位干部陪他们乘车去了白利寺。白利寺的住持迎接他们进入格达喇章大殿，盛情招待。他们带来一帧格达活佛的画像，挂在祭堂里，作为纪念，供人凭吊。

1950年11月25日，王其梅副政委在昌都召开了追悼格达活佛的大会。十八军参谋长李觉主持追悼会，祭堂设在孔萨颇章。在阵阵哀乐声中，五十二师文工队的女战士穿着雪白的素服上台向格达活佛遗像致哀。

同一天，重庆市举行了隆重的追悼大会。中共中央西南局、西南军政委员会、西南军区的负责人邓小平、王维舟、李达、张际春、梁聚五等亲临大会致哀。出席追悼大会的各族各界代表800余人一致决心以解放西藏的实际行动来告慰格达活佛英灵。同一天，中共中央西南局机关报《新华日报》发表了《西藏一定要解放——悼念格达活佛》的社论，贺龙亲自撰写了《悼格达委员》的纪念文章，赞扬他生得伟大，死得光荣。

曾经和格达在甘孜高原共过患难的西南军政委员会主席刘伯承送了挽联，颂扬了他的历史功绩：

> 具无畏精神，功烈永垂民族史
> 增几多悲愤，追思应续国殇篇

开完追悼会的第二天起，按宗教习俗做了21天的法事。全体僧人每天在上午进行善明宏光佛事活动，下午向三宝、护法神为佛教兴隆、众生幸福做祈祷。所有的祭品如酥油、糌粑、谷物、香烛等都由政府无偿供给。

西藏和平解放后，格达活佛的骨灰从昌都迁回故乡甘孜县，安葬在白利古寺中。

九、西北劝和代表团被困黑河

在西南局先后派出密悟法师、格达活佛劝和的同时，西北局、西北军区也于 1950 年 5 月 1 日组成了一个 8 人劝和代表团。团长由青海省塔尔寺当才活佛、达赖喇嘛的长兄土登居美诺布担任，副团长由青海黄南州同仁县隆务寺的夏日仓呼图克图、大通县的先灵活佛噶登加措担任。秘书长由夏日仓的弟弟、寺庙强佐格来加措担任。迟玉锐任秘书，迟玉锐的爱人程广惠为机要员，李铭为报务员，汪永德任藏语翻译兼摇机员，其中程广惠已有身孕，但仍然毅然前往。

经过两个多月的准备，劝和代表团带着中央批准的"十大政策"和电台及一些武器装备、生活物资，于 7 月中旬由西宁出发，踏上了前去西藏的漫长旅途。

劝和代表团的队伍十分庞杂，除代表团及随员外，还有行商、马帮、青海各寺朝佛的信徒，共约 160 余人。不仅如此，就连代表团的 3 位主要代表政治目的和前往拉萨的动机都迥然相异：当才作为首席代表，本应团结全体成员，积极设法使代表团顺利到达拉萨，完成使命。而实际上他心里想的却是西藏上层亲英美的势力和西藏贵族的利益，企图尽快将他所知道的内地的情报送进西藏，阻止西藏噶厦政府和中央的谈判。他从一开始就与大家离心离德，每天宿营，总离代表团营地相隔半天至一天的路程，一旦有机可乘，就想把其他人甩掉。先灵活佛也没想着劝和工作，只想借机会到拉萨朝佛。只有夏日仓活佛意志坚定，一路上热心积极地做工作。

代表团到达可可西里当天下午，大约四五点钟的时候，刚给马匹的腿上绑好绊马索放出去吃草，就刮起十二级的大风——这在进藏路上是常有的事。大家背风而坐，身上都是沙土。风住之后，大家抖掉身上的土，看看天地，一切如故，只有 4 匹马没了踪影。没有乘马既不能前进，也无法后退，更谈不上完成任务。因而，代表团被困了一个多星期。

对这件事，三位代表表现出了三种态度。当才幸灾乐祸，他说："这一下你们可去不成拉萨了吧！"先灵活佛则是一副无能为力的样子，只说："这可怎么办？"只有夏日仓活佛和秘书长强佐格来加措一面派出自己的喇嘛四处查访寻找，一面在对信众摩顶念经时积极接触当地藏族信众了解情况。迟玉锐坚信："我们总会有办法的，一定要到拉萨！"夏日仓活佛经过许多周折，最后把马的下落查问了出来。牧民送还了马匹。为了表示谢意，迟玉锐给他们赠送了他们最喜爱的礼物——200 发步枪子弹。

代表团带有一部老式的 15 瓦收发报机，可以用它一路上与上级保持联系，以便及时取得指示。在迟玉锐眼里，这部电台简直比他的生命还宝贵。但当代表团到达黑河地区大约一马站①的夏曲卡时，黑河四品官堪穷土登桑布，带一个六品俗官，出面阻拦代表团前进，并声称要没收他们的电台和自卫手枪。

迟玉锐当即向西北军区联络部请示对策。

联络部复电说："为了表示我们的和谈诚意，同意将电台和手枪交给西藏噶厦政府，但必须设法去拉萨。对新疆逃亡匪徒乌斯满、哈里瓦斯的部属要提高警惕。"

第二天，一名藏官带一个班的藏兵，准备动手拆除天线。当时迟玉锐正在联络，上级通知他："昌都已经解放，请把这个消息立即转告西藏当局。"电报还未收完，藏兵就动手拉天线，程广惠全力与藏兵周旋，拖延时间直到把电报收完。不仅电台、手枪全被收走，藏兵还企图搜查电报密码，但未能查获，误将一本英文字典当作密码抢走。

这时大家又高兴又着急：高兴的是昌都已解放，形势对他们十分有利；着急的是电台被收走，从此失去了与上级的联系。但他们决心前往拉萨，完成任务。

迟玉锐将昌都解放的消息转告黑河堪穷土登桑布后，他对代表团的态度稍有缓和，并送来了一袋大米和骡马饲料。

昌都解放后，拉萨谣言漫天。失去人心的大札摄政已无法挽救岌岌可危的噶厦局势，于是达赖喇嘛"亲政"，掌管了西藏的政教大权。但当时拉萨城内人心惶惶，局势动荡不安，噶厦决定将达赖喇嘛迁往亚东，以便随时逃亡境外。达赖喇嘛任命大堪布洛桑扎西和孜本鲁康娃·次旺热旦为代理司伦。代表团就是在达赖喇嘛逃往亚东期间抵达黑河的。

土登桑布和四品官日萨加甘向噶厦政府报告："达孜活佛、夏日仓活佛、先灵活佛及汉族迟玉锐等一行已到达那曲，声称是为和平解放西藏事宜，专程前来宣传、讲解中国共产党和平解放西藏的政策，以达赖喇嘛为首的西藏僧俗官员、寺庙僧人和民众切勿疑惧。我们正谨

---

① 1 马站约 35 公里。

慎接待并将其阻留此地，可否放行拉萨，请明示。"

代表团到达黑河地区两天后，鹅毛大雪铺天盖地而来，连续下了一周，雪深过膝，青草、牛粪全被覆盖，牲畜无草吃，人员无烧火的牛粪。冻饿加上劳累，驮牛死了两头，所带粮食所剩无几。而黑河当局以等待拉萨的指示为由，不准代表团继续前行。

最后，经摄政、噶伦、秘书长、孜本商议后批示："共产党已解放昌都，达赖喇嘛被迫去亚东。现在为促成藏汉速归和好，大家正共同努力；暂因各种文书不宜公开发布，故请藏北总管收缴其所有文书及可疑物品；噶登加措等三位活佛可即刻放行来拉萨，所需马匹予以差派。另关于汉族迟玉锐的住行，已请示达赖喇嘛，尚未见批复。对其要热情相待，好生看管，切勿让其随意接触任何外人。你俩应多方探查，不可轻率，应使其感到宽慰。"

就这样，代表团在黑河整整被困40多天。

在黑河的40多天中，当才活佛一直住在黑河郊外，与噶厦官员接触频繁。当才当时已经背叛劝和团——藏北总管噶伦绕噶厦在给噶厦的报告中是这样说的：当才活佛的密信中"向我们详述了共产党的所作所为以及意图，当才活佛长期住在藏北困难较多，加之随行人员不多，他很怕与共产党住在一起，因此，已告诉藏北总管，当才活佛及其随行立即放行赴拉。"

对于夏日仓、先灵活佛及迟玉锐等人的处理，噶厦政府认为：如果继续扣留他们"会使青海地区各寺庙对我们失望。因此，允许他们来拉萨，但不准传播共产党制度。派得力的僧俗官员以向导为名监视他们，在拉萨朝完佛令其返回青海。对于共产党男女及其随从留在黑河不利于控制其与外界的接触和通信，在僧俗官员和士兵的控制下，以'和谈为名'从澎波萨拉或旁多经墨竹工卡送往穷结或者较合适的地方。对其衣食应给予适当照顾，但不允许与外界接触和通信，派一班士兵守护。"

天气转晴，冰雪融化，道路可行时，堪穷土登桑布邀请迟玉锐和秘书长强佐格来加措到他的官邸会晤，并对他们说："路开了，噶厦通知你们可以去拉萨，但因道路难行，人烟稀少，无处食宿，须分批走。即3位代表和随员先行两天，第三天你们汉人和其他人再动身。"

迟玉锐知道，噶厦这样做，显然是要分裂代表团，从实质上改变代表团的性质，使它成为一个单纯的朝佛的宗教团体，而起不到劝和的作用。为了摸清底细，迟玉锐找到当才活佛，以请示的口吻问他："我们本来是一起的，现在要分开，该怎么办？"

"这只是先走一步后走一步而已，你我都会到拉萨的。"

迟玉锐又问："和平解放西藏十条原则你转给噶厦没有？"

"早已转达了，噶厦还没有表态。"

迟玉锐看他言不由衷，表情很不自然，心中就有数了。

迟玉锐从当才活佛处回到住处，马上和夏日仓、强佐格来加措商量，做了形势最坏的准备，把任务交给夏日仓活佛继续去完成，并让夏日仓活佛到拉萨后设法与他秘密取得联系。

当才、先灵、夏日仓3位活佛代表动身去拉萨的第二天，迟玉锐发现青海商人、马帮、朝佛信众都去了拉萨；还有一批新疆乌斯满匪徒及国民党蒙古国大代表包布拉也被放行，随其同去拉萨。这批匪徒有10余人，是在代表团到达黑河之前被噶厦怀疑为"共产党"而阻挡在夏曲卡的。代表团到夏曲卡时，他们曾派人到代表团驻地侦察过；迟玉锐和李铭也分头去他们的帐篷观察过，见到一名50多岁的女人和3个男人身边竟然放着1挺轻机枪，帐篷外还有7峰骆驼、4匹马。由于语言不通，无法对话。女人用手指着空口袋表示没有粮吃，以示要吃的。迟玉锐给了她几斤面粉，她用手势表示了谢意。李铭过去认识包布拉，与包布拉交谈后，消除了他们的疑虑，劝他们不要外逃。包括布嘴上表示相信共产党的政策接着又欲盖弥彰的谎称，这次到拉萨去是为了朝佛，与哈萨克人是"途中相遇"——这些话当然令人难以相信。

正如迟玉锐之前所料，3位活佛顺利地到达了拉萨。噶厦政府又将他们分别安置：当才活佛安排在尧西达孜府邸，夏日仓活佛和先灵活佛安顿在雄嘎夏院内。

十、劝和代表被囚山南

1951年2月，负责在藏北阻止解放军进藏的绕噶厦担心共产党的进攻，想往后方撤，所以找了个要去保卫达赖喇嘛的借口，向噶厦禀报道："达赖喇嘛及其随从现住亚东，他身边只有少量的警卫随员，后藏地区有何敌情难料。我欲亲率第二代本所属部分兵员开往日喀则和江孜交界处，以防万一。"

拉萨的代理司伦和代理噶伦经过研究，答复道："扎什伦布寺嘉荫扎萨喇嘛、日喀则宗总管台吉和堪穷报告说'后藏地区尚无军情'。去年昌都失守后，上下霍尔地区和硕搬督（通常译成硕般多）宗、达尔宗、洛隆宗等地混乱不堪，故文武总管亲临要地附近很必要，请你暂住那曲，主持当地日常工作。另外，已通知卸任昌都总管拉鲁噶伦暂住达尔宗或工布江达宗，不要径直返回拉萨。"

噶厦派信使将批文火速送到那曲时，绕噶厦噶伦早已慌张地离开那曲，经羊八井逃到日喀则去了。

藏北总管更是惶恐不安，向噶厦禀报说："对汉族官员迟先生经多次婉言劝阻，他依然坚持要去拉萨，若继续在此地纠缠，实在难保其不发生意外，如何是好，请明示。"

噶厦政府收到报告后，专派五品俗官旦加前往那曲。他得到的指令是，佯装要从那曲去拉萨，实际是将迟玉锐带到乃东宗软禁。

乃东是西藏地方政府流放罪犯的地方。

与之相对照的是，噶厦资助新疆的哈萨克逃亡匪徒去了印度。噶厦对这批匪徒和对待和谈人员的态度，形成了鲜明的对照。

旦加带着一个班的藏兵"护送"迟玉锐一行从黑河出发，一路上翻山越岭，走了7天，到达了乃东。沿途除在墨竹工卡住宿时有人给迟玉锐他们送茶饭外，其他路段走的都是与民众隔离的山路。偶尔遇到村庄，民众也只是远远张望，不敢接近。

迟玉锐在藏兵谈论时得知，噶厦原准备把他们押往山南与不丹交界处的野人沟囚禁，后因昌都解放，形势向有利于和谈的方向变化，噶厦才改变了原来的决定，把4名汉族人骗往乃东软禁。

途中迟玉锐果然发现走的方向不是去拉萨的路，他曾几次质问旦加，指责噶厦"欺骗、分裂代表团"是破坏和平谈判的行为，强烈要求去拉萨。迟玉锐怒斥旦加等人："为何把我带到这偏僻山沟来？我是遵照上级指示，一定要到拉萨去向西藏上层人士解说和谈政策的，绝不会伤害群众，劝你们别耽误时机，若误了和谈大事，后果得由你们负责。现在即刻放我去拉萨还来得及，前事可既往不咎。"

旦加却始终用一副恳求的口气说："这是噶厦的指示，我官小职微，不敢违背，但我可以保证，我们没有迫害你们之意。"他还说："乃东是山南总管所在地，是个好地方，气候温和，去拉萨也方便，我到乃东把你们交给总管，我就没有责任了。"

在这种情况下，迟玉锐只好让步，到乃东后再说。

旦加到乃东后，给噶厦政府做了详细的报告：

> 根据藏北总管噶伦绕噶厦给藏北总管堪穷下达指示，将汉藏和谈者共产党人迟先生等4名男女送往乃东，在措姆部落藏北总管说"以汉藏间将会进行和谈"为名，运用巧妙的办法送往乃东地方。命我和士兵护送。我们由那曲措姆部落启程，谎言路经旁多去拉萨，抵旁多后，又以送往乃东为借口，直往乃东。此根据移交山南总管后立即上报情况的指示，报告如下：十月二十二日①从措姆出发经黑河西边小路抵旁多。这时（他们）提出说，"这不是拉萨"。就以经乡至拉萨路途较近，并说不是按他们地图上标出的路线走的等等，也就不说什么。二十九日从旁多出发时，（他们）以为真的是去拉萨的路，当从隆雪东转而行，其后又渡过旁多河，再朝东而行，走了一程路后，这个共产党人说："这不是去拉萨的路，而是去昌都的路，我们不去这条路"，等等。找了很多麻烦。我们以温和巧妙的方式来到普多寺下属布吾岗后，我回答道："为了进行汉藏和谈，原来准备送拉萨，但现在去拉萨住房未能准备好，先去乃东住一段时间再谈，并直接说道：如果不给拉萨写信，得不到答复就根本没法去拉萨。就这样劝说后，经温宗于十一月七日我和士兵以及共产党人到达乃东②。

到乃东后，迟玉锐、程广惠、李铭、汪永德四人被软禁在一座孤楼里，消息闭塞。有时山南总管府的官员安排民众送来米、面、肉、油、蛋、干果、糌粑和饲料、饲草等，迟玉锐都以高价付款。虽然生活上款待得较为殷勤，但行动上很不自由，一个班的藏兵驻守在走廊里，名为保护，实为监视。藏兵不准他们下楼走动，散步只准在房顶的平

---

① 引文为藏历，藏历十月二十二日即公历1950年12月1日。
② 杨一真:《争取和平谈判进军西藏的历史回顾》，亲历者手稿。

台上，更不准接触民众；上厕所，下河洗衣服都有藏兵跟随。其实跟监禁无异。

且加将迟玉锐交乃东宗政府看管后，自己便专程返回拉萨向噶厦汇报。噶厦对翻译诺布次仁和且加面示："在藏汉和谈未确定之前，坚决拦阻共产党的官员进入拉萨，不放行一人，这是政府的决定，因此在过去数月里迟先生不得不被阻拦。"

迟玉锐跟其他三人分析了形势：西藏噶厦政府定然已经知道昌都解放的消息，这对达赖和噶厦必然震动很大，主和派和主逃派内部矛盾加深。在处置他们四人的态度上，由原来计划送野人沟，改变到山南乃东软禁，说明西藏噶厦政府幻想以武力对抗解放的希望已经破灭，正处于犹豫、彷徨、拖延和观察形势阶段。昌都的解放对他们起到了决定性的支援作用，它迫使噶厦不敢轻易处决他们。否则，他们的处境也将像前几次的劝和代表一样，不是被逐回，就是被谋害。据此，他们决定采取强硬的态度，坚决突破软禁，摆脱封锁，主动争取早日到拉萨与代表团会合。

他们一面向山南总管堪穷土登切绕宣传中央的民族政策、宗教政策和和平解放西藏的方针，一面向噶厦政府提出抗议，指出他们欺骗分化瓦解代表团，非法拘禁4人，说明噶厦无和谈诚意。他们要求去拉萨的代表团成员到乃东会合，然后一起返回昌都，否则他们4人将有权自行回昌都。迟玉锐4人同时争取接触民众，了解情况，向社会公开代表团的遭遇，让他们知道噶厦分裂、拘禁代表团成员，破坏和平谈判，以此争取主动。

事后，他们又统一了思想，不论噶厦有无和谈诚意，派人来否，他们都要按和平谈判精神，设法突破阻拦，强行前往拉萨。于是，他们与堪穷制定了书面协议，大意是：一月内拉萨当局不派人来解决代表团会合问题，就证明拉萨当局无和谈诚意，四人便自行回昌都，堪穷不得阻拦。

在商订"协议"的过程中，堪穷土登切绕谈到拉萨司曹和噶厦要求"西藏独立"，并派人去联合国请求支持，也准备派代表去北京谈判，要求解放军不要进军西藏。

迟玉锐当即严肃指出：司曹和噶厦要求"西藏独立"是背叛祖国和西藏人民的行为。土登切绕没有表态。但答应在协议上签字，并立即呈送噶厦。

"协议"订立后，堪穷并不相信"协议"到期能真正实行，噶厦不派人来，迟玉锐四人也不一定坚决回昌都，所以他温和地劝他们耐心等待，并透露噶厦确实已派代表去北京和谈。

迟玉锐质问："那为什么还软禁我们？"见对方无言以对，迟玉锐进一步提出，"你应允许我们到附近散步，到泽当小集市采购物品。"

堪穷没有办法，只好同意。在生活上对他们更为殷勤，并几次设宴款待。

恰在此时，夏日仓活佛派一名小喇嘛化装成乞丐来到乃东迟玉锐的软禁处，将夏日仓活佛让他侄儿多尔吉（曾在汉族学校读过中学，随夏日仓一起进藏）写的汉文信偷偷递交给了迟玉锐，并告诉他，当才已逃往印度，达赖逃到亚东，拉萨人心惶惶，两名司曹洛桑扎西和鲁康娃终日慌恐不安，传说达赖喇嘛派了3名代表从昌都、两名代表从印度去北京谈判，要他们设法尽快去拉萨。

迟玉锐去泽当购物时也听到此消息，加之"协议"期限将满，在一次宴会上，堪穷为了稳住他们，也向他们透露了达赖确实已派代表去北京，现正在路上的消息。

迟玉锐4人又一起分析了形势，认为达赖喇嘛和噶厦对和谈有所松动。达赖逃往亚东，拉萨噶厦两司曹摄政可能是事实，派代表去北京和谈可能也是确实的。据此情况，他们决定协议期满即强行去拉萨，同时做好各项准备。

十一、终于到达拉萨

"协议"期满是在春节前夕，也即农历12月24日。当天夜间两点钟，迟玉锐一行将马匹、驮牛、行装备好出发了。堪穷得知后，急忙派用人去追，追上后送来银元，并说宴席已备好，堪穷要为他们饯行。用人跪求他们宽限一天再走。堪穷也随后赶到，迟玉锐对他说："多谢你的盛情，但我们签订的协议已到期，共产党人说话算数，坚决执行，噶厦不守信誉，这与你无关。"

堪穷无奈，又以"担心路上出现危险，他负不了责任"为由相阻扰。迟玉锐一概不理，坚决要求即刻动身。堪穷无可奈何，只好为他们安排船只，送他们渡过雅鲁藏布江。为了防止他们去昌都，堪穷让他们向靠近拉萨方向 30 里的一个村庄进发，安排他们在那里过夜。

当夜，拉萨当局派旦加前来阻拦，他带着一名从成都国民党军校毕业的名叫马玉贵的回族翻译，查看了迟玉锐一行的住处后，随即过河向堪穷汇报拉萨当局的指示去了。迟玉锐知道西藏官员出差，自己的马舍不得骑，只牵着，而派乌拉差马，一站换一站，必然贻误时间，所以估计他很晚才会返回，就动员大家乘机连夜启程赴桑耶，翻过郭卡拉山向德庆靠近。从乃东到德庆是 5 天的路程，马不停蹄的连夜赶路，两天两夜就可到达。

在途经桑耶时，旦加追了上来。迟玉锐让程广惠和李铭、汪永德先走，直向山脚进发。这时天色已晚，旦加以稍作休息为借口，拖延时间。他将迟玉锐的马鞍卸下藏起来，被迟玉锐发现后，强行要回，迟玉锐骑上马追上了程广惠 3 人，4 人继续前进。藏官又利用迟玉锐一行不识路，悄悄指使藏兵故意给他们带错路。但由于押送他们的一班藏兵经过这段时间的相处，感情已经很好，结果给他们指的都是正确的路线，4 人顺利地到达郭卡拉山脚下。但是，由于劳累过度，驮牛吐血，马也不走了，4 人只得住下。

看到 4 人无法前进，旦加很是高兴："你们还走不走？"

迟玉锐说："不走了。"

旦加看他们疲劳的样子，信以为真，布置了岗哨，又下令藏民严禁卖给他们柴草，也不准安排住处。然后自己找地方吃饭睡觉去了。

岗哨并不认真监视他们，也都找地方去睡了。为了抓紧时机翻越郭卡拉山到德庆，迫不得已，迟玉锐以 5 块银圆的高价购买了藏民的一些苜蓿。大约休息了两个小时，牛马吃饱，4 人也吃了点干粮，不顾疲劳，连夜前行。

冬天的郭卡拉山山高路滑，又是阴天黑夜，看不见道路。为了赶路，他们骑马爬山时不断滑倒，只好牵马前行，因此走得很慢。大约两小时后，旦加发现迟玉锐一行已走，赶紧派藏兵追赶。藏兵们同情他们的处境，并不认真拦截，只是迫于压力不得不做个样子。只有旦加的一个家丁最为卖力。他追赶上迟玉锐以后，就扑上去抢他的乘马，迟玉锐毫不畏惧，用木棍阻挡。马受了惊，迟玉锐从马上摔下，惊马窜下沟底。马鞍、行李都跑丢了，装行李的褡裢被树枝挂破，迟玉锐在沟底花了好长时间才把马、马鞍和行李找回来。

当迟玉锐去找马时，那个家丁又去抢夺程广惠的马。怀孕的程广惠当时挺着大肚子，但因马上驮有重要密码，所以也丝毫不能示弱。她拾起迟玉锐掉在地上的木棍，拼死保护自己的马。她一棍打断了家丁的化学壳手电筒，又去拼死夺他的手枪。经过一场搏斗，家丁认为迟玉锐的马跑了已难以成行，再加上这些共产党都是不要命的架势，就溜走了。他没想到的是，迟玉锐找到马以后，4人又继续上路了，当天快亮时，他们已爬到山顶。

这时，藏兵陆续追来。迟玉锐向旦加抗议他家丁的行为，旦加连忙赔礼道歉："这是噶厦的命令，我们也是迫不得已。"

翻过山顶，旦加派人到德庆去安排食宿，实际上还是拖延时间，等待西藏政府的指示。迟玉锐不理他的小把戏，继续前进。旦加派兵左右堵截，不许前进，见没有堵住，他只好自己先走了。

迟玉锐一行到达德庆时已是深夜，但消息很快传到了拉萨。夏日仓活佛闻讯，又派一人化装成小喇嘛与迟玉锐联系，不慎被德庆的僧官发觉扣留。迟玉锐指责他刁难、扣留代表团来看望他们的随从人员，声明明日即去拉萨，向噶厦提出抗议。

旦加和翻译马玉贵闻讯赶来，看望被扣"喇嘛"，随即当面释放。两人连夜赶回拉萨向噶厦报告去，噶厦知道4人一定要进拉萨，迫于和谈大局已定，再加上社会舆论的压力，惶恐不已，立即派一高级官员，向夏日仓活佛求情，让夏日仓派秘书长前去说服他们，改吉日迎进拉萨。

夏日仓活佛指责噶厦不守信义，多次欺骗共产党，应由噶厦去向共产党赔礼道歉，解释清楚，仅派秘书长去，共产党不相信。噶厦官员说，还是你们代表团的人去解释，他们相信秘书长的。噶厦还保证不再失信，一定欢迎共产党进拉萨。

夏日仓活佛见他们这样说，才派秘书长强佐格来加措带着噶厦的保证信，由其弟尕勾、侄儿多尔吉陪同迟玉锐四人当夜到德庆。格来加措向迟玉锐等人传达了噶厦的意思，请他们放宽心。

藏历12月29日，旦加带着自己的用人、家丁，领着一班藏兵，前呼后拥地把迟玉锐一行送进拉萨。

当天正赶上藏历年，在藏族民众心中是大吉之日。青海、四川、云南、青海等地朝佛的人很多，听说共产党今天要进城，沿路观看的群众很多，自发形成了热烈的场面，藏兵拿着木棍、马鞭，赶也赶不开。引路的藏官怕迟玉锐4人接触群众，扩大影响，越走越快。迟玉锐他们却相反，偏要勒紧马缰放慢脚步，有意与民众见面，让民众看看共产党是不是红头发、绿眼睛、青面獠牙的怪物。迟玉锐当场就听到有民众说"加米（汉族）阿错吉巴让热"，意思是"汉族和我们长得一样"。

十二、完成使命

到达目的地，西藏噶厦政府把他们安排在吉林巴住下，这是一座3层楼的院子，原是国民党政府驻西藏办事处。

迟玉锐问来安排住处的官员："夏日仓活佛住在哪里？"

那名官员回答说："他住在活佛住地，地方小，你们去了住不下。"

不一会儿，迟玉锐的驮牛赶到，那名官员安排要卸驮子，迟玉锐却阻止了他，严正地说："必须由我们代表团的秘书长来安排我们的住处，不能再拆散我们代表团，我们必须住在一起。"

噶厦的官员们无奈，只好将秘书长强佐格来加措请来，把4人安排到夏日仓活佛住的松可厦一幢普通的房子里住下。这样，代表团基本完整了。

电台在黑河被噶厦强行没收后，代表团与组织失去联系近半年，这是他们进藏工作以来最困难、最痛苦的时刻。到拉萨后，他们的首要任务就是设法与上级取得联系，汇报情况，取得上级的指示。为此，他们经过研究，决定争取收回电台，如果噶厦不给，就设法购买；如果买不到，就通过商人传递信息；实在不行，就派人直接回青海或昌都汇报情况。

恰在此时，加旦来到代表团住处，警告他们说："现在过藏历年，西康、青海、四川、云南等地数万喇嘛和民众前来朝佛，其中有各种类型的人，为了代表团成员的人身安全，请你们不要上街，以免出事。否则西藏政府不负责任。"

迟玉锐当即指出："这是继续变相软禁我代表团，限制代表团的活动，也是不愿与中央和谈的表现。如果你们真的担心我们的安全，可将电台、手枪归还我们，谁敢向我们无理，我们就可开枪自卫。"

旦加说："这个问题，我需要请示后才能答复。"

第二天，代理噶伦土登热央和先喀·久美多吉在大昭寺会客室会见了迟玉锐。会面后，他俩向迟玉锐表示了歉意，解释了因不明详情而造成的种种误会，表示今后要多方协助把各方面的事做好。最后他们说，噶厦已派代表去北京，为了表示我们和谈的诚意，决定将电台和手枪归还你们[1]。

大家都很高兴，手枪是完好的。但电台的真空管全部被毁，线圈弄得乱七八糟，实际已被他们破坏。他们正是估计电台无法使用，才痛快地还给代表团的。程广惠、李铭立即全力抢修，换上收藏的备件，重新缠好线圈，便试着开始工作。第一次呼叫，李铭便高兴地叫了起来："通了，通了！"在场的人都聚精会神地听着发报机的嘀嗒声和铅笔抄收电报的沙沙声。摇马达的喇嘛光顾着高兴，手上更加使劲，差点就要超过电流负荷。李铭赶忙喊他慢点，迟玉锐一看电表，嘿，已超过红线了。收完电报，大家都盼望尽快译出。在译电报的间隙，大家与摇马达的喇嘛开玩笑："什么魔法使你今天有这么大劲，差点把电台保险丝烧掉！"喇嘛说："我嘛，高兴得很！"

李铭说："我刚一叫通上级台，就猜出对方是青海站的李福永。因为我俩的电键手法互相熟悉，所以一听就知道是谁在呼叫——没想到电台中断联系近半年，他们还日夜守候在电台边！"

电报译出来了：上级向他们表示慰问，祝贺他们胜利抵达拉萨。

这天代表团人员都兴高采烈，激动不已，一直相谈到深夜。

电台修复得这么快，并与上级这么快就取得了联系，是大家意想不到的。根据西藏噶厦政府一贯采取阻挠、分裂、软禁代表团的手法，迟玉锐估计他们会耍新花招。然而从电台的收回，噶厦政府派代表去北京谈判等迹象看，形势在朝着有利于代表团的方向发展。

迟玉锐向上级汇报了他们的遭遇和工作以后，上级指示对当才首席代表的行为，不必追究，只劝告他为代表团做工作，能与达赖一起返回拉萨，一起完成劝和任务即可。迟玉锐按照上级指示，给当才首

---

[1] 恰宗·其美杰布：《忆1950年达赖喇嘛去亚东及劝和团迟玉锐来藏片段》，亲历者手稿。

席代表写了一封信^①：

当才首席代表悉鉴：

代表团全体已进抵拉萨，得悉您去亚东觐见达赖活佛，望能将中央与西藏噶厦政府商谈和平解放西藏的十条方案精神，转给达赖活佛和噶厦，并请您把在青海解放过程中，亲眼所见和亲身体会到的共产党民族政策以及各项政策的情况，如实地向僧俗官员和群众讲解。工作结束后尽早返拉萨，继续共同完成劝和任务。

祝您工作顺利，身体健康。

秘书：迟玉锐
1952年2月于拉萨

此信通过夏日仓活佛交给拉萨噶厦送往亚东，后来不知何故，一直没有回信。以后达赖抵返拉萨时才得知：当才已逃到印度。

为了保证电台联系畅通，防止意外，代表团对外宣称电台被破坏，不能修复，未与青海取得联系，同时他们抓紧在拉萨设法购买代用真空管，以防万一。拉萨噶厦"外交局"派人来说，可用噶厦政府的电台或印度商务处的电台给青海发报。迟玉锐理解他们的意图，也想去看看他们的电台情况，更为了转移噶厦的注意力，他便和李铭同去，用他们的电台胡乱敲打了一阵就回来了。

电台有天线，只能架在高处，于是代表团将天线架设在夏日仓活佛住处的楼顶上。噶厦猜测代表团的电台与上级联系通了，就设法干扰。不久，他们借口活佛住房紧张，妇女住在活佛住地也不方便，提出另外给代表团找房子，目的是想让电台脱离夏日仓活佛的保护，便于他们的监视和干涉。

夏日仓和迟玉锐考虑的是保证电台的安全和与组织联系的畅通，而住房也确实紧张：李铭、汪永德两人被挤得和喇嘛一起居住，迟玉锐和妻子程广惠只能住在报房里，不利于保密，再加上程广惠即将临产……于是代表团就顺水推舟，向噶厦提出在隔壁就近为他们租一间阁楼住下。

---

① 迟玉强：《随劝和代表团进藏》，亲历者手稿。

房子租好后，噶厦派了一个班的藏兵住在楼下。迟玉锐为了工作便利，在巷道的上空架了简易活动吊桥，便于来往。噶厦没有想到，电台和电台工作人员，并没有因为搬迁和监视而停止工作。和平解放西藏的十七条协议在北京签订后，就是通过他们的电台抄转给拉萨噶厦的。中央人民政府代表张经武刚到拉萨时与中央联系，用的也是这部电台。

8月26日，张经武认真听取了劝和代表团的工作汇报，对大家长途跋涉，历尽艰难险阻，克服种种困难，终于胜利完成任务的大无畏精神给予了嘉奖，对立功人员还组织了庆贺茶话会。接着，张经武又到夏日仓和先灵活佛住地登门拜访，为他们返回家乡寺院赠送了礼品、奖金和优厚的路费，并关照沿途有关单位及其家乡地方政府要热烈欢迎，庆祝他们凯旋而归。

至此，青海寺院赴藏劝和代表团完成了它的历史使命——在当时派往西藏劝和的人员中，他们是最幸运的。

第四章　昌都战役：
为了和平而被迫进行的战争

一、藏军，一支"酋长式"的地方武装

格达活佛被害事件，暴露了西藏地方当局仍坚持要分裂国家的立场。为了阻止解放军进藏，他们费尽心机。在国际上，他们在英美等帝国主义的支持下，继续制造"西藏独立"的舆论。对于中央发出的和平解放西藏的号召，他们采取了两面应付的手法。一方面，不公开拒绝谈判，于 1950 年 2 月派出了一个和谈代表团，但却绕道印度，于 4 月初抵达加尔各答后，开始长期滞留，虽经中华人民共和国驻印度使馆一再催促，却始终不去北京谈判，暗中则与帝国主义势力紧密勾结，拖延时日，坐观时局变化；另一方面，噶厦加紧扩军备战，将藏军大部部署于昌都及其周围地区，妄图凭金沙江天险，阻解放军于金沙江东岸。

西藏地方当局之所以要一意孤行地对抗中央人民政府，还有以下几个原因：一是雪域高原长期封闭，使噶厦的官员们蹲在井底看世界，缺乏对世界局势变化的认识；二是幻想能得到帝国主义势力的支持，做着"独立"的美梦；三是很多官员都只想着自己的利益，而没有从民族和国家利益出发。两军交战，不斩来使，他们却毒杀了格达活佛，软禁了西北和谈代表团工作人员迟玉锐等人，顽固抗拒中央关于和平解放西藏的号召。

十八军要打开和平解放西藏的大门，就不得不在昌都进行一场以打促和的战役。

中共中央解决西藏问题的根本方针是和平解放。这样做是因为从

全国大形势来考虑，能够实现，代价最小。然而中央也对一但开战做了充分的准备，为此，十八军在先遣任务中对进军昌都做了周密而细致的调查研究，对藏军进行了较为详细的了解。

西藏在元代正式纳入中国版图后，藏军是一支"酋长式"的地方武装。藏军以部落为中心，根据各部落的特点，组织起骑兵和步兵部队，无固定编制，平时军民不分，都是耕作、放牧的百姓。各家兵差无战事时依然照旧，世代承袭，一旦发生战争，便由朝廷派出官员来藏，在西藏政府指定的官员——如噶伦的协助下，按世差将兵马集结起来，开赴前线去征战，部落头人即为战时指挥官。这种临时征调组织起来的"差兵"当然无力抵御外患，这种虚弱的防卫在清朝时就曾导致克什米尔的穆斯林和廓尔喀^①屡犯边关。1788 年和 1791 年，廓尔喀先后两次入侵西藏，藏方均遭失利。在乾隆皇帝派大批援军赶走侵略者之后，当时的驻藏大臣和噶厦摄政达孜·旦白工布就奏请乾隆皇帝批准，于乾隆五十八年（1793）建立了西藏第一支代本制常备军"咖玛军"^②，定员 3320 人。"咖玛军"根据清入藏参赞大臣福康安同达赖喇嘛方面共同议定的二十九条"钦定章程"规定，编成 6 个代本，相当于 6 个团，其代本一职均由贵族担任。每个代本编 500 名兵员，设两个如本，每个如本管 250 名兵员；每个如本下设两个甲本，每一甲本管 125 名兵员；每个甲本下设 5 名定本，每一定本管 25 名兵员；定本下设两名久本，每个久本管 10 至 12 名士兵。^③藏军军官采用品级制，通常大马基——藏军司令为三品，小马基和代本为四品，如本、定本、甲本分别为五品、七品和八品。兵员从各宗征调。建军之后，分派到前藏两个代本，共 1000 人；后藏两个代本，江孜、定日各驻 500 人。当时征兵的办法是按"马岗"^④抽丁，凡服"马岗"兵役的差巴户，除支马岗兵差外，政府的其他徭役一律免征。但此兵丁所在"马岗"群众要包办这一兵丁的一切军需用品，包括军粮、军服、枪支、弹药、

① 即今尼泊尔王国。

② 意为汉式军队。

③ 代本，相当于团的建制，团长也称"代本"；如本，相当于营长；甲本，相当于连长；定本，相当于排长；久本，相当于班长。

④ "马岗"是一种耕地面积的单位，是每五十克相当于下一斗种子的土地为一克，后藏是按一"马岗"土地抽一丁，前藏是两"马岗"土地抽一丁。马岗的大小各地也有差异。

马匹，乃至该兵病死、战死之后的抚恤以及兵员的补充，且要世代相传。

开始，藏军的军训和军纪均按清兵的操典和规定实行。拉萨市的北郊设立了教场，藏军每年在北教场集结、比武一次，届时驻藏大臣和噶厦政府的噶伦等要员们亲自到场校阅。1912年2月12日，清朝末代皇帝溥仪下诏退位，宣告清朝灭亡。十三世达赖喇嘛土登嘉措乘机驱逐清军，成立了藏军司令部，即马基。他又将布达拉宫下面"雪"区域多吉林加以扩建，作为"马基康"，即司令部所在地。马基康西侧是兵器库，东侧是扎拉康，即敌神堂，正中是司令部机关，楼下是军械库和粮食仓库。司令部常设大马基一名，由噶伦担任；小马基一名，由扎萨担任，二人中有一名僧官。土登嘉措还将藏军扩充到十个代本，兵力增加到6500人，其中包括卡当玛噶和扎吉两个炮团——扎吉炮团是在收了清军4门大炮的基础上建立的。同时十三世达赖派遣贵族子弟及军官到英国、印度学习军事，并在江孜设立"仲扎马噶"①，征调贵族子弟入营受训，由英国军官任教，按英军操典训练，使用英式步枪、冲锋枪和机枪（每一甲本配备机枪一挺，甲本以上军官还配备了手枪）。至此，藏军完全按英军模式来建军，其服装、队列、战术训练都仿效英军，甚至军旗都以英国国旗为底，马基身穿的制服也是英国皇家陆军将领服。直到西藏和平解放前夕，藏军全穿英军制服，军官按照英军模式佩戴军衔。他们虽受过外国人的军事训练，但实战经验少，指挥能力差。藏军等级森严，代本以上军官视士兵为贱民，怕沾污自己的贵族身份而不愿与其直接讲话。藏军部队军纪松弛，官兵对百姓敲诈勒索、抢劫淫掠是常事，加之乱支乌拉②，百姓视若虎狼。其指挥机构简单，不使用作战地图，一切由指挥官一人决定，战时如本以上军官远离火线，胜则争先，败则早逃。部队思想全靠神权维系，以念经、保护达赖来控制部队，战前打卦问卜，选择吉日，还要烧香磕头，求神灵保佑。战斗中士兵不讲战术，身背"嘎乌"③，口念经咒，乱打乱冲，胜则追打，败则各自逃命。官兵均携带家小，行军拖儿带女，

---

① 即贵族军事训练队。

② 即"乌拉差"，义务支差，即政府以让百姓劳动的方式收税。

③ 即护身符。

速度缓慢。藏军官兵年龄普遍偏大。十八军进藏初期，曾对85名定本以上藏军军官进行调查，结果"41—45岁者12人，46—50岁者15人，51—55岁者15人，56—60岁者16人，61—65岁者1人，69岁者1人"[①]。当时藏军装备多为第一次世界大战时期的英式武器，为抗拒共产党军队进藏才从印度购置了一批二次世界大战中使用的英式步枪、机枪、追击炮等武器弹药。同时他们通讯手段落后，电台极少。但藏军多为职业兵，射击技术较好，善单兵作战，适应高原环境，生活简便，以马代步，机动较快，在分散游击时，能起到袭扰作用。

格达活佛被害以后，解放军与藏兵各自陈兵江畔。

藏军扼守的昌都位于澜沧江畔，为藏东政治、军事、经济中心，扼青、康、滇、藏交通要冲。昌都地区处于横断山脉地带，全区高山连绵，江河纵横，交通不便。因其战略地位重要，西藏噶厦政府在昌都设总管府，统管昌都地区军政事务，总管一职多由噶伦担任。1950年夏，西藏噶厦政府将孜本阿沛·阿旺晋美提升为增额噶伦，于8月底到达昌都，接替原总管拉鲁·才旺多吉的职务。

备战期间，藏军由14个代本增至17个，包括部分民兵在内的点兵力达17500人。噶厦政府将藏军8个代本4500余人的兵力配置在昌都地区。其具体部署是：第十代本位于江达至岗托一线；第九代本位于宁静；第三代本——包括代本穆恰、噶炯娃两部各500人以及第六炮兵代本一个连位于以生达为中心的周围地区；第七代本位于恩达、类乌齐、甲桑卡等地；第四代本位于丁青及以西之色扎；第二代本一个连作为总管府卫队和第八代本一起部署在昌都。另有噶厦政府向农牧民临时支派乌拉差组建起来的民兵武装3000余人，分散配置于盐井、门工、波密、边坝、硕般多、洛隆和生达等地区。藏军此次部署特点南轻北重，前轻后重，梯次配置，分区布防。

对此，西南军区和十八军两级首长的战役思想很明确：这次战役是一场军事政治仗，或者也可叫做政治军事仗，其目的是为和平解放西藏创造条件。他们征求五十二师师长吴忠对组织昌都战役的意见。吴忠提出，绝不能打得不痛不痒，不打则已，打就要打痛它，要打歼灭战，要通过这一战彻底打破西藏当局的幻想。吴忠于7月8日、7

---

① 陈炳，《藏军史略》，《西藏文史资料选辑》第四辑，第96页。

月 18 日先后上报了对当前藏军情况的分析判断和用兵建议。他认为解放军大举渡过金沙江后，昌都藏军有可能凭险顽抗，但更有可能将主力西撤拉萨——其西撤道路主要有北、中、南三路：北路，经恩达、丁青、索宗、黑河，转道南下到拉萨；中路，经恩达、洛隆、边坝、嘉黎、太昭到拉萨；南路是南下邦达，经八宿西折到拉萨。三条通道比较，北路地势虽高，但路缓多草，便于大部队特别是骑兵运动；中路地势虽比北路复杂，却是人烟稠密的产粮区，是马帮常走的道路；南路有很长一段是南北走向的横断山脉，山高谷深，地势险要，部队离开道路即难以行动。

吴忠根据道路情况分析，昌都地区藏军更有可能沿北路或中路西逃。据此，他建议战役应实行南北呼应、正面进攻与大迂回相结合的方针，具体意见是：以进驻巴安之五十三师一五七团先行渡江，威逼宁静①，诱使昌都藏军主力南下增援，使其陷于深山峡谷之中；此时五十二师主力则自邓柯渡江，直插类乌齐、恩达，切断藏军由北线西撤的通道；或在渡江后以一部迂回类乌齐、恩达，另一部直取昌都，待南下增援的藏军主力发现解放军企图时，为时已晚，可收南北夹击之效。

十八军和西南军区对吴忠的作战意见表示认可。

二、困兽之斗

在昌都战役中，西藏噶厦政府如何应对以及其当时的情景，除了昌都电台台长、英国间谍福特，史料极少留下文字记载。

福特最早用收音机收听到了北京的广播，得知了"人民解放军1950 年的任务是，解放台湾、海南岛和西藏"的消息。他似乎预感到大势已去，当时就叫他电台的办事员洛桑把老婆孩子送回拉萨去。

那天是 1950 年元旦。

这个消息令他不安。他穿上镶着毛皮边的蓝色丝绸袍子，骑上马，让男仆丹乃在前面领着路，沿着昌都凸凹不平的街道前往昌都总管拉鲁的私宅。拉鲁从座垫上站起来，跟他握手。仆人赶紧给福特送上酥

---

① 今芒康。

油茶。

"一定有了新的消息。"拉鲁说。

福特将收听到的消息告诉了他。

拉鲁安慰他说："重庆虽已被共产党攻克，但重庆和我们之间还隔着一个西康省，他们不会那么快就到达这里，至少这个即将到来的春天是安全的。"

"但我们的防卫……"

"在西藏和西康之间，山谷和河流南北纵横，这大江大河、深山峡谷，这无数的雪山冰峰、众多狭窄的山口足可抵挡百万大军，给东来之敌造成极大困难。何况拉萨会派更多的部队，会支援我们现代化的武器，我们不会让共产党渡过金沙江的。"拉鲁说到这里，问福特，"你的任期到多久？"

"藏历三月，公历 5 月中旬。我和藏政府的契约是 1948 年我到达孟买时算起的。"

"你还想续任吗？"

"如果确实需要，我会考虑的。"

"我个人希望你能留下来。你没有来这里设立电台之前，送一封急件公文到拉萨，马不停蹄，日夜奔驰，至少也要十天，但现在几乎不需要时间。"

"我正在培训 4 个印度人。我想留下来继续工作，但前提是西藏要保持独立。"

"我们的独立意识是很强的，我们不怕汉人，我们去年不是把汉人都驱逐出去了吗？"

"他们是国民党的代表。"

"但那代表了我们的决心。当然，如果要了解未来，只有去向谢瓦拉活佛卜问。但无论发生什么，我个人担保你安全到达拉萨并离开西藏本土。"

"我相信你。在我的合同期内，只要西藏在进行抵抗，我就会留下。我要特别提醒噶伦先生注意共产党从北面进攻，切断我们通往拉萨的道路。"

拉鲁表示他会提防。

昌都只能算是一个不大的镇，位于扎曲河和昂曲河构成的三角形半岛上，两河在城南交汇成澜沧江，城市则由一堆杂乱无章的土褐色土坯房组成，因此镇北山坡上的强巴林寺显得凌霄宝殿般辉煌——它主宰着这个城，也主宰着广大范围内人们的精神生活。当然，它还占据着广阔的牧场和田地。当时寺院里住着2000名僧人，由居住在昌都的3000人供养。有奴隶终身从山脚往山坡上的寺庙背水、背柴、背一切供奉和给养。

驻守昌都的是恰日巴代本的500人和拉鲁卫队的250人，重武器只有4挺机枪和3门山炮。炮弹非常珍贵，只在藏历新年为老百姓开一次炮，增加过年气氛。西藏地区无法使用坦克、装甲车、汽车——1950年的西藏没有任何带轮的交通工具，即使两个轮子的马拉车也没有，所以拉鲁认为，他们不能使用的东西，共产党也不可能使用。拉鲁还曾对福特说："我们不会出于恐惧才去求助神灵。汉人有很多的兵，有更好的武器，如果我们与之作战他们会赢。但他们没有神，我们的神就是我们最好的武器，有了神的帮助，我们一定会赢。"①

谁心里都明白，藏军不可能守住昌都。

1950年1月6日，英国政府宣布承认中华人民共和国政府。这在拉萨包括昌都的西藏官员中引起了震动。很多人问的第一个问题是：现在英国还会帮助他们抵抗共产党的中央政府吗？这是福特很难解释的问题。因为西藏的很多官员从没有到过西藏以外的地方，根本不懂什么叫国际事务。他们把福特视为无所不知、无所不能的万能之神——这也就是英国政府利用一个驻拉萨事务处、利用福克斯和福特就能操纵整个噶厦政府的原因之一。

拉鲁的父亲龙夏曾希望西藏改革，但他最后被推翻了，说他以巫术杀人，被处以挖掉双目的极刑，投入布达拉宫的地牢，被囚禁五年，由拉鲁担保获释后不久即死去。他到过西藏以外的地方，对外面的世界很感兴趣。1950年的西藏除了经书，几乎没有其他藏文藏书，在拉萨每周可以看到一份噶伦堡出版的藏文印刷品。在昌都，连这个印刷品也看不到了，拉鲁和福特都感到寂寞。每周六福特到拉鲁家的午餐是两人稍感充实的时候。两人总是利用这个时候商讨昌都防卫的事情。

---

① ［英］罗伯特·福特著，王小彬、温汝俊译：《在藏被俘记》，中国藏学研究中心，内部出版。

西藏派出了5个"亲善使团",分别前往英国、美国、印度、尼泊尔和内地,而目的是寻求援助,显示西藏的"独立"。中国外交部马上发表声明,说这是非法的。福特注意到,拉萨没有对此提出哪怕是"最温和的抗议","更没有听到西藏要宣布独立。提及中国都是友好的,礼貌的。"

这无疑让福特失望。但他还是参加了拉鲁的新年庆典。虽然不能抵御严寒,还是特意穿了一套欧式礼服。这使他这个蓝眼睛、高鼻子、长着赤黄色络腮胡的外国人更加引人注目。他来到强巴林寺的院子里。其余20余名官员已经到场,他们和他们的坐骑都披红挂绿,珠光宝气。他们在寺院门口排队恭候拉鲁的到来,福特在20多位官员中排在第六位。

过来的先是拉鲁的骑兵卫队,然后是吹鼓手和旗手,接下来是士兵,再接下来是拉鲁的侍从、管家和仆人。拉鲁接着出场,他穿着黄绸锦缎制作的官袍,他骑的马披着鲜艳的布饰,马鞍上镶嵌着金银珠宝。他的身后跟着更多的仆人和40名卫兵。这时鼓号响起,在场的人全部弯腰低头。他被仆人扶下马后,大家按职位序列跟在他身后,进入大殿,根据职位高低在相对应的垫子上盘腿坐下。

先是两位经师辩经,然后开始演出,同时给每名官员送上一只开过光的整羊,然后敬佛。

1950年新年庆祝活动的规模据说从未有。到处都有僧俗群众在舞蹈,在唱歌,到处都有燃起的香炉、挂起的经幡。正月十五的酥油花灯节的酥油塑像高达12米——除了福特,很少有人能感觉到会有战争的来临。拉鲁安慰他说:"我跟你说过,神会给我们胜利。"看到福特无言以对的样子,他接着补充说:"更多的军队和武器将被派到昌都,布伦式轻机枪和斯特恩式轻机枪3天后就会运到。"

的确,3天后这些机枪被运到了昌都。福特似乎感到自己的未来有了保障,他回忆说,"这些武器的第一次演习之声是我到昌都后听到的最甜美的音乐","我很乐观,提出在藏工作的新合同可定为5年,而且根据双方的意愿还可以续签。""无论发生什么事,只要藏人起来抵抗汉人,我一定会继续留在这儿。如果他们投降,我就尽力设法逃出去。"[①]

---

① [英]罗伯特·福特著,王小彬、温汝俊译:《在藏被俘记》,中国藏学研究中心,内部出版。

福特将新电台安置在邓柯——这是康定到昌都的商贸干道。但主要是为了解放军进攻时——他们知道解放军肯定会从东面进攻。而如果解放军从北面，也即从玉树进攻的话，由于邓柯离玉树很近，也很容易得到消息。因此邓柯是收集和传送藏军防线外解放军行动情报的理想地点。新电台的主要用途是便于昌都的官员，也包括福特自己和守军撤退。他为此也赚了一笔钱——福克斯派往那曲的电台设备就是私人财产，高价卖给了西藏政府，福特便也如法炮制。现在想来，这的确是再荒谬不过的事情——派往西藏政府的间谍把从事间谍活动的设备卖给了西藏政府然后继续用这些设备来从事间谍活动。

三、备战

1950 年五一国际劳动节，海南已被解放，北京的电台广播 "1950年人民解放军的任务是解放台湾和西藏"，敦促西藏噶厦政府派代表赴京和谈。中共中央强调西藏是中国的一部分，西藏当局既不能阻止人民解放军进藏，也不可能指望从英国或美国那里得到外援。

西北局和西北军政委员正在设法通过多种渠道，向西藏当局晓喻中央对和平解决西藏问题的愿望和决心。

5 月 9 日，在藏传佛教界享有崇高声望的青海省人民政府副主席喜饶嘉措大师继 1950 年年初向拉萨达赖喇嘛暨摄政和僧俗各界同胞发表广播讲话后，再次通过西安人民广播电台敦促西藏当局速派代表团赴京进行和平谈判——

> 西藏是中华人民共和国领土之一部分，人民解放军有解放全国领土的任务和力量，前后藏的解放是有其必然性的。同胞们，慎勿听信英、美帝国主义侵略集团挑拨离间的谰言，认为西藏距离西康、青海、新疆遥远，中有雪山、石山和荒无人迹的草原，足以阻挡解放军前进。回忆一九三五年红军由江西经湖南、四川、西康，历无数雪山草原直至陕北，创造了史无前例、举世闻名的二万五千里长征的奇迹；现在人民解放军力量大过当时百倍，已经统一全国绝大部分（领土），进军西藏自然更无问题。最近国民党百计困守的海南岛，已由解放军渡过一百余里海面，在敌前登

陆，不到半个月全岛就解放了。台湾的解放也是必然的。汪洋大海还不能阻止解放军的前进，何况西藏是在大陆上呢？同胞们：不要幻想依靠英美帝国主义，国民党几百万海陆空军加上大量的美援也被打垮了，这种幻想是有害无益的。现在共产党领导的中央人民政府，绝对爱护少数民族，尊重宗教信仰自由。共同纲领中民族政策的四项条文，尤其是第四项条文，就是各民族各宗教信仰自由在法律上有力的保障。已经获得解放的青海、西康等省佛教和寺院都受到尊重和保护。西藏解放以后，政府一定照共同纲领的规定，在中央人民政府统一领导之下，实行区域自治，宗教、军政、经济都可根据实际情况得到适当的解决。同胞们，解放西藏的大军从各路行将出发，箭已在弦，时机迫切，只有起义，才有生路。望我西藏同胞快快起来，努力争取和平解放，迅速派遣全权代表赴京进行和平协商，使西藏人民避免不必要的损失，经由和平途径达到解放。[①]

但西藏地方当局依然执迷不悟，已下定决心与中央对抗。

昌都是西藏的门户，西藏当局在这里布下重兵，在昌都地区进行一场军事较量不可避免。

解放军到高原地区作战，尽管困难重重，然而众志成城。筑路大军经过数月的艰苦奋战，于8月末修通了自雅安至甘孜的公路，使各种作战物资得以源源运抵甘孜。

但从甘孜到金沙江边还有200多公里不通公路，其中有些地段地形可修急造公路，十八军便组织部队进行重点抢修，终于使汽车可以通到雀儿山下。西南军区支援司令部和军前指组织了一部分轻型汽车和胶轮大车，甚至把军、师领导乘坐的吉普车也组织起来，进行运输。不通汽车的路段则使用骡马、牦牛，采取分段倒运的办法，向江边运送了20万公斤粮食。对部队渡江后的物资运输问题十八军也充分考虑，决定在沿途预设兵站，使用骡马运输。

从甘孜到昌都有20天行程，即使从江边的德格出发，也需10天左右。这样远的路程，骡马运输队要自带饲料，能驮运的其他物资就

---

① 1950年5月22日《人民日报》。

很有限了。经过调查研究，大家认为以牦牛作为主要运力是比较可行的办法。牦牛的主要缺点是速度慢，管理困难，但它最大的优点是以草为食，可以走到哪里吃到哪里，不需携带饲料，而且牦牛较为便宜，完成运输任务后或在断粮时，还可宰杀充食。至于管理问题，大家认为稍加训练即可解决。

早在6月份，十八军前指便派出干部到康西北牧区的石渠县，两个多月工作采购了6000头牦牛。德格女土司降央白姆和玉隆大头人夏格刀登等人也各卖给部队数千头到数百头不等的牦牛，合计共购得牦牛1.44万头。部队将其中的9300头牦牛编为5个运输队，按计划会在战役发起后取捷径直奔昌都；其余5100头则分散给各参战部队，随军行动。为保证部队渡江，参战部队除准备一些橡皮舟和牛皮筏外，还委派一五四团政委杨军组织从内地和当地雇请的船工在邓柯造船。仅一个多月时间，一五四团便造出可载二三十人的木船10多只。

而在此之前的1950年4月15日，第一军军长贺炳炎、政委廖汉生就根据西北野战军的命令，确定以第一军骑兵团第二营和特务连为基础，补充人员、马匹，改善武器装备，扩建成一军骑兵支队，他们用两个月时间，做好扩编整训和思想动员工作，待命行动；同时任命冀春光为中共玉树地委书记兼骑兵支队政委，孙巩为支队长，下辖骑兵一、二、三连、重机枪连、炮兵连、特务连。后勤处下设一个运输队。司令部直辖5部电台，保证支队在高原地区进行远距离无线通信联络。为提高支队独立作战能力，军部增调了轻机枪、冲锋枪、迫击炮、五七无后坐力炮、枪榴弹发射筒等武器，给各连补充了弹药，增强了连队火力。经过两个多月的努力，骑兵支队建制达到680人，骡马800余匹，可谓装备精良、兵强马壮。

由西宁到玉树近千公里，要翻越鄂拉山、积石山、巴颜喀拉山，其海拔都在4000米以上，雪山草地，人烟稀少，气候恶劣，给行军带来不少困难。6月间高原积雪融化，牧草生长，骡马可以放牧了，贺炳炎选定6月21日上午作为进军玉树的出发日期。干部大队和骑兵支队在军旗和军号的引导下穿过西宁大街，踏上了征途。

24日，部队翻越日月山、鄂拉山，积石山北端的花石峡，于7月9日到达黄河沿，徒涉黄河后，露宿于星宿海的扎陵湖畔。然后，部队在黄河对岸补充了15天的粮食和饲料后，进入醉马滩、野牛沟，进抵巴颜喀拉山下。部队艰难越过冰水汇集成的沼泽地带，通过东西查拉坪，穿越巴颜喀拉山口，于7月23日渡过通天河。次日，干部大队及骑兵支队共800余人经过23天的艰苦行军，进抵玉树。

8月上旬，骑兵支队接令，直接配合五十二师，完成解放昌都的作战任务。

在具体作战任务尚未明确以前，支队参谋长郭守荣率领骑二连及侦察参谋于农田、藏族干部益西楚臣前出囊谦，掩护新建县委开展工作。他们查明昌都及黑河地区藏军分布与兵力编成，调查进军昌都的兵要地志，建立囊谦补给站。其余部队完成了修建巴塘机场的任务。

巴塘机场位于玉树以南40里的巴塘草原上，原系马步芳统治青海时期，用鹅卵石及草皮填筑起来的。这里从未起降过飞机，只有几个气象工作人员守护机场。原跑道宽50米，长2500米，因年久失修，大部分已损坏。骑兵支队在无建筑材料和工程技术人员指导的条件下，雇请玉树草原的牧民600余人，加上4个骑兵连共千余人，清除了机场周围的障碍物，搬运鹅卵石和积土50厘米以上的草皮，按原设计将跑道填平、夯实，于8月下旬完工。

同时，新成立的玉树地委所属称多、玉树两县政府组成藏民运输队，各带500至800头牦牛，将存放在黄河沿的粮料物资运到了玉树、囊谦，并采购了一批牛肉，分给连队及机关人员，制成牛肉干，以供部队战时食用[①]。

至此，各路部队都陆续做好了进军昌都、解放西藏的准备。

四、陌生的对手

各参战部队受领进藏任务特别是进入甘孜地区之后，对藏军这个新对手进行了进一步的了解。经过对多方收集的资料进行研究，各部队了解到藏军的素质较低，战斗力不强，虽已扩编为17个代本，总兵力增加较多，但代本以下的各级编制人数仍大体保持100多年前的规模。人们习惯上把藏军的代本、如本、甲本，定本、居本比作解放军的团、营、连、排、班，其实很不确切。一个代本的兵员定额还不如

---

① 孙巩:《昌都战役中的骑兵支队》，亲历者手稿。

解放军的一个营，至于武器装备就更无法与解放军相比。民国以来，他们除在二三十年代同川军和青海的地方武装交过手外，缺少正规作战经验。除藏军外，西藏各地还有由土司、头人掌握的士兵，其装备和战斗力更差一些。

真正难以战胜的是自然条件。

在向甘孜地区进军过程中，解放军对青藏高原的特点已有所体验。预定战区属藏东高山峡谷区。这里平均海拔在4000米左右，地貌极为复杂，既有连绵不绝的崇山峻岭，也有海拔虽高而地势平缓的草原，形成强烈反差，但无论地貌如何不同，却都一样高寒缺氧；5000米左右的高山一般寸草不生或终年积雪；而在一些河谷或较低的山岭，却又常见成片的原始森林，无边无际，深不可测；这里的河流虽不很宽，但落差大，水流急，难以徒涉。还有就是气候多变，本来是风和日丽，万里晴空，转瞬间却狂风骤起，天昏地暗，雨雪交加；夜间在山上滴水成冰，白天在谷地却又汗流浃背。这些复杂、恶劣的自然条件，给部队的行军、作战无疑会带来难以想象的困难。

由于西藏在1951年之前没有精确的地图，解放军对金沙江以西地形情况的调查了解，主要靠询问曾到过那边的商人和朝圣者。用这种手段收集整理的资料自然是很不全面、很不准确的。可以说，昌都之战是解放军在陌生地区同一个陌生对手之间展开的一场军事较量。

在青藏高原这个特殊地形条件下与藏军这个特殊对手作战，应该采用什么战术？为此，十八军的主要参战部队五十二师分批集训了营、连、排三级干部。不少干部受过去同国民党军队作战经验的影响，偏重于考虑如何突破对方的坚固设防，在这方面提出许多具体问题。例如有些人提出，战区有很多喇嘛庙，有些庙的墙壁厚度达一米左右，一座寺庙就像一个大碉堡群，如果藏军据守寺庙顽抗，解放军要遵守宗教政策，既不能开炮又不能使用炸药，光靠步兵火器又难以奏效，该怎么办？

吴忠听后说："你们提出这类问题，说明一些干部对藏军和这次作战的特点缺乏了解。在这次作战中，我军在兵力、装备、指挥、技术等方面占有全面优势；而藏军的最大优势则是地形熟悉，对自然环境适应能力强、骡马多，因而在一般情况下机动速度快于我军，单兵战斗力较强。同这样的对手作战，关键的一着是要能抓住他，不要让他逃脱。不管他在什么地方坚守，我们都求之不得，消灭他的办法是很多的。如果让它跑掉或溃散，我们将被迫在更深远的纵深与之作战，或分散搜剿，那不仅要付出更大的代价，而且难以在中央规定的时限内完成解放全藏的任务。因此，就战役目的而言，我们应将藏军主力聚歼于昌都地区，每次战斗力求就地全歼。各级指挥员都必须把如何抓住藏军作为组织指挥战斗的首要问题解决好。总之，我们只怕抓不住，不怕歼不了；只要抓得住，必然能歼灭。"

五、藏军进攻计划的夭折

福特和拉鲁都得到了解放军已逼近金沙江的情报，并且得知解放军受到了当地民众的支持和欢迎，有不少人加入了解放军。这令福特失望，也令他难以理解。他以为，解放军所到之处，康巴人都会反抗。

康巴民风剽悍。康巴乱，则西藏乱。福特说："拉萨人认为，康巴人野蛮粗野、无法无天。"但他"很敬慕康巴人很强的独立性和他们绝少卑躬屈膝的骨气。虽然遭受同样的精神压迫，甚至康巴的乞讨者吐舌头也不像拉萨的伸得那么长。"噶厦政府中很少任命康巴人担任重要职务，拉萨官员常把到康区任职当作一种流放，但在"这里任职能赚不少钱。官员们没有薪水，但他们尽其可能地从税收中捞钱"[1]。康巴地区也是土匪出没的地方，"每个康巴人肩上扛着一把步枪，腰里挂着一把长剑。在西藏的其他地区，康巴一词就是土匪的同义词，有这么好的理由，康巴人离开自己的土地后常常也会去抢劫。"[2]

也因为这个原因，拉鲁征召了一批康巴人，由恰日巴代本负责训练，但这些人很难遵守纪律，"别指望康巴兵会排成四列，但他们有好的枪法，练习射击确实是浪费弹药。他们骑马绕城向空中鸣枪，挥舞着战剑，热血沸腾地尖叫，使整个昌都镇活跃了起来，快到傍晚时浪费了不少子弹。姑娘们躲在家里不敢出来，就连一些拉萨来的官员也赶紧把道让开。"康巴兵和藏军分置各自的营地，但他们之间还是有一

---

① ［英］罗伯特·福特著，王小彬、温汝俊译：《在藏被俘记》，中国藏学研究中心，内部出版。

② 同上。

些摩擦。①

福特从信使那里得知解放军离金沙江只有一天路程时，邓柯与昌都之间的电讯往来变得更加繁忙。一天之后，解放军发起突袭，福特收到"汉人到了"这最后一条电讯后，通讯中断。这是解放军第一次与藏军作战。福特让电台的办事员汪达不断呼叫邓柯，但邓柯电台再也没有发出过任何信息。

拉鲁向拉萨通报了邓柯被袭的情况，命令穆恰代本带着500人速从离昌都5天路程远的青藏边界赶来拱卫昌都，并召集恰日巴代本派人去邓柯侦察。为了还能在昌都待下去，他决心夺回邓柯。他们加快了征召康巴兵的速度。在福特的指导下，昌都修建了街垒，构筑了工事，在山上架了机枪，本想炸掉河上的桥——但因为没有炸药，未能实行。拉鲁向类乌齐增派了援军，但更多的人忙于在寺院诵经，两位活佛进山闭关祈祷。

福特对拉鲁说："我认为现在正确的策略应当是立即从昌都撤离——把东部指挥部向西移，搬到不能从侧翼被消灭的地方，只留一小部分军队守卫昌都。"

拉鲁说："这我知道，现在东部指挥部的理想驻地为洛隆，从昌都向西几天就可到达。那里守卫着唯一横跨怒江的大桥，桥下河面宽阔，水流湍急，那里不可能被敌人从侧翼包抄。"

"是的，洛隆与拉萨之间的地域荒无人烟、崎岖陡峭，平均海拔12000英尺，一些山口要道的海拔高达17000英尺，常年大雪封山，任何军队要用武力夺取这条路都是非常困难的。"

"但我们现在还不能离开昌都。如果这样做，康巴人会认为自己被出卖了，我们将失去所有康巴人的支持。如果我们不战而逃，他们将再也不要我们回来了，我们招募来的康巴兵也会作鸟兽散，甚至可能掉转枪口打我们。"

拉鲁虽然对福特那么说，但私下里又安排总管府秘书仁布希·楚嘎吾做好准备——如果解放军切断通往拉萨的道路，什么东西要运走，什么东西要毁掉。因为一旦撤退，从昌都周边不可能搜集那么多马、牦牛和骡子。

---

① ［英］罗伯特·福特著，王小彬、温汝俊译：《在藏被俘记》，中国藏学研究中心，内部出版。

拉鲁向类乌齐增派了援兵，而福特希望他撤换驻守类乌齐的噶炯代本，因为他认为噶炯守不住类乌齐那个战略要地。福特还提出应在类乌齐设立电台，这样，如果类乌齐失守，他们至少能及时知道。拉鲁听从了建议，要求拉萨提供更多的电台设备，派一些福克斯培训过的工作人员来——最好能有 4 部电台，这样他就可以在邓柯、类乌齐、东边的岗托渡口、南面的芒康噶托建立电台联系。

事实上，拉鲁的一切准备都是在昌都不可能守住的前提下来运行的。

邓柯的电台通讯中断 4 天后，拉鲁派出的侦察员赶了 350 多公里路程回到了昌都，他带来的情报证实了解放军已占领邓柯。又过了 3 天，邓柯电台的洛桑回来了。他报告说，他从电台的窗户向外望，有好几百名解放军冲进了院子里。他把情况告诉正在发报的索朗平措，然后自己藏进了一个柜子里。索朗平措被俘，洛桑则趁着夜色爬了出来，回到住处牵了马，带着老婆、孩子、仆人和一个搬运夫，一起逃了出来。

邓柯陷落 10 天后，穆恰代本带着 500 人来到了昌都，拉鲁又给他调拨了 200 名康巴兵。他住在福特楼下，士兵则住在城外。不久，他们便开赴前线，试图收复邓柯。但他们遭到了解放军的伏击，伤亡惨重。随后，穆恰代本和他的如本、藏军中的一员骁将彭康娃重新招兵买马，对解放军进行夹击，仍未成功，彭康娃和他的儿子均被击毙。但藏军夸海口说，他们取得了重大胜利，杀死了所有解放军，引得福特很是兴奋[1]。

此时，噶厦政府也在忙于排兵布阵。

当设置在邓柯的通讯设备被解放军接管后，玉树地区的一个千户长向噶厦密报军情，出谋献策——趁解放军立足未稳、不熟悉地方情况、庶民百姓对解放军尚无好感之前，先发制人，发兵反击，定能取得胜利。噶厦根据这一密报的军情，在佛前打卦——卜示的结果是，在藏历七月初发兵，时机最佳。

邓柯那次反击的虚假的胜利也使拉鲁认为，他可以和解放军较量和抗争，因而应该继续对解放军采取对抗行动。他立即命令驻防色扎

---

① ［英］罗伯特·福特著，王小彬、温汝俊译：《在藏被俘记》，中国藏学研究中心，内部出版。

的第四代本、驻东宗渡口的第三代本、驻类乌齐的第七代本和察雅地方武装及嘎玛玉宗地区的波隅人①做好战斗准备，并联络了金沙江东岸的上层人士，定于七月初，以类乌齐为基地，向囊谦、玉树的解放军发起进攻。拉鲁还向噶厦报告了准备情况及作战布署，准备按卜示的时间对进入康区的解放军发起进攻，并报拉萨当局批准。

令拉鲁没想到的是噶厦的噶伦们接到他的军事计划后，又改变了主意。他们因为无法判断是否能成功而感到为难。恰在此时，印度、英国、美国都直接或间接地予以忠告，认为"西藏当局所应采取的良策是不要激起共产党的军队向西藏发起进攻，任何一次唐突的、不成功的挑衅，似乎都有可能促使这种局面的出现"。也就是说，他们否定了拉鲁军事计划成功的可能性。因此，噶厦用一种奇妙的、小心谨慎的、看似同意实则否定的方式答复了拉鲁："假如你有能力发动进攻并能获胜，那是再好不过的了，可是由于你的使命是继续保卫边境地区，所以，你应当仔细考虑是否能够确保这次进攻不会对我们的领土带来消极影响。你必须认真考虑这样做对西藏的前途有利还是有弊。"

这种答复也意味着让拉鲁一人来承担一切后果。他任期已满，也不希望在这个时期发生战争，使他难以脱身，所以只能放弃原先的军事计划。于是他套用西藏一句格言向其属下的官员和代本们发布了一道命令：不要进攻你的敌人，这是法王们的惯例；不容许敌人袭击你的领土，这是政治首脑的准则②。

随着那个雄心勃勃的计划夭折，拉鲁转而试图同解放军建立某种"对话"关系——给吴忠、天宝去了一封信，以作缓兵之策，也借此摸摸解放军的底。

甘孜

解放军师长、委员鉴：

遥闻二公已莅甘孜执行新政，实感庆慰。中藏情感仍应继续

---

① 当时西藏噶厦政府官员对波密一带土著民族的称呼。

② ［美］梅·戈尔斯坦著，杜永彬译：《喇嘛王国的覆灭》，第705～706页。时事出版社，1994年版。

增进，彼此边疆尤须照旧维持和平。并望回示，藉作准则，是所至盼，顺颂祺祉。

西藏边使、噶伦　拉鲁

藏历铁虎年 4 月 9 日 ①

信的语气颇为"客气"，但其"藏独"立场却毫不含糊：把中央同西藏地方的关系称为"中藏关系"，把金沙江作为"彼此边疆"，自称"西藏边使"，完全是两国之间办外交的口气。吴忠看完信后对天宝说："这家伙明目张胆地闹独立，就凭他这一封信，我们就师出有名了。"

稍后，郄晋武和杨军在邓柯也先后收到了拉鲁和藏军三代本穆恰的来信，都是同一个腔调。经报请西南军区审查批准后，吴忠和天宝给拉鲁去了信，信中主要根据西南局制定的"十条"精神，宣传中央关于和平解放西藏的方针，并明确昭示：解放军各路进藏大军，业已准备就绪，正待命西进；昌都地方政府和驻昌都地区藏军有协助我军之责；希望他们认清时局，顺应潮流，择善而行，共襄义举，为早日完成祖国统一大业而努力。

郄晋武、杨军则以邓柯前线指挥官的名义分别给驻昌都官员及藏军去信 ②，说服他们执行中央指示，支援解放军：

昌都

拉鲁噶伦阁下台鉴：

公元 1950 年 7 月 8 日（藏历五月二十三日）来信收到，一切知悉。本军奉中央人民政府毛主席、朱总司令的命令，进军边疆赶走美英帝国主义势力，保卫和巩固中华人民共和国国防，解放多年受苦难、受压迫之康藏军民。目前各路解放军已准备完备待命前进。康藏军民应当欢迎和帮助解放军共同完成驱逐帝国主义巩固国防之任务，使康藏人民永远享受自由幸福。

前贵军一部向青科寺前进，既不事先通知我军，又向我察看

---

①　即公历 1950 年 6 月 8 日。引自吴忠《建立进军基地》。

②　郄晋武：《先遣数千里》，亲历者手稿。

道路之少数人员包围攻击，致引起 6 月 22 日不必要的战斗。现在：

阁下应很好驻守原防区，保护国家财产，并尽力帮助解放军筹购一些粮、柴、草。如贵部因公必须调动（不是对付帝国主义者和增强国防），应事先派负责代表找我商谈，达成协议后再作行动，否则，不法逆行所引起一切严重后果概由贵方负责。希望：

阁下劝西藏当局慎重考虑此问题，值此是效劳于国家人民成为功臣呢，还是背叛国家出卖人民为罪人，请由你们自己选择。

6 月 22 日战斗，缴获中有牦牛 27 头，据查是你部强拉的老百姓之牛，请通知牛主人来邓柯领取为要。

希早见贵方回信和代表前来。

中国人民解放军团长、政委

1950 年 7 月 16 日

解放军邓柯前线指挥部给穆恰代本的信主要讲了解放全西藏，驱逐帝国主义势力的决心。"希望现驻金沙江西的全体藏军官兵，感念中央人民政府对西藏同胞的深切关怀，迅速觉悟，不要再为帝国主义者奴役西藏人民、分裂祖国统一的欺骗宣传所迷惑。"告诉他们"只要接受中央人民政府的领导，则西藏现有军事制度维持原状，不予变更，各级官员照常供职，现有西藏部队成为中华人民共和国国防武装之一部分，共同担负保卫中华人民共和国祖国国防的伟大光荣任务"。

吴忠、天宝和郄晋武、杨军虽然批驳了拉鲁等人的谬论，但从和平大局出发，措辞比较委婉，仍待之以礼。但他们的信送出后再无下文。

福特显然希望拉鲁向金沙江以东的解放军发起进攻，他也在随时考虑自己的退路。在与拉鲁的一次会面中，福特和他商讨了一旦后路被截断，福特如何逃走的问题。他选中的是从昌都向南通往印度阿萨姆邦的道路。他的合同在邓柯陷落 4 天前就到期了，而新的合同还没有续签，但他却愿意在老合同的条款框架下继续为噶厦政府提供服务。

六、临阵换将

虽然与解放军对抗无异于以卵击石，但拉鲁还是在积极准备。他决定再组织 500 名僧兵，但喇嘛们不大赞同。他们认为，只有神才能保佑西藏获胜，他们将加倍念经——这比拿起武器更管用——如果喇嘛们去充当士兵，就会丧失上万次的祈祷机会。无奈之下，拉鲁只好征求达赖喇嘛的经师赤江活佛的意见。

这样的征求意见在没有电台的过去，就得前往拉萨才能实现。现在则方便多了——这可能是西藏历史上第一次，但双方通话需要做精心的安排。因为不能让赤江活佛在拉萨福克斯的电台久等，也不能让拉鲁在福特的电台等太久。在昌都，福特一般都是把电台带到总管府让拉鲁通话。因为拉鲁一动，就得有卫队、旗手、管家、仆人相随，阵势很大。

福克斯和福特安排的时间很合适。拉鲁在卫队、旗手、管家、仆人的前呼后拥中来到电台几分钟后，就和赤江活佛通上了话。拉鲁在麦克风前向赤江活佛献了哈达和一包纸币，然后低头鞠躬做出接受赤江活佛的摩顶的姿势。接着谢瓦拉活佛又把拉鲁的礼仪重复了一遍。然后以密码的形式简单询问了在目前的危机面前僧侣们该怎么做的问题。赤江回答说，应努力祈祷并遵从总管的意愿——意思模棱两可，没有说清僧侣究竟是应该祈祷还是应该武装起来。

"请示"之后，拉鲁认为增招康巴兵比祈祷和武装喇嘛都更管用，加之拉萨的援兵陆续开来，他放弃了武装僧侣的计划。而增招康巴兵的计划也没有实施，因为到7月份拉鲁的任期就满了。

福特本来就没有一点安全感，他觉得自己正坐在一个随时都有可能爆炸的火药桶上，拉鲁的即将离开更增加了他的危机。在他被俘后的交代里一直没有对自己执意不离开给出一个令人信服的理由，他只是说，"我的合同还没有从拉萨方面传过来，所以从技术上来讲，我仍可以离开。按过去合同条款继续在藏服务的许诺仅仅是口头上的，只是拉鲁和我之间的私下协议。"①

拉鲁离开昌都前与福特畅谈了自己的未来。他父亲曾带着西藏的4个孩童去英国拉格比学习过，所以拉鲁希望自己的孩子也去拉格比学习，以后当工程师。他还想回拉萨后，组织一个新的商贸使团，让福特陪同，去英国、美国和全世界，做一次环球旅行。

阿沛7月11日离开拉萨，要一个月才能抵达昌都。交接也几乎要

---

① ［英］罗伯特·福特著，王小彬、温汝俊译:《在藏被俘记》，中国藏学研究中心，内部出版。

用一个月时间，拉鲁可能要9月底才能离开。如果那时战争还没有开始，就可能推迟到明年。

按昌都当时的局势来说，临阵换将是大忌——但拉鲁为期3年的昌都总管任期是到1950年夏天，所以1950年初，他便请求拉萨当局派人来接替他。

十三世达赖喇嘛时期，昌都总管一职就由噶伦轮流充任。当上任昌都总管札萨宇妥任期将满之际，当时的噶伦都不愿担任这一苦差。没有办法，只好通过占卜解决，结果孜本拉鲁中签，他被提升为噶伦和昌都文武总管。虽然如此，他和家人都不愿去昌都，忧愁不安，却毫无选择余地。他于藏历火狗年（1946年）九月十九日拉萨时间10点钟，正式受命。拉鲁穿上了噶伦的官服：身着黄缎藏袍，足登朱红彩靴，头戴江克达帽，从铺着绘有"卍"字图案的缎垫的马镫上上马，并配有一名侍卫官。在参加了盛大典礼、大贺特贺一番后，他备上丰厚的礼物去拜见大札摄政，一是感谢他的任命，二是想辞去昌都总管之职，但未获准。他上任不久即参与了逮捕热振活佛并将他押解到拉萨一事。因此，直到火猪年（1947年）四月他才进行赴任出发前的准备工作。

他提出了共计22名官员的任命名单，获得了批准，抽调了由100名藏兵组成的警卫队，征集了众多的民夫和马匹驮畜；和所有新任命的官员去布达拉宫日光殿向达赖喇嘛献曼札、内库哈达；再去拜见乃琼和噶东两位护法神。新任官员、士兵的行李、辎重、粮草等，均动用百姓服差役运送，仅与他同行的自己的总管、管家、听差、马夫、骡夫就有20多人。在接受了拉萨贵族、官员倾巢而出的设灶欢送后，拉鲁一行浩浩荡荡，历经40天抵达昌都。

拉鲁在昌都任职期间客观地说是一位有作为的官员。他减轻了百姓的乌拉差役；对军队设防问题做了新的安排，第四代本驻藏青边界的色察宗，第三代本驻丁青宗，第七代本驻类乌齐，第八代本驻昌都，第三代本驻川藏交界处的德格江达地区，第九代本驻芒康，第十代本驻贡觉；加强了与昌都周边地区的友好关系，北防马步芳，东和刘文辉，南除滇藏边境匪患；新建了昌都总管公署和昌都电台；遵照噶厦之命，驱逐了昌都的汉人，并加强了边防。但总体来说他当时也是亲英官员中的一员。

七、中央仍不愿轻易用兵

格达活佛被害以后，西南军区就不得不一边多方寻求和谈的途径，一边做军事斗争的准备。7月24日，由十八军副政委王其梅和第二参谋长李觉率领的十八军前指进驻甘孜，他们同吴忠一起多次研究完善了战役方案。

8月5日，张国华在西南军区研究昌都战役的作战会议上提出，"如8月底前雅安至甘孜段公路可全线通车，在泸定以西能集中300辆汽车，甘孜、德格间集中5000头牦牛，所需冬衣、干粮、携带燃料等8月底可运新津，9、10两月由汽车、马车运800万斤粮食、物资到甘孜，则昌都战役可以在10月间实施"[1]。西南军区司令员贺龙责成张国华到前方切实了解具体情况后，再最后确定。西南军区于8月5日、14日连续向中央军委上报了即将实施昌都战役的报告。

8月15日晚上，西藏和印度阿萨姆邦的边界附近发生了一场地震。震中距离昌都320公里，但昌都震感强烈，有房屋倒塌和人员受伤。布达拉宫对地震的解释是：神灵在表示愤怒和不悦。人们沉浸在无限的忧伤之中，比以前更加卖力地念经祈祷。

军委主席毛泽东看到西南局的报告后，于8月18日电询西南局：

今年如能进到昌都，当然是很好的，问题是：

一、甘孜到昌都一段很长道路是否能随军队攻进速度修筑通车；

二、昌都能否修建机场及是否适于空投；

三、一个师进攻昌都是否够用，藏军似有相当强的战斗力，必须准备打几个硬仗，这方面你们有足够估计否。

我们对于以上几点尚不清楚，请分析电告为盼。[2]

西南局于20日复电毛泽东主席称，至昌都的公路尚待勘查，明年

---

[1] 西南军区《关于决定10月份占领昌都向中央军委的报告》，存中央档案馆。

[2] 《毛泽东西藏工作文选》，中央文献出版社、中国藏学出版社2001年版，第23页。

才能修筑；飞机在昌都空投是可能的，能否修筑机场尚无确切情报；藏军的战斗力"我们曾以两个连同敌人一个代本打了一仗，以一个排冲垮敌人一个代本"①，加之藏军在昌都地区只有五六千人，且驻地分散，不易相互支援。因此"使用（十八军）四个团又两个营，加上玉树方面、察隅方面少数部队的配合，是够用的"。西南军区同时提出"在战役组织上，采取以我之主力使用于右翼（北面），迂回昌都以西，迫使敌军聚昌都而歼之"。此外，复电还提到在 10 月份结束昌都战役后，昌都留 3000 人，主力 12000 人后撤甘孜准备过冬。

8 月 23 日，毛泽东批准了这一报告。指出："如我军能于十月占领昌都，有可能促使西藏代表团来京谈判，求得和平解决（当然也有别种可能）。现我们正采取争取西藏代表来京并使尼赫鲁减少恐惧的方针②。"毛泽东的批示表明，以打促和是昌都战役的一个重要意图。

尽管西藏当局对中央和平解决西藏问题的号召始终置若罔闻，尽管解放军有足够的力量向西藏进军，中央仍不愿轻易向西藏用兵，仍未放弃和平解放西藏的努力。1950 年 8 月 31 日，中国外交部照会印度政府，中国人民解放军即将在西康西部按照预定计划开始行动，希望印度政府协助仍滞留印度的西藏地方代表团于 9 月中旬前到达北京，开始和平谈判。9 月上旬，中国驻印度大使馆负责人又先后当面通知西藏地方代表团，务于 9 月内赶到北京，否则，该团应负延宕之责和承担由此产生的一切后果——而西藏当局对中央的警告仍然置之不理。

八、清醒的阿沛

拉鲁腾空了总管府，搬进了离城 2 公里远的僧格村谢瓦拉活佛家。然后派管家和一些官员到拉萨至昌都的最后一个驿站朗达去迎接阿沛·阿旺晋美。除拉鲁本人和福特，所有的昌都官员都被要求去城外柳树林迎接新总管的到来。

福特不去迎接的理由是他必须与福克斯联系，因此被特许在家。

---

① 指 1950 年 6 月五十二师一五四团在金沙江西岸邓柯同藏军的战斗。

② 《毛泽东西藏工作文选》，中央文献出版社、中国藏学出版社 2001 年版，第 23 页。

他派他的仆人扎西代表他去给阿沛敬献哈达。阿沛一到总管府，福特就立即带上礼物和哈达骑马前去拜见，解释了没能去迎接的原因并致歉。他对阿沛的印象较好——"他个头高大威严，下巴较长，面容高贵而愉快。"

阿沛到昌都任职时，因为处于危急时刻，噶厦指令在昌都的其他拉萨官员仍留在昌都，直到有人接任才能离开——因为阿沛并不打算带过多的官员，并要求拉鲁依然留在昌都协助阿沛度过当前的危机。

阿沛是个清醒的人，他曾对功德林喇章的一位官员说，西藏斗不过中国共产党，因为汉人拥有最新式的武器装备和训练有素、身经百战的官兵。阿沛回忆说，一位中国军阀[1]就曾在1909年到1910年单人独马占据并控制过拉萨，因此西藏人怎么能够阻止整个中国？他确信设法进行谈判、达成和平的解决办法要比武力对抗好得多，他已同大札摄政商讨了这一方案并向噶伦们通报了自己的想法。他与拉鲁的见解大相径庭——拉鲁倾向于不计后果地进行武力抵抗，相比于拉鲁的好战，噶厦可能更需要他这样的人，这也许就是他来昌都任职的原因。从个人来说，是命运对他的选择；对国家来说，这也是历史对他的选择。

阿沛到昌都后，就以没有必要激怒汉人为由拆除了拉鲁修筑在山顶上的各个防御工事，不再招募更多的康巴民兵。拉鲁则认为自己仅是临时的、顾问的角色，所以他没有反对。

阿沛到昌都不久就提出：昌都太小，为了不给百姓带来过重的负担，没有必要让两位噶伦共同驻守管理。他建议拉鲁到玉树南部的琼布色达去开辟新的作战根据地。而拉鲁急于在战争开始之前离开昌都，所以他向拉萨方面交涉，请求返回噶厦述职。拉萨同意了他的请求[2]。

阿沛带来了一部便携式电台，并让福特随时做好派出准备。但这部电台最后给了拉鲁，随他返回，这让福特难过："一想到在危机四伏的9月让一部电台和报务员闲置在总管府就令人感到气愤。"他经常去拜见阿沛，"但有关防御准备他既不向我咨询更不会征求我的意见。待

---

① 可能指清末将领钟颖。

② ［美］梅·戈尔斯坦著，杜永彬译：《喇嘛王国的覆灭》，第710、711页。时事出版社，1994年版。

在电台里或多或少我感觉到孤独，因无所事事而垂头丧气。"①

阿沛接任总管后，经与属下官员研商，派遣孜仲勒参巴益西塔杰和邦达绕嘎前去芒康，派遣勒参玉嘎前往邓柯，他们到达后听候总管府命令行事。

拉鲁走时，福特专门去为他送行，献上了哈达和礼物。两人相互感谢对方为自己所做的一切。拉鲁告诉他，春季到来前汉人不会发起进攻。福特表示赞同。他说，他们现在进攻太晚了。

昌都的情况让阿沛备感忧虑。恰好就在这时，噶厦政府认为青海玉树地区属其管辖范围，解放前为马步芳所占，解放初，中共只派了少量人员去玉树工作，兵力薄弱，下令阿沛进攻玉树，收回该地。阿沛则于9月4日回电建议噶厦与中央人民政府和谈："至于进攻玉树收回失地一事，需要说明如下：因时世浑浊，民不堪命，这里有的宗内仅有七八户还有糌粑，其余全以食园根为生，乞丐成群，景象凄凉。在此情况下，不要说发动进攻，即按目前这样备战下去，就是没有共军进攻，其局面也维持不了一年。本人衔命前来，肩负文武之职，当尽全力效劳。但从目前情况看，应停止进攻，汉藏双方最好和谈解决。如果不行，也应先从边境一带撤出所有部队。"②

九、调兵遣将

9月5日，张国华军长到达甘孜，传达了毛泽东主席的指示，同时传达了西南军区8月26日下达的《昌都战役基本命令》。

同时，以西藏工委和西藏前线政治部的名义下发了《关于解放昌都战役工作指示》，其中有如下要求："对喇嘛寺和民兵武装应设法多方政治争取，尽量避免正面与其作战"；"应当大力进行争取民兵武装工作。对确实证明之投降民兵及枪支，由政治机关进行教育后连原枪弹一律发还释放"；"部队经过藏民村庄，如碰到群众因不了解我们向

---

① ［英］罗伯特·福特著，王小彬、温汝俊译：《在藏被俘记》，中国藏学研究中心，内部出版。

② 《昌都总管阿沛建议和谈致噶厦电》：《和平解放西藏》第157页，西藏人民出版社1995年版。

我们开枪时，我们应向其解释，不予还击"；"战地放下武器之敌军投降官兵，一律严格执行我军优待俘虏政策，不杀不辱、不收其私人财物，不动他们随身携带的神诰（噶乌）和吃肉用的小刀（属战刀武器须缴下），不许留下一个俘虏。伤俘要医治并予安慰解释，敌尸最好动员当地人民或喇嘛按西藏人民自己风俗习惯安葬。战俘释放前，教育半天到一天时间迅速释放，释放时每人发路费银洋三元，随带释放证一张"；"敌军官兵待遇一律优待与我部队同"；"保证西藏人民信教自由，尊重西藏人民之风俗习惯。必须切实保护各地喇嘛寺庙，不得损坏寺内之一切建筑、经典、佛像、法器等，不得干涉僧众举行宗教仪式，严禁在群众中宣传反对封建迷信或对宗教不满的言论和行动"；"部队过江后，若有喇嘛要求参军或住学，我们概不吸收，妥予劝说并送回寺院，以防匪特造谣"；"不得在喇嘛寺附近宰杀牲畜、打鸟猎兽，不许在喇嘛寺庙认为的'神山'上去砍柴"；"对贫苦藏族人民切身痛苦，应寄予深刻（切）的阶级同情，反对'嫌脏'漠视不理的态度"[①]。

吴忠向张国华汇报了先遣支队进驻甘孜以来的基本情况和对执行军区、军战役计划的意见。张国华随即检查了部队的各项准备工作，拜访了一些有影响的上层人士，征询了他们对十八军进藏的意见，了解了他们支援部队的能力。

兵马未动，粮草先行。张国华最不放心的是当时的后勤运输能力。当玉隆大头人夏格刀登等人向他保证马上就可以动员 3 万头牦牛，能担负向昌都运输的主要任务后，张国华当即便下了战役最后决心。

到 1950 年 9 月 10 日为止，噶厦陆续加强了昌都外围类乌齐、邓柯、江达、芒康等地驻军的防御兵力，并组织起边坝、硕般多、洛隆三地以及贡觉、察雅的地方武装开赴上述各地。

9 月 15 日，十八军前指在甘孜召开作战会议。会前，张国华听取了前指王其梅、李觉、吴忠三人对昌都战役的意见，遵照西南军区对昌都战役的指导思想，决定"在战役组织上，采取以我之主力使用于右翼（北面），迂回昌都以西，迫使敌军聚集昌都而歼灭之"的原则，采取正面进攻与战役大迂回相结合的战法，组成南北两个作战集团，

---

① 《关于解放昌都战役工作指示（节录）》：《和平解放西藏》第 94~99 页，西藏人民出版社 1995 年版。

集中主要兵力于北线。

北线集团由五十二师和军直炮兵营、侦察营、工兵营、五十四师炮兵连及已于7月下旬自西宁进驻玉树的青海骑兵支队组成，统由五十二师指挥。

北线集团成右、中、左三路配置：右路为一五四团及青海骑兵支队，担任战役迂回任务。战役发起后，一五四团自邓柯渡江，紧随骑兵支队南下，佯作欲经黑河进军拉萨，待过囊谦后，即向类乌齐、恩达疾进，切断藏军西逃通道，并阻丁青藏军东援。待中、左两路部队逼近昌都切断藏军退路后，配合围歼昌都守军，并以一部迂回昌都南面，阻歼南逃藏军；中路为五十二师师直及一五五团、一五六团、军直炮兵营。继一五四团于邓柯渡江后，经郭堆、生达南下，直取昌都；左路为军侦察营、工兵营并配属五十四师炮兵连，担任正面钳制任务，于岗托渡江后向昌都方向攻击缓进，不使昌都守军过早逃跑。

南线集团由五十三师一五七团和云南军区十四军四十二师一二六团（欠1个营）、一二五团三营组成，分为左、右两路，分别由四十二师和五十三师指挥。左路由滇康边界的德钦、贡山出击，歼灭门工、碧土、盐井藏军，而后向西北方向佯动，配合北线集团作战；右路五十三师一五七团由巴安西南渡江，歼灭宁静藏军，直出邦达、八宿，切断昌都藏军退路。

吴忠认识到，要完成这次战役任务的关键是要切断藏军退路，即要抢在藏军撤退之前占领类乌齐、恩达。从金沙江边到恩达行程约500公里，执行这一任务的最大问题是部队对开进和作战地区的地形及其自然条件心中无底，对藏军的布防情况也不甚了解，很难预想会发生什么意外情况，这样的意外会打乱部队的行动计划。但是，吴忠对自己的部队非常了解，仍充满信心。

9月18日，集结于甘孜及其附近地区的五十二师主力和军直参战部队在甘孜召开了全师连以上干部会议，这既是战前的誓师大会，也是在时间紧迫的情况下召开的一次作战会议。张国华到会讲了话。吴忠指点着墙上一张仓促绘制的作战地图，给各团下达了作战任务。部队自9月20日起分别向指定地区开进。五十二师领导随部队到达邓柯。

然后，师长吴忠、副政委阴法唐在邓柯召集一五四团团长郄晋武、政委杨军，骑兵支队支队长孙巩、副政委田惠普研究昌都敌情，部署战役迂回任务。

阴法唐出生于1922年7月，毕业于泰安省立第三初级中学，后毕业于济南山东高级职业学校。抗日战争时期，阴法唐不到16岁就参加了中共山东省委发动领导的山东西区人民抗敌自卫团，自此走上革命道路。1941年他任濮县大队政委、中共濮县县委委员，在一次反扫荡中，曾以不到一个中队的兵力，英勇抗击日军汽车部队，胜利地完成了任务。解放战争时期，他先后参加过陇海战役、鲁西南战役、跃进大别山、淮海战役、渡江作战、解放大西南等战役。他英勇善战，文武双全，出生入死。在血雨腥风的战斗岁月中迅速成长起来。1950年2月，27岁的阴法唐已担任第十八军五十二师副政委，两个月后，师政委刘振国升任军政治部主任，没有再任命新的政委的情况下，阴法唐实际履行的是政委的职责。

孙巩向吴忠和阴法唐汇报了骑兵支队的实力、侦知的敌军情况和昌都地区兵要地志。吴忠判析：敌人在金沙江西岸重点设防，凭险扼守，其态势南北宽度近千里，东西长约700余里，兵力分散，间隙大，要合围它，就得实行远距离的战役迂回，切断敌人退路。他因此要求部队进入敌人纵深后，要吃大苦、耐大劳，猛打猛追，不使敌人逃脱，力求全歼。

吴忠还决定，战役发起后，将五十二师骑兵侦察连配属给骑兵支队。这个连200多人，是从全师各侦察分队抽调的老侦察兵和战斗骨干组建的，战马300多匹，武器装备也是从全师选调的，全是自动、半自动武器，还有六〇炮、掷弹筒，可谓兵强马壮，装备精良，是全师的一支快速突击力量。

孙巩和田惠普二人受领任务后于10月1日兼程返回玉树。

10月初，各参战部队完成战役展开：北起青海玉树，经西康境内的邓柯、德格、巴安，南至云南德钦，沿金沙江约700多公里的宽大正面，对昌都地区藏军形成了马蹄形的包围圈。直接参战兵力为6个团加3个营和各种勤务保障分队，共约2万人，各种火炮57门。

此外，根据西南局、西南军区关于"多路向心用兵"和"由西北方面加派骑兵入藏"的建议，新疆军区独立骑兵师先遣连已于8月底翻越昆仑、喀喇昆仑两大山脉，进入西藏阿里改则地区，从藏军的大后方策应昌都正面作战。

在战役发起前夜，吴忠召开了最后一次作战会议，全面检查了各项准备工作。一些指挥员担心：战役发起后，藏军很快判明企图，在迂回部队到达指定位置前，迅速收缩撤退，使部队无法达成合围。吴忠说："昌都地区藏军总兵力不过七八千人，在数百公里的宽大正面组织防御，间隙很大，而且迂回部队渡江后有很长一段是在没有藏军的青海境内开进，过去我师小部队曾多次往返邓柯至青海玉树之间，藏军已习以为常，何况藏军通讯手段落后，即使发现我军异常行动，也不能迅速上报。因此，只要我迂回部队不畏艰苦，提高行军速度，是能够抢在藏军撤退之前，切断其主要退路的。"①

十、战役打响

1950 年 10 月 6 日，十八军发起昌都战役。

在昌都，解放军发起进攻的情报也不断传到了总管府。情报有些混乱，所以看起来更像是传言。有的说解放军正从岗托渡过金沙江，有的说已经过了金沙江，有的说正准备渡江。

也许是解放军已经发起进攻的消息已传到了拉萨，所以拉鲁离开昌都不久，噶厦又突然改变了主意，通过无线电台指令他暂不回拉萨，在洛隆宗建立作战指挥部。并告诉他，仲札代本团及部分僧兵已离开拉萨向康区进发，前来接受他的指挥。

一周后，消息得到了确认，解放军的确已经正式发起了进攻。

由于解放军各部队的任务不同和受渡江器材的限制，渡江时间不尽一致。

邓柯是北集团的主要渡口。邓柯对岸没有藏军防守，参战部队都在白天乘船渡江。

担任战役迂回任务的右路部队由师副政委阴法唐、参谋长李明统一指挥，随一五四团行动，首先渡江。右路部队中，师骑兵侦察连因要到青海巴塘与青海骑兵支队会合，因此在战役发起前的 10 月 4 日即提前渡江，6 日到达巴塘，纳入骑兵支队战斗序列。8 日，骑兵支队由巴塘南下。一五四团于 6 日渡江，紧随骑兵支队南下。

---

① 吴忠：《建立进军基地》，亲历者手稿。

担任战役主攻任务的中路部队，由师长吴忠和副师长陈子植、政治部主任周家鼎率领，师指挥所随一五六团行动，按一五五团、一五六团、军炮兵营、师直顺序，于10月7日开始渡江。这段江面虽然宽不足百米，但水深流急，很难横渡。加之渡船不足，这些部队又都是在临战前才到达邓柯的，缺乏必要训练，装备又较笨重，因而渡江不如右路部队顺利，渡江过程中有8名战士牺牲，淹死骡马14匹，还有10多件武器和一些物资被冲走，直至11日才全部渡完。渡江后，一五五团在右，一五六团和军炮兵营在左，成斜梯形向昌都攻击前进。

担任正面钳制任务的左路部队，由军侦察营营长苏桐卿和军直政处主任王达选指挥，于10月7日首战岗托。岗托是金沙江西岸一个约有二三十户人家的村落，村中有一幢墙壁很厚的三层土质楼房；村北紧贴江边有一座高约三四十米的孤立石山。岗托村位于金沙江的一个弯曲部，突出部伸向左路部队，那座孤立石山恰在突出部的前沿。对面是色曲与金沙江的汇合处，色曲左侧的大道，是左路部队向前机动的主要通道，全在石山的瞰制之下。藏军十代本以约两个甲本的兵力，主要依托小石山和那幢三层楼房组织防御。苏桐卿和王达选经过侦察，决定采取正面牵制与侧翼偷渡迂回相结合的战法向藏军发起进攻。

7日拂晓，侦察营三连在岗托上游约10公里外偷渡过江，但在向岗托侧面迂回时迷失方向，未能发挥作用。担任岗托正面进攻任务的侦察营一连，因渡江器材不足，在天亮前仅有1个排乘牛皮船偷渡成功，但一过江即被藏军发现，后续渡江分队遭到猛烈射击，一只牛皮船中弹翻沉，船上15人全部落水牺牲，已上岸的1个排也遭藏军火力压制。苏桐卿重新组织火力，集中压制小石山和楼房的藏军，渡过江的官兵乘势猛攻。藏军不支，向村后的大山溃逃，占据山腰，继续以冷枪向一连射击，直至当天下午才逃走[①]。

10月11日，吴忠率领的中路部队右翼一五五团前卫三营八连，在两名藏族向导的带领下，巧妙地绕到藏军前哨据点夏来松多的背后，一举全歼守军约1个定本。12日，中路部队左翼一五六团逼近藏军要点郭堆，藏军准备坚守，生达藏军也开始向郭堆增援。但两股藏军一触即溃，掉头南逃。13日上午，一五五团三营攻至生达，已无藏军踪影。

---

① 陈子植：《进军昌都》，亲历者手稿。

由于受地形所限，中路部队难以实施迂回包围。加之藏军并不死守硬拼，形势对其不利则立即撤退，而且都是以马代步，十八军部队则是徒步负重行军，体力又不如藏军，因而很难将其抓住。所以，郭堆、生达两战都未能全歼守军。藏军在这两次战斗中虽然无大损失，但因他们长久不曾打仗，这两战对他们的打击还是不小。

吴忠唯恐藏军如不停地南逃很有可能促使昌都守军提前撤退，使战役计划落空。所以，在13日傍晚，他用报话机要通了一五六团团长王立峰，当听说部队正在架设帐篷准备宿营时，他便以严厉的语气命令王立峰：从现在起，你们必须昼夜兼程，追上南逃藏军！他并要王立峰把这一命令转告带领先头营，也拟在生达宿营的一五五团参谋长萧猛。

这两个团从川西乘汽车直接来到青藏高原，没有经过适应性训练便立即投入长途行军作战。部队官兵除所带武器弹药外，还要携带笨重的御寒装备、十几天的口粮和燃料。高原反应折磨着每个人，长途急行军使大家疲惫不堪，但他们接令后，马上拔营集合，连夜追击。此后直至战役结束，全师部队都不分白天黑夜，尾随逃跑的藏军，穷追不舍。每天只能在开饭前后做短暂休息，一些人边跑边打瞌睡，只要部队一停下来，哪怕只有三五分钟，倒头便能睡着。许多人在10多天里连鞋子都没脱过，一天蹚几条河，鞋子一直湿漉漉的，战役结束后，鞋子竟脱不下来了，两只脚又肿又胀，像被水泡过的面团。

为了提高追击速度，能提前发现和抓住逃跑的藏军，王立峰用在郭堆战斗中缴获的藏军马匹组织了一支10人的骑兵侦察分队，由1名侦察参谋带领，作为全团的先锋。16日下午，侦察分队终于在都兰多以北的小乌拉山追上了南逃的藏军三代本主力。但他们完成任务心切，骑马只顾追赶，失之大意，遭藏军伏击，7人牺牲，幸存的3人面对数百藏军临危不惧，一直坚持到团主力赶到。

王立峰看到藏军正在小乌拉山口的正斜面休息，藏军也看到一五六团主力到达，仍在山上不动，没有逃走的迹象。此时天色已近黄昏，看来藏军将在山上过夜。

经侦察，小乌拉正面山势险恶，侧翼难以迂回，藏军居高临下，一五六团如正面强攻，将有重大伤亡，藏军大约正是因此才有恃无恐。为减少伤亡，吴忠命令炮兵营火速跟上，准备次日一早与一五六团炮兵连共同支援步兵攻歼正面藏军。

当夜藏军果然留在山上，即使次日天已大亮，仍无去意。当指挥员命令炮兵用夹叉法进行试射时，弹着点忽远忽近，藏军不知其中原因，以为解放军的炮根本打不准，他们像小孩子看热闹似的高声喊叫，手舞足蹈，有的还吹起号角。试射完毕，转入效力射，一声令下，成群的炮弹在藏军中开了花，几顶帐篷被炸得飞起来。藏军这才知道了解放军炮火的厉害，乱作一团，慌忙上马，向昌都方向逃去。

小乌拉距昌都还有 100 多公里，根据三代本继续向南逃窜的情况，吴忠判断藏军主力仍在昌都！于是他命令中路部队继续衔尾疾追外，又指示右路的一五四团和骑兵支队加速向类乌齐、恩达前进，尽快切断藏军西逃退路。

十一、大迂回

10 月 8 日，骑兵支队与一五四团会合。在各路进攻部队中，他们的行程可谓一次远征，而且沿途地形复杂，气候变化无常。前四五天，部队穿越青海境内的巴塘大草原，这一带地势起伏不大，水草丰茂，没有敌情顾虑，给养也有保证，部队不太疲劳。而接近囊谦以北，部队要翻越东西走向的唐古拉山东段一座海拔 5100 多米的高山。山上气候恶劣，空气稀薄，人马呼吸维艰。骑兵支队在通过这里时，突遇暴风雪，天色一片昏暗，几步之外什么也看不见。山口南侧有十几公里是悬崖峭壁，稍有不慎就会滑下无底深渊。部队以战斗小组为单位，互相保护缓缓前进，总算安全通过了这一险要地段，渡过扎曲河后，于 12 日到达囊谦。支队在此补充粮食后，向类乌齐方向挺进。14 日夜进入青藏交界地时，骑兵支队的电台与十八军前指建立了联络，张国华军长命骑兵支队不等后续部队到达，昼夜兼程南进，尽快攻占类乌齐。

部队在 10 月进入金沙江以西的高寒山区作战，主要困难是高山峻岭，空气稀薄，人马行进困难，一切补给全靠自带，步兵负荷都在 70 斤以上，骑兵驮载的粮食装备超过 120 斤，战马变成驮马，大部分行军时间只有徒步行进。

10 月 15 日，骑兵支队翻越青康边界海拔 5400 米的磨格日峰永曼山口。山上许多地段积雪 1 米多深，官兵们顶着风雪，手脚并用，才扒出一条通道，在夜雾弥漫中通过 30 多里长的高山深涧。次日拂晓，骑兵支队接近藏军的前哨据点则美。这里有七代本约 1 个甲本的兵力驻守。藏军做梦也没有想到解放军的大队人马会通过永戛山口那样的天险，神兵天降到他们面前。骑兵支队以两个连的兵力在浓雾中发起突袭，仅 10 分钟就将睡梦中的藏军全部歼灭。骑兵支队初战得胜，乘势突进，于 17 日中午进抵藏军据守的要地类乌齐。

类乌齐地处紫曲河谷北侧，藏语之意为"大山"，北面山高且险，南面是林木茂密的山峦，紫曲河由西而东从城南流过。虽然它是康北的一座县城，但这座"城"的主要建筑只有一座藏传佛教噶举派的喇嘛寺，以及围绕寺庙而居的几十户藏民，其中大多是为寺庙服役的"差巴户"。

藏军七代本主力就驻守在这里。

藏军发现骑兵支队后，迅速在城南城北高地和城区的一些房屋间展开防御。骑兵支队决定以骑兵三连攻占城北高地；以配属该支队的五十二师骑兵侦察连攻占城南高地，并夺取紫曲桥，切断七代本南逃之路；以骑兵一、二连在支队重火器支援下向城区进攻，歼灭守军主力。

战斗发起后，部队遭到藏军顽强抵抗。进攻城北高地的骑兵三连从正面强攻，一度受挫，不得不调整兵力，改变战法。进攻城南高地的师骑兵侦察连采用以少量兵力正面牵制，而以主要兵力利用密林和有利地形迂回敌后的战法，分别向扼守城南高地和紫曲桥的藏军发起猛烈攻击。由于组织指挥得当，两处顺利攻克，藏军约 1 个甲本大部被歼，该连无一伤亡。在支队重火器的支援下，骑兵一、二连迅速突破了藏军在城区的防御。藏军纷纷溃逃进深山密林，七代本普隆·札巴次丹仅带几十个残兵向洛隆方向逃去。此次战斗，部队缴获大批弹药和军用物资。

攻克类乌齐只是打开了进军昌都的西大门，北集团右翼纵队的战役迂回任务尚未完成。支队决心除由参谋长郭守荣留守类乌齐、组织无马的战士搜山清剿外，其余部队放弃休整集中力量于当日黄昏出发，奔袭恩达。

进入西藏地区后，骑兵支队已马不停蹄地连续疾进 7 个昼夜，每日前进 120 里到 150 里，途中经过 4 次战斗，沿途马匹死亡和倒卧不能行走的近 350 匹。战士们失去战马，就徒步挺进，一夜前进 120 里。在堵击过程中，骑兵缺粮短料，连队只剩下少量的牛肉干和盐巴，不少连队向支队表示：即使战马全都垮了，就是嚼冰咽雪，也要将敌人截住。18 日拂晓，他们在饥寒交迫的境况下，骑兵支队以骑三连袭击恩达，第七代本残部 70 余人闻风而逃。至此，在主力部队合攻昌都的前一日，骑兵支队彻底封闭了藏军西逃唯一退路，他们决心依托恩达，在扎曲河铁索桥两岸构筑阵地，组织防御，准备阻击敌人，等待右纵队主力到达[①]。

十二、老红军之死

紧随骑兵支队开进的一五四团，过囊谦后即与骑兵支队分道，在该支队的左侧攻击前进。14 日黄昏，一五四团在囊谦寺以北的一座山上遭到大风冰雹的袭击，老天继而下起鹅毛大雪，一片混沌，不辨东西，部队被迫于山上宿营。

此夜，一位老红军战士因心力衰竭，长眠于风雪高原，他的名字叫周大兴。

那是 1950 年春季，担负进藏先遣部队的一五四团抵达邓柯的第二天，一个三十岁左右、身着藏装的青年人，来到政委杨军的帐篷前，怀着羞愧而又兴奋的神情问道："我可以进来吗，首长？"

"老乡，请进来。"

"首长，我们的队伍刚到这里，人地生疏，困难一定很多，只要我能办到的事，请随时派我去办，我的名字叫周大兴。"

"老乡，听你的口音像是四川北部的人，你怎么到这里来的？又怎么穿起藏装来了？"

"这是过去很久的事了，就不用谈它吧。首长请你相信，我决不是坏人。如果能帮我们队伍做一点事，我会很高兴。"

杨军不好继续问他的身世和经历，猜想这位热情的青年人一定曾在共产党的部队工作过，莫不是被敌人俘虏过，流落到这里来的？杨军感谢他帮助部队的好意，并请他以后抽空砍些烧柴来。

---

① 孙巩：《昌都战役中的骑兵支队》，亲历者手稿。

从此，周大兴每天两次或三次把大捆木柴背到部队驻地。

他工作得非常起劲，常常见到他的藏族妻子把饭送到部队驻地等他歇口气时吃。部队付给他柴钱时，开始他推说以后打总给他，当司务人员把钱往他荷包里塞的时候，他几乎恼怒起来："我是为了钱才给我们队伍砍柴的吗？"他像受了很大侮辱似的，把钱摔在地上，头也不回就往家里走去。

一连两天，周大兴没给部队砍柴。

周大兴奇怪的表现，引起了杨军要详细了解他的兴趣。当他到周大兴家里的时候，只有他妻子在家，屋里空荡荡的，很是贫苦。周大兴的妻子叫益西泽玛，杨军从她口中得知，周大兴没有地，平常就依靠砍柴卖的一点钱，买些糌粑，挖些人参果，维持全家生活。

"他这样穷，你为什么要嫁给他呢？"杨军好奇地问。

"他是一个好人，他是一个红军！"益西泽玛回答得那么自然，口气中很是骄傲。

"啊？他是一个红军？！他现在在哪儿？我想跟他谈谈。"杨军吃了一惊。

经过益西泽玛的指引，杨军一口气跑到周大兴砍柴的地方，他正在使劲砍柴，没有发现杨军已走近他的身边。

"红军同志，还在生我们的气吗？"

周大兴突然听到这样称呼他，显得十分惊讶。一下子他的眼泪流了满脸，但又掩不住内心的喜悦，咧嘴笑起来。

"是我老婆告诉你的吗？我再三跟她说先别忙告诉你们……唉，讨厌的病，使我离开我们队伍15年了。我总算活着又亲眼看到了革命的胜利，但是我做了些什么呢？什么也没有做。"

周大兴因为愧疚而显得异常痛苦。

"要是你感到过去做的工作不多，今后，有你做不完的工作！"杨军安慰他。

经过同周大兴的交谈，杨军得知他是四川巴中人，1933年，11岁的他参加了红四方面军，成了一名"红小鬼"。红军到甘孜后，他得了重病，不能随队北上，含着眼泪送走了自己的队伍，留在这里。他牢记着红军首长临别时对他说的话，"想尽办法活下去，等着我们，我们一定会回来！"他靠给别人放牛羊生活下来。25岁那年，特务怀疑他是共产党的坐探，把他关进监牢，苦打硬逼，什么也没有问出来。他被释放后，主人不敢再用他，但在这家当用人的藏族姑娘益西泽玛却爱上了他，同他一道搬到了邓柯。

周大兴很快跟部队官兵熟悉起来了，大家都喜欢同他接近，要他讲红军的故事，向他学习藏语，介绍藏族人民的风俗习惯，他此后也变得特别活跃，像个十七八岁的小伙子。

6月中旬，传来藏军准备袭扰邓柯的消息，部队决定派侦察排去侦察情况。杨军和郄晋武正在研究侦察排出发的路线和任务，这时侦察参谋包荣领着周大兴进来了。他今天特别高兴，见到杨军和郄晋武，满脸笑容，调皮地眨眨眼，还用右肘碰了一下包荣，然后挺胸立正大声说："首长，我还有一段历史忘了交代。我在红四方面军供给部工作的时候，有一次被敌人围在一条山沟里，找不到突围的道路。我向首长请求去侦察敌情和地势，我装成走亲戚的小孩儿，跑到敌人驻地周围转了几圈，啥都看清楚了，正准备往回走的时候被敌人捉住。他们吓唬我，打我，还拿把大刀在我眼前晃来晃去，想逼我承认是红军的探子。我一口咬定是走亲戚的，我被打得昏过去了。等我醒来时，已被关在一间破房子里，我伸一伸胳臂和腿，感到自己还可以爬行，便悄悄瞅瞅门外，天已黑，没有人，就忍着痛，支起身子逃走了。回到部队，向首长详细汇报了情况，很快给我治了伤，我根据侦察的道路，领着队伍悄悄脱离了敌人的包围。"

杨军和郄晋武都懂得周大兴叙述这段历史的用意，相视会心一笑。郄晋武马上板起脸故意说："我们又不需要审查你的历史，你谈这些有什么用？"

"不，我不想你们了解我的历史，我只想说明我干过侦察工作，能完成侦察任务。我晓得团长正为找不到一个合适的向导而发愁，而我是再合适不过的人选，请准许我去吧！"

"准你到哪里去？"郄晋武看他着急的样子，忍不住笑了起来。

"是这样，周大兴同我们一道去侦察情况，他说他懂藏话，道路也熟，能帮助我们完成任务。"包荣参谋也挺着急，显然也希望周大兴同侦察排一道前往。

郄晋武同杨军研究以后，同意了周大兴的要求。

侦察排出发的时候，周大兴依然穿着藏装走在队伍前面。他腰上挂一支匣子枪,肩上还扛着一支步枪,从他英武的步伐上,流露出他重回队伍后的光荣和自豪。

6月26日,侦察排在一个茂密的森林里,同一股藏军打上了。周大兴首先向藏军冲去,藏军误认为他是自己人,没有在意,等到冲锋枪和步枪一齐尖叫起来,藏军才慌乱地逃窜。周大兴缴获了一支藏军步枪。逃散的藏军在山上吆喝叫嚣,见侦察排人少,又成群结队地反扑过来。在敌众我寡的形势下,周大兴向包荣建议,由包荣率领侦察排,带领缴获的物资枪械向邓柯撤退,他在后面掩护。包荣和侦察排的战士都不同意,一定要他先走,另外派人掩护。周大兴着急地说:"现在不是争论的时候,我懂藏话,又比你们熟悉地形,我留下掩护大家,要有利得多。"他话音未落就朝藏军追来的方向冲了过去。

周大兴藏在一块大石底下,看见一名藏军骑马过来,一枪就把那家伙撂下马来,堵击一阵,再向后跑一段,找好隐蔽地方,再打几枪,又向后撤。藏军被这个穿着藏装向他们射击的人弄得恼怒起来,从四面八方围过来,一心要逮活的。

周大兴边打边退,退到一条树木掩映的激流边,藏军吆喝着向他逼近。他摸摸身上,只有3发子弹了,就朝着最靠近的藏军砰砰两枪,然后跳进了激流,漂到江边的树丛里,隐藏起来。当天夜里,他用裤子扎成浮水套圈游过江来。

周大兴的英雄行为,很快在部队传开了,大家更加尊敬他。但是周大兴突然忧郁起来,这是在部队马上要向昌都进军时发现的。

杨军和郄晋武知道他的心思——他想重新入伍,成为一名解放军战士。

在3个多月时间里,周大兴实际上做了一个解放军战士应做的工作。他经常到连队试着穿戴战士们的衣服和帽子,望着"八一"帽徽发呆,战士们也希望他回到队伍里来。他表示,只要能准他重回队伍,就是比红军长征时苦一百倍,他也愿意。

杨军和郄晋武商议后,决定把周大兴想回部队的愿望报告师部,吴忠同意了。

离开邓柯的前一天,杨军把师部准许他回队的决定告诉了周大兴,他高兴得掉下泪来。他紧紧握着杨军的手,激动得半天说不出一句话。

"你跟着队伍出发,你爱人愿意吗?"杨军问他。

"我想她会愿意的，但我决定暂时不把我回部队的事告诉她。"

"那可不成啊，她是很爱你的！"

"好吧，明天走的时候再告诉她。"

周大兴在进军昌都途中，担任了向导、翻译、侦察员、民联工作员等数种工作。他有时化装成藏民走在队伍的最前面，了解道路和敌情，有时走在全队后面，搜集群众对解放军的反应。到了宿营地，他既要给干部当翻译，进行统战工作和了解情况，又要帮各单位买柴买草——他成了大家非常喜爱和不可缺少的人。他起得最早，睡得最晚，行军时，总背着自己的全部行李，还帮助年纪小、身体弱的战士。没有人注意到，他已慢慢消瘦下来，但在官兵面前，他总是一副精神饱满的样子。

团里为了照顾他，决定给他一匹乘马，周大兴没有要，把马放在收容队，给掉队的病号骑。

部队过囊谦寺的第二天，杨军发现他背着沉重的行李和粮袋，艰难地走在队伍的后面，脸色铁青，显然是硬撑着。杨军硬将他的行李夺过来放在马上，对他说："你不应该这样不爱护身体。"

"这比红军时代好多了，那时的困难比今天不知要大多少倍！"他像是有意鼓励其他战士战胜困难似的，脸上显露出无限的乐观和自信："我的身体挺结实，这几天得了点小病，过两天就好了。"

部队要向类乌齐兼程疾进的时候，团里让周大兴和其他有病的官兵在后面慢慢跟进。

在骑兵支队攻占类乌齐的同日，一五四团也夺取了类乌齐以北藏军另一前哨据点加桑卡。这是昂曲右岸的一个村落，河上有一座铁索桥，是由青海入康的一个重要通道。藏军有两个甲本在此防守，桥的两端都筑有工事，桥上还用巨石设置了障碍。

执行这一战斗任务的是一五四团前卫二营，按行程计算，原计划17日拂晓发起战斗。由于团指与各营之间通信联络不畅，加之道路难行，致使前卫二营迟至午后才陆续到达进攻出发阵地，失去了战斗的突然性；担任火力支援任务的团炮连掉队更远；而担任向河岸藏军侧后迂回任务的五连，到达河边才发现原了解可以徒涉的渡口因水深流急不能徒涉，附近又无可利用的就便渡河器材。双方隔河交火达数小时，直到18时许，二营各种火器展开，才有效地压制了藏军火力，担任主攻的四连发起冲击。很快，藏军不支，向西南方溃逃，因一五四团未能断其退路，待进攻部队将桥上的障碍排除，藏军已逃得无影无踪。甲桑卡距恩达还有百余公里，为了能在师要求的时间内赶抵恩达，一五四团不得不进一步提高行军强度。

就在这时，周大兴却赶上来了。他已3天没吃饭了，面部黄肿得让人害怕，他刚把行李放下就气喘吁吁地对杨军说："政委，前面路不好走，让我给部队带路吧！"

他的精神让杨军非常感动。但杨军发现他已病得很重，赶紧找医生诊视，才知道他得的是严重的心脏病——如果再不休息，会有生命危险。临出发的时候，杨军一再嘱咐医生和几个留在后面看守病员的战士，对周大兴要特别照顾，想尽一切办法把他的病医好。

部队在向恩达前进的途中，不幸的消息还是传来了。在后面收容病员的战士前来告诉杨军，由于气候恶劣和医疗条件不好，周大兴在加桑卡牺牲了。临死前，他请求把一封信转给他妻子。杨军沉痛地念着她写的信[①]：

亲爱的益西泽玛：

我永远不能再见到你了！我能够重新回到自己的队伍，做一点我能做的事，我的志愿就算达到了！我没有辜负红军首长对我的指示和你对我坚贞的感情。

泽玛，不要为我难过，永远跟着共产党，做你应该做的事吧！

周大兴

1950年10月13日

十三、对意志和军纪的考验

骑兵支队攻占类乌齐后，连夜向南疾驰。此时，支队所配马匹因多数来自内地，不适应高原地形气候，经连续长途跋涉，大批战马累死、累倒，更多的骑兵变成了步兵。而配属骑兵支队的师骑兵侦察连，因进入高原较早，所配马匹都是在甘孜地区就地采购的高原马，加之

---

① 杨军:《周大兴》。

建立了严格的管理制度，因而全连马匹始终保持了完好的战斗状态。从类乌齐出发后，这个连便成为骑兵支队的先头连。该连配有报话机，同骑兵支队和师指挥所都保持直接通讯联络。师指挥所不断把整个战区情况向该连通报，要求该连不要怕远离本队，向指定战区疾进。

10月18日凌晨，骑兵侦察连进抵恩达，这里驻有藏军1个甲本。战士们趁夜暗隐蔽进村，捉了藏军哨兵，摸进营房，将正在酣睡的19名藏兵全部活捉。接着骑兵侦察连又秘密占领了恩达后山制高点，向横跨紫曲河的恩达桥发起攻击，歼藏军1个定本。战斗结束后，该连就地构筑工事，准备阻击大股藏军，等待支队主力到达。

接到骑兵侦察连攻占恩达的报告，吴忠判断昌都城内的藏军仍未西撤。

恩达按藏语直译为"五个方向"，意即四通八达之地。从昌都到拉萨的北、中两条道路都由此经过，只要控制了恩达，就基本达成了战役合围任务。吴忠和陈子植、周家鼎都长舒了一口气，随即命令骑兵支队主力到达恩达后，转向东进，配合师主力兜击昌都；同时命令一五四团除留1个营控制类乌齐外，团主力速向恩达开进。该团一营马不停蹄，连续急行军34个小时，也在预定时间内赶到了恩达。

担负正面钳制任务的左路部队，10月7日于岗托强渡金沙江后，即按计划沿大路向昌都推进。驻守同普、江达等地的藏军望风西撤，未与左路部队接触。10月16日拂晓前，在觉雍以西约20公里处，侦察营发现西撤的十代本主力集结在前方一块长约五六百米、宽仅二三百米的平坝上宿营，正在准备晨炊。

侦察营令一个排立即迂回其后，另两个连在各种炮火的支援下，从正面发起猛攻。毫无戒备的藏军被打得蒙头转向，没有组织地抵抗一阵，便仓皇西逃。由于前方两侧地形复杂，迂回分队未能按时到达指定位置，致使藏军大部逃脱，此战仅毙俘100余人。

觉雍战斗使昌都藏军受到极大震动。

战斗当天，昌都总管府恰巧向第三、第十代本派出两名驿使。他们在途中遇到溃败下来的藏军，便飞马跑回昌都报告了发生的情况。由于缺乏现代通讯联络手段，总管府官员对战场情况缺乏了解，得报后才深感问题的严重性。

就在右路迂回部队攻占类乌齐，袭击恩达，切断藏军退路，继而转兵东进之时，中路侧击昌都的师主力，却正处于艰难境地。

最大的困难是多数单位已经断粮。10月16日，一五五团三营官兵饿着肚子跑步抢占扎曲边的冬中日哇^①，有的累得边跑边吐血，有的跑着跑着，一头栽倒，昏迷过去。由于行军速度过快，保障给养的随军牦牛运输队已远远落在后面，而此时部队到昌都还有三四天的行程。

一五六团在小乌拉山战斗后，为了继续追击南逃藏军，不得不忍痛杀掉几匹骒马，又向藏胞买了几十筐园根，从团首长到战士，每人分得一点马肉、三四个园根暂解饥饿，连续追击60小时，一直追到昌都。没有分到马肉的掉队人员，就吃前边部队丢下的马皮，继续赶路。一个战士饥不择食，捡了藏胞扔掉的7个牛蹄子，用火烤烤，一顿吃掉，几乎把胃撑破。

饥饿对参战部队的意志特别是纪律观念进行着严峻考验。

一五五团三营机枪连3名战士奉命去买糌粑，转了半天空手而回，3人饿得眼冒金星，连马都骑不住了，可他们路上却意外地拾到一只装满了糌粑的牛皮口袋。3人守着那袋糌粑，觉得更加饥饿，但他们知道这肯定是哪个老乡不慎丢失的，就是再饿也不能吃。

他们在那里等待失主，好久才看到一个藏族老乡骑马飞奔而来。他走拢后看到那袋糌粑在3个解放军战士手中，不敢去要，转身要走。一个懂藏语的战士叫住了他，问他糌粑是不是他的。他点点头。"那就还给你"——直到战士把糌粑交到他的手上，他还不相信。他说他是个差巴，这袋上等糌粑是给头人送去的，不想路上糌粑口袋从马上掉下来，他没有发觉。到了头人府上，才发现少了一袋，头人认为他偷了一袋糌粑，把他斥骂了一顿。他找不回这袋糌粑就说不清楚，所以一副失魂落魄的样子。他看着手中失而复得的糌粑，不知该怎样表达他的感激之情，只是不断伸出拇指说："亚姆，亚姆^②！"

担任收容任务的一五五团一营副教导员张世华，在一个村边见到七八名不属同一连队的掉队战士正围着一个战士说着什么，走上前去，才知道他们在批评那个战士偷拔了老乡的园根。那个战士非常羞愧，但饿得眼睛发直，已没有力气辩解，也没有力气走路。张世华一看就

---

① 地名：即洞洞竹卡。

② 藏语，好的意思。

知道他已饿得不行了，没有批评他，而是找到那块地的主人，代表部队向老乡赔礼道歉，又拿出 5 块银圆买了一筐园根，分给那些战士吃。

这些事很小，但解放军军纪严明、秋毫无犯的消息很快传遍了昌都，藏胞由开始的惧怕、怀疑，转向欢迎、支持这支军队。

藏军从冬中日哇撤退时，把老百姓集合起来，一位甲本拔出腰刀，砍断树头，恫吓他们不准亲近"汉军"，不然，头会像这棵树一样被砍掉。但一五五团一到，当地头人就组织百姓用半天时间扎了 14 只木筏，又连续划了一天一夜，把部队送过扎曲。

昌都城外一名叫次成的头人带着四个人，骑马走了两天一夜，去迎接一五五团三营，然后拿着部队给他们的一捆西南军政委员会和西南军区联合颁发的《进军西藏各项政策的布告》，走在部队前面，沿路张贴宣传。三营到达昌都后，给养跟不上，面临断炊，次成头人又为部队送来了 5 头牦牛、20 只羊。左路解放军进抵马拉山时，也遇到 10 多名骑马从昌都远道赶来的头人和百姓代表，他们不但为部队带路，而且邀请部队到他们家住宿。

十四、仓皇撤退

十八军全线发起进攻之后相当长的一段时间里，昌都总管府得到的情报仍然是零星的，他们也就以为是零星的冲突。

10 月 11 日晚 11 时，福特用电报问候了自己远在英国的母亲。然后他来到走廊上，这时他看见藏军信使骑马而过，朝着总管府方向疾驰而去。

第二天早上 7 点钟，他的仆人扎西跑进他的卧室，告诉他，来自荣松的信使带来消息：汉人占领了岗托渡口。

福特让扎西出去继续打探消息，然后与拉萨进行了例行的联络，接着他就去见阿沛。

在前往总管府的路上，福特又看见穆恰代本派出的信使以极快的速度朝总管府疾驰而去。

他从阿沛那里证实了解放军已经发起进攻，并已占领岗托的消息。他还得知，阿沛到战争进行 5 天后才得知确切的消息。阿沛安慰福特，说在荣松的第十代本把解放军击退了，要撤退到下一个隘口阻击他们，在邓柯渡江的部队也遭到了穆恰代本的打击，遭到重大损失，行动受阻。而北方的边境还很安静，玉树虽有汉人的军队，但没有他们向南行动的报告。这使福特很高兴，在阿沛面前忍不住夸赞道："老穆恰，好样的！"

阿沛安排对电台进行昼夜保护，让福特停止所有商业通信，并安排福特每天与拉萨联络两次。

福特再次要求向类乌齐派出另一部电台，但阿沛认为昌都还需要一部备用电台，以备福特的电台发生故障时使用——这使福特很不高兴。阿沛安慰忧心忡忡的福特：我们会赢的，神灵在我们一边。[①]

福特显然对此表示怀疑。他从总管府出来后，直接去找负责运输的官员塔钦尊追询问马匹的事，并准备为自己和给他工作的印度人各雇用一匹马。此时塔钦尊追告诉他，总管府虽已发布马匹征用令，但他还没有看到马匹在哪里。

接着，僧人举行了驱魔仪式，谢瓦拉活佛占卜说，汉人不会来。虽然如此，福特还是做好了撤退的准备，把所有个人物品都打了包。他和拉鲁一直保持联络，他甚至希望拉鲁带着他的助手仁布希·楚嘎吾能够回到昌都来。他密切注意收听拉萨、北京和印度的广播，没有任何关于昌都战役的报道。过了几天，他听到德里广播电台报道战争的消息，但留在印度的西藏代表团予以了否认。

更多的法事活动在昌都举行，更多的军队和补给从拉萨运抵。

到现在为止，藏军仍未判明十八军企图，处于一种举棋不定、被动应付的局面。直到10月中旬，解放军即将猛攻昌都外围，昌都总管署的官员还在欢度一年一度的林卡节。

来自边界的消息十分混乱：说穆恰在邓柯阻止了解放军过江，类乌齐和荣松方面没有新情况；芒康嘎托来的报告说德格色已经投降。各地送呈总管署的公文函件依然是按规定的格式写得工工整整。很快，各地的告急文书接连飞来，字迹变得潦草，这就说明军情十分危急了。福特不相信德格色会投降，他自从来到昌都，就一直与德格色保持通信联系，他把德格色看作是最好的西藏领袖之一。

<hr>

① ［英］罗伯特·福特著，王小彬、温汝俊译：《在藏被俘记》，中国藏学研究中心，内部出版。

芒康嘎托离昌都有 7 天的路程，汉人不可能在很短时间内从这个方向过来。但是很明显，坚守昌都不可能更长。这时，又传来了喀当代本在荣松被击溃的消息——已没有什么力量可以阻止解放军向昌都进军了！

整个昌都惊慌一片——拉萨来的官员和富有的康巴人开始把财物送到寺院。人们各尽其能，从周围的村庄租赁马匹和牦牛。大部分官员发现自己的运力不能满足驮运自己的财富和老婆孩子的需要。很多人把老婆孩子送到了稍远的村庄。也有一些人去求巫婆——那位老妇人享有预知力极强的盛誉，她的门外排起了长队。人们已经不相信谢瓦拉所谓汉人不会到昌都来的预言。

巫婆说汉人要么在 4 天内到达，要么就根本不会来。但福特知道他们马上就会来，于是他又去找塔钦尊追询问驮畜的事。

人们又得到了解放军从青海进攻的消息。福特对拉萨至今没有任何关于战争已经爆发的消息感到愤怒，而官员们认为这是因为消息传送需要时间。福特说：“用电台不需要时间。拉萨星期四上午 8 点就收到消息，9 点之前就可以传到伦敦、华盛顿和世界其他国家的首都。现在已是星期一，依然没有表态。”[①] 其实，拉萨当局的确是在 10 月 12 日早晨——即星期四就得到了人民解放军发动昌都战役的消息，但他们为了避免西藏境内的恐慌和动乱，做出了一个掩耳盗铃的决定，在所有无线电广播中都不提及这一场已经开始的战争。

从战场逃回来的藏军官兵不断带回战败、伤亡和解放军不断进攻的消息。昌都人心惶惶，官员们恳请阿沛与拉萨方面联系，将作战指挥部迁往地势险要、易守难攻的洛隆宗。不然一旦康区的官员被俘，噶厦政府想要派遣军队进行反击就很困难。阿沛明白，如果真的那样了，噶厦政府哪里还有反击的力量呢？

在战争爆发后，阿沛已向拉萨方面用密电码发去了三封急电，但没有收到一句答复。他的侍卫官错果于 10 月 15 日通过无线电台询问噶厦的侍卫官都然娃。错果对都然娃说：我们深知自己处境困难，因而对我们来说一分一秒都是至关重要的。如果您不给我们一个答复，

---

① ［英］罗伯特·福特著，王小彬、温汝俊译：《在藏被俘记》，中国藏学研究中心，内部出版。

我们将无所适从。但都然娃的答复是：此刻正是噶厦官员们举行郊宴的时候，他们全都参加郊宴去了。你们发来的密码电报正在加以翻译解读，了解电报内容之后我们就给你们复电。错果听后，十分恼怒，对都然娃说：让他们的郊宴见鬼去吧！我们受阻于此，西藏受到外来威胁，我们的命运每时每刻都可能发生改变，但你还在那里胡扯什么郊宴[①]。

噶厦的官员们的确参加郊宴去了。没有得到噶厦的答复，阿沛就只能守在昌都，等待拉萨的指示。

10月16日傍晚，类乌齐的信使到了昌都，说解放军正在向那里接近。阿沛再向拉萨发电，请求拉萨当局准许其缴械投降或率部撤退。第二天，拉萨的回电来了，同意他撤出昌都。

当天下午，阿沛召见福特，告诉他在昌都任职的拉萨官员和部队将向拉萨撤退。福特向阿沛说要3匹马驮运电台和其他设备。阿沛让他必须毁掉那些东西，因为没有足够的运力，一头备用牦牛都没有。至于家属孩子，他不能把任何政府的运力用于官员家属，所有征用的牲畜将全部用于军队。福特很失望，他问道：他们的老婆怎么办？阿沛说，他们必须自己安排，大多数人只是临时老婆，士兵们并不想带她们回家。

10月17日晚，阿沛召集总管府的全体官员共同商讨对策。阿沛明确告诉他们昌都外围各防区已无力阻挡解放军的前进，目前只有停止武力对抗，与解放军商谈和平解决。但是，绝大多数官员都主张弃城逃回拉萨。

撤退的前夜，福特几乎没有睡，他要随时与拉萨联络。通讯量很大，电报一个接着一个，直到深夜他还待在电台旁安排第二天凌晨的回叫。与此同时，他充好电池，接着检查了必须留下的电台设备——只有在确定不能得到运力后，他才会销毁这些设备。最后，他检查了个人物品，把其中一些放在最优先位置以便带走。

总管府的官员和藏兵要逃离的消息已传遍了昌都。他们的解释是，这不是逃跑，是为了继续战斗，还要求康巴兵必须和他们一起走。他们要求昌都本地的官员留下来组成游击队，截断解放军的补给。

[①] 引自梅·戈尔斯坦对玛恰·次旺俊美的采访记，见《喇嘛王国的覆灭》第716页。

阿沛显得很冷静。他唯一担心的是运输问题，因为被征集来的牦牛还不是很多。藏军的信使从各个方向赶来，恐惧的暗流已搅动整个城镇。等在女巫门口算卦的人排起了更长的队伍，大家认为女巫的预测是准确的。

　　福特再次发报直到深夜。最后一条发完后已经 11 点，接着他又要求拉萨安排从第二天早上 4 点起每小时联络一次，这令拉萨的收报员感到为难。福特上床睡觉时仍在躺着听收报机的铃声——感觉自己为了噶厦在尽职尽责尽忠，似乎也只有他自己在关心西藏的命运。

　　接着，他听到有匹马到了他的门外——丹乃进来告诉福特说总管想见他。

　　总管府院里点着汽灯。一些马拴在那里——像福特一样，很多人给马拴一条流苏来表明自己是五品及以下级别的拉萨官员。阿沛的管家把福特带到前厅，一些官员已经赶到，成群地站在那里。

　　福特问塔钦尊追："我们什么时候出发？"

　　"我想早晨吧。"

　　"运力怎么样了？"

　　"我不知道。"塔钦尊追神情呆滞。

　　阿沛将福特叫进他的秘室。

　　"我们将在早上离开，你只能带一部电台，其他都不能带，你需要几匹驮畜？"

　　福特重复了自己的要求。当他提及印度人需要马时，阿沛皱起了眉头。

　　"你会得到运送电台所需的马，至于那些印度人，我不能保证。"

　　"但他们必须有，阁下。"一个普通的噶厦五品官员是不敢这样和阿沛噶伦说话的。

　　"士兵更重要！"阿沛告诉他。

　　"两个印度人都会射击"，福特说，"没有马匹，他们只能被留下，如果我出事，只有他们才能操作电台！"

　　"那好吧，我将尽力而为。"阿沛给做记录的秘书点了点头。"但是我们不可能给每个人以足够的牲口，村庄里不会有牲口来了，事情越来越糟。"

　　阿沛显然已对福特失去了耐心。

"我们什么时候离开？"福特问道。

"尽早走，在电台等着，驮畜一到就出发。"

福特返回前厅，看到人们脸上满是恐惧。军队的信使不断进来，带来的都是不好的消息。因为这些消息靠信使传递，都是迟到了的：比如东面解放军离这儿只有一天的路程；而在北面，他们正向类乌齐挺进；大部队已成功地在邓柯附近渡过了金沙江；穆恰的部队正往昌都败退……

福特骑马返回电台，把食品装满了马鞍袋，充好了电池，把所有备用设备堆起来以便毁掉。他烧掉了所有公务记录和文件，包括他的私人信件和日记。他在3点上床睡觉，4点钟开始与拉萨联络，其中发往拉萨的一封电报是阿沛要求向汉人投降的请示，但这一要求被拒绝了——福特后来供述说他当时并不知道。此后虽然再没有任何电报要收发，但他每隔一小时还是跟拉萨联络一次。

18日拂晓，阿沛率一部分官员、随从和2000多名守城部队人员向恩达撤退——他们不知道，恩达已被解放军攻占。

7点半钟，扎西和洛桑冲进电台，惊慌地喊叫道："阿沛夏拜已经走了，所有人都走了！"

福特让扎西把印度人叫到电台来会合，然后把发报机上用的矿石晶体取下来，和丹乃骑马去了总管府。

镇上已经一片惊慌，人们四处逃离，背着拽着他们的行李。僧侣们一边赶紧向寺院奔去，一边不停地祈祷。大街上的货摊已被遗弃。一小队康巴兵跑过去，愤怒地叫喊着，看上去一副凶神恶煞的样子。

在福特和丹乃到达云南桥之前，昌都的百姓就开始撤离了——他们带着家什向山上的寺院爬去，不时传来步枪的声音，通向拉萨的路上，都是北去的人们的背影。

福特骑马快速从坝子穿过，直奔总管府。大门口已没有了门卫，没有了仆人扶他下马，也没有管家出来迎接他。他直接跑上楼去，但那儿已人去楼空。他惊慌地喊了几声，无人回应，又跑下楼来，碰到了一个军士和两个士兵。

"你们长官在哪儿？"福特问道。

"他们带着部队走了，我们留下来销毁武器弹药。"

"还有别的人留下来吗？"

"不知道，可能全都走了。"

福特在丹乃的陪同下，骑马穿过坝子往回赶。福特恐惧地看了看东边的山上，担心解放军会突然出现在那里。他确定，共产党离昌都很近了。快到云南桥时，福特听到镇上传来不断的枪声，一些噼啪声听起来像是机关枪的声音。他以为解放军已经到达，不顾一切地冲到丹乃前面，抽打着马加快速度朝电台跑去。

这时，他看见恰日巴手下的一个如本骑着马从镇上朝云南桥的方向跑来，并打着手势向福特示意不要过去。福特以为解放军已经攻入昌都，非常害怕，如本跑到跟前才知道他是留下炸军械库的。康巴兵因为没有马匹，被总管府留下，他们觉得被出卖了，要杀掉所有拉萨的官员，那位如本差点被他们杀了。

康巴兵正在到处抢劫。

福特本打算自己去电台叫上印度人一起逃命，但他最后派出了仆人丹乃。他吩咐丹乃叫邓宇和汪达把能销毁的设备都毁掉，然后把他那两匹马带来，回来时沿着寺院后面走，绕到昂曲河上游的下一座桥那儿会合。

丹乃不敢从镇子里过，只敢沿着河边走。福特感到了从未有过的恐惧。

正在这时，康巴兵从镇子里冲了出来，一边奔跑一边叫喊，一边朝空中胡乱放枪，吓得福特和如本赶快朝拉萨的方向逃命。

康巴兵的目标是洗劫总管府——福特和如本很快就听到了总管府院内的爆炸声——他们把存在那儿的武器弹药炸掉了。

远离危险后，福特勒住马，从如本那里得知：总管阿沛天亮前就带着管家、秘书和家仆离开了。镇上住的拉萨官员也随后离开，同时部队开始撤退。只有少数士兵有马骑，大部分只能徒步，几乎没有牲口去驮武器弹药。康巴兵都被留在了昌都。总管之所以突然离开，是因为一个信差报告说汉人马上就要到类乌齐了。

福特推断，按信差在路上要走的时间，类乌齐必定已经陷落。他们要回到拉萨，只能突围。

福特到了他安排的等待丹乃和印度人的地点后停了下来，如本和他告别，去追赶部队去了。

这里已看不到昌都，路上空无一人，周围一片死寂。福特把马拴在桥上，心怀恐惧地在那儿来回踱步。

福特等了半个小时，但他觉得异常漫长。他最后只等到了丹乃和多才旦，印度人拒绝出来——他们已销毁电台设备，然后去了昌都城外的一个村子。镇上所有拉萨官员的房子都遭到了康巴兵的洗劫。

他们很快追上了徒步向拉萨逃跑的人群。这些是驻军的士兵，部分人带着老婆孩子。牦牛背上高高地驮着少数人的壶、锅等日用家什。一些妇女把孩子绑在背上。

福特等人不断超过散落在沿途的士兵和他们的家眷。他们既疲劳又沮丧，一些人还带着轻机枪。其中一部分是阿沛的卫队——由于阿沛逃离得很仓促，甚至没有给他们安排马匹。

福特在路上遇到了塔钦尊追，从他那里得知，霍尔康色带着老婆孩子去了昌都城外的村庄，甘愿被汉人抓获。僧官财政处长随他的财产一起去了寺院，其他僧俗官员也到那儿寻求庇护。

向恩达方向撤退的人员途经朗木错拉山时，碰到在类乌齐放牧骡马的雪仲科朗巴的用人。人们问起那里的情况，他说到达拉贡的解放军不计其数。阿沛一听，翻身下马，向随行的官员说："退路已被截断，在此危险时刻，我们不能只考虑个人的安危，应该以宗豁头人和黎民百姓的安危为重。"阿沛的意思是应该和解放军谈判，但那些人都认为只有继续逃走才是唯一的出路，没有一个人去理解阿沛这番话的真实意图。

下午4点他们到了恩达，这是从拉萨到昌都的最后一个驿站。驿站休息室是村里唯一的大院子，他们赶到时，院子里挤满了马。没吃没喝骑马8个小时后，福特也涌进院子与其他官员一起喝茶。

他几乎没认出阿沛。6周前他到昌都时还带着皇帝般的气势和场面，身着色彩绚丽的丝绸和锦缎。现在已变成一个逃亡者，身上仅穿着下级官员平常穿的哔叽袍子，看上去心怀恐惧，但他的坐垫仍比别人高，下级官员仍必须对他行大礼。他见到福特后，问道："带电台了吗？"

福特控制住了心中的愤怒。"没带，阁下。您为电台安排的驮畜没有来。"

阿沛没有说什么。丹乃从马鞍袋中拿出饼干，福特就着茶填饱了肚子。

这时，一个信差飞身下马，向阿沛鞠躬行礼后，递上了一封信。阿沛打开，读后，信件从他颤抖的手指中脱落。屋子里一下子静了下来，所有目光聚集到他身上，他说："汉人已经进攻类乌齐了！"

进攻在前一天晚上就开始了。所有人都知道，通往拉萨的道路已被切断。

出了休息室，大家上马继续前行。阿沛骑马走在前面，其他人紧随其后。他座骑上的两条穗缨表明了他的地位，经过村子时，村民们都向他弯腰吐舌表示敬畏。

随从官金中·坚赞平措原系西藏噶厦政府的增准——接待来宾的五品僧官。1947年任昌都总管拉鲁·次旺多吉的随从官，阿沛·阿旺晋美接任昌都总管后，他又任阿沛总管的随从官。他和雪仲玛恰·次旺晋美商议后，认为再往前走无疑是死路，与其如此不如返回昌都。他们准备尽快逃回昌都，但福特一直跟踪着他俩，无法脱身。后来坚赞平措暗地指使用人设法骗走了福特，才和次旺晋美一道踏上返回昌都的道路。当晚，他们寄宿在帕巴拉的礼宾官扎西朗杰家里。半夜，解放军突然到来，逮捕了他们，并宣布昌都已经解放了，叫他们把武器弹药、骡马交出来，金银及其他财物自行处理。

19日，张国华军长指示骑兵支队，"主力部队已攻入昌都，但守敌大部溃逃，去向待查，可能向西逃跑。你们立即向昌都攻击前进，抓住敌人，猛打猛追，敌人逃到哪里，你们就追到哪里"。

支队官兵接令后，不顾疲劳和战马不断倒毙，立即向昌都攻击前进。20日拂晓，部队进抵昌都以西的宗驿山口。从群众口中得知，此处有大小路各一条，均经浪达至昌都——为防止敌人从两条路上逃走，支队研究后决定：以骑一连连长张宽带没有马的骑兵携重机枪一挺，取小道经竹阁寺；支队主力取大道越宗驿山口，分别向浪达攻击前进。

十五、投降

从恩达往西有一条通往拉贡昂达的小路。这是一个战略要地，拉鲁之前离开昌都返回时途经此地，见没有军队防守，就曾用无线电告诉阿沛，应当立即调兵守卫该地。阿沛认同拉鲁的意见并命恰日巴立即带100名官兵前去占领拉贡昂达的有利地形，但直到阿沛和其他官员及藏军撤离昌都时，恰日巴也没有达到那里。

逃往拉萨的队伍到达山脚下已接近6点，黄昏即将降临。他们正准备爬山，一个信差从山口下来，给阿沛带了口信——"类乌齐已被攻陷了，常阿代本被汉人俘获，汉人还带着康巴人。"

最后这句话让阿沛看上去极为惊讶，其他人也不相信康巴人会站在汉人一边。

虽然应该在白天翻越这座险峻的山，但阿沛强打精神，领头继续向山口前进。所有人都是在黑暗中爬行，为安全起见，没人使用铃铛，所以唯一能听到的响声就是马蹄声和人的喘息声。福特骑的马绊倒过两次，差点摔下山去。

所有人已连续奔逃了16个小时，不断有人摔倒，好在黑暗掩盖了这支溃逃之师的狼狈相。

用了4个小时时间，骑马走在前面的人爬上了山口。阿沛的管家递给福特一瓶苏格兰威士忌，他喝了一口，感觉像是喝了燃烧着的液体火焰。他轻声地表达了谢意。所有人似乎都害怕解放军听到他们说话追上来，所以都不敢大声说话①。

下山还需要花3个小时。

令人绝望的是，解放军已切断通往拉萨的道路。阿沛仍带头开始下山。因为下山的路陡峭光滑，所有人只能牵着马徒步行走。走到半山腰，忽然传来一队人马往山上爬的声音，大家一下紧张起来。阿沛的仆人前去侦察，发现是来自拉萨的增援部队，大约有30人，带着山炮、若干箱步枪和弹药。他们还不知道类乌齐陷落的消息，阿沛叫他们把武器弹药等辎重扔掉，然后跟他们一道后退。

到了山下，人马稍作休息，继续西逃。这时一位信差赶来，大喊道："道路被占领了。"但他不知道解放军的人数，也不知道是在何时到的。

"他们是汉人还是康巴人？"阿沛问。

"康巴人！"信差回答。

福特发现那些官员因恐惧而颤抖——比起解放军，他们更害怕康巴人。

阿沛对管家和秘书耳语了几句，然后转过来对大家说："我们要去寻求避难，这附近有座寺院，康巴人不会在那儿进行屠杀。"

---

① ［英］罗伯特·福特著，王小彬、温汝俊译：《在藏被俘记》，中国藏学研究中心，内部出版。

福特似乎预感到在这里停下来意味着他有可能被解放军俘虏,他说:"阁下,不是仍然有逃跑的机会吗?他们的人数可能很少。"

阿沛冷冷地看着他:"你现在可以做你喜欢做的事。如果你能跑,就跑吧,其他人将跟我走。"

塔钦尊追对他说:"靠你自己无法沿这条路过去——你肯定要被抓住。寺院在南边,你可以从那里找一条通往怒江的路。如果你想去阿萨姆,从寺院到昌都也有一条路。"

"恐怕地震后就没有这条路了。现在汉人可能到达了昌都,无论如何,渡过怒江是我唯一的希望。"福特用绝望的口气说。①

人马沿着一条小路骑马往回赶了一段,然后拐向右边的小路。由于慌乱,这些人迷路了,在黑暗中无目的地兜着圈子。直到天亮才找到了一座牧民的帐篷,问清了去寺庙的路。

这些人已逃亡20多个小时,人和马早已困乏至极。很多人看见长满树木的美丽山谷顶上的寺庙后,再也走不动了。这里的僧侣还不知道发生了什么事,对阿沛很是殷勤,但听说到来的原因后,也感到恐惧起来。

所有的马已经消瘦,很多马已无法再骑了。福特几乎想不起逃跑的事了,他太想睡觉,却又不敢睡,于是对周围地形做了快速的侦察。

没有一个官员熟悉寺院周围地区的情况。寺院的气氛非常紧张。

福特想立刻牵着马离开这儿,甚至再带上一两匹马在附近躲藏起来。但他太困,想冒险休息一会儿。

这时,穆恰代本带着100人到了。福特赶在他去见阿沛之前截住他,简要地给他讲了自己的逃跑计划,然后说:"我不能在这儿坐以待毙。"

穆恰告诉他:汉人的大部队可能已到那条路上,你到那里肯定被捉。此时穆恰还有500人,还有机枪,他去见总管后就准备向洛隆突围。

这时,穆恰代本后面的400人赶来了。这些士兵现带着妇女和儿童,"同时还用牦牛和骡子驮着他们全部的家什和财物,包括帐篷、茶壶、饭锅、毛毯、酥油搅拌桶、成捆的衣服和绑在母亲背上的婴儿。"像一支游牧民正从夏牧场迁往冬牧场。"这是一幅很有趣的景象。更有意思的是它消除了惊慌,甚至焦虑。妇女们立刻开始打开行李、点火

① [英]罗伯特·福特著,王小彬、温汝俊译:《在藏被俘记》,中国藏学研究中心,内部出版。

煮茶。若她们的丈夫要继续行动，她们又会打起行李。"福特认为这些士兵看上去还有斗志。

随后，福特的男仆丹乃和多才旦赶来了。丹乃告诉福特，解放军就跟在他们后面，他们是汉人，大约有100人。

气氛骤然紧张起来，人们顿时慌作一团。

这时，恰日巴代本的一部分士兵也逃到了这里，他们证实了汉人就在后面不远。一会儿，恰日巴代本也到了。

福特认为，恰日巴部队的到来增加了他们的力量。他断定解放军只是一支很小的机动部队，这些藏军完全有能力对付。

没过多久，穆恰代本走出寺院，命令他的士兵扎营。

阿沛委派森本堪布和恰日巴去找解放军来接受投降。

与此同时，由恩达东进到邦达的配属骑兵支队的师骑兵侦察连的尖兵发现远方山上有大队人马正在下山，判断是西撤的藏军主力，当即报告吴忠。吴忠命令该连：不管对方兵力多少，万勿顾虑自己兵力单薄，务必将其扭住，等待后续部队予以围歼。

骑兵侦察连随即成战斗队形，以森林为掩护，隐蔽前进，在黄昏时进抵朗措拉山口，不想到达后，却不见藏军踪影。经过分析，估计对方已发现骑兵侦察连，藏进了附近密林。连队停止前进，占领要点，做好战斗准备，并派出小分队进行搜索。

小分队很快便俘获了一名掉队藏兵和几匹膘肥体壮鞍具考究的战马。经审问，他说昌都总管阿沛已于昨日率部撤离昌都，准备退往拉萨。

吴忠接到骑兵侦察连的报告，进一步证明藏军主力确已被他包围，兴奋不已，但同时又对总督拉鲁竟然漏网而深感遗憾。吴忠与陈子植、周家鼎分析认为，从昌都撤出的藏军发现解放军后，感到西逃无望，可能藏进深山密林，然后伺机组织突围；再有可能转向南逃，但他们有几千人马，还有大量物资，行动迟缓，一时不可能远去。吴忠他们了解到从朗措拉到昌都除大路外，还有一条小路，当即命令骑兵侦察连，连夜以主力沿大路推进，另以部分兵力沿小路向昌都方向搜索前进。

20日拂晓，沿大路搜索的连主力于朗措拉山东麓与敌一个山炮连遭遇，骑兵乘马冲击，敌人就地缴械投降，缴获英式山炮4门。支队除留少数兵力打扫战场外，主力迅速前出浪达。战士们从当地藏族老乡那里了解到：西逃的敌人抢了村里的马匹，取小路向竹阁寺方向去了。骑兵支队和五十二师骑兵侦察连即从浪达进入竹阁寺山道东口。

10时左右，侦察连主力进抵加林，这里距昌都已不足20公里。

连队正要进入森林搜索，忽然，尖兵发现两名骑在马上的藏族官员，双手高举哈达迎面而来，称阿沛总督已命令藏军停止抵抗，他俩是奉阿沛总督的命令来迎接解放军的。

十六、福特被俘

福特是从穆恰那里得知阿沛他们准备投降的。穆恰建议他能跑就跑，但已经太晚——他收拾好马鞍袋，要对穆恰说再见时，身穿棉军服、戴着帽檐上有红五星帽子的解放军已架起轻型山炮，用俄式冲锋枪瞄着他们[①]。

森本堪布本来带来了一把表示投降的剑，但被解放军没收了。

福特及时地把自己的左轮手枪递给穆恰，把两架照相机交给了丹乃和多才旦，接着他就看见解放军冲进来了。

一位年轻的解放军军官带着两个康巴翻译，在一个班的士兵的掩护下向阿沛宣读了投降的条件，另一个军官带着一小队士兵过来逮捕福特。

那个解放军军官问了一句话，康巴人接着翻译道："你是福特吗？"

"是！"

福特拿起马鞍袋向门外的开阔地走去。他被命令坐下便听见身后步枪的枪栓声。他环顾了一下左右，全身僵硬，等待背后的射击，但什么也没发生。

福特记述了他最后被俘时的情景：

> 阿沛被带出了寺院，他看上去没有离开昌都时我见过的那样害怕。他传唤迪蒙和穆恰并发出了一些命令，由他们传令给如本。不一会儿，藏军开始把武器交给了汉人。
>
> 我被带到寺院的屋檐下，一个汉人和一个康巴人过来询问我。
>
> 这个汉人很可能是一名军官，尽管他们都没有可供识别的军

---

① ［英］罗伯特·福特著，王小彬、温汝俊译：《在藏被俘记》，中国藏学研究中心，内部出版。

衔标志。

"你们的电台在哪儿？"他问。

"我一台都没有。"

"你们最后什么时候带着电台？"

"在昌都的时候。"

"其他外国人在哪儿？"

"没有外国人。"

"和你在一起的两个印度人在哪里？"

"我不知道。"

"你最后什么时候看到他们？"

"在昌都的时候。"

傍晚，他们让我吃了米饭和肉菜，然后，我就躺在屋檐下试着入睡，两个士兵看着我，其他的士兵在外巡逻。时不时地有手电光在我脸上照来照去，无疑，他们是出于好奇而不是出于警惕。我又冷又吓并极度沮丧，但终于因极度疲劳睡着了①。

十八军歼灭了藏军主力后，长驱直入。10月19日，当迂回部队完成切断藏军退路任务、转兵东进直指昌都的时候，中路、左路部队也都同时兵临昌都城下。

最先进入昌都的是一五六团。19日21时，该团三营九连抢占了扎曲河上的四川桥，发现已无守军，随即进城，仍未遇抵抗。22时左右，三营即控制了城内各要点和昂曲上的云南桥。城内未及撤离的藏军一个甲本主动向三营缴械。虽然是在晚上，仍有不少群众走上街头欢迎进城部队，有的还送来食物。当夜，军侦察营一部也进入昌都。次日，一五六团主力和军炮兵营先后入城。得悉守军已经西逃，一五六团即派两个连向俄洛桥方向追击，又派部分兵力于昌都东南截击自觉雍、妥坝方向溃逃下来的藏军。左路部队也组织兵力向昌都以南追击，于昌都西南10余公里处俘获百余人枪。

20日下午，骑兵支队一部在支队长孙巩率领下与骑兵侦察连会合。

<hr />

① ［英］罗伯特·福特著，王小彬、温汝俊译：《在藏被俘记》，中国藏学研究中心，内部出版。

孙巩在竹阁寺会见了阿沛·阿旺晋美及他属下四品以上官员 10 余人。21 日上午，一五四团政委杨军也带骑兵侦察排赶抵竹阁寺，该团二营随后抵达。杨军、孙巩同阿沛·阿旺晋美共同研究了对放下武器人员的处理问题——在竹阁寺放下武器的计有藏军二、三、四、六、八、十等代本所属官兵共约 2700 余人。

由于部队与马匹所需粮料全由官兵自带，到达竹阁寺后，运粮队没有及时赶到，部队断炊两天，官兵只能用清水煮野菜充饥。但对于战斗中负伤的藏军官兵，则全部被收容予以医治，并把仅有的粮食拿出来供他们食用。

21 日，杨军、孙巩、田惠普组成藏军被俘人员接受、遣返委员会，组建遣散站，对放下武器的藏军军官、士兵和家属子女予以遣散。遣散站给他们发放了遣放证明、每人 3 至 5 元的银元作路费，每 3 人发 1 匹马，用来驮载他们的私人物品。遣散站共遣散藏军连排军官 85 人，士兵 2562 人，发放路费 2 万多银圆，发给马匹 510 匹；粮食运到以后，还给他们发了粮食。最后银圆不够，杨军电告郄晋武速送经费。郄晋武把团里带的银圆全部送去还不够，便动员团直、一、二营留守人员将自己的银圆全部收起来，凑了 3050 元，派警卫连一个排送到竹阁寺，发给藏军官兵。一些藏军官兵非常感动，有人甚至泪流满面，一位藏军甲本说："除了解放军，世界上没有把敌人当成兄弟的军队。"

这些藏军官兵手上有钱，袋中有粮，并有马匹驮运衣物，高兴地走上了返乡之路。

关于解放军释放俘虏、发放路费的情况，藏北总管绕噶厦也给噶厦作了报告：

> 依据铁虎年从江孜部队班长洛吉仁增处了解的记录：十四日[①]将我军士兵和家属全部集中起来，由汉军官员和昌都总管站在中间，通过翻译说："以前你们被奴役，现在你们获得了解放，你们这些一般士兵可以回家去过幸福生活。"并给每个士兵发大洋五元，每个家属、子女发大洋三元，还发了盖印的路条，并记下了每个人的姓名、年龄、籍贯等，还说：从政府军中留 100 名青年人，

---

① 日期为藏历，即公历 1950 年 10 月 24 日。

按照共产党的规矩，让他们学习文化三个月①。昌都总管阿沛阁下讲道：这里发生一件本来不愿意发生的事件，但诸位不要伤心难过，为了不进行藏方和汉方的战争，我正进行和谈。看来诸位士兵回家不一定有好处，还是返回自己的兵营较好。于是我们立即返回了原地。日喀则兵营及"雪"、达洛三个地方的民兵返回了原谿，另有四五百名士兵留恋妻子、儿女返回了昌都。以上所述情况属实②。

通过释放战俘，中央和平解放两藏的方针及民族平等、宗教自由和解放军优待俘虏的政策得以在西藏地区广为流传。

梅·戈尔斯坦说："中共方面所采取的把藏军士兵直接遣送回乡并发给一个大洋作为路费的策略，不仅在藏军中造成了良好的效果和影响，给西藏政府重新组建藏军部队带来了困难，而且同时也避免了承担管理关押数以千计战俘的战俘营的责任。"③

福特也如实记录了他的见闻：

这次没有对寺院进行洗劫。相反，汉人虽然对宗教无知但非常谨慎以避免引起冒犯宗教的行为，很快解放军就要僧人为解救他们而感谢佛祖。很清楚汉人已表明不愿与西藏宗教发生冲突。

尽管存在巨大的给养问题，解放军先遣队既没有依赖农村，也没有依赖被正确善待的藏人。他们每人携带着保证数周定量和以备紧急状况的口粮，这些粮食和肉被装入像香肠形状的袋子里。他们要求每个战士严格尊重藏民的人身和财产安全，要求尽可能地通过各种途径与藏民交朋友。过去带有鄙视，意思指野蛮人的字眼"蛮子"被禁止使用。兄弟之情是各种宣传的基调。过去在西藏从未有过这样举止文明的汉人军队。

汉人最明智之处是处理藏军俘虏的方式。他们要俘虏排成队，

① 这100名士兵留下后成立了藏族训练班，由一五四团杨军政委负责组织学习后，大部分成了干部和工作人员。

② 原件存西藏自治区档案馆。

③ [美]梅·戈尔斯坦著，杜永彬译：《喇嘛王国的覆灭》，第721页注释。其中所说每人一个大洋有误。

——发给路费、路条并简单地就地释放，叫他们带着老婆和孩子回拉萨。一台新闻摄影机把这些场景都拍摄下来。不过，解放军既没有要求这些俘虏在摄影机前保持微笑，也没有要求他们传播汉人的友善[①]。

1950年10月26日，五十二师参谋长李明、玉树骑兵支队支队长孙巩陪同阿沛等藏军的高级官员前往昌都。

福特骑着马，由6个战士看护。当晚大家夜宿在一个小村庄，福特睡在一个厨房里。他是这一行人中唯一被严密监视的人，也可能是唯一想逃跑的人。

第二天一早，他们继续向昌都进发。人们看到骑马走在最前面的阿沛，仍然弯腰吐舌向他行礼。阿沛假装对这些姿态视而不见。人群中有人说："可怜的福特古学，汉人要把他的头砍掉。"[②] 可以想象，福特听到这句话后的恐惧。

一行人来到了昌都总管府院内。这里搭建了营帐，解放军的临时指挥部就设在这里。附近仍旧有大量的经幡，除去一些被打破的窗户，整个建筑物看起来没什么变化。

十八军副政委王其梅亲往迎接阿沛。他戴着军帽，上身穿着与士兵一样但裁剪合体的紧身制服，下身穿着马裤。王其梅首先与阿沛握了手，然后一一与其他官员和军官握手问候。福特回忆说：

> 王司令（即王其梅）没有同我握手。我依旧与这些军官分开，但被告知跟随他们一起进入总管府。我们登上总管府里最好的一个会客室，王在一条长桌的一头坐下，藏军官员按官阶坐在长桌的一边。霍尔康色坐在里边，僧官财政处长也在座，我被安置在桌脚边。在给大家端上了中式茶后，王开始发表讲话。和上次一样，一位来自西康的康巴人担任通司。

---

① ［英］罗伯特·福特著，王小彬、温汝俊译：《在藏被俘记》，第132页。中国藏学研究中心，内部出版。

② ［英］罗伯特·福特著，王小彬、温汝俊译：《在藏被俘记》，第133页。中国藏学研究中心，内部出版。

讲话的实质与在竹阁寺的相同，但措辞完全不同。西藏的压迫者不再是恶魔，而是变成了美英帝国主义。"你们知道"，他说，"西藏被这些帝国主义从祖国分裂出去，我们来就是为把你们从他们手中解放出来。"

王同样表达了尊重西藏宗教和民俗的承诺。

"过去在这方面有些摩擦"，他说，"但这是中国过去被贪污腐败的反动势力统治所造成的。"虽然通司在翻译时，非常自由地在极为有限的藏语政治词汇中寻找相近的表达词汇，但我能想象得出这是他的措辞。"现在，中国已经由人民统治，她的军队是人民解放军，解放军将尊重藏人的权利。不会有掠夺，如果对我军行为有何不满都可立即报告给我。"

他继续宣传说中国人民新得到的巨大利益将带给西藏。他们将帮助西藏建立医院、学校和修建道路，发展西藏的农业和工业。他怀着极大的热情介绍了俄国在北极地区种植小麦的情况。所有的事情都有益处，他说："西藏的资源是巨大的，美英帝国主义不择手段，人为地使西藏人民的生活水平一直在下降。"他朝我在的方向点点头，"并不是所有西藏人都意识到这一点。"他继续说："我们依靠你们教育西藏人民并向他们解释我们的政策，你们是他们的头领，他们尊敬你们。我们将帮助你们运用你们的声望和影响为人民谋利。"

就这样，没有一个字提到土改和农工的权利。汉人正在支持官员阶级。

当通司翻译完讲话后，王问阿沛是否有什么要说的。

"我们将按照你们教我们的去做。"阿沛说①。

王其梅、吴忠设宴款待了阿沛及主要官员。他们感到受宠若惊，没有一点思想准备。王其梅举杯盛赞阿沛深明大义，当机立断，毅然下令藏军停止抵抗，化干戈为玉帛，为和平解放西藏营造了良好的气氛。

阿沛听后，也说出了自己的肺腑之言："我原来就主张通过协商和平解放西藏，只因未能得到噶厦批准，才酿成今日后果，真是羞愧难

---

① ［英］罗伯特·福特著，王小彬、温汝俊译：《在藏被俘记》，中国藏学研究中心，内部出版。

言。通过几天与解放军各级领导接触，感触颇深，对中央和平解放西藏的政策，更加坚信不移；愿为藏汉团结，为和平统一祖国大业作出自己的努力。"

宴会气氛融洽、热烈，双方频频举杯，祝愿西藏能顺利和平解放。

藏军撤离昌都时，曾炸毁了总管府部分房屋，房屋比较紧张，王其梅让阿沛和桑林·平措多杰、崔科等一批官员仍住云南坝昌都总管府大院唯一一个较好的楼房中，其他官员也都全部安排住房子，他自己和解放军其他官兵住帐篷。

此时的昌都粮食供应非常困难，官兵每天只供半斤粮，在此情况下，根据《关于昌都战役工作指示》中"藏军待遇与解放军相同"的原则，安排阿沛吃小灶，即和王其梅等师以上干部一起用餐；藏军如本以上军官吃中灶，并保障粮食定量不减少，保证吃饱；阿沛坐骑的金鞍、银镫在撤退时丢失，王其梅严令追查，终于找回送交给了阿沛。

王其梅亲自与代本以上官员座谈，解释共产党和平解放西藏的政策，耐心回答他们提出的各种问题，逐渐解除了藏军官员的担忧和顾虑。

十七、拉日廓的藏军

噶厦调派武装力量的情况，常人少有知悉。当时的江中·扎西多吉是工布江达的宗本，曾负责接待和保障过噶厦增派到其属地的三大寺代表和藏军，并和降村班觉一起写过一篇回忆文章[1]，详述了藏军的种种表现。

昌都战役开始前，噶厦就大量征兵，其中一部分被派到工布江达，把这里作为抵抗解放军进军拉萨的一道防线。为此，在1950年夏末，噶厦调集了夏江·索朗多吉的第十五代本，卡尔那卡巧德庆的仲扎代本，代理代本杰卡朗巴·次旺达珍的八四部队[2]，以及孜仲土登仁却和悦色森格、雪仲小噶西·白玛旺杰、雪仲江唐扎林等所属的仲扎骑兵，到达工布江达设防。

---

① 江中·扎西多吉、降村班觉：《西藏解放前夕三大寺代表和藏军在工布江达、拉日廓的暴行》，亲历者手稿。

② 按八、四差岗征兵组建的藏军部队。

先期到达的藏军，一到住地就借口住房、马夫、厨役没有安排好等理由，鞭打老百姓、抢劫物资。这些藏军看到稍为漂亮点的妇女，不管其有无配偶、年龄大小，都要拉走，致使工布江达地区的许多妇女被传染上花柳病。因此，只要藏军一来，许多老百姓就躲藏到深山老林中，有的甚至背井离乡，流落他方。

在原昌都总管拉鲁噶伦未到拉日廓之前，工布江达宗就收到了三大寺代表传告拉萨至昌都沿途各宗豁头人和民众的箭书。箭书内称："汉军正从昌都一带向我境进逼。为此，要遵照'全藏会议'的决定：'为维护西藏政教的尊严，绝不能让佛教之敌向我进攻。三大寺九札仓①的代表刻日自拉萨出发，希沿途各宗豁，火速安排住宿、支应马差、人役。如有怠忽，无论宗豁大小头人，一律严惩不贷！'"

昌都解放后，拉鲁慑于人民解放军的威力，不敢在洛隆宗停留，后撤到了拉日廓。在拉鲁从洛隆宗向拉日廓撤退前，工布江达宗又收到了第二封箭书，并附有子弹——以示如玩忽误事，则予枪决。箭书封皮写有"立送洛隆宗速转昌都总管拉鲁"的字样。内云："三大寺九札仓指挥部于九札仓代表从拉萨出发之日发出……"箭书由代理噶准②吞巴色交给了拉鲁。另外，噶厦给拉鲁的箭书中命令他率领先前派往拉日廓的各部藏军以洛隆宗为据点，阻止人民解放军入藏。

1950年10月，哲蚌寺的洛色林、果芒、德央和阿巴札仓，色拉寺的吉、色麦和色阿札仓，以及甘丹寺的夏尔孜和降孜札仓9名代表率领75名武装扎巴③来到工布江达。他们一到，首先检查住房、马夫、厨役等的安排情况，接着抢占好点的住房。他们借口没有给他们安排好住房，接马人未按时迎接，将几个百姓暴打了一顿。安排好住房后，他们又互相比住房、陈设的好坏——每个人都认为别人的好，自己的差。降孜代表说："我们三大寺九代表及带领的扎巴，是噶厦政府委派来的，是为了驱逐佛教之敌红汉人——共产党而来的。原先译仓列空④任命我们9名代表时，都是平等对待，但是，夏尔孜代表一到这

---

① 札仓，寺庙中僧人居住、学习经典的地方。

② 传达官。

③ 僧人。

④ 即秘书处。原西藏噶厦政府掌管达赖印信及文书事务的机构。

里就铺上红毡、用上华盖，为什么不给我配备这些？哲蚌代表有接马人，我们甘丹寺两代表为什么没有？"说完，就对负责接待的根保^①和百姓鞭打脚踢。哲蚌果芒扎仓的代表也借口住房设备不好，把七十岁的房主文琼老人从楼房上推下摔伤，一个多月不能起床。

第二天，色拉、哲蚌代表带领的扎巴带着枪到江达朗日山上去打猎，下午带着獐子肉回来，刚好被几个百姓看到了。因为五世达赖喇嘛罗桑嘉措制定的黄教僧制禁止狩猎杀生，他们违反了戒律，却认为百姓不应看到。尽管这些百姓什么也没有说，但还是被叫到果芒代表处，说他们诬蔑三大寺僧人打猎，不容分说，把这些人一阵毒打，并每人罚银 150 两。

虽然百姓和头人遭到扎巴的敲诈勒索和抢劫毒打，但因百姓信仰佛教，很多人都忍气吞声，还主动为他们在搭好的帐篷周围用白灰勾画上表示欢迎的吉祥如意图案，垒起敬神的香台。

代表和扎巴们在工布江达停留一段时间后，开往拉日廓。离开时他们把母马和膘情差的马都退了回去，为要健壮的公马，又毒打了支马差的百姓。当时，大多数公马已被拉走，只有少数母马能够调换，逼得岗仲定本达肖、房主人、根保和百姓代表一个个逃到深山老林里去了。最后，经宗本和头人格桑云登向三大寺的代表、扎巴反复说明道理，他们才骂骂咧咧地离开了。

过了数日后，那些逃进森林里的定本、房东和百姓代表才敢回来。他们对宗本江中·扎西多吉说："我们生活艰难，差役本来就多，现在军队接二连三地开来，实在无法支应这样多的差役，我们只好请求您让我们到深山老林里去躲避一时。宗本您如仍住这里，也恐怕身家难保！不如同我们一道躲避一段时间为好。"

江中·扎西多吉对他们说："这段时间过境军队多，差役繁重，沿途各宗百姓确实很困难。但是如果逃进山林，造成今后土地荒芜，房屋破败，无所依靠怎么办？所以，还是守住家园，谋求生计。"

拉日廓谣言四起。过往行人都说，色拉、哲蚌寺的代表所到沿途各地，情况都很紧急，为的是要阻止拉鲁往回跑；还有人说，因拉鲁的弟弟龙夏·吾金朗珠曾杀害了前任摄政热振活佛，这次色拉、哲蚌

---

① 领主庄园中的小头人。

代表要把他消灭掉。拉日廓的百姓都很担心色拉、哲蚌代表来了会发生内讧，所以都希望在他们未到来之前，设法使拉鲁先回拉萨去，以避免内乱。为此，拉日定本、吉米^①、堆热^②、头人都到工布江达宗衙商量办法。

没有人有办法。因为如果本地有人因差役沉重不满而参加骚乱，就将招来大祸。最后他们秘密商定，经宗本同意，今后只量力而行。如果出现紧急情况，宗头人和百姓则全力以赴。并决定在拉日廓、扎萨如希、阿扎安排头人，以便及时了解情况，传递消息。

这些地方官员一面要全力应付藏军，一面又要担心解放军会不会来拉日廓。最初的谣传说解放军一见藏人就杀，还抢劫财物，要把各地官员不分大小，一律抓起消灭掉，有的官员还要被活埋。但据从昌都来的人和从俄卓克一带返回的马夫说，解放军每到一地，不住民房，不住寺院，不拿群众一针一线，不拉牲畜，不损坏草场和庄稼；如果卖草料给解放军，就按价给大洋；对地方头人像一家人一样；不派任何乌拉。虽然如此，有的头人还是相信谣言，赶着牲畜逃避他乡；还有的想脱离拉鲁，以免解放军到来后遭到牵连；大多数人相信后一种说法，化装成乞丐想去与解放军取得联系，以便日后好见面。

这时，有位定本的妻子是俄卓克人，她的娘家派人来告诉定本说，只要对解放军不采取敌对行动，不论是宗本、头人、寺庙、百姓都不会受到丝毫侵犯，而且还会得到他们的保护。大家得到这一可靠的消息后，终于放心了。每个人都认为，解放军以大江流水之势盖地而来，是无法阻挡的。因此，他们决意安分守己，等待解放；如果拉鲁率部进行抵抗，谁也不参加。

拉鲁从洛隆撤退到拉日廓后，江中·扎西多吉和降村班觉把头人找来商量接待事宜，决定除把拉日廓所有的住房都腾出来给昌都总管及其随员、警卫部队、仲扎部队外，还搭建了24顶帐篷。拉日寺内原来从不接待任何人，这次也破例腾出来；给三大寺9名代表每人分了一顶较好的帐篷；75名扎巴每5人分了一顶帐篷，部队每个班分一顶帐篷。

1950年（藏历铁虎年）11月，甘丹札仓的代表带领的扎巴最先到

① "公众代表"之意。

② 当值接待员。

达拉日廓。拉日寺的大殿上香烟缭绕，长号齐鸣。群众手捧香碗，躬身迎接。头人们代表拉日廓官民献上哈达，没想到先到的两名扎巴非常恼怒。因住处是帐篷，他们认为是小看三大寺的代表，说他们从拉萨出发，沿途从没住过帐篷，叫他们等着瞧！在马上把根保班旦、吉米坚参抽了一顿马鞭子后，拨转马头飞驰而去。

江中·扎西多吉回忆说：

这一下，可把头人和百姓吓坏了。班旦立即去宗衙反映这一情况。那时因差役十分繁重，定本、头人每天都在宗衙碰头，商量支应办法。当天正在商议如何接待即将到来的三大寺代表。大家一听到这个不好的消息，登时吓得脸色都变了。最后决定：先派一部分人继续做好迎接，我和定本两人去见拉鲁总管。因不能直接见到他，便带上哈达去见噶准吞巴色·班觉旺秋，向他叙述了上述情况，请他向总管代陈。班觉旺秋拿着哈达进内屋去了。过了一会儿，他出来说，总管命令你们不要多找麻烦，自行设法解决。我俩不知如何解决才好，正在发愁，根保和头人又来报告说："甘丹代表等都已到达，他们不进帐篷，带领的扎巴一见我们都用刀背打，简直毫无办法。宗本、定本如仍待在此地，那是很危险的！"

当甘丹代表及其带领的扎巴行凶打人，闹得不可开交时，拉鲁总管的属员、各部队的官兵都站在远处看热闹，无一人敢过问。负责接待的头人，一面忍受着鞭打，一面脱帽赔礼。名叫曲穷的头人身后，紧跟着两个腰挎长刀、身背英式步枪的扎巴，凶相毕露，活似一对勾魂使者。当时我和定本正站在拉鲁住处门前，曲穷急步走来对我说："三大寺代表派我来请老爷。"边说边斜视那两个扎巴，示意有危险。我想：定本有病在身，再经不起打击，我叫他不用去。这段时间，我怀里经常揣着枪，还有一名佩枪的可靠用人跟随，便决意挺身前去与他们周旋。定本气愤地对他说："老爷您先去，我们马上就来，在这个时刻，不能让您一人去担风险。"甘丹寺的那两个扎巴听到后，攥着刀把，摆开架势说："你们这点人，还想傲起来！"定本差点被打。对此，我也很生气。两个扎巴看了我一眼，叫我跟他们走。甘丹寺来的人把帐篷里的卡垫、桌子都搬到外面，代表坐在帐篷门口，带着武器的扎巴环立在代表身后。我刚走到那里，降孜扎仓代表就问道：你是此地的负责人吧！先后的箭书收到了吧！！内容都知道了吧！！！我一一回答后，他说："我们是'全藏会议'委任的，出发前，我们向达赖喇嘛辞行时，达赖喇嘛给我们每人都戴上洁白的哈达；噶厦政府也有重要指示。我们是担负着政教重任来协助昌都总管拉鲁的，决不是无事前来闲耍的。沿途各地对我们的接待同接待总管一样，而你们这里却非常歧视。几顶破旧帐篷叫我们如何住得下？我们如果住这样的帐篷，那就是对'助战之神'和护身符的沾污！你们为什么要这样做？我们是各寺庙挑选出来的代表，决不能受你们这种欺侮！现在快给我们准备不次于昌都总管及其随员所住的住处。"我对他说："这里已为昌都总管及其随员和部队准备了三百多处住房，再无房屋了。我们这里是牧区，牧民只有帐篷，正如骆驼身上（只）有驼峰一样。何况给你们搭的都是好帐篷。请看看老百姓日夜都露宿在野外的情况，你们就知道我们实在无法再有比这更好的接待了。"两个代表听了厉声斥责道："你真会说，是我们说的太轻了吧！我们手中是有公文的。"我也针锋相对地说："我是此地的宗本，治理一方的百姓，不能不为百姓的疾苦着想。你们看一看，百姓因你们到来，烧香、磕头，支应差事。而你们又是怎样对待百姓的？！你们还是不要借扎巴的名义坏了佛门的规矩，你们要住昌都总管及其随员那样的房子，那你去同他们说。你们要把我怎样，随你们的便；百姓能否在此活下去，也由你们。"夏孜札仓的代表装腔作势地说："先生，请你想想，我们也有困难。"话音刚落，降孜札仓的代表站起来喊叫："我们怎么办？"其余的扎巴也齐声大骂。有的把腰刀抽出半截。夏孜札仓代表装出焦急的样子，一面拨弄降孜扎仓代表。降孜扎仓代表当即说："好吧，我们回去吧！事情由你负责。"我也大声说："你们回去就回去，这是你们自己说的。反正随你们的便吧。"他们乱哄哄地骑马上拉日寺去了①。

---

① 江中·扎西多吉、降村班觉：《西藏解放前夕三大寺代表和藏军在工布江达、拉日廊的暴行》，亲历者手稿。

在江中·扎西多吉和三大寺的代表进行争论时，百姓和头人们也在通过噶准向拉鲁要求约束扎巴，但没有得到任何回复。这时，拉日寺又来人诉说三大寺来的人把寺庙好点的房舍全都占了，并叫打开储藏室的门。寺庙"基苏"①噶登因没有开门，被他们用刀背打伤了头，不能起床。他们抢去钥匙打开门，把垫子、桌子等都搬到他们的住房去了，还殴打了拉日寺的很多扎巴。

　　扎西多吉和定本、头人、根保商议后，认为三大寺代表带来的扎巴比藏军还野蛮，继续下去，杀人、抢劫的严重事情会不断发生。趁这伙人还没有完全到来之前，必须想个办法制止。否则，以后会出更大的乱子，寺庙和百姓遭受的损失和痛苦更大。于是，派了几个头人去见甘丹代表，献上酥油、肉食，目的是缓和他们的不满情绪。另派一部分头人去各个村落劝说凡待在家中的拉日寺的扎巴立即一律回寺，以增加寺庙的力量，万一出事，也好对付。

　　甘丹寺的两位代表对去拜见的头人说："你们对我们三大寺代表非常歧视，叫我们住帐篷是很不恰当的，这是对三大寺的贬低。我们同昌都总管是没有区别的，我们身上带的武器就表明达赖喇嘛给予了我们生杀之权。如果你们还是这样，我们三大寺代表同你们宗本、头人是不能善罢甘休的。"

　　甘丹寺代表的这一番话，使定本和头人都非常害怕。大家想来想去，想出了一个"利用矛盾，以暴制暴"的办法。扎西多吉说："历来各寺庙、各札仓之间存在着矛盾。我原本是哲蚌寺果芒札仓的扎巴，你们去拜见哲蚌的代表时，不妨说明这点因缘；再把他们的住所搞好一点。他们一到来，就立即摆上丰盛的茶点招待，向他们诉说我们的苦情以及由于甘丹代表和他带来的扎巴不守教规，乱来一气，使老百姓对色拉、哲蚌的扎巴也非常反感。"

　　过了两天，哲蚌、色拉两寺的代表和扎巴到来，扎西多吉采用的上述办法起了作用，哲蚌寺果芒札仓的代表和扎巴都较为满意，从而站到扎西多吉一边。他们说："甘丹寺的代表对宗政府的诬蔑，也就是对我们的诬蔑，我们不能不管。"这样一来，宗衙与他们之间的矛盾终于有所缓和。

---

　　① 负责保管全寺财产的喇嘛。

但三大寺的代表和扎巴认为自己最有权势，从不把拉鲁、僧俗官员和藏军放在眼里。三大寺代表初次与拉鲁会面时，都带着全副武装的扎巴。扎巴们向拉鲁驻地的岗哨及警卫部队耀武扬威，使围观的群众都非常担心。

拉鲁率领属下人员、警卫部队、三大寺代表以及先头到达的藏军狷集到拉日廓这个小地方，给拉日廓的百姓带来了极大的灾难。

拉日廓只有十来户村民，住的是破败房屋。每户人家用牛角垒起的墙院里和牲畜圈里都住满了人，连宗政府的宅院也安排了住处，最后又搞来三百多顶牧民的帐篷，才勉强应付下去。老百姓还要为官员、扎巴、部队供应吃粮、柴火、杂用等等，仅点灯照明就要耗费酥油30多克（160斤），其他消费可想而知。当时的民谣说：

拉鲁及属员，或战或逃二心不定。
随从和藏军，勒索抢劫争先恐后。
根保与头人，安排接待忙个不停。
可怜众百姓，差役沉重悲苦哀号。

据拉鲁的属员堪仁说，昌都被解放军攻击后，噶厦要新设昌都总管府，由拉鲁任总管，总管府就暂设拉日廓，已命令宗头人在各方面做长期准备。上至宗本，下至百姓，所有人听闻之后，觉得天日都暗了。但传说解放军正从洛隆向工布江达挺进，拉鲁非常紧张。他的随员在私下议论，拉日廓无险可守，解放军已接近，这里的百姓有顺应解放军的可能，他们不能待在这里。没有多久，堪穷顿旺和四品官朵德突然传下令来：部分官员明天先行出发返回江达，仲扎部队留守拉日廓；总管和寺院代表随后出发。江中·扎西多吉和头人一听，赶紧为总管、寺院代表备齐马差。由于马匹不足，寺院扎巴和部分随众人员需等候派往江达的马差返回后再行支派。这时，色麦札仓的扎巴次臣从拉萨来到拉日廓，谈起解放军，说他们一夜能走两三天的马程，大概今明天即可到达拉日廓。拉鲁及其随员一听，吓得急忙和先行的官员于当晚就出发，逃往工布江达去了。其他人更是恐慌，好像解放军已到跟前，把必需的物品上了驮子，再没有来时的威风，能抢到马的骑上马，抢不到马的就狼狈地徒步而去。拉日廓的百姓终于松了一口气，用民谣讥讽他们说：

> 来时如狼似虎，
> 去时胆小如鼠。
> 严厉的官儿灰溜溜地走了；
> 名声大的扎巴只恨少生了两条腿。
> 看起来，还是咱拉日廓的百姓了不起！

拉鲁走后不久，当地老百姓得知昌都总管府将迁到工布江达，又听说宣布除住房外，其他捐税、差役一概豁免。但老百姓还是非常害怕，晓巴和怒玛日的百姓都躲到山上去了。

三大寺代表不但不服从拉鲁的指挥，还在他的住所附近随意鸣枪，使他面临安全威胁。因此他拟将三大寺代表及扎巴先遣回拉萨，但他们说，噶厦有令，哪里见到拉鲁，他们就在哪里；拉鲁走到哪里，他们就跟到哪里。没有办法，拉鲁只好加强警卫，在住所四周布置了很多岗哨，连楼梯上都有专门从工布嘎恰黢卡召来的九名自带武器的保镖轮流守卫。

这种僵局持续了半年，三大寺代表接到噶厦"撤回拉萨"的指示后，才终于离开了工布江达。这些人一走，拉鲁顿时轻松，天天去热廓林卡和风景优美的地方游玩。

十八、德格·格桑旺堆起义

在北线集团各路部队胜利进展之时，南线集团也按预定计划行动。五十三师一五七团主力在副师长苗丕一的率领下，从9月13日起自康定分批出发，9月29日全部到达巴塘。9月30日，战役前的准备工作全部完成。

依照十八军的命令，10月7日部队进入渡江位置。一五七团一、二营在团长冉宪生、政委柴洪泉带领下，于侧翼暗渡金沙江，担任迂回于芒康县城以北以西地区的任务；该团三营由正面从竹巴龙渡江，沿空子顶、莽岭、古树向芒康县城前进；警卫连从牛古渡渡江，剑指芒康县城。只用一天时间，各路部队皆渡江成功。

大军所至，沿途震动。驻防察雅的藏军第九代本德格·格桑旺堆率部起义。

德格·格桑旺堆在1943年宇妥·扎西顿珠出任昌都总管时，被委任为随从四品官；1946年，任第九代本驻防察雅。1947年夏季，正值国内解放战争节节胜利之际，昌都地区到处议论纷纷，因为芒康离西康巴塘、云南只有两三个马站的距离。国内战争日趋紧张的消息不断传来，一旦解放军要解放康藏，芒康会首当其冲，因此原驻芒康的第八代本恰仁请求调换防地。

德格代本替换恰仁到芒康不久，拉鲁·次旺多吉出任总管，边界局势日趋严重。解放军进入西康甘孜地区后，德格的朋友夏格刀登从甘孜给他去信说："共产党已到甘孜。共产党的根本目的是要解放全国受苦受难的人民。红军长征时，朱总司令路过甘孜，对我施恩甚重，我准备去北京，希望见到朱总司令。"这封信告诉德格，共产党没有什么可怕的。

没过多久，解放军到达巴塘。巴塘人平措旺阶通过德格的好友、巴塘医生强曲给德格代本寄去了西南军政委员会、西南军区司令部颁发的进军西藏各项政策的布告及宣传《三大纪律八项注意》的传单。与此同时，德格派往康定、雅安担任侦察任务的采购员格加也返回芒康，向德格讲述了他在这些地方亲眼看到的解放军同国民党残余部队作战的情景。格加还说他与解放军相遇时，只要说明自己是藏族，解放军不仅非常亲热友好，还倍加保护，帮助他安全返回。

当时，德格曾把夏格刀登来信内容和采购员格加所谈的情况，以及西南军政委员会、西南军区司令部颁发的进军西藏各项政策的布告等情况及时上报了拉鲁。但他除得到一份收文复函外，没有得到任何明确的回复。

不久，德格代本从别处看到了一份噶厦签发的指令，内称："已派遣孜恰土登塔巴与孜本夏格巴赴京和谈，故昌都边界地区不得过早还击抵抗，以免扩大事态。"但他本人却从未收到过这样的指令。

德格本人是赞成议和的。

他对噶厦政府的现状，尤其是它的军事力量了如指掌。如他的第九代本，仅有代本一人、如本二人、甲本四人、顶本十人，加上士兵，总共500余人。多数官兵年纪已大，并带有妻儿老小，军事技术又很差，武器装备也只是每人一支英式步枪，一个代本总共仅有几挺机枪。他深知，这样一支军队是绝对不可能战胜共产党的。一旦开战，不仅个人丧生，官兵妻儿伤亡，当地寺庙建筑也将被破坏，黎民百姓备受灾祸。所以，他认为与其以卵击石，还不如和谈，于公于私都有益。鉴于这些想法，他在向拉鲁的报告中说："据传孜恰土登塔巴与孜本夏格巴已赴京和谈，如属实，乃和谈、武攻不可并举。倘有在边界与对方联系和解意图，需要我出面，我也愿意前往。既无联系和解之意，也当考虑边界线之广阔，尚需大量派兵增援。如何办好，恳请审度指示。"[①]

阿沛出任昌都总管后，德格代本再次上书致意，表示愿往昌都求见。德格还向噶仲崔科另去一信，请他敦促阿沛召见，也未接到复信。

1950年10月，解放军渡过金沙江，占领了竹巴龙。驻守基松岗的甲本贡嘎赞吉立即派人向德格报告了竹龙巴防守失利的消息。德格和如本贡布商量后，立即派骑兵下令撤回了基松岗的守军。然而当天下午日落时分，他的命令还没有来得及送达，基松岗已经失守。秘书侠吾多吉认为芒康也有危险，偷偷逃走了。

正在这时，芒康宗本玛恰来到，让德格代本跟他一起逃跑。德格说：你作为芒康的宗本，现在可不能跑。玛恰嘴上答应，但第二天一早就逃走了。

就在当天，贡嘎拉让总管阿曲差人报信说，驻多卡地方的守军已被消灭。德格还没有来得及给阿曲写回信，芒康甫拉地方的头人达本强曲又派人报告说，解放军已到附近，要立即逃走才行。德格回答说，边界布有守军，还未报来任何情况，要等他们的消息。正说着，基松岗驻军甲本贡嘎赞吉和士兵、随军家属等陆续逃回，贡嘎赞吉向德格叩拜长头后说，他看见竹巴龙被炮弹击中的情景，实在无法坚持下去。

德格在这种情况下，立即召集军官和其他头人开了一次紧急会议，商量对策。德格说："我们本是噶厦政府恩赐为生的，理应以身殉职。但眼下实难完成任务，逃也没处逃，拼又拼不过。要逃走嘛，无非是朝拉萨、昌都两地跑。要去拉萨，需经扎西大桑桥，而此处想必在多卡地方失守时已被堵住，无法通过；若去昌都，那里必然会有更多的解放军；如果逃向别的地方，也许在我们还未赶到之前，那里就失守

---

① 德格·格桑旺堆：《我率部起义经过》，亲历者手稿。

了。况且我们还带着妻子儿女，行动困难，实在难以逃脱。因此，不管怎样考虑，都没有比与对方议和更好的计策。但同意与否，请你们认真权衡。"

众头人纷纷请德格代本做主。

如本贡布问道："如果联系议和，该由谁去合适？"

德格代本说道："这个问题你们不必担心，事不宜迟，如果你们同意议和，可以由我亲自去联系。"

所有头人都表示只能议和。

议和一事确定后，德格代本挑选了侍从拉扎、尼玛次仁和士兵俄罗白玛三人与他同行。他们把随身长枪换成手枪，备好马匹，整装待发。

尽管俗话说"只要服归敌人手下，会像孩子那样受优待"，也曾听说过许多解放军的好话，但却不知究竟怎样。德格设想，也许会把他们赶往内地或送到巴塘一带——万一如此，藏币在这些地方不能流通。想到这他便叫侍从驮上两大卓①麝香，以备遇到困难时派作用场。

正要出发时，如本贡布表示他愿与德格同行，德格答应了。当时还有一个名叫贝卡的英国人是不久前从巴塘来到这里，要求途经西藏回国的。过境请示报告拉鲁后，为等候噶厦政府批文所以暂住在代本本部。他懂汉语和藏语，愿意同去翻译。德格觉得带个英国人去或许能避免解放军怀疑，就把他带上了。他们一行由代本驻地出发，猜测在哪里能遇见解放军就往哪里走。

求和的一行人来到代本驻地下面的一处旷野时，遇到堪巴龙寺孜巴活佛，他问："老爷要去哪里？"德格代本说："去找解放军联系和解。"孜巴活佛听到这句话，一把抓住他的马缰绳，忧虑地劝阻说："您这样去，如有生命危险怎么办？要去，可由我们去。"

德格代本说："兹事体大，这次我必须亲自去。"说罢，就和孜巴活佛分了手。

他们翻过一座高山走近芒康所属雪古村时，两面山坡上传来当地老百姓呼喊的声音，提醒他们前面有解放军，不要再往前走。但这正是德格代本需要的，所以未予理睬，继续往前赶。不多时，果然碰上了一五七团的一支先遣小分队，他们松了一口气，勒马立定，让侍从

① 驮在马背上的皮褡裢。

拉扎向他们挥舞哈达。

一名年轻战士来到他们跟前，没有认出他们是藏军军官，就用康巴话问道："请问你们要到哪里去？需要我们帮助吗？"

德格一听那位战士的口音，翻身下马，问道："你是西康人？"

那位战士回答说："我是巴塘人格桑平措。"

德格不再紧张："我是藏军第九代本，到这里来是想找你们议和的。"

格桑平措一听，吃惊地"啊"了两声，以为自己听错了，站在那里没动。

德格又重新对他说："我要起义，是来找你们议和的。"

格桑平措这才听清了，就说："那好，您在这里稍等一下。"

格桑平措转身回去向当时唯一的干部、一五七团宣传股长张克宇报告了德格代本的请求。张克宇一听，很是高兴，马上和格桑平措来到德格代本跟前，对他说："你们的请求我知道了，请你们再稍等一会儿，我们立即报告上级。"

不多时，二人转回来对德格代本说："我们首长说，有话下午细谈。现在先请代本一行到村里歇息。"说完，派格桑平措送他们进了雪古村，吩咐当地藏族老乡按原来规矩接待代本。德格一行就在村里歇息下来。然后，张克宇和格桑平措带着德格代本一行来到一五七团团部。在一顶帐篷里，政委冉宪生会见了他们。

冉宪生和气地招呼德格说："您请进来，请坐。"

德格坐定之后，冉政委问道："你们来此，想谈什么事？"

德格回答说："我们是来联系和解的。"

格桑平措翻译成了汉语，英国人贝卡也跟着重复了一遍。这时冉宪生对贝卡说："你是做什么的？"

贝卡说："我是代本老爷的翻译。"

冉宪生说："我们有翻译，我们是内部谈判，不需要外国人来参加，请回你的住地去。"

贝卡颇为尴尬，答应着，马上出去了。

冉政委接着问德格代本："我们的谈判，是用藏语还是用英语进行？"

"就用藏语吧。"德格对冉宪生说，"我是藏军达当代本①，目前驻

---

① 即第九代本。

守芒康地区。眼下解放军已渡过金沙江，我本人只是奉命驻守防地，既没有同国家开战的能力，也没有与解放军较量的念头，因此今天特来商议和解。在这以前，发生了一些你们路经我驻军地区，向你们开枪抵抗事件，责任全在我身上，请把应得的惩罚加到我的头上。现在，请解放军直入我的代本所在地芒康，我已经打开了城门。"

冉政委听完格桑平措的翻译后，微笑着说："你这样做，非常正确。你还有什么要求，请提出来。"

德格回答说："我没有更多的要求。只是希望看在我是主动说和的分儿上，请答应如下几点：一、保障我的部下全体官兵的人身安全，照顾解决他们的衣食住行问题。二、我本人有三个子女，请求保送他们到内地学习，关照他们未来的前途。三、允许我个人做一名普通百姓。"

冉政委说："你讲的这些都很好，请您放心！明天我们一起进驻你的代本本部。"

会谈结束后，翻译格桑平措送德格代本回到雪古村，帮他们解决好食宿问题后才返回。

这次和解放军的接触给德格留下了良好印象，他认为解放军官兵态度和蔼，品行端正。尤其是噶厦政府与解放军尚处于敌对交战状态，自己又是前来求和的，却对他如此亲善友好，待他如同家人，使他备受感动。

次日清晨，冉宪生带着部队步行出发，德格一行乘马前行，一起进入了九代本驻地。德格代本命令官兵收齐武器，交给解放军。冉宪生保证：藏军士兵集中训练一段时间后，再统一配发武器。

德格代本请冉政委住他的寓所，冉宪生执意不肯，对他说："请代本照常住下。"他自己住到了如本贡布寝室隔壁的一间耳房里。

当天，代本本部升起了五星红旗。[①]

9月18日，藏军第九代本正式通电起义。他们在通电中说："西藏人民在帝国主义及反动当局的长期统治压迫下，深受痛苦，无法解脱。……现中央人民政府、人民解放军为解除西藏人民痛苦，驱逐帝国主义的侵略势力，而进军西藏。这只有人民解放军为自己兄弟民族

---

① 德格·格桑旺堆：《我率部起义经过》，亲历者手稿。

的解放才有这样的援助，其他是不会的。因此，我毅然脱离反动阵营，回到自己的大家庭里来，与解放军携手为解放西藏人民而奋斗。目前更希望所有西藏官兵速与解放军合作，为本民族解放及巩固西南国防，保卫祖国，保卫世界和平而奋斗，务盼勿走歧途。"①

刘伯承收到电报后，当即复电：

格桑旺堆先生并转第九代本全体官兵：

你们深明大义，毅然高举义旗，站到人民方面来，使察雅得以和平解放，人民生命财产免遭无谓的伤亡和损失。闻讯之余，甚为欣慰，特电慰问，并希力求进步，以自己的模范行动，号召藏军官兵站到中华人民共和国祖国的大家庭中来，积极协助人民解放军胜利解放西藏，使藏族同胞早日摆脱帝国主义势力的侵略，逐步地建设西藏国土成为幸福的乐园，并巩固西陲国防。

西南军政委员会主席　刘伯承

十月十八日②

德格代本看完电报后，非常吃惊，他做梦也不会想到刘伯承主席这么快就给他发了电报。他心里的包袱卸下了。喜悦之际，当即复电致谢③。

至此，南路部队第一步作战行动计划胜利结束。十八军即派部队进击邦达、八宿方向，配合北路部队对昌都形成全面包围。冉宪生、柴洪泉率一、二营分两个梯队于 15 日出发，右路部队主力渡过澜沧江向北疾进，于 19 日占领左贡，22 日进抵邦达，切断了昌都藏军南逃通道。

---

① 《藏军第九代本全体官兵起义电文》，《和平解放西藏》第 161 页，西藏人民出版社 1995 年版。

② 《西南军政委员会刘伯承主席电慰起义官兵》，《和平解放西藏》第 160 页，西藏人民出版社 1995 年 8 月第 1 版，第 160 页。

③ 德格在随后成立的昌都人民解放委员会任副主任，后又兼任昌都警备司令部副司令员，1954 年被授予二级解放勋章，1955 年被授予大校军衔。第九代本官兵被改编为人民解放军。

十九、云南方向的对藏作战

拉鲁将滇藏边界地区作为其防守的重要方向之一。他从左贡、桑昂曲宗征集500余人，在肖拉、波塔拉、梯拉、多盖拉、甲巴桑拉5座山口设防，由左贡、桑昂曲宗的宗本负责，称其为"舵长官"。

得知解放军将向西藏进军的消息后，拉鲁命令舵长官在扎玉召集各顶头人集会。拉鲁在会上说："西藏护法神谕示，汉区内乱，共产党得势，已经统治了大部分地方。吾西藏雪域面临共产党进犯的危急关头，为免此祸害，各宗、谿所有僧俗人众，须即刻大事诵经祷告，敬奉乡祇，供奉战神，火祭驱魔，施咒禳灾。尤其是共产党极有可能伪装成商人、香客，潜入西藏从事密探活动，故各地山路隘口、渡河过桥等，须日夜守护，严把关卡。"气氛很是紧张。时任舵长官的帕邦喀活佛的大管家赤来塔杰接到此令后，依仗拉鲁与帕邦喀活佛的权势威望，恣意妄为，向当地属民、寺院、商贾，甚至朝圣信徒横征暴敛。

此时人民解放军正在解放云南一带，有传闻说为了解放西藏，解放军部队将从云南进兵左、桑两地。舵长官向拉鲁公函禀报道："据悉，云南方面的汉军欲逼进西藏，左、桑两地山关隘口险情丛生。是故最好调遣一代本驻扎此地，作为吾等之援军。若不能做到这一点，则左、桑两地宗本必须亲自留守察瓦龙，以指挥当地僧兵作战。为此，请速向各宗本通报告示为盼。"

拉鲁当即向左、桑宗本发布令文，要求他们组织千余民兵，坐镇部署察瓦龙五处山头隘口的防守。左贡宗本孜仲土登扎西与桑昂曲宗宗本江乐金的代理人贡珠拉二人根据拉鲁的命令，收缴了各寺院及商贾的所有枪支弹药，征调五百民兵，布置在肖拉山口，另征五百民兵驻守在曲都拉康桥头，以堵住多益拉与甲巴桑拉两山头的关口。

舵长官赤来塔杰赶到肖拉山口察看设防情况时听说解放军已陆续进抵附近地带，便借口因为喝了桦木水中毒致病，逃回了昌都。当时左、桑两地僧俗民众中流传这样的说法："以前，帕邦喀活佛来昌都传经时，我们是多么虔诚地信仰他。但是舵长官赤来塔杰身为帕邦喀活佛的大管家，却如此欺压百姓，我们再也不崇信帕邦喀活佛了！"有人因此索性烧掉帕邦喀活佛的画像[1]。

1950年3月，西南军区四兵团十四军四十二师一二六团接到进藏命令后，即于当年7月由云南省丽江、鹤庆出发，从南路进军西藏，参加昌都战役。当时部队从广东出发，一路向西，急速挺进解放云南。他们刚停下脚步，以为可以喘一口气了，不想又接受了这一艰巨任务。虽然命令突然，弯子转得大，但官兵们义无反顾，随即进行了高原地区适应性和负重耐力训练。

经过研究，进藏部队兵分三路：一路由一二六团一营和机炮连组成，为先遣部队，由团长高建兴、营长郭献瑛、教导员王杰敏带领，向西藏桑昂曲宗的察瓦龙地区松塌进发；第二路由一二六团政委成泽民带领二营、团直机关随后，向德钦进发。四十二师师长廖运周和部队一起行军到德钦；第三路由一二五团和一二六团三营组成，向盐井进发。为了保障供应，十四军组织了由2000余匹骡马组成的3个辎重团负责运输，还从原滇西北游击队和骑兵支队中抽调了懂汉藏语的汉族、藏族、纳西族青年，组成35人的工作队，沿途开展群众工作和负责藏语翻译。团机关还配备了懂英语、印地语、藏语、汉语的翻译干事。

因受地形、道路、宿营、供给等条件的限制，部队进行了充分准备。战士们除武器装备外，还带着高原御寒装备、口粮、银元等，背着70斤的行装。经过千辛万苦，长途跋涉，三路人马横渡金沙江、澜沧江，翻过高黎贡山、碧罗雪山等5000米以上的大雪山，进军途中高山反应，吃不好、睡不好、无住房。部队过江，人员及物资全靠竹溜索，连骡马也是用竹溜索通过；道路之艰险，从未遇到过，有些地方根本无路，有几处需要8个大汉把骡马往山上抬；后勤无法跟上，有几天到了断粮的地步，不得不靠山上野菜充饥。

历经2个多月的艰苦奋进，云南方向进藏部队10月3日到达怒江边桑昂曲宗[2]的察瓦龙地区松塌村。此时西藏地方的反动势力为了阻止解放军进军西藏，在察瓦龙地区集合了一个几百人的地方武装，占领着怒江边的要道拉克拉。这里是通向碧土的必经之路，地形险要，一夫当关，万夫莫开。部队只要攻克此地，就可直通碧土。因此夺取

---

[1] 察瓦·甲兰阿觉口述，多布杰执笔，《察瓦左页与桑昂曲宗解放前夕》。

[2] 察隅原名桑昂曲宗。

这个要地是配合昌都战役的一个重要行动。

此时，昌都战役正在各个方向进行。属于南集团的十四军四十二师一二六团（欠一个营）、一二五团三营为左路，由贡山、德钦出动，歼灭门工、碧土、盐井地区藏军，而后向西北方向佯动，配合北集团作战。

四十二师参战部队于10月初展开战役行动，师长廖运周在德钦开设了指挥所，指挥云南进藏部队作战。

高建兴带领先遣部队到达松塌后，便派人联络这支地方武装的头目那恩，进行和平谈判。高建兴请他到部队参观，还组织了实弹演习。但那恩拒不接受和平解决方案，声称要维持"彼此边疆"，名目张胆地闹独立。他占据天险，扬言他"有300余条枪，要与解放军决战"[①]。

团先遣部队进行了认真的侦察了解和战斗准备，得知藏军"系各头人的属民组成，其素质战斗力极低"，于是决定不需硬攻，以两面夹击的战术，先从后面打。

二连六班班长魏殿堂带领全班和几名藏族工作队的人员于10月5日夜间越过藏军背部的悬崖绝壁，截断了藏军退路，前后一起发起突然袭击，一举全歼守敌300余人，俘虏了那恩。与此同时，一二六团一连沿怒江西岸迂回前进，于6日解放门工，守敌大部逃往碧土。

不打不相识，那恩对解放军的英勇战斗，敬佩得五体投地。他说：解放军真是神兵，我想也不曾想到，你们竟能爬上连猴子也爬不上来的悬崖绝壁。

部队占领拉克拉、扎那、门工后，一面休整，一面派侦察员了解碧土藏军情况，同时对到碧土的道路进行封锁，以防走漏消息，对部队攻占碧土不利。侦察部队得到情报：左贡宗本孜仲土登扎西与帕邦喀大管家的代理人雍仲索朗带领一个代本驻守碧土，兵力布署在碧土到梅里雪山一线，约500余人。经研究，部队决定仍分兵两路，采取绕道敌后进行奇袭的战术，全歼该敌。一路由营长郭献璜带领一连和部分工作队员于6日深夜出发，7日拂晓摸到碧土侧后，占领有利地形；另一路在成泽民指挥下，由营长王月才带领一二六团二营和张发荣教导员带领的一二五团八连，于10月6日从德钦出发，经梅里雪山，直

---

① 王杰敏、金运常、申竹林、郭效儒：《艰苦战斗，挺进察隅》，亲历者采访。

取碧土之敌。

梅里雪山地处横断山系的怒山山脉，是一列南北走向的庞大雪山群。这里北连西藏阿冬格尼山，南与碧罗雪山相接，平均海拔在 6000 米以上的高峰就有十多座，称"太子十三峰"，而高踞于十三峰之上的是海拔 6740 米的云南第一峰卡瓦格博峰。卡瓦格博是藏语"白色雪山"之意，它是一座金字塔形的雪山，是藏传佛教宁玛派分支伽居巴的保护神，为藏区八大神山之一。（卡瓦格博峰至今未接受人类足迹的染指，仍是一座无人登顶的处女峰。从 1902 年英国登山队首次试图征服卡瓦格博峰以来，所有企图征服卡瓦格博的登山活动均以失败告终。其中 1991 年 1 月 3 日夜，17 名中日联合登山队员试图登顶，结果全部罹难，成为"继 1989 年苏联登山队四十三人在列宁峰全部遇难之后，世界登山史上最惨痛的事件"，可见其险峻。）山上空气稀薄，终日白雾茫茫，狂风呼啸，雨雪交加。部队虽然不用登顶，但要翻越梅里雪山的垭口仍异常艰难。翻越卡瓦格博峰途中，营长王月才因过于寒冷再加上受冻缺氧，失去知觉，突然栽倒在地。营部通信班副班长杨青年见状，立即叫通信班的战士把营长围抱在中间，用大家的体温把他暖和过来。

7 日夜，一二六团二营到达梅里雪山垭口下，山势十分陡峭。行进时，战士们几乎是前后头脚相接逶迤而进。过了垭口，翻过山脊，前面的战士在夜色中看不清楚，踩在风化了的细碎流石上，滑下山坡。后面的战士还没搞清楚是怎么回事，也三三两两地顺着山坡滑落下去，人堆人，人压人，滚成了一堆。在坡底清点人员，发现两个连队的官兵都掉下来了。大家的棉衣被碎石刮开了花，不少人的手掌被尖利的砂石所伤，鲜血直流，还摔坏了一些枪支。

郭献璜所带一连经过 190 里的急行军后，于 8 日 15 时接近敌人，以突然行动攻占碧土。当部队摸入碧土寺时，藏军一僧一俗两个代本正在吃饭，当场就当了俘虏。两人开始很害怕，经再三讲解，解除了他们的顾虑，同意让山上藏军放下武器。但由于解放军进攻神速，他们的命令还没上山，藏军已溃败下来，被三连俘虏。此次战斗，共俘虏藏军代本以下官兵 300 多人，全部解放了察瓦龙地区。二营经过艰苦跋涉，于 10 月 10 日到达碧土，与一营会合。

团长高建兴会见并宴请了舵长官、寺院活佛执事、乡吏绅士顶本等人，他让时任碧土顶本的察瓦·甲兰阿觉逐一介绍了这些人的名字和职务。高建兴讲解了解放军进军西藏的目的及各项方针政策。然后，他问左贡宗本孜仲土登扎西："你们宗辖各地共有多少守军？请你告诉我。"

土登扎西说明了扎玉以上地带僧兵的部署情况。

此时部队所带的翻译巴雪犯了一个严重的错误，错把"扎玉"译成了"察雅"。

高团长听后便对土登扎西说："你要把察雅以上驻兵全部交出来。"

孜仲土登扎西赶紧回答道："我只能交出所属左、桑两地的民兵，因为察雅的驻兵系藏府代本部下，我无权交出。"

高建兴听后很生气，脸色骤变。左贡宗本土登扎西回到驻地后，越想越恨，竟拿刀子划破自己的脖子自杀，鲜血直流。

高建兴闻讯，立即让察瓦·甲兰阿觉及碧土寺的3名执事前去宗本处问明情由。他们赶过去表达了问候之意后，察瓦·甲兰阿觉问土登扎西："老爷，您的脖子，是被解放军砍的，还是被哪个属民砍的？请实话相告。"

左贡宗本土登扎西回答说："我的脖子是我自己拿刀子划的，不是解放军，也不是属民。我是败类，我想自尽了事。"

察瓦·甲兰阿觉便对他说："老爷，您不能这么想。听说昌都甚至拉萨方面，都有意和谈呢。"

宗本土登扎西听了，甚是惊愕，显得很是后悔。高团长对宗本很是关照，将其托给察瓦·甲兰阿觉照顾，让他火速带8个人抬着轿，把土登扎西送往驻德钦的解放军前指的医务处。他们一路没有停留，但快到德钦时，宗本土登扎西断了气。

翻译巴雪因为错译"扎玉"为"察雅"，受了处分，被调离了，高建兴重新换了一位翻译。

这时，阿沛的管家巴桑被委任为新的舵长官。但在赴任途中他听说碧土布满了解放军，便将几箱官配枪支丢在巴宿的确珍驿站后，仓皇逃回拉萨去了。

攻占盐井是云南进藏部队的最后一次战斗。从10月11日起，各参战部队开始进击盐井。一二六团一营以一个连进攻扎长，二营以一个连进击位于碧土东北、通往盐井的要隘八达山口，以配合一二五团三营行动，防止盐井之敌西逃。

由一二五团政治处主任武健和师作战科长师振华率领的一二五团

三营及二营一个连，经云岭雪山察里，于 12 日晨进抵盐井以北的刚达寺，遇到藏军的阻击，七连副连长蔺长春牺牲。一排排长苟友明带领部队迅速由左侧插敌侧后，以猛烈火力向敌射击，藏军溃逃，三营立即追击，向盐井进逼。

一二六团二营经碧罗雪山向盐井进发。碧罗雪山属高山峡谷密林区，位于澜沧江和怒江之间，从北向南逶迤而下，仅在兰坪县境内就绵延 142 公里。这里海拔超过 4000 米的雪山有 15 座，其主峰老窝山海拔 4500 米，与澜沧江的相对高差为 3200 米，每年积雪时间长达 8 个月以上。

11 日下午，部队赶到了盐井南面的澜沧江边。当时，师长廖运周命令一二六团二营迅速渡过澜沧江，配合一二五团三营合击盐井。但是，部队却被澜沧江天险拦住了去路。

澜沧江在德钦县境内的 150 公里流程都属于澜沧江大峡谷。其落差为 504 米，江面的平均海拔为 2006 米，与卡瓦格博峰的海拔高差达 4734 米，两岸陡峭壁立的高山使峡谷显得十分深邃。因为江流湍急，千百年来人类没能在这段江上开辟舟楫之便。当时唯一的渡江工具是两条竹编的溜索。营长王月才多次派人寻找溜索板，都落了空，心急火燎。他又派营部通信班班长杨青年去寻找，王月才对他说："明天拂晓我们必须渡江，你快去八连送信，想法找到溜索板，现在已 12 点了，马上出发，不要耽误时间，拂晓一定回来！"

杨青年带着机炮连的 3 个战士，顺着江边小路，摸黑走到八连驻地，废了很大的劲，终于在天亮前找到了 6 副溜索板。

王月才立即组织部队渡江。他命令四连抽 35 人组成突击队，全部携带冲锋枪，由排长李树泽带领，每副溜索乘 2 人，在迫击炮、重机枪掩护下，强行渡江。李树泽等过江后立即占领有利地形，掩护部队过江。

靠 6 副溜索板轮番往返，用了两个小时，全营官兵全部渡过了澜沧江，迅速向盐井进击。12 日 11 时，一二五团三营和一二六团二营四连同时进占盐井。守敌第九代本仓皇北逃，700 余民兵溃散。一二五团三营立即追击，一个甲本大部分人被歼，残留的 20 余人，于 15 日在汪兴坡被友邻部队歼灭。至此，云南参加昌都战役的部队，胜利完成了预定任务。

二十、昌都战役胜利结束

1950 年 10 月 24 日，昌都战役胜利结束。十八军用两周时间，以伤亡 114 人的代价，全歼藏军第三、七、八、十共 4 个代本，第二、四、六代本被各歼一部，计5200 余人[①]，另争取第九代本 500 余人起义，缴获山炮 3 门、重机枪 9 挺、轻机枪 48 挺、步枪 3000 多支。

作为昌都战役的一线指挥员，吴忠在总结这次战役时，说它是一次极为特殊的战役，是解放军首次在高原地区进行的大规模军事行动。战役从准备到实施的持续时间之长，作战地区之广，地形之复杂和作战行动之艰难，都是前所未有的。在高原地区实行大纵深，远距离的战役迂回，需要付出很高代价，其艰巨程度是过去在内地作战无法与之相比的。在右路担任战役迂回任务的部队，经 10 日跋涉，从青海进入西康境内时，部队走得连不成连，排不成排，一个团的行军队形长达数十公里。原来骑在马上的骑兵，多数成了扛着马鞍走路的步兵。就以行军来说，过去他就从未遇到过几天之间累死、拖垮几百匹战马的情况，而一五四团在这样的条件下竟有 800 多人几乎与骑兵部队同时赶抵恩达，终于比藏军早一天多时间赶抵恩达，完成了战役合围任务。单就战役指挥来说，最大的成功是实行了正面牵制与战役大迂回相结合的方针。其成功就在于：战役发起时藏军不易察觉解放军之企图，待它察觉时，则已陷入重围，欲战无力，欲退不能了。[②]

昌都战役完全摧毁了藏军主力，使通往拉萨的门户洞开，五十二师一五四团官兵乘胜前进，一举攻占工布江达。昌都战役的胜利为和平解放西藏奠定了基础。正如梅·戈尔斯坦所说，"中共方面从一开始就希望以和平的方式解放西藏，现在经过昌都战役显示了中华人民共和国的军事威力，他们袖手旁观，看这次战役的教训是否会说服西藏当局进行和平谈判，并接受中共所提出的和平解放和重新统一的条件。"[③]

昌都战役结束后，五十二师在 1950 年 11 月初在昌都获悉，拉鲁

---

① 解放军114 人中大多是因渡河和因高山反应等高原疾病牺牲的；藏军伤亡 180人，其余大多被俘。

② 吴忠：《昌都战役》。

③ ［美］梅·戈尔斯坦著，杜永彬译：《喇嘛王国的覆灭》，第 721 页。时事出版社，1994 年版。

率藏军150余人到达边坝；在类乌齐战斗中漏网的七代本普隆·札巴次丹跑到洛隆宗后，以一部兵力控制了怒江上的嘉玉桥，妄想阻止解放军继续西进，同时他还纠集来自各地的散兵游勇和被遣散的藏军200余人，扬言要将他们武装起来，进行"反攻"。

吴忠和阴法唐开会研究分析：敌已无力组织反攻，但利用怒江天险及三十九部族地区重新组织防御的可能性较大。同时他们了解到，硕般多、达龙宗、洛隆宗地区产粮，遂向军前指建议：一五四团进驻洛隆宗就地补充粮食，并相机歼敌，消除隐患，巩固前进阵地。11月8日，军前指批示：为防敌重新组织防御，同意一五四团进驻洛隆。开进中应严密组织，歼灭敌有生力量，以有力促使西藏和谈。

一五四团团长郄晋武领受任务后，一营营长王坤兴率该团二连、一机连一部立即向洛隆进发，宿营瓦合塘。10日，郄晋武和三营营长赵衍祥、作战参谋冀周兴、侦察参谋侯家泉一起，带着团侦察排从恩达出发，翻瓦合山，行110里进至瓦合塘与王坤兴会师；11日再前进90里，一五四团于18时突然出现在嘉玉桥头。

嘉玉桥为一藏式木桥，亦称桑巴桥，位于怒江上，系昌都去拉萨咽喉，中有一天然桥墩。清代在墩上建有碉房——两山狭逼，一水中流，易守难攻。

当郄晋武带部队进至该桥东岸时，藏军正逼迫百姓烧桥。他们见解放军到来，弃桥逃走。前卫排不到一个小时就攻占了嘉玉桥、俘藏军数名。

洛隆宗代宗本、宗秘书本巴策仁派人与解放军联络，表示愿意回归中央人民政府。他们还报告说第七代本普隆率20余人仍在洛隆，到处抢粮，普隆还强征民女陪夜。郄晋武听后，决心兼程向洛隆宗前进。

当晚10时，郄晋武和王坤兴率二连和团侦察排从嘉玉桥出发，夜行40里，翻越拉扎山，再行40里，进到洛隆宗。天刚破晓，七代本普隆还在睡梦之中，解放军官兵如天降神兵，突然冲进城内。从睡梦中惊醒的藏军在街上狼奔豕突，脱缰的马匹嘶叫着狂奔。普隆一见对准他的枪口，吓得从床上爬起，跪在地上，不停求饶。他被俘后，惊奇地说："据我派人侦察，你们离此尚有三站之遥，中有数重高山阻隔，贵军如此神速，真是神兵天降！"这次战斗，解放军仅消耗步枪子弹7发，手枪子弹23发，普隆代本以下32人全部被俘，缴步枪32支，机枪一挺，子弹 216 箱，战马 10 匹，粮食若干。

一五四团占领洛隆宗后，团指及一营主力由恩达出发继续西进，所向披靡。14 日占领紫拓，15 日占领硕般多，18 日直占巴里郎，16 时进占拉孜，19 日占领边坝。因为拉鲁在解放军到达前就已撤退，逃往工布江达，因此藏军闻风西逃，未遇抵抗。有一些拉萨百姓的歌谣对昌都之战中藏军的表现进行了讽刺：

> 高大而勇猛的代本，
> 从不用眼睛盯住敌人，
> 碰见一堆大便，
> 就吓得他抱头鼠窜[①]。

还有嘲讽拉鲁和绕噶厦的：

> 阿沛在前线作战，
> 拉鲁却闲着待在一边。
> 驻守那曲的代本绕噶厦，
> 筑起了一座时刻会崩溃的沙堤大坝[②]。

拉鲁向噶厦政府报告说："在共产党的煽惑下，康巴人已投降。第七代本以及与其共同驻守的一排藏兵返回昌都，洛隆宗民众于 11 日投诚。据传'雪多'地方亦相继投降云云。"[③] 12 月 12 日，拉鲁给驻硕般多的一五四团副团长顾草萍写信乞和。[④]

一五四团作为解放军进藏部队前锋，以迅雷不及掩耳之势进驻洛隆、达隆宗，彻底打乱了大札摄政策划"西藏独立"的阴谋。

噶厦接到拉鲁的报告后，再次召开全藏民众大会进行讨论。噶厦政府在倡议中说，西藏"不仅逐步丧失土地，而且拉萨危在旦夕"，为

---

① 梅·戈尔斯坦采访收集，引自《喇嘛王国的覆灭》第 722 页。

② 梅·戈尔斯坦采访收集，引自《喇嘛王国的覆灭》第 723 页，根据注释重新进行了翻译。

③ 见铁虎年九月十三日《西藏会议倡议书》，原件存西藏自治区档案馆。

④ 见郄晋武日记。

此请求达赖喇嘛"立即离开拉萨赴往别土，诸噶伦应分成拉萨噶厦和在外噶厦的做法不宜改变。另外不得不采取有力措施，阻挡解放军开赴拉萨，为政教尽力"。接下来沮丧地表示，"去年年底，'强佐'与'孜本'曾就是否往汉区在佛前占卜，当时结果预示"去为上策"——当时未能成行，现事态已发展成了难以收拾的地步，再赴汉区不仅名利两损，丢失土地之外，很难与共产党政府达成和解。可否根据外事报告中所说，按印度政府给纳涉步（印度驻拉萨领使）指示，制订方案或者对派不派代表之事在神前占卜，请求考虑决定。"这份倡议最后说："总之，像目前政教处于极端危机的紧急情况下，令我们开会讨论，只能贻误时间，今后制定有关文武方针不必开会集合。向佛祖请示后，诸噶伦决定实施即可，不管产生任何后果，西藏会议不提异议，不追究责任。"

即使兵临城下，但中共中央的方针一点没变，仍然是"力争和谈解放西藏"。因此，入藏部队停止了进军行动。但西藏地方政府依然风声鹤唳——青海骑兵支队撤离竹阁寺，经类乌齐原路返回玉树时，拉鲁向噶厦报告：解放军800骑兵已由玉树出发，估计将经藏北进藏；一五四团占领边坝后，又撤回硕般多，拉鲁派兵前往侦察，在鲁公拉西山脚下，遥望山顶经幡飘动，以为是解放军的军旗，便惊恐地报告说，解放军已占领鲁公拉——实际上边坝距鲁公拉还有150公里；一五四团政委杨军应波密头人的请求，带记者景家栋、王涛等机关人员和侦察人员50人，从紫拓翻山进入波密地区开展工作，噶厦政府接到通报说："波密地区出现了大批赤汉共产党的骑兵和步兵。估计从波密直奔工布地区，或者从波密通过墨脱、扎日等不顾有无人行道路，可能会突然出现。现在侦察不到他们的行动路线。噶厦为此给各宗下达命令指示：要求加强警戒，对于危险地段要加强防范。如有敌军出现，立即向拉萨乘骑报告。

这些不实的情报，把摄政大札和噶厦政府弄得惊慌失措。而这时，有人将目标对准了大札，要求他下台——这给和平谈判创造了最基本的条件。

第五章　北京和谈

一、达赖喇嘛亲政和嘉乐顿珠的懊悔

昌都解放的消息传到拉萨，大札等亲帝分裂派惊慌万状，立即召开包括摄政、噶伦、基堪、仲译、孜本和三大寺堪布参加的西藏"民众大会"商量对策。1950 年 10 月 21 日，噶厦向其驻新德里的特使夏格巴·旺秋德丹发出通告——拉萨方面已与昌都失去无线电联系，预计昌都已经失守沦陷，指示他们立即奔赴中国内地进行谈判，只要能够确保达赖喇嘛的名望和权位，可以接受"西藏是中国的一部分"这一条。夏格巴认为这种让步为时已晚，但他 22 日还是去拜见了中国驻印度大使袁仲贤，向袁大使通报了噶厦的决定。袁仲贤邀请他出席次日中国大使馆举行的午餐会，夏格巴答应了。

西藏统治集团内部仍分歧严重。

10 月 22 日早晨，噶厦的部分官员当着达赖喇嘛和众多僧俗官员的面，在罗布林卡的护法经堂内举行了抽签问卦仪式，卦签预示：噶厦政府不应承认西藏是中国的一部分，而达赖喇嘛应该像十三世达赖喇嘛在 40 年前做的那样，到国外去寻求庇护。

23 日上午，夏格巴正准备出发去出席中国大使馆的午餐会，突然收到了一份名为"至尊达赖喇嘛令"的电报。他非常惊愕，因为达赖喇嘛当时还未亲政。这封电报说他们"不得不遵从神谕"，否决原先的决定，但又指示他们"无论如何，应于 10 月 26 日全部离开德里前往北京"。

夏格巴一看这个电报，十分生气。在午餐会上，他只能尴尬地隐瞒了他收到过拉萨方面的指令，只说他们将于 10 月 26 日从德里启程赴京。为此，袁仲贤指示中国驻加尔各答领事馆办好了西藏代表团成员的签证。但因为噶厦政府已准备向美国求援，所以 11 月 2 日，当西藏代表团准备从加尔各答出发赴京时，又收到了拉萨方面发来的电报，取消了西藏代表赴京的决定——他们前往北京的行程被无限期推延。

11月1日，美国国务卿艾奇逊举行新闻发布会，宣称美国将会认真看待共产党向西藏发动进攻的任何一种新证据。暗地里美国还企图拉拢印度政府同他们进行密切合作，以阻止中共进军西藏。11月2日，美国驻印度大使韩德逊拜会了印度总理尼赫鲁，尼赫鲁"认为美国在目前不作为为好，少说为佳。因为美国政府发表一系列谴责中国或支持西藏的声明，都可能为北京当局指责列强一直在图谋西藏并且一直在对印度的西藏政策施加影响提供某种凭证或借口"①。

但无论如何，人们都可以感受到西藏地方政府在应对危局时的无序和混乱。许多僧俗官员认为：西藏必须团结，以应对危局，而要做到这一点，不得人心且制造分裂的大札就必须被剪除。不久，拉萨的大街小巷就贴满了一份内容相同的匿名墙报，谴责大札挥霍无度，致使金库空虚，并秘密策划"万一遇到麻烦就将年幼的达赖喇嘛迁出拉萨"的行动。墙报呼吁三大寺的堪布和活佛劝说15岁的达赖喇嘛尽早亲政。但热振事件在人们心中投下的阴影还未消散，热振活佛的惨死使僧俗官员不敢公开批评和反对大札，所以只得求助护法神的卜示。

为此，西藏地方政府便决定请求乃琼、噶东二神指明出路。乃琼、噶东两寺跳神的神汉被迎请到了大札的寝宫。摄政、达赖喇嘛、各位噶伦、寺院堪布和其他主要官员都参加了这次法事活动。

译仓的官员首先上前请教："噶厦政府希望你们预示西藏应当采取什么行动才能确保其政教合一的统治形式不至于被丧失。"

乃琼神汉答非所问，说："假如你们不供奉好的祭品，我就不能保卫佛法的昌隆和民众的幸福。"

噶厦众官员又提出为确保西藏政教兴隆，对下一步"战和"二举哪种为上、应由谁掌管全藏政教大权等实质性问题。

乃琼神汉跳演了一阵后，仍只泛泛说了些要竭诚礼拜，多念经文，方能保民平安之类的话，而对噶厦的问题没做出任何回答。随即他丧失神气，成为一个普通人了。

不得已，官员们只好又请教噶东神汉。噶东神汉便使神灵附体，

---

① 《美国驻印度大使致美国国务卿的电报》，引自《西藏现代史》，第731页。

跳了一阵后，也想溜掉。仲译钦保群培土登便急忙走上前去，向噶东神汉说："这次请求指点的是关系到西藏政教存亡、众生命运的大事，我们肉眼凡胎难以决定，请神睁开慧眼，预示今后怎样办才好。"

于是，神汉又起劲地跳了起来，一会儿拔出腰刀，吓得噶伦们忙向后躲，一会儿就地跳起，掀起一片尘土。突然，他出其不意地径直走到达赖喇嘛面前，跪伏在地，拜了三次，流着眼泪说："达赖喇嘛是全体僧俗人民的智慧和至宝，只要您亲自掌握政权，就能给西藏众生带来幸福——但是您应当祈求乃琼神相助。"

谁知乃琼神汉在跳演以后已经悄悄溜走，群培土登只好派人把他追回来，向他询问达赖喇嘛亲政的问题，请求乃琼神预示。这个神汉表演一番后，说他要说的话先前已经说过了，也是噶东神那个意思[1]。

这时，摄政大札脸色惨白，神态异常，很是尴尬，默不作声。

根据凯墨·索朗旺堆的说法[2]，这次问卦卜示很可能是由一名或几名赞成达赖喇嘛接管大札权利的官员策划的，让两位神汉做出了导致权力更迭的努力。西藏的两位主要护法神都预示大札摄政应当把政教大权彻底移交给十四世达赖喇嘛，因此大札只能辞职让位。

二神预示后过了十多天，大札提出辞去摄政职务，他装模作样地说："在这不幸的时代，就像眼中进了沙土一样，辞职让位对我来说是再悲惨不过的事了。但由于自己没有搞好，造成了目前的困难局面，就这样把政教大权交还给达赖，感到很不好意思。既然两位护法神已做了预示，因此我只好照办，让达赖喇嘛来承担西藏的政教使命。"[3]

因为历史上曾多次出现过达赖喇嘛亲政时遇害暴毙的情况，一些官员担心达赖喇嘛不同意亲政。因此，噶伦喇嘛和觉当向达赖喇嘛献计：当噶伦问及他是否同意让大札辞职时，您可以提议召开"民众大会"决定。"民众大会"肯定会建议大札辞职，达赖喇嘛亲政。

达赖喇嘛后来回忆说："这时我万分焦虑。我当时年仅 16 岁，佛法修习的结束期限未到，我不仅对世界情况知之甚少，而且缺乏政治经验，并且我已到了知道自己是多么无知还必须努力学习的年龄。因

---

① 土丹旦达:《〈关于和平解放西藏办法的协议〉签订前后》，亲历者手稿。

② 凯墨·索朗旺堆:《西藏地方近代史》，西藏人民出版社，2003 年 3 月版，第 109 页。

③ 土丹旦达:《〈关于和平解放西藏办法的协议〉签订前后》，亲历者手稿。

此我首先声明，我年龄还小，尚不能担此重任，到 18 岁才能接受这项重托……我也明白护法神和活佛喇嘛提出这种请求的原因。每一世达赖喇嘛圆寂之后所实行的摄政统治的漫长岁月，不可避免地会削弱我们的政教制度。在我年幼的时候，我们的政府内部就存在着派系纷争的现象，从而导致了政府管理机构和制度的衰退。我们已到了大多数人都亟欲避免承担责任而不愿接受职权的地步。"①

很快，噶厦召开了"民众大会"，公布了乃琼、噶东二"护法神"的预示和大札的辞职请求，并说明准备请达赖喇嘛亲政。参加大会的全体僧俗官员，一致赞同上书达赖喇嘛，请他亲政。他们的请求获得了达赖的同意，接受了这一请求。

在达赖喇嘛准备亲政之际，当时美国操纵联合国派出所谓"联合国军"进攻朝鲜，而中国人民志愿军刚跨过鸭绿江。以索康噶伦为首的亲西方官员认为，应尝试可求外部世界特别是联合国的支持。他们请求印度将其呼吁书带给联合国，被印度拒绝，并警告他们说，如果西藏这样做，会被中国看成是进一步的挑衅。

西藏噶厦政府仍然一意孤行。

他们在 11 月 3 日向印度通报说，他们将直接向联合国成员国中其他信仰佛教的斯里兰卡、缅甸等国发出呼吁，指示原本要赴京谈判的夏格巴完成新的使命，把西藏的呼吁书送交联合国。夏格巴开始还不相信，他在锡金甘托克直接向噶厦发电报询问，确认了的确有这样一个指示。这份呼吁书于 11 月 13 日送达联合国。而英国驻印度高级专员通知伦敦当局，有人极为隐秘地告诉他，西藏的这份呼吁书是由印度派驻拉萨的代表辛哈起草的。夏格巴后来在接受梅·戈尔斯坦的采访时，证实确有此事②。

联合国秘书长收到这份行文、措辞都很英式的呼吁书后，当即作出决定：由于西藏不是联合国成员，而这封电报又不是西藏噶厦政府直接发来的，而是从西藏境外的一个代表团发来的，他们只能把这份

---

① ［美］梅·戈尔斯坦著，杜永彬译：《喇嘛王国的覆灭》时事出版社，1994 年版，第 733 页。

② ［美］梅·戈尔斯坦著，杜永彬译：《喇嘛王国的覆灭》时事出版社，1994 年版，第 735 页注 3。

文件当作非官方电函归类记录。但工作人员还是把呼吁书的副本非正式地散发给了安理会的各位代表。秘书长说，除非有一名安理会成员提出请求，或是联合国的一个会员国要求将西藏的呼吁书提上安理会的议事日程，否则西藏的这份电函就不会作为安理会的文件予以签发。于是，西藏地方政府让夏格巴恳求英国、美国和加拿大出面。但最后，支持其请求的是非常不起眼的小国萨尔瓦多——英、美、印三国都不得不在这件事上仔细权衡本国的利益得失。

英国驻联合国代表团首席代表杰布爵士认为，无论对中国的行为可能持什么看法，实际上并没有任何人能够向西藏提供有效的援助。印度人自己对西藏作为一个国家的地位存在疑心，因此，英国应当修改其对这个问题的看法。他建议联合国所应采取的最佳方针是，声明西藏问题所包含的内容在法律上模糊不清。1950 年 11 月 14 日，英国驻纽约的联合国代表在给英国外交部的电报中说，"无论如何，不能把西藏当作一个完全独立的国家来看待。"[1]

因为其他国家认为西藏对印度更重要，所以，包括英、美两国在西藏向联合国提交呼吁书的问题上，都唯它马首是瞻。但印度给其驻联合国代表的指示是："印度政府不欣赏萨尔瓦多的决议案，不打算再支持这项议案。"[2]

最后，在联合国讨论西藏提交的呼吁书时，得出的结论是："西藏问题从本质上说是中国辖区范围内的问题，联合国不能插手。"[3] 大会一致决定延期考虑萨尔瓦多代表所提出的建议，美国最后也仅顺势应付了一番。西藏第一次向联合国呼吁求援的活动以失败告终。

拉萨地方当局陷入孤立之中。

这时，达赖喇嘛的哥哥当采活佛利用了西北军区劝和代表团团长的身份，到黑河后就背叛了自己的承诺，一个人先来到了拉萨，向噶厦和达赖喇嘛讲述了自己在青海的经历。其中很多是谎言，但却使拉萨的僧俗官员产生了恐慌。

---

① 英国外交部档案。转引自《喇嘛王国的覆灭》，第 746 页。

② 英国外交部档案。转引自《喇嘛王国的覆灭》，第 756 页。

③ ［美］梅·戈尔斯坦著，杜永彬译：《喇嘛王国的覆灭》，时事出版社，1994 年版，第 763 页。

其实，达赖喇嘛兄弟对国家的背叛，历经几十年的风风雨雨后，可谓五味杂陈。这从流亡境外的达赖二哥嘉乐顿珠 2015 年 4 月在美国公共事务出版社出版的回忆录中可以看出来。他在回忆录中后悔当年与美国中情局合作，从台北、新德里到华盛顿都背叛了达赖，美国只是为了自己的利益挑起矛盾。87 岁的嘉乐顿珠，与约翰·霍普金斯大学国家关系学院教授石文安博士共同撰写的回忆录叫：《噶伦堡的面条商人：我为西藏奋斗的背后不为人知的故事》①。该书披露了许多不为外界所知的内幕。

嘉乐顿珠生于 1928 年，毕业于国民党南京中央政治学校。他在回忆录中说，他 16 岁被父亲送到南京学习，开始接触高层政治生活。那时，蒋介石、宋美龄一有空就接他到家里吃饭。上世纪 70 年代末到 80 年代，他曾任达赖私人代表与中央政府联系。此后的半个多世纪，他的名字与达赖喇嘛紧紧相连。嘉乐顿珠透露，1950 年人民解放军开始进军西藏时，他悄悄地去了印度，为达赖喇嘛寻找退路。他考虑，万一达赖喇嘛发动叛乱，必须提前设计逃亡路线。一直对西藏显示出浓厚兴趣的印度无疑是最好选择。在印度，美国中央情报局（CIA）一直与他接触。按照他们的计划，利用空投的方式，让携带无线电与武器的藏独分子进入中国境内。在中情局的训练下，两名藏人成功地到达达赖身边，并陪同他一起逃亡。在逃亡途中，他们一直使用无线电台与印度联系。

1959 年达赖喇嘛叛逃。此后 30 年间，嘉乐顿珠一直游走于美国中情局、印度情报部门和台湾蒋介石政府之间。可以说，他参与了达赖方面与各种国际政治势力的周旋，也亲眼看到美国对待"西藏问题"的态度一直随中美关系亲疏摇摆不定。2009 年，他接受《华尔街时报》采访时，曾公开说："美国人只能给中国找点麻烦而已，并没有对西藏的长久政策。达赖喇嘛从未被视为什么角色。"在这本回忆录的最后，他直言不讳地表示，美国只是为了自己的利益，挑起汉藏不和，并成功利用此事深化与印度的误解与混乱。他说："与美国中情局的合作，是我一生都懊悔的事情。"

---

① 该书英文名为：《The Noodle Maker of Kalimpong : The Untold Story of My Struggle for Tibet》。

二、飞马传书

与噶厦相反的是，十八军副政委王其梅在与阿沛的交往中，始终以诚相待。他在交谈中告诉阿沛，中央十条和平谈判基础，中央人民政府要求西藏政府承诺的重点是第一条和第十条，即西藏地方政府必须公开承认西藏是中国领土，解放军必须进军西藏，保卫边防。中央方面则可承认西藏政治制度、宗教制度、达赖的地位和职权，现有武装力量、风俗习惯等均可不予变更，即维持现状。解放军进军西藏的任务是保卫祖国领土的统一完整，驱逐帝国主义势力；解放军的宗旨是全心全意为西藏人民服务；解放军的供给由中央负责，进军西藏，不吃地方。如西藏地方政府不承认以上两条，中央人民政府和西藏地方政府之间，不仅无事可谈，且进军问题是肯定的，将于明年七八月份向拉萨武装进军。

阿沛·阿旺晋美再次声明说，从他担任昌都总管开始，就主张和平谈判。

他认为昌都战役后，达赖喇嘛为首的西藏地方政府中的多数僧俗官员和富人很可能逃跑到印度。因此，他11月9日召集在昌都的40多名西藏僧俗官员开会。会上大家提出，应该向达赖喇嘛提出建议，希望他和中央人民政府谈判。建议的主要内容是：如能和平解放西藏，西藏僧俗免受战争之苦，寺庙、家园不被战火毁坏，大家仍可过上圆满的生活。他们已了解共产党的政策和解放军的模范行动，请不要听信谣言，建议西藏地方政府速派代表同中央进行和谈。阿沛根据会议达成的意见，给拉萨方面写了一封信，他在信中禀报说：

此处解放军的文武首领王其梅和吴忠二位长官宣称："中国人民解放军解放西藏，是毛主席、朱总司令下达的命令，由全国人民代表大会作出的决定。解放军经康区进藏虽已决定，但中央人民政府希望以和平方式解放西藏，最好不用武力解决。我们按此精神，向康区和拉萨当局多次提出和平谈判的倡议，但藏方根本不予采纳，因此不得不以武装解放昌都。"在下人等投降后，汉藏双方商谈结果，使正在进军的部队停留在类乌齐、昌都一带，暂时起到势如千军万马在边防筑起了城墙般的作用，使西藏暂时免遭兵燹之苦。目前进行汉藏和谈是个时机。共产（党）政府所定的基本政策是，对外五族团结一致；对内各大小民族建立自治政府，工作人员根据各个民族人数多少确定；大民族绝不压迫小民族。特别是对西藏要采取特殊政策，首先是对大救主全知佛主达赖今后仍然主持政权，救主摄政活佛及各僧俗官员照常供职；保护宗教寺庙和经堂；西藏现行政治和军事制度均不予变更；藏军改编入国防武装之内；帮助西藏人民发展文化教育和农、牧、工、商业。今后凡是为发展政治和谋求人民幸福的一切办法措施需要改革时，要与人民及其主要领导人协商，在大家同意的原则下决定；尊重宗教信仰和地方风俗习惯；过去与英美两国及国民党的一切关系，不予追究。此次进军解放西藏丝毫不存在以武装支持与藏政府有矛盾的扎什伦布寺和热振来搞什么颠覆的想法，而是要把西藏人民从长期在英美帝国主义和蒋介石反动政府的压迫下解放出来，建立新的西藏自治政府，帮助西藏人民幸福昌盛。汉族绝不干涉和欺压西藏人民，这是早已确定了的。过去在西藏流传的什么共产（党）要全知佛王没有政教大权，毁灭宗教和寺庙，人不分高低贵贱，没收富户的财产，平均土地和财物，不干劳动活不准吃饭，以及共产先甜后苦等等，都是英美及国民党为挑拨离间而制造的谣言。事实真相根本不是如此。上述事实是我们亲眼所见，全可放心。目前汉藏和谈很快进行的话，汉政府提出的各项条款中有不适合西藏情况的，可将利弊详细说明，共产（党）政府方面绝不存在举剑威吓，强迫或压制不让申述利弊的做法，一切都心平气和地进行商谈决定。在下我等再三思索回顾确无强迫命令的想法和做法，对此我等身在共方的四十名文武官员敢作担保。经印度前往北京谈判代表恰孜（指土登杰保、夏格巴）过去和现在什么事也没有办成，请不要再寄希望。应该下决心速派一位高职官员为代表，经康区去北京谈判，就能成功。代表往返的安全问题，这里（我们）完全可以保证；倘若在那里（拉萨方面）派代表有所不便，亦可在此处官员中委派。大家一定为自己的国家（西藏）和人民着想，一如既往，忠贞不渝地去做。如何决定，请于11月8日前明确指示。倘若不考虑汉藏和谈，毫无疑问解放军很快就会向西藏进发，到那时，无论从军队的数量、军纪、作风那（哪）方面相比，我方全无抵挡的能力，这是有目共睹的事实。到那时，救主全知佛为首的所有君臣都难以安身，黎民百姓更不在话下，甚至连牛马牲畜也要遭殃。如何是好，敬请慎重斟酌为谢[①]。

报告写好后，阿沛和三名大小堪布及第三、第八、第九、第十五代本为首的40名政府官员签了名。

由于留在昌都的官员不了解当时拉萨的情况，听说拉萨的人都跑光了，连噶厦现在是谁在负责都不清楚，所以他们在报告开头没写具体人名，而是写了"当前西藏政务主持者全体"。阿沛把这个建议向王其梅做了通报。王其梅认为很好，表示沿途驻军一定给予帮助，保证信使的安全。

两人经过商议，决定派遣金中·坚赞平措和噶准桑林巴·平措多吉前往拉萨，向达赖喇嘛、噶厦呈送这封重要信件。

金中·坚赞平措在昌都战役曾被解放军抓住过，但随即放了。两天后，他听说阿沛躲藏在竹阁寺附近的山沟里，已被解放军包围。由于对共产党的政策不了解，加上听到过种种谣言，使他忧虑重重，不敢在昌都再待下去，因而取道朗木错向拉萨逃去。他心惊胆战，不敢走大路，只能走偏僻小道，在林丛中摸来爬去。衣裤刮成碎布，手脸划出道道血痕，焦急、恐怖再加上饥饿、疲劳，两天后，他已不能支撑下去，最后又返回了昌都。出乎他的意料，解放军对他很好，安排好他的食宿，对他说明了中央人民政府和解放军的政策，化解了他的忧虑。

1950年11月10日，金中·坚赞平措、桑林·平措多杰携信从昌都出发，快马加鞭，日夜赶路。马跑累了，又支不到差马时，他们就身背马鞍，徒步前进。两人经洛隆、嘉黎、工布江达，于11月25日到达拉萨，全程1250公里，仅用了16天时间，平均日行70公里。

为了保证这封信能送到拉萨，坚赞平措与平措多吉出发后数日，阿沛又派嘉荣基加、堪穷·洛珠格桑两人带着信的抄件，去拉萨打听情况。

坚赞平措与平措多吉路经拉日廓时，专程向拉鲁呈送了阿沛总管

① 《阿沛·阿旺晋美等四十名官员给噶厦的信》，《和平解放西藏》，第173~174页，西藏人民出版社1995年版。

给他的公函。拉鲁用自己的电台向噶厦做了报告。两人马不停蹄，抵达工布帕拉山西侧的仁青林时，接到噶厦的公文，命令他们火速赶到拉萨，到后立即去噶厦，切莫延误。

三、肯定西藏是中国领土

由于亲帝分裂势力的作祟，噶厦政策一日三变，反复无常，致使与北京和谈的时机一再丧失。大札下台后，达赖喇嘛虽然亲政但并未掌握局势，西藏地方政府中的亲帝分裂势力并未削弱。噶厦第一次向联合国——实际上是向美、英等国——求援失败后，噶伦、仲译、孜本和三大寺代表秘密开会，认为达赖喇嘛不宜久居拉萨，决定把他转移到距中印边境很近的亚东，以便他随时可以逃亡国外，投靠美英。接着，亲帝分裂势力又内定了随行的僧俗官员和三大寺堪布，对外严加保密。他们还以"噶厦人员要分为拉萨、亚东两处，人手不足"为名，任命堪穷土登绕央、台吉夏苏·举墨多吉为留守拉萨的代理噶伦。

噶厦发电报给停留在印度的孜本夏格巴·旺久顿典，告诉拟请达赖出国，令其选择住地，准备好房屋。夏格巴复电说：对达赖出国，美、英等国许诺予以协助，印度政府答应在距西藏边境较远的印度境内为达赖提供避难所，派兵在中印边界接应，嘱咐噶厦在达赖出境前多加小心。如果解放军包围藏地，印度准备派民用飞机去拉萨接走达赖，美国也将派飞行员驾专机到拉萨营救，希望在布达拉宫后面修一停机坪。为此，噶厦还专门派人在布达拉宫后面的次松塘一块空旷的平地上撒布了白土，作为飞机降落的标志。

1950 年 11 月 17 日，达赖喇嘛举行亲政典礼。

正当亲帝势力为策动达赖喇嘛外逃而乱作一团的时候，金中·坚赞平措和噶准桑林·平措多吉抵达拉萨。

他们到拉萨后，得知大札摄政已被迫下台，达赖刚刚亲政。两人当即前往噶厦。到了那里，两人发现噶厦除噶伦外，其他官员和随从都在诵经广场，他们一见两人都流露出悲喜交集之情。有的人对两人不辞劳苦，日夜兼程，从遥远的昌都携带公文安全到达，完成了重要任务，表示慰问；也有人不以为然，对他们横加指责。

11 月 26 日，坚赞平措和平措多吉遵照礼仪，向噶伦然巴、索康和代理噶伦土登绕央行等人过报到礼，呈上昌都总管阿沛等40位官员给达赖喇嘛和噶厦的联名信。这封信使噶厦上层统治集团稍觉放心，官员、贵族们的神情变得平静起来，个个谈笑自若。他们把坚赞平措和平措多吉视如贵宾，急不可待地询问昌都的情况、解放军的动向和兵员多少等等。坚赞平措回禀：解放军究竟有多少人，他不得而知，但他们军纪严明，不住民房，不要老百姓支差，还为百姓做好事，受到百姓的赞扬。他还汇报，解放军向昌都推进时，他们按当时的军情和路程推算，至少还要两三天才能进抵昌都城下。不料，就在当天晚上，解放军突然出现在了他们面前。

然巴噶伦听后，"阿啧啧！啊啧啧！"地连声惊呼，并且说："敌人像钢一般坚硬，而我们则像糌粑一样松软。"

就连最顽固的亲英派索康噶伦询问了昌都总管署全体官员的近况后，也说："阿沛·阿旺晋美受苦了，我们并不责怪他，我们的军队太糟糕，确实不能上阵。"但他又接着说，"如今只好耐心等待，世界形势总会起变化的。这次有劳二位将阿沛噶伦的报告及时送到噶厦。任务完成得很好，现在你们可以安心休息几天了。"

随后，噶厦派人给坚赞平措和平措多吉送来了酥油、糌粑、面粉和氆氇，以示慰劳。

阿沛等40多位官员联名给达赖的信，对拉萨当局促进很大，也正是这封信促使达赖决定派代表进行和谈。

1950年12月17日，达赖喇嘛给阿沛写了回信，并给王其梅和吴忠写了一封盖有他印章的信：

昌都中国人民政府文武指挥官王其梅、吴忠：

达赖喇嘛致函如下：根据全体西藏僧俗民众对我的要求和希望，以未公开宣布的形式，本人于十月八日①接受了政教权利。在我尚未成年之时，汉藏友谊遇到了冲突的因素，对此表示极大遗憾。最近解放军遍及西藏上、中、下各地，但我仍然相信毛泽东阁下不会遗弃对我和西藏百姓的关怀。如上所说，由于大量解放军开赴西藏，对此而引起的后果难以预测，为此我准备住在西

---

① 此处为藏历。

藏地方之亚东，请将此事以密信报告毛泽东阁下，这次根据昌都总管噶伦阿沛及其属下之报告，此处已派出和谈办事人员，如果将所占领的我的属民和土地昌都以及寺庙村落全部移交归还，那毛泽东阁下的声望将会遍及全球，亦会受到我的衷心感谢，敬请三思。

于铁虎年藏历十一月九日 ①

一并带给阿沛的，还有噶厦拟订、由西藏官员会议讨论通过并盖有公印的五项和谈条件，其大意是：

一、西藏根本没有帝国主义侵略势力。西藏同英国的接触始于印度成为英国殖民地时，因印度同西藏接壤，相互通商，建立和睦关系，并非有意同英国亲善和睦；同美国只是商务关系。

二、要求中央人民政府今后不要派军队进藏，不要进入昌都前后地区及原内地政府占有的西藏土地，归还旧汉政府与解放军解放的地区。

三、西藏如遭外国入侵，将按照汉藏固有关系只向中国政府要求援助。

四、要求已进驻康区和阿里的解放军撤回内地。

五、今后请勿受站在汉方的人的挑拨，勿听信谣言 ②。

除此之外，噶厦还给每个代表颁发了盖有印章的全权证书。证书外面注明西藏全权代表的姓名和身份，里面写有承认西藏为中国领土，可答应每年向中央政府进贡，此外不得作任何许诺等字样。

达赖给王其梅、吴忠的信和提出的五项和谈条件，虽与中央十项和平谈判基础还有很大距离，但它肯定了西藏是中华人民共和国领土，并派出代表进行谈判，这就为争取和平解放西藏创造了条件。

---

① 《达赖喇嘛给王其梅、吴忠的信》，引自《西藏和平解放》，第184页，西藏人民出版社1995年8月出版。

② 《西藏地方政府关于和谈的五项条件》，参见《西藏和平解放》，第184页，西藏人民出版社1995年8月出版。

四、达赖喇嘛出走亚东

达赖喇嘛在前往亚东之前，噶厦任命第二代本桑颇·丹增顿珠和堪穷土登列门前往昌都，协助阿沛·阿旺晋美到北京进行和平谈判。

阿沛的信使担心卫藏地区即将遭到解放军攻击的人们得到了安抚，也给西藏地方当局提供了权衡全局的喘息之机。但因达赖喇嘛出逃亚东的计划是在神前打卦抽签后决定的，所以仍要执行。

就在这时，噶厦接到拉鲁的报告，说解放军的800多名骑兵已由玉树地区出发，估计将经藏北进军。噶厦、译仓唯恐达赖出逃受阻，便从藏军司令部抽调孜本南木林·班觉晋美，以及4名会使用机枪的僧俗官员，于藏历十一月九日从拉萨抵达江孜，并把日喀则驻军第六代本300人调到江孜，部署于江孜到亚东一线。同日，南木林孜本专程去日喀则，观察后藏、藏北一带的动静。然后他另派人带领士兵，作为达赖的仆从和先遣，提前一天出发，侦察探路，每天向达赖呈送情报。此外，噶厦还派噶伦朵噶·彭措绕杰，带领以夏格巴·洛色顿珠为主官的第十六代本500人，到藏北一线驻防，以阻挡解放军进藏。

1950年12月19日，达赖喇嘛任命大堪布罗桑扎西和孜本鲁康娃·泽旺绕登二人为司曹，代理摄政达赖喇嘛交代了政教事务之后，即换着普通衣装，带着噶伦然巴和索康，仲译钦莫群培土登、阿旺扎巴、土登丹达，孜本朗色宁，"外交局"代理局长柳霞，孜恰秘书雪康，侍卫代本团代本帕拉色，代理基巧堪布觉丹，哲蚌寺的夏果堪布，色拉寺的堆巴堪布，甘丹寺的色墨活佛，以及一大批侍卫军官及隶属于噶厦各机构的低级官员，从布达拉宫出走，渡过雅鲁藏布江，经浪卡子、江孜，于1951年1月2日抵达亚东。

达赖喇嘛到达亚东后，立即通过当时印度驻锡金大臣致电印度政府，请求协助其至印度居住。印度政府慑于国际舆论的压力，不敢明目张胆地策动达赖出走；美、英各国怕达赖出走后，班禅返藏主持西藏政教事务，也不愿达赖出国。印度政府便复电说：按照国际公法，达赖喇嘛如为了求得生命安全，准许其去印度避难，但只能作为难民对待。因此，达赖及其一行陷入了进退维谷的境地，滞留在那里。自此，西藏地方政府分为亚东噶厦和拉萨噶厦。

达赖出走的当天，坚赞平措正在酣睡，嘎准桑林巴闯进屋子里，神情紧张地叫道："还不起床，大事不好！今天凌晨达赖喇嘛已经离开拉萨去亚东了！"

坚赞平措一下怔住了。

过了几天，坚赞平措和平措多吉接到拉萨噶厦的通知，叫他俩去布达拉宫听候传达。噶厦宣布：达赖喇嘛巡幸亚东，噶厦随同；已任命大堪布罗桑扎西和孜本鲁康娃为司曹，代理摄政职务；噶厦方面由代理噶伦土登绕央、香卡娃·居美多吉二人主持政务；决定与中央人民政府举行商谈关于和平解放西藏的办法，任命噶伦阿沛·阿旺晋美为和谈全权首席代表，任命堪穷土登列门、四品官桑颇·登增顿珠为代表，由陆路经昌都前往首都北京；还可能派人假道印度前往北京。接着，噶厦命令坚赞平措和平措多吉陪同土登列门和桑颇·登增顿珠前往昌都。

坚赞平措和平措多吉在离开拉萨前夕，带上哈达和50两藏银去向代理摄政鲁康娃辞行。鲁康娃滔滔不绝地讲了许多，他一再嘱咐：一定要把两位代表安全护送到昌都；要把噶厦委托他们代发给留住昌都地区僧俗官员和藏军连级以上军官每人藏银60称^①的救济金一事办好——他俩到昌都时，解放军已经给这批人发给路费遣返还乡了。

桑颇在接到必须前往北京的任命时并没有多加考虑。因为很多人觉得当时的拉萨连生命都没有保障，局势紧张，谣言四起。而他作为代表团前往北京，解放军不会伤害他。他认为做一些事情总比惶恐不安地待在拉萨坐视事态的发展变化要好些。另外，他也没有后顾之忧，他的父母已带着全家所有贵重物品于7月前往印度，并且派人将拉萨的剩余财物送到了他自己的一个庄园里。当时像擦绒、索康这样的大贵族家都已安排好把他们的财物送往印度。但这些贵族还是很乐观，都认为即使昌都失守了，他们也不会在印度待很长时间。他匆匆忙忙地做好了离开拉萨的准备，接到命令4天后就启程了。

桑颇后来在接受梅·戈尔斯坦采访时，回忆说：

> 出发之前，我们得到指示：跟随并侍奉阿沛，不要提任何问题。我们还领到一些钱，这是供我们到昌都分发给代表团其他成员作为酬金的，而且还领到一份通行证——或者叫征用乌拉的路

---

① 1称合藏银50两。

条——一般可以通行到昌都。但是，由于昌都已经落入中共军队之手，没有人知道到底可以通行多远，认为过了纳日科之后就没有用处了。因此，我们每人又领取了大约 600 称藏银做旅行盘缠。噶厦还交给我们一封信，要我们转交给阿沛，信中包括 5 点内容。信没有封口，而只是卷起来的，因而我们可以看到信中的内容。我看到信中的内容马上意识到，按照信中所说，和平谈判是不可能进行了……这 5 点内容与其说是谈判要点，不如说像是（对中共先前在广播上所提出的要求和主张的）答复，其中没有一点是能够协商和和解的。我认为，这 5 点指示只不过是书面态度和立场，他们还会给我们下达一些特殊指示。因此我便分别去拜望代理噶伦和司曹，表面上是向他们道别，而实际上是希望得到私下的指示。可是他们都没有对我提到有关谈判的一个字①。

桑颇和土登列门一行来到边坝时，遇到了五十二师一五四团的官兵，从这里给阿沛发了电报，告知他们即将到达。1951 年 2 月 6 日，也即藏历新年前一天，他们到达昌都，将噶厦的指示面呈阿沛。

阿沛看后，走到桑颇面前说："这 5 点指示毫无用处，难道你们没有带来任何一项口头指示吗？"

桑颇摇头说："没有，我去向代理噶伦和司曹辞行时，想听到他们的口头指示，但他们什么也没有说。"

阿沛听后，沮丧地说："现在我们应该做什么呢？我们怎么能够指望带着这几点去进行谈判呢？"

"如果谈判，我们将在何处进行？我得到的指示是陪您去北京，但这似乎并不明确。"

"我也还不知道谈判的确切地点是在昌都、拉萨，还是北京举行。我已经给拉萨方面去电询问，现正在等候答复。"

阿沛将上述情况同王其梅进行了协商，后来他和其他官员又反复商量，认为在昌都谈判已不可能，就向王其梅建议，由王其梅作为中央代表，带一些人去拉萨谈判。

王其梅表示同意。他说："和平谈判符合毛主席的思想，但我们不

---

① 转引自《喇嘛王国的覆灭》，时事出版社，1994 年版，第 771~772 页。

知道拉萨噶厦是什么想法。"

于是，阿沛又派孜仲·鲁珠朗杰和雪仲·丁云苏巴两人去拉萨报告情况，说按委托书的要求，他们没法在昌都谈判，可不可以由昌都派出中央和谈代表到拉萨进行谈判？

拉萨很快回话说，同意在拉萨谈。

为了赴拉萨谈判，王其梅做了充分的准备。当时拉萨的两位摄政罗桑扎西和鲁康娃都是亲西方的，所以王其梅去拉萨谈判有很大风险，很多人为他的安全担心，但王其梅一再向上级致电陈述利弊，毅然愿往。

实际上，西藏地方政府对向联合国求援仍然没有死心，他们很快又向联合国提出了一项新的动议。所以他们再次故意拖延了与中央人民政府进行的谈判。

1950年12月21日，噶厦派往联合国的代表分别向英国、美国和加拿大递交了一份新的呼吁书，说他们打算前往联合国总部，请求他们支持这一行动。英国驻印度高级专员表示强烈反对，因为"目前西藏的势态很平静，并不存在中共军队将提前向拉萨进军的任何迹象"①。他们从印度外交部长处得知，西藏代表团尚在印度，他们并没有前往纽约的明确计划。英国驻联合国代表也说，"我们认为提出西藏呼吁书问题的时机尚未成熟。鉴于印度政府在这个问题上有着更为直接的利益和义务，即使时机成熟了，我们也不愿意采取主动。"②

因此，伦敦当局决定不采取任何行动。

这次西藏代表认为印度起不了多大作用，连新的呼吁书都没有向印度提交，所以印度政府的态度更为消极。印度政府的理由是："假如印度政府现在在联合国坚持讨论西藏问题，共产党中国就会在一定程度上疏远印度政府，使其丧失在朝鲜问题及其他相关问题上对北京当局施加影响的一切机会。因此，在印度政府看来，西藏问题还是暂时搁置起来为好。"③

只有美国人这时来了劲，同意印度向西藏人签发进入美国的临时签证。美国国务院的各部门正在为制定和阐述其西藏政策而努力——因为一部分人认为，"美国在联合国中举行西藏呼吁书的听证会，可以

---

① 英国外交部档案。

② 英国外交部档案。

③ 美国国家档案。

— 231 —

得到益处，这包括进行反共宣传和表明美国倾听一切像西藏这样的呼声的政策的连续性。"① 所以美国已重新考虑其西藏政策，着手给予西藏以更加积极主动的支持。

西藏地方政府终于在失望之余作出决定：准备放弃向联合国提交议案的行动，同中央人民政府举行真正的谈判。

五、西藏和谈代表团终于派出

达赖喇嘛一行到达亚东后，亚东噶厦就达赖喇嘛流亡国外的问题展开了激烈的辩论。其中的关键问题是，达赖喇嘛如果逃往国外，是否能指望从印度以及西方国家那里得到巨大的援助。1951 年 1 月 10 日，亚东噶厦召回了驻印度的商务代办和所谓"负责汉地事务"的官员夏格巴，听取他们在国外"求援"的情况的汇报。夏格巴详细说明了英国人是如何以拒绝给他们签证的方式阻扰他们前往香港，印度政府又是怎样袖手旁观不向他们提供帮助的。他们在海外的困境与拉萨地方当局的遭遇相吻合，始终没有收到联合国、美国或英国发出的邀请。而三大寺堪布和其他僧俗官员断定，中共方面所提出的条件对以达赖喇嘛为首的噶厦政府和宗教的延续并不会产生有害的影响。他们从三大寺堪布和活佛喇嘛中选派了 3 名代表前往亚东，恳求达赖喇嘛返回拉萨②。

这个会开了 10 天之久，大多数代表赞成同中央人民政府举行认真的谈判。1 月 18 日，达赖喇嘛给中央人民政府写了一封谋求和平的信，索苏·旺青次旦、仲译钦保群培土登领受了这项秘密使命，以到印度朝圣为由，前往新德里，拜见中国驻印度大使袁仲贤，转交达赖喇嘛的信函，商讨最终的谈判地点，并争取从亚东再派几名和谈代表。代理摄政鲁康娃和罗桑扎西得知后，表示反对，说扎萨与秘书长暂不宜前往。两位代理摄政的反对没起到作用，因为向袁仲贤呈送达赖书信的两人这时已经到达新德里，并拜会了袁仲贤大使。袁仲贤说，如

① ［美］梅·戈尔斯坦著，杜永彬译：《喇嘛王国的覆灭》，第 781 页。时事出版社，1994 年版。

② ［美］梅·戈尔斯坦著，杜永彬译：《喇嘛王国的覆灭》，第 786~787 页，时事出版社 1994 年版。

果西藏承认其为中国的一部分，中央人民政府就不会以任何方式改变西藏的政教合一制度。2月1日，袁仲贤复信达赖喇嘛，转达了毛主席对他亲政的祝贺。群培土登回到亚东后，把信呈送给达赖喇嘛，他和大多数官员看后大受鼓舞，逐渐放下心来。因为历代达赖喇嘛亲政，必须有中央政府的认可。毛主席的祝贺，使其感觉得到了合法承认①。大家认为，一味依赖外国，至今一无所获，纯属幻想而已；还是依靠祖国，争取和平解放，才是最好的出路。亚东噶厦在2月12日以达赖的口气，复电拉萨噶厦，告知他们和谈地点已选在北京，参加和谈的人员也已确定，强调"和谈地点选在北京，如同流水源于雪山"。

此时，王其梅、阿沛已准备动身赴拉萨进行和谈。达赖喇嘛和亚东噶厦通过中国驻印度大使馆发来电报，决定让代表团去北京同中央进行和平谈判。这样，阿沛和王其梅放弃了原计划到拉萨谈判的准备。

除已决定噶伦阿沛·阿旺晋美一行由陆路经昌都赴京外，另选两名僧俗代表从亚东经印度由水路赴京，达赖训示，其人选由噶厦、译仓分别呈报。

在译仓商量僧官候选人时，土丹旦达说："译仓四位仲译钦保均来到亚东，我是新任，对政教事务不甚了解，愿意承命赴京。"

就这样，土丹旦达作为译仓提出的僧官候选人，同其他仲译钦保一起觐见达赖喇嘛，任命他为赴京的僧官和谈代表，噶厦也呈报藏军马基凯墨·索安旺堆为赴京的俗官和谈代表。

土丹旦达当时之所以愿意赴京和谈，主要是想通过耳闻目睹，了解中央人民政府的政策，以分辨解放军究竟是好是坏，能否使西藏的政教体制保持不变，对黎民百姓有所裨益。

于是，噶厦正式任命阿沛·阿旺晋美为首席代表，土登列门、桑颇·登增顿珠、土丹旦达、凯墨·索安旺堆为代表，达赖喇嘛的姐夫尧西·彭措扎西为汉语翻译，萨都仁青为英语翻译。

凯墨·索安旺堆、土丹旦达一行动身前，噶厦给每个代表再次颁发了一份盖有印章的全权证书，证书外面注明西藏全权代表五人姓名及身份，里面写有承认西藏为中国领土等内容。同时，噶厦还让他们带了一封达赖致印度总理尼赫鲁的信件，内称：兹有扎、仲二人前去

① 《解放西藏史》，第150页，中共党史出版社2008年版。

北京谈判汉藏和解事宜，请求给予多方面的指导。

土丹旦达、凯墨一行从亚东出发，抵新德里后，去拜见了印度总理尼赫鲁，面交了达赖的信件和礼品，同时请他对汉藏和谈给予指导，希望印度政府充当汉藏和解的证人。

尼赫鲁说，估计中共会提出以下三条，一是要西藏回到中国大家庭——不承认这一条，没法谈判，国际地图也早已标明西藏属于中国，所以必须承认；二是西藏外交要由中国统一管理——不承认这一条，也没法谈，因此也得承认；三是解放军要进驻西藏——承认了这一条，西藏今后就会有很多困难，印度与西藏毗邻，对印度也很危险，所以不能同意。要运用巧妙的办法，力争维护西藏的政治、经济权利，但切记不可与中国作战，那是打不赢的。至于请印度充当中间证人的问题，尼赫鲁未做任何表示[1]。

接着，土丹旦达一行去拜见了中国驻印度大使袁仲贤，中国驻印度大使馆为他们办好了护照，订好了从加尔各答到香港的机票。

3月28日是阿沛和土登列门、桑颇·丹增顿珠、随员金中·坚赞平措从昌都启程赴京的前一日。这天阿沛给达赖喇嘛写了报告，他在报告中说：

> 在目前如此的情势下，要不惜个人的生命，为心中理想之实现而献身。如果赴往汉区运用全部智谋，历经会谈的结果是："公开宣布西藏是中国的领土"这句话的意思为五个民族没有上下高低之分，一律平等，团结和睦相处。"进军西藏边防"，丝毫不意味着要强行干预西藏内部政务，是因为目前世界局势动荡不安，在近期数年内汉政府不能不派军队驻守。如果能允诺以上两条，其他有关政治制度的改变，由西藏政府自行决定，对西藏内部的政教事务不加干涉，亦不采取其他强行措施等。不管我们西藏政府提出什么要求，汉政府均能答应。同时为使今后有所凭据，会答应签订有关协议条文，以使西藏政府满意和放心。然而，如不承诺上述两条，不仅汉藏之间无事可谈，而且业已表明，于今年

---

① 《解放西藏史》，第151页，中共党史出版社2008年版。

公历七八月间，汉政府将以武力进行解放①。

阿沛把这份报告写完后，交崔科呈送拉萨噶厦和达赖喇嘛。与此同时，又给驻守工布江达的噶伦拉鲁呈送了抄件，要求他立即电报达赖喇嘛。

根据十八军老兵、西藏文史专家杨一真先生的分析②，促使亚东噶厦派代表团赴北京的因素还有以下几点：

1950年12月，由新疆于阗进入阿里改则地区的新疆军区独立骑兵师一团保卫股长、进藏先遣连党代表李狄三曾与阿里噶本派出的两个代表才旦朋杰和扎西才让举行过一次友好谈判，并达成四项协议。毛泽东于1950年12月30日给阿里噶本的两位代表复电："你们两个邦保要同当地解放军进行和谈，我完全同意。至于西藏高级官员如要进行谈判，也可以把和谈的意见通过解放军转告给我。"

关于这次和谈的情况，阿里僧俗二噶本于1951年1月14日，向亚东噶厦作了报告："噶尔72天路程的东北之隅——古森边境'停贡'之地出现共军情况已呈报，最近派人向汉官说明情况时，回答说：'我们中间不要打内战，应和睦相处，但对外不说出我们之间是和睦的。'还说，'我们都是朋友，可以互相帮助，这里来的军队虽然多了一点，不要怕，衣食全由汉政府供给，感到军队太多，我们可以商量撤回一部分。以后开往何处，一定向你们作说明'等等。似作为自家人对待。现在汉人和二代表好像结为朋友，还说请二代表去参观他们的兵营。"

毛泽东复电二代表后，阿里二噶本又于1951年2月9日向亚东噶厦报告说：

最近从派往藏北共产党军官驻地的二代表汇报和我们给汉官李狄三送礼物时的答复，以及收到毛主席的电报等内容来看，其中意思为：汉方的主张仍是前电中所说的那十条，还说其中如有不妥之

---

① 阿沛·阿旺晋美：《关于接受我和谈条件向达赖喇嘛的报告》（藏文），存西藏自治区档案馆。

② 杨一真：《争取和平谈判进军西藏的历史回顾》，亲历者手稿。

处可以提出来，我们一起研究，又说不许与外国帝国主义和蒋介石勾结。如果你们现在的大官员也愿意和谈，可以通过李狄三给毛主席发电报。如果现在的所有官员能像阿里噶本一样，与从百姓中雇来的士兵和睦相处，只派少数解放军去西藏就可以了^①。

2月15日，亚东噶厦复电阿里噶本，告诉了他们汉藏和谈将在北京举行的决定，以及参加和谈的人员，并说"此事已向共产党总统帅毛主席发了电报"，要他们派代表"向汉官李狄三说明"。

另外，如前所述，西藏地方政府对进藏解放军的情报也掌握不准，风声鹤唳，造成了恐慌，新疆军区进藏先遣连只有136人，但亚东噶厦给拉萨噶厦电报却称："阿里二噶本来电说，上、下藏北改则一带共军队队相连，压境而来，如不立即进行认真有利的谈判，未设一处哨卡之上部藏北将遇到比藏北^②和康区更大的危险。看来，拉萨噶厦或在外噶厦以及上、中、下藏区面临着难以估计的危机。"

还有，西藏地方政府游说"西藏独立"、争取帝国主义支持的行动完全失败——这从亚东噶厦给拉萨噶厦的电报中可见一斑：

美、英等国是否真心诚意帮助西藏？如没有，汉藏之间是否举行和谈？为此，将派往联合国求援的扎萨与秘书长等三个代表、赴汉区办事人员强佐与孜本二人，赴印商务代表团招回亚东，与亚东的大小官员一起连日开会研究。此次会议纪要的抄件已由亚东噶厦寄给拉萨噶厦，其要义为：从派往国外的各使团汇报情况看，无论是美国、英国以及印度等政府都绝不会诚意帮助西藏。在这种情况下，不能与共产党中国和谈相好，反而趋向更大对立，对国力强弱悬殊的情况看来，无力与其进行较量^③。

对谈判成行起重要作用的还有，西藏地方政府中以阿沛为代表、力主祖国和平统一的力量在昌都战役后迅速增长。达赖喇嘛说，由阿

① 《毛泽东复才旦朋杰、扎西才让的信》，见《毛泽东西藏工作文集》，第36页。

② 此处指那曲。

③ 《亚东噶厦给拉萨噶厦的电报》，原文存西藏自治区历史档案馆。

沛出任和平代表，"符合拉萨与各地民众的心愿"，因此，亚东噶厦"以昌都总管噶伦阿沛在不顾个人安危的情况下所提出的独特见解为依据，派出了堪穷与四品官等僧俗官员为助手，提出五条谈判方案，并已经给共产党政府代表发出盖有内宫印^① 的信函。鉴于以上情况，不能不立即签订汉藏和谈协议"。

六、和谈代表抵京

阿沛一行从昌都启程前往北京和谈时，昌都至甘孜的公路尚未完全修通，只能骑马到德格后再乘汽车。他们由十八军民运部长平措旺阶、联络部长乐于泓陪同，沿途受到了当地党、政、军领导的热情欢迎和接待。

在途中，阿沛认为在内地敬献哈达会让人觉得西藏落后，遂决定放弃这一传统习俗，尽管俗官要求留长发，但他还是理了发。

4月16日，阿沛一行由成都乘机到达重庆时，西南局第一书记、西南军政委员会副主席邓小平亲临机场迎接，亲切慰问了和谈代表团。原国民党政府西康省主席刘文辉也到机场迎接并讲了话——让参加和谈的一些西藏官员感到，像刘文辉这样的大军阀，只要坚决跟着共产党走，都能在政治上获得新生命，他们也应该像刘文辉那样。

西南局暨西南军政委员会向代表团宣传解释了《和平解放西藏的十项条件》，接着还组织代表团参观了重庆钢铁厂，这增进了阿沛一行对解放军和人民政府的信任。西南军政委员会秘书长孙志远很快以广博的知识和深邃思想以及善解人意的做法和阿沛建立了良好的私人关系，为以后和谈成功构筑了友谊的桥梁。

拉萨噶厦政府决定进行和谈后，拉鲁松了一口气。他向前方各部队发出命令：现在已决定和谈，各部队就地驻扎，不要挑起事端。因为和谈需要一定的时间，所以拉鲁在工布江达住了4个多月。就在这期间，十八军联络部从边坝派巴塘人强曲给他送来了一封信。强曲到工布江达后见到拉鲁的周围有军人和职员，不知直接把信送给他是否合适，就托词说，拉鲁的客人托他带来了一封信。这样，拉鲁接待了

---

① 指达赖的私印。

他。来信的大意是：双方要相信和谈协议能够达成，在进行和谈之际，双方要和睦相处——拉鲁当然也希望和谈能够成功，因为他自己身在前线，藏军主力又在昌都全军覆没，当时全部藏军只有1500多人，根本无法对抗。

拉鲁回了信，表示和平协定即将签订，希望双方不要发生什么事情，并相信彼此能够和平相处。与此同时，他再次向他属下的各藏军部队下达命令：前方各部队切不可挑起事端。如果有人制造事端，破坏和谈，必严惩不贷。自此之后，双方相安无事，关系有所改善。

1951年4月22日，从昌都出发的西藏地方政府和谈代表路经西安抵达北京，中央政府政务院总理周恩来、副总理郭沫若亲临车站欢迎；从亚东出发的和谈代表从印度加尔各答乘机到达香港，然后改乘火车，也于26日抵京，受到了朱德副主席和周总理的欢迎。

凯墨和土丹旦达到达北京后，旋即会晤先期到京的阿沛等人，转交了噶厦发的证书，传达了达赖吩咐的有关事项，以及达赖喇嘛和亚东噶厦制定的内部谈判条件；转告了噶厦关于争取外援的令人失望的经过以及途经印度时拜见尼赫鲁时的情况。接着他们又拜见了中央首长，呈交了达赖喇嘛的信件和礼品，并请求开通北京到亚东的无线电联系，以便商谈其他主要问题。

阿沛和几位代表仔细研究了从亚东带来的谈判条件，其中说："在不得已的情况下，对外可以承认西藏是中国的一部分，内部必须是独立自主的，但不能同意派兵到边界。中央驻拉萨的代表及其工作、服务人员，总数不可超过百人左右。"[①]大家一致认为，其虽与先前从拉萨带来的五点声明有很大进步，但仍不现实，只会损害谈判气氛。阿沛认为，对于谈判的问题，既然他是全权代表，就应当负起责任。他深知西藏官僚体系的弊病。所以他向其他代表说，寺院堪布和"民众大会"中的其他保守派对现代世界一无所知，对中国共产党也不甚了了；他们会拒绝接受中共方面打算发表的言论和将要提出的条件，并且还会坚持商谈供施关系和西藏独立。他担心如果"民众大会"必须商讨每个问题，将要花费数周或数月才能作出决定。假如由谈判代表承担责任，就能够以友好的气氛尽快达成一项协议。作为代表团团长，

---

① 阿沛·阿旺晋美：《回忆和平解放西藏协议的签订》。

他将对此项行动承担全部责任，并且，如果噶厦政府最终得到外援并决定同汉人抗争，他愿意接受任何处罚 [1]。

其他四位代表表示赞同这个原则。为了返藏后使达赖对谈判情况确信不疑，代表们决定每次协商都请达赖的姐夫尧西·彭措扎西参加。

七、噶厦政府与扎什伦布寺拉章之间矛盾

1951 年 4 月 28 日，政务院总理周恩来、国家副主席李济深，副总理陈云、黄炎培等国家领导人设宴为西藏和谈代表接风洗尘。周恩来在宴会上讲话，对西藏和谈代表来京表示欢迎，宣布了参加和谈的代表名单。其中中央人民政府方面的全权代表是：首席代表为中央统战部部长、中央民族事务委员会主任委员李维汉，代表有中央军委办公厅主任张经武，西藏工委书记、十八军军长张国华，西南军政委员会秘书长孙志远，平措旺阶、乐于泓为列席代表。

29 日下午，西藏地方政府的和谈代表开始同中央指定的全权代表就和平解放西藏问题开始谈判，地点在北京市军管会交际厅。开始是预备会，双方就谈判程序、步骤等问题协商，听取了阿沛等人的意见。李维汉说："我们是一家人，谈判可不拘形式，什么意见都可以说，大家商量，把事情办好。"他强调"谈判就是民主协商，就是充分发扬民主，畅所欲言，各抒己见。" [2]

西藏代表先接受了中央提出的《解放西藏公约十章》，其内容早就在电台、广播及康区的墙报传单上宣传过。接着西藏代表也根据自己的十条声明提了九条建议，中央表示对正确的部分加以采纳和研究，对不合理的部分进行了耐心的解释。其中，关于人民解放军进入西藏、巩固国防这一条，西藏代表鉴于噶厦曾交代不得许诺，所以不愿接受。中央代表当时并未勉强，只是建议休会两天，安排他们参观，观看文艺演出。

之后，中央代表向西藏地方政府代表介绍了解放军的宗旨和优良作风，解释解放军进藏的目的和任务，并拿出清代历史文件，证明中

---

① 阿沛·阿旺晋美：《回顾西藏和平解放的谈判情况》；梅·戈尔斯坦对桑颇·丹增顿珠的采访，《喇嘛王国的覆灭》，第 789 页。

② 阿沛·阿旺晋美：《良师净友》，载 1986 年规划 6 月 22 日《人民日报》。

央有权派军队入藏，且早有先例。中央代表还说明巩固国防是全国各民族的共同任务，对西藏人民、西藏民族有利，对国家也有利。中央代表的解释让西藏地方政府代表的顾虑得以消除，愿意就进军人数、驻地、供给以及藏军改编等进行了谈判，就积极协助人民解放军进藏问题达成了协议。

土丹旦达作为译仓派出的僧官在谈判过程中对宗教信仰、寺庙收入等提的建议较多，中央大都采纳了。所以当他签订协议返藏后，不少寺庙和宗教界人士写信来表示满意，并且向他致谢。

最后，西藏和谈代表要求中央在十七条协议里面写上这么一条，"希望中央人民政府允许达赖喇嘛在西藏地方政府执行和平解放西藏办法的协议的第一年内，如因某种需要，得兹幸选择住地。在此期间内返职时，其地位和职权不予变更。"① 也就是说，协议签订后，如果达赖喇嘛和噶厦承认，那是再好不过了；如果达赖喇嘛不承认，到国外去了，应该允许他到国外去看一年，看到西藏情况有好的变化、有发展时，再返回西藏，到时候请中央保证达赖喇嘛的固有地位和职权。中央答应了他们提出的这个要求，但中央提出：十七条协议要向全世界公布，如果把这个条件写到协议里面，可能会引起世界舆论的各种议论——为了避免这一点，建议不把这一条写到协议里去，而是单独搞个附件，写在附件里。西藏和谈代表同意了。

经过充分讨论，双方对许多重大问题取得了一致意见，但谈到班禅的问题时出现了分歧。

在西藏地方政府派和谈代表赴京的同时，中央决定邀请班禅额尔德尼·确吉坚赞到北京参加五一国际劳动节观礼，并征询他的意见以便解决西藏内部问题。班禅及班禅堪布会议厅部分官员在西北军政委员会驻班禅行辕代表范明陪同下，于4月27日到达北京。周总理同班禅就和平谈判、民族团结、达赖与班禅的关系交换了意见。国际劳动节那天，中央人民政府邀请西藏和谈代表和班禅参加观礼。阿沛登上天安门城楼，与班禅友好会面，一起受到了毛主席的接见。

中央和谈代表提出：现在中央和西藏地方政府之间的问题已经谈

---

① 阿沛·阿旺晋美：《回忆和平解放西藏协议的签订》，《解放西藏史》第157~158页，中共党史出版社2008年版。

定了，还有个西藏内部的问题需要解决。这个问题就是当年十三世达赖喇嘛和九世班禅失和，九世班禅到了内地，在青海玉树圆寂后，班禅堪布厅在青海循化寻访并经国民党政府认定了九世班禅的灵童。而同时西藏地方政府在昌都八宿也寻找到了一位候选灵童，所以当时西藏政府并没承认班禅堪布厅认定的灵童，而执意要举行"金瓶掣签"仪式，以决定哪个是真正的"灵童"。

阿沛立即发报请示达赖喇嘛和亚东噶厦。电文指出，九世班禅灵童不仅已得到国民党的承认，而且也得到了共产党的承认，鉴于这种情况，西藏地方政府也宜尽早承认九世班禅的灵童。电报发出后不久，就收到了达赖喇嘛和亚东噶厦的回电，称班禅主寺扎什伦布寺的代表也专程向亚东噶厦和达赖喇嘛请求过承认国民党认定的九世班禅灵童之事，他们已决定予以承认。这样，认定九世班禅灵童一事得到了圆满解决。

虽然如此，有关班禅地位和职权的问题一经提出，谈判就陷入僵局。本来西藏代表团成员同李维汉、张经武、张国华、孙志远等中央代表团成员在以往的谈判中一同交换意见，相互访问，关系比较融洽，彼此建立了信任，没有发生过问题，但班禅问题一经提出，矛盾就出来了。

达赖与班禅的矛盾始于藏历铁狗年（1910 年），积怨很深。当时的十三世达赖喇嘛反对清朝在边境增建清军，并且还逃往印度。当他到大吉岭后，驻藏大臣联豫发布取消达赖喇嘛封号及一切权力的告示，同时迎请班禅到拉萨，请他住在罗布林卡的格桑颇章，还挂起班禅和驻藏大臣合影的照片。

当时还有一件事加深了双方积怨。达赖喇嘛带领少数随员出逃印度离开拉萨到达加桑渡口时，恰遇前往拉萨的扎什伦布寺的嘉荫[①]扎萨喇嘛朱旺活佛一行，他们不知渡江的人中有达赖喇嘛，所以没有表达应有的礼节，达赖的随员认为这是小看他们，说了不少闲话。达赖或班禅外出，按惯例双方都要派负责招待工作的五品僧官孜卓问候对方，提供需用。这次达赖逃亡印度时，班禅一方没有派人问候送行、提供用品。这件事也使达赖一方的人甚为不满。种种缘由凑在一起，更加深了矛盾，也正是内因外因，形成派别，势同水火。

---

① 尊号，扎什伦布寺除班禅外唯一的至尊。

达赖、班禅失和的历史，从此开始。

嘎厦因此处处为难扎什伦布寺：强令扎寺拉章支付 1888 年和 1904 年两次抗英战争和 1912 年驱逐清军时所耗用的军费，还要支付增建新军的四分之一军饷。并说这在 1789 年和 1853 年廓尔喀两次入侵西藏时嘎厦与扎寺订立盟约时规定的。对此，扎寺拉章复信说："抗击廓尔喀，是为了保卫西藏的领土和主权。在战争中，扎什伦布寺损失惨重。当时，扎寺拉章及所属大小寺院，贫富居民为赶走侵略者，所有人力、物力都投入战争，耗用的军费嘎厦不偿付我们，我们也没有什么意见，但不能像俗话说的——'吉日的茶酒，变成凶年的差役'，请慎重考虑。至于要建立达赖喇嘛的警卫部队，我们愿尽力而为，除此以外，实无力支付所规定的四分之一军饷。且拉章所属豁卡收入，仅能维持本寺费用，并无多余。五世、七世和八世达赖喇嘛对扎什伦布寺的供应差役，早有规定。此项规定关系到扎什伦布寺的兴旺盛衰，望嘎厦切勿改变原定法规。"[①] 扎寺拉章多次上书嘎厦请求免征新税，但嘎厦充耳不闻。

九世班禅为弘扬佛法，塑建了强巴金铜大佛像，其高 26.5 米，一个中指便长 1.2 米，足长 4.2 米，肩宽 11.5 米，由 110 名工匠化了 4 年的时间建成，花去黄金 6700 两，黄铜 115.5 吨，珍珠宝石不计其数，是世界上最高的镀金铜佛像。佛像建成，世人无不赞叹。但嘎厦的一部分官员却说："如果没有够余的钱粮，哪能塑造这样大的佛像？"针对这种非议，民谣中唱道：

> 后藏塑大佛，
> 前藏人眼红；
> 如有大力气，
> 请把佛背去。

嘎厦的少数掌权者，利用矛盾，派人充当后藏十三宗代表，向嘎厦提出要扎什伦布寺的属民同嘎厦属民一样完粮纳税。扎寺拉章专门派格桑巴、扁康、赛巴带人到拉萨据理力争，但无结果。最后竟然逮捕了三人，关进布达拉宫夏钦角监狱，其余人被软禁。

---

① 李苏·晋美旺秋：《嘎厦政府与扎什伦布寺拉章之间矛盾的由来》。亲历者手稿。

噶厦步步进逼，除了要扎寺拉章承担四分之一军费外，还下令按"水猪法令"支应马差。文告下达到后藏十三宗，扎寺拉章属下的百姓如要担负，每年将有百分之五的人家破产。拉章只好从自己的收入中减削，将每岗差地免去十克半的青稞税。

由于上述原因，九世班禅不得不出逃。他在临行时留下嘱言："佛上（指达赖）虽有慈悲之心，但为左右蒙蔽，不按古法旧规办事，对扎寺强征军饷及新税、徭役。为支付军饷和额外差税，我不得不去蒙、汉地区募化，求施主布施……"

班禅于藏历铁狗年十一月十五日晚带领阿晋等三人秘密离开扎什伦布寺，经那塘、格丁过江，在谢通门留宿一夜，随员80余人于十八日离开日喀则追随。噶厦得知，发布命令：任何官员，不得跟随班禅出走；否则，没收全部家产——但还是有人不顾一切，相率出逃。公·彭措玉杰、四品官旺久加布等人被抓到罗布林卡交警卫团审讯，身受非刑，判处终身监禁；德夏·拉旺次仁和七品官顿吉、登巴等人也被投入监狱；班禅亲属尧西家的财产被没收，夫人和家人关进"雪"白丁监狱。日喀则宗在班禅出逃后告示百姓：跟随魁首坚色洛巴逃亡藏北无人区，生命难保。但告示当晚被百姓揭掉，贴出回告：

> 有法无法哪个好？当然有法好。
> 怎奈有法不依法，反以人压法。
>
> 上官如太阳，下吏似乌云。
> 不用密咒驱阴霾，黎民怎能见青天[①]？

班禅出走后，噶厦新任宗本把扎什伦布寺及其属民当作敌人看待，他们以极大的毅力忍受了三十年之久。

正是因为上述原因，中央提出的要解决西藏内部问题一事，西藏和谈代表坚持不谈这个问题，因为他们来的时候没有接受这个任务。何况西藏前后藏之间、西藏地方政府和班禅堪布厅之间矛盾很大，所以他们不能谈。西藏代表团认为，这次到北京是为了签订《中央人民

---

① 李苏·晋美旺秋：《噶厦政府与扎什伦布寺拉章之间矛盾的由来》，亲历者手稿。

政府与西藏地方政府关于和平解放西藏办法的协议》，与班禅问题毫无关系。班禅问题可以在协议签订后另找机会由中央人民政府和西藏地方政府、扎什伦布寺拉章一起讨论解决。

中央代表团则认为班禅问题虽是西藏内部问题，过去国民党时期没有得到解决，但现在是共产党领导，不仅要解决汉藏民族间的团结，也要化解藏族内部的矛盾。因此，达赖与班禅的问题，这次和谈一定要一并解决。

对于这个问题，双方各抒已见，互不相让。之后，双方各推出两人，对此问题进行进一步研究。

5月19日下午，中央代表团派和谈代表孙志远带着翻译平旺到西藏代表团下榻的北京饭店，来看望阿沛，两人单独进行了深入交谈。谈话的内容涉及西藏前后藏的管辖范围在内的许多问题。孙志远耐心地重申了中央代表团的意见，他说："中央和西藏方面的大事已经谈通了，剩下扎什伦布寺拉章的问题是西藏内部问题，还没有解决，这样的小事，为什么意见就统一不了呢？"

起初，阿沛采取了回避的态度。次日两人又从上午9点谈到12点，没有任何结果。3人吃了饭，午休后又继续谈。

阿沛·阿旺晋美谈了西藏地方政府和扎什伦布寺拉章的历史渊源，一直谈到下午6点。孙志远从阿沛谈到的班禅和达赖的关系演变中受到启发，他适时地提出一个建议，说："你看这样行不行？是不是可在协议里写上这样的内容？即：维持十三世达赖喇嘛和九世班禅额尔德尼彼此和好相处时的固有地位及职权？"

孙志远这一句话打破了好几天的谈判僵局。阿沛想了一会儿说："单是这样写是可以的。"

为什么西藏代表团能同意这样写呢？因为达赖喇嘛从五世到十二世，班禅喇嘛从四世到八世，西藏地方政府和扎什伦布寺拉章非常好。这是历史事实，没有理由不同意。问题是到了九世班禅和十三世达赖喇嘛时才产生矛盾。因此，当孙志远提出这个建议后，西藏代表团双方协商，一致认为，那是好多代人形成的历史，没有什么可指责的[1]！

西藏代表团承认了这一点，意见统一了。有关班禅问题所商定的

---

① 刘立君：《怀念孙志远"和谈"做贡献》。亲历者手稿。

内容就是十七条协议中的第五条："九世班禅额尔德尼的固有地位及职权，应予维持。"第六条对双方的关系进行了阐释说明："达赖喇嘛和九世班禅额尔德尼彼此和好相处时的固有地位及职权，系指十三世达赖喇嘛与九世班禅额尔德尼彼此和好相处时的地位及职权。"

1951年5月23日，双方代表在北京正式签订了《中央人民政府和西藏地方政府关于和平解放西藏办法的协议》。

协议的签订，"是中国共产党成功地解决国内复杂民族问题的典范。它正确地回答了这一阶段由于西藏特殊情况所提出的涉及中国长远战略利益和国家安全的问题。同时，协议体现了中央对西藏上层的宽广博大胸怀。一个有强大军事力量的中央政府对一个有离心倾向的地方政府，采取谈判的方法，耐心说服教育，这在世界历史上也是罕见的"[①]。

西藏代表当即发电报给达赖和噶厦，向他们报告了十七条协议的内容。当天下午，毛泽东主席听取了参加和平谈判的中央人民政府代表关于谈判及签订协议情况的汇报。毛泽东说："好哇，办了一个大事，这是一个胜利，但还是第一步，下一步实现协议要靠我们的努力。"并叮嘱张国华，"你们在西藏考虑问题，首先要想到民族和宗教这两件大事，一切工作必须慎重稳进。"[②]

5月24日下午，毛泽东主席在中南海怀仁堂接见了参加和谈的西藏代表，阿沛面呈了达赖喇嘛的信件和礼品。当天晚上，毛主席举行宴会庆祝签订和平解放西藏办法的协议，在宴会上讲了话：

> 几百年来，中国各民族之间是不团结的，特别是汉民族与西藏民族之间是不团结的，西藏民族内部也不团结。这是反动的满清政府和蒋介石政府统治的结果，也是帝国主义挑拨离间的结果。现在，达赖喇嘛所领导的力量与班禅额尔德尼所领导的力量与中央人民政府之间，都团结起来了。这是中国人民打倒了帝国主义及国内反动统治之后才达到的。这种团结是兄弟般的团结，不是一方面压迫另一方面。这种团结是各方面共同努力的结果。今天，在这一团结的基础之上，我们各民族之间，将在各方面，将在政

① 《解放西藏史》第163~1164页，中共党史出版社2008年版。

② 张国华：《西藏，回到了祖国的怀抱》，载《红旗》杂志1957年5月号。

治、经济、文化等一切方面，得到发展和进步^①。

5 月 28 日，《人民日报》用藏汉两种文字对外公布了协议的全文，报道了和平谈判的经过，并发表了题为《拥护关于和平解放西藏办法的协议》的社论。

协议签订不久，拉鲁就从广播电台中收听到了相关消息，心里非常高兴，立刻向拉萨噶厦政府发了电报："从广播中听到在北京签订了《十七条协议》，现在我在此地似无必要，请明示去留为盼。"在拉萨的代理摄政和拉萨噶厦回电给他说："《协议》内容尚未弄清，待与亚东噶厦商议之后，再予答复。"

10 天后，拉鲁接到了噶厦的电报："在北京签订了《协议》，已决定派中央代表张经武及部分工作人员经印度入藏，解放军官兵和阿沛噶伦等经康区入藏。为了做好沿途的欢迎工作和布置下属做好此项工作，请你速回拉萨。因为中央代表和解放军官兵要来拉萨，需要准备住处和办公地点。达赖喇嘛及其随从也要从亚东起程回拉萨，安排迎接事宜等许多事情需要你来办理。"

为此，拉鲁决定让手下的工作人员仲尼和仲译等几个官员与驻军撤回拉萨。他于 6 月初从工布江达出发，历经 7 天到达拉萨附近的拉洞渡口，然后派人向拉萨报告了情况，让他们准备迎接。

次日拉鲁到达拉萨时，按常规穿旅行衣，黄色缎长袍，上套金丝缎长褂子，腰挂全副汉刀碗套，着大红彩靴，戴有金色红顶子、正面绣有金花的纱帽等全副盛装。随行 8 名侍卫，身着黄色长袍，头戴紫黄色旅行帽；两名身材魁伟的马吏，身着氆氇长袍，足登长筒靴，头戴紫黄色帽子，帽子的长红缨穗子绕在颈上，两人一左一右手牵着拉鲁的乘骑前进。

拉萨噶厦在白拉崔科为拉鲁一行设灶欢迎，搭大小帐篷三顶，在大帐中为他设一座椅，前来迎接的有扎萨、台吉、四品官等全体官员，布达拉宫膳食房还赐了酥油茶和油炸果子。拉鲁到达拉萨市中心时，沿途有藏军列队欢迎。他们步行绕布达拉宫一周后，回到自己家里，与数年未见面的亲人欢聚，全家充满了欢乐的气氛。

---

① 载 1951 年 5 月 28 日《人民日报》。

第二天，拉鲁即去布达拉宫和噶厦报到致礼，他先去了布达拉宫森噶，并在达赖喇嘛的宝座前敬献了哈达；之后他来到雪噶报到，向两位代理摄政洛桑扎西和鲁康娃献哈达和致敬礼；事毕，他又到拉萨噶厦报到，与代理噶伦互赠了哈达。

次日起，拉鲁即去噶厦上班。此时，噶厦的主要任务是从亚东迎接中央代表张经武，以及达赖喇嘛及其随从人员回拉萨。交给昌都地区的任务是进行迎接阿沛噶伦和解放军的工作，并要求沿途各地做好迎接工作。噶厦在拉萨准备了一部分解放军住宿营地，但尚缺少一部分住处，请示两位代理摄政后指示说：一般士兵可以安排在原藏军新军营和多森格地方，官员则可以从俗人贵族家如宇妥、朗顿、赤门、彭雪、桑都的房屋中暂借一些使用，由噶厦出面与各房主协商。

第六章　西南进藏

一、紧急任务

"十七条协议"签订不久，中央委派张经武担任中央人民政府驻西藏全权代表，与西藏和谈代表凯墨、土丹旦达同行，离京经香港、印度赴藏。

张经武是一名儒将，又名张仁山，1906 年出生于湖南省酃县①一个比较富裕的家庭，13 岁时考入湖南省立第三师范学校。这时，其父经商失败，由于家境贫困，他不得不辍学回家，先干农活，再学裁缝，后在族人的帮助下，重新回到省立师范学校学习，以优异的成绩毕业。1926 年，刚满 20 岁的张经武借得路费，从长沙北上北平，报考了爱国名将樊钟秀创办的建国军军官学校。1928 年毕业后，张经武被分配到国民革命军部队当排长，后颠沛于桂系军阀部队，然后到驻湖北的国民党警备军任副营长。蒋介石为控制这支部队，以黄埔生将原来的其他军校生全部换掉，张经武被免职。为谋生路，他来到驻守河南的湘军唐生智部队，通过同乡关系，补了个排长的空缺。不久，他听说贺龙率领部队闹革命，决心回老家湖南，投奔贺龙。就在这时，他遇到了过去的好友、共产党人曾希圣，加入了中国共产党。1931 年底张经武被调江西瑞金中央革命根据地，参加中国工农红军，开始转战南北。

红军长征时，张经武任教导师师长，师政委是何长工，该师任务是保卫党中央机关。机关老弱者多，文件行装沉重，是敌人重点袭击目标，他与何长工不负重望，多次出色地完成了任务。长征途中，何长工病倒，作为师长的张经武亲自抬着担架，此事让何长工终生难忘。

---

① 今湖南省炎陵县。

抗日战争前夕，张经武作为毛泽东、周恩来派出的特殊联络官，来到河北前线，向倾向抗日的宋哲元部做统战工作，使宋哲元对抗击日寇的态度更为坚定。日军占领北平、天津等地，锋芒直指山东，为使山东的国民党军队参加抗日，张经武又一次成为毛泽东的联络官，说服山东军阀韩复榘抗日，同时还严词痛斥，据理力争，让韩复榘释放了被抓的 60 多名共产党人，所以毛泽东表扬他是对敌谈判的高手。

1937 年，张经武回到延安，跟随周恩来到武汉，担任八路军驻汉口办事处高级参谋。次年又到山东工作，会见了国民党第六战区行政专员兼保安司令范筑先，转交了毛泽东的亲笔信，对他以前与共产党合作抗日，给予很高的评价。范筑先对张经武的到来表示诚恳欢迎，希望加强合作，将日本侵略者赶出中国。当年底，日军重兵包围聊城，范筑先带领部队勇猛反击，身先士卒，壮烈殉国。同年 12 月，八路军山东纵队成立，张经武任总指挥。1940 年，张经武从山东抗日前线回到延安，出任陕甘宁晋绥联防司令部参谋长、晋绥军区参谋长等职。抗日战争胜利后，共产党、国民党和美国三方联合组成了"北平军事调解执行处"，共同监督实现停战协定，张经武作为共产党的代表来到北平，其身份是第 30 小组代表，少将军衔。这是共产党历史上最早授予的军衔之一。解放前夕，张经武任西北军区参谋长；中华人民共和国成立后，任西南军区副参谋长、中央军委办公厅主任兼中央军委人民武装部部长，同时兼任中华人民共和国主席办公厅主任。

他参加了中央人民政府与西藏地方政府的和平谈判后，自此与西藏结缘，终其一生为现代西藏的建设作出了卓越贡献。

由于解放前中国共产党和解放军从未到过西藏境内，藏族群众对共产党的政策、解放军的作风一无所知，加上地方政府有意散布一些谣言，很多人的排汉思想非常严重。

西藏地方政府派遣的代表团到北京同中央人民政府和谈之际，以大札摄政为首的亲帝分裂势力，暗中策动达赖喇嘛出国，以对中央人民政府施压。对当时还处于"政教合一"、僧侣贵族专政的西藏来说，如果被当时藏族人视为唯一来世幸福寄托对象的达赖喇嘛出走到了国外，一些分裂分子就可以大做文章，对于《和平解放西藏办法的协议》贯彻就非常不利。所以，张经武被委任为中央人民政府驻西藏全权代表后，毛泽东主席在中南海丰泽园接见他时，交给他的首要任务就是

"一定要说服达赖喇嘛返回拉萨",同时给了他在西藏"要注意工作方法,统战上层,爱国一家"的指示。①

亚东地处喜马拉雅山南麓,与锡金、不丹接壤。达赖如果决定出走,一日之内即可翻山出境。因此,趁达赖在走与不走、举棋不定时,说服他返回拉萨,时间是个关键问题。

当时《协议》虽然签订,但西藏地方政府中的某些高级官员对《协议》持抵触态度,尤其对《协议》中规定的"人民解放军进入西藏,巩固国防"一条持反对态度的人最多。就连西藏地方政府派往北京和谈的成员中,在谈判过程中对《协议》的认识也不完全一致——如果他们联合起来,共同向达赖施加压力,逼迫达赖出走,这对"说服达赖返回拉萨"将造成更大困难。因此,张经武只有一个想法:"争取时间,尽快与达赖接触!"

去西藏走国内路线,高山急流阻隔,交通不便,道路难行,至少4个月才能赶到亚东。而且要穿过前、后藏的拉萨、日喀则,在藏族群众对中央人民政府尚不了解的情况下,张经武一行很可能会引起种种议论,一些分裂势力也会借机造谣生事。经请示中央,同意张经武选择绕道香港、印度赴藏。

张经武赴藏从决定到启程,时间很紧。当时,随行的机要参谋郝广福6月9日接到军委的通知,说给他"放假三天,马上准备,远走高飞,任务是老本行"。

但飞向何处,何时起飞郝广福一概不知,也不便多问,匆匆给河南乡下的亲人写了一封告别信,简单地整理了一下行装。直到动身的前一天才知道,他被军委领导机关选派为中央人民政府驻西藏全权代表张经武的译电员兼机要秘书。

大家连夜赶制了几套衣服,买了点零用品,于6月13日踏上了离京赴藏的旅途。

张经武一行到香港后,又遇到究竟是坐船走还是坐飞机走的问题。坐飞机需要数次转机,不能随身携带为统战工作准备的各种物品;坐船走,时间较长,万一达赖出走,失去良机,将对工作造成不可弥补的损失。思前想后,张经武决定携带毛泽东主席致达赖的亲笔信,带

---

① 郝广福:《在张代表身边的日子里》。亲历者手稿。

上十八军联络部部长乐于泓、藏文翻译彭措、机要秘书郝广福、保卫干事李永珂几名急需的随员乘机经新加坡先行，其他人员乘船带一应物品随后赶到亚东。

当时，大家考虑去往拉萨的沿途气候恶劣，条件艰苦，高寒缺氧，而张经武常年征战，身体瘦弱，西藏境内又缺医少药，怕他的身体难以适应。同志们因此建议他让中央专门为他指派的刘医生也同机先行，但张经武拒绝了。他说，后边坐船走的还有 9 个人，途中时间长，更需要医护人员。科长刘羽平考虑到张经武的安全，又建议带上另一名保卫干事李天柱同机先行，也被张经武以没有必要拒绝了。

二、雪康的使命

在得知张经武要经香港、印度赴藏后，西藏地方政府准备派一名官员到印度噶伦堡迎接。亚东噶厦决定派懂得汉语、本人又在噶伦堡的詹东色东久负责此事。但他推说有病，不能工作，于是噶厦又命令驻噶伦堡商务代办处的工作人员平康·贡布次仁担任这一工作。贡布次仁又以不能胜任为由，请求噶厦改派他人。

当时雪康·索朗达吉是帕里宗的宗本，正在为达赖喇嘛采购物资，突然接到亚东噶厦的命令："兹派你到噶伦堡迎接中央驻藏代表，具体工作在你动身时再作指示。"

雪康回忆[①]说，为阻挡解放军进藏，反对共产党，他曾受命为地方政府押运过从印度购进的军火武器，现在要他去迎接中央代表，他感到很尴尬，也怕见到了住在噶伦堡和锡金的亲友不好意思。加之当时还听到一些亲帝国主义的官员说过共产党的很多谣言，雪康接到这一命令后，想得最多的是噶厦原先选派的人为什么都借故不去？

雪康的父亲是地方政府孜恰[②]，这次跟随达赖喇嘛住在亚东。他父亲得知雪康的想法，就对他说："我们已下定了决心，不管出现什么样的情况，也要请达赖喇嘛返回拉萨，绝不能到外国去。现在我们的处境很困难，大家都应该体谅时艰，如果遇事都借故推辞，岂不给达赖

---

① 雪康·索朗达吉：《迎接中央代表进藏记》，索朗旺堆译，亲历者手稿。
② 布达拉宫司库。

喇嘛增加痛苦！现在《协议》业已签订，从大局来看，不会发生意外的事。你要打消一切顾虑，专心做好接待中央代表的工作。"

正在这时，他接到在工布江达担任代理颇本的哥哥土登尼玛的一封信。信中说："听说很多拉萨人逃往印度。我想，共产党不会像一些人说的那样，希望你不要听信谣言。不久我要回来，详情面谈。"

他哥哥的来信，解开了雪康心中的疑虑，他把家眷留在帕里，去亚东噶厦报到。首席噶伦然巴·土登贡钦对他说："你直接去噶伦堡等候中央代表到来。也许扎萨凯墨·索安旺堆已提前到了噶伦堡，接待工作如何进行，可与他商量。噶厦已命令帕里驻军的一位连长率士兵25名在藏、锡边界的乃堆拉山口迎接中央代表。你要负责中央代表的安全。到亚东以后，派孜准曲强·土丹麦朗做你的助手，一同护送中央代表到拉萨。"

于是，雪康6月17日从亚东动身出发。经三日行程，到达噶伦堡。

噶伦堡是1888年、1904年英帝国两次入侵西藏的桥头堡。这里的居民除印度人外，还有尼泊尔人、西藏人和一些身份不明的西方人，是间谍云集之地，他们的目标无疑都针对西藏。所以，雪康原想住在英国人办的喜马拉雅饭店。经过了解，那里经常有特务进出，记者也多，他不太放心，便借住在一个名叫结印乌特的印度人家里。

从香港到新加坡每天都有班机，但从新加坡到加尔各答每星期只有一趟班机，订好新加坡到加尔各答的机票后，7月7日，张经武带随行人员及和谈代表一行10人从香港起飞，在新加坡转机后，次日下午到达加尔各答。随后，他们又乘飞机到了西孟加拉邦北部小城锡里格，从那里再改乘汽车，于7月10日到达印度北部的噶伦堡。

张经武从香港出发当天，中国驻新德里大使馆派一等秘书和两名工作人员来了解雪康接待工作的准备情况。雪康领他们去看了他为中央代表选定的下榻处。他们看了说："很好！我们没有早来帮忙，给您添了麻烦，请多加原谅！"

雪康说："我是亚东噶厦派来负责接待工作的，这些事我应该做好。"

雪康为中央代表选定的住所位于噶伦堡附近靠山处，在代表未到之前，噶伦堡的一些保安人员在周围进行过查看。

7月9日，平康·贡布次仁来到雪康处，雪康正在布置房间。忽然一名身着制服的夏巴人带着几个人闯进屋里，对他们说："二位辛苦了，需要我们帮助吗？中央代表要在这里停留几天？"

雪康回答说："不清楚！"

雪康问平康："他们是什么人？干什么的？"

平康说："那人是保安人员的头目，一个巴布。"

"巴布"是对为英、印政府工作的下级人员的称呼。雪康就对这位保安人员说："这周围的树林中经常有人窥探！"

他说："不要紧，是保安人员。"

后来雪康才知道他们在刺探情报。那个"巴布"原先给英国人做事，印度独立后还坐过牢，后来又在噶伦堡的保安机关里当上了头目。

三、从噶伦堡到亚东

7月10日下午2点多钟，张经武一行与中国驻新德里大使馆的两名工作人员到达噶伦堡。前去欢迎的有雪康、西藏驻噶伦堡商务代办处的代表堪穷罗桑次旺、四品官索康·旺清次旦和噶伦堡的汉、藏大商人，噶伦堡中华小学的师生向张经武献了鲜花。

雪康在张经武下榻的大门口恭敬地向张经武献了哈达，张经武表达了谢意，然后一同进屋。张经武落座，喝了茶后，和蔼地问候雪康："你辛苦了！"

"这是我应该做的，不辛苦。"

"达赖喇嘛在亚东身体可好？"

"达赖喇嘛佛体康泰。"

当天下午，张经武即约见了西藏在噶伦堡有影响的各界人士，宣传中央的民族政策，解释《十七条协议》精神，以及中央人民政府代表到西藏来的目的，特别对"达赖喇嘛的固有地位和职权中央不予变更"作了反复解释和说明。他最后强调说："我们共产党人说话算数。诸位朋友如有机会，请将今天的约见和谈话，向达赖喇嘛和他周围的工作人员转告。"①

这是一次有针对性的约见——因为张经武一行途经加尔各答时，已经了解到达赖喇嘛从亚东经常派人到噶伦堡等地打听驻藏代表的动向。

---

① 郝广福:《在张代表身边的日子里》。亲历者手稿。

当天晚上6点，商务代办处的两位官员和邦达仓、桑都仓、热振喇章等藏族大商家联合在喜马拉雅饭店设宴欢迎中央代表。参加宴会的有拉恰车仁·晋美松增等西藏官员和不丹王国驻噶伦堡专员及其子女，商务处官员在宴会上致欢迎词。张经武在宴会上致辞时首先祝贺《关于和平解放西藏办法的协议》的签订，再祝藏汉民族团结，接下来又向参加宴会的来宾敬酒。宴会上大家互相敬酒，气氛欢快。9时30分，宴会结束。

雪康送张经武回到住地后，又返回喜马拉雅饭店，见很多人还在宴会厅唱歌、跳舞。

英国人麦克仲萨来找雪康打听消息。麦克仲萨早年参加大英帝国的侵略军到过拉萨，长期担任江孜和亚东的商务官员，是一个"西藏通"。他与前后藏的某些大贵族关系密切。他对雪康讲过，十三世达赖喇嘛到印度时，他是接待人员之一；他与西藏的夏扎、雪康、强钦三大贵族都接触过，他不是一个普通人。

久住印度的夏格巴·旺久顿典来找和谈代表，试探他们对遵守协议的态度。土丹旦达解释说："协议有利于达赖喇嘛和西藏民族，应当坚决执行。"

凯墨则认为："我们虽已签订了协议，但执行与否，决定权在噶厦和西藏僧俗民众。"

夏格巴听土丹旦达说要坚决执行，便劝他说："你不要坚持个人意见，应当转变到凯墨的立场上来。"他怕土丹旦达没有听懂，还暗示说，"你要想到在噶厦讨论的时候，还有噶伦索康·旺清格来的因素嘛！"——凯墨是噶伦索康的叔叔。

但在执行十七条协议这样重大的问题上，土丹旦达不愿趋炎附势，跟在坚持亲帝分裂的人士后面跑，便回答说："索康他们都是有大学问的人，我什么也不懂，我还是坚持自己的意见。"

这次交谈不欢而散。

夏格巴为什么如此劝解土丹旦达呢？土丹旦达事后才知道，和谈代表在北京签订的十七条协议一公布，在亚东就引起了强烈反响，并为此展开了一场激烈的斗争。以赤江·洛桑益西、索康·旺清格来、帕拉·土登为登、洛桑三旦为首的一部分人，认为签订十七条协议坏了大事，预言以后的处境肯定十分困难。于是他们企图借噶厦和全体官员的名义上书达赖，策动达赖逃往印度。于是，他们迅即召集了在亚东的僧俗官员和三大寺堪布30多人开会，并事前指使噶厦以外的孜本朗色林·班觉晋美签订时协议提出异议。

但仲译钦保群培土登发言反对说："我们派出去的和谈代表，都是噶厦、译仓中很有威望的人，决不会为了一杯酒，就拿西藏的政教大权作交易。签订的十七条协议很好，我们应该遵守。一定不能上书达赖要求出逃。"

则洽雪康·顿珠多吉坚决支持群培土登，他说："夏格巴原来说，去印度将受到如何热烈的欢迎，可是我们早已到了印度的门口，为什么看不到他们的行动呢？依靠外国不会有好结果，还是依靠祖国可靠。要走就回拉萨，我即使光着屁股也要回拉萨。"

他们的意见得到了与会绝大多数官员的支持，最后把朗色林一个人孤立起来了，连指使他的那些人也没敢公开替他说话。他张口结舌，说不出话来，气得要和群培土登打架。

会议作出了"拥护十七条协议、请达赖返回拉萨"的决议，并把这个意见呈送给了达赖。

但这帮坚持分裂立场的人终究不会甘心，于是他们又要了个抽签问卜作决定的花招。他们在达赖寝宫女神能语者面前设置签瓶，请达赖亲自抽签，请示出国、返回二举对当前和未来究竟哪种决定有利。

主张返回拉萨的群培土登等人知道赤江、索康等人的诡计，便紧跟着达赖，注视着抽签结果。当达赖抽到返回拉萨有利的签，便立即将签瓶抢走，免得再抽出第二种签，引起犹疑。

由于会议和抽签结果都认为返回拉萨有利，打乱了亲帝分裂势力要请达赖出国的计划，于是亚东噶厦终于作出了返回拉萨的决定。

7月11日，噶伦堡中华小学为欢迎中央代表和庆祝《协议》签订，在该校举行联欢会。参加这一盛会的有西藏商务代办处的官员和藏族大商家以及该校师生代表共100余人。

欢庆会上，除张经武、商务处的两位官员和商民代表讲话外，自由发言的人也不少，多数人对签订《协议》表示赞同。噶伦堡的一家藏文报的编辑苦奴塔青也在会上发了言，据查此人为英国特务机关工作。他首先对中央代表表示欢迎，然后对《协议》的签订说了许多不三不四的话。他说西藏在吐蕃时代，曾派遣军队推翻了三个汉人皇帝；

又说什么地球是转来转去的，很难说清谁是属于谁的等莫名其妙的话。张经武对他的说法进行了反驳。欢庆会结束以后，噶伦堡的汉族商人在"兴记"号为张经武设午宴。

这时，张经武得到了达赖转来的电话，告知他已准备返回拉萨。张经武心里明白，这是达赖从维护自身地位考虑作出的决定——但不管怎样，毕竟是一件好事。为了巩固这一成果，张经武不顾旅途的疲劳，决定当即兼程赴亚东。

从噶伦堡到亚东有三天的路程，途中要经过锡金。张经武一行在锡金停留一天，继续骑马向东北方向行进，翻越喜马拉雅山南侧的群山，加速向亚东前进。

当时雪康虽然不了解共产党，但对中央代表的安全和他们一行人的生活负有责任。为搞好途中的伙食，他没有请示噶厦，自己决定雇用了一个名叫扎西班巴的厨师，负责给大家做饭，每天付给工资十个卢比，直到拉萨。

张经武和乐于泓为人随和，平易近人，给雪康留下了很好的印象。他第一次见到乐于泓就如见到了老朋友一样。他想，原来共产党人并不是谣传的那样——尽管如此他心中还是有很多顾虑。

住在锡金时，乐于泓讲起苏联的一些情况。雪康借话茬问他："苏联是不是红俄罗斯？他们的眼珠是蓝的吗？我们黑眼珠的藏族绝不愿接近蓝眼珠的人！"他说这些话的意思是藏族不会接受红色共产主义制度。

乐于泓和张经武听了，都哈哈大笑起来。

乐于泓说："不管怎么说，你和我的眼珠都是黑色的，据我所知，他们的眼珠也有各种颜色，其中也有黑色的。"

7月12日，他们从锡金出发，行20里在措果住宿。在这里雪康遇到几个熟人，他们给他送来了一小袋糌粑。当天的晚饭雪康就吃糌粑，张经武看见后，就问他："雪康先生，可不可以请我也尝尝？"

雪康很感动，他说，"您现在不能吃，连我们在印度住的时候也不吃，怕水土不服拉肚子。"

张经武亲切地说："我们要学习你们的生活习惯，就得先学会吃糌粑。"

雪康只好劝他："别在路上吃，万一闹起肚子来不好办，等到了西藏我再请您吃吧。"

张经武还是笑着吃了一小团糌粑，放在嘴里品尝后，愉快地说："味道不错啊！"他的心情特别好，"明天我们就可以进入我国领土西藏了，到时您一定要教我们吃糌粑。"

雪康说："一定一定，明天藏军部队将派人在乃堆拉山口迎接我们。"

第二天，张经武一行登上了海拔 4475 米的乃堆拉山口。

乃堆拉的藏语意思是"风雪最大的地方"。它是世界上海拔最高的贸易通道，每年 4 至 10 月可以通行，对被喜马拉雅山脉阻隔的中印两国来说，它也是条件相对较好的陆路贸易通道。历史上，通过乃堆拉山口的贸易路线是茶马古道和丝绸之路的一部分，亚东便是这条线路上最大的商埠。20 世纪初，这里的交易额最高时达到上亿两银圆，占当时中印边境贸易总额的 80% 以上。

张经武站在山口，这里可以俯瞰雪线下郁郁苍苍的亚东河谷，即使在雪线附近，也有绵密的杜鹃林——杜鹃花正在盛开。每个刚来这里的人都会缺氧，其次是寒冷，山巅的寒意没有阻挡，直接刺入人体，加之风的作用和空气的潮湿，使严寒倍增。但张经武跳下马来，在那里站了很久。然后，他深深地吸了一大口空气，高兴地说："我们进入祖国的领土了！"

这时，雪康没有看见来迎接的藏兵，很是诧异。乐于泓也发现了这个问题。他通过平措扎西翻译，笑着问雪康："怎么不见藏军官兵？"

雪康只好说："按说应该到了，不知怎么回事。"

张经武并没把这件事放在心上，对乐于泓、雪康说："不来也好，可以省掉那些烦琐的礼节。"他伸手一指，"走吧，到山下喝一口祖国的泉水！"

大家沿着满是冰雪的道路走了约一公里路程，才看见从春丕方向急急忙忙赶来的 25 名藏兵，他们在一处稍为平整点的路边整队站好，向张经武行军礼表示欢迎，并献了哈达和油炸果子。张经武举手还礼，问候一番后，继续前行。

当天晚上张经武一行抵达距亚东 10 余里的仁青岗。扎萨凯墨·索安旺堆把藏军连长找来，问他为什么没有按时到达山口。连长回答说是把时间估计错了，以为张代表一行中午才能到达山口，没有其他原因。

7 月 14 日，张经武一行从春丕塘出发，到达亚东切玛时，噶伦然巴·土登滚秋带领地方政府主要僧俗官员和达赖喇嘛的警卫团官兵前来迎接，并举行了欢迎仪式。

噶厦官员请张经武在帐篷请茶，献了哈达。卓尼钦莫帕拉·土丹维登代表达赖喇嘛向中央代表献了哈达，张经武也回敬了哈达。达赖膳事房的膳事堪布向代表敬了茶。欢迎仪式结束后，中央代表团前往亚东下司马，住在噶厦准备好的房舍里。

未及休息，张经武立即通知噶厦，表示希望尽快与达赖喇嘛相见。

四、张经武会见达赖

张经武和西藏和谈代表到亚东以后，三位和谈代表通过噶厦向达赖呈交了十七条协议和附件，并向噶厦汇报了签订协议的详细经过。第二天，也即 7 月 15 日，亚东噶厦即派噶伦然巴·土登贡钦等人来见张经武，通知他 16 日达赖喇嘛将在距亚东 10 余里的东嘎寺与他见面，并提出会见达赖喇嘛时要有的规定仪式。

张经武问："什么仪式？"

噶厦官员说，见面时，达赖升座，百官旁侍。张经武进去后，达赖下座迎接，接过毛泽东主席信件后再升座。然后张经武在右排首席入座。

张经武很清楚——"升座"是封建式的君臣相见仪式，这种把中央代表看成是自己属下的相见仪式，张经武当然不能接受。作为中央政府全权代表，西藏地方政府及其官员对中央的代表，显然不能用对待下级的仪式相见！张经武当即意识到所谓"仪式"的用意：这种安排绝不是个人问题，而是体现中央与西藏地方的关系问题，必须正确体现西藏地方政府与中央人民政府的隶属地位。这是个必须坚持的原则。但鉴于西藏的特殊情况，他做了适当让步。他嘱咐身边的乐于泓："政治上西藏地方政府要尊重中央人民政府，宗教上我们也会尊重西藏的风俗习惯。"

乐于泓向噶伦们指出："张经武是中央人民政府的代表，会见时达赖喇嘛不能升座。张代表上山后，先在帐篷中休息，然后直接到达赖卧室见面，送交毛主席的亲笔信，进行交谈。"他还用事实向噶伦们说明中央平等团结的民族政策，介绍了西藏和谈代表团到达北京时，朱德副主席、周恩来总理到火车站迎接，毛泽东主席接见代表团时也是平起平坐的，并指着坐在旁边的和谈代表凯墨和土丹旦达说："这些，他们都是在场亲身经历过的。"

凯墨、土丹旦达都连声答是。

张经武7月16日上午上山后，噶伦然巴来到下司马请他在东嘎寺会见达赖喇嘛。快到东嘎寺时，地方政府的官员列队迎接。张经武下马和前来迎接的官员——握手，表示感谢。诸噶伦请张经武在帐篷里休息片刻后，再由噶伦们陪同去会见达赖喇嘛。

东嘎寺全称"东嘎·扎什伦布寺"，系扎什伦布寺的分寺，位于上亚东乡东嘎山山坡台地上，距县城13公里。东嘎寺由第一世东嘎活佛桑桑邬金大师公元1686年创建，起初是藏传佛教宁玛派著名寺院之一，在历史上为当地政治、宗教和文化中心。

当张经武步入达赖喇嘛的内室时，达赖喇嘛从座位上下来，跨前几步迎接，和张经武握手，然后就座。他们两人的座位下面都铺有地毯，但张经武的座位比达赖喇嘛的座位略低一点。

按藏族礼节，敬过茶和甜米饭后，张经武和达赖喇嘛开始交谈。

张经武看着16岁的达赖喇嘛，亲切地问候他身体健康。

达赖有礼貌地回答说他的身体很好，并问候毛主席身体健康，向张经武道了辛苦。

张经武说："您亲自派代表到北京谈判，签订了和平解放西藏的协议，对您这种爱国态度，毛主席非常赞赏，非常高兴。"说着，他向达赖递交了毛泽东主席的亲笔信和协议副本及两份协议附件。他告诉达赖，毛主席赠送的数十箱礼物由后面的人押运，从香港海运到印度，不久即可到达，希望您早日返回拉萨。

谈话中，张经武介绍了和平谈判的情况和"十七条协议"的内容。他全面解释了《关于和平解放西藏办法的协议》精神，介绍了《协议》产生的经过以及中央的民族政策；介绍了西藏地方政府派遣的和谈代表团在北京受到毛主席、周总理等中央领导人热情接见、欢迎的盛况，使达赖及其周围官员对《协议》和中央的民族政策有了一个基本的了解。

达赖说话不多，但对张经武的每句话都非常注意倾听，有时还点头赞同。但达赖对协议没有当时表态，只说阿沛不久即可返回拉萨，待拿到正本以后，再由噶伦们讨论。在商量返回拉萨的时间时，达赖停了一下说："今天是藏历六月十二日，我准备十八日离开亚东返回拉萨。你看是我先走，还是您先走？"

张经武回答说："您人多，行动缓慢，最好先行。"

中央代表同达赖喇嘛的第一次会见，促成达赖喇嘛作出了返回拉萨这一重大决定，无疑是为《协议》的贯彻和执行创造了有利条件。

五、从亚东到拉萨

与达赖会见后，张经武立即将会见的情况拟写了一份电报，由机要译电员郝广福译成密码，交由西藏地方政府电台发往新德里，再经中国驻印度大使馆转发中央。

当乐于泓提出由郝广福和电台联系时，凯墨显得有些紧张。他心里也清楚西藏地方政府的电台台长福克斯是英国特务，他怕被发现。

7月17日，印度驻亚东商务代办处处长、锡金人若乙巴都·索朗多旦和秘书甲措巴布来拜会张经武。雪康向双方互相介绍之后就回自己的住处去了。

一小时后雪康回到代表处时，张经武对他说："刚才两个印度官员会我，其实你也应该参加！"

雪康回答说："我想，我的任务是迎接张代表和负责你们的安全，不应参加其他活动，所以就走了。"

张经武和蔼地对他说："你还年轻，要多参加外事活动，多熟悉外事工作。"

这时乐于泓揶揄说："刚才我们问那两个印度官员，他们在亚东有多少侨商？他们说不出来，又问他侨居的有多少户？也说不出来，看来，'商务'不是他们在西藏的主要任务呀。"

7月18日，噶厦派柳霞和凯墨两人来为福克斯求情。柳霞对张经武说："有个名叫福克斯的英国人，在我们电台工作。他在西藏的时间很长，老婆是藏族，已有两个孩子，本人要求继续留在西藏工作。为此，噶厦派我俩向代表报告这件事，并请求允许他继续留在西藏工作。"

张经武说："福克斯是英国人，他的身份如何我们都清楚。以往英帝国主义分子在西藏一贯搞间谍活动，他们编造谣言，挑拨离间，破坏藏汉团结，阴谋把西藏从祖国分裂出去，变成他们的殖民地。历史的教训不能不接受。你们说，我们能让福克斯继续留在西藏吗？"为了给噶厦留有余地，他最后说："我看，这件事还是由西藏人民来决定吧。"

事后，福克斯听说了这件事，又得知达赖已准备返回拉萨，他吓得跑到噶伦堡去了。

在起程赴拉萨之前，噶厦根据达赖的指示，特地从达赖的马厩里挑选了两匹枣红色的好马，分别送给张经武和乐于泓。张经武向达赖喇嘛表示了感谢。

7月21日，达赖喇嘛和噶厦全体官员离开亚东返回拉萨，张经武和乐于泓到仁青岗欢送。看着他们的队伍浩浩荡荡地远去，张经武终于放心了，特意到亚东河边去转了一圈。

7月23日，张经武一行从亚东起程，当晚住嘎乌，次日到帕里，然后决定在这里休息一天。张经武参观了帕里宗政府。当时，宗政府周围有一些破烂房屋，他问雪康："这是怎么回事？"雪康回答说："这是1904年英帝国主义侵略西藏时留下的罪证。当年有很多人惨遭侵略军杀害。"张经武听后，很久没有说话，默默注视了很久。

返回住处时，他在宗政府大门口看到排列的各种刑具，又问雪康："你使用过这些刑具吗？"

雪康说："只用过一次，有个不丹人杀了人，打了他一百五十鞭子。"

张经武说："今后不管什么人触犯了法律，都要按国家颁布的法律条款处理了。"

下午，帕里税务官堪穷强青·土旦次白、四品官松多·坚增元丹和两位宗本在帕里税务局设宴欢迎张经武，参加宴会的有宗政府属下的大头人，热振、邦达仓、桑都仓驻帕里的商人，锡金和不丹驻帕里的商务代表。

7月28日，张经武一行抵达康马，住在原先英国人修建的驿站内。沿途的老百姓通过当地的小头人给张经武送来了酥油、茶和藏酒，敬献了哈达。他高兴地接受了，并回赠了毛主席纪念章。

第二天到萨乌岗，当地老百姓又送来酥油、茶、藏酒、鸡蛋、肉和马料。张经武看了心里很不安，他对来送东西的老百姓说："你们送来这么多东西，我非常感谢。但是，我不能收——我们是为老百姓服务的，绝不能给老百姓增加负担。"说完，把送来的东西全部退回去了。同小头人一起来的两位长者紧握着张经武的手说："这是我们的一点心意，请您收下吧！"张经武还是婉言谢绝了。老百姓很受感动，双手合十向张代表再三致敬。

老百姓走后，乐于泓态度严肃地对雪康说："你是做接待工作的，情况也很熟悉，不能让老百姓给我们送东西来，你应该向他们解释才对。"

雪康很无辜地说："我不仅要做好接待工作，而且还要负责你们的安全。所以，我并不希望老百姓来见你们。来的人多了，我也不放心。但老百姓既然来了，我又不能不让他们见你们。老百姓向代表送东西是出于自愿，根本不是我叫他们这样做的。再说，沿途老百姓给过往官员送礼，在很早以前就成为理所当然之事了。不信您看，今后还会发生这样的事。您说，我该怎么办呢？"

张经武听了雪康的话，便说："既是这样，就不能怪你了。请你向群众多做解释，尽量避免发生这类事情，以免带来不良影响。"

7月30日，他们到达江孜，得知达赖喇嘛住在江孜白居寺，并未确定离开江孜的日期。因此，张经武决定在江孜休息一天。第二天，噶伦索康·旺清格列和洞布娃·钦若旺久来拜会张经武。他俩向张经武表示，《十七条协议》副本他们看过了，也很明白，回到拉萨后，再向达赖喇嘛做详细汇报，等阿沛把《协议》正本带回来以后，再详细进行讨论如何贯彻执行。张经武高兴地表示，同意他们的意见，并请他们代向达赖喇嘛问好，祝愿他一路吉祥。

8月1日，张经武一行离开江孜，在车仁庄园打尖，晚宿果西。他们过了江孜后住的是老百姓的房屋。那天，大家住的房子比较整洁，雪康又为张经武设了一个很高的座位。张经武笑着对他说："塔杰，这像是喇嘛的法座！"

雪康说："以往为地方政府的大官员都是这样准备的，今天还是照行老一套。再往前走，都是住老百姓的房子，有的地方要在草地上搭帐篷住宿。"

张经武说："我愿意住在老百姓家，也不需要准备这么多的垫子，简单一点好。"

此后，一路上还是不断有老百姓送茶、送酒，张经武他们都只是按习惯表示一下，就全部退回，并回赠给老百姓毛主席纪念章。

8月3日到浪卡子后，僧官益西麦朗、俗官达朗索巴·扎西次仁两位宗本到宗辖边界迎接张经武。张经武下马接受了他们献的哈达。宗政府把浪卡子最好的一栋房屋腾出来给张经武一行住宿。宗本、列仲①、左扎②和老百姓代表来到张经武住处，表示欢迎。张经武向他们宣传了中央的宗教政策、民族政策并解释了《十七条协议》。次日，张经武一行告别浪卡子时，两位宗本一直把他们送出宗境。

8月7日，雪康和藏兵护送张经武继续前行，到达曲水，这里离拉萨已经很近。这天，拉萨噶厦讨论了参加欢迎会的人员，代理摄政洛桑扎西和鲁康娃以为自己的职位非常高，流露出自己不宜参加欢迎行列的表情，并说由拉鲁噶伦和土丹热央二人为首参加就行了。

第二天张经武一行从聂塘出发，走了4个多小时后，就看到了金光闪闪的布达拉宫的金顶。护送的藏兵吹起军号，脱帽致敬。又走了一会儿，他们见到了前来欢迎的劝和代表团的秘书迟玉锐，彼此慰问一番，一同前行。到了哲蚌寺下面，地方政府的翻译官马玉贵和接待人员丹甲前来欢迎，向大家献了哈达。他们将张经武迎进地方政府在"吉彩鲁定"——清代建筑的接官亭——搭的帐篷里。噶伦拉鲁和土丹热央二人率领僧俗官员和司曹鲁康娃及罗桑扎西派的一名雪准③和一名膳食房官员来迎接张经武。他们每人手举一面藏族迎宾旗，并在帐篷里摆设了简单的茶点，向张经武一行献了哈达。藏军第二代本的500名官兵、拉萨市的警察大队列队向张经武致敬。拉萨的汉族商人也在西郊搭了帐篷欢迎。

当时有很多穿戴整洁的市民想看张经武，一个劲儿地往帐篷里挤，把帐篷都撕破了，张经武看到后，便走出帐篷，站在凳子上对大家说："你们想看我，并热烈欢迎我，对此，我表示衷心的感谢！今后我将长期住在西藏，我们见面的机会会很多。"

大家听了张经武的讲话，都报以赞叹的声音。

这天，印度和尼泊尔驻拉萨商务代办处的官员也来迎接。拉萨市民穿着节日盛装，站在流沙河到市区的道路两旁欢迎。然后，中央代表直接到达为他们准备的赤门官邸。

---

① 宗政府秘书。

② 庄园头人。

③ 摄政知宾官。

8月16日，乐于泓对雪康说："达赖喇嘛明天就要到拉萨，张代表要参加欢迎仪式。为表示地方尊重中央，在座位的安排上，我们曾提出过意见。今天再次重申，中央和地方的位置不能颠倒过来。噶厦对此有什么意见，今天必须告诉我们。"

雪康立即去噶厦见了噶伦拉鲁、代噶伦香噶娃，转达了乐于泓的意见。

拉鲁说："关于座位问题，仲、孜会议做过详细讨论，并呈报两位司伦作出了决定，前天就向乐于泓部长谈过了，座位的安排在亚东就搞得不太好。"

代噶伦香噶娃说："是这样的，你也曾当过噶准①，这些情节你是熟悉的，应向中央代表说明。我们还要商量一下，下午你来听我们的答复。"

下午4时许，雪康两次去香噶娃府上，他都不在家。天快黑时他才回家，他的答复是："在明天的欢迎仪式上，尧西家排在左边，左下是外国来宾的座位。在这排座次的前排，设中央代表的座位，座位高于其他人的座位。"

这还是在亚东时的规定，并没有按中央代表提出的要求办。由于当天天已太晚，雪康次日清晨6时许，才向张经武汇报了昨天噶厦的答复。

张经武说："如果是这样，就是没有摆正位置，这怎能体现地方尊重中央呢？"因此决定第二天只由乐于泓去吉采鲁定迎接达赖喇嘛。

张经武到拉萨后，不顾长途跋涉的劳累和高原缺氧的不适，立即投入工作。他亲自召开各种会议，会见各界人士，到各寺庙发放布施。他到拉萨后的3个月内，每天都要工作十五六个小时，甚至有时一昼夜只休息一两个小时。他有一个习惯，当天的事情当天必须办完。他常常把白天了解到的情况，当晚写成电文发给西南局和中央。所有文电都是他亲自起草或修改的，3个月时间里，就向中央发了20多万字的文电稿。

六、先遣支队的两千里征程

为了落实"十七条协议"，必须让人民解放军挺进拉萨以及所有的

---

① 传达官或礼宾官。

国防要地。十八军党委决定组建进藏先遣支队，王其梅任司令员兼政委，陈竞波任参谋长，林亮任政治部主任。

当时先遣支队只带了五十二师一五四团八连这个红军连队。这个连的战士每个人都有独立作战能力，又配备了一个骑兵排和侦察人员。因为这支部队的主要任务是自卫而不是战斗，为了发挥解放军作为工作队的作用，政治部和后勤部都配备得比较强。

先遣支队人员迅速集中后，开始了紧张的训练。部队刚经过一个半月的长途行军和昌都作战，加之沿途没有补给和休整的地方，要一鼓作气翻过几座高达五六千米以上的大山，通过人烟稀少的穷八站，每个人都抱定了吃大苦的思想准备。

王其梅每天带头进行爬山和行军锻炼，带头吃糌粑、喝酥油茶，习惯藏族人民的生活——因是孤军深入，一切都不得不从最坏处着想，先遣支队详细制定了应变措施。

先遣支队由藏汉人员共同组成，除了八连，还有一个文工队和机关工作人员，总共300多人。这是一支混编支队，除了解放军官兵，还有阿沛·阿旺晋美和夫人阿沛·才旦卓噶一行。阿沛从北京签订"十七条协议"回到昌都后，要回拉萨向噶厦汇报和谈情况，因此与先遣支队同行，同时先遣支队也对他的安全负有保护的责任。阿沛向沿途群众和喇嘛、头人宣传《十七条协议》，比其他人经过翻译去宣传效果好得多。王其梅想方设法使他发挥积极作用，他也成了大家向藏族学习的榜样。另外，还有十八军民运部长平措旺阶带领的一批藏族干部，他们都精通藏汉两种语言，也是一支宣传《十七条协议》的重要力量。他们年轻、有知识、熟悉情况，可以做许多汉族干部做不了的事情——有了这两支力量，先遣支队如虎添翼。

1951年7月25日，先遣支队从昌都出发。王其梅的爱人王先梅和陈竞波的爱人孙立英，也从后方赶来，坚决要求同先遣支队一起前进。经组织批准，这支队伍又多了两位女战士。

从昌都到拉萨1100多公里，要翻越重重横断山脉，跨过怒江、澜沧江等大河激流。所经之地，人烟稀少，空气稀薄，冰天雪地，道路崎岖。这对汉族官兵来说，是难以想象的困难，加之没有这个地区的详细地图，道路不明，有时进入原始森林和深山峡谷后，连方向都找不准，所以只能一面探索，一面前进。在这种艰难境况下，平措旺阶等藏族官兵发挥了重要的作用。他们担负了向导、翻译、调查情况和组织牦牛运输等艰巨任务，帮助先遣支队指挥部选择宿营地，识别有无毒害的水草，介绍如何适应高原特殊气候的常识。所以在整个进军途中，先遣支队无一人减员，无一人掉队。

横断山脉多南北走向，由东向西行，几乎每天都要爬一座高山、翻一道山岭。第一座大山就是依贡拉，爬上山顶需两个半小时，下山也要一个多小时。这座山靠近澜沧江，风景优美，长满松柏，郁郁葱葱一片苍海。大家个个喜笑颜开，哼着歌曲，轻松地在山路上盘桓，早早就到了宿营地，在依山傍水处搭起帐篷，埋锅做饭，度过了这一天的行军生活。

7月29日翻越瓦合山，其藏名朱依拉。此山三峰相连，绵亘50余公里，是一座名副其实的大山，一天时间无法完成翻越，部队必须在山巅上住一夜。山顶风大天寒，空气稀薄，夜间难以入睡，狂风呼啸，寒气渗骨。很多人被冻得一夜未眠，急切地盼望到了天亮，爬过最后一座山峰，开始下山。

接着又翻了两座高山，部队从嘉裕桥过怒江进入洛隆宗地界。

嘉裕桥是西藏北路经常可以见到的那种木桥，用木笼石块做桥柱，桥架一步步伸向江心，以缩短江面的距离，在两端逐渐接近的地方铺上桥面。当时藏南过河多用溜索，一般河流则靠牛皮船引渡，所以嘉裕桥已是西藏比较先进的交通设施，不然整个支队就只能以牛皮船斜渡，或用溜索渡江。

8月1日，先遣支队与先期进军到洛隆宗的一五四团团部官兵会师，团长郤晋武、政委杨军接待了大家。该团已有一个营前出至边坝，由边坝再向前就只有先遣支队孤军深入了。

该团副团长顾草萍是先遣支队副参谋长，在此加入。

8月7日，先遣支队到达边坝，宗政府举行了欢迎会，有数百人参加。当官兵们听到昌都地区解放委员会已办起了8所小学、农奴承担的"乌拉"差役已经开始废除、生活逐渐得到改善的时候，很多人发自内心地感到振奋，连连赞叹。

会后工文队为僧俗百姓表演了文艺节目，有红军舞、弦子舞和各族人民大团结舞。

由此到太昭要翻越四座大山。分别是夏贡拉、怒贡拉、奔达拉和楚拉，其海拔都在 5000 米以上。

夏贡拉即丹达山，也叫东雪山，怒贡拉也叫西雪山，属于念青唐古拉山脉，是康藏道上最著名的两座大雪山。夏贡拉海拔 6300 米，是进军途中经过的最高峰。"丹达山，六千三，人在云中行，双肩担青天"是它的写照。从丹达塘向山上仰望，其间高山苍茫，层峦叠嶂，山顶白雪皑皑，直插蓝天。在半山腰，一条蜿蜒曲折的骡马驿道若隐若现，很多路段非常危险，一不留神就有可能坠入悬崖。

清乾隆年间驻藏大臣松筠所著《卫藏通志》一书，说丹达山："峭壁摩空，凛冽冰城，少有微风，断不可过。"书中还记载了与丹达庙有关的一个说法："相传云南某参军解饷过此山，饷鞘落雪窖中，身与之俱坠，人无知者，迨春夏雪消，犹僵坐鞘上，土人惊异，遂奉其尸而祀焉。"还说"丹达神庙，最为灵验，凡过者，必虔诚祷祝，乃得平安。"

清人吴崇光撰写的《川藏哲印水陆记异》[①]一书对此也做过记载："乾隆十八年，云南解饷委员彭元辰参军号泉三，在丹达山遇雪天，足陷深雪中无下落，嗣经驻藏大臣派员寻访，见彭公之尸，面不变色，饷银俱在，奏闻后奉旨建庙。"

乾隆五十八年，清军将领福康安率军进藏经过丹达山时，也曾向山神祈祷，后大军行进，往返顺利。击退外族廓尔喀对西藏的入侵后，福康安特上奏皇帝："此次官兵赴藏，经过丹达山，均无阻滞，山灵助顺，请加封号，并恩赐匾额悬之。"乾隆皇帝遂于 1793 年 5 月颁发圣旨，赐予封号御书匾额。圣旨称："丹达山远在边外，最为险峻，风雪不时，此次自军兴以来，官员兵丁调迁至藏，以及子峻凯旋，均当冬会，经过该处，得以安稳遄行，毫无阻滞，实为神祇佑助，灵应聿昭，允宜列为祀典，春秋致祭，并须御书匾额，交驻藏大臣，饬令于山下，归建神祠，敬谨悬挂，以达休应，而示怀柔。"

小庙只有 10 多平方米，墙上仍然悬挂着乾隆皇帝御书的"教阐遐柔"和松筠所写的"峙岵通衢"两块匾额。各种颜色的经幡和白色的哈达披挂在匾额四周。

康藏地区有句谚语，"一二三，雪封山；四五六，雨淋头；七八九，正好走；十冬腊，学狗爬。"这把一年十二个月的气候特点概括得十分

---

① 哲即哲孟雄，即今天的锡金，印即印度。

形象。

为了攀登夏贡拉山，部队头天晚饭吃了一顿酥油茶和糌粑，早早入睡，每头骡马都加倍地喂了六七斤青稞、豌豆。但在丹达塘宿营时，王其梅的乘马因误食毒草，10多分钟后肚子胀得像个大鼓，鼻嘴直流白沫，直挺挺地躺在地上，不到半小时就死了。

由于山上寸草不生，官兵们还备了要带的烧柴，准备在山上做饭。原来每人都背着枪支、被服和干粮，负重量已达到70多斤，现在再加上一捆柴，就是八九十斤重了。

夏贡拉有三个山峰，依次而上，像三级阶梯。部队每翻越一个山峰，大休息一次。文工团十来个只有十七八岁的姑娘，生龙活虎般跑在队伍前面，在山头唱歌、说快板，进行鼓动宣传。

第一梯队爬上第一个山头后，宣传队发现准备插在顶峰的标语丢失了，随军拍摄报道的新闻制片厂记者张玉生认为应该有一个有历史意义的标志插在顶峰，希望宣传科长魏克重新写一个，魏克和文工队教员张迈群在滴水成冰的环境中，只能用糖水在隔潮帆布上写，他编了四句打油诗："丹达山高六千三，进军西藏第一险。英雄踏破三尺雪，浩气惊碎美帝胆！"虽然只有28个字，但由于天寒手冻，整整写了一个多钟头，这时部队已经登上第二个山头。两人只能趟着没膝深的积雪拼命往前赶，但没走多远，就累得气喘吁吁。他们看到有两匹马不知何时摔在半山下，驮子挂在山腰的树杈上。

先头部队11点半到达山顶，但两人还远远落在后面，这时不断传来口令，让两人迅速赶到前面去，免得部队在山顶停留过久，遇到天气突变。

谁都知道，在这样的地方多停留一秒钟，就离死亡近一步。两人赶得嘴里冒火，胸前像压着一块铁板，喘不过气来，只好含上一块冰糖、抓一把雪塞进嘴里润润嗓子。当两人接近山顶时，张迈群晕倒一次，一头栽倒在雪地上。一位战士接过写着打油诗的帆布登上山顶，张玉生拍下了部队通过丹达山顶的镜头，把打油诗醒目地记录在了大型历史文献片《解放西藏大军行》中。

中午12时许，晴空万里，气温陡升至16℃。紧接着乌云密布，老天爷像突然发怒，冰雪席卷而来，气温立刻下降到零下5℃，官兵们的口罩、帽檐上都结了冰。但没过多久，天晴云散，气温再次升高。

爬第三个山峰时，部队休息了一个钟头，从山凹里打来泉水，烧水吃了糌粑，然后继续往上攀登。军马大多喘息不止，停步不前，要用劲拉才往前走。路又陡又滑，从远处看像一条光亮的绳子，从空中弯弯曲曲飘下来。官兵就像挂在绳子上，悬在半空中，飘在云天上。由于气压低，高山缺氧，人人感到胸闷脑涨，头痛欲裂，手脸发麻，脸和手指甲均呈绛紫色。人马呼吸急促，心脏好像要跳出躯体，人和马都三步一喘，十步一停，不停地喘着粗气。山的坡度约有七八十度，团团云雾，就在身旁和脚下翻滚。人行其上，就像是在腾云驾雾。谁也不敢坐下休息，害怕坐下去就再也站不起来。回头一望，千沟万壑就在脚下，令人目眩头晕，心惊胆战。此时，官兵们感觉不是在登山，而是在上天。

一个战士因缺氧昏厥了，军医马上赶去抢救。王其梅让警卫员把自己的马送给了那个战士，他和大家一起徒步攀登。他自己也被高山缺氧折磨得够呛，加之坐国民党监狱时留下的腿疾发作，突然面色发紫，呼吸困难。缺乏高原行军经验的汉族官兵建议他就地坐下休息，但熟悉高原气候的平措旺阶知道，在空气稀薄的山顶，一坐下来就有生命危险，便立即叫警卫员架着王其梅迅速下山。

王其梅即使已经虚弱得说话都困难，在过山顶垭口一处两米多高的玛尼堆时，仍不忘嘱咐大家："只准从玛尼堆左边走，不许从右边走；只能往玛尼堆上添石头，不许从上面拿石头，我们一定要尊重藏族老乡的宗教信仰和风俗习惯。"

夏贡拉最高处覆盖着近一米厚的冰雪，在盛夏阳光的照射下，仍然凛冽刺骨。队伍一鼓作气，踏雪履冰，终于登上顶峰。置身于众山之上，群山低矮，云海茫茫，如在天空俯瞰人间。

翻过夏贡拉后即是察兰松多。13 日，先遣支队由此向俄朱格进发。

从拉萨到昌都，西藏地方政府在沿途设了 24 个驿站。往来行人将其概括为"穷八站，富八站，不穷不富又八站"。到达俄朱格，先遣支队已走完不穷不富的八站和富八站，再往前走就进入"穷八站"了。因为"穷八站"过于艰苦，缺粮缺草，支队指挥部决定休息两天，然后把部队分成 3 个梯队前进。

从阿伦多到仁多约 110 里，全是原始森林和深山峡谷，还要过一段危险的栈道。

部队进入茂密的原始森林后，沿一条羊肠小道前行，小道曲折蜿蜒，一时涉水，一时过桥。两人合抱不住的古柏，不断挡住去路，葛藤虬结，常把人马绊倒。这里平时野熊出没、猿猴成群，此时大队人马过境，它们都躲藏起来了。

有一段约50里的路十分危险，一边靠峭崖陡壁，一边临深渊急流，路只有一两尺宽。不少地方只能在栈道行进，组成栈道的只有一根根悬架在半空中的树干。脚下激流奔腾咆哮，令人心惊肉跳，不敢下视。大家既要留心自己的安全，还要紧挽马缰，照顾骡马通过。即使这样，还是有骡马坠入激流。

8月17日部队抵阿贡拉宿营，这是穷八站第一站，周围是荒凉的山区，没有牧民，只有几户人家。

两天后从仁多出发不久，部队就完全进入了无柴草的地区。在怒贡拉山脚下有一个名叫多洞的地方，据说原来有两三户人家，不知什么原因房子被烧光，居民搬进深山里去了。先遣支队到达之前，他们听说人民解放军进军拉萨要经过这里，都主动回来了，和附近村子的几户人家自发组织了运输队，从七八十里外的山上砍了木柴，用牦牛运到大路边支援解放军。

20日，部队准备越翻怒贡拉——怒贡拉难走的程度超过了夏贡拉。这是一座名副其实的石山，上山10里，下山10里，上下山都是乱石累累的陡峭山路，石头大的如磨盘，小的如斗碗，山石里不断传出"咕咕"的流水声，好像开了锅，却看不见流水。乱石棱角尖利，人行其上，犹如行走在一条漫长的尖锥铺成的路上，差不多完全用脚心走路。骡马的蹄子常被夹在石缝里，一路上都是马蹄铁掌和山石撞击的声音。

这里山顶积雪比夏贡拉的雪还厚。部队快到山顶时，有一名20来岁的战士突然昏倒：他呼吸急促，全身颤抖，面色铁青，而枪支、背包、干粮袋还在背在身上。王其梅得知后，立即跟随骑兵赶到战士身边，让警卫员把那位战士身上背的东西尽快取下来，并给他解开领口，然后把他扶上马背，送下山去。

下山后离宿营地还有一段路程，而且前面也找不到烧柴，大家路经擦竹卡牧场的牧民帐篷时，每人又带上了一捆牧民支援的烧柴，然后继续向宿营地进发。

高原气候说变就变。一会儿烈日当头，晒得人头昏脑涨；一会儿暴雨倾盆，把人淋得像落汤鸡。部队正行进中，忽然狂风夹着黑云压顶而来，冰雹倾泻而下，猛烈地击打在大家头上和身上，人马无法前进，又没有躲避之处，只好站在路上，用背包、烧柴遮挡头部。

部队在擦竹卡西5里的一片草地上宿营。每个班的战士均按出发前的具体分工，各司其职，有的搭帐篷，有的支锅煮饭，有的放马。饭还没煮熟，冰雹又忽然光临，狂风呼啸，把搭好的帐篷吹得不断鼓起。虽然铁桩打得牢，绳索绑得结实，但一些帐篷还是被风吹起。冰雹打得帐篷、铁锅噼里啪啦直响。这天晚上，风把帐篷里的灯吹熄了，冰雹把锅灶下的火也打灭了，一锅未煮熟的饭，被冰雹、雨水泡成了稀糊糊。地面上的草被砸没了，只有一层厚厚的冰雹，连帐篷周围挖的排水沟都被冰雹填平了。官兵经过一天行军，极为疲乏和饥饿，但因这场冰雹和狂风，结果连饭也没吃成，只吞了几口糌粑，就摸黑睡觉了。

这时部队带的粮食已越来越少，中途无法补充也没有地方可以采购，不得不紧缩口粮。部队长途跋涉消耗体力，再减口粮，行进更加困难，只好边前进边向张国华报告。张国华指示可以停进待命，等后方粮食运到再继续前进。

先遣支队在进军拉萨途中，有将近一个月的时间每人每天只配给6两[①]代食粉，很难吃到蔬菜，更无肉食。进入"穷八站"后，部队接近断粮，八连官兵好多天只能喝两顿代食粉糊糊，最后的余粮只够煮一顿稀饭了。连队派人向王其梅、陈竞波告急。经过研究，决定把司政后机关干部的干粮补充到连队。而机关干部所带的干粮也所剩不多了。但当大家接到通知后，都非常爽快地交出了干粮袋，由管理股长张焕亮送到八连。八连的官兵一听说送去的是机关干部的干粮，坚决不收。王其梅只好下达军令，令其必须收下。

8月21日，先遣支队到达嘉黎时，机关也断了粮。当时部队在一条名叫松曲的小河旁宿营。有个战士忽然发现驻地附近的小河汊里有不少鱼，便大声喊道："快来看鱼！快来看鱼！"官兵都聚过去，果然看到水中有尺多长的鱼在游动，大家馋得直咂吧嘴。有人说："嗨，今天捉几条鱼，回去用水煮煮，美美地吃它一顿多好啊！"但按照藏族

---

① 当时1斤14两，按标准的1市斤10两计算，6两还不到半市斤。

人民的风俗习惯，鱼是不能捕食的，大家只好勒紧裤袋，垂涎而归，依旧煮马料和园根充饥。

嘉黎的藏胞看到后，都非常感动。有两个牧民名叫嘎央和斯达，请求给他们两张毛主席和朱总司令的画像，要带回牧场给其他牧民们看。当他们拿到画像时，马上按藏族表示敬意的礼节，举到头顶，碰了两下。

面对缺粮，王其梅分析了形势，最后决定还是把实际情况告诉阿沛，告诉他目前部队已无食粮，这几天都是以马料代口粮，骡马只能啃草吃，因而部队准备停止待援。

阿沛听后很震惊，连忙说，这里离太昭已很近，可以从他的庄园运些粮食来接济。

他说完马上派人去调运粮食。不久阿沛便从他在工布江达的庄园运来粮食，使部队顺利地走完了"穷八站"。进抵工布江达后，他又买了不少牛羊肉来代替主食，使部队生活得到了改善。

8月30日，先遣支队从太昭出发，翻过工部帕拉，从山麓沿直工河到拉萨河谷是比较宽阔的骡马大道，又是人口稠密的农业区，部队行动起来感觉轻松了很多。整整8天的行程，部队都是搭帐篷在旷野里宿营，从不进入民房和寺庙。不管住在哪里都有很多藏族百姓围着部队看热闹，对于穿军装的汉族女战士更觉得稀奇，所以围观她们的人特别多。官兵和老百姓在无声的接近中已渐渐熟悉起来，这时常听到的两句藏话是"米芒金珠玛"①"嘉沙巴"②。藏族同胞在表述这些称赞的语言时往往竖起大拇指。官兵从老百姓的表情中看到了对他们的信任——这种表情他们在内地曾经是那么熟悉。

在抵达德庆时，张经武派乐于泓和李天柱来慰问先遣支队的官兵，介绍了他们到达拉萨前后的情况，使大家对拉萨的政治情况有了大致的了解。马上就要直接接触藏族实权人物，初次相见将是一种什么局面——王其梅不能不认真地考虑。毕竟先遣支队是第一批进入拉萨的人民解放军，为主力部队入城做好准备，不能不谨慎从事，这也是先遣任务的重要部分。

---

① 藏语，"人民解放军"之意。

② 藏语，"新汉人"之意。

与此同时，西藏地方政府也派官员前来探望，并联系部队入城事宜。

七、达赖喇嘛拥护"十七条协议"

1951年9月6日，西藏地方政府派人在拉萨河畔组织了许多牛皮船和烧柴，以备先遣支队使用。从上午8时开始，由藏族船工用牛皮船摆渡，至下午5时，先遣队人马全都渡过拉萨河。部队在拉萨河畔休整两天，准备入城。当时，正值西藏一年一度的雪顿节，藏胞穿着节日盛装，有的骑着马，有的打着花伞步行，成群结队地来到部队驻地看传闻里的"米芒金珠玛"。

9月8日，西藏地方政府欢迎的帐篷已经搭好，派来益西达吉和旦加两位低级官员为先遣支队当联络员。另有两位高级僧俗官员负责接待工作，他们是到北京参加过和谈的代表扎萨柳霞·土登塔巴和马基凯墨·索南旺堆。这是首先与先遣支队接触的藏族官员。经过协商，先遣队决定9月9日进入市区，住在马嘎萨巴——新兵营，粮食及副食供应暂由地方政府负责。为了准备入城式，部队利用一天休息时间，进行了"与拉萨人民见好面"的政治动员，准备了大型横幅和彩旗。

进入市区那一天，天刚蒙蒙亮，就不断有从拉萨来的市民穿着节日盛装到先遣支队驻地探望。虽无人组织，仍然万人空巷。

进入市区前，西藏地方政府搭起彩色帐篷，凯墨和柳霞率文武官员、僧俗各界代表前来欢迎。王其梅、林亮、陈竞波、顾草萍等领导进帐篷互敬哈达，饮茶寒暄后，和部队一起进城。

全体指战员身着草绿色呢子军服，精神焕发，气势雄壮。队首是几名年轻力壮的战士抬着毛主席、朱总司令的画像，继而是军乐队、腰鼓队。王其梅同平措旺阶率领大队人马，迈着整齐的步伐，唱着军歌，进入拉萨市区，被欢迎的部队和欢迎的人群会合在了一起。人们都说，这是拉萨从未有过的现象。

进城以后，先遣支队与中央代表张经武及其随员会合在一起。从此，张经武有了一支可以依靠的力量。随后，先遣支队在张经武的领导下，挨家挨户访问了司曹、噶伦、扎萨、台吉、重要的四品官和三大寺、四大林的活佛及堪布。当时的拉萨，即使藏族官员之间往来，也注重送礼请客。加之大多数西藏上层人士与中央代表和先遣支队的官兵还有隔阂，对彼此交往有顾虑，所以，请客送礼就成了与他们接触的方式。工作人员自嘲地讲俏皮话"统战统战，请客吃饭"——把统战工作说成是请客吃饭当然是一个误解，但作为特殊环境里做统战工作的一种形式，却十分形象。

噶雪巴·曲吉尼玛在先遣支队到达兵营的第二天，就主动来献哈达。这位刚卸职的噶伦大家早有耳闻——他从一个普通贵族捐到孜本，又由孜本到噶伦，驱汉事件发生时他正当权。后被大札摄政流放山南，现在虽已卸任，可是还是有名气的人。

从9月14日开始，王其梅偕同平措旺阶和陈竞波去访问了两位司曹洛桑扎西和鲁康娃。这两位官员在政治上十分保守，甚至可以说是非常顽固。他们原来的官职品级并不很高，洛桑扎西不过是个堪穷，鲁康娃是4个孜本之一，不过是个四品官。由于达赖出走亚东，噶厦官员随之前往，准备到亚东再逃到印度去。在那种危急的形势下，现任噶伦谁也不愿意留在拉萨，于是推出了这两个政治上的保守派组成拉萨看守噶厦，代理摄政，他俩的地位也就一夜之间上升了。待达赖及其随行官员从亚东返回拉萨，两人的地位已经巩固下来。他们代表噶厦和中央派来的人员及部队打交道，所以王其梅首先去拜访他们也是理所当然的。王其梅按照西藏的风俗给他们献了哈达并赠送了礼品，没想他们的态度极为傲慢。

阿沛和土登列门经过昌都随先遣支队回到拉萨时，十四世达赖喇嘛已经从亚东回到拉萨近一个月。签订的协议，达赖喇嘛和噶厦从原则上是承认了的——但是协议里面有一条，要在西藏成立军政委员会，洛桑扎西和鲁康娃借口这一条不行，说不能全部承认这个协议，找了许多的麻烦。张经武已经向达赖喇嘛提出：协议已经签订了，达赖喇嘛应该在大部队到拉萨前向中央表个态；而两个司曹说，这个问题他们马上决定不了，要召开西藏地方政府的官员代表会议才能决定。这是有意的拖延应付。当时社会上开始流传谣言，说中央给了和谈代表很多钱，他们把西藏出卖了等等。因此，参加签订协议的5名代表商量以后，决定要通过努力以正视听。阿沛·阿旺晋美出面同噶厦交涉，并提出"噶厦对执行协议如有困难，请召开西藏全区大会，我们可以到会作详细说明和解释"。

噶厦在无可推托的情况下，不得不于10月20日召开了由地方政府全体僧俗官员、三大寺在床堪布、各岭、代本中的甲本、久朗、领饷职员以上的 300 多人参加的大会。

5 名和谈代表在会议开始后入场，由阿沛·阿旺晋美报告签订"十七条协议"的经过，执行代表证书精神的详细情况。阿沛表示，他们 5 人愿以身家性命和财产保证，协议对达赖喇嘛的宏业、西藏的政教、全藏黎民的利益都是有好处的。如果大会证明协议对上述种种不利，则请惩办我们不经请示、自作主张之罪。听完情况介绍以后，官员代表说了很多赞扬之词。

阿沛最后说："中央是否收买了我们？中央给了我们什么呢？当时中央给了我一张毛主席像，黄缎一匹，红茶一箱，就是那么多。其他的官员比我还少。这么点东西是否能把我阿沛收买得了，请你们考虑。"①

土丹旦达补充说：按过去的规矩，凡出外办事的人员，有功者回来受奖。我们签订"十七条协议"是一件很大的事，如果是成功的，对达赖和人民都有益处，我们并不要求奖励；但如果是不利的，则可以用身家性命和财产保证。

5 人怕当着他们的面不好批评、指责，所以 5 人退出会场，让大家畅所欲言。

经过讨论，大家一致认为协议很好，表示拥护。

于是，大会通过了呈报达赖的如下文稿：签订的"十七条协议"，对于达赖之宏业，西藏之佛法，政治、经济诸方面，大有裨益，无与伦比，理当遵照执行。

达赖喇嘛看完后，给毛泽东主席发了致敬电：

中央人民政府毛主席：

今年西藏地方政府，特派全权代表噶伦阿沛等五人，于 1951 年 4 月底抵达北京，与中央人民政府指定的全权代表进行和谈。双方代表在友好基础上，已于 1951 年 5 月 23 日签订了关于和平解放西藏办法的协议。西藏地方政府及藏族僧俗人民一致拥护，并在毛主席及中央人民政府领导下，积极协助人民解放军进藏部

---

① 阿沛·阿旺晋美：1987 年 7 月 31 日在西藏自治区第五届人民代表大会第二次会议上的讲话。

队，巩固国防，驱逐帝国主义势力出西藏，保护祖国领土主权的统一，谨电奉闻。

西藏地方政府　达赖喇嘛

公元 1951 年 10 月 24 日

藏历铁兔年 8 月 24 日 ①

毛泽东主席在 26 日复电达赖喇嘛，感谢他对实行和平解放西藏协议做出的努力。

八、一五四团进抵德庆

在先遣支队从昌都出发时，一直担任进藏先遣任务的五十二师一五四团在昌都战役结束后，已进抵洛隆宗。为了中央人民政府与西藏地方政府在北京和谈，一五四团一直按兵未动。

由于拉萨形势需要，上级命令部队以急行军速度进抵拉萨。1951年 8 月 13 日，团长郄晋武和政委杨军带领部队，告别了洛隆宗，告别了他们新开垦土地上茂盛的青稞、豌豆，到边坝集结，对进军拉萨作了动员，开了誓师大会，接受了军党委赠给的"功在先锋"锦旗。

部队又开始了长途行军。

9 月 7 日，部队从独咀卡出发，翻越丹达山。与先遣支队相比，这次山上的风更大，积雪埋膝，官兵同风雪搏斗了 12 个小时才得以通过。又经数日行军，翻越努贡拉，经嘉黎，进至奔达拉。

山上的风更大，尖厉呼啸着，卷起积雪，击打在官兵脸上，像针扎一样疼，身上的皮大衣像帆一样被风鼓起来，两条腿跟跟跄跄迈不开步，整个身子被大风刮得好像要离开地面一样。谁也不敢讲话，只要一张嘴，大风就立刻灌你满嘴沙土，风刮得睁不开眼，大家低着头，互相拉着往前挪动。马匹把脊背对着风，似乎也站不稳。寒风过于刺骨，以致官兵感觉像光着身子在冰河里漂浮一样。郄晋武冻得实在受不了，就跑到一匹骡子身边想避一避。不想骡子被风刮倒了，牲口和驮子重重地压在了他的身上。官兵们尽量把身子贴近地面，以减少风

---

① 《达赖喇嘛致毛主席电文》，1951 年 10 月 26 日新华社电讯。

— 276 —

的阻力，有时候风太大，只能趴在地上，等风小一些再爬起来前行。帐篷根本搭不起来。有时，勉强撑起的帐篷，半夜里一阵大风，能把帐篷掀到半空中，所以很多时候只能用随身携带的方块雨布盖在身上，躺在雪地上过夜。

有些人冻得睡不着，半夜就爬起来，开始烧饭喂马——因为高原气压低，那时没有高压锅，做饭难熟，吃了容易得肠胃炎，只靠早起做饭，水多放些，时间烧长些来解决问题，所以炊事班的战士夜里两点就起床了。

18日到楚拉后，该地气候更为恶劣，晚上在雪地露宿，每4人一组，用4块两用雨布搭成帐篷，挤在一起睡觉。透风的帐篷呵气成冰，次日起床，被子和被雪压垮的帐篷都冻结在了一起，用了半天工夫，才将雨布和被子扯开。

长途行军的疲劳，加上粮食困难，只能吃极少的粮食和一些园根，缺乏油盐菜蔬，而且晚上休息不好，指战员们大都脸色铁青，眼圈发黑，走路腿颤，爬山腿软。但因拉萨少数反动分子不断向先期入藏的先遣支队人员挑衅，部队行军速度不容减缓。有一次一个战士不行了，旁边的战士就架起他走，然而下山后，这个战士得救了，架他的战士却倒下永远没有起来。

翻过雪山，进入沼泽地，部队行动更加困难。腐烂的杂草和泥水混在一起，有的战士脚一踏下去，立刻掉进齐腰深的泥沼里。沼泽地上根本没有路，只有一墩一墩长着杂草的泥土堆，或宽或窄地间隔着。官兵背着几十斤重的行装，像做跳房子游戏一样，从这个草墩跳到那个草墩。有的沼泽很宽，部队一天过不完，夜间就在沼泽地上宿营。没有地方搭帐篷，大家就三三两两背靠着背，坐在草墩上睡觉。

但部队士气旺盛，昌都到拉萨19座大雪山，官兵风趣地给它们取名叫"进军山""胜利山""考验山"……一路上战歌声不断，官兵们最喜欢唱的是《十八军战歌》：

> 跨黄河，渡长江，
> 我们生长在冀鲁平原太行山上。
> 锻炼壮大在中原，
> 威名远震东海长江。

祖国处处欢呼解放，

毛泽东的旗识迎风飘扬。

更伟大崇高的任务号召我们勇敢前进，

解放大西南，

毛泽东的光芒照耀祖国的边疆。

进云贵，入川康，

保卫西南边防，

巩固祖国后方，

解放的大旗插到喜马拉雅山上，

雅鲁藏布江。

在豪迈的战歌声中，部队翻过了从昌都到拉萨的最后一座雪山——海拔5000米的鹿马岭。在鹿马岭上，可以远眺通往拉萨河谷的道路，战士们都兴奋得欢呼起来。

1951年10月19日，进藏部队先遣支队——十八军五十二师一五四团进驻德庆。

当时，这个团自1950年3月25日离开四川乐山挺进西藏以来，已历时1年零8个月，行程数千里，跋山涉水，忍饥挨饿，打仗行军，历尽千辛万苦。现在，当官兵站在德庆附近的山头上，向拉萨举目眺望，只见古城群山环抱，大河中流，烟霭蒙蒙，气象万千，雄伟壮丽的布达拉宫耸峙在晴朗的天空里，金顶辉煌，巍峨挺拔，心里有说不出的高兴。

即将进入的拉萨就在眼前。官兵们忙着整顿队伍，操练步伐，换洗衣服，治疗伤病员。战士们把枪炮擦了又擦，破了的衣服补了又补，炊事员连煮饭的罗锅也擦得锃亮。

九、拉萨入城式

王其梅所率先遣支队到达拉萨后，使张经武在拉萨的困境得以缓解。一五四团进抵德庆，西藏以鲁康娃为首的少数亲帝分裂势力的挑衅立马有所收敛。在此情况下，根据"十七条协议"的要求，人民解放军为巩固国防，进入西藏——十八军军直部队在张国华、谭冠三率领下，在昌都作了短期休整，补充了物资后，也踏上了西进征程。

为了减少途中周折，军直部队的进军路线走的是"小北线"，即由丁青、沙丁，直插墨竹工卡。这条路基本上都是光山秃岭，海拔高度均在 4000 米以上。从军事上讲，不会遭敌伏击，对军直属机关来说，比较安全。然而这一条路上的气候非常恶劣，部分地区海拔很高，全系荒无人烟的冰天雪地，行军一天连个人影都见不到，是进军中最艰苦的路段。

军直部队成员情况比较复杂，有男有女，有老有少，有军里领导、警卫部队、医院、文工团，还有中央派到西藏工作的各方面专家学者、西藏工委中各部门的工作人员，是一支由军、政、文、武、财、贸、工、农、商、学、兵组成的合成军。和部队一起进军的专家还有李安宅、于式玉、谢国安等著名教授。

为了使专家们安全到达拉萨，张国华、谭冠三从部队有限的骡马牲口中，抽出一定数量的强壮牲口保障专家们乘骑和驮运物品。同时，还专门派战士照顾他们的生活，保证他们的安全。

在这段进军中，张国华、谭冠三非常操心的，一是长期缺粮，官兵吃不饱肚子；二是部队非常劳累。部队越朝前走，运输线也随之拉长，粮食补给上不来，干部战士一天只能喝 4 两代食粉，却要背七八十斤重的东西爬雪山过冰河走几十里路。

在这种情况下，干部和党员在开饭时，都自觉往后站，让战士们多吃一点。其他人后来发现了这个现象，大家你推我让，都不去盛饭。时间一长，官兵的脸饿得尖尖的，眼珠子显得很大。大家开玩笑说：脸虽然瘦了，但眼睛都长胖了。

翻越冷拉山时，文工团有位乐队演奏员叫张国藩，由于长期饥饿和劳累得了心脏病，脸肿得很大。大家就组织担架，轮换着抬他走。有一位舞蹈演员叫邓群阶，是舞蹈队的一个主要演员，他自己身体不好从不吭声，也参加抬担架，有人发现他的脸色不对了，不让他再抬，可他坚持要抬。最后张国藩被抬过了山，邓群阶却在山脚倒下了，献出了年轻的生命。

军长张国华是带着高血压和心脏病率领部队进军西藏的。在高原缺氧的情况下，这两种病都是随时可以致人死亡的危险病症。谭冠三身体也不好，而且年过半百。两人和战士一起行军，照样饿肚子。他们有马不骑，让给生病的战士骑。记得一位诗人曾这样记录："进军途中的一天，胜过后来的二十年！"

在刘振国尚存的残缺不全的日记中，他记下了令人心颤的几个数字：从甘孜到拉萨，全程3000余里；横亘着雪山19座，冰河激流100余条，我们行军118天，路上牺牲10位同志，发生病号1208人次，死亡骡马2912匹……

1951年10月24日，军直部队胜利进抵拉萨河畔，与一五四团在拉萨城郊会师。

第二天，入城部队在东郊渡过拉萨河，当晚夜宿在拉萨河滩上，张经武、王其梅和乐于泓前来看望部队。好多藏族老乡站在帐篷周围，好奇地观看这支不进村庄、不住民房的部队。有的老年人在河滩上点起堆堆松枝，用他们特有的表达吉祥如意的方式，来表达对解放军的敬意。

入城式的会场，设在拉萨东郊恰曾林卡附近的一块空地上。这里，临时搭起一个土台子当主席台。台上并排悬挂着毛主席和朱总司令的画像。土台上方的会标醒目地写着"拉萨各族各界欢迎解放军大会"。主席台两侧，挂着条幅标语"庆祝西藏和平解放""欢迎解放军胜利到达拉萨"。在主席台上就座的有中央人民政府代表张经武，十八军军长张国华、政委谭冠三、副政委王其梅以及西藏地方政府噶伦阿沛·阿旺晋美、拉鲁·才旺多吉、鲁康娃·彭措热杰、夏苏·久美多吉。拉萨各族各界和藏族群众两万多人前来参加大会，欢迎大会开始前，举行了入城式和分列式。

一直担任先遣任务的一五四团团长郄晋武骑着一匹矫健的骏马，神采奕奕地向检阅台报告，部队整理完毕！军乐队奏起《解放军进行曲》，官兵迈着整齐的步伐，威武雄壮、士气高昂地走向会场。这时，藏军部队排着队站立在官兵通过的通道两旁，斜端着英式步枪，刺刀朝下，也在观看。经过这刀枪林立的通道时，有的干部战士绑带被藏军的刺刀划开，腿被划伤。但官兵泰然自若，昂首挺胸，换为正步，进入会场。

部队入场完毕，在主席台对面左侧席地而坐；藏军吹着号打着洋鼓随后入场，坐在右侧。

阿沛在会上讲了话，拉鲁致了欢迎词，他说："在西藏过去来过皇帝的军队、英国的军队、国民党的军队，我们都未欢迎过。这次来的解放军是人民的军队，所以，我们才进行了欢迎。"[1]

当时，由于西藏上层中还有部分官员对"十七条协议"不满，因此，会场上除部分爱国官员和群众对官兵表示真诚欢迎外，那些顽固派则虎视眈眈，欢迎大会的气氛既是欢乐的，又是紧张的。这种紧张的气氛，很快在一场误会中表现出来了。

欢迎大会开始后，主席台上的人员全体起立。这时，解放军出于礼仪，鸣炮以示庆贺，哪知炮一响，藏军部队顿时紧张地乱了起来，喊口令的，起立的，伴着哗哗啦啦的操枪声，藏军乱成一团，全都是一副准备战斗的架势。周围的群众因不知其故，也被藏军的紧张慌乱冲散了，在混乱中，先遣团阵容严整，丝毫未动。阿沛·阿旺晋美一见，连忙在台上喊话，向藏军解释说，这是解放军的礼炮声，请大家不要误会！藏军才平静下来，跑散的群众才慢慢回来了[2]。

在《中华人民共和国国歌》声中，大会举行了升旗仪式，鲜艳的国旗在会场上空升起。

十、先遣亚东

进入拉萨的解放军官兵一部分在西藏地方政府准备的两个藏军军营里安营扎寨，一部分在蔡松塘和加热两处空地搭建帐篷驻扎下来。

不久，地方政府决定宴请一次解放军的领导人员。按照噶伦轮流做东设宴的惯例，这次的"噶厦宴会"正好轮到拉鲁做东，他筹备在仲吉林卡设宴，费用由地方政府开支。凯墨和柳霞主持了宴会，宴会很丰盛，连续三天招待进藏部队营以上干部。

为了巩固国防，也为了减轻拉萨的供给压力，1951 年 11 月 7 日，一五四团参加完入城式不久，团机关和一营、二营在团长郄晋武、政委杨军率领下，即从拉萨出发，继续向后藏的日喀则和江孜进军。他们将成为十八军中进军最远的部队——部队情绪高昂，虽然每人负重六七十斤，大家经过几千里行军作战，但是，一想到要越过冈底斯山，

---

① 拉鲁·次旺多吉:《拉鲁家族及本人经历》，亲历者手稿。
② 刘广润:《从拉萨入城式忆进藏先遣部队》，亲历者手稿。

直到喜马拉雅山脉南麓，都很兴奋。

部队渡过拉萨河后，沿河向南，经曲水，翻过海拔 5500 米的冈巴拉山后，明镜般的羊卓雍湖呈现在眼前。面积 638 平方公里的蓝色的湖水，晶莹明亮，波光粼粼，微风吹过，层层涟漪。天上，雁群飞翔；水中，水鸟鸣叫嬉戏。部队在 100 多公里长的湖边行军，犹如置身仙境之中。夜晚，部队在湖边宿营。

走过羊卓雍湖，部队在海拔 4500 多米的高原旷野上行军。初冬的高原，远山已经铺上皑皑白雪。从冰峰雪岭上刮来的风，寒冷刺骨。光秃秃的群山和旷野上草木不生。狂风吹起的沙石打在脸上火辣辣地痛。官兵背着沉重的行装，顶着风一步一喘地往前走。

经过近十天的艰苦行军，团部机关和二营进抵江孜、一营进抵日喀则，11 月 15 日，分别举行了入城式。

这时，冬季来临，官兵离开拉萨时随身携带的粮食已经吃完，部队又遇上了粮荒。

江孜海拔 4020 米，地势高寒，山上不长树木，冬季的平坝上光秃秃一片，打不到柴火；粮荒加柴荒，使部队的生存更加困难。

一五四团先遣两年来，翻过千山万水，打仗行军，忍饥受冻，全团官兵体质很差，眼下又没吃没烧，身上衣服单薄，部队面临新的考验。

当时，江孜有 940 多户人家，这里又是西藏的产粮区，但毛主席有"进军西藏，不吃地方"的指示，所以，官兵严格遵守，不向老百姓征粮购粮，一草一木秋毫无犯，很长时间一直吃冷水泡豌豆。

江孜民众曾在 20 世纪初抗击过英军的入侵，是具有光荣历史的英雄古城。但部队进驻后，在江孜南郊还驻着印军的一个加强连。在老百姓的印象中，历来兵匪一家，哪知道出现在这里的第一批解放军，竟是这样纪律严明！许多百姓和部分上层爱国人士，把一袋袋青稞背到驻地卖给部队，一些贫苦群众送来糌粑和柴草，给他们付钱死活不收，部队只能婉言谢绝，可谁知，天亮醒来，这些糌粑和柴火却被群众夜间悄悄放在了驻地附近。

1951 年冬，江孜的严寒侵袭着部队。为了在江孜站稳脚跟，先遣部队开展了生产自救。

不久，五十二师政治部主任周家鼎率师机关部分人员和师文工队来到江孜开展工作。紧接着，师副政委阴法唐和师机关也驻防江孜。

秋天到了，新开垦的土地上，青稞、豌豆一片金黄。人有食粮，马有草料。粮食丰收后，部队还主动向一些贫苦群众赠送粮食。江孜的藏族老乡说："解放军真是天将神兵，再高的山敢爬，再大的河能过，没有吃的也饿不死，这样的军队从没见过！"

就在瓜果成熟、粮食丰收的秋天，一五四团驻江孜的官兵又奉命向亚东进军。这次是真的要"把解放的大旗插到喜马拉雅山上，雅鲁藏布江"了。

部队经历几天高海拔地区的艰苦行军之后，到达世界高城帕里。在灿烂的阳光下，壮丽的喜马拉雅山脉层峦叠嶂，恰似一道银色的万里长城，巍然屹立。

官兵在帕里休整了几天。很快受到了当地藏族百姓的欢迎。他们说："解放军在拉萨和江孜驻扎时的好名声，像春风一样早就吹到了帕里！"有些在帕里经商的汉人，贴出欢迎解放军的门联，还给部队送来糖果和从不丹买来的蔬菜。

但敌人绝不会放弃破坏。部队喝的水是中国、不丹边境的雪山上流下来的一股溪流。这溪流中间有一水池，流水汇集水池后再流下山来。不久，官兵发现这股水很脏、很浑，水中有沙尘、草屑和泥土，还有一股异味。部队派人逆水查看，发现水池中竟有几条蟒蛇在游动。帕里高寒，从无蟒蛇，显然是有人从邻国带回放进去的。

从帕里出发，部队向亚东河谷开进，越往下走，气候越好。积雪的山峰被甩到了身后，茂密的森林展现在眼前。即使秋天，路旁也盛开着鲜花。白菜、青菜、油菜、小麦也有了。"西藏的江南到啦！"大家顿时兴奋起来。

到亚东后，团部住在呷林岗。一营驻在呷林岗附近一带的村庄里；二营驻在几玛、仁青岗一带，最前沿的部队进入春丕塘。

两年多来，一五四团接受进军西藏先遣任务以来，都是露营，到亚东后，部队才住进了民房。官兵们帮助群众打柴火、种地，给群众看病，很快赢得了群众的信任。

亚东是群山环抱的峡谷地区。1904年英军入侵拉萨，胁迫西藏地方政府割亚东为商埠，划下司马为租界地，致使各路商人云集于此，这个原有几十户人家的小山村，扩展为居住着200多户人的贸易市场。这儿商人很多，有内地去的，南亚几个国家来的，甚至还有东欧一些地区以至白俄商人。亚东的老百姓也大多经商，他们把土特产拿到邻国去卖，买回布匹、丝绸等在亚东经营。镇上还有甜茶馆——实为妓院，并有50名印军驻在亚东。这个集镇虽小，却是个荒山僻壤中的花花世界。一边是纸醉金迷，一边却是藏族群众生活的贫困：讨饭的群众很多，有些人甚至卖儿卖女。有一天，刘广润到亚东镇去办事，看见路旁有一个男人和一个妇女，还有一个小女孩儿，正在一个牵着几匹马的有钱人面前伤心地哭泣。他上前用半通不通的藏话询问，才知道正在啼哭的是一家人，他们穷得没办法活下去，准备把小女孩儿以15个大洋卖给那个有钱人。女孩儿叫德拉，9岁，她用瘦弱的小手拉着母亲的衣角哭喊着："我不去，我不去！"

德拉的父母只有30多岁，两个人都面黄肌瘦，面容憔悴，满头蓬松散乱的头发，像干树枝一样僵硬的赤脚，粘满棕色泥土的布满青筋的双手，以及满脸的皱褶，看上去像是六七十岁的老人。他们伤心地哭着，紧紧地搂着德拉。

"你们为什么要卖孩子呢？"刘广润问：

德拉的父母没有回答，但哭得更伤心了。

"你就忍心看着人家骨肉分离吗？"刘广润冲着那个有钱人责问道。

那人瞪着他，用满是敌意的口气说："我们家缺一个女奴使唤！"

刘广润心里既气愤又难受，就把自己准备买东西的15个大洋，全倒进德拉父母的怀里，说："再苦，也不能把孩子卖掉！"

德拉的父母"扑通"一声跪在刘广润面前。刘广润急忙扶起他，劝他们快走。德拉的父母拉着女孩儿说："快，快叫救命恩人哪！"

"快回家去吧！"刘广润说。

他们全家怯生生地望着那个远去的有钱人，仍很害怕，不肯离去。

刘广润对他们说："不要怕，有事来找解放军！"

临别时，德拉一家拉着刘广润一定要问姓名还要他留个记号，以便以后有事找他。刘广润一边送他们走，一边说："只要是解放军，你找谁都行！"

这件事在亚东的百姓中很快传开了，反响巨大，很多穷人都把解放军当成了亲人。

当时，由于川藏公路还没修通，部队的补给、军需运不进来，部队就自己动手开荒种地。国内补给的大米，由广州经香港、通过印度转运亚东，再由一五四团牵头组织的转运站转运给西藏腹心地区的部队。没有军装，部队就从商人那里买来黄卡其布，自己动手做。部队当时换装戴大沿帽，没有钢丝撑起圆盘帽帽边，就用羊毛把帽盘周围塞满、钉好，唯一不好的是帽子一淋雨就变得很沉。

亚东到拉萨路途遥远，骡马要走11天，物资运输很困难。为了把从印度经亚东的物资尽快运到拉萨，部队又担负了修通亚东到帕里公路的任务。

正在这时，团里突然闹起浮肿病。得这种病的官兵，开始脚肿，慢慢沿着双脚肿至小腹，只要肿过腹部就死了。在一个多月时间里，因浮肿病连续死了20多人，其中还有二营五连二班长曹显吉，是参加过淮海战役的老战士。当时，团卫生队缺医少药，找不出病因，即使这样，官兵仍然继续在深山峡谷中修路。

得知这一情况，西南军区立即派医疗队赶到亚东。经诊断，部队流行的浮肿病，名为恶性脚气病，是因为进军西藏以来长期缺乏营养，特别是缺乏维生素B造成的。过去行军打仗高度紧张没暴露，部队一停下来，加上亚东潮湿，浮肿就开始蔓延。当时因为药品缺乏，就用青稞培植成麦芽再熬成麦芽汤喝。每天饭前，有病没病每人喝一碗，浮肿病很快就制止住了。

经过全团官兵的艰苦努力，亚东至帕里70多公里的公路很快修通，使内地经印度运到亚东的粮食、药品等物资，得以快速转运到拉萨、黑河等地。

十一、与亲帝分裂势力的斗争

之前拉鲁从昌都撤退到工布江达时，曾与十八军联络部有过联系，所以部队到拉萨后，他给官兵提供了一些日常用品，之后又将东噶林卡的土地卖给部队，解决了一段时间内部队的烧柴问题，可谓雪中送炭。这个林卡后来辟为"七一农场。"经十八军联络部做工作，拉鲁又按市场价格卖给了部队一些粮食。当时，贵族都存有许多粮食，拉鲁按市价把林卡和粮食卖给部队，当即收到了银圆，一些贵族也把余粮卖给了部队——但突然之间，他们都不卖粮食给部队了。

张经武知道这是有人作祟，便和张国华一起去找噶厦政府商议。

当时，西藏工委和十八军的领导与西藏地方政府官员议事时，中间置一长桌，双方各坐一边，面对面交换意见。双方坐定之后，张经武提出请西藏地方政府按"十七条协议"第二条"西藏地方政府积极协助人民解放军进入西藏，巩固国防"的精神，卖给部队一些粮食。不想代理摄政鲁康娃回答说："我们藏族人民都不够吃，哪有大批粮食卖给你们！"并且公开讽刺说："比起打败仗，饿肚子难受得多啊！"

解放军在解放昌都时，有许多溃散藏军的甲本、如本逃回拉萨后，一直待业。为了解决这些人的就业问题，张经武提出："许多藏军连长和营长待业在家，我们准备安排他们的生活和学习，是否可以？"

鲁康娃接着说："现在不行，藏族谚语说得好，'金佛打破脑袋不是福，亲人攻击诬蔑有何喜？'在昌都打破我们脑袋的血迹未干，有什么可学习的？还不如先把昌都还给我们好！"

昌都解放后，成立了昌都人民解放委员会，当时归中央直属管辖。张经武说："解放昌都时，双方都有伤亡，我们不谈这个事情，至于昌都是否交出来，要根据人民的意愿，今后可以协商。"

由于鲁康娃态度傲慢，在座的其他噶伦都无言以对，只好闭口不言。

次日，代理摄政和噶伦们集会时，拉鲁在会上诚恳地说："前一天，两位代理摄政未和我们商议，就突然在会上郑重声言，使我们措手不及。以我的想法，今后如对军区方面有什么意见，先在我们摄政、噶伦内部讨论，如两位代理摄政的意见有过激或不足之处，我们可以提出补充意见；如我们的意见有不妥之处，两位代理摄政可以批评指正，这样就可得出统一的意见来。"

没想拉鲁的话音刚落，两位代理摄政就故意做怪地齐声说道："遵命，遵命！"不满之情溢于言表。鲁康娃摸着胡须，接着补充了一句："我是安多人，心直口快！"①

有一天，张经武、张国华、谭冠三、范明等与代理摄政、噶伦等在大昭寺二楼朗斯殿开联席会，张经武首先讲话说："西藏军区需要增加两名副司令员，从西藏地方政府噶伦中委任阿沛和拉鲁两位担任，你们看是否可以？"

大家在讨论时，拉鲁的心里产生了一个顾虑，此事由军区官员和

---

① 拉鲁·次旺多吉:《拉鲁家族及本人经历》，亲历者手稿。

噶厦官员商议决定，是否会影响达赖喇嘛的权限？于是拉鲁发言说："此事请示达赖喇嘛后再决定，不知是否可以？"

张经武说："这样可以。"

接着，噶厦呈报了任命阿沛和拉鲁为副司令员的名单，但两位代理摄政乘此机会，抹去了拉鲁的名字，由朵噶·彭措绕杰代替。当时拉鲁就知道，这是两位摄政对他的报复。

国庆节快到了，西藏工委通知噶厦："国庆节检阅时，藏军要举中华人民共和国的国旗。"噶厦将此事呈报两位代理摄政，他两人却说：藏军有自己的雪山狮子旗，就举这个旗。之后，噶伦们又一次讨论了此事，认为根据"十七条协议"，应该举国旗。鲁康娃说："现在，不举哪个旗都不行，还是举两个旗好。"所以，国庆检阅时举了两种旗。

两位摄政的对抗行为表现得非常明显。因此，一部分人对解放军官兵在拉萨的行动处处挑衅，推搡、肩撞、辱骂官兵的情况，几乎天天发生。解放军对此一再忍让，不予理睬。西藏工委向噶厦提出取缔这些活动。在噶厦内进行讨论时，噶伦们认为这些挑衅和破坏的做法是不对的，不管是谁干的，都要一一追究——但这些"追究"都只是停留在口头上。

鉴于各种挑衅与破坏越来越频繁，中央军委决定成立西藏军区，并于 1952 年 1 月下达了命令：

> 为巩固西南国防，保证和平解放西藏办法协议的全部彻底实现，着即成立西藏军区。兹任命张国华为司令员，阿沛·阿旺晋美为第一副司令员、朵喀·彭措绕杰为第二副司令员、昌炳桂为第三副司令员，谭冠三为政治委员，范明、王其梅为副政治委员，李觉为参谋长，刘振国为政治部主任，陈明义为后方部队司令员兼政治委员[1]。

1952 年 2 月 10 日，在拉萨举行了西藏军区成立大会。这标志着十八军进军西藏主要任务的完成。

水龙年（1952 年），拉萨大昭寺祈愿大法会即将开始之前，在大

---

[1] 《中央军委关于成立西藏军区的命令》，西藏军区档案库。

昭寺兴热大门上突然贴出一张传单，拉萨仓库管理员将传单揭下来送给噶厦，传单上的内容是"等拉萨祈愿大法会和会供法会结束以后再算账"。当时噶厦也未查清是谁干的。

据说，几天前一伙喇嘛上山宣誓后化装下山，纠合当地地痞流氓，密谋骚动，抢了藏军的军火库。拉萨市内已发现所谓"拉萨群众大队"，第二代本团也准备全部出动，计划以500人围攻桑多仓家宅院，500人围攻宇妥家宅院，200人围攻彭雪家宅院。

连日来，有不少伪称人民代表的人到处胁迫拉萨市内的木工、石工、画工和其他市民参加骚乱。

3月31日，西藏工委和僧俗官员讨论了这个问题。张经武严肃指出："第一，噶厦既称无权，不能负责制止乱民开会，那么当前情况紧迫，噶厦究竟能不能制止骚动、维持全市治安？如果不能，人民解放军是有责任出来维持治安的；第二，藏军参加骚乱，噶厦晓不晓得谁是他们幕后的策划者？"他接着特别指出，"所谓藏军的军火库被抢的说法，拆穿了说是某些人给这些乱民提供了枪支。"

索康代表噶伦发言，他说："要我们今晚负责很难，明天开会召集'人民代表'讲话后，才能有答复。"

最后商议决定，阿沛、拉鲁、索康留下继续开会，其他官员各自回家。同时给达赖喇嘛下了一个紧急通知，责成他制止可能的骚乱[①]。

就在当天晚上，鲁康娃和索康的确准备策划发动骚乱。西藏工委进行紧急战备动员，各部门各自编成战斗序列，布置了警戒岗哨，并将驻守日喀则的炮兵调回拉萨，很多人都没有休息。乐于泓先去了藏族干部学校，安慰了藏族老师们。

4月1日晚，6名藏军攀爬阿沛家的围墙，企图进到院内挑衅闹事，被警卫战士俘获。

2日上午，拉萨气氛更为紧张，布达拉宫对面药王山上的藏军开始修筑工事；一部分藏军在布达拉宫前集合；另有藏军骑兵闯进藏族干部学校，开了3枪，担任警卫的战士俘获其中3人。

当天，噶厦在布达拉宫开会时，收到所谓"西藏人民请愿书"的一封信，其主要内容是反对"十七条协议"。经噶厦讨论，认为如果接

---

① 乐于泓：《进藏日记摘抄》，亲历者手稿。

收这类信件，会引起很大的麻烦。所以决定将此信退回。但"人民代表"声称，这个文件已请两位代理摄政过目，请噶厦接受！噶伦们怀疑他们的说法，但又不得不信两位代理摄政的作为，就回答说，此事请示两位代理摄政后，再作详细答复。于是，几位噶伦到两位代理摄政处，汇报情况，并请示此事如何处理。两位代理摄政回复说，这个请愿书确实是西藏人民送呈的，噶厦应拿去送给张代表。

第二天，噶厦要伪人民代表的主要头目噶美康、群则、色麦扎仓的还俗僧人当曲索朗、哲蚌寺僧人绛央达哇、色麦扎仓的擦仲和几位噶伦一起到张经武的住处，但他们都没有去，只派了温隆巴的兄弟贡觉管家和他的两个随从。

噶伦将请愿书交给了张经武，张经武接过请愿书后，递给拉鲁，叫他念了一遍。

4月4日，因为据说土登列门派人参加了伪人民代表，乐于泓特意去看望他。他去时，部队的医生正在给他用针灸治疗关节炎。他神色自若，谈吐自然，让乐于泓不要听信谣言，而且他说："拉萨不会发生什么大事情。"

乐于泓说："对《协议》拥护还是反对，是划分朋友和敌人的界限。我们人民解放军对自己的民族兄弟是'绵羊'，但对个别死心塌地的亲帝国主义分子则是'猛虎'。我们兄弟民族之间发生一点误会是难免的，这就像牙齿不注意咬了一下自己的舌头。"

"我自己是参加和谈的代表，我肯定拥护《协议》。"

乐于泓接着就西藏是祖国不可分割的部分这个原则打了个比方："我们身上的两条胳膊总是朝里弯，没有朝外弯的，人不愿胳膊离开人身；人少了一只胳膊，打敌人、打吃人的恶狼就要减一分力量。胳膊要是离开人身，想要独立生存，那是办不到的，要是双手碰到吃人的恶狼，只会是恶狼的食物。所以说，对胳膊来说，闹独立是一条死路，对它没有任何好处。谁高兴看到胳膊离开人身？只有吃人的恶狼。"

土登列门用"阿乐"称呼乐于泓说："阿乐部长，你的这个比喻非常贴切。"

乐于泓从土登列门的府邸里出来，路经大昭寺背后的朗孜厦广场，在朗孜厦大门前的石阶上，两名衙役正在给一名小偷施刑。罪犯俯卧在地，露出屁股和大腿，两名衙役一边用皮鞭抽打，一边高声吆喝着记数。小偷皮开肉绽，筋肉颤抖，屎尿失禁。乐于泓不忍看下去，匆匆离开。

接着，各位噶伦和孜仲们都来到张经武处讨论关于代理摄政的问题。

张经武背靠玻璃窗向大家说："伪人民代表的这些坏事都是两位代理摄政支持的，而且前后做了许多破坏团结的事情。我们始终采取了退让忍耐，但形势发展到现在这个地步，如果我们再要退让，就会掉到悬崖下面去。因此，我们不能与两位代理摄政妥协了，请你们把这个问题向达赖喇嘛汇报一下。"

噶伦们立即一起来到达赖喇嘛处详细汇报了此事。达赖喇嘛听完他们的汇报后说道："解放军官员与两位代理摄政之间产生的矛盾，就像一个茶碗裂了一道缝隙，现在很难弥补了，只好保留两位代理摄政的职位和薪水，免去其职务。"

于是，噶伦去两位代理摄政处，索康·旺清格勒向他们详细转述了达赖喇嘛的决定。

洛桑扎西说："我遵从达赖喇嘛的旨意。"

鲁康娃很不甘心："解放军已包围了我们，例如，后山上的空地被解放军搭满了帐篷。请你们记住，这些会成为将来议论的话题，我们二人会遵命离开的，这个官印是达赖喇嘛赐给我们的，现在我们要还给他。"[1]

到 16 日，伪人民代表事件基本平息，部队返回农场劳动。

两位司曹被撤职后，噶伦、仲译钦莫、三大寺堪布、孜本等僧俗官员来工委找张经武、张国华，为其求情。"他们舌敝唇焦，反复替司曹认错、说好话，恳求把他们宽大发落，讲了六个小时，一直到夜里十点钟才散。"[2]

张经武和张国华没有表态。到十八日，又有"骚乱"消息。第二天，西藏僧俗官员又来给两位司曹求情。最后张经武同意只撤销两个司曹的职务，免于查办。他们听后，便纷纷诉说，说他们一再来为司曹求情，绝非替他帮腔，不过是尽尽人事而已。

---

① 拉鲁·次旺多吉:《拉鲁家族及本人经历》，亲历者手稿。
② 乐于泓:《进藏日记摘抄》，亲历者手稿。

但众所周知，他们这样做的实质是怕在藏族民众面前丢掉他们作为统治者的威风而已。

十二、进藏察隅

云南进藏部队在完成昌都战役的作战任务后，已是 1950 年 11 月，气候变冷，雪要封山。由于运输困难，部队抓紧时间将给养等物资从德钦运过梅里雪山，为第二年进军察隅做好准备。

根据上级指示，十四军四十二师一二六团二营和团直机关的一部分由团政委成泽民带领返回丽江，一营和部分机关人员由团长高建兴带领，驻碧土、扎那、门工一线，边冬训、边调查了解察瓦龙、察隅地区的政治情况和风俗民情，并派出三连一个排带报话机一部，侦察通往察隅的地形、道路、沿途供给等情况，一直进至竹瓦根后撤回。同时，一营驻藏部队召集各地头人、活佛宣传共产党的少数民族政策和宗教政策，取得了较好效果，何比、白马和碧土活佛等一些有名望的头人、活佛在这方面起了不少作用，在进军察隅过程中，运输等事大多由他们担任，未出现过大的差错。这也为以后成立解放委员会打下了基础。

察隅地区约有 1000 余里边防线，是中缅、中印交界的三角地带，是西藏边防的重要组成部分，也是缅甸、印度进入西藏的重要通道，战略地位十分重要。沿察隅河而下就是被印军占领的重要据点瓦弄。解放军未进驻该地区之前，印军经常沿贡日嘎布曲而上，到察隅、竹瓦根一带活动，打骂藏民，抢劫财物。部队解放察瓦龙后，曾两次派出小部队和工作队，到察隅沿途各个村庄寺庙进行了宣传，赠送了毛主席和朱总司令的像和宣传品，并送了一些礼品。边疆的民众都知道了解放军是毛主席派来的队伍，不派款，不要粮，不支"乌拉"，买卖公平，尊重少数民族的生活习惯、宗教信仰。察隅地区的藏族官员也两次派出扎西代表，到察瓦龙看望部队，请求早日进军察隅，并谈了察隅的人情、风俗、寺庙和印军等情况。

1951 年 6 月初，四十二师对进藏部队重新作了调整，由一二六团团直和一营的一个连、一个机炮连、一个政工队，组成入藏战斗部队；由辎重二团、援藏后勤处和 29 个兵站担负援藏任务。

一营副教导员张达德带领一个排和藏族工作队员、医务人员、配备报话机一部，先行前往竹瓦根，侦察了解沿途情况，为后续部队进军创造有利条件。

和平解放西藏"十七条协议"公布后，上级指示云南进藏部队必须在10月1日前进驻察隅边防。为此，一二六团团长高建兴和已升任团政治处主任的王杰敏带领部队，由扎那出发，于1951年8月初继续向西藏进军。

从察瓦龙到察隅，部队官兵横渡波涛汹涌的怒江，翻越了海拔5000米以上的牛拉雪山、祖秀雪山、日秀雪山、泽会拉山。经过10多天艰苦跋涉，在8月30日到达竹瓦根时，官兵体重平均下降了9斤多。

竹瓦根距察隅还有200余里路，沿察隅河而下是一地震区，一次大地震完全毁掉了原有山道，严重阻塞了边防与内地的来往，使察隅的老百姓买不到茶叶、盐巴，采购所需要的布匹也十分困难。当时，要用16驮大米方能换到1驮茶叶，盐巴则比金子还贵。修通这条路既是解放军进军的保证，更是察隅老百姓的需要。据情报印军也在向中国境内前进，团党委当即决定由高建兴率二连一个排，带一部电台先行。他们沿途设法用皮条拴到树上爬山，砍倒树爬崖，用竹溜索过河等办法，于9月下旬到达察隅。其余部队由王杰敏为总指挥，用山上的葛藤拉木料，没有炸药就用炊事班在烧火做饭中所用"火烧水击"办法爆破巨石，用木箱上的铁箍做成锯子，全力打通道路。

察隅河宽50余米，水流湍急，浪高数丈，吼声震天，两岸是悬崖绝壁。为了修路架桥，部队从察瓦龙出发前就特地从大理请来了一位土木建筑师，可他到河边一看，晃着头表示毫无办法，就回去了。官兵用当地群众的土办法，先用巨石垒好两岸桥墩，再用数丈长的木料从河两头逐层向河心延伸，用大石横木压住两头，最后用竹溜索将数丈长的两根木料架在桥墩上，这样，部队不用在急流中打桥墩，没有用一颗钉子与铁件，全靠炊事班几把斧子和自制工具，架通了察隅河上第一座桥梁，堪称架桥史上的"创举"。当地群众以为3年也修不通的路，部队不到两个月就修好了——200余里骡马路，架好了40座大小桥梁，打通了进军边防的通道，大部队于10月1日按时进驻察隅边防要点，迫使入侵的印军后撤。

为了保障入藏部队的物资供应，云南地方政府先后组织了21000

匹骡马担负运输任务。特别是德钦、中甸、维西、永宁的藏族老乡，纷纷自愿参加运粮队，支援进军西藏。拉直、聚徐罗发、聚丁喷茨、倍奇等 35 名藏胞，带骡马 400 余匹，运送大米 38800 余斤。在运输线最艰苦的地段，由团长刘德志、政委杨静生带领的辎重二团 1800 名官兵和 2200 匹牲口，在海拔 5000 米的雪山上建起 27 个转运站，靠人背马驮，往返行程 6000 余里，运送粮秣物资 8000 多万斤[①]。

部队到达察隅后，即派出一个排驻沙马前哨，并加强了工事构筑，更换了过察隅河的竹溜索；一个连驻扎竹瓦根并设仓库，保证供应线的畅通；还向中缅边境前出一个排，配备电台，以防中缅边境的国民党军残余骚扰；其余部队驻察隅，设电台与上级联系。

部队到边疆后，就马上进行安家建设。这是安定边疆人心的大事。因为有敌人造谣说，"解放军住帐篷，是不会长久的"。修起板房和正规营房后，群众就相信解放军不会走了。官兵在过人高的荒草地里盖起了临时草棚后，又建木屋。由于大雪封山，交通困难，从云南丽江到察隅，云南军区每年只能向这里运送一次物资，供应极端困难，官兵吃一斤粮食，国家就得拿出几十斤粮食的代价，即运费相当于粮价的 9 倍多。每年也只能送一次报纸、书信和两部电影片。大家几乎把每部电影都背下来，闭着眼睛就能说出每句台词，看报都是订起来，翻了又翻，看了又看。

察隅是西藏南部的河谷地区，气候温暖，雨水充足，河谷和山岗都是原始森林，有"西藏江南"之称。部队为边防需要，即动员一部分兵力修建工事和营房。为了减轻后方运输困难，部队开垦荒地，生产自给，用坚硬的木头制成了各式各样的木质工具。经过两年多艰苦劳动，在千年未动的荒地上开出了近 800 亩良田，种上了稻谷、苞谷、黄豆、小麦等作物，不少官兵还写信向家乡亲友要来各种各色的菜种，在这块土地上种出了从来没有过的河南西瓜、南瓜、豆角，山东的大葱、大蒜，云南的茄子、灯笼辣椒，山西的大黄瓜，新疆哈密瓜，四川的包心白菜、芹菜，广东的西红柿，湖南的冬瓜等 30 种蔬菜和粮食。实现了蔬菜完全自给，粮食三分之一自给。

---

① 郭庆基:《进军昌都，进驻察隅》，亲历者手稿。

第七章　新疆进藏

一、孤军出征

　　新中国建立之初，还在第一野战军第一兵团进军新疆之际，毛泽东主席就指示第一兵团："你们的进军任务'包括出兵西藏，解放藏北'。"中央军委在 1950 年 2 月向西南、西北野战军下达人民解放军多路进藏的命令时，要求以一兵团一部，作为多路向心进藏的一路，翻越昆仑山脉、喀喇昆仑山脉、冈底斯山脉，进军西藏阿里，占领噶大克，解放阿里全境。王震即令驻扎南疆地区的郭鹏、王恩茂所率二军迅速组成一支精干的骑兵部队。1950 年 5 月，新疆军区独立骑兵师组建完毕，由二军五师副师长何家产任师长兼政委，二军教导团政治处主任田星五为副政委。

　　由于新疆和阿里之间被昆仑山脉、喀喇昆仑山脉、冈底斯山脉阻隔，荒原千里，人迹罕至。解放军对阿里各方面的情况知之甚少，大部队进藏非常困难。彭德怀在 1949 年 12 月 30 日致电中央并毛主席时提出："由青海、新疆入藏困难甚大，难以克服。……如入藏任务归西北，需在和田、于阗、玉树屯兵囤粮，修筑道路，完成入藏准备，需要两年，且由南疆入后藏，及由大河坝入前藏，两路每年只有四个月（即五月中旬至九月）可通行，其余八个月，因大雪封山不能行动。"[①]所以，骑兵师组建不久，即开赴于阗，抢修新藏公路，试图在喀喇昆仑山脉西段打通一条大部队进藏的通道。但由于地势险要，这条路如要开通，至少需要三四年时间，王震怕影响进军计划，致电第一野战

---

　　① 《中共西藏历史大事记（1949—1994）》，第 3 页，西藏自治区党史资料征集委员会编，西藏人民出版社 1995 年 7 月出版。

军，建议先派遣一支侦察分队进藏。

1950 年 5 月 2 日，彭德怀向中央建议："根据青藏地区的自然条件，进军西藏亦只有先设站后进兵，站站相连，步步张营，梯次延伸前进的方针。"①

中央采纳了彭德怀的建议，并将这一情况通知了西南进藏部队。

据此，新疆军区命令独立骑兵师一团一连作为先遣分队，首先进入阿里，主要任务是侦察道路，了解情况，建立据点，宣传群众，争取上层，为大部队进藏创造条件。该连前身是国民党新疆独立旅二十九团一部，1949 年随陶峙岳和平起义后，经过改编，屯垦于阗。曹海林任连长，李志祥任指导员。考虑到一连孤军深入，单独执行任务，会遇到意料不到的特殊情况和困难，所以，全师抽调了 20 多名战斗骨干充实到一连。并给一连配备了参谋、干事、翻译、机要、通信等专业干部和掌工、医务人员。为加强武器装备，提高独立作战能力，除一、二、三排每名战士装备步枪，每班装备 1 挺轻机枪外，还给一连装备了八二炮 2 门、六〇炮 4 门，重机枪 2 挺，组建了机炮排。为增强连队领导力量，选派特级战斗英雄、五师侦察参谋彭清云任该连副连长，委派独立工作能力强的团保卫股股长李狄三以团党委代表身份，与参谋周奎棋、干事陈信之三人组成团机关进藏前线指挥所，带领一连执行任务。

5 月 17 日，彭清云根据命令，带了一个 17 人的侦察小组深入昆仑山腹地，为进藏部队探路。他们化装成商队，身藏短枪，历时两个月，一直深入到界山以北，直到 7 月 27 日才返回连队。

何家产到西安去领受任务时，向彭德怀详细汇报了新疆进藏的准备情况和困难。彭德怀听后说："你们的任务很重，困难很大，搞不好会影响整个进军计划。先派一个连进去投石问路，这个连的担子很重。一个连队孤军深入，困难是可以想见的。因此，这个连必须是最好、最过硬、最能吃苦、最善恶战的连队，否则是完不成任务的。困难一定要想足，准备一定要细，人员一定要过硬，装备一定要最强。具体哪个连先进去，我和王震同志的意见是一致的，你们自己定，但有一

---

① 《彭德怀关于进藏准备工作情况向中央的报告》，西藏军区档案库。

条原则就是前面说的过硬，要完得成任务。"①

作为一野的老兵，何家产深知彭德怀的脾气。他对彭德怀说："等定下来后，我们马上报告野司和兵团首长。"

当时一野没有阿里地区的地图，彭德怀找陈毅托人从香港买了一张四百万分之一的英文版分省图，是英国人绘制的，地图上的阿里几乎是个空白区，只标了首府噶大克所在地和几个没有名字的湖泊，对打仗没有任何用处。彭德怀用铅笔在噶大克画了一个圆圈，告诉何家产，要他在那里插上中国的国旗。

随即，一野从青海给骑兵师调来了150顶皮帽子，王震把他进疆时毛泽东主席送给他的四支盘尼西林送给了连队。这种药品就是青霉素，当时是进口西药，非常珍贵。二军政委王恩茂指示，要保证先遣连官兵每人一件皮大衣，一条皮裤和皮背心，每人一条毛毯，将已发给军师级干部的、国民党起义部队库存的160多双翻毛皮鞋收回，全部发给先遣连，并给每人外加一双毛毡筒，将所需帐篷改为棉帐篷。当时库存的皮大衣不够，只有110多件，王恩茂带头拿出了自己的皮大衣，其他机关干部也把自己的皮大衣拿出来，凑够了数目。军长郭鹏还拿出自己的望远镜和指北针，交给带领侦察分队负责为先遣连探路的彭清云途中使用。

7月27日，王震正式批准独立骑兵师第一团第一连为"进藏先遣连"，于8月1日从新疆于阗县普鲁村启程，进军阿里。

南疆的8月骄阳似火。在普鲁村的一块麦场上，进藏先遣连7个民族的136名官兵和300多匹骡马组成了一个整齐的方阵，整装待发。

远处的出征门高高耸立。

8月1日上午10时，进军西藏誓师大会开始，师长何家产代表王震司令员举行授旗仪式。全国特级战斗英雄彭清云骑着战马来到主席台前，郑重地从何家产手中接过了那面绣有"向西藏大进军"的战旗，然后左手紧握战旗，骑马绕场三圈后，在队列前勒住马缰，面向方阵。

曹海林下令向军旗行了三分钟的注目礼，然后向战旗宣誓。接着宣读了王震发来的贺电：

① 公丕才，《英雄先遣连——1950年西北部队进军阿里纪实》，第16~17页，甘肃人民出版社2006年6月出版。

……进军藏北，是一项前无古人的事业。此去山高路远，任重道远，你们在没有地图、没有向导、没有道路的情况下，孤军挺进，用双脚为西藏人民踏出一条解放之路，自由之路，这是一项十分艰难而又十分光荣的任务。同志们将要进军的阿里，是举世无双的高原。此去征程困难重重，你们不仅是一支侦察队，还是一支探险队、战斗队和工作队[①]。

　　最后，何家产宣布："我现在命令进藏先遣连出征！"

　　队伍在扬起的征尘中，向阿里高原挺进。

　　何家产一直把先遣连送到普鲁卡子。临别时，他把自己的战马"黑流星"送给了彭清云。这匹马是何家产在西进甘肃途中打山丹时，从马步芳的部队缴获的，一直驮着他到了和阗。作为骑兵师师长的坐骑，它无疑是骑兵师最好的战马。骑手爱良马，能得到它，是任何一个骑兵的梦想。曾有识马者提出用三匹纯种伊犁马与他交换，何家产说，除非再加一台汽车。到了喀什后，他宁愿骑马，而不坐给他配的吉普车，其爱马之情可见一斑。现在，他将自己最心爱的战马送给了彭清云。

二、死亡行军

　　　挺进，挺进！
　　　向西藏，向阿里——
　　　向祖国的边疆大进军。
　　　那里的穷苦百姓，
　　　多年来受着剥削和压迫，
　　　早就盼望着人民解放军——
　　　去解放他们[②]。

---

　　① 转引自公丕才《英雄先遣连——1950年西北部队进军阿里纪实》，第33页，甘肃人民出版社2006年6月出版。

　　② 《世界屋脊上的英雄战士——记由新疆进军藏北的先遣"英雄连"（讨论稿）》，1974年，内部文件。

先遣连的官兵们唱着《向西藏大进军》的军歌，沿着古于阗前往喀喇昆仑的一条古道前进。

出征后第二天日出前，先遣连来到了有"昆仑第一虎口"之称的赛虎拉姆大石峡。要进入苍莽昆仑的腹地，这是避不过的险途。

石峡两边的连天峭壁好像是鬼劈神凿出来的。进入石峡，无际的天空只剩下了一条宽不过丈的青色缎带。叠垒的乱石横七竖八地塞在峡底，使本难行进的道路险上加险。每到下午三四点钟，由于山顶积雪融化，山洪会猛然间暴发，雪水卷着沙石，以迅雷不及掩耳之势，汹涌咆哮而来，如果人马躲避不及，就会被冲得无踪无影。加之头上乱石横飞，更是惊险万端。有时，遇到大的山洪，就只好找石崖过夜。石峡的中间，最窄处只能通过一人一骑，简直成了石缝。战士杨生有在通过这道石峡时，一条腿就曾被山石划破。大家在这石峡中整整走了三天，才终于走出来[1]。

走出石峡，也就进到了千里昆仑腹地。

地势越来越高，气候越来越恶劣。万里晴空，阳光耀眼，但身上却冷得发抖。出于阗时，官兵穿着单衣，还酷热难挡，现在已层层加衣，最后穿上棉衣，套上皮衣、皮裤，有时还冻得打战。当先遣连进到海拔 5517 米的库克阿[2]达坂脚下，李狄三望着这座灰蒙蒙的、看不清顶峰的冰达坂，决定让部队就地宿营。待休息好后，次日好向达坂冲刺。

第二天天刚发白，部队就出发了。马队小心翼翼地择路而行，缺氧使骒马口吐白沫，张着大嘴，直喘粗气。部队行进的速度也慢了下未。大家的手和脸上的青筋暴起，皮肤发紫，头痛欲裂，有人用手绢或绳子把头绑住，不断有人因高山反应昏迷过去。

队伍在蠕动。大家或相互搀扶，或拉着马尾，或绑在马上。李狄三在战争中曾多次负伤，身体虚弱，加之年近四十，开始爬山时还走在队伍前面，后来慢慢掉了队。他一边走，一边吐，最后一头栽倒在地，休克了过去。战士乔巴克和参谋周奎棋就轮流背着他，上了达坂。

站在达坂顶上，千里昆仑呈现着亘古以来的荒凉，沉寂千古的冰

---

① 同5。

② 维吾尔语，"冰峰"之意。

川雪岭显得圣洁而冷漠，叠嶂重缀的巨峦大峰纵横骄狂，云雾相近，天地相合。感觉这里的一片落雪，一星尘埃，一粒沙石都具有非凡的力量。

下了达坂，许多人仍头昏脑涨，吃不下，喝不进，连续四顿饭，全连只吃了80多斤粮食。炊事班想方设法烧了一顿姜片花椒稀饭为大家开胃，也没人吃得下。李狄三动员大家，为了行军，一人至少得喝一碗，要当成任务来完成。

一周后，部队到达阿塔木夏附近地区后，每天都在海拔5000米以上地区行军。风云变幻，气候莫测，冰雹、风雪、严寒轮番进攻，再加之缺氧，全连官兵都遭遇了严重的高山反应，人人头昏脑痛，又咳又吐，马匹成批倒毙。尽管连队采取措施，减轻了人员负荷，马匹集中串赶，但好多人仍然走不了几步，就倒下去了。

行进的队伍中没有一个人知道噶大克还有多远，也不知这是第几天了，队伍艰难地在一条黄羊踩出的山道上爬行。队伍稀稀落落，前后拉开了近一公里的距离。

前面的队伍刚刚到达山顶，原本晴朗的天空，突然横空里出现一片阴云。曹海林一见不妙，大声对身后的通信员王万明说："往后传我的话，加快速度，缩短距离，抓紧时间下山！"

谁知他话音刚落，一声闷雷便在头上炸响，闪电撕裂阴云，霎时间鸡蛋大小的冰雹倾泻而下。山道上的队伍被打得七零八落，人仰马翻。走在队伍中间的李狄三抱着头，大叫道："往两头传话，靠住石头，拉紧马匹！"

几分钟后，冰雹停止了，天空喜笑颜开。

但没过多久，暴风雪又来了，狂风尖啸，裹着雪团，挟着沙石，铺天盖地，顿时天昏地暗，日月无光。停下来是等死，但继续前进又有人马坠崖的危险，人马只能就地全部卧倒。

好不容易等到雪停，连队继续前行，到了埋衣山。这座山是彭清云带领的侦察分队来到这里后，化装藏衣之处，因而得名。翻过这座山，他们看见了一片浅黄色草甸，草甸间点缀着几潭清水，几匹野马悠闲地啃食着草皮，见到人类，警惕地闪电般跑开了，转眼就没了踪影。大家因此给此地起名"野马滩"。

队伍在这海拔5000多米的草甸上停下来，休整了两天后，继续出发。

前面是乱海子。其地势看起来很平坦，但海拔却在5500米以上。在这里，沸腾的开水也不烫手，由于沸点太低，面条像在温水里泡出来的。睡觉时天气晴朗，不想半夜却下起了大雪，只半宿工夫，积雪已厚达两尺，帐篷被积雪埋了，帐篷的门都拉不开。官兵从积雪中刨出帐篷，冒着严寒继续前进。

千里荒原银装素裹。

雪地行军，大家起先还觉得有几分浪漫，阳光洒在雪原上，闪烁着耀眼的光芒，这使大家感到新奇。他们不知道，这银白的光芒正在伤害着他们。不久，他们的眼睛就红肿起来，疼痛发痒，泪流不止。第二天，就有人看不清东西，第三天已有多半人什么也看不见了，就连每天都要提前出发为部队探路、设营的侦察小组也只有拉着马尾巴前进。大家用了眼药水，也没效果。没人知道这是雪盲。在这之前，即使一些少数民族战士也没碰到过这种情况。

行军速度再也快不起来，这又使许多人冻伤了，加之看不见路摔伤的人，前进的代价越来越大。到后来，全连竟找不出一个能够睁着眼睛带路的人。

整个连队都瞎掉了！

才到中午，连队只好就地安营扎寨。李狄三开会，让每个人想办法对付眼疾。但半天过去了，没有一个人能想出有效的办法。

蒙古族战士坎曼因眼睛痛痒难忍，本想用雪止痒止痛，没想眼睛的红肿减轻了，连里马上推广了他的方法；阿廷芳也突然想起小时候用马尾编眼罩遮挡雪光的事。于是，他首先编了几个，一试，有效果。最后大家都戴上了马尾"雪镜"。他们戴着它，走出了雪原，逼近了界山。

界山下空旷的山谷里燃起了堆堆篝火。大家住在这里，老觉得那口气要么出不去，要么出去了就再也吸不回来。望着界山在夜色里高耸的剪影，大家都认为解放阿里的任务太难了。

听说界山海拔6000多米高，大家都有些不寒而栗。李狄三为了让大家轻松一下，拿出短笛，吹了一曲《兄妹开荒》。

党员们都聚集到了李狄三那里，请求分配一名重伤员给他们照顾，他们要背着重伤员过达坂——李狄三知道，这些党员好多本身就是重伤员。这使起义不到一年，尚未入党的曹海林十分感动。他在国民党军队里干了好几年，当过连长。他找到李狄三，要求入党，为其他党员分担难处。李狄三当即表示，愿意做曹海林的入党介绍人。曹海林请求允许他也能像党员那样做，明天把自己的马让给病号骑。

攀登达坂的路上，战士李风云爬着爬着，就昏过去了，大家把他放到马背上，又几次摔下来，连自己都不知道。他醒过来后，为了让照顾自己的人去帮助其他病号，就用绳子把自己绑在马背上。

卫生员徐金全两腿浮肿得像水桶一样粗，连裤子都穿不进去，没法走路。他就在骆驼身上拴根绳子，拉着绳子往上爬。爬不动，就让骆驼拖着自己走。爬到达坂顶上，气都喘不出来，实在走不动，连说话的力气也没有了，他只好停下来歇一会儿，即使这样，他也不忘打着竹板，给大家唱快板词鼓劲：

> 昆仑山，冰达坂，
> 革命战士不畏险。
> 迈开大步向上攀，
> 界山踩在脚下边。
> 想想一十五年前，
> 红军怎闯岷山关……

徐金全一直坚持到李志祥带领收容队上来后，才停下来。他好多次喘不上气，好多次呕血。最后，跪着的腿失去了知觉，裤子和冰冻在了一起。他是被骆驼驮下达坂的。

8月15日，部队翻过了界山达坂，进入了阿里境内。9月15日，先遣连在两水泉建立了第一个转运留守据点。当天，李狄三将这一喜讯电报给独立骑兵师。王震得知这一喜讯后，当即电勉全连官兵。9月18日，他又亲拟电文，向彭德怀和中共中央报告了这一喜讯：

> 我一兵团独立骑兵师进藏先遣连136人，经过45天艰苦行军，经越海拔5000米以上的昆仑山区，于本月9日翻过新藏交界处海拔5000多米之界山达坂，到达西藏阿里嘎本政府所辖改则地区，行程约计1300里，并于本月15日在改则境内建立第一个据点。该连在两水泉短暂休整后，将留少数人员留守此地，

就地转入侦察情况，寻找藏民，发动群众，其余大部将继续向噶大克推进[①]。

三、藏胞山

没人，看不见人，这里好像从没有人生活过。即使眼前有一片片金黄色的草地，一潭潭湛蓝色的湖水，有重重叠叠的覆盖着积雪的山峦，曲折蜿蜒的河流，一群群奔跑追逐的黄羊，一匹匹狂奔的野马，也难以消除先遣连官兵们的焦虑。

驻到两水泉后，连里就先后组织了5个侦察组，分头出发，多方寻找藏民，结果都无功而返，连个人影也没见到。紧接着又扩大范围和规模，组织了多次搜寻。最后连队除李狄三、陈信之带着几个病号留守两水泉外，其他干部一人带一个小组都四散寻找藏民去了。

性格急躁的战士牢骚满腹，说上级叫他们来解放阿里，出来几十天了，连个人毛也没见着。

彭清云所带的侦察小组，翻雪山，越达坂，涉冰河，为寻找藏民已风餐露宿15天。马蹄磨出了血，他们就用破布包起来；带的干粮吃完了，他们就打猎充饥。

彭清云和战士们头晚睡在野地上，都冻得没有睡着。天还没亮，大家就爬上马背，信马由缰，漫无目的地走着。

羌塘草原的冷，冷彻骨髓。加之昨夜在冻土上僵卧了一夜，大家感到内脏仿佛都结了冰。出发不久，失去知觉的身体已骑不住马，一个个滚落下来，爬起来后，还不敢停留，只得拉着马小跑。只有当身体有了一丝暖意，四肢不再麻木时，才能翻身上马疾驰一阵。这样反复折腾，最后就不行了，人也觉不出冻了，浑身轻飘飘的，神经麻木，脑子里什么也没有，腿也不是自己的了。但只要倒不下去，就得不停地走下去。

走，是证明自己生命尚存的方式，是一种求生的欲望。

没有一个人相信，他们来到这里后，会因为寻找群众而吃这么多

---

① 公丕才:《英雄先遣连——1950年西北部队进军阿里纪实》，第59页，甘肃人民出版社2006年6月出版。

苦，受如此多罪。他们做梦也没想到，进军两个月来，千里征途，除了自己的队伍，再无人踪。

每一片原野，每一处水泊，每一条河谷，都留下了侦察员们的足迹。但仍没有找到人迹，仍只有无边无际的沉寂，仍只是无奈的失望和千古的荒凉。

驮帐篷的骆驼突然倒下，痛苦地呻吟着，无论怎样也弄不起来。彭清云围着那峰牲口转了一圈，发现骆驼的四个蹄子血乎乎的，全磨烂。他又让大家检查各自的坐骑，马掌也大多脱落，好几匹马的蹄子已流了血。彭清云叫二排长杨富成去打一匹野马来。

没过多久，几声枪响后，杨富成和两个战士带着两张野马皮和四条野马腿回来了。彭清云让大家把马皮割成小块，把磨破了的骆驼和马的蹄子包起来，又让大家把磨坏的鞋子也包上。

侦察分队 3 天前就已断粮，只能以猎食野生动物为生，他们带上 4 条野牛腿，继续前往卧牛岭一带侦察。如果这一带还没有老乡，他们就只有返回了。正在绝望之际，终于在卧牛岭东南的一片草滩上出现了牧民留下的痕迹。

那是几粒羊粪，羊屎蛋儿！

彭清云抓起几粒羊粪，用手小心地捻了捻，感觉还没冻透，又仔细地搜寻，发现了人的鞋印，他因此断定，肯定有人到这里来过，并且还没走远。彭清云让大家在附近继续寻找，看有无其他痕迹。

杨富成又在不远处发现了用牛粪烧火的痕迹，灰烬中还有余温。彭清云高兴地告诉大家，这附近肯定有牧民。

大家顿时忘记了疲劳和饥饿，开始在周围寻找。彭清云为杨富成挑了两匹快马，再加上自己的"黑流星"，让他一人三骑，飞马两水泉，向李狄三报信，并让他带翻译和礼物来。

夜色已笼罩了整个高原。他们爬到一座山峰上，看见沟底一星火光。大家隐蔽接近，赶到沟底后，借着月色发现了一顶帐篷、一群羊、一对中年男女和四个孩子。

他们真的是人类，活生生的人类。

官兵们像在月球上找到了外星人一样兴奋。彭清云怕引起老乡惊恐，要大家注意隐蔽，等天亮后再接近他们。

他们像守护神灵一样守护着这一家人，守着他们进入梦乡。

大家和衣躺在马群中，熬着寒冷而漫长的夜晚。

天亮时，哨兵发现藏民开始拆帐篷，便立即报告了彭清云。彭清云一看，知道他们准备转场。心里一急，挺身而出，想上去劝阻。那中年汉子大清早突然看见几个荷枪实弹的陌生人，像发现怪物似的愣了半晌，吓得帐篷和羊群都不要了，扛起叉子枪，护着女人和孩子，转身向山上跑去。

彭清云让战士一边帮老乡收拢羊群，一面喊话，说他们是解放军，和老百姓是一家人，让老乡不要害怕。因为没人会说藏语，他们就试着汉语、蒙古语、维吾尔语、哈萨克语轮换着喊了好几遍，老乡根本听不懂，还是很害怕。

彭清云让大家把枪都放下来，然后捧着哈达向山上的老乡走去。但老乡仍不信任他们，端起叉子枪一边后退，一边对准了彭清云。彭清云往前走一步，他就退一步，彭清云停下来，他也不动了。他可能是舍不得自己的羊群和赖以生存的帐篷，既不走掉，也不从山上下来，双方始终对峙着。直到当天下午，李狄三带着翻译乔德禄飞马赶来。

李狄三认为要取得藏民的信任，关键是看他们如何处理老乡的这一群羊。李狄三和彭清云手捧哈达，赶着羊群，喊着"夏保"①，慢慢向他们走去。

藏民的叉子枪始终对着他们，直到到了跟前才收起来。迟疑了半天，才接过哈达。

李狄三让翻译告诉他："夏保，我们让你受惊了，现在把羊还给你，请你数一数。"

他点了点头，数了自己的羊。他脸上的恐惧消失了。他叫来自己的妻子和孩子，让他们赶着羊群返回帐篷。然后把官兵请进自己的帐篷，给每人献了一条哈达。李狄三给他们赠送了面粉、茶叶、方糖和花布。

通过翻译，他们让那汉子知道了解放军是他们的夏保。因为翻译乔德禄当时用藏语不会翻译解放军这个词，所以"夏保"最初在阿里就成了解放军的代号。

找到这户藏民后，接下来几天又找到了十多户藏民，还有几家搬

---

① 藏语，朋友之意。

到了先遣连驻地两水泉一带放牧。为了纪念找到第一户牧民的地方，李狄三给那座山峰起名"藏胞山"。

四、初定阿里

1950 年 10 月 24 日，当昌都战役结束时，进藏先遣连已进入阿里近 3 个月时间。根据命令，除部分人员留驻两水泉和多木两个据点，为后续部队开辟通道、转运给养外，其余 103 人，在李狄三的率领下，已翻越十里达坂，挺进 310 公里，到达扎麻芒堡，并在红沙山建立了第三个留守据点。当他们准备继续向普兰宗推进时，接到电令，让他们停止前进，就地做好越冬准备，坚守扎麻芒堡，等待后续部队共同进军噶大克。

就在先遣连到达扎麻芒堡不久，"阿里出现共军先头部队"的消息很快传到了噶大克和拉萨。噶厦政府闻讯后，惊恐不已，司曹鲁康娃对阿里噶本政府大加训斥，严令其采取一切必要措施，防止解放军继续深入。

当时，西藏地方政府表面同意和谈，但阳奉阴违，使阿里噶本政府左右为难。前有司曹严令，后有解放军压境。当地头人们更是惊恐不安，他们做梦也没有想到与世隔绝的藏北阿里，会神兵天降。

当改则本把先遣连出现在扎麻芒堡的消息报到噶本政府时，一位邦保钦布^①害怕得数天吃不下饭，睡不着觉，天天坐在佛堂里求菩萨驱退解放军。

阿里没有驻扎成建制的藏军，所以，噶本政府只能组织地方武装，准备与先遣连对抗。他们派出喇嘛、头人到处宣传解放军的可怕；同时，颁布了三条禁令：噶本政府所辖区域内，任何属民不准与共军接触，不准为共军带路，不准卖给共军任何可食之物，违者一律按藏规严惩；甚至公开扬言，不出三月，解放军必困死高原。

牧民听到喇嘛、头人的宣传后，非常害怕，纷纷从先遣连驻地搬走了。先遣连急忙派人去藏民家了解情况，但他们什么也不说，连送给他们的米、面、茶、糖之类的东西，也没人敢收。过了好几天，才

---

① 藏语，"长官"之意。

有一位胆大的牧民告诉李狄三，说有喇嘛对他们说，先遣连是黑汉人，是杀生灭教的恶魔，是藏族的冤家对头，他们来了，阿里永无宁日；与黑汉人相处，会遭受磨难；谁敢与黑汉民来往，就要被挖眼、剁手剁脚、抽筋剥皮，许多牧民因此被吓走了。

11月后的扎麻芒堡风雪弥漫。大雪覆盖了一切，狂风横扫着无边荒原。噶本政府慑于解放军昌都之战的威力，开始与先遣连接触。

几天后，改则本派一名邦本^①带着酥油和青稞酒，来到了先遣连驻地，看望官兵。李狄三设宴款待了他。席间，李狄三向邦本介绍了西藏的形势，告诉他解放西藏是不可以逆转的，解放军的各路主力均已做好准备。昌都战役后，西藏地方政府已有意同中央人民政府和谈，望改则和噶大克方面深明大义，以实际行动迎接西藏和平解放。邦本表示一定将解放军的意思向改则僧俗官员转达。当邦本试图试探先遣连的实力时，李狄三带他参观了驻地，给他介绍了连队的迫击炮和重机枪等装备。彭清云故意夸大了这些武器的威力。这位邦本将他所见回报给了改则本的宗本，宗本又上报给了噶本，说从藏北来的解放军队队相连，压境而来，除了装备精良，人高马大，还能征善战，藏军远远不如，如果硬打，必败无疑。赤门色噶本得报后，深感震惊，立即快马传来革吉宗和普兰宗的宗本，商量对策。

赤门色是位统治过阿里20多年的精明人。因为班禅活佛力主与北京和谈，托人传信，让他看清形势。而拉萨又让他不给解放军立足之地。这使他两边为难，打不得，也让不得，最后决定与解放军先头部队达成协议，请他们尽快退出阿里。如果坚持不退，就设法阻止他们继续向前推进。同时，继续执行禁令，以期不费一枪一弹，将先遣连困死阿里或逼回新疆^②。

过了几天，噶本政府派秘书才旦朋杰和管家扎西才仁，带着藏兵和武装民兵，来到距先遣连驻地20多里外的巴空，准备和先遣连谈判。谈判的头天，彭清云带一个排半夜赶到巴空，埋伏在附近山头，以防不测。曹海林在驻地也做了战斗准备。

---

① 西藏地方政府的低级官员，相当于乡长。

② 公丕才：《英雄先遣连——1950年西北部队进军阿里纪实》，第89~90页，甘肃人民出版社2006年6月出版。

李狄三带着翻译扎西彭措、通信员乔巴克和几名战士，以"部队指挥"的名义参加谈判，来到巴空。

开始，噶本政府的两位代表提出要先遣连撤出阿里。李狄三向他们说明了全国解放的形势和解放军进军西藏的宗旨。针锋相对地谈了三天，达成了如下协议：

一、噶本政府承认人民解放军进驻扎麻芒堡。

二、人民解放军保证尊重藏民风俗习惯，实行宗教信仰自由，实行民族平等。

三、人民解放军保护藏民利益，不拿藏民一粒粮食。

四、人民解放军尊重噶本政府，不干涉他们的行政事务。

五、噶本政府保证以兄弟态度对待人民解放军，双方建立关系，并协助人民解放军开展群众工作①。

在协议签订后不久，才旦朋杰为了欢迎先遣连，按照藏族的习惯，也想试试先遣连的战斗力，提出要举行赛马大会和比武。

李狄三想趁此机会召集更多的群众，也想灭灭他们的威风，表示同意。

赛马和比武是西藏游牧民聚会时必不可少的娱乐习俗，如果输了，是很不光彩的。

比武的地点在巴空的一片铺满积雪的草滩上。李狄三带着先遣连的官兵到达时，已有许多藏民赶在那里看热闹。才旦朋杰已布置好了靶场。靶子用羊头骨代替，设在一个用雪块垒砌的台子上，离比武者整整有一百步的距离。

才旦朋杰宣布比武开始后，3名藏兵先出场，打了手枪和火枪，大多命中了目标。靶子换好后，副连长彭清云打了几种姿势的步枪射击，发发命中。机枪手甘兆玉打了重机枪点射，枪声响过，靶子应声倒下。

才旦朋杰有些尴尬，为了挽回面子，他对李狄三说："李指挥，我们也来打几枪？"

---

① 南疆军区党史资料征集领导小组：《进军阿里》。

李狄三说："好！"与才旦朋杰起身来到台下。

靶台上竖起了10根挂有羊头骨的杆子。白色的羊头骨在高原的阳光下很是晃眼。没有精湛枪法，很难击中目标。

李狄三举起驳壳枪，一个速射。三发二中，而才旦朋杰一发未中——他觉得更丢面子，提出要解放军同他们比赛射箭。射箭与射击不同，首先要有臂力，没有臂力拉不开弓，拉开了弓还要射准目标。李狄三知道他们为找退路才出此计，也知道先遣连有少数民族战士，其中蒙古、哈萨克和锡伯族战士都是能骑善射的好手，谁输谁赢还难说，就表示愿意领教。

扎西才仁领上一位身材高大的头人，递给他一张大弓，那位头人马步蹲裆，闭目吸气，搭箭引弓，五支箭连连飞出，全中靶牌，赢来一片叫好声。

接着由巴利祥出场。巴利祥在新疆巴音布鲁克草原长大，是蒙古人土尔扈特部的后裔，臂力过人，是骑兵师有名的大力士。

巴利祥上场后，请人把靶牌后移50大步。大家都很担心。巴利祥接过弓箭，双腿站稳，左手持弓，右手搭箭引弦，"嗖嗖"四声，四箭全中靶心。他双臂一张，准备射出第五箭时，只听"咔嚓"一声，箭未出手，弓已断成两截。在场的观众惊得嘴巴张开，半天合不拢来，随即欢呼起来。

接下来，战士们为到场的藏民分别表演了轻机枪、重机枪和六〇炮等各种武器的射击。在场的噶本官员、藏兵和藏民从没有见过这些武器，惊得目瞪口呆。

比武的结果，大长了先遣连军威，使噶本政府彻底放弃了同先遣连进行武力对抗的企图。

此后，才旦朋杰返回噶大克，留下扎西才仁为噶本政府的代表常驻巴空，以随时同先遣连接洽会晤。

当时先遣连之所以长期在气候恶劣、环境艰苦、群众较少的扎麻芒保以北安营扎寨，而没有继续向气候和环境较好、群众也较多的阿里腹地推进，一是因为扎麻芒保地势险要，便于固守；二是这里的藏民虽然不多，但经过宣传，先遣连已取得绝大多数藏民的信赖和拥护；三是先遣连孤军深入，远离部队主力和领导机关，处于孤立无援的地位；还有一点，先遣连对阿里地区藏兵的布防和实力情况掌握甚少；另外，大雪封山后，运输中断，先遣连的后勤供应十分困难，往前推进，运输线也会随之拉长。因此，先遣连不便贸然向前推进。

当时，先遣连的兵力驻防情况是：连部、一排、二排和四排的重机枪班、八二炮班驻扎麻芒保，三排驻多孟，四排的两个六〇炮班驻两水泉，主要任务是在紧急情况下充当二、三梯队，同时，守护储藏在那里的粮食、弹药和其他军需物资。

五、驮运线消失之后

先遣连进入藏北后，给养一直由独立骑兵师组织毛驴驮运队运送。因为路途遥远，道路艰险，牲口不能驮得太多，且往返一次得两个多月时间，驮运的粮食运输队在路上就得吃掉一半；加之每次都有大量牲口在途中倒毙，这样每次送到藏北的粮食，就很有限了。

进入冬季后，大雪封山，新藏间的毛驴驮运线被大雪抹去了。后方的给养送不上来，先遣连的粮草一天天减少。

李狄三彻夜难眠。

山封了，路断了，到来年5月之前，新疆不可能再为他们运送什么物资了。首先，粮食是个大问题。即使节约着用，最多也只能维持两个月。况且大部分还存放在两水泉；行军所带的几顶帐篷，早已破烂，天寒地冻，部队再无别的住房；这里的敌情不明，什么情况都可能碰到。

藏北的冬天长达七个月有余，平均气温零下三四十摄氏度，首先得挖地窝子解决住的问题。但冻土层厚达一米多，地表坚硬，一镐下去，虎口被震裂，鲜血转眼染红镐柄。一天下来，一方土石也挖不了。镐柄断了，锹把折了，人累垮了，但收效不大。最后大家想出了一个办法，就是"以火烤地、边烤边挖"，烤化一层挖一层，战士们把这种办法称之为"层层剥皮法"。后来铁镐挖成了铁锤，铁锹只剩下把头，战士们只好用野牛角、羚羊角代锹，艰难地一点一点地挖掘。

最后，官兵在两水泉和多孟修了一个"三角堡"防御工事；在扎麻芒保共修了40多个单人和双人掩体、两个重机枪工事和炮工事，挖出了一条200多米长的交通壕；在驻地的东角和南角，还用装有沙土的线袋砌垒了两个2.5米高、可容5至7人的碉堡。

为解决没有木料难以修房的困难，先遣连决定掘地为屋。挖地窝子的布局是中间有一条通道，两旁是并排的"房间"，大的用帐篷盖顶，可住 10 多人，小的用毛刺盖顶，可住两三人。他们在地窝子的墙上挖出洞，作为放置东西用的"壁橱"。在地上留出土墩，作为学习用的"桌凳"。他们还为战马挖了 6 个圈马坑，每坑可容战马 20 至 40 匹[①]。

这些设施互相连通，使全连随时能投入战斗。

一座特殊的军营诞生了。解放军高原屯兵和驻守世界屋脊的历史由此开始。

要在极其寒冷的高原生活下去，没有柴不行。而驻地只有毛刺——扎麻芒堡在藏语里就是毛刺很多的意思。毛刺是一种伏地而生的多年生小灌木，柴杆细而多刺。毛刺丛中伴生一种滨草，又硬又尖，加之冰雪覆盖，打柴非常困难。坚硬的毛刺扎破了大家的手，扯破了大家的棉衣。最后大家的脸和手冻裂了，全是小血口子，风一吹、水一沾痛得钻心。他们在打柴中发现，这种灌木在太阳出来前，枝杆受冻变脆，易于折断。他们就很早出发，一到太阳出来前，就能打很多柴。

打这种毛刺很费衣服，棉衣被扯得挂花吊絮，挡不住风，也御不了寒，薄得毛刺都能扎透；一些战士背柴时背上扎满了小红眼，血把衣服沾在肉上脱不下来，晚上只能趴着睡。到第二天，刚起血痂的背又被扎出一片新的血眼儿，如背针毡。

那一年冬天，他们打了 20 多万公斤毛刺。

柴备足了，食物还没备够。连队为了补充粮食的不足，征得当地头人的同意，组织了一个打猎小组。推选枪法好的巴利祥、吉春林、巴多木、鄂鲁新等蒙古族战士，组成打猎组，以兽肉兽油来补充粮食和清油的不足。当时，阿里高原野牛、野羊成群，他们跃马横枪，开始每天都有收获。几天过后，受惊的野牛野羊都跑进了雪山深处，猎手们常常跑过一山又一山，却收获甚微。

最后，只好扩大狩猎范围，每次往返常常 100 多公里。

李狄三得知打猎困难，也和战士们一起出去打猎。在打猎的路上，他和巴利祥一起总结了打猎经验：大雪盖地，河流封冻后，野畜一般都会去有泉眼的地方喝水；野畜一般都跑得快，来得突然，去得飘忽，

---

① 南疆军区党史资料征集领导小组：《进军阿里》。

因此射击时要突然迅猛，火力集中；还有就是野畜一般嗅觉灵敏，打猎时隐蔽要严密，最好在下风处。

蒙古族战士巴利祥不但力气大，还胆大、心细、勇敢，吃苦耐劳。有一次，他一个人在深山里打倒了一头野牛，以为野牛已经死了，没想他赶到离野牛几步远的时候，受伤的野牛突然跃起，哞叫着向他冲来。那种野牛重达千斤，激怒后能顶翻吉普车。在那千钧一发之际，巴利祥眼明身捷，疾速跳到一边，端枪朝野牛头上补了一枪，野牛轰然倒下，他才脱离了危险。

每次外出打猎，巴利祥都怀揣干馍，单枪匹马，一出去就是十天半月。晚上裹一件皮大衣，冷得顶不住，就把剥下的野牛皮裹上。天天睡冰洞，卧雪窝，啃干馍，咽冰雪，就像一位出没于冰山雪野的狩猎神。

但巴利祥毕竟是凡胎肉体，由于长期在高原上翻山越岭，起早贪黑地奔劳，吃不好，睡不好，一天天消瘦下来，脸色也变得蜡黄。李狄三和连队干部看到这种情况，劝他休息，但他拒绝了。

没几天，巴利祥的腿开始发肿，还时常吐血。但他瞒着大家，每次回到连里都显得很乐观，一副身强力壮的样子。

1951年元月，连里剩下的20多匹马都不能骑了，打猎组也有几个人病倒。巴利祥还是坚持徒步外出打猎，每次都拉着一匹用来驮野牛野羊肉的骆驼，几天才回来一次。彭清云当时从两水泉运回来几袋马料，连里每天能吃上一顿玉米稀饭。李狄三还让人搞了个馍坑，用石头把玉米砸碎砸细，给打猎组的战士烤馍，可巴利祥把他自己那份都留给了重病号，自己全靠肉干充饥。那时连队已经缺盐，没有盐，肉干难吃得要命，闻到就要吐，但吐了还得吃。连里为此定了一条纪律，干部党员要带头吃，吃得多的给立功，吃肉干也是完成任务。

一次，巴利祥吐血时被打猎组的其他战士看见了。他求负责打猎组的参谋周奎祺，让他保证，并要其他战士保证不告诉连里。在他的再三乞求下，打猎组的全体官兵含泪答应了。

巴利祥牺牲的那天和鄂鲁新在一起。

为了打到一头野牛，他深入到了革吉宗境内。他边走边吐血，但还是顺着蹄印寻找猎物。进了山后，他和鄂鲁新在一个冰洞里住下来，等那群野牛下山。这次他们打了好几头。没办法运回去，放在山里又怕狼吃掉，他就让鄂鲁新回家牵骆驼，自己留下看守。鄂鲁新走后，他怕牛冻僵了不好剥皮，就一个人动手剥起来。然后，又把肉分成块，一块一块地背下山，一直忙到大半夜。忙完后，他已虚弱不堪，在雪地上吐了好几摊血。鄂鲁新返回时，看到巴利祥裹着一张牛皮倒在雪地上，牛皮冻在他身上已扒不下来了。回到扎麻芒堡，巴利祥再也没有站起来[①]。

猎手们在冰天雪地里翻山越岭，艰苦狩猎，先后为连队猎获野羊130多只，野驴120多匹，野牛110多头。

六、生死达坂

寒风横扫着高原，十里达坂似在风中颤抖。积雪被狂风刮上灰暗的天空，然后又落下来，堆积在低凹处。大雪使人睁不开眼睛。

彭清云带着战士们从扎麻芒堡去两水泉运粮，两地相距300多里。

行军路上骆驼被刮倒了，人伏在地上再也不敢起来。为了安全，彭清云让大家把自己捆在骆驼上。

风停后，有几峰骆驼被埋在了雪里。他们用手一峰一峰地扒出来。

最后清点人数，发现杨天仁不见了。

彭清云和四名战士一边呼喊，一边寻找，整整在十里达坂找了一天，把好多地方的雪都翻腾了一遍，也没找到他。

黄昏临近，他们不敢再在达坂停留，因为待在达坂上，可能全都活不了。即使摸黑，他们也要赶到达坂下，彭清云估计杨天仁已经牺牲，带着战士向杨天仁脱帽致哀后，开始往达坂下撤退。

运输队在封山前给先遣连驮运来的粮食，全部储存在两水泉。封山以后，驻守在多孟和扎麻芒保的100多人吃的粮食，就全靠自己组织力量用10多峰骆驼驮运。由于天寒地冻，道路艰险，运粮任务十分艰巨。运粮组的达进才、朱有臣、杨天仁等人，忍饥挨冻，在1950年10月到1951年5月这8个月的寒冷季节里，从未间断，共驮运面粉1.25万斤，用作马料的苞谷2万余斤。

从扎麻芒堡到两水泉，途中要翻越几座大山，蹚过好几条冰河。

---

① 《世界屋脊上的英雄战士——记由新疆进军藏北的先遣"英雄连"（讨论稿）》，1974年，内部文件。

其中十里达坂尤其危险。达坂被冰雪覆盖，道路又险又滑。驮畜常常滑倒，也常把人带到沟里，摔得鼻青脸肿。太滑的地方，只能凿成冰梯，再在上面撒一层泥沙。

为了保证供给，从1950年10月到次年5月，运粮组披星戴月，风餐露宿，不辞辛劳地奔波在冰天雪地里。

这次彭清云带着赵玉海、杨天仁，骑着马，赶着驼队，到十里达坂后，遇到了暴风雪。

赵玉海是名老兵，已43岁，他的马又病了，杨天仁就把自己的马换给他，让他骑马先走，自己牵着他那匹病马跟在后头。来到十里达坂顶上，突然刮起了大风，一时风雪弥漫，天昏地暗，前面的人留下的痕迹被风抹去了，他顶风而行，什么也看不见，最后发现自己走错了方向，和马一起跌进了达坂下一条填满积雪的深沟里，因为偏离方向，加之风雪弥漫，搜寻者没能找到他。

夜幕降临时，杨天仁醒了过来。他只觉得头脑里还有一点意识，那就是自己还没有死。但四肢已经僵硬，一步也动不了。

杨天仁吸了一口气，然后试着活动手脚，慢慢地，一点一点地活动，最后他终于抱住马腿，站立起来。

马不知什么时候爬起来的，由于缰绳拴在杨天仁手上，它没法走开，一直站在杨天仁身边，它的身体为杨天仁挡住了风雪。

杨天仁扶着马走了几步。马走不动，他也走不动了。人和马一踩进雪里，腿就拔不出来。

他只好牵着马，趴在雪上，匍匐着往前爬。他借助雪光，爬出了那条雪沟，然后靠着马，喘了口气。

身体有了点热气，就感到了饥饿。但他身上除了武器，没有任何可吃的东西。他抓了一把雪，塞进嘴里，觉得不管用，就找了一块冰，在嘴里嚼着。嘴巴嚼出了血，牙齿被冻得发痛，但为了抵御饥饿，他仍慢慢嚼着。

他知道自己绝对不能停下来。

马缰突然动了一下，把正在往前爬的杨天仁拽住了。他转过头去，看见自己的马倒在了雪地上，很快死了，他爬到马跟前，颤抖着手卸下鞍具，自己背上，转身继续朝前爬行。

不一会儿，杨天仁就觉得没有一点力气了。他想到了马肉，即使生吃也可填填肚子呀，他又爬回了死马的身边。当他拔出刀子时，又犹豫了。他离开了战马。他不知自己是什么时候昏过去的，待他醒来，天已亮了，身后的痕迹已被风抹去。他不想睁开眼睛，他真想就此瞑目算了。

他想站起来。想到死亡后，反而使他发狠似的想要活着。但不管怎样狠劲，都没能站起来。

他的头脑异常清醒。望了望蓝天白云，望了望远方的朝霞，他翻转过身，大口地啃起地上的积雪来。这终于使他的身体有了一点力气，能往前挪动了。

杨天仁就这样一边啃着雪，一边往前爬行，终于爬到了一个叫那琴错的小海子边，在野马饮水的冰窟窿口喝了几口湖水。这时，他突然听到了一阵激烈的马蹄声，以为是副连长找他来了，就用枪撑起半截身子，拼尽全力喊了一声。但那只是一群野马，他的呼喊声吓得它们一溜烟地跑远了。

杨天仁瘫在那里，突然隐隐约约看见了三顶帐篷，他喊了一声"夏保"，又一次失去了知觉。

幸好一个叫道不冬的藏民听到了杨天仁的呼喊声，他循声找来，发现了杨天仁。杨天仁的脸和手被冻伤了，因为嚼冰，嘴角流着血。但他还有一丝气息。道不冬赶快将他驮回自己的帐篷，给他灌了几碗酥油茶，然后又用雪搓他的脸和手脚。

杨天仁终于醒来，他不相信自己还活在人世。他愣了半晌，看清道不冬后，知道是道不冬救了自己，不知道该说什么，只说出了自己会说的两个藏语词："夏保……扎西德勒……"

4天后，身体已稍有恢复的杨天仁要归队了。临行之际，他拿出身上仅有的3块银圆，一定要道不冬收下。道不冬推辞不过，提出一定要亲自把他送回部队。因为道不冬家里太穷，没有牦牛也没有马。他跑了很远的路，借了两头牦牛，走了13天，把杨天仁送回了连队[①]。

七、黑的雪

时光缓慢地流动到了1951年2月。

---

① 《英雄连（初稿）》，解放军八一三九部队，1967年10月。

虽然运粮组的战士不辞劳苦地赶运粮食，但因骆驼病亡增加，驮运量越来越少，所运粮食远远不能保证供应。为长期坚持，节约用粮，先遣连实行吃饭定量，每人每天只能吃两个馍或4两炒面。即使这样，仍然难以解决粮荒，最后只得吃马料、吃兽肉。先遣连进藏时仅带了两桶清油，早已吃光，这时除给病号做饭时放点兽油外，其余官兵连兽油都吃不上。

由于饥饿和营养不良，特别是没有新鲜蔬菜吃，加上劳累和缺氧，越来越多的官兵指甲塌陷，头发脱落，患了夜盲症，身体非常虚弱。

除了吃，还要解决穿的问题。由于长期艰苦行军，又打柴、狩猎，衣服早已破烂不堪，已经到了衣不遮体的地步。卧病在床的战士让出了自己的衣服，只能光着身子，但也解决不了问题。全连只能挑出21件打满补丁、稍微像衣服的军衣，作为"礼服"专供外出谈判和做群众工作的人员使用。大家用野牦牛毛捻线，用牛羊角制作了骨针，用装粮的麻袋缝补军衣。麻袋用完了，就用兽皮，没有熟革，就用生皮子补。剥下鲜皮子后，就毛朝里板朝外披在身上量体裁下，在边上扎上眼，用毛绳穿起来，做成皮筒衣穿。到后来，有的衣服麻袋叠兽皮，牛皮叠羊皮，有些还补上了帐篷布，补了十几层，补丁上的毛线有筷子那么粗，一件单衣好几斤重，一件棉衣足足有十多斤重[1]。

那种皮筒子能挡风御寒，不外出的人大多穿这个。可皮子一干就发硬，像打了石膏一样，紧紧绷在身上，使人弯不下腰，行动起来像木偶人似的，很不方便。而身上的虱子常常成串成堆，咬得人挠不成，瘙痒难忍，急得直跳。因为牛羊皮紧在身上脱不下来，大家只好用刀子割开，扒皮一样扒下来。后来就总结了经验，等皮筒快干时就脱下来，用刀子把它割成一圈一圈的，再用毛线把它连住，就像过去的铠甲。这样，行动起来就方便了些。为解决穿鞋问题，他们就用野兽皮做成皮窝子当鞋穿。还用兽皮做成脸盆、水桶和手鼓[2]。

由于气候寒冷，被褥薄，地窝子潮湿，不少官兵经常腰腿疼。他们就将干羊粪搓烂，与盐合在一起炒热，用布包起来敷在疼处，减轻

---

① 南疆军区党史资料征集领导小组：《进军阿里》。

② 公丕才：《英雄先遣连——1950年西北部队进军阿里纪实》，第118~119页，甘肃人民出版社2006年6月出版。

疼痛。

看起来，他们完全成了一群用热兵器武装起来的原始人。

先遣连很快进入最艰难的日子。战士曾自修不行了，刘守时生命垂危。两名战士在病榻上举起手来宣誓，"只要还有一口气，我们就会坚持到底。"

全连也举手宣誓：只要还有一个人，就要把红旗插到噶大克！

誓词通过电波传到迪化，王震夜不能寐。他向西北军区报告了先遣连的处境，为英雄们请功。

1951 年 1 月 30 日，新疆军区发来嘉奖电：

> 你们执行毛主席的号召，为解放西藏，统一全国领土，通过荒无人烟的昆仑，冒危险艰苦进入西藏，饱受冬季恶劣气候，表现了高度爱国主义的英雄气概，有功于人民祖国，除号召新疆全体指战员以你们为模范外，特以解放大西北纪念章及人民功臣奖章各一枚，奖给全连指战员。尚望继续努力，完成团结西藏人民在中华人民共和国的大家庭中的光荣任务[①]。

王震同时电告独立骑兵师，给先遣连全体指战员记功一次，军区授予先遣连"英雄连"称号。

曾自修和刘守时先后在 1951 年春节前牺牲。他们临死之际，都说着最后一个地名：噶大克。

大年三十夜，大家为刘守时送葬回来，都坐在那里不说话。除夕之夜被悲伤笼罩着。

李狄三让通信员王万明扶着他，到了雪地上坐下，让王万明烧了堆篝火。他唱了一首河北民歌《回娘家》，然后，大家一起唱起了《黄河大合唱》《解放区的天》《南泥湾》，然后，又特意唱了李狄三卧在床上创作的《顽强歌》：

> 进军藏北先遣连，

---

① 《王震给进藏先遣连的嘉奖电》，《和平解放西藏》，第 123 页。西藏人民出版社 1995 年 8 月出版。

不怕苦来不怕难；
寒冬将退阳春到，
坚持会师边防线。

多出主意想办法，
鞋袜破了兽皮扎；
衣服烂得露了棉，
用条麻袋补住它……①

然后，李狄三让王万明扶住他，对大家说："同志们，摆在我先遣连面前的路有两条，一是坐以待毙，等待冻死、饿死、困死；二是团结一心，奋起抗争，把困难踩在脚下，在绝境中求生。战友的死，让我们悲伤，但我们不能被悲伤压垮。现在，新年已到，让我们面朝东方，向祖国拜年！"

曹海林拄着棍子集合好队伍，站不起来的就让战友放在担架上，面向东方，敬了个军礼。

躺下的人越来越多，即便这样，一个孤军深入、远离后方的连队，也必须保持战斗队的作风，以应付可能遭遇的一切。全连29名没有患病和病情稍轻的战士，始终没有放下手中的武器。他们坚持练兵，弹药不足，训练器材没有，他们就用野牛蹄子当手榴弹练投掷；瞄准没有靶子，就用羊皮充当；患病的战士练不成刺杀，就卧在雪地里练射击。后来连里严格要求伤员静养，下令停止重病员训练，许多人还是爬到连部请求允许他们练射击。

赵玉海当时已经不行了，他对彭清云说："副连长，让我参加训练吧，万一有情况，我不能冲锋，不能投弹，可只要你们把我背进战壕里，我还可以打枪啊。不让我训练，到时候打不准敌人，不是浪费子弹吗？"

三天后，赵玉海在训练场上停止了呼吸，临死时，他的手指还扣着扳机。

锡伯族战士西阿林全身浮肿，双眼很难睁开。彭清云不让他上训练

---

① 左齐：《李狄三》，亲历者手稿。

场，他就爬着去找李狄三。李狄三说："这是党支部的决议，必须执行！"

西阿林说："如果不让我训练，我就绝食，反正你们都把我当成废物，我不连累你们了。"

第二天，西阿林被如愿以偿地架到了训练场。他把枪固定好，用一只手扣扳机，一只手撑开眼睛。训练了半个月，最后西阿林牺牲了。

连队最老的兵是张长富，进藏那年已47岁，他全身肿得亮晃晃的，头上、脸上都裂开了口子，天天往外流黄水，脸上常常被黄水糊得分不清哪是鼻子哪是眼，模样惨不忍睹。一天早上，骆德才去看他，他说："小骆，我不行了。心里难受得很，如果能抽一口就好了。"

骆德才说："老班长，你没事的，你要的东西，我去给你找。"

当时还有一支王震送的盘尼西林，谁也舍不得用。张长富是炊事班长，家中又有妻子儿女，连里几次决定给他打针，都没有做通他的工作。他说："谁再让我打针，我就自杀。我快50岁了，死了也没啥，我求你们再别劝我了，留着它吧，后面的日子还长啊！"

张长富很少向连队提出什么要求，要抽口烟，是这位老兵的最后遗愿。骆德才觉得应该满足他，流着眼泪出了地窝子。可是，到哪儿去找烟哪，全连早就没烟抽了。

骆德才忽然想起了兽医吾买尔，他烟瘾最大。进藏时，他比别人多背了一条干粮袋，里面装的全是莫合烟，也许他还有。但骆德才一问，他也早已断顿了。烟瘾犯时，憋不住，他就和其他战士一样，卷草叶子抽。那东西着得快，常烧嘴，他就找来兔子粪烤干，拌上连队喝剩的砖茶末子，用羊角做了个烟斗装上抽。

骆德才顾不得了，让吾买尔装上一锅拿着往外跑。当他跑进张长富的地窝子时，张长富已停止了呼吸。他摸摸张长富的手，还是热的。这位参加过孟良崮战役，从中原一直打到阿里的老兵，身经百战，没有死在战场上，却死在了进军阿里的疾病中。

骆德才叫一声老班长，一边号啕大哭，一边点上那烟斗，放在张长富的嘴边。

春节过后，先遣连几乎每天都有人死去。每天都要送葬。而一些参加送葬的人就死在了送葬的路上。

有一天，连队举行了17次葬礼。

据彭清云回忆，全连百分之八十的人都起不来了。大家都不知道自己得的是什么病。一旦染上，初期几天暴饮暴食，胀破肚皮也觉得饿。维吾尔族战士木沙刚得病，一连三天，每天都能吃掉一只野羊腿，随后几天却啥也吃不进去，然后身体开始发肿，从脚开始，一直肿到头上，亮晃晃地吓人，用手一按就是一个坑。几天后肿得全身的皮裂开一道道口子，不停地流黄水，再过几天眼睛就发红，什么也看不见，人也就快完了。

李狄三也得了这种病。他根据卫生员徐金全的分析，认为可能是传染病。便采取了严格的隔离措施，加强护理，控制病号活动。

实际上官兵们得的是高原肺水肿，但他们当时连高原病为何物都不知道。

徐金全自己也病了。他一直瞒着大家。当时连里除了红药水绷带外，再没有别的药。他强打精神忙里忙外。几天后，他也牺牲了。

班长于洪是第一野战军有名的战斗英雄，在壶梯山、金集镇等战斗中立了好几次大功，几次负伤都幸免于难，却让高原病折磨得奄奄一息。

2月初，他突然发现自己起不来了。临死前的头一天晚上，他把皮筒子套在身上，爬到了也在病中的副班长甘玉兆的地窝子里，对甘玉兆说："我还有四个银圆，你替我拿着，告诉李股长，说是我的党费……"

"你为啥说这些话？"甘玉兆难过地问，他心里其实已明白了几分。

"实话给你说吧，我挺不下去了。你要把我们这个班带好，要服从命令，多争些最苦最难的事做。现在班里也没有几个人了，西藏还没有解放，大部队肯定快来了，你要把他们带出去。困难快到头了，可惜我要先走了，等西藏……解放的时候，告诉我一声吧……"

他说完，又爬了出去。第二天，于洪牺牲了。

随后就一天一两个地牺牲。为了不影响重病号的情绪，大家相互隐瞒，不让重病号知道。3月份，有几个地窝子里的人全部牺牲了。张海堂的班原来住三个地窝子都住不下，后来减员到只剩下一个人。

马匹也大量死亡。先遣连进藏时，上级领导为连队挑选了最好的马匹，由于辎重多，全连平均每人两匹，还有部分骆驼和骡子，共400多匹（峰）。到了3月，已死得只剩下了20多匹马。而这些马还在不断地死去。放马的战士死一匹哭一次，最后眼睛都哭得看不见东西了。

李狄三起不来，腰身以下全肿了，他躺在炕上召开了支委会。他严肃地说："目前我们的处境很不好，各方面对我们的威胁都很大。尤其是这种病厉害，几十位战友都牺牲了，这对我们坚持到春天与大部队一起解放阿里很不利。在这种情况下，我们一定要消除恐惧情绪，把眼光放远一点，精神要愉快一点。就是断了这口气，也要笑一笑再离开人世。哪怕到最后只剩下了一个人，也要坚持到底！"

3月份，死亡高峰来临，起不来的人越来越多。可连里的四个岗哨什么时候都得有人守。陈忠义为了能在最后的日子里多替大家做点事，搬到了哨楼里住。大家不忍心，要把他背回地窝子。他急了，气得骂道："老子得的是传染病，你们离我远点！让我死在这里，比死在地窝子里强！"不久，陈忠义趴在哨位上，心脏停止了跳动。

刘好志是新疆"9·25"起义的战士。他在旧军队里混了好几年，多少沾了些兵痞气，平时比较散漫，患病后却变了个样，工作很积极，护理、照顾其他战士非常尽心，直到自己站不起来了，还爬着给其他战友倒粪便。彭清云劝他休息，他说："副连长，我知道自己没几天了，我得做些事。人过留名，雁过留声。我不能留名留声，只希望大伙儿能原谅我，只希望自己不背着个孬兵的名声去见阎王爷。"

刘好志去世那天，问班长："上次我犯的误岗错误还算不算？我不行了，我没有机会改正了。"班长紧握住他的手，流着泪，哽咽着说："好兄弟……不……不算了。"

刘好志听了，脸上挂着一丝笑，离开了人世。

西北军区著名的战斗英雄曹家喜的葬礼结束后，人们仍肃立在冰冷的暮色里，谁也不愿离去。

彭清云拔出刺刀，一边哆哆嗦嗦地在马鞭上新刻上一道深深的刀痕，一边自言自语地说："但愿这是最后一道刀痕了。"

这刀痕刻在马鞭上，也刻在了他的心上。

他从不去数那上面究竟有多少道刀痕，只希望每条都是最后的一道。但是，刀痕每天都在增加着，一气死去17人那天，他刻着，刻着，刻得心碎神散，最后支撑不住，一头栽在了地上，悲伤使他晕厥过去了。

当彭清云披着一身霜雪回到连部时，曹海林站起身来，迟疑了片刻，缓缓地走向彭清云。两人似乎都站不住了，像要彼此寻找依靠似地扑向了对方的怀抱。"呜"的一声，两条汉子几乎同时哭出了声。

李狄三挣扎着坐起来，要过彭清云的马鞭，靠在墙上，痛苦地闭上了眼睛。他细心地抚摸着鞭杆上的刀痕，如抚摸战士们在战场上留下的伤疤。他的手每滑过一条刀痕，浑身都会一阵痉挛。他张了好几次嘴，才说出话来。他用低沉、沙哑的声音说："你们别这样，让战士们看见了会影响士气。已经有37位同志离开了我们……"他哽咽了半天，才接着说："多好的……同志，他们好多都身经百战，出生入死，可以战胜任何强大的敌人，可没能战胜饥饿、严寒和疾病。眼前的情况更加危险。"

彭清云和曹海林擦掉了眼泪。

李狄三突然问道："师里还没有来电报吗？"

彭清云摇了摇头，说："电台已中断一个多月，可能上级还不知道咱们的情况。咱们牺牲了没有什么，就怕耽误了解放阿里的大事。"

"要不是该死的电台作乱，也许上级早派人来支援我们了。真他妈的邪门儿，电池没了，发电机也没用了，白天晒的电池到联络时间装上，听不到声就完了，到现在我都怀疑咱们的求援报发出去没有。"曹海林说。

彭清云说："就是发不出去，估计上级也早就想到了我们的处境。这是昆仑和阿里，千里路途冰封雪冻，支援的人一时也上不来。我们不能等着别人来救。明天我再带几个人到革吉本去找盐，同时，给朱友臣的运粮队几个人，找日加木马本借几头牦牛，打通到两水泉的路，运些马料来。估计一半马料一半兽肉可以接上趟。"[①]

八、大救援

昆仑山下的指挥机关，早在先遣连告急的一个多月前，就开始了救援行动。元旦前，王震根据骑兵师关于大雪提前封山、先遣连过冬物资缺额太大、急需救援的报告，指示驻扎在南疆的喀什军区要"尽最大努力，恢复补给线"。

---

① 彭清云采访记。并参考了公丕才《英雄先遣连》，第138~153页，甘肃人民出版社2006年6月出版。

春节前左齐将军曾几次奔赴和田，亲自指挥救援工作。在和田各族人民的支持下，指挥部很快筹集了1700多头驴和牦牛，半个月内分三批先后进藏，试图接上被冰雪阻断了几个月的供给线。

第一批500头毛驴组成的驮运队，没有翻过界山就全部倒毙；第二批又是500头，只有16头翻过了界山达坂，在失当古宿营时又被全部埋进了雪里，还有两位维吾尔族民工献出了宝贵的生命。

两次救援失败后，王震将军再次指示："不惜代价，接通运输线。"离1951年春节还有26天时，第三批707头毛驴和牦牛组成的驮运队，满载1.5万公斤给养、盐巴和年货从于阗出发了。出发前，左齐将军再次亲临于阗为驮运队送行。于阗县县长也代表驮运队表示，第三批进藏就是只剩下一个人、一头驴也要把新疆各族军民的心意送到先遣连。

但是，由于风雪太大，路途遥远，气候恶劣，25天后，当第三支驮运队到达界山达坂附近时，只剩下30头牦牛了，而进藏时每头牦牛驮的40公斤粮食，也被牦牛[1]自己吃得只剩下不足十分之一了。驮运队考虑到再走下去，剩下的物资不够驮运队自己食用了，他们除留下3头牦牛外，其余全部杀掉，只留两人继续往前赶，其余人员就此返回于阗。塔里木·伊明和肉孜·托乎提拉着三头牦牛到达塔斯良附近时，遇到暴风雪，牦牛也跑散了。塔里木在追赶牦牛时，不幸牺牲。

肉孜·托乎提掩埋了塔里木·伊明后，赶着剩下的两头牦牛，忍着饥饿和寒冷，终于在正月初七那天到达了两水泉，为先遣连送来了约1.5公斤食盐和7个馕饼[2]。

从先遣连进藏之日起，于阗县就组织了70人的驮运大队，和田地区先后捐献了2万多头毛驴，300多峰骆驼，200多头牦牛和近400匹马，不停地、艰难地补充着先遣连的给养。有时驮运线首尾相接，长

---

① 应为驮运人员。

② 彭清云采访记。并参考了公丕才《英雄先遣连》，第155~157页，甘肃人民出版社2006年6月出版。

达 100 余公里。

第三次救援行动失败的消息使王震心急如焚。他再次指示喀什军区要"不惜一切代价，再次组织力量救援进藏部队"。同时电报西北军区，请求上级救援。电报声称：独立骑兵师一连驻阿里扎麻芒堡后，已断绝给养三月有余，左齐组织三次救援均未奏效，目前该连因饥饿及疾病已有 30 余人牺牲。

2 月底，毛泽东主席收到西北军区关于请求救援先遣连的电报后，由于藏北没有气象资料，不可能出动空军空投，只有依靠地方解决。为此，毛泽东主席当即致电改则宗本，在代表中央人民政府对改则宗及僧俗群众表示慰问后，向改则本通报了进藏先遣部队所处位置及所面临的困难，请改则宗政府帮助解决。西北军政委员会、十世班禅大师、青海省人民政府主席廖汉生也相继致电改则本和阿里噶本政府，希望他们以祖国统一大业为重，积极协助进藏先遣部队，和平进军阿里。但阿里当局直到 1951 年 4 月下旬，西藏地方政府接受中央和谈建议，并派代表赴京谈判时，才送来了几头牦牛和 100 余公斤青稞。

5 月底，在王震、左齐的亲自指挥下，进藏指挥部才以巨大代价重新沟通了先遣连后方补给线。后来，随着安志明所率 300 余骑后续部队的到达，先遣连才彻底摆脱了困境。至此，先遣连因饥饿和疾病而牺牲的官兵已近 60 人。

九、李狄三牺牲

终于进入了 5 月。积雪在不知不觉地融化，高原上开始显露出生机。

但李狄三却彻底倒下了，他的躯体已失去知觉，唯有大脑还能思考，唯有心脏还在缓缓地跳动。"我一定要等着与大部队会师"成了支撑他生命的信念。

5 月 6 日，先遣连终于接到了进藏指挥部的电报，得知独立骑兵师二团副团长安志明，已率两连 300 多人马，从于阗普鲁出发，预计月底可到扎麻芒堡。

李狄三躺在那方土炕上，看完电报，十分虚弱地喘了一口气。

其实，李狄三是全连最早患高原病的几个人之一。为巴利祥送葬那天，他接连摔了几跤。为了不让战士们发现自己的病情，影响士气，回到地窝子后，他用绑腿布把自己浮肿的双腿紧紧裹缠住。挺到3月底，他的病情开始恶化，他依然瞒着大家。一天中午，李狄三动员40多个重病号出来晒太阳，见大家心情不好，就提议和大家一起做"瞎子捉跛子"的游戏，他为了提高大家的兴致，自己上前扮瞎子，刚玩了一会儿，就栽倒在地。细心的战士发觉他身体不对劲儿，扒开他的皮筒子一看，他腰部以下已全部浮肿，绑腿布勒进肉里，皮肤破裂后流出的血和黄水把绑腿和皮肉粘在了一起，发出一股异味。在场的人都惊呆了。彭清云把他扶进地窝子，和陈信之一边流泪，一边用小刀割开裹腿布。

连队党支部为此作出决定，限制李狄三的行动，强制他休息。因是组织的决定，他表示服从，但实际上却很难闲住。走路不方便了，他就找来几张野马皮，割成条，接起来，拴到各班的地窝子，然后扶着皮绳，来回给大家做思想工作，教大家唱歌，和大家聊天。

4月下旬，由于病情恶化，他连扶着皮绳都不能行动了，就躺在床上整理日记。他似乎预感到来日无多，几乎不分昼夜地写着，把八个月来先遣连进藏所经历的一切和收集到的有关藏北方面的各类情况做了详细记录。

4月26日，改则宗的一名马本来到先遣连驻地，大概是想探听虚实，提出要拜见李指挥。已病得好多天下不了床的李狄三得知，让通信员取来那件补丁最少的军服穿上，竟奇迹般地朝马本迎去。他问候了马本，开门见山地对马本讲了噶本政府扬言不费一兵一卒，单靠高原恶劣气候，就能让先遣连全军覆没的企图。接着讲了连队的确遇到了一些困难，最后明确表示：为解放西藏，纵使有塌天之难，陷地之灾，先遣部队也会完成任务①。

马本听后，连连弯腰致敬。送走马本，李狄三刚回到地窝子，便一头栽倒了。

曹海林见状，要给李狄三注射那针盘尼西林。李狄三坚决不同意。陈信之见李狄三病得那么重还拒绝打针，就建议开支委会，举手表决。在场的5名支委根据陈信之的提议，都表示同意。李狄三望着一只只

---

① 左齐：《李狄三》，亲历者手稿。

举起的手，有气无力地恳求大家不要逼他。"你们不要形成决议，临死了还让我背个不执行党的决议的名声。"

听他那么说，大家把举起的手又放下了。

5 月 21 日，安志明率部到达两水泉，还没下马，就问前来迎接的彭清云："李狄三同志怎么样？他现在何处？"

彭清云一听，控制不住自己的泪水，含着眼泪说："他在扎麻芒堡，病得很重，好多天没有进食了，现在不知道怎样了……"

安志明一听，对彭清云说："随部队走会耽误时间，我们带上医生和电台人员先走。"

安志明和彭清云一起，飞马赶往扎麻芒堡。

5 月 28 日 12 时，当安志明赶到扎麻芒堡时，曹海林老远迎出来，安志明在马上问道："李狄三同志呢？"

曹海林说："李股长已经不行了。"

安志明飞身下马，跑到李狄三的地窝子里。彭清云哭喊着股长，已经多日没说一句话的李狄三竟"嗯"了一声。彭清云伏在他耳边说："股长，大部队到了，安副团长来看你了。"李狄三艰难地睁开眼睛，朝安志明点了点下巴，脸上泛起了一丝笑容。

安志明伏在他耳边说："老李，你们的任务完成了。告诉你一个好消息，西藏和平解放的协议 23 日在北京签订了。兵团和军、师首长都很关心你的健康，王恩茂政委把军里最好的医生派来了，你要坚持住啊。"

李狄三又点了点下巴，似乎想说些什么，可一个字也没有说出来。

安志明急了，喊道："军医，有什么好药？"

曹海林抢着说："连里还有一支盘尼西林。"

"那赶快给他注上！"安志明命令道。

李狄三想制止，但只是动了动手，他已没有力气制止在他身上浪费这支药了。他把目光落在彭清云脸上，彭清云明白了，把耳朵贴在他的嘴上，听清了两个字：日记。

彭清云赶紧从他的枕头下取出四本日记交给了安志明。

李狄三这时带着微笑，停止了呼吸[①]。

---

① 《走访先遣连人员座谈记录》(手稿)，调查人：张相仁、王亚泉，阿里军分区政治部，1971 年 4 月至 1972 年。

下午6时，安志明所带后续部队与先遣连的会师仪式在扎麻芒堡悲壮的气氛中开始。安志明宣布："独立骑兵师进藏部队会师开始，全体官兵肃立默哀，每人鸣枪三响，向今天12时15分逝世的李狄三同志致哀！"

安志明在为李狄三守灵时，发现了李狄三写在日记里的遗嘱，遗嘱写于1951年5月7日。

> 茶缸子留给郝文清。皮大衣送给拉五瓜，巴利祥生前送的两张狐皮请转给我的母亲，用了十多年的一支金星钢笔，留给河北老家我的儿子五斗①。

——这就是李狄三参加革命十多年来的全部遗物。

5月29日，王震、郭鹏、王恩茂、左齐等先后发来唁电。3天后，王震含悲再次致电吊唁，并令安志明及英雄连："为李狄三同志举行隆重追悼会，厚葬烈士，竖碑永志。"

十、进军噶大克

独立骑兵师进藏部队在扎麻芒堡会师后，立即为进军噶大克做准备。5月29日，毛泽东电令西北军区，命令"新疆进军阿里的先遣部队，要继续担负起侦察到噶大克之任务"。

何家产接到命令后，鉴于英雄连当时的状况，向上级提出建议："进军噶大克之任务，建议由安志明部完成，英雄连应继续留驻扎麻芒堡休整为宜。"王震当即批准。

但命令到达扎麻芒堡后，曹海林、彭清云立即代表全连幸存官兵致电骑兵师，坚决要求担负进军噶大克的先遣任务。他们在电报中说："英雄连全体官兵珍惜荣誉，不当尖兵，有负厚爱，愧对烈士。"

请战报告传到何家产面前，既令他感动，又让他为难。批准吧，于心不忍，九死一生后活下来的人不容易啊；不批准吧，有负勇士一片赤胆忠心。何家产请示左齐，左齐为难；请示郭鹏，同样为难。几

---

① 左齐:《李狄三》，亲历者手稿。

经商议，他们还是决定满足官兵的愿望，决定取消 5 月 30 日的命令，进军噶大克先遣任务仍由先遣连担负，彭清云负责开进，全部病号留守扎麻芒堡，由曹海林负责。

先遣连得令当日，由先遣连 45 名官兵组成的进军噶大克先遣分队，在扎麻芒堡成立。

6 月 6 日，先遣分队和安志明部共同誓师出征。先遣分队分两个梯队，保持半个马站的距离，踏上了征程。

离开改则不久，先遣分队便进入了千里羌塘腹地。雪山横空，荒凉无际。时而狂风肆虐，时而大雪纷飞。在这样的环境里走了十多天，越过了"十三圣湖"无人区。许多生病未愈的战士病情又加重了，战马也损失了三分之一。

前面是冈底斯山。被佛教徒视为"神山"的冈仁波齐峰白雪皑皑，直插云天。从改则进军普兰必须翻越山势陡峭、冰峰林立的冈仁波齐主峰达坂东君拉。这座达坂海拔 6000 多米，全长 70 公里，绝大部分为冰道。为了第二天能翻越达坂，到达神山下，分队早早地休息了。

天还没亮，分队就开始出发。临近中午，大家攀上了第一个鞍部，由雪道进入了冰道。冰雕玉砌的山路，上攀的艰难可想而知。马匹无法行进，人四肢爬地也难以保证不滑下冰崖。

彭清云即令朱友臣带 5 名战士凿冰开道，但一个多小时才用十字镐挖出数十米。由于海拔太高，缺氧严重，许多战士高山反应十分厉害，先后有 7 人昏迷过去。连马匹也狂躁不安，有 5 匹战马猝然倒毙。

彭清云对朱友臣说："分队必须在天黑前翻越主峰，不然，人马非死在这里不可。"

朱友臣也急，他喘着气说："只有冰，没有路，没有任何办法。"

另一名排长王万明这时想出了一个主意，把所有人的被子和毡子集中起来，铺在地上，往前走一截，再移一截。他试验过后，对彭清云说："副连长，这法子行。"

大家把被子和毡子全解下来，一次可铺近百米。然后又把这方法写在石头上，以告诉安志明的后续部队。就这样前面铺，后面揭，晚上 7 点多钟到达达坂顶。

分队下到海拔 5000 多米的地方，天就黑透了，漫天冰雪，看不见路。彭清云在后边收尾，走在前面的王万明让大家就地休息。疲劳至极的战士一躺下就睡着了。彭清云赶到，一看坏了，批评王万明，说这样的地方千万不能停下，让大家赶快爬起来。可有个叫江主仁的战士已经起不来了，他已停止了呼吸。

彭清云气得把王万明臭骂了一通，驮上那个战士的遗体，点着火把继续往山下走，但走到天亮，才走了几公里路。70公里的东君拉达坂，大家整整走了40多个小时。

6月22日，先遣分队到达普兰宗境内的巴格海子。这里海拔较低，水草不错，彭清云决定在这里休整几日，等待安志明的后续部队。

但谁也没有想到，在休整中先遣分队又牺牲了吐宗、汪子康、沙迪、董秀娃四人。

24日下午，后续部队到达巴格海子时，骆驼又驮来了五具遗体。一个东君拉达坂就这样让9位官兵牺牲了。

在巴格海子边留下了九座坟茔，两天后，先遣分队抵达普兰重镇巴噶。6月29日，进驻普兰，然后挥师北上，一路高歌，于8月3日抵达噶大克。

8月底，中央指示新疆军区，"停止新疆骑兵师入藏"。共和国把阿里高原31万平方公里的土地放心地交给了进入阿里的共计380名官兵。

彭清云所带的英雄连第一、二排幸存的39人，奉命驻守噶尔昆沙。同时，曹海林所带的英雄连留驻扎麻芒堡的30多名病员，也于10月初奉命携带扎麻芒堡的全部物资，翻越冈底斯山主峰达坂东君拉，向噶尔昆沙前进，与彭清云会合归建。10月26日，这些出生入死的战友重新会面了。

下午8点多钟，夕阳抹在冈仁波齐峰上。曹海林让司号员冲着冈底斯山绵延的雪峰，冲着抹在冈仁波齐峰上血一样的夕阳，吹响了集合号。

队伍集合好后，曹海林说："同志们，现在我们点名。"

他就像于阗出征时一样，呼唤着每一个人的名字，但已有好些名字没人应答了。点完名后，他说："没有应答的好兄弟，西藏和平解放了，你们安息吧！"最后他又对进藏时带的战马中幸存下来的那三匹说："也告诉你们的战友，它们同样已完成任务！"

此后，驻阿里部队分别进至普兰、日土、噶大克和噶尔昆沙边防一线，担负设卡戍边任务。共和国在阿里的边防由此开始。

第八章　青海进藏

一、受命进藏

1950 年 9 月下旬，彭德怀、贾拓夫、徐立清从新疆返回兰州，范明到兰州机场迎接。贾拓夫见到他，一把拉住他说，彭德怀已决定你去新疆，担任迪化①市委书记兼市长，限你一个星期内把手续交清后到新疆上任。

范明二话没说，回到办公室，当即着手交代工作，准备西出阳关。不想没过几天，彭德怀对他说："新疆你不要去了，准备进军西藏。"

范明感到有些突然，但他很快回过神来，回答道："好！"

彭德怀指着西藏地图，接着说："从西宁、香日德、经黑河插到后藏，控制拉萨去江孜的必经之路岗巴拉山，切断前后藏的通道，直插后藏首府日喀则，解放后藏。具体安排你去找张宗逊副司令员。"

范明向彭总敬了军礼："我保证完成任务。"

但到了 10 月下旬，西北军区政治部主任甘泗淇又通知范明说，西藏你不去了，随彭总去抗美援朝。这种变化在战争年代是常态。范明二话没说，又将进军西藏的准备转入到入朝作战上。

几天后，张宗逊对他说："彭德怀和西北局通知，你不去朝鲜，仍然负责进军西藏的任务。这是确定了的命令。"

这次范明愣了一阵。

张宗逊说："你这次知道你的重要了吧？"

范明笑着说："无论到哪里，我都做好了准备。"

西北进藏部队以原西北军区政治部联络部为基础组建，范明立即

---

① 即乌鲁木齐市。

着手调配干部。

11月9日，中共中央发出指示："因在解放西藏的整个作战中，西北人民解放军担负进军后藏和阿里地区的任务，又因为后藏是班禅集团历史关系最深，现在仍保有相当影响的地区，而班禅集团的工作则列属于西北局，故刘伯承同志提议由西北局同时担负接管后藏和阿里地区的政治任务。为此，西北局应立即积极进行各种有关准备工作，如政策、人员、统战工作等。"①

受领中央的任务后，张宗逊召集范明、孙巩开会，孙巩汇报了青海骑兵支队配合十八军解放昌都战役的情况后，即研究从西北进军西藏问题。张宗逊说："根据中央的指示，西北局、西北军区决定组织一个骑兵师进军后藏，孙巩任师长，范明任西藏工委书记。你们二人具体研究进藏的准备事宜。"

后因孙巩患病，不能进藏，不再担任入藏工作，进藏筹备工作由范明负责。

12月，中央来电询问西北进藏筹备工作情况，范明到西安，在西北局会议上汇报了西北军区关于进藏的设想和方案以及他个人的想法。西北局党委书记习仲勋听后，也谈了西北局关于进藏筹备工作的意见，决定让范明到北京向中央汇报和请示。范明和西北局统战部部长汪锋于31日抵达北京，向李维汉部长进行了汇报。

1951年1月31日，周恩来总理在中南海的办公室接见了范明和汪锋，听取了入藏准备情况后，指示道："中央给班禅已经答允的，如派干部和卫队等，在3月前一律搞完毕。将来进藏你们可以分梯队走，如第一批、第二批。现在马上准备牲口和粮食。"

范明问："总理，是否可由玉树经昌都至拉萨？"

周总理说："不行，那条路上，西南有几万大军进军。何况，西北应攻占黑河。"

范明说："总理，青藏公路停修后，运输是进军的最大问题。"

周总理说："中央并未说不修，是要西北调查沿路情况，究竟哪条路线好修，全线有多长，需要多少人工和材料，花多少钱，要多长时间。"

---

① 《中央关于西北局担负后藏和阿里地区政治任务电》。后藏即日喀则地区，这一指示后来做了改变。西藏历史档案馆。

范明说："明白。"

周总理接着指示："你们进军时，应与西南进藏部队电报联络，可以找杨尚昆同志另要一份密码。外交干部将来可以从驻印度大使馆抽一名去西藏工作，宣教干部另外找，边疆干部待遇应研究另定。"

汪锋插言说："苏联西伯利亚的干部待遇比其他地区高一倍。"

"我们不要那样，看需要定，打电报问一下西南，或由西北提出一个意见。干部家属，西藏解放后可送去。准备工作要赶在3月底准备好，责成西北局与西北军区负责，将来完成不了任务要向他们是问！"周总理计算了一下。"班禅集团1500人、工委搞1500人，将来家属及其他人员打上1000人，共4000人。要准备8000头牲口和其他物资，完全由西北方面负责。"①

2月13日，中央军委下达了《关于解放西藏的准备工作的通知》。

范明于2月中旬由北京衔命回到西安，向西北局常委扩大会议汇报了中央对西北进藏有关问题的决定，同时也提出了他个人的意见。经研究决定，范明任西北西藏工委书记，委员有慕生忠、牙含章、白云峰，干部除中央调配外，决定由西北局、西北军区、西北军政委员会所属机关、部队以及陕、甘、青三省抽调。同时，也积极从学校招纳人才。1951年3月，新民主主义青年团兰州市委员会专门召开兰州市各大中学校团的干部会议，通知团的总支委员和团支部书记参加。会上范明作了《动员起来，参加解放西藏工作》的报告。

范明首先讲了西藏是中国的领土，是中国的西陲国防重地；讲了解放西藏的伟大意义，说参加解放西藏与参加抗美援朝一样光荣。他还针对当时青年学生的心理特点，向这些青年人介绍了历史上班超投笔从戎的故事，号召学习班超，志在边疆。青年人应该有理想有抱负，要志在四方。兰州是解放较晚的地方，不少青年学生恨自己生长在国民党的统治区，英雄无用武之地。现在为祖国效力的机会来了，祖国大陆上，只剩下西藏未解放，只有这一个机会了。机不可失，失不再来。青年知识分子们，锻炼和考验你们的机会到来了，迅速下决心吧！

范明的讲话富有感染力，很多学生回到学校，心潮起伏，难以平

---

① 范明：《把五星红旗高高插上喜马拉雅山——回忆十八军独立支队（西北西藏工委）进军西藏》，亲历者手稿。

静，一些大学三年级的学生，虽再有一年即可毕业，也毅然下了决心，报名参军。

因为兰州大学有个边疆语文系藏语班，这年正好有个班毕业，范明想动员这个班的同学参加解放西藏的工作，以解决当时奇缺的藏语翻译人员。所以又专门派田又生等人到兰州大学做进一步动员。经过动员，学校批准了边语系藏语班的全体毕业生以及其他班级的15人参军，到兰州新村中共西北西藏工委干训队①。

"十七条协议"正式签订的次日，也即1951年5月24日，中央命范明和张国华随西南军区参谋长李达到重庆向西南局书记邓小平汇报和请示。李达让范明把西北西藏工委的组织情况和主要干部名单以及进藏部队的情况写一个简要材料送给邓小平。范明当即连夜写好送上。第二天，邓小平在西南局办公厅接见了张国华和范明。他对范明说："你写的材料和名单我看了，西北西藏工委的老同志多，素质好，短小精干。麻雀虽小，肝胆俱全。现在不必合并，仍归西北局领导，仍以西藏工委原有计划，从西北进军。到达拉萨后，两个工委再合并，组成统一的西藏工委。"

6月上旬，范明飞回西安，将邓小平的指示向西北局做了汇报，并向西北局组织部补要了一批干部，然后返回兰州，全面展开了进藏筹备工作。

二、组建牛大队

进军西藏筹备工作重要的一部就是编制预算。按照最初的设想，西北进藏部队（含班禅行辕）计按4000人考虑。后来，根据中央和西北局关于进藏人员要少而精的指示精神，进行了精简压缩。1951年3月，西北军政委员会财政部在审核经费预算时将西北进藏人数初定为700人。但由于人数过少，对完成任务不利，后经反复研究，后勤筹备按两千人左右的规模准备。

北京方向的筹备工作由牙含章和联络部的肖生负责。肖生到京后，即组织了一个精干的筹备班子：有采购兼会计范子英，出纳鲁华，负

---

① 徐东海:《由大学生到"牛倌"》，亲历者手稿。

责采购统战、民族、宗教商品的外勤郁殿芬，主要在天津负责采购、转运物资的外勤刘更生以及负责物资押运的史步理。

他们的主要任务有五项：一是联系、接收、运送中央调进藏的有关人员：包括由卫生部抽调人员组成的一个随西北部队进藏的医疗队，团中央从各地团校抽调的20多名团干部，中央文化部派来随军的摄影记者、电影放映队、电影摄影师等，一共62名。二是领拨经费：中央财政部对西北部队的入藏经费，主要委托西北局财政部代管代审。为了解决在京津地区的经费需要，他们直接从中央财政部提取了旧币459亿元^①，用于在京津地区采购物资和加工装备，转拨班禅驻京办事处以准备班禅行辕进藏所需的物资^②，支付人员、物资从京津到西安的运费，提取折款99亿元的60万枚银元，供进入藏区后使用。三是定制采购马靴、雨衣、帐篷、帆布水桶、风镜、药品、医疗器械、摄影、放映器材和影片、文化用品等行军装备。四是采购适合西藏地区的统战礼品和民族宗教用品，包括锦缎、珠宝、寺庙饰物、神龛等。筹备班子并印制了大量精致的领袖像、"十七条协议"藏文材料和各种规格的五星红旗。

习仲勋在北京饭店听取了牙含章和肖生的汇报，并指示，进藏准备工作应本着精干的原则，人员不宜过多，物资能不带的尽量不带。他们向工委转达了习书记的指示，并在实际工作中压缩了人员，减少了许多辎重^③。

同时，西北方面的后勤筹备也在联络部干部王直、黎之淦领导下抓紧进行。

凡进藏官兵每人配呢子军服、棉军衣、罩衣各1套，皮大衣、绒上衣、雨衣各1件，皮帽1顶，皮裤、皮褥子、军毯、帆布粮袋、毛巾各1条，皮手套、球鞋、布鞋、皮马靴各1双，防雨布1块，马背套1条（领导干部2条），衬衣2套，行军刀（吃肉、切菜用）1把、

---

① 中华人民共和国第一套人民币。1948年12月1日开始发行，共12种面额62种版别，从1元券到50000元不等，流通至1955年，其与第二套人民币的币值为10000∶1，459亿元约相当于459万元。

② 班禅行辕的军装粮秣、牲畜等主要装备、物资是由西北西藏工委统一办理，这里所指是行辕所特需的物资，如为班禅额尔德尼制作的活动房子等。

③ 肖生：《西北进藏的后勤工作》，亲历者手稿。

搪瓷碗1个，风镜1副，口罩2个，脸盆每班2个、手电筒每班2把……共有50余种。每一班组为一伙食单位，配给可住7至10人帐篷1顶。途中伙食标准每人每天配一斤半粮食。菜金按野战军标准加进藏补贴：西北军区1951年7月菜金标准为每人每日1952元，进藏补助每人每日辣椒1钱、粗菜4钱、酥油2两，计2050元，共为4002元。凡由西北军区转来有军籍的人员均实行供给制，每月只发津贴。即战士1.1万元、连排级干部2.3万元、营团级干部3.8万、师级干部5.3万元，在此基础上加发原津贴数三分之一的进藏补贴。而新参加工作的青年和其他组织上确定进藏的人员实行薪金制，即一等一级54万元，二级50.4万元，三级46.8万元；二等一级43.2万元，二级39.6万元，三级36万元；三等一级32.4万元，二级28.8万元，三级18万元至25.2万元。在此基础上加发薪金数三分之一为进藏补贴。民工按实际日程计发工资并发100银圆的回程费。为了照顾少数民族战士，班禅警卫营每人每月加发补助津贴6万元[①]。

根据人员和物资的不同需要，分别购买了马匹、骆驼、骡子、驮牛，购买后在甘肃、青海的几个地方集中牧放。

牛大队是在青海省海晏县乌兰脑滩组建的。这里是一个牧区，没有农业，看不见庄稼。开始由张勋汉和柳志刚负责。张勋汉负责从海晏购牛；柳志刚主要在五庄负责购置鞍具和雇请饲养员。1951年6月，近5000头驮牛编成3个中队，1个直属分队。牛大队健全了组织机构：张兆祥任大队长，刘旭初任政委，白铭章任副大队长，曹明山任副政委，给牛大队派来了医生、兽医和警卫部队，植树组也设在牛队，所有干部都配备武器，以防流匪袭击。大队下设有三个中队，每个中队设三个分队，每个分队设三个小队。一个分队有450头牛，一个小队有150头牛。一个分队还有20匹马，用于干部和饲养员乘骑。每个小队有10名饲养员，住在一顶帐篷里。为了管好牛，有秩序地赶牛运输，再把饲养员编成几个小组，每名饲养员负责15头犏牛。这些饲养员熟悉驮牛生活习性，再怪戾野性的牦牛，经他们一声吆喝，都服服帖帖，保持着井然有序的行进队形。具体领导牛群的小队长，绝大多数是年

---

① 肖生：《西北进藏的后勤工作》，亲历者手稿。此处所说入藏官兵和工作人员的津贴、工资均为旧币。

轻的藏族干部，他们不仅会汉、藏两种语言，也懂驮牛脾性，而且能吃苦耐劳。

牛大队的任务是驮运人粮马料、酥油副食和其他军用物资到西藏，这样就得认真挑选驮牛。当时组建牛大队，购买了最优良的犏牛作为运输工具。犏牛是黄牛和牦牛杂交生的第一代。这种牛具有牦牛的优点，耐高寒，适应青藏高原气候，又有黄牛的优点，力气大，有耐力。但犏牛所生的第二代牛，青海人称作"尕里巴"，则退化为劣质牛，完全不能用它长途驮运。这种牛的外形与犏牛相似，那些对牛很内行的人，只要拉起牛尾一看就可辨识出来。张勋汉就让几位有丰富经验的饲养员，负责验收各地购买交来的犏牛，将混进牛群中的"尕里巴"挑选出来，以保证驮牛的质量。对经过挑选合格的牛，都在牛角上打火印。对数以千计的犏牛进行逐个检查，除看牛的口齿、四蹄有无毛病外，主要任务是要选出"尕里巴"。经过一段时间，连徐东海这样的大学生也学会了认牛的本领。

牛队的饲养员来自青海、甘肃。他们中间有汉族、回族、藏族、蒙古族、土族、撒拉族和东乡族，大部分是牧民，有饲养牲畜和驮运货物的经验。他们中有的曾赶牛驮运，行走在青海和甘肃夏河的牧区之间，也有曾赶牛运输到过西藏。他们对草地生活有很多有用的经验，曾提出很多有益的建议。牛队饲养员的年龄大一些，一般在30岁左右，也有少数年过四十。

牛队组建后，以分队为单位，按照军事要求从严训练。对一个分队的三顶帐篷搭在哪里，牛拴在哪里，驮运物资放在哪里，马拴在哪里都按地形和军事要求有固定位置，具体位置则由设站人员到宿营地实地侦察地形后确定。干部还要在宿营地挖工事，站岗放哨。饲养员以两人为一组，共同上驮卸驮，要求上得快，拴得牢，结活扣，容易卸，要求不仅白天上驮快，夜晚也能迅速上驮卸驮，排列整齐。所有一切驮运、赶牛、放牧的技术，都从饲养员中挑选有经验的人，进行具体指导。

经过三个月的紧张筹备，一切就绪。1951年7月，牛大队接令，将全部驮牛赶往都兰县香日德，接受进藏的驮运任务。经过几个月放牧抓膘，这时的犏牛，每头膘肥体壮，毛色光滑。

从乌兰脑滩到香日德约800里，驮牛虽然没有驮运任务，但大队严格按照行军的要求，进行驮运的行军演习。每天 5 点钟起床，6 点出发，一群一群赶牛走。大约日行 40 多里，到了中午就宿营。宿营后，搭起帐篷，埋锅造饭，将驮运物定位置，然后将牛散开放牧。前一段部队在乌兰脑滩是定居牧民，现在则开始游牧生活。

从乌兰脑滩出发，翻越日月山，经过倒淌河、大喇嘛河、青海湖畔、翻札巴斯垭壑到达青海茶卡，然后过红柳沟、察汗乌苏，历经一月，到达香日德。

西北西藏工委通过西北局财政部先后从陕西、甘肃、青海三省价拨小麦 700 多万斤加工成面粉，供筹备、途中及运入西藏食用。价拨豆类 897 万余斤、饲草 7 万余斤作为牲畜饲料；购买、制作了马鞍、驮鞍、架窝①、骡马防寒盖布、料袋、掌具等。还有准备人员炊具，定制干部战士军装和随身携带生活用品，以及从西北军区调拨的行军所需武器弹药。采购到的牲畜、粮食和饲料，从 7 月份开始陆续集中到青海香日德待命。

牛大队到达香日德时，整个西北西藏工委进藏的马大队、骡子大队、骆驼大队也都先后抵达这里。进藏官兵也都聚集于此。本来只有一个喇嘛寺庙和百余户各族百姓聚居的小镇，一下子集结起人以千计、牲畜上万的大军，使香日德显得热闹异常。

三、大学生牛倌

西北西藏工委从青海西宁到西藏拉萨，约 4000 多里。沿途不能补充给养，需要部队自己带上粮食副食和各种必需物资。部队进藏以后的物资保障也需要自己组织畜力驮运，因此将调来的大多数干部派往陕、宁、甘、青四省，购买大批骡、马、牛、驼。新招入伍的大学生经过在干训队的短期培训后，很快分配到了各个工作岗位——或当医生，或去购买牲畜，有的当会计，有的当记者，有的到了文工队。兰州大学化学系的徐东海和数学系的张其瑞入伍后，被分配到牛大队，分别当了"牛倌"和"牛贩"。

徐东海和张其瑞到乌兰脑滩报到后，牛大队只有一些藏族干部领

---

① 两头骡子共驮较重物资的驮具。

着一批饲养员，负责饲养已经购买的犏牛。张勋汉认为张其瑞是数学系学生，会算账，就带他到海晏购买犏牛去了。他们住在海宴县的达如千户家。徐东海感觉一切都很陌生，过去在大学化学系学习的化合物、分子式、原子量以及化合、分解等知识，完全不适用了。

这里没有房屋，牛大队驻地搭着布帐篷，晚上席地而眠，白天铺盖卷在一边。帐篷内有个小木箱，内装纸张、文具。中间放三块石头，撑着一口锅，炊具有小木板、菜刀、铜勺、帆布水桶、火皮袋等，还特别备有一块火镰——以每个帐篷为单位，大致都有这些炊具，碗筷自备。可以毫不夸张地说，官兵回到了原始游牧生活时代。

徐东海到来的第一天，一位青海饲养员先和好面放在小木板上，再从帐篷杆上挂的羊肉上割下一块，不洗就切成小块丢进锅里煮。切完肉，用手抓牛粪烧火，压着火皮袋。等水烧开后，仍未洗手，就开始揪面片，揪了一阵后，仍用手抓牛粪，添进火塘，然后只拍打了一下手，就又揪面片，然后盖上锅煮一会儿，等面片煮熟，撒点盐，就一碗一碗向外盛。他们对徐东海说，那是青海人最喜欢吃的羊肉尕面片，但他初来乍到，亲眼看见做饭的过程，说什么也吃不下去，实在没办法，只能囫囵咽下，其滋味一点也不知道。后来，做这种饭成了经常的事，由于条件所限，也顾不得那么多了。时间长了，司空见惯，习以为常，也不感觉脏了。他自己也学着揪面片，也习惯了抓过牛粪又去揪面片，有些牛粪掉进锅里，用勺子捞出来，等面片熟后，你一碗，我一碗，照样吃得很香。

要解放西藏，行程数千里，没有马是不行的。青藏高原行军离不开马，但除了一些老兵，很多人根本不会骑马，不知马的脾性，见马就害怕。范明下令，要求把学会骑马作为一项任务来完成。这就需要学会养马、备鞍和驭马，由懂得骑术的饲养员或老兵当教练，教授骑马驭马要领。最后，所有人都学会了骑马，也学会了备鞍、放马、喂料，掌握了马的脾气，和马建立了感情。

在香日德，徐东海的好友张其瑞买完牛后，被调到了前梯队的报社搞后勤工作。他离开牛大队之前，专门与徐东海叙别。他指着他的那匹青色马对徐东海说："我身强力壮，不论多苦我都不怕。我担心你身体瘦弱，要保重身体。我们进藏要走几千里，要经过草地、荒原、翻越雪山，我这匹马是在海晏购牛时，达如千户专门叫牧民给我挑选的草地马，很老实，把它放开也不走远。适应性好、耐力强。你身体不好，就把这匹马送给你。"

徐东海非常感谢。"那你呢？"

"我到了指挥所，另领一匹就行了。"

独立支队供给处，在香日德给牛大队分配了驮运任务。每头牛驮运 120 斤，牛大队共驮运 60 万斤。徐东海任分队长的第一中队第一分队主要驮运面粉、豌豆、糌粑、酥油及副食品，中队将这些物资按数落实到每个饲养员。当时的纪律要求是：牛大队只有驮运任务，没有处理权利，交运多少，如数上交。因为责任重大，分队、小队的干部和饲养员都得层层负责，特别是每个饲养员，对自己驮运的袋子和牛都打上了记号，还给牛起了名字，以便辨认。

四、独立支队

根据"十七条协议"第五条"班禅额尔德尼的固有地位及职权，应予维持"的规定，西北军区还有护送当时留住青海塔尔寺的十世班禅额尔德尼·确吉坚赞及全部随从人员返回扎什伦布寺的任务。西北军政委员会任命范明为代表，牙含章为助理代表，共同负责班禅返藏事宜。

西北西藏工委准备就绪，向西北局、西南局和中央上报了《关于进藏的行军计划》，计划分两个梯队于 8 月 15 日、25 日先后出发，预计 9 月底进抵黑河，并请示入藏时用何种名义。8 月 1 日中央复电批示：

一、入藏日期可以按你们的计划于八月十五日自香日德出发，予（预）计九月底抵黑河，但不能提早。

二、你们的前梯队与后梯队人数各多少？应按西南局及西南军区七月二十六日给你们的电报精神尽量紧缩，并将人数速报十八军核定并报中央。你们所报后梯队如为你们工作本队自无问题，如为班禅入藏梯队则应劝其暂缓，仍照（在）京面议，候达赖表示欢迎后再去为有利。

三、西北入藏部队用十八军某某支队名义，其具体番号由十八军决定电告。必须统一用十八军名义，不应用别的名义。

四、范明走后，牙含章继续留班禅处工作，班禅行辕可派极少数人员随范明先行入藏，西北局应注意对班禅处工作的领导。①

得令当日，范明率工委机关干部及部队从兰州拔营启程，踏上了进军西藏的征途。范明抵达西宁后又专门检查了为班禅入藏的准备工作，并特地到塔尔寺向班禅额尔德尼辞行。班禅设宴欢送，给范明赠送了马鞍、藏服、玉碗等礼品。

8月6日，西南局、西南军区确定，"范明所部命名为十八军独立支队，该部之行动计划由张（国华）、谭（冠三）规划之。"从此，西北西藏工委对外名义便以十八军独立支队出现。范明任独立支队总指挥部指挥员兼政委，慕生忠、计晋美任副指挥员，罗曼中任参谋长，杜舒安任政治处主任。到了黄河源后，改由慕生忠任政委。支队还包括以计晋美、纳旺金巴为首的班禅行辕入藏工作委员会。

8月12日，当西北西藏工委离开西宁时，青海省委、省政府、省军区的领导人张仲良、赵寿山、廖汉生、马辅臣等人和各界群众到西关桥头送行。

临别之际，青海省副主席马辅臣把范明拉到一边，流着泪说："咱们是朋友，我得给你讲实话。马步芳的部队两次进藏都因唐古拉雪山封山而全军覆没。历史上没有哪个部队能越过唐古拉的。永别了，朋友！我们恐怕再难相见！"接着哭泣不止。

马辅臣和范明熟悉，对西藏地区和青藏高原情况很了解，是个"西藏通"，以前曾经负责为马步芳挖金子，绰号叫"马矿务"。他所反映的情绪和说法，虽然有些夸张，但也代表了那时人们把通过青藏高原进入西藏视为畏途的现实。

中央最早决定由西北军区担负解放西藏的任务时，范明探查过西北进藏路线，知道此去路途艰险，他除了表示感谢外，向马辅臣解释说："我们是人民解放军，是革命战士，与马步芳的部队有着本质的不同。放心吧，朋友，请听候我们的胜利消息吧！"

独立支队从西宁出发后，翻越日月山，行经倒淌河、青海湖、橡皮山、茶卡、都兰等地，于5日后到达香日德。确定了先遣队、前梯队、

---

① 《中央对西北西藏工委入藏问题指示》，西藏军区档案库。

总指挥部、后梯队的行军序列。

当时独立支队——包括工委警卫营314人——先后共进藏1360人，雇用民工1246人，另有骡马5287匹，驮牛6026头，骆驼1650峰。

针对进藏途中高原缺氧、人迹罕至，自然地理复杂且无道路的情况，决定成立3个运输大队：骆驼队、牦牛队、骡子队。任务是运输行军途中和进藏后所需的军需、生活物资。每个大队为团级建制。另有1个马大队，保证官兵骑乘。独立支队领导每人配备二匹马，其余官兵每人平均按一匹半配给，担任饲养员的民工每二人一匹，骆驼饲养员不配给马匹。

计晋美率领的班禅行辕先遣工作队200人随十八军独立支队先行进藏。班禅额尔德尼及堪布会议厅其他人员由牙含章陪同，于1951年底出发，先后共进藏698人——包括班禅警卫营247人，雇用民工278人。计购买骡马1018匹，驮牛2502头，另从甘肃省民勤县雇用了一部分骆驼和驮牛。

五、翻越诺木岗

独立支队进军西藏时，新疆地区解放不久，乌斯满、胡赛因匪徒窜入青海通天河一带，其盘踞之地正属独立支队行军路线之侧背。他们虽已粮弹两缺，但善骑射，行动迅速，相当慓悍。而支队虽有千余人，士气旺盛，武器精良，但缺乏高原战斗经验。因此，匪帮对部队行军和运输形成了严重威胁。在范明的请求下，西北局、西北军区命一军派出一个骑兵团，在行军路线右侧掩护。

独立支队陆续到达香日德后，为了保证高原行军的顺利，部队在这里休整半个多月，主要进行进军动员，学习"十七条协议"和民族宗教政策，整顿组织纪律，组编行军序列，支队还对集中到香日德的物资按行军要求分别进行了包装，将需要运输的物资分配到具体单位——比如牦牛队、骆驼队主要驮运粮食和马料；骡大队驮运伙食箱子、帐篷、人畜药品、弹药、银圆、器材等。并按行军时的班、组配给帐篷、灶具、食粮，按人头分配了马匹、雨衣、防雨布等行军装备。

8月的高原，强烈的紫外线晒得官兵皮肤发焦。慕生忠别有风趣地对大家说，作为一个军人，要经得起任何考验，不怕风吹雨打，不怕烈日暴晒，要有脱两层皮的决心，第一层脱掉资产阶级的皮，第二层脱掉小资产阶级的皮，第三层才是无产阶级的皮。

8月28日，独立支队在香日德隆重举行了西藏和平进军誓师大会，并于当天出发，开始进入青藏高原。

队伍每天清晨6点半起床，吃些随身带的干馍块就开始行军。中午无饭，只有到晚上10时左右，找到有水草、牛粪的地方才搭起帐篷，安营扎寨。战士们先向总部报告宿营地的方位，然后一边放骡子吃草，一边捡干牛粪，烧水做饭，往往到晚上12时才能休息。晚饭大都是用大锅煮的揪面块，只要能撒上一把盐就算有味道了。有时根本不管生熟，只要能吃饱就心满意足。刚开始拾牛粪做饭时，部队里有些刚从城市里出来参加工作的青年人，都不肯用手拾。有的拿着木棍往袋子里拨弄，有的用脚往袋子里踢；那些年轻的医生们，手上戴着白手套，嘴上蒙着雪白的口罩，用筷子去夹牛粪。到后来，经过长途行军生活的磨炼，便什么也顾不上了，一手抓炒面吃的时候，另一只手还忘不了去拾牛粪。由于做饭烧牛粪，一边揪面块下锅，一边用牛皮风箱吹火，待饭煮熟后，饭上面就是一层牛粪灰。可是谁也不在乎这些，还说这是撒了一层胡椒面的胡辣汤。

青藏高原平均海拔4000米以上，祁连山、昆仑山、唐古拉山等山系横亘其间。在部队进军的路线上，看不见悬崖绝壁，而大部分地段的海拔却在不知不觉中上升到了4700米左右。沿途分布着寸草不生的大漠荒原，冰封千年的永冻地带，也有长江、黄河、怒江等大河源头的沮洳沼泽。

4天后，部队进至香日德以南100多公里处的诺木岗下。

诺木岗位于布尔汗布达山脉，是昆仑山脉的一条支脉，黄河和柴达木水系的分水岭，海拔5200多米。从海拔3000米的香日德，数日之内就上升了2000多米，很多官兵开始不适应高原气候，感到头晕脑涨，肚子胀痛，呼吸困难，四肢无力，严重者呕吐不止，甚至有个别人昏厥跌倒。走过这些路程的有经验的饲养员说，这座高山有严重的"瘴气"，藏民称这座山叫"烟瘴垭壑"。

从诺木岗山下出发前，各驮畜大队通知各队务必带上预防"瘴气"的药品，即仁丹、十滴水、大蒜，还有香烟。大家喝点十滴水，口含仁丹向上前行。那时，初到青海时，人们就听到不少关于"瘴气"的传说，有些说法很离奇和神秘，使人不可思议。官兵亲身经历后，才认清所谓"瘴气"，实际就是高山缺氧。

虽然才8月底，但气温已降至零下20多摄氏度。一场暴雨狂雪，竟连续肆虐十多天。官兵昼无干衣，夜宿寒冰，有时一连两三天吃不上饭，喝不上热水。许多官兵的脸和手脚开始浮肿；加之高寒缺氧，官兵们普遍头疼恶心，呼吸困难，四肢无力，举步艰难。

9月3日，独立支队翻越诺木岗时，坡陡路窄，乱石满山，骑行都很吃力。上山时，鹅毛大雪纷纷扬扬，官兵们普遍感到难受，轻则呼吸急促，重则头痛欲裂，甚至昏厥倒地，连乘马和驮畜到此也大喘不止，有的走几步就卧倒不起，张嘴打滚。

牛大队把50头驮牛编为1个行走群，共27个，前后拉了好几十里路。按照习惯走法，每天由大队派出设站人员先行到前边设站，日色过午就宿营放牧。每到宿营地，工作人员就卸驮物，架帐篷，各分队帐篷以中队为中心，连成圆形营地。各小队在帐篷一侧用粮包垒成一道方墙，覆盖雨布，粮包四周各拉一条粗长的挡绳，便于拴点牛数和驮载，帐篷另一侧拴着马匹。每天很早出发，行程三四十里就住下来，保证驮牛有半天放牧时间，如遇上水草丰茂的地方，还特意多休息一两天。

9月的青藏高原早晚天气寒冷。部队开始采购时，担心青藏高原多雨，使用了刷胶粮袋和帐篷，不想雨水很少，气温很低，一冷就变得又硬又脆。行军中牛角一顶或互相间一挤，粮袋就破了，损失了不少粮食；帐篷因为脆硬叠不起来，在折压时一用力，便会折裂出一道道口子；晚间结上一层冰霜，很难抖掉，加重了分量，一头牛只能驮两顶帐篷。最后只能用备用的布口袋和布帐篷来代替刷胶口袋和帐篷——布口袋虽然不防水，但不易挤破。即使牛角顶上了，也只是一个小窟窿，不会整袋开裂；布帐篷遇到霜雪不易变硬变脆，而且容易抖掉，搭收方便，比起胶质帐篷来，虽然使用面积小些，防雨保暖性能差些，但还是优越得多。

驮畜驮着沉重的物资，行走更加困难。不时有驮畜跌倒挡住去路，官兵只好组织人员一批一批往山顶送牲口、背物资。牲口前进时，前面有人牵，两边有人扶，后边还要有人推。特别是驮运小吉普车底盘和引擎的骡子就更受苦了，5米长的架杆，前后两个骡子架着，通过羊肠小道时连弯儿都转不过。在这种情况下，只好组织人员抬架窝子上山。高山缺氧，头痛难忍，前面的官兵累倒了，后面的官兵接着干。

下雪的时候，官兵们最希望的就是刮风。根据行军经验，草原上气候变化很快，如果起了风，明晨就会是大晴天。

登上诺木岗后，天果然转晴，遍地夕阳，站在山顶遥望黄河源，可见那星罗棋布大小湖泊，像无数面闪闪发亮的镜子，其实是黄河源沮洳沼泽地。

官兵的心情都有些新奇、紧张，就是经历过南征北战的老兵，也觉得很新鲜，没有一个人被吓住。

向导指着远方，对慕生忠说："再过20里就是黄河源了。"

六、渡过黄河源

翻过诺木岗后，连日阴云密布，大雪纷飞，荒原很快变成了雪原，白茫茫一片，一眼望不到边。因为连日大雪，找不到一点草，马和驮畜饿得不停地叫唤嘶鸣，听了叫人难过不安。所有官兵都自动下了马，牵着马走，有的把木箱、帐篷甚至铁锅等携带的东西也卸下来，尽可能减轻马的负担。

在大雪覆盖的荒原上，看不见路在哪里。其实，即使不下雪，也根本没有路。部队走到哪里，哪里就成了路。队伍散开有一里多宽，几十里长，后面的人参考前面走过的足迹小心前行。脸上分不清是汗水还是雪水，不住地往下淌。有些人实在走不动，只好双手拽着马尾，让马拖着走。一不小心还会跌进老鼠洞里。这边扑通一声，人滑到了，还没有爬起来，那边的人又滑倒了。不断有人摔倒，满身是雪水和泥浆。

行军速度很慢。因为是在世界屋脊上行军，有时一天仅能走五六十里路，但感到比过去战争时期，一夜急行军百多里路还累。

由于没有人家，部队都是在荒原宿营。遍地积雪，先要用脚把积雪蹚开，蹚出地面来，才能把帐篷撑开搭上。

进了帐篷，行李、衣服都已被雪水湿透。草地上的牛粪被大雪覆盖，很难找到。即使刨出一些来，也是湿的，点不着。但饭总是要吃的，于是大家就把多余的支撑帐篷用的木橛子和面板劈开烧火。

人睡着了，但军马还要人轮流起来放牧。马要放到雪线附近去吃草。这项工作在行军初期，部分官兵不大注意。有些战士怕马在夜里跑远了，就把马拴在木桩子上，在料袋上装上一些料，挂在马嘴上。结果，马吃不到草，吃不饱，饿瘦了。所以以后无论在什么样的情况下，大家都坚持放夜马。即使在滴水成冰的寒夜，还是起来轮流放牧。

翻过诺木岗后，部队行进在海拔4000多米的荒原上。这时，大家已经习惯了草地生活，负责辎重的人员几个月未理发，因为洗脸容易干裂，行军时几乎不洗脸，经过高原风吹日晒，皮肤变黑，已经完全变成标准的牧民了。

部队在离黄河源约20里的地方，休息了约两个小时。人已整装，马已喂饱，走起路来精神饱满，步伐也快起来。

黄河源位于昆仑山系的巴颜喀拉山北麓。这里地势开阔平坦，湖泊星罗棋布，扎陵湖、鄂陵湖均分布于此，古称"星宿海"。部队沿着扎陵湖、鄂陵湖湖岸朝西南方向行进。这一段路线开始是沮洳淤泥，接着是积水沼泽，长达数百里。沮洳地带水陆难分，泥深莫测。稍不注意，就可能陷进去，被其吞没。在先遣队探测的路线上，部分人畜过后就已形成了一条黄色的泥流。

淤泥滩像海绵一样，马蹄子一踏进去，就往下陷，马着急，挣扎着，用力往草墩上跳，不想越挣扎陷得越深。刹时间，成群的马陷入泥里，到处是溅起的泥浆，官兵顿时成了泥人。个别战士骑在马上，在马上不敢动，生怕掉下马来，陷进泥里。由于淤泥很深，及时挣扎出来的军马，走不多久，就因力竭，腿一软跪了下去。很多骡马驮畜在人的牵引下才敢迈步，拉它们的人两脚插在淤泥里，用力拔出一条腿来，不是靴子拔掉了，就是袜子弄丢了，一些战士因此冻烂了腿脚，后来不得不截肢，落下残疾。

在这种淤泥滩里，骡子最为吃力，因为骡子腿长蹄小，性情急躁，三跳两蹦就把劲全使完了，慢慢地越陷越深，不能动了。这次过淤泥滩，骡子死亡得最多。过这种淤泥滩地，不能像过河骑马那样。骑马过河，后面的踏着前面的马走过的路线跟上去就行，过淤泥地要这样走，路就会越走越稀，人马也就越陷越深。所以，必须各走各的道。骆驼在沙漠上能大显神通，但在这里却无能为力。骆驼没有单独行动、各自为战的习惯，因而，前边倒下一峰，后面就跟着一连串地倒下来，若是后面的倒下了，也就把前边的连累了。在所有的牲畜中，唯有牦牛得天独厚，表现出它无比的优越性。牦牛腿短腹大，走泥路又有经验，看它好像陷在坑里了，一动不动，实际上是在休息。等休息好了，不慌不忙的又从泥里拔出腿来，再走上一气。饲养员在放牧牛时，发现在一群之中有头头牛，饲养员精心对待头牛，给它耳朵上拴上穗子，脖子上挂个牛铃，让它驮轻点，有时不驮东西。当行军来到沼泽地时，只见头牛到了草疙瘩上，向四方望望，其他牛就停下。带头牛按照饲养员的口哨，慢慢向前迈步，其他牛就一头跟一头，很有秩序地向前走。当这一片沼泽地走完了，带头牛就停下来，在那里啃草，别的牛也跟着吃草。但牛过这种草地时，不能使牛受惊。如牛受惊，互相拥挤，就有被挤入泥沼的危险。最后，只有牛大队的驮畜全部安全地渡过了淤泥地，一头也没有伤亡。

因为是在沮洳地带行军，部队一天只能前进20多里。经过5天时间，官兵才终于走了出来，但人马驮畜像从稀泥里爬出来的，全成了泥人泥马，精疲力竭。

人马聚集到几个土丘上，过度紧张的神经稍稍得到了放松。官兵们用炒面充饥。因为每个人都是满脸泥浆，吃过炒面后，嘴边留下一道白圈，就像世界上最滑稽的丑角集中在一起了。

接下来是白鹅湖沼泽地带。要绕过这个沼泽区，必须经过"水盆地"。"水盆地"是一种网状沼泽地带，远望是一片绿色草地，走到跟前才发现在硬秆沙草的下面，遍地都是脸盆一样的水坑，坑内积水一米多深，一潭潭接连不断。积水表面清澈，但水下则是可以让人马没顶的千年淤泥。潭与潭之间的土埂上长着硬草。官兵牵着马匹，只能小心翼翼地沿草埂迂回前进。如无法迂回时，则只能从一个草埂跳跃到另一个草埂，人马同跃，有如马术表演一般，若偶有失足，人马则可能遭没顶之灾。人马可以这样行进，牦牛和骡子却不行，一步过不去，两步又跌坑，只能跌跌撞撞地绕道前进。好多牦牛和骡子过"水盆地"时，由于坑与坑之间地方过于狭小，容纳不下它们的躯体，老是闪失跌跤，碰的鼻口出血。最主要的是，前面的牲畜死亡，驮的东西还得压到后边牲畜的身上，不少驮畜因此倒毙。

但骡马、骆驼等驮畜在官兵和饲养人员的抢救下越过难关后，就有了经验，以后只要见到淤泥滩，不管地基是软的还是硬的，牲畜便竖起耳朵，由鼻子发出喘声。这景象让范明想起了"吴牛喘月"的典故。

这个典故是说南方气候炎热，太阳晒得难熬，牛被晒得直喘气，晚上月亮上来时，牛误把月亮当太阳，见月亮竟也喘气不止。牲畜的反应足以说明这段行程的艰难。

遇上"水盆地"，靠近山坡的地尚干燥，可以选择靠近山坡宿营。而遇上沮洳时则找不到合适宿营地，只得就在沮洳上过夜。在这种地方，帐篷钉子插进地里，风一吹，钉子就拔出来了，等于露宿。独立支队走这段路是9月份，青藏高原雨季未过，栉风沐雨，天上下雨，地面湿滑，每行走一步都付出了巨大代价。

驮骡大队位于行军序列最后，又是辎重部队，此段行程更为艰苦，如不小心，随时会陷入泥沼。由于连日狂雪暴雨，山洪暴发，水漫湖滨，水陆难分，先遣队探路时插了小红旗作为路标。但大部队走过之后，星宿海上仅有的草疙瘩早已踩得看不见了。骡子一般会按前面骡子的足迹前行，前面一头牲口一旦陷进去，后面的也会跟着陷入。骡子一旦陷进去，官兵就得下到泥沼里用绳子往上拖，用木杠往外抬，有时牲口、物资救出来了，人却陷了进去，又得再救人。

驮骡大队二中队六分队三小队负责驮吉普车，骡子陷进去的更多，有的越陷越深，直至遭到灭顶之灾。

从香日德至黄河源这一段在沮洳沼泽地的行军序列几乎全被打乱，而且损失了好几十头驮畜，大部分骡马因吃不上草而掉膘。9月8日，部队终于越过这段危险的征程，在巴颜喀拉山北麓黄河源的草地上扎下了营帐。

但一点也不值得高兴。因为已经走过的七八道河流还不是黄河的主流，接下来这条约150多米宽、浊浪翻滚、奔流而下的大河，才是黄河主流。谁也不知道这条河流的深浅，部队在这条汹涌澎湃的大河面前，勒马停下了。

一位副排长自告奋勇下水探路。临下水前，慕生忠紧握他的双手，要他一定小心。

副排长脱掉衣服，跨上了无鞍的军马，一步步向水里走去。只见河水渐渐淹没了马腿，淹没了马身。忽然，激流冲得他骑的马旋转起来，他跳下马，逆水往回游，马顺着河水漂走了，到很远的地方才上岸跑回来。

接着又选择了一个较宽的河面，仍由副排长过河探水，还是由于水流湍急，河水太深的原因，半路折了回来。

两次失败以后，范明认为越到上游水流越小。因此决定到上游涉水过河。部队向上游移动，在一公里外的地方看到黄河主流因分为两股，水流减缓，便决定部队从这里渡河。

那名副排长第三次下河探路。大家都紧盯着他的背影。只见一股激流把他和马冲向了中流，马顽强地向对岸游去；副排长拉紧缰绳驾驭。水渐渐浅了，人和马一跃上了对岸。

这边岸上一片欢呼，声音淹没了黄河的咆哮。官兵仔细检查了自己的行李，勒紧马肚带，只听号令一下，全体官兵上马，紧张有序地渡过了黄河天险。

七、涉过通天河

部队在黄河源休整了 3 天时间，总结行军经验，整顿纪律，调整序列，精减装备。

独立支队原先的行军序列是按"兵马未动，粮草先行"的常规安排的。所以把驮载粮秣供给的第一、第二大队所组成的前梯队放在前边，以便他们到前面设站，为后梯队选择适当宿营地点，堆放粮秣，还可逐渐减轻牦牛和驼驮的载重量，保存驮畜体力。但行军不久，就发现部队所经过的地区，牲畜可以放牧，无须囤草；再就是驮牛和骆驼在大队前边行走时，连吃带踩一大片，宿营后，一撒开就是十几里、几十里。草原被践踏之后，后面的骒马到来往往无好草可吃。骒马饥一顿饱一顿，不几天就有饿死的。同时，青海省通知独立支队，新疆胡赛因匪部已流窜到黄河源与通天河之间。出于军事上的考虑，如果不改变序列，遭到敌情，缺少战斗力的前梯队就可能遇到袭击，招致全部粮秣被毁，就会重蹈历史上薛仁贵征西全军覆灭在柴达木盆地的覆辙。

因此，在黄河源休整时，让第三、第四大队组成的后梯队的骒马先行，前梯队的牛和骆驼随后。同时迅速改装，用牛毛粮袋代替了笨重的伙食箱子，以单布帐篷代替了刷胶的帆布帐篷，精减了一切可以精减的装备，减少了行军的困难。

9 月 13 日，独立支队从黄河源出发，继续前进。

地势渐渐升高。行进在辽阔、荒凉的高原上，眼前不断出现灰蒙蒙的一列列高山，像一道道高墙横卧在前方，走到山下要两三天或更长的时间。可到跟前一看，却不是什么山，而是一个看似普通的漫坡。爬上这个山坡，又是一片辽阔的荒原，走完这个荒原，又是更高的荒原，好似在登天梯一样，一个台阶一个台阶地爬向世界屋脊。

部队17日到达青海曲麻莱县。曲麻莱位于巴颜喀拉山南麓，县长米福堂是九世班禅的尊崇者。他一直盼望十世班禅返藏，所以支持独立支队进藏，先前已率领数十个头人，走了几百里路，到黄河源欢迎解放军。为方便帮助部队解决困难，他还特将他的宗政府的帐篷搭设在军营附近。

17日，当独立支队到达曲麻莱县政府所在地嘉庆松多时，又一次受到米福堂及所属千户、百户头人和民众数百人的热烈欢迎。当晚，独立支队举行晚会招待米福堂和当地官员、头人及藏族百姓，电影队放了电影，文工团演了节目。两天后，当部队冒着风雪，踏着泥泞，继续向通天河挺进时，曲麻莱县按照藏族风俗为官兵举行了隆重的欢送仪式。

从西宁到拉萨有南、北、中三条路线。独立支队走的是中路。这条路水草好，但道路难行，还有流匪出没。最好走的是七、八、九月。这条路天气变化也剧烈无常，忽儿太阳高照，晴空万里；忽儿黑云压顶，狂风大作；或暴雨或冰雹或暴雪。一旦风起，多为狂风，漫天飞沙走石，官兵只好赶紧用两手捂脸，蹲在地上；暴雨来了，只好任其浇淋，最多只能蹲在军马和驮畜旁躲避一会儿。起初，大家遇到这种天气还有些不知所措，到后来经历得多了，也就习以为常了。由于长期受高原日光紫外线的强烈照射，官兵的肤色都变得紫黑。

草原上牛粪遍地，不愁没有燃料。官兵很快学会了用牛粪烧火做饭。到达宿营地后，他们只要在四周观察一下地形，就可以判断出哪儿有牛粪，大家便提上袋子去拾。当看到天将要下雨下雪时，大家就会在行进途中捡一些干牛粪装进口袋，挂在马搭子下边，以备宿营后烧火做饭。

9月23日，独立支队到达长江上游通天河。

通天河位于巴颜喀拉山南麓，是长江的上游。出发前，范明派人侦察得知，这条河流可以涉渡，没想到 20 日部队来倒通天河北岸时，却遇上了历史上罕见的洪水。两岸山顶白雪皑皑，但通天河波涛汹涌，浊流浩荡，一泻千里。河流扩至 400 多米宽，水深达 15 米，流速每秒两三米。而当时部队只带了十几只牛皮筏子，面对大河北岸堆积如山的物资和成千上万头牲畜，范明、慕生忠等人一筹莫展。

提前到达的马大队、骡子大队的指战员，已经开始设法渡河，只见他们日夜不停地拉着牛皮筏子摆渡各类物资。牛大队一到通天河畔，就将驮运的粮秣和各类物资卸在通天河北岸，以中队为单位，除了放牧人员外，将干部和饲养员编成几个组，分工在河的两岸，有拉筏子的，有装卸物资的。为了抢渡通天河，官兵将帐篷搭在岸边，吃在河边，睡在河畔——所谓睡，就是在筏子走后休息一个多小时，日夜不停地摆渡物资。

物资可以用自己制作的牛皮筏子摆渡，牲畜如何渡河？官兵曾经组织会游泳的人牵马带头，引马群泅渡，但几次都失败了，最后决定人乘筏子牵牛泅渡，但牛牵着不走；牛大队也组织了会游泳的人赶牛渡河，挑选了最好的头牛，以为只要头牛泅渡到对岸，其他牛就可以一群一群跟着泅渡。牛群再次被赶下水，头牛领着向前泅渡，站在岸上的饲养员们，有的打着口哨，有的响着皮鞭，喊着，吆喝着，但头牛向河中心泅渡了一段后就要折回。饲养员张进才一见，不顾个人的安危，下水赶牛。当他下水后，只见流沙下陷，迅速将他埋没，被通天河吞没了。带头牛折回，牛群跟着返回，冲破人们的阻拦，向山头跑去。赶牛泅渡宣告失败。

接连三天，三个驮畜大队都在驱赶牲畜抢渡，第一天失败之后，牛大队把大牛群分成小牛群，以便于驱赶。牛一下水，马上就看不见身躯了，河面上只露出一个个牛头，随波逐流，顺河而下。有的牛游上南岸，有的从下游又折回北岸，有的站在河中浅水滩上不动了，还有的则被冲走，淹死。抢渡仍以失败告终。

范明一面派人寻找水浅的渡口，争取泅渡牲畜，一面尽快添造皮筏，摆渡物资。由于风大浪急，波涛汹涌，牛皮筏时刻有被大浪吞没的危险，特别是人坐在筏子上牵着驮畜渡水，由于驮畜怕水，危险性很大，好几个官兵掉入水中，被激流夺走了生命。

由于河水水位久涨不落，无法渡河。粮食又快吃完，吃饭成了大问题。牲口饲料吃完了，周围的草也吃光了，情况十分紧急。牦牛大队、马大队到上游找河面较宽的渡口去了。河水流速缓慢的地方已结了一层冰。每天 12 点钟之后，就是狂风怒吼，飞沙走石，气温骤降，河水的温度从零度降至零下四摄氏度左右。在刺骨的寒风里连具有泅水本能的马、牛也害怕下水。下水后就快速返回岸上。一些官兵见此情形，争相下水，引渡牲畜。有的人被急流卷走牺牲，活着的人，上岸后也是四肢冰冷，僵直休克。一、二大队的官兵多次下水引渡牲畜，都没有成功。

这时，指挥部通知，已探明在上游 50 多公里处的阿亚热木，找到了可以涉水渡河的新渡口。这段河面较宽，河水较浅，便决定牛、骆驼、骒马都从那里游渡。范明还把各大队的大队长、政委找去，交代注意事项。各大队立即带领大队驮畜到上游去了。

这里的河水分成了数个支流，只有一道主流，河水较深，但仅有十几米宽。大部分支流牛可涉水而过。

9 月 28 日，牛大队通知各分队，除留少数人员将未渡完的物资继续摆渡到对岸外，大部分人员赶牛至阿亚热木渡口，组织涉水渡河。有经验的饲养员介绍说，牛的水性比马好，俗话说，马过江、牛过海。无论骑马或骑牛泅渡，到了河中心，思想不要过于紧张，不要怕，相信马或牛能够把你带过对岸的。下水后，将马嚼口或牛绳放松，任凭马、牛自由泅渡到河的对岸，在过河之前，对马进行检查，挑选膘肥体壮和耐力强的马，如果感到马的体力弱时，最好以牛带马。把牛赶下后，带头牛就头也不回地冲到对岸，群牛跟着冲了过去。

虽然水浅，但骒子不会浮水，过河时淹死的更多。最后，一个战士想出了让骒子背上羊皮筒渡河的办法，经二中队六分队试渡，获得成功。

牛大队过河的时间是下午 4 点左右。各分队清点了人数和牲畜头数，向中队汇报。没过多久，大队发来紧急通知，兽医刘益民下落不明，要求各中队寻找。各中队除了留下放牧人员、炊事员和岗哨，立即乘马分头搜寻。但直到第二天仍无下落。后来，骆驼大队在河滩上发现一具尸体，牛大队立刻派人去辨认，认出是刘益民。他在泅渡通天河时牺牲了。牛大队为他开了追悼会，把他的遗体埋在了通天河畔。

为抢渡这几百米宽的通天河，第一、第二两个大队共用了 15 个日夜，除牺牲了刘益民，还有辛烈、吴邦英、刘治明、王百宝、吴发英、马占彪、马进才、张进才等官兵，150余头牲畜葬身河流。

独立支队渡通天河后已进入10月，青藏高原的隆冬已经来临，气温骤降，而前面就是世界闻名的大雪山——唐古拉山。

在进军途中，为了有备无患，范明、慕生忠曾建议上级用西北西藏工委的经费，在通天河南岸囤集50万斤粮食，设立兵站。但部队渡过通天河后，却未见行动。询问后才知道，是因空投没有成功，所以未能设站。因为抢渡通天河，耽误了半个月时间，多吃了半个月口粮，粮食供应发生了严重困难。范明一听急了，一面下令减粮减料供应部队，一面向中央、西北局发报反映情况，请求空投粮食。西北局回电说，通天河如果难以渡过，就停止进藏，部队先返回待机。

部队一下陷入了困境——这道命令无疑让范明和慕生忠感到异常痛苦。

这种时刻是最考验指挥员意志决心的，如果指挥员意志不坚定，犹豫动摇的话，那么独立支队1951年底就进不了拉萨，班禅也无法于1952年初返回西藏——这样将对和平解放西藏产生重大的不利影响。权衡利弊，范明和慕生忠只能走"将在外，君命有所不受"这条路！为此，独立支队党委召开了紧急会议，进行了讨论，他们认为，部队应该勇往直前，克服万难，即使为完成进藏任务而死，虽死犹荣，如畏缩不前，半途而废，退回而生，虽生犹死。进，有置之死地而后生的希望；退，也同样有全军覆没的可能。因此一致同意继续坚决进藏，并向西北局回电，说明部队准备打野牛、野马充饥，另外还有几千头驮牛，实在没吃的了也可以宰牛吃，此外，还有一部分马料可以代粮，他们要继续向拉萨挺进。

1951年国庆节，部队在通天河南岸举行了庆祝大会。在北风凛冽，寒气逼人的荒原上，红旗招展，歌声嘹亮，部队鸣炮、奏乐、升起五星红旗，第一次有了节日的欢乐景象。范明在大会上做了动员，他深情地讲道："我们十八军独立支队全体同志，亲身经历了祖国的高山大水，亲眼看见了祖国的美丽辽阔，并且胜利地到达祖国最大河长江上游——通天河，很荣幸地能在这个山明水秀、绿茵如织的通天河畔草原上，看到有史以来第一次升起伟大的五星红旗。"最后，他发出号召，必须"迅速全部渡过通天河，迅速完成一切行军准备工作，迅速胜利完成入藏任务，解放西藏人民，驱逐帝国主义侵略势力出西藏"①。

在大会上，全体指战员向毛主席发送了致敬电：

敬爱的毛主席：

我们这支部队很荣幸的（地）奉命从西北草原进军西藏，走过了碧绿的青海湖和美丽的红土湖；亲眼看见了周围数百里的盐池宝藏，经过了广大无边的绿茵草原，翻过了巍峨的巴颜喀拉山，渡过了澎湃的黄河源和长江上游——通天河。勤劳勇敢的藏族人民生活在这样美丽的原野上，他们到处欢呼解放，到处歌唱人民的领袖毛泽东。我们虽然跋山涉水，备受风寒，不但不觉得困倦，并且愈走愈兴奋。值得我们自豪骄傲地（的）是因为有美丽的祖国和敬爱的领袖。我们全体同志表示：除昼夜不停迅速全部渡过通天河，争取早日完成入藏任务外，于10月1日在通天河两岸种植"毛主席万岁！""中华人民共和国万岁！"树字，并第一次在通天河畔升起伟大祖国的五星国旗，作为庆祝伟大祖国开国二周年国庆的献礼。

十八军独立支队全体指战员　敬上

八、越过唐古拉

10月5日，独立支队从通天河南岸出发，继续前行。

过了通天河又是另一个天地，一会儿大雪纷纷扬扬，一会儿冰雹劈头盖脑。因为过通天河驮畜损失惨重，人也走不动了，实在是人困马乏，精疲力竭。后面的驮骡大队的队伍拉得更长。薛景杰掉了队，直到天黑也没有赶上队伍。他当时才15岁，任二中队六分队三小队队长，他独自一人，摸黑在一条山谷里行进，风声里不时传来狼嗥声。他壮着胆子，借着雪光，正走着，突然发现前面有一个黑影。他想，他今晚可能要在那里送命了。他想无论如何不能让人抢走骡马和骡马

---

① 范明：《把五星红旗高高插上喜马拉雅山——回忆十八军独立支队（西北西藏工委）进军西藏》，亲历者手稿。

驮运的物资。当即上好子弹，走近一看，是个玛尼堆。天黑无路，冻饿交加，反正走不成了，他索性把骡子身上的驮子借势掀在玛尼堆上，骡子拴在驮子上，手持步枪，靠着骡子就地躺下，一挨地就昏睡过去了。当第二天天亮时，分队的战士才找到了他。

前面是长年积雪的唐古拉山，海拔6000余米，山口海拔为5500米。它像一道银色高墙，横亘在前，挡住去路，令人不寒而栗。虽然已能望见，但"看山跑死马"，部队走了13天，才于18日来到唐古拉山脚下。从山下望上去，唐古拉山更加高拔。它是青藏间的天险，历史上很少有军队能够通过。解放军进军时，西藏政府中的亲帝分子曾派了500多名喇嘛，在这座山上念经作法，祷告天降大雪，把山封住；诅咒解放军也像历史上的额伦特和马步芳的商队一样，完全被困死在山上，全军覆没。这些虽是妄想，但能否顺利翻越唐古拉山对独立支队进军西藏来说，的确是成败的关键。

政治部进行了鼓动宣传和紧急动员。为了抢时间，避开大雪，全体官兵于19日凌晨5时开始登山；并命令前后梯队同时前进，要求一天走相等的路程。为了运走前边遗留下来的物资，牛大队又在沿途雇了很多牦牛成立了一个雇牛中队，驮牛总数多达7000余头。可是牛主人为了不使自己的牛累乏累病，拒绝按照部队的要求赶路，依然按照常规慢腾腾地往前走。

地势越来越高，越往上行空气越稀薄。部队行走在海拔5000米以上的地方，空气稀薄，高山缺氧。气温零下30多摄氏度，山风奇寒，冷彻骨髓。官兵呼吸困难，有的面色苍白，有的脸色发紫。每走一步似乎都要耗费掉平生力气。最可怕的是，白天如此劳累，晚上却因高山反应难以入睡，一觉起来，个个皮青脸肿。军马和驮畜在这极端恶劣的环境中，膘情迅速下降，一步一停，两步一歇，喘息不止。

牛大队行走更是缓慢，每天凌晨3点起床，4点出发，一直到下午5点多钟才走到宿营地——有时到达已经天黑。他们几乎整天都在不停地行走，往往一天要走十五六个小时，人吃不上饭，驮牛吃不上草，没有休息时间。只见驮牛急剧消瘦，每天都有驮牛走着走着卧倒不起，有的立刻倒毙。饲养员除了负担赶牛驮运的任务外，又增加了到宿营地后再返回赶乏牛的任务，已经倒毙的牛，则要将牛皮剥下带回。

牛大队行军到达唐古拉山巅那天，天气晴朗，山上覆盖着一层积雪。虽然雪没有封山，但乏牛不断增加，赶不到宿营地，太阳就已西下。没有办法，牛大队只得在唐古拉山的山巅冒险宿营过夜。根据饲养员的说法，因为这里山高，"瘴气"最严重，大家要少吃饭，少活动，多休息，准备好防"瘴气"的"药品"。这天晚上徐东海负责站岗，到了深夜，突然听到从三中队的宿营地传来因病痛难忍而哭嚎的声音。医生闻讯，忍着高山反应的痛苦，立刻赶去抢救，但已经无济于事，一位青海籍饲养员已经牺牲了。从兰州大学藏语班入伍不久、任新华社记者的牛世钧，也在唐古拉山献出了宝贵的生命。

官兵在山口住了一夜，身体没有危险的，脸也变得青肿，每人都感到全身有一种说不出来的难受。但是，只要一开始下山，症状就会好转，越往下走感觉越好受。等到了山下，脸上的青肿也就消失了。

由于缺氧，加之连续急行军，驮畜开始大量死亡。尤其是骡子，最怕寒冷，死亡得也最多。有的驮畜往往是正走着，一倒地，就再也起不来了。秃鹫和乌鸦成群地飞来，啄食倒地牲畜的眼睛。更有甚者，将一息尚存的牲畜的腹部剖开，拉肠叼肚，惨不忍睹！

这一段路程，官兵不再像以前那样日行三四十里地，而是每天赶100多里。牛大队前后拉开三四天路程的距离。大队长和政委首尾难顾，指挥困难。

张兆祥大队长和副大队长白铭章走在后面，没有路，也没有行军地图，只能以死亡的驮畜为路标，按大致方向行进。面对这种境况，张兆祥在马背上编了一首打油诗："远听乌鸦叫，近闻臭气来。问路无人晓，死骡做路标。"

当时每个人考虑的是，自己能否翻越唐古拉山。他们把希望都寄托在军马身上。每个战士都把军马当成战友一样对待。当时有规定，"上山不骑马，下山马不骑，平地骑一半，长久有马骑。"到了宿营地，首先是放马吃草喝水，遇到下雪，还会给马披上马衣，行军时，一般是上半天步行，下半天骑马。这些军马在翻越唐古拉山时，起了很大的作用，许多伤病员就是借助它们才得以翻越的。

为了尽快抢越这道天险，部队每天至少行军10多个小时，吃不上饭，很难休息。加上这时部队已连续行军数月，已是进军后期，人困马乏。牛师君、丁志荣、刘世祥、张秀等官兵以及张进才、王老五等饲养员在翻越中壮烈牺牲。近500头牲口倒毙途中。

主力部队用了整整 7 天，而辎重部队则用了 10 多天时间，终于越过唐古拉山。到达西藏聂荣宗后，天开始降雪。由于急速行军，许多驮载帐篷的牲畜未能赶到，官兵们只能在冰天雪地里露宿。天亮后，看不见一个人，大家都被积雪埋住了。起床号响后，官兵才从厚厚的雪窝里爬出来，有人风趣地说："我们是下铺永冻层，上盖冰雪被，暖和得很啊！"但也有人冻伤了腿脚——柏国栋就因腿脚冻伤严重，不得不截肢。

九、尼玛、达瓦、噶玛[①] 在一起

独立支队进入聂荣宗后，这里的官员和头人对官兵态度十分傲慢，民众则远离躲闪。黑河总管土丹桑布派聂荣宗的宗本前来解放军驻地，名为欢迎，实则侦察情况，企图实施袭击。独立支队掌握这一情况后，立刻采取行动，夜间一点起床，两点出发，快速通过这一危险地区。

当晚天气寒冷，但月光明亮，如同白昼。官兵正在前进，突然在部队前面几百米处，恍恍惚惚地呈现出一条白练。警惕的尖兵立即保持战斗姿态，策马前去侦察。不想正是那位曾到部队驻地进行过侦察的总管，只见他带着几十个头人，每人手捧一条洁白的哈达。

尖兵还有些怀疑。部队也停了下来。

只见那个总管弯着腰，指着天空说："你们看！尼玛、达瓦、噶玛三个在一起，西藏历史上只有最大的活佛降世时才有过一次。这次你们来，出现了太阳、月亮和星星三个在一起的吉祥景象，这不仅表示你们是很有福气的人，而且表示了作为太阳的毛主席、作为月亮的达赖和作为星星的班禅的团结与和睦。西藏的和平解放，不仅是人为，而且是天意，所以我们很早赶来欢迎你们。"

官兵们的眼睛同时转向天空，只见东面一轮灿烂夺目的太阳，西面一轮皎洁如玉的明月，南面一颗光芒四射的星星，形成一个三角形，同时悬在天空。天上没有一丝云彩，高原上的太阳、月亮和星星又显得特别大而亮。

官兵们明白了他们突然改变态度，化干戈为玉帛的原因。本来日

---

① 分别是太阳、月亮、星星之意。

月星辰并存是一个天文学上的现象，偶尔被独立支队在进军西藏的途中碰上了。笃信宗教的西藏民众，把它当作了"神意"，没想却起了良好的政治作用。为此，范明于当晚将这一情况向中央做了详细的报告，希望能将此情况转给天文台和气象局进行研究。

部队不再有担忧，人马在聂荣宗休整了3天，然后向藏北重镇黑河开进。

当时正值11月，藏北高原冰天雪地，黑河上漂满了冰凌。过河时，大多数官兵凭着勇气，脱掉棉衣棉裤，搭在头顶上，赤身蹚过河去。但有5个战士怕冰块划破身子，穿着棉衣棉裤过河。结果上岸后没有干衣服换上，刺骨的冰衣与肌肉冻在一起，大腿慢慢由红变紫，由紫变黑。大家赶快想办法把大衣袖子拆下来为他们做裤子，大衣身做上衣，给他们换上。但由于冰水刺骨，冻僵了血管，这5名战士的双腿还是坏死了，到拉萨后锯掉了双腿，送回了内地。

到了聂荣宗后独立支队决定，牛大队将乏牛全部挑出来，集中一起，成立乏牛队，放慢速度前进。决定董志奇任乏牛队队长，抽调魏及、徐东海、次成等几位干部和一些饲养员到乏牛队工作。这时进藏的许多马匹也累乏了，为了支援部队继续前进，决定收缴留在乏牛队的马匹。张其瑞送给徐东海的那匹草地马，确实经受了考验。到达聂荣宗时，基本没有掉膘。几个月来，这匹马已与他建立了感情，但他只能忍痛割爱，将这匹马上交了。

两三个月之前，在青海的乌兰脑滩经过严格挑选的优质驮牛，个个膘肥体壮，毛色光亮，而现在却完全变了样，体瘦如柴，无精打采。乏牛队从聂荣宗出发，边走边放牧，一天只能走30多里。尽管如此，由于这时藏北草原的牧草早已枯黄，已经掉膘累乏的驮牛不可能恢复体力。出发时要费很大力气，把乏牛拉起来，不驮任何东西，连牛鞍也卸掉，就是这样，每天行走所经的沿途，还有乏牛卧地不起。只能行走一段，就近宿营，再转回来抬牛。常常等返回去时，乏牛已经死去，剥开皮一看，死牛都是皮包骨头，没有肉，心和肺都肿得很大。

约半个月以后，乏牛队到达黑河。

驮畜大队将进藏物资驮运到黑河后，便完成了运输任务。1952年1月8日，独立支队决定，将乏牛队以及累乏了的骡、马、骆驼留在黑河，找个水草好的地方，成立牧场。任命张兆祥为场长，另配干部12人，兽医 1 人，饲养员 30 人，除干部配备武器外，还派了一个警卫班。

到牧场去的人员接到调令后，在黑河准备了几天，就在张兆祥的带领下，向南出发，在当雄找到了牧场。12 月，他们将牲畜赶到当雄。可惜的是，当时的所有驮畜只剩下了 1000 多头。

十、西南、西北进藏部队会师拉萨

黑河位于唐古拉山以南，是青、康入藏的要隘重镇，藏北的政治、军事和经济中心。

11 月 4 日，独立支队以骑兵部队为前导，高举五星红旗、八一军旗，抬着毛主席画像，进入黑河市区。土丹桑布及藏军代本丹巴才仁率领僧俗官员和藏兵到东郊列队迎接，向范明和慕生忠献了哈达。百姓们穿着节日盛装夹道欢迎，频频弯腰点头、竖起大拇指。为了避免打扰民众，便于休整和警戒，独立支队在黑河以南的草地上扎下了以红旗为门，以帐篷为围的圆形草地营盘。对此，新华社以"中国人民解放军某部进驻藏北重镇黑河"为题作了报道。

独立支队进抵黑河后，中央民委和班禅额尔德尼发来慰问电。范明、慕生忠以独立支队全体指战员名义复电中央民委，报告了部队进军情况。

独立支队在黑河休整 10 天。在此期间，为了与十八军在拉萨胜利会师做准备，讨论通过了范明起草的《关于与十八军会师团结守则的决定》，并将《团结守则》电报十八军。其内容[①] 是：

第一，虚心和蔼亲密团结，向老大哥学习先进的民族、政治、宣传工作经验，反对骄傲自大，自以为是。

第二，尊重统一领导，坚决彻底服从一切决定，反对敷衍塞责，门户之见。

第三，独立支队所有全体指战员，必须服从统一分配工作，哪里需要到哪里去，反对讲价钱，闹意见。

---

① 范明:《把五星红旗高高插上喜马拉雅山——回忆十八军独立支队（西北西藏工委）进军西藏》，亲历者手稿。

第四，独立支队所有一切物资，必须听从统一调配，反对打埋伏和浪费。

第五，工作意见若有分歧时，必须首先尊重并执行老大哥的意见，然后报告组织，听候处理，反对闹是非，小广播。

第六，住房子买东西等等，必须首先敬让老大哥，反对自私自利，不顾全局。

十八军复电："关于会师问题，我军亦做专门讨论，并编印教材在部队进行教育。你所拟定之守则甚好。"

11月15日，独立支队继续从黑河出发，向拉萨挺进，黑河总管、藏军代本等僧俗官员热情地前来欢送。欢送的藏军不再打"雪山狮子旗"了，而是高举着五星红旗。为了纪念藏北重镇的这一历史性变化，范明和慕生忠派人在黑河尼姑寺崖下的石壁上，用藏汉文字镌刻了《关于和平解放西藏办法的协议》。

黑河距拉萨350多公里，至少还有10天行程。经过了数千里高原行军的部队已困乏到了极致，行进非常艰难。部队18日到达属于热振寺院的拉隆尕木时，遇到了强烈地震。地震发生时，部队刚刚安营。忽然间响声隆隆，山摇地动，帐篷杆吱吱作响，营灶全部倒塌，锅翻盆滚，官兵无法站立，只能蹲在地上，牲畜惊慌发抖，乱挤乱撞。

范明立即将这一情况电报中央，中央收到电报的当天夜里，当即叫人到地震局询问情况，并报告了毛泽东。从地震局得知，在崩错与纳木错之间发生了8级地震。毛泽东主席当即指示，让他们赶紧脱离危险地区，能跑出多少人是多少人，别让包了饺子！

中央立即复电，让部队迅速离开震区。

于是部队于凌晨拔营，2时起身。沿途余震不断，只见山头烟尘弥漫，巨石滚动。部队急行军一天一夜，脱离了危险地区。

11月27日，先遣支队胜利抵达拉萨东郊，在甘得扎营，进行休整，准备入城。张经武、张国华到驻地慰问和视察了部队，并于当日即致电中央报告了独立支队进藏的情况：该部队于8月28日从青海出发，计时92天，经过大草原、通天河，唐古拉山等地，途中牺牲干部战士多人，牲畜消耗较大，终于克服了自然困难，胜利抵达拉萨。

张国华和范明研究了独立支队举行进入拉萨市的入城仪式。研究决定中央人民政府驻西藏代表张经武，十八军军长张国华、政委谭冠三等人出城欢迎。但因为独立支队中有班禅堪布会议厅官员计晋美，西藏地方政府不愿派噶伦出来迎接——他们说，计晋美不是达赖喇嘛封的扎萨，所以连个扎萨都不够，甚至提出不让计晋美率领的班禅行辕入藏工作委员会入城。张经武和范明坚持计晋美是独立支队的副指挥，班禅行辕入藏工作委员会是独立支队的组成部分，理应按协议规定与独立支队同时入城。经反复协商，终于达成了协议。①

1951 年 12 月 1 日，独立支队举行了盛大的入城式。独立支队及其秧歌队、文工队、警卫部队以及随军入藏的班禅行辕官员，高举五星红旗和解放军军旗，在雄壮的军乐声中，浩浩荡荡进入拉萨市区。

新华社当日进行了报道："1 日西北进入西藏的人民解放军某队，在范明将军率领下，已在 1 日进抵拉萨，和张国华、谭冠三两将军率领的人民解放军进藏部队胜利会师。……该部在进抵拉萨时，先前进驻拉萨的人民解放军某部和西藏地方政府、西藏地方军队、拉萨僧俗人民，都到郊外欢迎。这一天，拉萨的街道上、房顶上都挤满了人群，他们兴奋地欢迎人民解放军雄壮的阵容通过拉萨市区。当天下午，进藏部队司令员张国华、政治委员谭冠三两将军欢宴范明将军和该部的负责干部。当晚，两支先后进藏驻拉萨的人民解放军举行联欢晚会！"②

12 月 20 日，西南、西北两支进藏部队在布达拉宫前的广场上，举行了胜利会师大会。张经武、谭冠三、范明、计晋美、阿沛·阿旺晋等在会上先后讲话。两支进藏部队代表向中央人民政府代表张经武献旗，并互赠慰问品。最后，大会通过了给毛主席、朱总司令的致敬电。

十一、班禅返藏

班禅行辕先遣工作队随十八军独立支队到达拉萨后，即与西藏地

---

① 范明：《把五星红旗高高插上喜马拉雅山——回忆十八军独立支队（西北西藏工委）进军西藏》，亲历者手稿。

② 《由西北进入西藏的部队进抵拉萨和张国华所部胜利会师》，新华社 1951 年 12 月 1 日电。

方政府商议班禅返藏有关事宜，主要是恢复班禅的职权和地位，归还他原辖的地区。为此，达赖喇嘛于1951年9月19日专门致电表示欢迎，说"此间我卜卦所得良好征兆，您确是前辈班禅化身，决定已经公布扎什伦布讫"，"现在希望您即速启程回寺"[①]，并同意班禅和护送部队进抵西藏境内以后，沿途由西藏地方各宗支派乌拉解决运输问题。班禅复电致谢，同时，以班禅堪布会议厅名义，向班禅原属地区僧俗官员和民众发电报，要他们积极做好欢迎班禅回扎什伦布寺的各项准备工作。

在班禅离青返藏之际的12月12日，他特意致电毛泽东主席：

> 在您的英明正确的领导下，使好多年来没有也不可能解决的西藏问题获得了解决。这不仅使全国大陆胜利统一，而且拯救了西藏民族和西藏人民于苦海，走向光明幸福的大道。现值班禅离青返藏之际，谨以至诚向您致以崇高的敬意，并以至诚坚决表示：这次返藏以后，一定要在您、中国共产党和中央人民政府领导之下与达赖佛紧密团结，共商一切，为彻底实现和平解放西藏办法的协议，驱逐帝国主义在西藏的影响，巩固国防和建设新西藏而奋斗[②]。

12月18日，班禅一行近2000人从西宁启程。习仲勋代表毛泽东主席和西北军政委员会专程前往，在西宁举行了隆重的欢送仪式。

班禅及其亲属、行辕的全体官员，在驻行辕助理代表牙含章等人的护送下，分乘多辆吉普车、大卡车，从西宁出发前往香日德。在此之前，班禅行辕所属官员的家属，已先期到达香日德。

班禅到达香日德时，已接近春节，香日德一带连日大雪。很多人担心唐古拉山被大雪封冻，人马不能通过。堪布会议厅向牙含章转告了这一情况，询问是否继续前进。牙含章当即向西北局和西藏工委发电报请示。

---

① 《达赖喇嘛欢迎班禅返藏的电报》，西藏历史博档案馆。

② 《班禅额尔德尼在离开青海返藏时致毛主席电》，《和平解放西藏》，第207页，西藏人民出版社1995年8月出版。

周恩来总理和李维汉部长得知这一情况，也分别从北京发来电报，向牙含章进一步了解情况，并指出如果确因大雪封山，则暂留香日德，待来年夏季冰雪融化后再行前进。

如果班禅行辕在这里停下，则要留驻半年之久，人粮马料等给养将成为很大问题。特别是停留这么长时间，势必贻误班禅返藏时机，关系重大。而香日德离唐古拉山很远，不可能派人前去侦察，了解山上气候的确切情况。

面对这种情况，牙含章和堪布会议厅反复研究。堪布会议厅提出如果唐古拉山封山，可走三十九部族地区，绕道而行，虽然多走一个月的路程，但同样能进入西藏。最后，大家一致同意采取这一方案。于是，班禅分别给周总理和李维汉部长发电报请示；同时，牙含章电报西藏工委。上述三方很快批准了这一方案。

1952 年 1 月中旬，队伍从香日德启程。过了香日德以后，交通工具由汽车换成了马匹，驮载给养、装备的运输工具也由汽车换成了 3 万头骆驼、牦牛和骡子。为此，牙含章组成办事机构，处理进藏途中一切有关事务。骆驼队、马队、骡队、牦牛队分成若干梯队，陆续向青海草原进发。

这些驮畜每天要吃草。因此，班禅行辕实际上过的是半行军半游牧生活，每天走半天路，放半天牧。工作人员早上天不亮就起来，做早饭，卸帐篷，备马鞍，随即列队上路。走到中午，工作人员选择有水草还有干牛粪的向阳坡地或平坦高地，建立宿营地，埋锅造饭。由于当时已是隆冬，河川冰冻，只能收集冰雪，融化成水，用来煮饭和饮用；燃料是捡野牛粪解决。这两件事工作量很大，需要人人动手才行。午饭以后，除由专人放牧驮畜外，其他人都要出去为晚饭和第二天的早饭捡牛粪。

班禅行辕经过黄河源和长江源时，河水已经结冰，人马驮畜可以径直列队从冰上过河，省了许多事，并且避免了涉过激流的危险。

在冰天雪地的高原上行进了一个多月，班禅行辕于 2 月底来到了唐古拉山前，到后发现这座崇高险要的大山，并没有被大雪封住。山上虽然覆盖着一尺来厚的积雪，但是人马可以通过，这就避免了绕道三十九族地区，可以直接翻越。

由于气候酷寒，翻越唐古拉山时，大家裹着所有的衣服，还是冻得直打哆嗦。晚上宿营时，帐钉砸不进坚厚的冰层，只能凑合着用石头压住帐篷边，架起帐篷。做饭就靠进山时驮来的一点干牛粪。大家把十八军独立支队吃过的苦又吃了一遍，但由于是冬季翻越，代价更大。由于山上没有草，气温零下近40摄氏度，又极度缺氧，加之担心突降大雪，所以翻越唐古拉山时，实行抢渡：每天一大早出发，天黑才宿营，用了6天时间，以牺牲干部和饲养员数十人、骆驼上万峰、马数百匹、牦牛上千头的代价，终于越过了唐古拉山这道天险。

过山以后，西北军政委员会和西藏工委立即发来电报表示祝贺。

经过唐古拉山口以后，即进入了西藏，几天以后来到了安多麦马游牧部落境内，达赖和西藏地方政府派四品僧官勘穷和四品俗官任木西一行10余人前来欢迎。他们向班禅敬献了哈达，再往前行，即由他们下令向沿途牧民派乌拉差役，支应班禅和护送部队前进。

也就是从这里起，路旁才开始断断续续出现藏族牧民的帐篷和畜群。

班禅行辕到达黑河后，黑河总管和当地的活佛、喇嘛以及附近的牧民共约上千人，前来欢迎。牙含章代表人民解放军拜访了总管和活佛，给他们赠送了藏汉文合璧的"十七条协议"和许多宣传品，还送了砖茶等礼物，又给每名喇嘛发放了1个银圆的布施。

牙含章在黑河接到西藏工委来电，通知说拉萨发生了严重的政治斗争。在司曹鲁康娃和洛桑扎西的策动下，组织了一个伪人民会议，纠集约4000人，包围中央代表张经武的住处，提出要人民解放军撤出西藏。司曹命令拉萨朗孜厦的米本和拉萨附近各宗的宗本，严禁向人民解放军出售粮肉等一切食物和干牛粪等一切燃料。扬言如果解放军不走，就把他们饿死在拉萨。对此，张经武亲自去见达赖，指出伪人民会议是反动组织，必须立即解散，并提出要将在幕后进行策划的两名司曹立即撤职，限于数日内答复。同时宣布成立中国人民解放军西藏军区，命令人民解放军为应付一切可能发生的事变，做好充分的战斗准备。为了保护阿沛的安全，请他一个时期里在军区院内居住。当时到达拉萨的解放军先遣支队虽然只有1000多人，但他们都是久经考验的精锐部队，战斗力很强，对应付事变充满信心。

当时西藏工委将这一情况报告了中共中央和毛泽东主席。中央考虑到西藏的客观实际，为了缓和汉藏民族关系，缓和中央和西藏地方政府之间的紧张关系，以利于进藏部队站住脚跟，决定暂缓成立西藏军政委员会和改编藏军，同时决定争取早日修通从四川到拉萨的川藏公路。

得知上述情况，牙含章命令官兵和班禅警卫营做好战斗准备，以防遭到袭击。官兵在黑河郊外举行军事演习，当时使用了轻、重机枪和火箭筒，并请黑河总管府的官员和地方头人参观，以示警告。同时继续对藏方僧俗官员和活佛采取统战工作，保持良好关系。因此，黑河没有发生请愿、游行、示威等对解放军和班禅行辕不友好的行动。

在拉萨，经过激烈的政治斗争，西藏地方政府以达赖的名义下令撤了两名司曹的职务，解散了伪人民会议，西藏的政治形势开始缓和，于是工委下令班禅行辕继续向拉萨前进。

由于极其艰苦的长途行军，班禅行辕到达黑河时，马匹和驮畜损失严重。因此，他们在黑河雇用了一批藏族牧民的牛马，补充驮畜，付给报酬。

班禅到达离拉萨38公里处的吉日时，西藏工委派副书记范明，西藏军区派参谋长李觉等人前来欢迎，并一起研究了进入拉萨后需要注意的事项。

1952年4月12日，经过近4个月的艰苦行军，班禅平安抵达拉萨。西藏地方政府在郊区搭起欢迎帐篷，举行了传统的欢迎仪式。噶厦的噶伦等重要僧俗官员，在帐篷内向班禅献了哈达，然后以藏军军乐队为前导，进入市内，居住在大昭寺中预先布置好的行辕里。

班禅进入拉萨时，虽然两位司曹已被撤职、伪人民会议已被解散，但亲帝分裂势力依然存在，他们暗中采用军事和政治手段对班禅进行攻击，散布谣言说班禅是假的。班禅住在大昭寺的第二天，其"人民会议"中的一些人又暗中与藏军勾结，企图袭击大昭寺。范明迅速组织力量进驻大昭寺对面楼上，日夜警戒守卫。

班禅到达拉萨的第二天，即前往布达拉宫拜会达赖。这是自从九世班禅和十三达赖失和，班禅逃入内地29年来，双方第一次会面，标志着双方重新恢复了友好关系，使毛主席所说的西藏民族内部的团结问题得到了圆满解决。

由于范明和计晋美先行至拉萨协商，所以关于恢复班禅固有的职权和地位、接收被达赖集团侵占的原班禅管辖地区等问题，在这以前已经商议好，没有再费周折。

在班禅准备离开拉萨以前，西藏工委向中央汇报了班禅返回后藏的准备情况。中央指示由牙含章继续护送班禅，直到扎什伦布寺，并在那里居住一个时期，协助班禅，然后再回拉萨。同时，西藏工委决定在日喀则成立分工委，协助处理班禅所属地区的一切工作，由梁选贤任分工委书记，苗九锐为副书记。

班禅在拉萨住了43天，于6月9日离开拉萨，启程返回离别了将近30年的扎什伦布寺。

班禅从拉萨出发后，经曲水、白地、浪卡子、江孜、白朗诸宗，历时半月，抵达日喀则。这时，班禅堪布会议厅仍为400余人，班禅的警卫营将近500人。

日喀则分工委当时只有数十人。但是，另有全套人马——医疗队、文工团、新华社、报社、银行、贸易公司和邮局等各种机构，共约数百人，其中有从十八军来的，也有从青海来的。他们将在班禅所属地区开展各项工作，打开局面。

班禅返回日喀则，各地属民从四面八方赶来迎接，有些人甚至跋涉几百里，有的牧民赶着牦牛，带着帐篷，已在日喀则等了一个多月。前来欢迎的民众多达五六万人，日喀则到处挤满了人。当班禅及其人员进城时，民众情绪激昂，有些人由于过于激动号啕痛哭。这种场面在日喀则的历史上是空前的。

班禅荣返故里后，西藏民众无不对中央人民政府充满感激之情，他们对为班禅返藏作出过贡献的汉族人士更是感恩戴德，称他们为"阿乡拉"，这在藏语中是"舅舅"的意思。这个称谓是从文成公主时代传下来的，表达着汉藏民族之间的亲情。扎什伦布寺的喇嘛和日喀则的市民，自发地用红布或红纸做了许多五星红旗。在扎什伦布寺的每一处经堂和僧寮中，都高挂着毛主席的画像。画像都安放在和释迦牟尼像并列的地方，全市家家户户，寺中每一僧舍，无不红旗招展。这些红旗上的五星虽然做得五花八门，很不合规格，但越是这样，越体现了当地藏族人民的爱国热情。

班禅进入扎什伦布寺以后，举行了隆重的庆祝仪式，这一仪式前后长达半月之久。

在这期间，日喀则工委及各种机构相继成立，还发行了油印的《日喀则报》。这是一份周报，用藏、汉两种文字出版，主要刊登新华社消息。医疗队开始为僧俗民众免费治病，电影队免费放映电影，银行给城市贫民和郊区的贫苦牧民发放无息贷款。

达赖在日喀则设有僧俗两名总管，都是四品官。班禅回到日喀则时，他们曾在市郊搭帐篷欢迎，献了哈达。后藏地区共有达赖所属 16 个宗，班禅所属 4 个宗和 30 多个相当于宗的独立豁卡。

牙含章在日喀则住了半年多时间，主要帮助班禅恢复他的固有地位和职权——其中的关键问题是，要把 1923 年班禅离藏后被达赖方面侵占的那些宗和豁卡归还给班禅，由班禅派官员前去管理。

另一项重要工作是调解班禅集团内部由内地回来的人员和留在当地人员之间的矛盾。在留下的僧俗官员中，有一部分人给达赖方面做过事，这在当时情况下是不得已的。从内地回来的人则要对他们进行清算，还将一个四品俗官私自逮捕。牙含章说服班禅和堪布会议厅对这一部分人采取宽大政策，既往不咎，释放了这名官员，化解了矛盾。

1952 年 12 月，根据中央指示，牙含章完成了自己的使命，返回拉萨。他向班禅辞行，班禅为他设宴钱别。当他到达班禅门口时，那里整齐地排列着数十名喇嘛，口中念经，每人手执一支点燃的清香迎接。这是藏传佛教表示感激的最隆重的仪式。

临别时，班禅送给牙含章一头非常健壮的骡子，并备有全套鞍具，以便他沿途骑乘，并留作纪念。堪布会议厅从班禅警卫营中调派一个班共 10 名官兵，护送他返回拉萨。

第九章　凿通川藏天路

一、成立支援司令部

所有的胜利都建立在后勤的保障上，对和平解放西藏而言，更是如此。

中共中央和毛泽东主席考虑到西藏地广人稀、物资匮乏，怕给当地群众造成纷扰，提出了"进军西藏，不吃地方"的指示精神，而西南局、西南军区更具体地提出了"政治重于军事，补给重于战斗"的进军方针，并强调进军西藏的衣、食、住、行问题，"到西藏就是靠政策走路，靠政策吃饭"。而补给问题本身就是个政策问题，能否解决得好，是一个重大的考验。因此，要求部队不惜任何代价，解决好补给问题。

西南局、西南军区根据中央军委的战略部署，决定组建西南军区支援司令部，同时，指示西南各主力部队动员一切力量，抽调人员、马匹、武器装备等，组成支援部队，并动员地方公路工程技术人员、民工和机械设备，以及军需物资支援入藏部队。

1951 年 1 月 25 日傍晚，二野三兵团后勤部部长兼政委胥光义突然接到二野副司令员李达的电话，叫他立即赶到他的办公驻地李家花园，有急事交代。当时，胥光义住在重庆南岸。接到电话后，便马上驱车、过渡，赶去受领任务。

胥光义冒着重庆一月的寒意疾步走进李达办公室，李达迎上来同他亲切握手，风趣地说，"说曹操，曹操就到，你真是闻令而动啊。"

"首长亲自打电话给我，肯定有急事。"

李达呷了一口茶，说："今晚叫你来，的确有急事。刘、邓首长和我们一起研究决定并报中央军委批准，组建西南军区支援司令部，主要支援十八军进军西藏，我们准备给你肩头上压点重担。"

胥光义问道："有什么任务？"

李达看他着急，卖了个关子，笑着说："是光荣的任务，也是艰苦的任务。"

胥光义说："光荣我不敢要，但艰苦我倒不怕，总没有三过草地和坚持敌后抗日游击战争那么艰苦吧。"

李达神情严肃起来："话可不能那么说，这任务确实不轻。刘、邓首长决定要你担任支援司令部政委，已报党中央、中央军委同意了。有人说西藏是一个'乱石纵横，人马路绝，艰险万状，不可名态'的高原，素称世上无论何人'到此处未有不胆战股栗者'，所以支援进军西藏的任务确实是十分艰巨的。尤其是负责支援任务的部队，不仅要当开路先锋，为进藏部队和担任支援工作的部队建设兵站、输送物资、保障供应，还要抢修公路、机场，并动员人民群众参加支援工作。所以说，任务重、条件差，环境苦。我们反复研究，找不到合适的人选，就决定让你来干这份苦差事。你看怎么样？"

胥光义像个战士似的坚决答道："到哪里去我都不怕！"

李达接着说："邓政委常说，我们共产党人干革命，不怕艰难困苦是最重要的一条。只要你没有意见，明天一早就出发到成都向贺老总报到，飞机已准备好了，我们已同他商量好了，由他亲自指导支援司令部的组建工作。"他接着风趣地说，"过去当官的是走马上任，十万火急，你这个政委只能坐飞机上任了。"

胥光义站起来，向李达敬了个军礼。"我现在就回兵团向陈锡联司令员和谢富治政委汇报一下，看他们有什么意见，同时，将手头工作做些交代。"

李达说："不必了，刘、邓首长已给他们说好了，他们是不想让你走的，兵团的后勤工作和川东行署的财经任务都很繁重，但考虑到支援进军西藏的任务更重要，为了全局利益，他们忍痛割爱了。今晚你回去可向陈、谢电话报告一下，明天早上6点钟到沙坪坝上飞机，别的就不用再说了。"

胥光义告别李达，走出李家花园，已是夜深人静的时刻。

第二天，天还没亮，他按规定时间赶到机场，乘机安抵成都，下飞机后径直赶到励志社贺龙的住处报到。

当时在场的还有张经武、周士第和李井泉。贺龙见胥光义风尘仆仆地到达，笑着说："光义同志，欢迎你到来，刘、邓昨天给我通了电话，没想到你今天就赶来了。"

"接受任务，我得快点。"

贺龙笑了。他传达了朱总司令就进军西藏的补给问题给他的信中提出的意见，接着说："经中央军委批准，除调你任支援司令部政委外，还调十八军副军长昌炳桂任司令员；军区军政处副处长何雨农任参谋长。担任支援工作的部队，除十八军本身抽调力量外，还决定调二野和十八兵团8个工兵团、1个重型机械营、2个马车团、2个驮骡团、4个汽车团和必要的兵站、仓库、医院、司直通信警卫分队及空运大队等近两万人组成。"

胥光义说："有这么强大的力量，再大的困难我们也能战胜。"

贺龙点燃手里的雪茄，吸了一口，接着说；"常言道，'兵马未动，粮草先行'，筹建支援司令部的工作你们要抓紧，你们要认真研究机构的设置和任务的区分，提出最佳实施方案，报军区领导审批。"

"明白！"

在成都期间，胥光义、昌炳桂先后拜访了十八兵团、十八军以及川西、西康地方党政领导。支援司令部组建基本完成后，胥光义即先后向西南军区首长作了汇报。组织与实施方案当即得到军区首长批准。支援司令部机关由成都迁到新津，并先在雅安、康定、甘孜分设支援委员会，以支援司令部派遣人员为主，吸收当地党、政、军各部门和开明的土司、头人、寺庙的宗教人士参加；指令沿线的兵站和食宿、补给站展开工作。3月，昌炳桂被调到南京军事学院学习，二野工兵司令员谭善和继任支援司令部司令员。

支援司令部成立后，一面组织接受西南军区和军委总部分别从西南各地以及北京、天津、上海等地征集和调补给入藏部队的大批武器、装备、被服用具与必需的银圆、食品，一面组织向进藏和施工部队运输，并组织就地采购供应不足的部分物资。西南军区为支援司令部制定了"前方需要什么，即用一切力量供给什么"的支援方针。考虑这是解放军第一次在高寒地区进行军事行动，支援部队赶制和筹集了大批特需物资支援进军部队，如进藏部队御寒服装，每人配发了"七皮"，即皮帽、皮衣、皮裤、皮大衣、皮手套、皮腰带、毛皮鞋，防饥有饼干、蛋黄蜡，以及用黄豆、小麦、花生米、奶油等原料配制而成的代食粉，还有各种肉、油脂、净水片和 70 万片维生素 C，还有防雪盲的遮光眼镜，宿营用的帐篷、雨衣和防潮雨布，做饭烧水用的固体燃料。

二、打通二郎山

为了保障后续部队进军及物资保障，早在 1950 年 1 月 3 日，西南军区就召集当时在成都起义的国民党工兵十九团团长姜冀龙、川军十八师工兵团团长张衡和国民党工兵三十七团团长兼成都市城防第五区少校指挥官杨冰一起开会，宣布将以上三个团整编为中国人民解放军西南军区工程兵师，任命红军干部廖述云、刘月生分任师长和政委。

1950 年 3 月初，张经武亲临新津机场，将该工程兵师扩编为工程兵纵队，任命谭善和为纵队司令员兼政委，廖述云为副司令员；将原工程兵师所属姜冀龙团整编为工兵第五团，姜任团长；川军张衡团整编为工兵第八团，张任团长；国民党工兵三十七团整编为工兵十二团，杨冰任团长。另外编入"工纵"建制的还有人民解放军的工兵二团和工兵十团，共 5 个团。当场举行了阅兵典礼，张经武向各团授了军旗。

起义官兵经这次整编后，精神振奋，情绪安定。"工纵"各团随即配属十八军进军西藏，参加抢修川藏公路。

1950 年 3 月，工兵十二团奉命开往雅安多营坪集中后，"工纵"将六十军工兵营调归该团建制。该团和工兵八团随即作为工兵先遣部队，担任自雅安经天全、二郎山、泸定、康定、道孚、炉霍、甘孜、玉隆至雀儿山的公路抢修及甘孜飞机场的修建任务。

工兵十二团负责抢修的是二郎山西坡的公路。因山高坡陡，岩石风化严重，流沙沉积在路面上，经常堵塞公路。这种情况以前从未遇到过，更不知道如何处理。战士杨茂武建议修建旱桥，让流沙从桥下流走。实践证明，杨茂武的建议可行，解决了流沙阻路的问题。紧接着，该团又抢修通了康定至折多山以西路段的公路。8 月，该团担负抢修道孚西的一座桥梁。为了架桥，必须在大河上游砍伐木料，顺水漂流到架桥地点。当时，有些木料在漂流中遇到障碍，相互碰撞，堆积成垛，阻塞河道，无法继续下放，造成工地停工待料。负责放料的战士不顾个人安危，站在漂流的木料上，使用长钩、撬棍去拆散木垛。有一次，木垛猛然溃散，横冲直撞，11 名战士被木料冲撞落水，光荣牺牲。后经"工纵"和十八军党委批准，该桥命名为忠烈桥，在桥头修建了烈士纪念碑亭，碑上镌刻了 11 位英雄的名字。

支援司令部建立后，两万多支援大军，在西南行政委员会工程局两个大队密切配合下，于 4 月初全面展开了公路抢修施工，他们艰苦奋战 4 个多月，打通了进藏路上海拔 3000 多米的二郎山、折多山，加宽、改建了原有狭窄的路基，重建了被洪水冲毁的 8 座钢桥和 195 座木石桥。

到 7 月下旬，十八军前指及先遣部队已先后进入甘孜地区。公路也随之向甘孜方向延伸。8 月初，负责协助支援司令部工作的十八军第一参谋长陈明义去重庆开会，分别向刘伯承、邓小平作了汇报，得知部队已打通了二郎山时，他们非常高兴，刘伯承欣慰地笑着说："要保证和平解放西藏，关键问题是交通运输。你这个军参谋长留在后方负责修路、后勤，任务很重！从某种意义来说，修路运输比打仗还重要。"邓小平说："修路部队很辛苦，英勇顽强，战胜了大渡河，打通了二郎山。对他们要好好表扬！"他接着严肃地说："我们进军西藏，一切要从西藏的历史、社会情况和民族宗教特点的实际出发。要调查研究清楚了才办事。搞不清楚的事，暂时不办比乱整好！"

8 月 26 日，公路提前通至甘孜，保证了进藏先头主力部队进发之前把必要的补给物资运到那里。之后，筑路大军们继续奋战，年底前又将公路赶修至雀儿山以北的马尼干戈，全长达 728 公里。

抢修雅甘公路的过程中，产生了《英雄战胜大渡河》《歌唱二郎山》这两首从康藏高原流传到全国的歌曲。

三、全力运输物资

支援司令部一边修路，一边组织汽车、马车和驮骡运输。已通公路的地方，用汽车运输。西南军区抽调了 4 个汽车团、4 个辎重团，共调配汽车 853 辆、马车 250 辆、骡马 2381 匹，在川康线上进行接力运输。6 月份，雅安至泸定的公路抢修通车后，运输的汽车、马车便陆续上路。为了抢运物资，在大渡河未架好公路桥前，汽车部队把汽车拆成部件装上橡皮舟送到对岸，再组装起来进行运输。突破大渡河曾涌现过跳进激流抢救汽车、奋勇完成运输任务的英雄驾驶员陈瑞盘等先进人物。在大渡河钢索大桥通车时，朱德总司令亲笔题写了对联："万里长征犹忆泸关险，三军远戍严防帝国侵"。时值雨季，二郎山塌方陷车严重，天全以西的八大桥刚修好就被洪水冲毁，道路初步抢通后，坎坷泥泞，艰险难行。面对特殊困难，运输部队官兵发扬了战争年代的突击精神，兵站渡口紧张装卸，汽车日夜奔驰，辎重部队马不停蹄，至1950年年底，共抢运物资3.5万吨，占全年运输物资总量的近90%，有力地保障了前线部队的物资供应。

为了加快物资运输速度，支援司令部还因地制宜组织牦牛及人力运输。牦牛被称为"雪山之舟"，在西藏没有公路的地方，是一种主要的运输工具。马尼干戈公路终点以西，完全靠畜力运输。但要采用牦牛运输，则需争取康藏地区上层人物支持，只有得到了他们的支持，才能调集大量牦牛。

因此，支援司令部先后在康定成立了支援总会，在甘孜成立了支援委员会，在各地设立了支援分会，吸收当地活佛、土司、头人参加。如甘孜白利寺的格达活佛、德格土司降央伯姆、夏格刀登和邦达多吉，昌都活佛帕巴拉·格列朗杰等上层人士，都积极参加支援工作。干部则深入寺院和草原牧场进行宣传动员，参加支援工作的藏胞，付给他们每头牦牛驮运100斤物资1块银圆的运费，从而打破了旧社会农奴制度时期就施行的无偿支乌拉的惯例，因此1951年共动员了18.2万头牦牛。在甘孜至拉萨长达1500公里的崎岖道路上，藏胞按土司、头人、寺庙所管辖的地段，赶着牦牛，络绎不绝地接力转运，当年由牦牛运至金沙江的物资共10.2万驮，运至昌都以西的物资4.46万驮，运至拉萨的物资1.536万驮，有力地支援了进藏和修路部队必要的军需物资供应。

为了解决陆上运输迟缓和就地采购物资供应的困难，中共中央将华北和西南可以抽调的C-46、C-47运输机集中到新津机场，组成空运大队，归支援司令部指挥，承担紧急情况下的补给任务。

二郎山、折多山、雀儿山高耸入云，气象复杂，犹如竖在康藏之间的险峻屏障，当时被认为是不可逾越的"空中禁区"。年轻的解放军空军官兵不畏艰难险阻，派出气象地勤人员，在甘孜等地设立航空台站。飞行员冒着生命危险，一次次试航。其中王洪智就冒险试飞10次，终于战胜天险，突破禁区，找到了最理想的空中航线。1950年5月7日，王洪智、李嘉谊驾驶C46-8003号运输机，飞越高原天险，到达甘孜、邓柯等地区空投成功，创造了中国航空史上的奇迹。在进军西藏的过程中，空运大队航行至甘孜、巴塘、江达、卡贡、昌都等地空投46架次，投下各种物资982吨。空运数量虽有限，不能满足进藏部队的需要，但极大地鼓舞了进藏部队官兵的士气。

四、土司、头人的支持

十八军被迫进行昌都战役后，部队日夜兼程向昌都挺进，运输任务更加紧迫和艰巨。为了保证昌都战役的胜利，急需做好统战工作，组织支援委员会。

红军时期就和刘伯承结下情谊的夏克刀登1901年生于德格县雀儿山下的夏克地方。祖父白马伦朱，原为夏克地方头人，因勇猛有谋，曾任德格第十九代土司策汪多吉属下的聂清——四大管家之一。1921年夏克刀登在拉萨贵族学校毕业后，以头人身份返回德格。1929年，藏军驻德格代本克墨和夏克刀登原在西藏就有旧交，恢复了夏克刀登在德格土司家中的聂清地位。此后，夏克刀登利用自己的聪明才智，在与德格土司家族、西藏噶厦政府以及西康刘文辉、青海马步芳等多方面的矛盾和斗争中，不断扩充自己的实力，成为康巴藏区颇有影响的风云人物。

1932年，根据"岗拖协议"，藏军全部退回金沙江以西地区，德格第二十一代土司泽汪邓登重掌土司权力。夏克刀登为了取得泽汪邓登的信任，率部坚决抵制了西藏噶厦政府试图在金沙江以东的德格土司辖区内继续征收粮赋税款的行动。以后又在金沙江以西的同普境内，抗拒西藏噶厦政府的征粮活动，维护德格土司的利益，受到了属民的拥护。次年，他入赘德格土司属下管辖10000多户、实力较为强大的玉隆大头人拉日伯格家为婿，不久，即掌握了这一地区的实际权力。他还积极撮合部分亲戚和亲信头人，用同样方式，先后和丁苦大头人、朵日头人以及甘孜孔萨土司、麻书大头人等家族联姻，密切了同上述土司、头人之间的关系，减少了对外交往中的阻力，扩充了自己的实力。

1935 年 8 月，诺那奉国民党政府之命，组成西康宣慰使公署，在康区联络地方势力，配合阻击红军。夏克刀登受德格土司委派，到康定参加诺那召开的"宣慰大会"，听取了诺那关于阻击红军和"康人治康"的说教。他开始与诺那交往频繁，支持诺那部属杀死了刘文辉委派的德格县长陈容光、邓柯县长张子愚。

1936 年春，中国工农红军到了道孚、炉霍、甘孜一带，德格土司派夏克刀登、俄马相子、聂清洛然降央、大头人直莫土登、德卡却美各率一部，奔赴甘孜阻击。夏克刀登部在到达甘孜地界后，被红军夜袭，受伤被俘，俄马相子等逃回德格。

夏克刀登被俘后，受到了红军的优待。朱德和时任红三十军政委的李先念同他谈话，向他讲述了红军北上抗日是为了拯救民族于危亡，他不应该与红军作对。部队军医为他医好了伤病，使他深受感动，主动给德格土司写了一封藏文信，要德格土司不要再和红军作战。此后在德格土司的授权下，夏克刀登和代表红军的李先念，签订了互不侵犯协定。5 月初，中华苏维埃甘孜博巴政府成立，夏克刀登担任了博巴政府的委员。在红军离开甘孜时，他组织支援了红军 400 多头牦牛、100 多匹战马，并派人给红军担任向导和通司。

红军抵达甘孜期间，青海马步芳曾派出一个营的兵力进驻德格，德格土司全家逃避到金沙江以西的江达县。红军离开甘孜后，夏克刀登即率领德格土司所属，并邀请藏军支援，赶走了驻在德格的马步芳的部队，使德格土司重返土司官寨，从而进一步受到了土司的信任和重用。

1937 年，夏克刀登参加了刘文辉举办的"西康保安行政讲习会"，以后被委任为"西康特种保安大队长""西康省参议员""德格县参议长"等职；又经万腾蛟、麻倾翁介绍，参加了国民党，和与国民党中央关系密切的人物郑达多吉、格桑悦希、刘家驹、邓德杰等保持着密切联系。1944 年，夏克刀登派人杀死了与自己有私仇的甘孜阿都土司、刘文辉的营长翁呷。刘文辉曾下令六区保安司令龚耕耘将他处死，经军统特务、德格县长范昌元通风保护，得以幸免。

从此，夏克刀登和范昌元保持了密切联系，不断发动地方势力，和刘文辉进行明争暗斗。泽汪邓登去世时，其子乌霞年仅 4 岁，不能料理土司事务，夏克刀登即提出由昂翁降白仁青之子德格·格桑旺堆继承，受到泽汪邓登一派和刘文辉的反对。当泽汪邓登一派提出由八邦寺活佛斯笃暂行土司职权时，夏克刀登一派又不同意。最后只好议定由泽汪邓登之妻降央伯姆代行土司职位，而双方的矛盾因此愈发加深。

降央伯姆代行土司职务后，实权主要掌握在首席聂清河曲伯多和俄马相子等人手中，夏克刀登受到排斥。1946 年，俄马日郎支使头人罗珠在夏克刀登食物中投毒，为争夺草场暗杀了和夏克家族世代交好的白玉头人赠伯拉加，引起夏克刀登的极度不满，从此离开德格，长住玉隆，自称"玉隆土司"和"甲罗甲波"①，公开打出了反对德格土司的旗号，提出要废除土司制，建立"米色甲考"②，实行"康人治康"。夏克刀登派亲信扎西乌金次登等到麦宿把杀害赠伯拉加后逃走的结穷、索莫、雪塘三家的土地、房屋、粮食等，分配给当地的科巴差民；支持白玉寺附近的差民赶走德格土司派驻当地的宗本，推举差民白马群迫担任此职；派亲信年楚仁青担任白玉坡的锡聂③，派扎科活佛白马额郎担任白玉热加的宗本，委亲信大头人年楚拉甲担任赠科的宗本，委差民俄拉翁其为白玉八绒的锡聂，差民若吉伯扎为芒东的锡聂。据调查统计，到 1949 年前后，在德格土司的辖区内，原来属于德格土司管辖的白玉、呷拖、竹庆、雪靖、八邦所有国师封号的寺庙，除八邦寺持中立外，其余都支持夏克刀登。在 30 个大头人中，有 15 人完全站在夏克刀登一边，其余也大部分持骑墙态度，不愿明显支持一方。夏克刀登的实力，在白玉、石渠、邓柯一带，占据了绝对优势，甚至在江达和德格的龚垭、柯鹿洞等地，也有相当一部分头人支持他。还有不少贫苦农牧民，积极响应夏克刀登提出的"不向土司服差役，不给土司缴粮赋"的号召，逃往夏克刀登统治的区域，受到了他的保护。为此，德格土司曾准备组织所属，联合青海龙庆土司与夏克刀登展开较大规模的战斗，刘文辉也密令团长博德铨集聚甘孜，支援德格土司，因临近解放，没有成为事实。

夏克刀登在与德格土司和刘文辉斗争的同时，采取了多种手段聚敛武装和财富。据解放初期调查，夏克刀登家共有牦牛 2000 多头，马

---

① 百岁王之意。

② 意为人民的国家。

③ 管理 200 户人口的总管。

700 多匹，羊 1000 多只，每年能够收入青稞、小麦 1100 多袋[①]；并派有专人往返于康定、昌都、拉萨之间，经营商业；仅囤积的茶叶便经常保持有 10 万多包[②]；还放有大量高利贷，收利生息。他能够号召和调动 1.5 万多人枪，参加武装械斗。其财富和实力，都远远超过了德格土司。

刘伯承曾多次谈到夏克刀登对红军的支援。先遣支队到达甘孜后，夏格刀登就来看望部队。王其梅、陈明义、李觉在一个林卡的帐篷里会见了他。陈明义对他说："我们红军长征最困难的时候，得到了你和藏族人民的帮助，我们是记得的。如今我们要和平解放西藏，希望继续得到你的支持。"

夏格刀登说："我是博巴政府委员，当年红军过甘孜、绒坝岔，对我们藏人很好，我是清楚的。现在要解放西藏，我一定尽力支援。"

王其梅还拜访了德格土司降央伯姆，向她宣传党的十条政策，希望她派出牦牛支援运输，她欣然应允。在昌都战役前后，夏格刀登和降央伯姆运粮 33 万斤供应部队。

后来夏克刀登担任了西南军政委员会委员、西康省副省长、西康藏族自治区副主席，参与了对新政府事务的管理。他和德格土司之间的积怨，也通过政府多次调解而化解——他们的和解，为支援解放军进藏创造了有利的条件。

五、曲梅巴珍支前

甘孜等县僧俗群众也参与了牦牛运输，一年间共出动牲畜 15 万头次。察雅的康古活佛带着帐篷住在邦达进行组织指挥。在康藏地区，普通民众对解放西藏的支持，从德格藏族妇女曲梅巴珍的行动中即可看出来。

1950 年 5 月的一天，曲梅巴珍正在地里给主人干活，玉隆头人夏格家的差役来到地头，悄悄地对她说："你们别干活了，都上山砍柴割草去。"

---

① 每袋折合 80 市斤。

② 每包为 16 市斤。

"给谁砍柴割草呀？"

"解放军，金珠玛米！"

"解放军？"曲梅巴珍感到有些莫名其妙。

那人见她犹豫，便解释说："就是新汉人。"

新汉人是个什么样子，谁也说不清楚。

第二天一早，曲梅巴珍村寨里的9个人带上刀上山了。一路上，他们总是提心吊胆的，都忧虑这次支差到底是凶是吉。

日子一天一天过去了，他们在山上劳作了两个月，砍的柴和割的草堆成了十几座小山，只等新汉人一到就交差。

7月末的一天，龚垭村突然来了许多解放军，他们在野外驻扎下来。听说新汉人来了，曲梅巴珍几个人赶紧把柴草运下山去交差。当他们到解放军驻地时，开始有点害怕。后来见解放军官兵和蔼可亲，心情才轻松下来。这时，一个身穿褪色军装的瘦高个子战士，笑着走上前来，亲切地用藏语对他们说："老乡，别害怕，我们解放军是穷人的队伍，是专为穷人办好事的。"

他边说边称柴草，然后打着算盘结账，一边按价付款，一边说："谢谢你们的支援。"

当他把银圆放到曲梅巴珍手上时，她还不相信："我们支乌拉是不能收钱的。"

那位战士对她说："收下吧，小妹妹，这21个银圆全是你的柴草款。"

"天哪，这该不是在做梦吧，世上的差事我们支了牛毛那么多，得报酬还是破天荒第一次！"她捧着银圆，简直不敢相信这是真的。

交完柴草，部队还热情地招待她和其他支差的人吃了白米饭和猪肉。而他们自己喝的却是园根煮野菜汤。那个瘦高个儿见曲梅巴珍穿一身破烂衣服，袒露着的右膀上，红肿的疮疤正流着脓血，便领她去卫生员那里上了药，然后把他唯一的一件蓝布衬衣脱下来送给了她。不到半天工夫，她就觉得解放军是天底下最好的人。

8月初，金沙江边上响起了密集的枪声，听到枪声，曲梅巴珍赶忙跑去找瘦高个儿。刚一踏进营房，就见解放军官兵全都全副武装，正紧张地忙碌着。瘦高个儿见她来了，忙招呼她坐下，给她倒了茶水，然后问道："你听见枪声了吧？"

"听见了，是和藏兵接上火了吧？"

"是的。昨天，先头部队刚到金沙江边，战斗就在岗托一带打响了，仗打得很激烈。现在，前线有一批伤员送不下来，需要马上组织民工担架队，你来得正是时候。"

一支12人的民工担架队就由这些科巴、差巴自愿组织起来了——担架队里只有曲梅巴珍是女人。

从岗托到德格有50里的羊肠小道，道路崎岖，要经过好几处悬崖陡壁，稍不留心，就会掉进几十米深的金沙江中。由于路途上敌情复杂，为便于隐蔽，确保伤员安全，他们选择在夜间赶路。在伸手不见五指的夜晚，每迈一步都异常艰难，为了防止跌倒，给伤员造成痛苦，他们抬着担架，双膝跪在地上，小心地摸索着前行。才几天时间，双脚就磨烂了，膝盖也磨得血淋淋的。

在地里的青稞开始成熟的8月底。担架队完成了运送伤员的任务。担架队的全体队员都立了功，参加了庆功会。

会后，曲梅巴珍找到瘦高个儿，向他提出："我想参加解放军，跟你们一道走。"

瘦高个儿说："你的心愿很好，但眼下部队马上要开拔，留下的工作还很多，组织上考虑叫你留下组织运输队，给前线运送物资。这工作很重要，搞好可不简单，你看行吗？"

曲梅巴珍答应了。

曲梅巴珍和瘦高个儿这一别之后，再也没有见过他的面，连他的名字都不知道。

部队开拔不久，曲梅巴珍就赶着家里的两头驮牛和一匹马到德格兵站去了。

来到兵站，一位接待她的干部听说她是来参加兵站运输队的，显得格外高兴："这太好啦，你可是第一个报到的运输队员。"他说完，仔细地打量了她，然后说，"啊，你就是曲梅巴珍吧？"

曲梅巴珍一听，有些吃惊："你怎么知道我的名字？"

他开玩笑说："我能掐会算，错不了。"

"真的？"

"你们担架队人人立功，部队首长给你们授的奖嘛，我当时也在场。"

曲梅巴珍听他表扬自己，不好意思地说："我们只不过抬过担架，做了点小事。"

"那可是大贡献。解放军进军西藏，也有你一份功劳！"

谈话中，曲梅巴珍知道他是兵站管理物资的马干事。

马干事指着堆积在库房里的大米、衣服、帐篷、药品、弹药和一箱箱银圆，忧虑地对曲梅巴珍说："目前，解放军正在向拉萨前进，遇到的主要困难就是运输跟不上。这些物资如不能及时运上去，就会给进军带来极大的困难。"

最后，马干事还给她讲了几个月前部队进军甘孜时，由于运输跟不上，断了粮草，只好挖地老鼠、采野菜度过饥荒的事情。

曲梅巴珍听完，急忙说："我马上就运输这些东西，哪怕背，我也要把这些物资背上去。"

马干事说："我们正在组织运输队，我在这里要先谢谢你！"

就这样，曲梅巴珍赶着自己的驮牛和马，脚穿解放军奖给她的新胶鞋，行进在德格兵站和岗托兵站之间。为了每次能多运一点东西，她自己还要背几十斤东西。

后来，曲梅巴珍年迈的阿妈也行动起来。她虽年老不能赶驮，但在家里成天给女儿搓毛线、补麻袋，以支持女儿支前。

不久，曲梅巴珍又发动了更多人投入支前运输。她和两个女伴还凑合起来，组成了一支有几匹马、10多头驮牛的运输队，人们都叫它"小牦牛队"，后来，"小牦牛队"的3人都被评为支前模范，受到部队的表扬嘉奖，张国华亲自给她们发了奖旗和奖品。

六、一人进军、五人支援

1950年10月昌都战役的胜利，打开了通向西藏的大门，加速了和平解放西藏的进程，修路和支前运输任务也随之变得更加紧迫和艰巨。为加强这两方面的统一领导，西南军区决定把支援司令部和十八军在川区的机关部队合并起来，组成十八军后方部队司令部。陈明义任司令员，胥光义任政委。

陈明义的这个担子非常重。当时，为了减轻供应压力，军所属部队除少数在前方外，多数留在后方；不仅要继续抢修康藏公路，还要突击修建甘孜机场，随着部队向西推进，运输线随之拉长，运输量更加繁重。基本是"一人进军、五人支援"。

1951 年 1 月 16 日，是十八军接受进军西藏任务整整一年的日子，陈明义、胥光义又来到重庆驻浮图关的西南军区，听取军区领导对修路与支援工作的指示。李达副司令员说："昌都这一仗，已经把藏军吓破了胆，它的主力大部分搞掉了，这一下子把解决西藏问题的基础打好了，剩下的就是进军和补给的问题。"

王新亭副主任接着说："少奇同志讲，昌都战役胜利的意义和解放战争中的淮海战役是一样的！"

李达在分析了西藏、西南以至全国的形势后，接着说："今年西藏和平解放的可能性很大，部队要开进拉萨、日喀则等地，甘孜机场一定要拼命抢修，这不仅是支援进军的需要，也是将来巩固国防的需要。运输补给要掌握轻重缓急，在气候好、道路好的情况下，先把要命的东西运上去。沿途按需要设立兵站，负责转运和购买粮食，并开展地方工作。"

陈明义、胥光义回到新津以后，西南军区的电报也来了，正式任命陈明义为十八军后方部队司令员兼政治委员。胥光义调任西南军区后勤部副政委，但一段时间内仍在十八军后司工作，作为西南军区后勤部支援进军工作的全权代表。

后方部队领导机构建立后，陈明义提出了三项迫在眉睫的工作，一是汽车部队缩短冬训期，即于 2 月份开始新年度运输任务；二是五十三师机关兼任甘孜机场修建指挥部，迅速开始工作；三是修建机场的部队，3 月中旬陆续开赴机场工地。

当年 3 月，从马尼干戈到昌都以西的索县，相继建立了 4 个办事处和沿线 51 个兵站。一条长达 2000 多公里的运输线在康藏高原建成。在已通车的路段，汽车部队常年保持有四五百辆汽车日夜奔驰，在马尼干戈以西地段，康藏群众支援运输的牦牛队络绎不绝。

由于当时正处于国民经济恢复时期，加之抗美援朝的需要，原来支援司令部的几个工兵团调走了大半，继续修路的劳动力不足，尤其是机械器材困难，解决劳力和器材需要大量的经费。陈明义把上述情况反映到西南军区后，4 月初，李达把陈明义、西南军政委员会交通部长穰明德、西南局财委的刘岱峰找去，研究解决办法。李达根据贺龙、邓小平的意见，当即拍板：以西南军区和西南局财委的名义，向军委毛泽东主席、周恩来副主席去电报，为争取时间，请准予一面抓紧施工，一面速拨所需经费，并决定由十八军后司和西南交通部各派负责人，组成康藏公路工程委员会，就地及时处理有关问题。

4月8日，中央主管财务工作的陈云副总理批示：入藏军事紧迫，公路建设不能按常规手续办理，同意先拨款后报告的意见。这样，玉隆至昌都段 500 亿（旧币）元的工程费就迅速解决了。十八军的大部兵力，五十三师（含工兵第八团）、五十四师（含工兵第五团）以及五十二师的一五六团投入施工，穰明德又从交通部公路工程局调来一批技术工人，并从四川等地动员组织上万民工，加上为施工服务的运输队伍等，共计 10 万筑路大军，分别开赴各筑路战场。

七、世界屋脊修机场

后方指挥机构建立后，打的第一场硬仗就是修建甘孜机场。

为抢修甘孜机场，周总理决定将从苏联购买的吉斯 –150 运输车拨出 200 辆，专供修甘孜机场用。甘孜机场将作为长期支援建设西藏的第一个高原空军基地，亦为此后修建当雄、江达、贡嘎、日喀则等空军基地打下基础。

甘孜地处海拔 3500 多米的康藏高原东缘，是由川入藏的交通要道。由于机场工程量浩大，军事需用紧迫，1951 年 3 月，原在后方担负剿匪、整训以及修建雅甘公路的部队，分别自大邑、邛崃、名山、天全等地乘汽车开到甘孜；留在新津的军机关、直属队、军大八分校以及卫生学校等单位，也相继开赴机场工地。包括支援司令部的工兵五团、八团、重型机械营、汽车部队等，投入人员共计 1.44 万人，民工 3700 多人——可以说是动员了后方部队和机关的全部力量。为了加强对该项工程的领导，经西南军区批准，确定了由五十三师机关为主，成立了修筑机场指挥部，由五十三师师长金绍山任指挥，五十四师师长张忠任副指挥。

修建机场没有施工机械，用的是铁镐、铁锹、木杠一类简单工具。官兵不懂技术，一开始差不多都是拼着体力干。金绍山、张忠吃住在工地，日以继夜组织指挥。修建机场土方很多，没有汽车拉，更没有推土机推。官兵就到松林口伐木做成小木车，手推肩拉，很多官兵磨破了手，绳子勒破了肩。修跑道没有压路机，就用石磙子代替。机场跑道的基础工程，需要万余立方块石。部队在开采、背运和铺砌块石时，连手套都没有。不仅两个师的官兵这样苦干，就连八分校、卫生学校等刚入伍不久的男女青年学员也是一样。那时的甘孜，除了有一个喇嘛庙外，只有少数藏民房。没有住的地方，大家白天从事艰苦的劳动，夜里就睡在自己动手挖的窑洞里。

那些参加劳动的藏族民工，虽然没见过飞机，也从来没有修过机场，但是，他们相信解放军来是为他们办好事的，劳动热情极高。特别是那些勤劳健壮的藏族妇女，干得格外有劲。从部队住的窑洞到机场工地，要经过一座桥。有一天，支援司令部参谋长何雨农发现一名藏族妇女收工时不从桥上过，而是踩着浅水的地方蹦跳着过河。他觉得奇怪，了解后才知道，原来这位藏族女民工在工地上生了孩子，自认为"身上不干净"，怕"污"了桥，所以不从桥上过。官兵们听了十分感动，立刻派人送去粮食和肉，派医生去为她和孩子检查身体，叫她休产假，叫她从桥上走，不要再涉水。这在藏族民工中顿时引起了轰动。特别是那些农奴出身的女民工，从来没有受到过这样的关怀。那位女民工说，解放军把她像宝贝一样爱护，就是叫她去背折拉山，她也背得动！

甘孜机场 1951 年 4 月 11 日开工，11 月 26 日竣工。历时 7 个半月，建成了一条长 3300 米、宽 60 米的跑道及停机坪。12 月 7 日通航那天，晴空万里。部队指战员和藏族民工都兴高采烈地站在跑道附近，引颈而望。当飞机轰响着从天边飞来的时候，人们欢呼起来。一位藏族老人跪在地上，双手合十，祝福"天菩萨"给他们带来吉祥和幸福。

八、踏勘川藏公路

川藏公路全长 2200 公里，平均海拔高达 3000 米以上。路线长，地质条件复杂，工程的浩大与艰巨，举世罕见。川藏高原山脉河流南北纵列，高山夹着深谷急流，深谷两侧奇峰峭壁耸立。从四川的二郎山到拉萨以东的敏拉山，要翻越海拔 3000 米以上的高山 14 座，从青衣江到拉萨河，要跨过大小河流数十条，其间更有流沙、冰川、泥沼、塌方、地震、冻土和原始森林等复杂地段。

1951 年春，就在部队开往甘孜机场的同时，一支勘察队从甘孜出发了。他们要在世界屋脊上踏勘出一条合理的公路线来。除了神话和梦想，世界屋脊上有史以来还没有一条公路。在这种情况下，要在平均海拔 4000 米的高原上修一条长达 2200 多公里的公路，在中国和世界公路交通史上都是罕见的。

由于没有任何勘察资料，后方部队司令部就组织勘察队，用双脚去丈量和踏勘。由于任务紧迫，施工部队采取了边勘测、边施工的办法。采取这样的做法，虽然有时不得不返工、改线，却只能这样做。

早在进军之初，西南军区司令部就组建了以杜斌为队长的入藏测绘队，调归十八军建制。这支知识分子队伍经受了风雪严寒和高原缺氧等各种困难的考验，参加了机场、公路线路勘察、道路测绘，出色地完成了任务。

1951 年 3 月，由工程师余炯带领的勘察队到司令部报到。陈明义接见了余炯和全体勘察队员。他们希望司令部能提供一些有关的资料。陈明义摊开双手摇着头说："同志，在世界屋脊上修公路，前无古人，哪来资料？你们就是世界屋脊上的第一批勘察队。修筑康藏公路的资料，要由你们来提供，我国公路交通史上的这个空白，要由你们来填补。"

当时，陈明义能给他们的只是一张普通的西藏地图，还有十八军先遣部队调查获得的一些兵要地志图及中路摘要情况。勘察队出发之前，陈明义和他们一一握手，祝他们一路平安，早日凯旋。

余炯带领的勘察队负责踏勘从昌都到拉萨的路线，来往行程约万里，历时一年零四个月。由于山高、路险、林密，他们冒着生命危险通过了人迹罕见的悬崖绝壁和原始森林，涉过数十条激流，翻越数十座大雪山。由于没有通讯工具，在深入高山密林踏勘时，与部队失去联系达数月之久。

1952 年 7 月，第一工程局代局长阎光洗派技术负责人谢元模、陈培基、林楚育三人和杨宗辉到昌都开会。当时公路已通至矮拉山西麓的同普，同普至昌都已布满了施工队伍，公路即将通车昌都。康藏公路修建指挥部决定在昌都举行一次会议，由司令员陈明义、政委穰明德主持。中央交通部公路总局副局长王一帆和苏联专家别路色罗多夫也从北京到了昌都。会议研究公路修建标准，重点讨论昌都向拉萨公路延伸的走向问题。当时对线路的走向意见较多，有大北路、小北路和南路等几个方案。一般认为南路经过波密地区，气候温和，出产丰富，海拔低，雨量大，经济价值高。在这以前曾派出踏勘队踏勘过，但没有得到理想的线路。这里有的垭口在5000米以上，终年积雪，还有现代冰川，给修建、养护公路带来极大困难，不能常年通车。这次会议决定再组织一批力量，对南路另一条线路进行勘察，提供资料，让上级最后决定走向。

踏勘队由刘扬勋工程师带领，共16人组成：除技术人员曾稚山、陈融、吕全礼和杨宗辉外，还有通讯电台7人，机要员1人，事务员、炊事员、翻译各1人。其中刘扬勋负责全面工作及定线，曾稚山负责估算土石方数量，陈融负责桥涵，吕全礼调查建筑材料及沿途经济状况，杨宗辉担任测绘地形，并观察估算里程，以气压计算高程，描绘二万分之一的平面图。

踏勘队从邦达翻越海拔4600米的热拉山，经同宜沿溪河下至怒江边。到了江边，人们才知那一带既无村庄，也无渡口，无法过江，只有东坝附近有溜索渡。大家只好沿江下至吞多，越过一个山口，直下怒江边的东坝。东坝海拔2800米，气候温和，雨量充沛，出产丰富，这里甚至种有葡萄，其品质十分优良；每家都养有家畜家禽，真是鸡犬之声相闻的世外桃源。虽然当时已到十月三日，但当地的气候还很炎热，老乡已酿好了葡萄酒。踏勘队向当地的头人献了哈达，送了茶叶、食盐。他们请踏勘队员们喝了葡萄酒。

当天夜里下起雨来，溜索皮绳湿了，不滑，过渡困难。为了做好渡怒江的准备，踏勘队在东坝住了两夜，五日，当地头人派出经验丰富的渡工送踏勘队过江。他们溯怒江江边的崎岖小道行约5公里，到达叶作卡溜索渡口。

这个渡口两岸都是直立的石壁，石壁顶部有一块不大的平台，据说至少五六十年一遇的洪水才能漫上这块台地。怒江水流湍急，像一条愤怒狂暴的巨龙，怒江之名据说就是由此而来。渡口很简单，一根长约百余米、有茶杯口粗的牛皮绳横跨两岸，牛皮绳两头埋在"地龙"里，两岸各有一简易撑架，牛皮绳上有一套木质"溜壳子"，长约30至40厘米，溜壳子顶面用牛皮绳下吊有两根长约60厘米的木质十字架，旁边还有两根牵引绳，作为溜壳子到溜索中心或空回时辅助牵引——行李、物资、人、畜都可从这溜架上到达对岸。

渡江开始后，渡工们以熟练的技巧，在溜索上往来如飞，先把物资运到对岸，然后每两个人坐在绑扎好的行李包上溜过去，每渡一次要花一分多钟的时间，溜至中心要用副绳牵引才能到达对岸。吕全礼患有心脏病，见此情况不寒而栗。大家都叫他不要怕。杨宗辉和他最后过去。他叫吕全礼把眼睛闭上，然后抱着他，顺利地过了江。过江后，吕金礼全身乏力，杨宗辉扶他到住地休息了半天，才恢复过来。

渡过怒江后，踏勘队向波密进发。由于河岸是悬崖峭壁，人行小路均越山而行。大家住在旧藏政府的驿站里，10月6日从人行小路绕行到4000余米高的山上，遥望对岸，数日前所经过之路仍历历在目。踏勘队当天宿于怒江边一个叫各朴陇的小村庄，次日越直布共那至泽巴，10月8日翻过两座山到达冷曲河岸的瓦达。在这路段的勘察过程中，踏勘队反复思考由邦达越业拉山下同宜至怒江后，从何处过江和怎样进入波密地区的问题。冷曲河是理想的一条沿河线，但冷曲河在何处和怒江会合的？这是踏勘队要寻找的答案。

瓦达沿冷曲河下行不远，人已无法通过。要探察冷曲河与怒江会合处，只有翻越瓦达对面的大山，然后下行到怒江边。

十月九日，刘扬勋、陈融、杨宗辉和翻译康子慎四人从瓦达出发，渡冷曲河，即开始翻山，行至山腰天开始降雪。这里有一个20户人家的小村庄叫冷里，大家在这里换了马，继续翻山，至垭口积雪已有一尺多厚。从垭口下行一段路程，在茂密的森林里，找到了另一个有10多户人家的叫冷宫的村庄，4人当天就住宿在这里。因为是解放后汉族工作人员第一次进入这个村庄，老乡们对他们的一切都感到新奇。

第二天一早踏着没膝深的积雪，沿着崎岖的小路下到怒江边。时已过午，江边有一块小平台，在这里，可看到冷曲河与怒江汇合处石壁峭立，地形险峻，无法通过。杨宗辉用示意图的方式，在踏勘图上绘下了这个汇合处。这就是后来公路跨过怒江进入波密地区后，沿冷曲河的一个控制点。

刘扬勋一行4人勘察了冷曲河口后，于11日回到更沙，与大家会合。从这里了解到，自更沙翻越一垭口可至松宗。垭口走向比较短捷，但两侧地形险峻，工程艰巨，且垭口积雪时间长。经权衡比较，决定仍溯冷曲河而行。这个河谷地形较开阔，气候温和，人烟稠密，属半农半牧区，与雀儿山西麓的德格河谷相似。

踏勘队 15 日从仲萨出发，即缓缓上山，垭口两侧地形平缓。行至途中，天下大雪，踏雪而行，前行缓慢艰难。到垭口时，积雪已有 50 厘米厚。因遍地积雪，无法搭帐篷，只得继续前进，翻越下一垭口安久拉时，已是晚上 10 时，下到西面无积雪的地方，在靠近灌木丛处扎下营来，入睡时已经是半夜。

从安久拉沿人行路可至安错湖畔。湖边有茂密的原始森林，风光秀丽，有一小岛挺立湖中，周围雪山环抱，在灿烂的阳光下，美若仙境。

从安久拉流下来的一条小溪经过上清卡峡谷，其长约 1 公里多，两岸悬崖峭壁，交错而生，溪流时而成瀑布，时而成暗流，行人无法通过，仅能从沟口探视。这条线路比起绕行小道，里程短多了，但大家觉得工程艰巨，施工困难，只能放弃。

接下来的然乌就是这条小溪与安错湖汇合处的一个村庄。这里出产农作物，属半农半牧区。因森林茂密，居民住房全用木料建成，墙壁用圆木卡砌，屋顶盖的是劈木木板。

从然乌沿安错湖岸行 10 公里，湖口震声雷鸣，形成瀑布。安错湖是由于湖口附近爆发过一次特大泥石流，堵塞了沟口，形成了一座天然水坝，抬高了水位，在上游形成一个长约 20 余公里的湖。自安错湖口以下，即沿波斗藏布江而行，就进入了地形狭窄、地质复杂的地段。两岸峭壁相峙，横坡陡峻，说不上有什么路，许多地方根本无法通行，踏勘队只得用一根直径 10 多厘米的木头，用刀砍成梯形，倚放在岩石地段，借以作为通道。行李、给养一切物资都只能用人背，除此之外，再别的办法。下到河边，人们回头仰视"独木梯"，似在云雾之中。

在河岸的乱石丛林中穿行，常有峭壁自河水中耸立，将道路阻断，无法涉水，只能选择合适的地方，请民工造便桥通过。有一段 6 公里的路程，踏勘队就造了 4 次桥，过了 5 次河。到达米公，所有人已累得爬不起来。

米公一带地形、地质更为复杂，流沙、飞石、雪崩、泥石流、塌方、山崩……险情不断。

从米公前行，前面路上的便桥被冲毁了，如果翻山绕行，则要 3 天，因此踏勘队仍决定造桥。自米公以下，河面渐宽，修桥也更困难。但藏族同胞已有经验，不仅善于选择桥位，而且善于架设人行便桥，仅花了半天光景，一座桥就飞架河面。

在波密附近有一处碎落塌方，群众叫"飞石"。经过"飞石"地区，不能一个一个地挨着走，只能间距拉大，两边加强观察，见到上面有滚石，就大声喊叫，以便提防。过了波密，地形要开阔一些了，耕地、村庄比较稠密，踏勘队加快了勘察进度。

25日，踏勘队终于到达这次勘察工作的终点——松宗。

踏勘队从昌都出发时带的主副食品，经过一个多月时间，已经快消耗完了。当时沿途没有补给站，好在松宗已住有工作组，他们是进军到波密后，留在松宗开展工作的。他们的主食是糌粑，生活很艰苦，每人每月才吃几两酥油。踏勘队在松宗补给了糌粑。

为了把从襄拉开始至松宗段的踏勘资料尽快报给上级，加之还需要补充一些生活物资，踏勘员决定由杨宗辉带着电台的荆晓云和翻译康子慎一起去二办所在地——倾多宗。三人从松宗出发，经过达兴、卡达，第三天到达倾多。二办主任苗丕一接见了他们，听取了他们的工作情况汇报，在当时物资供应很缺乏的条件下，给他们补给了一些副食品和生活用品，并派专人把踏勘资料送往昌都。

当时踏勘队员们曾设想，如果上级采用这条线路，对开发波密、工布地区都有很现实的意义。

当余炯、刘扬勋的踏勘队先后完成踏勘任务返回部队时，一个个衣衫破烂，满头长发，面黄肌瘦，如同野人。陈明义和穰明德收下他们的踏勘报告后，紧紧握住他们的手，不禁落泪。陈明义在自己的回忆文章中曾充满深情地写道："踏勘报告是勘察队员艰苦奋斗和智慧的结晶，是青春的热血和汗水谱写的英雄诗篇，字字句句都凝聚着他们对祖国的忠诚和对西藏人民的深情厚爱。"

为了能获取全面的勘察资料，后司先后派出了10多个勘察队，共600余人。勘察队员们徒步万里，为康藏公路的走向和选线提供了丰富的研究资料。

经过大量全面踏勘比较，工程技术人员终于胜利地完成了康藏公路的选线踏勘任务。从甘孜到昌都的路线，很快确定下来。可是从昌都到拉萨，工程技术人员却提出了南、北两条线路。北路从昌都经丁青、索县等地到拉萨。沿线多为牧区，大部分线路比较平坦，工程量比南路小，但地势高寒，海拔一般在4000米以上，缺乏木料和燃料。

而南路从昌都经邦达、波密、林芝、太昭到拉萨。海拔较低，气候较好，沿线多为农区，有波密、色霁拉等森林地带，但地形复杂，沿途雪山重重，大江激流，还有冰川、泥石流等险阻，工程十分艰巨。

公路是走北线，还是走南路？工程人员分歧很大。

后司的领导虽倾向走南路，但也没有把握——高原公路，又是国防公路，百年大计，为了慎重选择，陈明义决定向西南局、西南军区汇报请示，他和穰明德带着工程人员赶到重庆。贺龙司令员接见了他们，听了穰明德汇报的两种意见。他一边听，一边看着地图，不时询问，经过思考，贺龙拿起红笔，果断地说："公路走南线。第一，南线气候温和，海拔低。在西藏高原，这是黄金都买不到的优点；第二，南线经过森林、草原、湖泊、高山，物产丰富。不仅我们修路有木材、石料，还有青稞、牛羊、水果、燃料等，方便施工和生活；更重要的是，将来开发西藏，进行社会主义建设，有着广阔的前途。总之，公路走南线，更符合西藏人民的长远利益。这是我们考虑这个问题的出发点。"

贺龙说到这里，看了看地图，接着说："当然，雪山、怒江天险、冰川、流沙、塌方、泥石流，会给我们找麻烦，甚至带来意想不到的艰难险阻。但是，怒江也好，冰川也好，流沙塌方也好，它能挡住我们吗？我们就是要战胜千难万险，把公路修到拉萨去！"

穰明德和陈明义交换了一下眼神，坚定地说："贺老总，我们保证1954年底把公路修到拉萨！否则，我们提头来见！"

贺老总哈哈大笑，拍着两人的肩膀说："我等着通车拉萨，为你们庆功！"

后来，穰明德又带着西南局、西南军区首长的意见，到北京向彭德怀和王首道作了汇报，他们都赞同公路走南线。1953年元旦，毛泽东挥笔在《关于康藏公路定线的报告》上写了六个大字："同意此项意见。"

九、大战雀儿山

当勘察队员交出从甘孜到昌都的路线蓝图，继续向西踏勘时，一场大战雀儿山的硬仗也同时打响了。在机场施工的部队，除留少数为工程扫尾外，五十三、五十四师机关各率两个团及配属的一个工兵团，顶着刺骨寒风，披着满身霜雪，先后开上了风雪迷漫的雀儿山。

五十三师的工区在雀儿山西侧，师部驻西台站。五十四师的工区在雀儿山东侧，跨过雀儿山顶，师部驻东台站；两支部队正式投入筑路任务，都是从攻克这个堡垒开始的。

当时部队从硝烟弥漫的战场转到筑路工地，对于修路建桥都没有经验。再加上高原特有的空气稀薄缺氧，呼吸困难，高山气候变化无常，时而烈日，时而冰雹，冬天气温常在零下二三十摄氏度，大雪弥漫，风沙狂舞。部队当时的物质条件很差，仅有铁锹、十字镐、钢钎、铁锤、铁箕等简单施工工具，而且数量不足。没有房子住，每人只有一块方块雨布，白天当雨衣，夜里当帐篷。发给师团机关少量的帆布帐篷，也还得把帐围和帐顶分开用，既不能挡风，也不能防雨。高原气压低，无高压锅，饭煮不熟，每顿都是夹生饭；没有新鲜蔬菜吃，有时因运输补给不上，只能喝稀饭、挖野菜充饥。营养不良使不少官兵得了夜盲症。所有这些，都是摆在部队面前的巨大困难。

雀儿山海拔5300米，终年积雪，童山濯濯，峰峦险峻，地势高寒，气候恶劣，严重缺氧。因此历来是川藏路上一道险关，曾流传着这样一首歌谣：

> 登上雀儿山，伸手能摸天。
> 一步三喘气，头晕加目眩。
> 四顾无人烟，风雪迷茫茫。
> 深沟大壑多，断崖峭壁连。
> 要想越过去，真是难难难！

部队来到这里是10月下旬，雀儿山早已银装素裹，平地积雪厚达二三米。积雪吞噬了每条山路、每道溪流，地面的冻土层厚达一米以上，像一层厚重的钢板，一镐下去，震得人手心发麻，虎口欲裂，却只留下一个白印。有些施工地段头顶着悬崖，上面堆积着大量积雪，一遇刮风或融化，就会自动崩塌，形成"跳动雪崩"，给施工人员造成巨大威胁。

部队开工之前，陈明义和五十四师师长张忠、副师长干炎林带领部分工程人员，从东台站步行上雀儿山，检查线路。11月的雀儿山，已是地冻三尺，冰封雪裹。越往上走，风越大，雪越深，空气越稀薄。

快到山垭口的时候，陈明义气喘吁吁，感到呼吸困难。随行参谋告诉他，这里的海拔已是 5047 米。那时陈明义 34 岁，正值壮年，但由于缺氧，迈步竟十分艰难。

困难是难以想象的，特别是在这隆冬时节上雀儿山修路。陈明义坚持走上了山垭口，对张忠和干炎林说："你看我空手行路都困难，战士们又怎样开山筑路呢？但如果今年不打通雀儿山，明年公路就通不到昌都，1954 年通车拉萨也就成了问题——这就是后方部队党委作出今年一定要打通雀儿山这个决定的原因。"

张忠和干炎林神色凝重。

陈明义把形势和任务再一次向两人讲了一遍。

张忠说："严寒缺氧，我们可以战胜，只是这山上石方特多，工程特大。我们又是步兵，不懂开山打石这一套技术呀。"

"你们不是有工兵部队吗，不懂就向他们学！现在步兵要变成工兵！"陈明义口气严肃："过去我们是学打仗，现在要学点修路技术才行。最近我也请了工程技术人员当老师，从头学起！"

张忠和干炎林都保证年前打通雀儿山。

陈明义说："不打通雀儿山，不准你们过年！"

雀儿山石方工程相当艰巨。严冬施工，战士们拿起钢钎，手立刻就被粘住了，铁锤稍停几下，钢钎就会冻在炮眼里。寒风吹裂了官兵的脸和手，铁锤打下去，锤柄震动得手上的裂口鲜血直流，血染红了锤柄，甚至溅到钢钎上。战士们每天只能用冰水洗脸，拿雪团搓脚。在那些无法登攀和无法立足的地方搭起人梯上下，并在腰上系上绳子，悬空撬石打眼，远看像挂满山崖的葡萄，山风吹来，人在半空中晃荡，好像整个山崖都在摆动。每天炮声隆隆，飞石穿过弥漫的硝烟，像流弹一样在人们头上呼啸，被炸下来的石头倾入谷底急流，激起一两丈高的水柱。

雀儿山有相当长一段沿溪而上的斜坡线路。这里虽然土石方工程较少，但遍地沼泽。为了使路基坚固持久，必须彻底清除下面厚达 2 米左右的烂泥，再一层一层地铺上石头，平整路面，挖好完整的排水系统。有的还要根据需要，从山上砍伐并运回木材，铺筑成"地下长桥"。这样，官兵每天在冰冷刺骨的泥水中作业，当时既无防护衣，又无长筒胶鞋，劳动极度艰苦。彻骨的奇寒，严重的缺氧，过度的疲劳，体力的损耗，使不少官兵病倒了，有的全身浮肿，两眼深陷，脸颊尖瘦，面孔黑黄，像得了痨病的人；还有的每餐只能吃半碗饭，刚咽下去就连饭带血地吐了出来。

虽然这样，但官兵们依然乐观，每天都能听到这样的歌声：

> 满山炸药响，
> 碎石四下崩。
> 铁山也要劈两半，
> 不通也要通！

在工兵五团，战士们一面烘烤着湿透了的鞋袜，一面吟着自己创作的诗句："火烤胸前暖，风吹背后寒，英雄不怕苦，战士何畏难……"在一六〇团一营，战士们风趣地说："我们在雀儿山，驻地是 5000 米高度，睡觉是斜坡三十度，开水是沸点七十度，气温是零下二十度，可我们的劳动热情，却沸腾到了一百度！"营长鲁之东补充说："还有重要的一度——我们的智慧和力量没有限度！"

后方部队政治部文工队和师文工队，登上风雪雀儿山唱歌演戏，鼓舞士气：哪里工效提高，立刻写捷报，在工地上宣扬；哪里出了先进人物、英雄事迹，立刻登上师办的小报或编成快板、歌舞等节目马上演唱。"雀儿山再高，没有我们的信心高""雀儿山再硬，没有我们的骨头硬""打通天险，喜迎新年"的标语到处可见。

五十三师的工地石方很集中，工程难度大，如果不把一座有几千立方巨石的石门轰开，就会影响整个工程进度。在突击石门的施工中，部队日以继夜，轮班苦干。一五九团三连炮班班长张福林学习钻研开山打炮技术，曾创造了两炮炸掉 1000 多立方米坚石的纪录，把工效提高了 26 倍。1951 年 11 月 10 日午休时，张福林上工地检查石方作业，不幸被一块落石砸中而牺牲。

1952 年夏，后司在岗托召开了工程会议，研究部署了全年的工作和战斗任务，重点抓两件大事：一是大战苦战一年，把公路抢修到昌都；二是组织好运输力量，把前方部队急需的物资突击运上去。为此，陈明义带领机关有关人员先去昌都，一方面查看公路线路，一方面找沿途的上层人士做工作。德格女土司降央伯姆特意派她的管家罗玛二郎和他们同行，并拿出 13 匹好马供他们乘骑。

陈明义一行到达昌都后，受到了昌都地区解放委员会帕巴拉·格列朗杰、惠毅然、侯杰等负责人的欢迎。他们听说 1952 年公路要修到昌都这一消息时，一致表示要动员全昌都地区的人力物力来支援修路和运输。

在大雪封山之前，抢通甲皮拉、达马拉，是五十三师 1952 年筑路施工的重点工程。甲皮拉、达马拉海拔 4800 米以上，工程艰险，成为实现 1952 年底通车昌都的主要障碍。为了达到"路通、桥通、重点工程通"的要求，该师部队在征服了海拔 4600 米的矮拉山、转向 4640 米的宗拉依山施工的同时，组成了抢修重点工程的先遣指挥部，率领两个团先期进入工地抢修。

先遣施工部队于 7 月初背着沉重的行李、料具跃进到甲皮拉、达马拉。山上严重缺氧，呼吸困难，部队刚住下来，就接连有好几个战士患高山病，在紧急往山下护送的路上牺牲了。一到山上，接连下了七八天的大雪，积雪压倒了几十顶帐篷。由于少有平地，部队的帐篷只能架在山脊上的雪地里、斜坡间，积雪融化时，水从铺底下流过，铺下只能垫上干树枝、碎石头。帐篷经常漏水，只能用雨衣盖在被子上睡，一到晚上，被子上就会结一层冰霜。

施工中碰到的最大困难是厚厚一层冰雪覆盖着树根草皮，这些树根草皮和冻土结在一起，根本挖不动。唯一的办法，还是采用火攻——把冻土烤化，再一点一点地挖，一层一层地剥。山顶上的气候一天数变，时而艳阳高照，时而大雨滂沱，时而冰雹倾泻，时而风沙弥漫、大雪纷飞。官兵时常是衣服刚被雨淋湿，又因为气温骤降，衣服又被冰冻住了，即使这样，也只有夜里收工后才能烧火烤衣服，几乎没有一天穿上干衣服干活。特别是甲皮拉山顶上的一段工地，大雨大雪和融化的冻土形成的泥浆有一两尺深。官兵成天在冰雪泥浆中作业，许多人的腿冻硬、红肿，但仍以高昂的斗志，剥开冻土，铲掉稀泥，从数里以外背来石头，铺平夯实路基。经过 110 多天的艰苦奋战，终于修成 60 多公里的高海拔公路。

1953 年，五十三师在提前完成年拉、邦达草原的施工任务后，乘胜前进，全师会战于海拔 4319 米的初次拉和悬岩峭壁高达 40 多米的然乌沟。

这是一场攻坚战。工地下是一条狭窄陡峭的峡谷，谷底急流奔腾，公路设计在峡谷半腰的绝壁上。工程多是石方作业，石质坚硬，不易展开。部队投入施工时已是寒冬季节，刺骨的狂风呼啸着，最低气温在零下三十五摄氏度左右。好在部队经过两年筑路锻炼，已掌握了高原施工技术，适应了强度很大的体力劳动，培养了一种可贵的精神——那就是工程越艰险，困难越大，官兵的战斗意志愈强烈。

整个峡谷沸腾起来。石崖上挂着密密的绳索，每根绳索都系着一个无畏的筑路勇士，悬空抡锤打炮眼。在一段长 300 米的绝壁上，随着作业面积的扩大，先后集中了全师石方作业技术好、体力强的 32 个连队，分 4 班突击，日夜不停。当时部队已熟练地掌握了石方作业技术，普遍推广了前两年所创造的"自来水打炮眼""底层爆破""台阶式爆破""梅花形爆破"等作业技术，便全师平均工效达 190%，开石方达 21 万立方米。峡谷按时打通了，公路蜿蜒在然乌湖畔的森林区。

十、征服怒江

1953 年 6 月，川藏公路筑路部队被阻遏在咆哮的怒江东岸。这是一条高山峡谷地带。两岸是抬头望不见顶的高峰，数十公里的悬崖峭壁直下江边，高差达 1900 米。当地藏胞说这是"猴子难攀援"的天险。当时正值汛期，江水暴涨，流速高达每秒九米！怒涛拍岸，吼声如雷，两人即使面对面讲话也听不清楚。踏勘队的工程师们从这里走过的时候，由于不能携带更多的开路工具，虽然费尽千辛万苦，也无法跨越怒江，揭开怒江西岸的秘密，最后只能为难地在工程线路设计蓝图上画下了 7 公里"飞线"。摆在筑路大军面前的艰巨任务，就是征服怒江天险，在这滚滚激流上架起一座钢铁大桥。否则，1954 年通车拉萨将变成空谈！

当时西藏军区已经成立，十八军后方部队司令部已改为西藏军区后方部队和康藏公路修建司令部，后司决定：五十三师师长黄作军、政委洪流指挥部队抢修邦达至叶拉山——包括山西侧的一段重点工程；五十四师担负征服怒江天险的任务。穆明德政委和后方部队副司令员张忠分别带着机关干部到怒江工地督战。

五十四师师长干炎林，带着工程技术人员和一六二团，先期到达怒江边。他和桥梁专家、工程师一起，在怒江东岸找当地藏胞调查了解，制定了征服怒江的作战方案：第一步是实施强渡，用人力把钢丝绳拉过江去，架起便桥，把施工部队开到西岸；第二步是派人从西岸的峭壁悬崖下到江边，查明路线的走向，桥位的地质地形，能修多少便道，能放多少部队。只有这些问题解决了，部队才能展开攻坚战斗。

先遣营营长张保德是位身经百战的英雄，在康藏高原上又曾参加过开辟二郎山到怒江边公路的工作，跨越过大渡河和金沙江等激流。但面对这流速八至十米的怒江，他也无可奈何，显得焦躁起来。因为先遣营不能跨越怒江，就会挡住所有的筑路大军。当他把渡江任务交给战士李文炎和他的4个伙伴时，再三叮嘱："我们一定要强渡过去，拉起一条铁索来。虽然困难太多，虽然藏民说这时的怒江是绝对不能渡过的，但我们一定要渡过去。现在全师的眼睛都在看着我们！"

7月10日清晨，江上的雾还没有完全消散，李文炎五人已把全师那只唯一的旧橡皮船充足了气。船的气门上没有塞子，他们用木棒缠上布把它塞住，发现它还是有点走气，但他们顾不了那么多，把船放在水上，把一只桨绑在船尾当舵，把准备拖过江去的两根电线绑在船后的一个皮扣上，一个人把舵，4个人分两排坐好，摇着桨，朝惊涛骇浪冲去。

全营的人都在岸上紧张地注视着他们。船就像一片树叶似的在巨浪中旋转。一会儿被巨浪抛起，一会儿又跌落到水凹里，铜丝绳一头系在舟上，在船后剧烈摆动。他们用力划着，但总冲不到江心。原来电线垂到江底以后，刮在石头上了，船前进不了，他们只得慢慢地靠回到岸边。

第二次强渡也遭到了同样的失败。

这时，有人想出一个办法，用空船带四股电线漂过江去，江对岸的下方有一个小回水湾，船到那里会停住的，然后再呼喊对岸的藏民把电线拉上岸，只要电线能拖过去，就可以接着把铅丝拉过去，再把钢绳拉过去，就可以造成一条钢溜索，把部队滑过去。

这个主意很好，但不料船还没有走到江心，电线又刮在河底的一块石头上了。一个巨浪压下来，船翻了，电线断了，船被激流冲走，到了对岸的小回水湾后，摇摆了几下，顺流而下，眨眼就不见了踪影。

所有的人都愣住了，这是全师唯一的渡江工具，这可怎么办呢？

李文炎更是心慌意乱起来，他望了望对岸，看着漩涡，急忙向营长报告："这船是我们的命啊，下游一定也会有回水湾，截不住船也会叫船走慢的。让我去追船吧！我一定努力把它追回来！"

营长拍了一下他的肩膀说："我们现在只有这一个办法了，你马上去，我派人去接应你。"

峡谷里很热。李文炎脱掉外衣，沿江飞跑。跑了一阵，迎面一座小山挡住了路，他顾不上找路，就向山上冲去，冲上山顶一看，江水在山谷里蜿蜒流向远方，却没有船的踪影。于是，他不顾一切地冲向江边的第二座山头。

这座山满是荆棘，非常陡峭，他的双手被荆棘划出了血，衬衣全叫汗水湿透了，他大口喘息着，等爬上山头一看，还是没有看见船，他怀疑它沉到江底去了。他失望了，觉得双腿发软，真想倒在地上好好歇一歇。但他没有停留，鼓起一口气，继续沿江追去。

不知道跑了多远，到了一个小村庄。一座巨大的土岩挡在前面，一时找不到下到江边的去路。于是他找了一个藏族老乡，作了一阵手势，请老乡把他领到江边。快到江边的时候，李文炎终于看到橡皮船在前面山脚下的一个大回水湾里漂浮着，像一条黑色的大鱼。他高兴得跳了起来，急忙跑到江边去。远看时，船像是离岸很近，但到跟前一看，离岸还有两三丈远。怎么办呢？他想都没想，就脱了鞋子走下水去。那个老乡一把把他拉住了，对他说了许多话，虽然他一句也没有听懂，但从手势来看，是告诉他这里水太深，太危险，不能下去。老乡示意他等着，然后跑回家拿来一根绳子，在上面绑了一块石头，想丢到船上，把船拉过来。但绳子甩过去，离船还有一丈多远。

李文炎把衬衣脱下，摔在岸上。他担心从正面过去会把船冲跑，就迎着船回旋来的方向下了水。谁知脚一下水就触不到底，一个浪把他按进水里。他拼命向上游，刚把头探出水面，又被浪打了下去。他努力挣扎着，估计到了船附近，睁眼一看，船已经溜过自己二三米，漂到下游去了。他一着急，便不顾一切向激流游去，巨浪推着他，追了10多米，终于把船抓住了。他像夺得了什么宝物似的，奋力向岸边游着。游了没有多远，有一条绳子从岸上甩到他的眼前，原来是派来支援他的副排长崔锡明赶到了。崔锡明把老乡扛柴的绳子甩给了他，他急忙抓住绳子，游到了岸边。他感到全身的力气都用完了。

他们当天就把船扛了回来。

第二天天还没有亮，李文炎又开始了渡江的准备。他们在距旧渡口上方三四里路的地方，选择了新渡口，改变了前两次渡口放电线的办法，决定用岸上和船上两头放线的办法。把船上放线的工作交给了崔锡明担任。

一切准备停当后，解缆开渡。船在4根桨整齐的动作下，猛然冲进激流。到了江中心，船顺着激流横走起来，飞一样漂在水上。岸上的所有人都紧张得忘掉了自己。船上的人浑身被飞流湿透，但大家的眼睛都朝着对岸，拼命划桨，把船慢慢划出了中流。

这时，坡岸上的电线放完了，崔锡明手上的电线也放完了。

电线扯住了船，巨浪更加疯狂，一个接一个拍打着橡皮船，船颠簸得更加厉害。崔锡明急了，手上的电线一乱，不知怎么挂住了黄新潘的桨，一扯，桨落到水里被冲走了。正在这时，船尾的电线被浪打断了，船像断了线的风筝，在激流中打起转来……

崔锡明大声喊着："别慌！快坐稳，少一支桨不要紧，朝对岸冲！"

李文炎举起了一只手，也嚷着："大家听我喊，没有桨的用手划！"

船慢慢穿过激流，靠近岸边。当6个人浑身湿淋淋地爬上西岸时，看见东岸所有的人都举着手向他们欢呼，他们也举着桨欢呼起来。

下午5点多钟，对岸的战友用两根长木棍扎成木筏，绑着一根12号细铅丝从对岸顺水漂过来。但是漂到江心后，却不能越过激流靠岸。李文炎看见后，急忙把大家分成两班，由崔锡明领着两个战士扯着橡皮船后的半截电线，李文炎自己带两个战士上船到江里去打捞木筏。船慢慢划向江心，靠近了木筏。一个战士抱着李文炎的腰，把木筏上绑着的细铅丝解下来，又把一个布包捞上来，大家把铅丝扯过江去。打开那个布包一看，大家都愣住了，原来里面是18个馍馍。

馍已被江水泡烂，他们已经好久没有吃过白面馍，虽然每个人的肚子早已饿得咕咕叫，但每人只吃了两个，留一个捏紧保存好。

夜来了，江风更加刺骨，他们上船的时候只穿了裤衩背心，连鞋也没有，带过来的三床被子都叫江水打湿了，根本没法盖。他们只好弄了些干草铺在河滩上，围着篝火坐了一夜。第二天清早，他们拖着铅丝向上游走了三里，到了他们坐船起渡的对岸。大家用力拉着铅丝，12号铅丝后面系着8号粗铅丝。他们把铅丝绑在一块大石头上，衣服才从对岸沿着铅丝滑过来，接着又滑过来了饭食。因为怕橡皮船走了气，又滑过来一个充气的小风箱。从此，怒江再不能像斩开大地一样来斩断两岸官兵的联系了。

这一天连续拉过来 3 根粗铅丝。但因为江水急，对岸 30 多人放，这边只有 6 个人拉，12 只手都像馍一样肿了起来，既不能张，也不能攥拳。

因为劳累，加之有了衣服、干被子，还吃饱了饭，这一晚大家睡得特别香。不管夜风多么寒冷，都没有把他们冻醒，一觉睡到了天明。但他们一睁眼后，就发现江水变样了。它连夜暴涨了两米，江水离他们睡觉的地方只有一米远，他们放在江边的小风箱已被冲走。好在橡皮船拴得牢，还漂在水面上。

不久，从铅丝上又滑过一个麻包来，里面包着一部电话机。崔锡明把电话摇通，问着："喂，喂，请问你是谁？"

从耳机里传来一个有点生疏的声音："同志们辛苦了！"

"谁呀？"崔锡明轻声问着李文炎。

这时，对方说话了："我是干炎林，我来给你们贺功！"

崔锡明拿着耳机跳了起来，大叫着："是师长！"

大家一听，都向对岸挥着手，喊着："师长！"

果然，大家看到对岸一个穿着蓝衬衫的人也朝他们挥着帽子。

电话铃又响了，大家都挤到耳机边，干师长对他们说："同志们，你们给我们师打开了前进的道路，你们给我们全体筑路大军打开了前进的道路，我代表大家感谢你们！"[①]

在师长干炎林的指挥下，很快架起了一座横跨怒江激流的简便吊桥。筑路部队跨过怒江，来到了西岸。

接下来是到江边查明线路和架桥地形。崔锡明主动请缨。他要从陡峭的悬崖下滑 200 多米，到达江边。这样大的落差，稍有不慎，就可能粉身碎骨或掉进怒江。经过多次试探，他终于来到了江边，查明了线路和架桥的位置。他冒着生命危险攀援过的这座山，被称为"征服山"，人们用红墨水写在石壁上。

怒江两岸是地震区，山上的石头一被震动，就会垮塌坠落，峡谷

---

① 苏策：《在怒江激流上》，载 1954 年 12 月 18 日《人民日报》。

里不断地发出隆隆声响。7 月 14 日，部队正在施工，桥头老虎口工地上突然发生嘎嘎的断裂声，战士们立即意识到这是大塌方的信号，随着一声"快撤"，老虎口真的发怒了！几十立方巨石就像在山中囚禁了多年的猛兽，破笼而出，俯首探爪，急雷闪电，向刚刚开出的路基猛扑过来，霎时就把战士们的劳动成果全部毁掉。

部队只能重新组织人力，轮班作业，日夜奋战，才在预定时间内将 20 余米高的悬崖夷为坦途。经过 76 天的顽强战斗，怒江天险被官兵征服。一座"贝雷式"钢架桥终于横跨怒江，使天堑变通途！通车那天，干部战士兴高采烈地在桥头搭起了彩门，彩门上贴上了一副对联："深山峡谷显好汉，怒江两岸出英雄。"

十一、降伏帕龙天险

1954 年是争取川藏公路全线建成通车的决胜一年。五十三师部队经过冬季休整，体力得到恢复。公路即将修到拉萨，官兵精神十分振奋。全师部队在背运了一个月的主副食和料具，做好物质准备的基础上，于 3 月下旬进入了波密地区帕龙地段筑路。这段公路线设计在沿江河谷地带，那里群山环抱，青翠宜人，海拔较低，雨水多，气候温暖湿润。就在这一地区，不但要忍受草丛树林中蚂蟥、蚊虫的叮咬，而且地质、水文情况极为复杂，有冰川泥石流、大面积的流沙和不少岩石碎落塌方。但经过官兵的努力，工程进展很快，路基迅速开出来了。

当年夏天，康藏公路翻越重重雪山，跨过道道激流，不断向前延伸，终于进入到了波密森林峡谷地区。时值雨季，洪水猛涨，线路上巨大的"固"冰川突然爆发，泥石流铺天盖地涌来，冲毁了刚修好的 10 多公里路基，冲毁了正在修建的通麦等几座大桥，道路被迫改线 30 多公里。

可就在这时，波密地区暴雨不断，五十三师施工地段从 6 月 8 日起就山洪爆发，到 6 月底洪水未停，并越来越猛地上涨，一直持续到了 8 月底。该师开出的路基，修起的桥梁、涵洞，遭到了严重的水毁，造成了重大损失。单是三次部分改线，就给该师增加了 24 万多个标准工日。更为沉痛的是，自然灾害还带走了 35 位官兵年轻的生命……

一五七团六连二排在帕龙和拉月之间的老虎嘴石崖开出的整个路

基被水冲毁，正在施工的战士中，有9人随着路基从20米高的悬崖上滑到咆哮的洪水里。在滑坡区上身拴保险绳作业的17位官兵被悬空吊起。副排长邬贵相陷落岩下，在生命危急时刻，他奋力跳入洪水抢救战友，也不幸壮烈牺牲。年仅18岁的战士梁兴邦，在石崖下塌后，自己已被砸得头破血流，腿臂伤折，刚刚从昏迷中苏醒过来，就连跌带滚地挣扎到激流边，去救护被大石压在水里、尚未停止呼吸的副班长吴才滨。

水毁路基，战友伤亡，部队情绪受挫。在这关键时刻，公路修建司令部召开了嘉龙坝会议，总结了经验教训，决定提高部分路段线位，增添特殊防护工程。面对大自然给部队造成的意想不到的灾情和险情，为了保证1954年底通车拉萨，他们响亮地喊出"让高山低头，叫洪水让路"的口号，一鼓作气在波密地段拦住了排山倒海的泥石流，越过了咆哮而下的冰川，跨过了奔腾的急流，填实了举步难行的鲁郎沼泽地段，穿过了不见天日的色霁拉原始森林。

第二工程局指挥桥梁工程队顶风冒雨，很快在泥石流险区上空架起了一条高达数十米，长约二三百米的溜索桥。政委穰明德亲自率领测量小组冒雨改线，提高线位，不仅改善了路线的设计，而且初步摸索了一些对付冰川、泥石流的经验，加快了工程进度。

在工程遭到冰川和泥石流袭击之后，部队补给出现了危机，有的部队断了粮——如果部队自己运粮，公路进度就要受到影响。

陈明义及时把这一情况报告了西南军区。1953年7月，一支由3000余人组成的人力运输团，在团长郭映绪率领下开赴工地，在艰险的道路上进行接力运输，使施工部队的补给和料具供应得以维持。同时，部队一面筑路，一面生产，栽种了雪线豆芽、雪山菠菜和10多斤重的大萝卜。李达得知后，非常高兴。称赞说，这是战士们在世界屋脊创造的又一个奇迹。

西南军区后勤部部长余秋里发现部队指战员由于长时间在气候恶劣的条件下施工，体力消耗过大，加之营养不良，有的指甲凹陷，有的嘴唇干裂流血，有的得了贫血症、夜盲症，立即提出了提高供应标准的方案，把进藏部队的伙食标准由四类灶改为五类灶。

1954年夏天，在筑路施工最紧张的时候，西藏工委、西藏军区党委发来电报，要陈明义到拉萨，并顺便视察康藏公路西线修路进展情况，同时向中央人民政府驻藏代表张经武和西藏工委、西藏军区党委汇报，做好年底通车拉萨的准备工作。

陈明义带着电台和一个骑兵排，离开通麦，向西驰去。翻越海拔5000余米的东久拉山，经过20多天的骑马、步行，风餐露宿，来到了太昭，会见了西线修路的一五五团和藏族民工。他和康藏公路西线指挥部的杨军、程培兆、乔学亭等人见了面，并在尼洋河畔与正在紧张施工的模范指导员许甫、战斗英雄朱兴镇重逢。

看到以拉萨为起点修建的公路迅速向东延伸，陈明义对1954年通车拉萨，心中更有数了。他坐马车从太昭前往拉萨，白天坐在马车土，夜里睡在马车上，经过两天的颠簸，来到了拉萨河边的蔡公塘。张国华司令员和谭冠三政委派保卫干事梁凤翔来接他。他带来了两只牛皮船。他们坐牛皮船沿拉萨河荡漾西漂，到谭冠三住房后门旁上了岸。

陈明义向张经武和张国华、谭冠三汇报了东西线筑路情况。他说，穰明德带着工程技术人员，沿东线加快筑路进程，预计1月下旬可与西线的筑路官兵在巴河口会合，年底前康藏公路全线即可通车。张经武听后，高兴地说："青藏公路也在加快马力前进，很可能今年年底是康藏、青藏两条公路同时通车拉萨，这可是双喜临门！"

十二、西线筑路

早在1952年，西南军政委员会交通部和西藏工委、西藏军区党委为保证1954年把公路修到拉萨，决定把昌都到拉萨的路段分成东西两段同时施工。东段从昌都往西修，由后方部队和西南公路工程局第二施工局担任。西段由拉萨往东修，由进驻拉萨的部队和藏族民工担任，并成立了西南公路工程局第一施工局，局长程培兆，在西藏工委和西藏军区党委直接领导下进行工作。为了加强领导，1953年1月，西藏工委、西藏军区和原西藏噶厦政府，联合成立了筑路委员会。达赖喇嘛也表示赞同，并派西藏噶厦政府噶伦索康·旺清格来参加。筑路委员会由西藏工委副书记、西藏军区政委谭冠三任主任，噶伦索康、军区参谋长李觉，军区政治部主任刘振国为副主任，负责领导西线的筑路工程。委员会下设西线筑路指挥部，由田宝瑚、苏桐卿、阎志春和西藏噶厦政府官员吞巴堪穷任正、副指挥长。李传恩、杨军、程培兆先后任政委。

驻拉萨部队参加西线筑路的是五十二师一五五团和军炮兵营，还有杨宗挥、陈庭礼等工程技术人员。由来自西藏48个宗的近万名民工承担整个工程83%的土石方任务。

而更为重要的是，通过与筑路官兵一起交往、劳动，增加参与施工的藏族同胞对解放军的认识，增进彼此的了解，能把他们培养成日后回到西藏各个地方，宣传中央民族政策的积极分子。

1952年春天，一五五团经过数千里的跋涉进军，来到敏拉山西面的墨竹工卡、仁亲里一带。

一天，官兵们正在工地上一起修路，突接上级通知：分裂主义分子鲁康娃、洛桑扎西，操纵伪人民会议举行所谓的"请愿""示威"，包围中共西藏工委机关驻地，妄图破坏和平解放西藏的协议，赶走进藏部队。指示筑路部队一面加强战备，一面加快修筑川藏公路西线进程，争取及早与东线部队会师。早日把公路修到拉萨，成为了更加迫切的任务。

一场严峻的考验摆在官兵面前。

在西藏工委与张经武代表的领导下，对分裂主义分子进行有理、有利、有节斗争之后，48个宗的藏族民工，纷纷来到筑路工地和部队并肩劳动。

从各地来的民工，大都是西藏噶厦政府通过支乌拉差役形式派来的。他们吃苦耐劳，生活简单，重感情，重友谊，能歌善舞。但多数人来自边远地区，从未和解放军接触过，对解放军很不了解。有的甚至把他们同旧军队一样看待，加之历史遗留下来的民族隔阂，语言又不通，所以他们对官兵的一举一动随时都在观察，很容易产生怀疑、误会，甚至对立。

则拉宗民工刚到工地时，战士要帮他们烧茶，他们不但不让烧，还派人把锅和茶叶看管起来，怕战士给他们下毒。面对这种情况，如何打破这种冷漠的局面，沟通官兵与藏族民工之间的感情，消除隔阂，就成为能否顺利完成筑路任务的关键。对此，指挥部注意团结西藏上层爱国进步人士。遇事先和副指挥长吞巴堪穷商量，然后，通过他去给广大藏族民工传达。在墨竹工卡附近有一段石崖要炸开。可是，石崖上有一座神像，部队和吞巴堪穷商量后，通过他征求群众的意见。

当地群众认为这是尊掌管河流的神，炸了就会河水泛滥成灾。为了尊重他们的宗教信仰，决定改线绕行。有次修路遇上一个玛尼堆。他们征求吞巴堪穷和其他参加修路的官员、头人的意见，他们说，可以把玛尼堆搬个家，但要先念经。于是，指挥部同意他们请喇嘛来念了经，把玛尼堆搬到了路旁的山坡上。这些行为，获得了西藏上层人士和民工的信任。

有一次，一个巫婆来到工地，装神弄鬼，大喊大叫，说"修路把我的宫殿挖光了，把我的头发拔光了，我要让修路的全病死"，吓得500多个民工不敢上工。旺堆·阿都让玛就站出来对巫婆说："我们要在你站的地方点炮，你如果是神，炮不会响，是鬼就把你轰掉，是人就把你抓起来！"巫婆吓得赶着骡子逃跑了。民工们一见，又拿起工具上工了。

同时，筑路指挥部号召带民工的官兵"语言不通就用事实说话"，以真情和实际行动去帮助、影响和团结他们。战士们把民工看成自己的兄弟姐妹，累了，就关照他们休息，要喝酥油茶，就上山拾柴给他们烧。一连战士贺洪广还拿出自己的津贴费买酥油分送给民工。雨天，二连战士柳贵兰淋得浑身透湿，却把雨衣脱下为民工盖衣服和糌粑。正当转移工地时，错拉宗民工措美突然发起高烧，神志昏迷。此时领导机关和卫生所都已转移，同班的民工们都不知怎么办才好，有的围着措美哭起来。战士郑金发毫不犹豫地把措美背上就走，走了十几里路，一直背到新工地，找到卫生所，照顾他脱离了危险才返回连队。一连战士华振和，施工中把开炮眼、点炮这些危险的活留给自己干。民工的鞋子破了，华振和还找来皮子为民工补鞋。为了防止民工床铺受潮生病，战士们帮助民工搭好高铺还垫上树枝，让他们睡得又高又软；民工病了，战士和医务人员就精心照料，细心治疗。墨竹工卡宗女民工央金流产了，轮训队的领导多次去慰问，主动叫她休息，照发工资。两年来，在医生精心护理下，有42个小生命在工地诞生。拉索宗民工益西多吉和央宗拉姆患胃炎，吐泻不止，一夜出现几次休克现象，医生袁传兴和卫生员何国柱日夜轮流守护，直至脱离危险。医务人员平均每月诊病2308人次，复诊826人次，对密切军民关系和保证施工任务的完成，起了重大作用。同时官兵的行动又宣传了科学，使原来有病只找喇嘛念经的藏胞也改找解放军的"门巴"了。

在施工中稍有险情，战士们就让民工退到安全的地方，自己去冒险排除。1954年7月10日晚，大雨滂沱，河水暴涨，把曲水宗60多个民工围困在一个小岛上。民工扎西郎杰想涉水上岸，不慎被洪水卷走了。两个并不会泅水的战士殷相尧和伊正远一见，争先跳入水中把扎西郎杰救上岸。他们冒着大雨，在夜暗齐胸的激流中往返近百趟，奋战6个多小时，把60多个民工全部救上了岸。

民工中有的要念晚经，战士就让他们提早收工，给他们留出念经的时间。转移工地搬家，民工们要先打卦，连副指挥长吞巴堪穷都是如此。碰到他们认为"不宜搬迁"的日子，就尊重他们的意见，等他们认为吉祥的日子再搬。有重大宗教活动节日，指挥部都主动安排放假，照发工资，民工和带民工的官员们都说："我们和解放军虽然是两个人，但用的是一颗心。"

他们用歌声唱出了他们的心里话：

家乡亲友多，
都没有父母亲；
天上星星多，
都没有北斗明。
见过的人很多，
都没有解放军那样好的心！

由于民工们从没有修筑过公路，不懂筑路技术，不会使用修路工具，这不仅影响修路工效，而且影响民工的收入，影响劳动积极性。筑路委员会确定由军炮营和一五五团的一营、六连和轮训队带领他们完成筑路任务。每个战士要带20至60名民工。战士们耐心地示范。教他们怎样修路面、路肩、路拱、弯道，如何砌堡坎、涵洞，怎样挖排水沟、截水沟，怎样使路面平整，路基结实……在战士们的帮带下，工效由开始的每人每日平均土方不到1立方上升到1.8立方，出工人数经常保持在90%以上。筑路指挥部组织民工们学习和平解放西藏的十七条协议，由副指挥长吞巴堪穷宣讲，各民工队组织讨论，提高了民工对祖国的认识。特别是部队指战员的实际行动，是无声的而又是最生动的宣传。

康藏公路西线筑路工程开始后。工具缺乏，战士用铁锹、十字镐挖地，用木棍撬石，用树枝编筐背土，用铁锤砸碎巨石。

在修路中，西藏噶厦政府中的分裂势力封锁粮食，致使民工吃粮紧张。张经武亲自出面与噶厦政府协商，召开了民工粮食供应会。在阿沛·阿旺晋美等爱国进步人士的积极帮助和支援下，顺利解决了民工的吃粮问题。参加修路的民工，指挥部按劳计酬，按月发给工资，每人每天约两块银元。有的劳动好的，一个月可挣80多块银圆。可是，第一次发工资的时候，头天发给民工，第二天就被头人收走了。为了让民工得到实惠，指挥部就改为发一部分银元，发一部分实物——如糌粑、衣服、茶叶、胶鞋的办法，很受民工欢迎。

1953年8月，公路伸展到高耸入云的敏拉山下，最艰险的一段工程摆在西线筑路官兵面前。如果不抢在隆冬到来之前将这段公路修通，势必要拖到1954年。

为了制订比较周密的施工计划，军区组织部部长杨军和一五五团政委李传恩带着技术人员上山勘察线路。经过反复调查，为解决气候越来越冷与早日打通敏拉山的矛盾，决定趁天暖先把山顶的公路抢修通，天冷时再修山脚下的路。

敏拉山是拉萨、工布两地区间的一座高山，海拔4976米，悬崖高耸，怪石嶙峋。首先要战胜的是高山缺氧：敏拉山空气稀薄，气候变化无常。8月是西藏高原上气候最好的季节。内地酷热难当，而山上早已冰封雪飘。有时六七级的大风夹着沙石腾空而起，有时刺骨的寒风卷着冰雹盖地而来，有时鹅毛大雪纷飞，很多时候连觉都睡不了。有一次，一夜大雪，就把帐篷压塌了37顶。而缺氧又使官兵们每迈一步都要气喘吁吁。再加上修路的剧烈劳动，使不少人患了高山病，呼吸困难，心跳加快，血压升高，不少人鼻孔出血，头痛难忍。

但是，部队面临的困难，不仅仅是气候寒冷，山高路险，还有一些人为的破坏。

官兵和藏族民工语言不通，翻译又少，一些贵族、头人就利用宗教迷信造谣说，敏拉山是神山，修公路会触犯神灵，永远也修不通的；还有人晚上放火烧山，怪声怪气地喊叫，装神弄鬼，想以此吓唬民工离开。

当时最突出的困难是粮食供应问题。由于公路未通，内地的给养补给不上，加上西藏噶厦政府的一些人破坏"十七条协议"的执行，造成部队长期以来吃不饱饭，有时每天只能吃 4 两豌豆，很多时候靠野菜充饥。夏季，部队每天抽出 25% 的人员挖野菜。一五五团一年就吃了 150 万斤野菜，官兵们又黑又瘦，但仍坚持 8 小时甚至 10 小时的重体力劳动。

当时战士们吃饭都不和民工在一起，后来民工知道原因了，因为他们亲眼看到，战士们吃的是野菜煮豌豆。他们还知道战士们不发工资，每个月只有几块钱的津贴。有些民工领了工资，就凑银圆排队送到战士的帐篷里。当然，这些钱都被战士们婉言谢绝了。有一首民歌至今还在流传：

> 参加修路的人们，
> 来到了米拉山，
> 吃的是香喷喷的糌粑，
> 喝的是黄晶晶的酥油茶，
> 穿的是冬暖夏凉的氆氇呢，
> 住的是雪亮亮的帐篷，
> 唱的是快乐的山歌，
> 因为解放军发给了我们工资。
>
> 参加修路的解放军，
> 来到了敏拉山，
> 吃的是豌豆煮野菜，
> 喝的是白开水，
> 穿的是打满补丁的军衣呢，
> 住的是树枝搭建的窝棚，
> 却和我们一起唱快乐的山歌，
> 他们是我们以前从没有遇到过的好人。

随着工程的推进，各种各样的困难接踵而来。西线筑路部队指挥部设在离敏拉山主峰几十米的一个小山凹里。有一次杨军和李传恩睡到拂晓，感到身上沉甸甸的，用手伸出被窝一摸，原来是帐篷被雪压垮了。幸亏他们睡的是用爬地松铺的床，所以没有受伤。两人匍匐着从雪窝里爬出来，首先去检查民工宿舍区，发现好多帐篷都被雪压塌了。他们立即发动战士将被压在帐篷里的民工扒出来。

民工们称筑路部队官兵为"兄弟""菩萨兵"。他们主动为官兵打柴火；每逢转移工地，争着用牦牛为战士们驮运帐篷、工具，帮助背运行李。女民工看到战士们的衣服和鞋子破了，就帮着缝补，见部队帐篷破了，找不到缝补的粗线，就用自己的扎秀①来缝。

当时参加筑路的民工三个月一轮换。每一批民工要离开工地，返回家乡时，部队都组织文艺晚会欢送。民工们热泪盈眶，依依不舍，他们把一条条哈达挂在官兵的脖子上，有时候一个战士脖子上能挂十几条。

当时劈山开路需要大量炸药，有时炸药供应不上，部队只好土法上马，自己熬制芒硝，烧木炭，制造土炸药。为了提高工效，排长李国标和战士李汉光找到溪水，采取"流水冲击法"，引山水把路基上的泥土冲走，节省了不少劳力，提高工效十几倍。施工中有的石头大，不易搬动，战士们就根据热胀冷缩的原理，在石头周围堆上树枝，用火烧得石头发烫后，再浇冷水，石头自己就炸开了。

一过8月，气温更低，早晨醒来，四周都是亮晶晶的，帐篷变成了"水晶宫"。原来，大家睡觉时呵出的热气，在被头和帐篷里面凝结成了冰，大家的鞋子也在地上生了根，只好先用木棒敲打，否则休想提起来。早上施工，如不注意，手一握住钢钎，就会被它咬下一层皮。最困难的是撬冰土，那冰土像铁板一样，刨不开，掘不动。官兵从山上打来柴火，堆在工地上，烧火解冻。晚上，远远看去，筑路工地好似一条条长长的火龙，一片通红。大家从解冻的地方往下掏，把冻土掏空，然后把地面的冰土一块块地揭掉。

经过30多个昼夜的艰苦战斗，高耸入云的米拉山被打通了。

1954年11月27日，西段的筑路部队用将近3个艰苦年头，与东线筑路大军如期会师巴河大桥！

这一天，巴河桥头成了欢乐的海洋，东西两线战友相见，一个个欣喜若狂，没等铺完最后一块桥板，双方就欢呼着拥向对方。桥上挤

---

① 藏族妇女扎在辫子里的红绿丝线。

满了人，战士互相捶着肩膀，民工和官兵相互拥抱，欢呼声震动山谷，响彻云霄。大家一起欢唱新的歌谣：

> 川藏公路啊，
> 你像一条金色的飘带，
> 你像一道云间彩虹，
> 从那美丽的北京城飘过来，
> 飘向雪山深谷，
> 飘向牧场田庄。
> 毛主席呵，
> 您给了我们一条幸福的道路，
> 今天在这里，
> 千万条溪水汇成了大江[①]。

部队举行了庆祝大会，为1900名民工、109个班、58个觉本（班长）、11个宗的代表庆功。

此时，康藏公路剩下的最后一个工程，是架设拉萨河大桥。拉萨河水深流急，河水冰冷刺骨，河面宽阔。过河仅有一只木船，其余靠牛皮船摆渡。拉萨贵族商人滥收船费，勒索过渡者。藏族民工参加修拉萨河大桥的有500人，过河一次每人交一块银圆，就要交500块银圆。为了尽快衔接康藏、青藏两条公路，接通拉萨河东西两岸，穰明德到工地搭起帐篷，亲自指挥。经过藏汉军民日以继夜的劳动，仅用了17天时间，拉萨河大桥就飞架两岸。这不仅使康藏公路贯通，也结束了拉萨民众过河要交的重税。

至此，世界屋脊上第一条最长的、创造举世罕见奇迹的公路全面贯通！

早在通车之前，交通部即为这条路从苏联订购卡车1000辆——除分给四川250辆外，其余全部给了西藏，并配了10台崭新的苏式指挥车。

通车那天，拉萨的阳光格外明亮。当陈明义和穰明德乘坐苏式指挥车，带着"张福林班"的代表文绍华，"怒江渡江英雄"李文炎，

---

① 李传恩：《回顾西线筑路》，《西藏文艺》1977年第3期。

"探险英雄"崔锡明，"技术革新能手"高福印，模范青年团员李学文，民工模范华振和以及藏族运输模范曲梅巴珍，藏族筑路民工模范旺堆·阿都让玛、扎西多吉等筑路英雄和劳动模范乘坐的车队，缓缓驶过拉萨河大桥，驶向布达拉宫下面的庆祝大会会场时，路旁的各族人民和原西藏噶厦政府僧俗官员、寺庙喇嘛和藏兵，夹道欢迎。

这些英雄和劳动模范代表了万余名筑路功臣、几百个模范单位、190多位藏族民工模范，也代表着浩浩荡荡的10万筑路大军，以及为修筑青藏公路先后牺牲的3000余名英烈！

谭冠三政委为庆祝康藏、青藏公路通车，曾写诗颂扬道：

恶水险山阻重重，
万里坦途只梦中。
深山峡谷显好汉，
怒江两岸出英雄。
猛士身躯埋沟壑，
天堑从此变通途。

第十章　另一条天路

一、备受关注的青藏线

在新中国成立前的漫长岁月里，青藏交通一直十分困难。唐朝文成公主和藏王松赞干布联姻、历代香客及藏汉商旅往来，都要经历半年进藏半年出藏的艰难行程。1943 年，国民党政府也曾宣称修建从西宁经玉树入藏的青藏公路，但是花了两年时间，只勉强修到玉树就停止了。

1951 年 8 月 10 日，第十八军独立支队奉命从兰州出发。当时，西北军区首长考虑军事和国防需要，就设想要修筑青藏公路，并要求西北交通部选派一名工程师随军勘测进藏公路路线。西北局交通部把这一任务交给了邓郁清。人民共和国成立前，作为一名工程师，他参加过旧青藏路的修建，但半途而废。他还记得，修路人员被遣散时，不少人流离失所，有的人是讨饭回家的。有一位工程师因生活所迫上吊自杀，令人心寒。

部队从兰州乘汽车到达柴达木盆地西南边缘的香日德后，因为没有路，即改为骑马和步行进藏。公路勘测即从香日德开始，经考里、伊克光、哈图、诺木岗、星宿海、蒙哥托拉哈、黄河源、朋加错、加庆松多、通天河、亚克松、唐古拉山口果由拉、藏青玛进入西藏境内的聂荣宗，再经那曲、拉隆尕木、旁多、林周，于 12 月 1 日到达拉萨，历时 96 天，行程 1400 余公里。路线方位基本上从东北走向西南，穿越了青藏中南部大面积草原沼泽地带。在穿越沼泽地带和强渡通天河时，都有一些官兵牺牲。

公路勘测队由邓郁清带领，从部队抽调了刘述祖、谭思聪两个测量员和其他多人分工协作，用小平板仪测量地形，以后又用麻绳、毛绳测量距离。绳子沾水结冰，愈裹愈厚，拉起来很笨重，又容易折断。费了很大劲，才完成全程勘测任务。

这条进军路线穿越青海中南部草原地带一段，由于沼泽连绵，地质不良，至今未能沿行军路线修筑公路，有关勘测资料在邓郁清到达拉萨后，经过整理，即向西北交通部作了报告。

1952年夏天，邓郁清在拉萨突然接到西南交通部副部长兼康藏公路修建司令部政委穰明德从昌都发来的电报，探询勘测西北进军路线的情况和筑路的可能性，要求立即给予答复。

邓郁清当即草拟了一份较长的电文答复穰明德。电文简要介绍了沿途地形地质情况，并说明穿越青海中南部草原那一段约有三分之二地段是沼泽地带，是筑路的最大障碍；且缺乏砂石木材等筑路材料，施工困难。因此建议，在没有勘测其他比较线路之前，此线不宜采用。

邓郁清随军进藏住拉萨期间，安排在"小灶"和首长一起吃饭，经常见到张经武、张国华、谭冠三等人。

1952年国庆节前夕，邓郁清奉命从拉萨携带勘测资料，经昌都、重庆、西安回兰州，向西北交通部汇报工作。临行前，张经武代表约他谈话，畅谈了他对修建青藏公路的想法。张经武说："工程师同志，我们朝夕相处已经大半年了。你是进军西藏以来第一批返回内地的同志，这里的一切情况你都很了解。我们远离后方，交通不便，粮食和其他物资供应十分困难。数月前，少数人企图发动叛乱，你也是亲眼见到的。他们硬的比不过我们，就想利用我们的困难，还强迫老百姓不卖粮食和任何东西给我们，妄想用这种方式卡我们的脖子，逼我们退出西藏。现在，我们带来的粮食确实不多了。尽管中央正在从西南、西北组织力量赶运粮食进藏，但路途遥远，损耗太大，而且费用昂贵。从西南由雅安雇牦牛，从西北用骆驼运粮到拉萨，一年只能往返一趟，其运费加损耗，我们的后勤人员算过一笔账，一斤粮食远远超过一斤银子的价格。我们是在吃'银子'过日子啊！"张经武讲这番话时，神情严肃，很是激动。

邓郁清听后十分难过。"首长，我也是天天吃粮食过日子，知道粮食来之不易，对于运粮的困难，我也清楚。1952年由西北运送物资进藏的一支骆驼队拥有3000峰骆驼，虽然把物资运到了那曲，但在第二年春天放空返回时，由于缺乏草料，大部分骆驼在途中倒毙。按照骆驼的食量计算，一峰骆驼运送物资进藏，必须有四峰骆驼供料，方能维持其生命，其代价之大可想而知。但我从来没有算过这笔账，更不了解我们粮食已经不多的危险。听了您的话，我才明白了进藏部队和工作人员的难处。"

张经武接着说："你是搞公路建设的工程师。尽管你们随军勘测的路线，由于地质不良等原因，不能从那里修路，但从西北向西藏修路还是可能的。倘能避过泥沼水草地，相信不难找到一条理想的路线。从国防、军事、政治、经济和加强民族团结等方面考虑，很希望从西北修出一条进藏的公路来，哪怕先修出一条大车路也好！所以，希望你回去后，向西北交通部领导和专家们呼吁，再派几个勘测队来完成历史给予的使命。我们盼望得很！"[①]

"我明白。"

邓郁清于12月上旬回到重庆，因为等西北交通部寄路费，需要停留数日。穰明德政委得知后，特请李昌源工程师代邀邓郁清到他家做客。一见面，穰明德就说："我们虽然没见过面，但互通过电报，是老朋友了。你到了重庆，为什么不来见我？路费不够，可以到我这里来解决嘛！为什么还要打电报向西安要？"经邓郁清解释和稍事寒暄之后，话题就转到筑路问题上来了。

穰明德说："康藏公路工程艰险，进度慢，迫于形势需要，今年8月，中央交通部的同志和几位苏联专家到昌都开会，研究如何加速向拉萨筑路的大计。我们曾兵分数路，派出几个踏勘队进行踏勘。希望能找到一条施工简易的路线，也想到从西北进军的路线。因此，我们才给拉萨发电报，征询从西北修路进藏的可能性。当接到你的复电时，我们一致认为，在缺少砂石木材等筑路材料时，大规模处理泥沼水草地的翻浆，比开石方还要艰巨，只好暂时放弃，硬着头皮先修川藏公路。"

邓郁清又详细汇报了他勘察的西北进藏线路的情况，对西北修筑进藏线路的可能性进行了探讨。

到重庆后，邓郁清把张经武写给贺龙的亲笔信，以及中共西藏工委上报的一包机要文件，送到西南军区收发室。原以为任务已经完成，不料，当晚军区有一位科长到旅馆来找他，说军区首长要接见，让他

---

① 邓郁清：《李达、张经武等同志谈修建青藏公路》，亲历者手稿。

晚上 10 点在旅馆等候电话联系。过了几天，科长通知他说，明天首长接见，上午 9 时派车来接，请勿外出。

第二天，邓郁清同那位科长乘车去西南军区，作战处蒋处长同他一道乘车前往首长住所。在车上，蒋处长对他说："贺总不在重庆，今天是李达副司令员接见你。他很随和，平易近人，可以随便谈家常，准备谈一天。"显然，蒋处长是要他不要拘谨，以便首长询问。

他们刚踏进李达住所，李达便稳步迎上前来和邓郁清亲切握手，将他让进一座不大的平房会客室。平房四周种着常绿的花木，清幽雅静。室内陈设简朴，中间摆一张方桌，四周摆有几张藤椅和茶几。茶几上摆着柑橘、香蕉之类的水果。

三人落座后，李达对邓郁清说："今天在这里见到你很高兴，你是从西藏首批回到这里来的远客。由于不通邮路，我们只能从简单的军用电文中窥察到你们进军、生活的梗概。除了你这次带回的大量文件外，以往没有接到过其他书面报告，我得看完了你带回来的这些文件才好和你谈话，耽误你许多时间。今天，我们谈话不拘形式，不限内容。凡是你亲身经历的、看到的、听到的、想到的都可以说，我都想听听。"

经过几分钟的思索，邓郁清打开了话匣。他首先谈了随军进藏勘测公路的许多情况，谈到了过沼泽地和强渡通天河有些官兵牺牲的情景。李达听到这里双眉紧锁，面色凝重。当谈到他和谭思聪过通天河因牛皮筏倾覆，卷入洪流，险遭没顶，幸救援及时得以生还时，李达和蒋处长同声惊叹起来。

邓郁清和李副司令员的谈话，蒋处长用笔记本做了速记。

吃午饭时，李达问起拉萨的伙食情况、进军拉萨后发生的大事，邓郁清都如实做了汇报，李达听后心情沉重。

下午的谈话中心转到了筑路问题上。李达对邓郁清说："你是搞公路建设的工程师，去年骑马从西北进藏，担任公路勘察。今年又从拉萨骑马到昌都，经过康藏公路来重庆，跨越千山万水，十分辛苦。两条路线的情况你都亲眼看到了。你看，究竟我们入藏的公路先从哪一边修好些？有人主张从西南修，有人主张从西北修。可是，我们手中都没有资料，只能边进军，边勘测，边施工。康藏公路虽然已经通车到昌都，但前面的路程还很远，工程更艰巨。从国防安全着想，最好先从西北修一条公路入藏。那里从我国腹地伸向西南边疆，是最保险的大动脉，任何敌人也破坏不了。但是，历代政府都被'世界屋脊'这句话吓倒了，连一份像样的地图也没有留下。我们自己的专家没有去过，外国的探险家糊弄我们，说青藏高原是'生命禁区'，我们中国共产党领导的千军万马通过青藏高原胜利到达拉萨了，怎么能说是'生命禁区'呢？虽然你们在路上遇到许多困难，遭受一些损失，但我不相信那样辽阔的大草原就找不到一条理想的公路线！你是筑路的行家，我很想听听你对从西北筑路入藏的前景和看法。同康藏公路比较一下，哪里困难，哪里容易施工？"

听了李达的问话，邓郁清心里很是不安。原因是他们随军勘测路线，只能跟着走，否则要掉队，更不能管脚下的地质情况的好坏。进军途中，沿着直捷方向走，有许多路段大都走的是沼泽盆地的中心，别的地方没走到，没看到，没法进行比较。因此，他在以前给西北交通部的报告和穰明德政委的复电中提出，"在没有勘测其他比较线路之前，此线不宜采用。"他自信这个看法是有道理的。但从大范围上去研究从西北入藏筑路的可能性，虽然想过，却没想得很仔细，没有足够的资料，很难办。李达站得高、看得远，一席话帮他理顺了思路，顿时有了豁然开朗的感觉。

于是邓郁清回答说："首长的看法是对的。我们从西北进军，走的是一条线，没有从面上进行调整。我们不能拿一条线上的情况去说明面上的性质。这条线不宜筑路，不等于从西北不能筑路。那样看问题，就是只见树木不见森林。

"我到达拉萨后，原想跟随进军时雇用的饲养员一道回青海，再进行一次比较性的勘察。组织上担心我的安全，没有同意。这次经由康藏路回内地，还是保卫部门慎重研究后，选择了一批可靠的藏商结伴同行。行程40多天，除了宿兵站，露宿时还要值班放哨，从没脱过衣服鞋袜睡觉。总算安全回来了，没有出问题。

"西北进军路线上的地形比较平坦。翻越的山垭口，一般高差最多也只有500至700米，坡度平缓。所经几条大河，多接近发源地，流速、流量都不太大，容易跨越。如能绕避沼泽地，从西北筑路进藏是完全可能的，工程量不会大，也能根据需要随时提高公路标准。应该再派一支强大的勘测队，在武装部队的保护下进行勘测，必能完成这一使命。倘有机会，我一定主动请求参加。"

说到这里，李达高兴地插话说："好啊，那时英雄就有用武之地了！"

邓郁清接着说："康藏公路当然也很重要，但是那里受地形限制，工程艰险，采用路线标准不可能很高，养护不易，很难保证常年畅通。但康藏公路沿途人口较多，有农业，有许多原始森林，水力资源也很丰富，很有开发价值。"

当邓郁清较为详细地阐述了自己的观点后，李达站起身来，严肃地说："我们是管军队的，军事活动一刻也离不开交通。我们进军西藏，是要巩固西南国防，开发边疆，建设边疆。官兵们受命之后，包括你在内，负重七八十斤，爬雪山，过草地，不论生活多么艰苦，毫无怨言。但是要长期固守边疆，就需要各方面的配合。我们要吃饭，要穿衣，要弹药，要装备，不能饿着肚子，光着膀子去打仗，去建设。这就需要你们交通部门的配合。"说到这里，他加重了语气，"希望你回到西北后，代表西藏，代表我们军人，向你们的领导，甚至是向你们的部长呼吁，尽快从西北修一条进藏的公路。你也是军人，你现在还穿着军衣嘛！"[1]

感觉话题有些沉重，李达便半开玩笑地指着邓郁清说："你脸孔黑红，穿着这臃肿的皮军衣，不热吗？你这副装束，走在大街上，别人不会误认你是藏军吗？"

邓郁清说："还没碰到这种情况。街上还有学生追上来，说我是最可爱的人，喊我'志愿军叔叔'哩！"说到这里，三人都放声大笑起来。

邓郁清回到西北以后，向有关领导作了汇报。但出于青藏高原地理环境特殊，担心少数人活动有困难，派测量队进行勘测的事只好暂时作罢。

二、慕生忠的决心

到了1953年初，西藏军民吃粮告急。

西藏工委负责人张国华、范明从西藏回北京参加中央召开的会议，慕生忠也因有事回到内地，西藏的工作由张经武主持。3月份的一天，西藏工委组织部副部长白云峰找到任启明，传达西藏工委决定派他回

---

[1] 邓郁清：《李达、张经武等同志谈修建青藏公路》，亲历者手稿。

到西北，由西北为西藏运粮的通知。接着，张经武又亲自找他谈话。

张经武说："西藏噶厦政府中亲帝国主义的人，不卖给我们粮草，继续企图困死我们。目前，我们机关、部队吃粮很紧张，仓库里有时断粮。为了解决粮食困难，需要从内地继续组织畜力向西藏驮运。从西康向拉萨驮运，要经过数座大山，困难甚大。从青海向西藏驮运，地势虽然高，但道路平。经过比较，认为从青海向西藏驮运较好。工委认为，你在西北熟人多，就决定派你回到西北去搞运输。"

任启明听了张经武这番话后说："我们进藏走这条路，驮运物资是要死很多骆驼的。"

张经武说："明知要死骆驼也得向西藏运输，你得想办法少死些骆驼。"

任启明沉思片刻说："采用奖励驼工的办法，可使他们爱护骆驼，或许能少死一点。如要组建驮运队，至少要购买 2000 峰骆驼。"

"先买 2000 峰。你责任重大，要吃大苦了！"

"请您放心，我会尽全力完成这项任务！"

任启明回到住处，马上开始做返回内地的准备。

当时，全国佛教协会通知西藏派代表前往北京开会，工委就让平措旺阶和任启明陪同以功德林呼图克图为首的佛教代表团，于 1953 年 4 月 3 日从拉萨出发。

拉萨至昌都一段他们骑马前行，从昌都至成都乘坐汽车。任启明注意观察沿途正在修筑的康藏公路，他看到解放军和筑路工人，在悬崖绝壁上开路，工程实在是太艰巨了。他一面看一面想，从西康到西藏，要经过横断山脉，山那么高，河那么深，工程那么浩大。为了支援西藏，修筑这一条公路，国家得花费多少财力、物力，得付出多大的代价啊。青海西宁到香日德解放初期公路已通，如果从那里向西藏修公路，地势虽然高，但比较平坦，没有康藏公路经过的悬崖绝壁。能向前修一段公路，就能使骆驼少驮一段路，这不就少死骆驼了吗？他的脑子里反复想着修路问题。

他们一行到成都后，由平措旺阶陪同佛教代表团去北京，他休息几天后就转向兰州了。到兰州后，任启明听说慕生忠在北京开会，就给慕生忠写了一封信，向慕生忠谈了他这次亲眼看到修筑康藏公路的体会。他在信中说，与在艰险的横断山上抢修公路相比，如果从青海向西藏修公路，条件则优越得多。如果能从青海香日德向前修一段公路，就可使骆驼少驮一段路，减少驮畜死亡，才能完成向西藏运输的任务。

慕生忠看了这封信后，完全同意他的看法，下了修筑公路的决心，并立即在北京与范明商议，然后向彭德怀请示。

彭德怀刚从朝鲜战场凯旋归来，慕生忠特意去看望他。谈话间，慕生忠对彭总说："根据这几年的经验，从青海向西藏运粮，困难很大。由于高原气候恶劣，骡马、骆驼沿途大部死亡，粮食丢了一路，运输任务无法完成。从长远考虑，要根本解决内地和西藏的交通问题，非修公路不可。为此，我想一面组织驼运，一面派人拉一辆木轮车探一探险，闯一闯路。"

彭总听后高兴地说："好啊，木轮车轻，你干脆拉一辆胶轮车，人不要多，免得人家说你是抬过去的！"

1953年5月，西藏运输总队在兰州成立，归西北局和中共西藏工委双重领导。西北局派王宝珊任总队长，慕生忠任政委，张子霖任副总队长，任启明任副政委。运输总队成立后，就开始筹备购买骆驼和招收驼工。因为需要的驼工和骆驼、骡马很多，要涉及甘肃、青海、宁夏、内蒙古和陕西五个省和自治区。中央决定，由西北局在兰州市召开五省（区）协调会，专门研究招工和购驼问题。当时全国总共有20多万峰骆驼，运输总队就买了强壮骆驼2.6万多峰。

运输队不久就遇到了很大的困难。因为骆驼腿长，习惯在沙漠中吃高草，青藏高原上的草又矮又稀，它们啃不上。那样长的路程，又不可能有草料供应，所以向拉萨运了一趟粮食下来，骆驼大多死亡，损失惨重，要完成支援西藏的任务，困难巨大。

中共西藏工委和进藏部队领导机关对此非常重视，认为必须下决心修路。慕生忠一面组织骆驼队向西藏运粮，一面也在考虑修路问题。

原来从青海到西藏的传统路线有三条：一条由西宁经玉树至拉萨；一条是1951年西北西藏工委，也即十八军独立支队进军西藏的路线。这一路线近、水草好，但沿途沮洳地多，不适宜骆驼运输。还有一条路线，从香日德向西，一直到格尔木，然后从格尔木折向南行，翻昆仑山、唐古拉山到黑河。从香日德至格尔木地势平坦，没有大山，解放前青海省所修青海公路已粗通格尔木。这条路线虽然远些，但气候比较干燥，适合骆驼运输。

经过对比，西藏运输总队确定走第三条线路，并决定把运输总队的总部设在香日德，在格尔木设一个转运站，站长刘奉学，任启明兼任政委。刘奉学带着七人，先行前往格尔木建站。他们到达格尔木后，立即写信汇报沿途情况，说从香日德至格尔木道路平坦，不翻山，只要对有些地方稍微整修，即可通车。如果汽车把物资运到格尔木，让骆驼从格尔木向黑河驮运，路程就可大大缩短。

要修公路，首先碰到的就是勘测公路的路线。按照常规修公路，需要用仪器进行勘测、绘图，提出修路的方案和计划，这需要很多技术人员和很长时间才能完成。当时不具备这些条件，所以香日德经格尔木至黑河的驮运线路能否修公路，大家心里没底。

经过研究，慕生忠决定采用赶马车的办法进行实地勘察，马车能过去汽车就可以过。他之前去见彭总时，彭总也这样交代过。范明和慕生忠提出要任启明亲自去一趟。任启明虽然对马车探路没有把握，又要承担极大的风险，但还是把这个异常艰巨的任务接受了下来。

三、任启明赶着木轮马车探路

任启明接受了赶马车探路的任务后，便积极准备。他向范明提出，需要两个能绘制军事地形图的测绘员同行，以记录沿途地形。范明一听马上给青海省委书记张仲良写信。但青海正修西宁至玉树的公路，抽不出测绘员，只能派出两名青年学生。兰州办事处刘伯儒、张自义负责在兰州定制了两辆约能承载1000余斤物资的木轮马车。

1953年11月，慕生忠一共带了20个人、一部吉普车、一部大卡车，从香日德出发，前往格尔木。路上哪里不通，他就下车修一修，300公里路用了4天时间，汽车走过的地方，路就算"修成"了。这使他对修青藏公路的想法更明确。

格尔木是一望无际的平原，地处青海省的柴达木盆地，位于昆仑山北麓，格尔木河畔，海拔2780米，历史上是蒙古族的游牧地。马步芳统治时期，新疆的哈萨克人不堪盛世才的统治，迁移至此，过着游牧生活。因此，当刘奉学在格尔木设站时，这里荒无人烟。慕生忠认为地图上的格尔木至少也该是一个村镇，下车后却只有一片茫茫荒原，大家站在荒原上，都问格尔木在哪里？

慕生忠挥挥手，说："我们的帐篷搭在哪里，格尔木就在哪里。"他接着提了一个口号："我们不但要在这里建起一座美丽的花园，还要在世界屋脊上开出一条平坦的大道。"

随后，任启明带着齐至鲁、李德寿和20多名身强力壮、有经验的驼工和架窝工人组成探路队，于12月从香日德出发。他们拉着50峰骆驼，带着6个架窝子，赶着两辆马车，骑着骡马，驮着沿途需要的口粮、马料、工具、帐篷、灶具等物资，马车上装载着拉萨人民医院急需的医药器械，第一次将马车赶上青藏高原。

不久，探路队来到诺木洪，刚住下，就来了10多个哈萨克人。他们看见马车上用篷布盖着的医疗器械，以为是武器，起了戒备之心。对方一个人下马盘问，任启明上前回答说是电影机，如果不信，可以揭开盖布给你们看。他们看任启明态度诚恳，就离开了，但在探路队宿营地不远处住下。为了防止意外，任启明派齐至鲁和翻译李德寿带上茶叶、红糖等礼品，专门前去拜访。他们去后，这些哈萨克人对他们很客气。

到了格尔木，任启明立刻了解格尔木设站的情况，骑马巡视了格尔木四周。他经过调查访问，得知从格尔木向南可通西藏，北可抵甘肃敦煌，西能至新疆，东可到西宁，是个四通八达的交通要地，因此是个理想的设站地点。

任启明从格尔木继续南行，走了一段就没有路了，前面是悬崖峭壁，不能通过，只好把马车停下，把阻拦马车通过的石头砸开，开石铺路。赶架窝子的陕北工人懂得开石头，他们此后一路都充当了石匠角色。一路上，他们遇到沟壑就填平，遇上丘陵就铲平，碰着石头就砸开，有的地方实在难以通过，就把马车拆开抬过去。沿途，任启明和李德寿把哪个地方马车通行无阻，哪个地方需要简单整修，哪个地方要费力大修等情况，全都记录下来。

因为他们赶马车探路是在严冬，江河都结了一层厚厚的冰，只要在冰上撒上沙土，就可以直接赶马车过河。探路队战胜刺骨的严寒和高山缺氧以及恶劣的气候，一段一段赶着马车向前，终于翻过唐古拉山，把两辆木轮马车赶到了西藏聂荣宗。

在聂荣宗遇到中共西藏工委黑河分工委副书记侯杰。侯杰看到任启明带领的探路队赶着马车，高兴地说，马车能赶来，从青海向西藏修公路就没有问题，希望把公路早日修通。

聂荣宗离黑河已经不远，探路队又将马车赶到了黑河。

任启明委托侯杰把他们这次赶马车探路的情况，向西藏工委书记、中央人民政府驻西藏代表张经武汇报。

虽然这次用马车探路获得了意料不到的成功，但任启明当时认为，他们用马车探路是冬季，江河结冰，如果到了夏天河水上涨，阻拦去路，则是最大的困难，应予充分估计。当时他设想先修一条冬季汽车路。

任启明在黑河向慕生忠发报，汇报了探路情况和他的设想。电报说，经过他们亲自赶马车探路，这条路线山高坡不陡，河多水不深，远看是山，走近是川。认为修一条从格尔木至黑河的冬季汽车路是完全可能的。根据探路的材料初步估计，要修这条冬季汽车路，需要1000人用半年时间即可完成。在青藏高原的冬季，汽车路可通车半年，这样向西藏运输物资的问题就可解决。

探路队在黑河休息了几天，把马车、医疗器械交给黑河，仍拉着骆驼、赶着马车由原路返回。当他们历时5个月返回香日德时，已是1954年4月。

任启明当初在兰州决定用马车探路时，本来确定用胶轮马车，但兰州一时买不到，就请木工赶制了两辆木轮马车。当他们赶着木轮马车出发后，原来买的两辆胶轮马车交了货，慕生忠记着彭总跟他说过的话，决定用胶轮马车再探一次路。于是又派王廷杰带人赶着两辆胶轮马车顺着同一条路线前往西藏。在任启明返回翻越唐古拉山的一天，遇到王廷杰等人。当时他们拉马车的骡子死了，正在那里发愁。王廷杰向任启明汇报了赶胶轮马车探路的情况，询问了唐古拉山路线。任启明向他们介绍了赶马车探路的经验和沿途情况。

他们把两辆胶轮马车也赶到了黑河。

任启明和王廷杰前后探路成功，说明青藏高原上是可以修公路的，这让慕生忠十分高兴。

四、为修路而耍的军阀作风

在任启明赶着马车前往黑河探路的时候，慕生忠即在后方进行修路的准备工作，调配了干部和技术骨干，并再次进京，向彭总详细汇报了青藏高原的地理地形特点和筑路前景。彭总站在一张地图前，久久地凝视着中国的西半部。良久，他举起右手，从甘肃省北部到西藏南部，用食指自上而下有力地划了一下："这一带都是空白！"

彭总的这个动作使慕生忠心中顿时一亮：这不仅是一条联系祖国内地与西藏的交通要道，而且是一条具有重要国防意义的大道！

少顷，彭总转过身来，问慕生忠："你有什么具体打算？"

慕生忠说："这条路，我们是一定要把它全线修通的。但基于种种原因，要全部纳入国家计划，看来很困难。因为经费的原因，我打算第一步先修通格尔木到可可西里的 300 公里。"

彭总沉思了一会儿，说："可以，你们写个报告，我转呈总理。"

当时在京的张国华、范明也就此给中央写了报告。

1954 年 3 月 23 日，中央财经委员会、交通部通知，周恩来总理、邓小平副总理和军委已批准修建青藏公路格尔木至可可西里段，并拨款 30 万元。

得到这个好消息，慕生忠立即赶到彭总那里。

彭总说："总理已把你们的报告批下来了。你看还有什么困难和要求？"

慕生忠想了想说："能不能拨给我 10 辆十轮大卡车和 10 个工兵？最好再给一辆吉普车。"

彭总爽快地说："好，都给你，由西北军区解决。"

临走时，慕生忠对彭总说："这一线许多地方还没有名称，以后，地图上的名字可要由我们自己起了。"

彭总说："你们自己不起谁起？"

当任启明带领的探路队返回格尔木时，慕生忠已率领宋剑伯、何畏、朱飞、杨景震等人来到格尔木，成立了修筑青藏公路指挥部。勘测路线的技术工作由何畏、宋剑伯负责，成立了青藏公路路线勘测组。因为宋剑伯、何畏只在旧军队工兵部队当过军官、略懂点工程常识，大家就笑称他俩为"土工程师"。

当时，很多人认为修青藏公路是不可能的，但慕生忠、任启明和宋剑伯、何畏对修青藏公路是坚定的。他们的主要想法是：修一段算一段，能修一段公路，就可减少一段骆驼的驮运。

由于骆驼大量死亡，运输总队决定解散。要修路，就需要人，慕生忠手上没有部队，只有民工。他想留下一些人，但这样艰苦的地方，没人愿意留，都想回老家去。于是，慕生忠想了个办法，集合大家说："你们走，我不能走。你们给我开几天荒，我要在这里种菜。"

他组织了90个人，10人一块地，每块地3亩。人们急着回家，一鼓劲，一天就都开出来了。这就是格尔木最早的"二十七亩园"。

地开好后，第二天，慕生忠又召集大家说："有人说青藏高原不能劳动，一劳动就死人。昨天10人开了3亩地，活不轻啊，谁个病啦，谁个死啦？说明这里是能劳动的。现在我们进藏的同志等着吃粮，我们运输任务没完成，把粮食丢在半路上回家，不是'开小差'吗？今天我决定，一个都不能走，好样儿的都留下来跟我修路。"

人们咕哝了一阵，一个宁夏来的民工喊道："我不留，我们是拉骆驼来的，不是修路来的。"

如果让他闹开，势必动摇军心，慕生忠只好来点"军阀作风"。他喊了声："把他捆起来！"本来是吓唬人的话，不想他的通信员真的就把那个民工捆起来了。

那个民工一见慕生忠来真的，只好服软说："好吧，修路就修路。"

于是慕生忠又好言劝说了一番。这人在以后的修路中成了劳动模范。

就这样，慕生忠挑选了1200多名身体强壮的民工，开了动员大会。他说："不平常的事业，就是我们平常人干出来的。我们要修一条青藏公路，这是历史上没人干过的一项伟大事业。青藏高原，咱拉骆驼走过，骆驼死了，可人都好好回来了，这里可以生活，可以劳动，我和大家一起，同甘共苦，咱把路修成，也算为祖国干一件好事。"

1954年5月10日，由何畏、宋剑伯带领的路线勘测组，带着12根花杆、一架水平仪、一个小平板等简单的测量工具，由8峰骆驼驮着，从格尔木向昆仑山口方向出发了。他们的任务是设路线标记，确定路线走向，任务十分繁重。

由于中央的30万元经费还没有拨到，慕生忠就先借支西藏运输总队的经费。两天后，青藏公路在格尔木动工。慕生忠作了简短的动员后，筑路队伍便向这千年荒野开战了。

五、唯一的工程师邓郁清

慕生忠将民工编成6个工程队，每队200人，每队给100峰新补的骆驼作搬家、供应的运输力量。每个筑路队包修一段，修好之后即转向前方，循环向前推进。

因为事先没有经过仪器勘测、设计，没有图纸可循，主要依靠勘测组实地勘测确定的路线修路。任启明确定了"平、快、近、硬"四字筑路原则：平，就是选择地势平坦之处；快，就是比较哪条路线好修；近，就是比较那条路线最近；硬，就是选择地质坚硬的地方，避开沮洳地。各筑路队修某段路时，只要具备四个条件中的三个，就可自行决定；如果某段路经实地观察，只具备四个条件中的两个，就得提出新的筑路方案，报筑路指挥部确定；如果只具备一个条件，则由勘测组另选路线。

为了保证公路质量，为以后修筑更高标准的青藏公路打好基础，慕生忠急需公路技术专家——他想到了邓郁清。

当时邓郁清已调到陕西工作，担任阎良机场施工所主任。6月的一天，他突然接到西北局交通部的通知，限他三天回交通部报到。回到西安，才知是调他到西藏工作。当他看了慕生忠要他参加修建青藏公路，全面主持工程技术及测设工作的亲笔信，心情顿时激动起来。

修筑青藏公路，是他多年未能实现的、梦寐烈求的愿望。他赶紧打点行装，说服家人和至亲好友的劝阻，匆匆西去。

经过十多天的旅途颠簸，邓郁清又一次来到香日德。他第一次随军进藏时，这个地方还只是柴达木盆地东南缘的乡村小镇，现已成为援藏物资的转运中心，西藏运输总队就设在这里。在运输总队的安排下，他很快乘车到达格尔木，见到了正在领导筑路的慕生忠和任启明。

邓郁清意气风发，雄心勃勃。到后才知道，中央虽然批准了修筑青藏公路的计划，但由于经费和人力物力所限，没有正式成立一个专门筑路的机构，一切均在西藏运输总队的基础上进行工作。

当时的工程技术人员只有邓郁清和宋剑伯、何畏。邓郁清到格尔木的当天，和慕生忠刚见过面，就被他拉到他小帐篷里，开了一次关于筑路方案的讨论会，参加者只有慕生忠、任启明和邓郁清。当谈到在号称"世界屋脊"的青藏高原新修 1000 多公里公路，竟然连一个正规测量队、工程队都没有，就已冒然施工时，邓郁清愕然不知所措，在西安接受任务时的满腔热情顿时烟消云散。他一下站了起来，头撞在了帐篷顶上，大声说："我简直不敢相信中央会批准这样的计划，更不理解西藏的领导也会同意这个方案只需要我一个工程师！"

慕生忠按他坐下："工程师同志，你在 1951 年进过藏，对西藏情况比较熟悉。现在我要提醒你注意一个问题，就是不要考虑个人得失，认为自己修了一辈子路，到这里来修一条不像样的公路，觉得丢人。当前，我们迫切需要修出一条路来，否则我们在西藏的同志就会吃不上饭、穿不上衣。这是关系到西藏前途和国家安危的头等大事。试问还有什么比这更重要的呢？"他接着又说，"我们这次修路是不合常规，不合基建程序。但并非我们执意要那样做，而是形势所迫，时间不许可啊！如果我们按常规办，先踏勘后测设，然后经过审批再施工，这样一来，起码两三年过去了，将产生什么后果呢？我们不是想蛮干，也不是不相信科学，如果那样，我们就不会同有关部门联系和函调你了。当按常规办事不能解决现实问题的时候，我们只好打破常规，去创造新的科学。"

尽管慕生忠讲了上面那些很有分量的话，邓郁清依然信心不足，继续激烈地争辩说："政委，你急于修路的心情我是理解的。对我个人来说，得失可以不顾，面子可以丢，但修路毕竟是一门科学，仅凭热情和干劲是不够的。不测量就施工，是没有把握的。"

接着，慕生忠谈了靠驼运完不成任务的情况，重申了只有修路才能解决问题的现状。在介绍了当时进行筑路的全部家底后，他说："我们把这些人编成 6 个施工队、1 个测量队，全由外行领导。你是西藏工委向西北局要求调来的唯一的工程师，是责无旁贷的工程技术总负责人。在技术工作方面大家都会听从你的安排。工程师同志，你看我们应该如何运用现有的财力、人力、物力，以最短的时间、最快的速度、最省的人力将公路修到拉萨？"

邓郁清没有回答。

慕生忠又以鼓励的口气说："你要跳出老框框，在技术上闯出一条新路子来。"

任启明想打破僵局，插话说："我带大车探路也是形势逼出来的，是从来没有过的、别开生面的探路法。"

他的话引得邓郁清笑了起来。慕生忠见他态度有所缓和，又进一步说："郁清同志，你不是说过得失可以不顾，面子可以丢嘛！那很好，我们已经有了共同的思想基础，那就请接受组织交给你的重任！我只有一个要求，就是尽快修出一条'急造公路'来，技术方面全由你作主，责任我来承担。"

邓郁清沉吟了一下说："我希望采用近期和长远相结合的分步筑路方案。先求粗通，在粗通的基础上，立即着手分期分段加以改善，维持正常通车，最后再根据发展需要全面提高。这个'粗通'，就是尽量争取在一年以内通车拉萨。'粗'是为求快，'通'是关键，是实质，以能经受载重五吨，时速为20公里的汽车行驶作为竣工验收标准。"

慕生忠击掌说好："这样很好，这就是我一定要调你来的原因。你是工程师，标准你定。"

"我的标准和要求是，路基工程原则上采取就地爬，不作大填挖，但车道中心3米以内必须填补夯压坚实，有条件的地段应加铺2至5米沙砾路面。路基的坡度一般不得大于10%，平曲线半径不得小于15米。路基的宽度在平原和丘陵地带为6米，越岭线及傍山道可减为4米，但应尽量利用地形加修避车道。"

慕生忠听得很认真："你接着说！"

"但凡跨越河流、溪沟，由于材料缺乏，尽量不修桥涵，根据各种不同情况作特殊处理。非架不可的桥涵，由工程师现场设计、指导施工。由于炸药数量有限，开山工具不足，尽量避免石方工程。但是，为减少浪费，便于以后逐步提高，在选择线路时，必须从长远考虑。也就是说，除个别地段为了避免巨大石方工程有意绕道外，一般都应在正线上进行施工。不论工程大小，都要事先制订一个具体实施方案。这对于没有设计图纸作依据就进行施工的我们来说，十分重要。不然各搞一套，只要一小段出了问题，就会影响正常通车。我要立即对已修路段进行一次全面检查，凡不符合规定要求的，责令原施工队负责返工。"

慕生忠和任启明都表示支持。

六、昆仑桥

公路顺着奈尔果勒河向前延伸，要经过天崖涧、西大滩、乱石滩，这是修筑青藏公路的第一难关。这里沟大、石头多，而修路工人原来是驼工，修路工具只有铁锹、十字镐和钢钎，没有炸药。遇上碎石，就用筐担；遇上大石，或用钢钎撬，或用绳拉到沟里；当碰上特大巨石，就组织几十个人，用人力把巨石移在路旁。修路的办法很原始，几乎完全靠力气。

第一段艰巨工程就是格尔木向南不远的艾家沟口和雪水河两岸。前一处是格尔木河边陡崖上一个沟口，蒙古语叫"艾吉勒"，因为慕生忠有个代号叫老艾，所以大家便叫这里"艾家沟口"，公路要通过这沟口从陡岩下到河滩。后一处是格尔木河的一条支流，河床成了深沟，公路要先修到沟底再上到对岸，两处都要劈开悬崖修出坡路。但地质都是坚固的沙碛石，放炮炸不成，只能用镐刨，一镐下去啃不下核桃大一块。

当时正是夏季，草原上白天烈日如火，蚊子成群，民工膀子晒脱了皮，没有遮住的地方都被蚊虫咬肿了；夜里却寒意凛冽，冻得睡不着。由于没有修路的专款，只能在原运输总队名下领点费用。民工的伙食，天天是白水煮面片。开工不久，就病倒了90多人。每个帐篷里都有人哼哼，叫人心里异常难受。但究竟是什么病，却没人知道。这时，格尔木的"二十七亩园"里一些小水萝卜可以吃了，慕生忠让送一些给病号吃，想不到一吃病就轻了，于是他给每人一天发4个，结果病全都好了。

后来才知道人们生病是因为长期吃不到新鲜蔬菜、缺少维生素所致。当时大家说新鲜东西里边有"适应素"，吃了能适应高原生活。小萝卜吃光了，正好公路进了昆仑山区，那里野羊、野驴成群，于是慕生忠下令每个小队派出一个小组去打猎。有了鲜肉，生活改善了，生病的人也少了。

拿下了雪水河工程，慕生忠就把队伍向南一线拉开，采取了"置之死地而后生"的战术。他把第一工程队直接派到距后边已通车路段170公里的昆仑山以南。出发前他向队长马珍交代："你们带20天口粮，到时我一定把汽车开到你们的工地去。"

这样，那170公里路必须在20天内修通，否则第一工程队到时就会饿肚子。

这中间必须跨过格尔木河最窄的河段——格尔木河在这里变成了一道深谷，像大地由此断裂，使人有到了"地之边、天之涯"的感觉。

它宽不过 8 米，却深达 30 多米，上窄下宽，呈"八"字状，谷壁陡峭，巉岩嶙峋，谷底黑浪奔涌，声如闷雷，从崖口下视，头晕目眩；河对岸还有个石嘴挡住去路，是青藏线的咽喉。

这时，西北军区调派的一个工兵班在副连长王宏恩带领下赶到了，指挥部将这一艰巨任务交给了他们。战士们悬空作业，架了一座便桥，以让修路的工程队先开过去。如要车辆通行，非架桥不可。

邓郁清到达格尔木的时候，离第一工程队出发已过去 17 天，后方工程也已接近尾声。这座桥梁如不及时架好，前方急需物资补给就无法运送，势必影响全局。因此，他与慕生忠、任启明研究完筑路方案后，就被慕生忠迫不及待地亲自送到了建桥工地，并交代说："修路我们没有等你到来就先行动工了，可是这座桥就绝非外行所敢尝试。我们没有熟练的架桥工人及应有的施工设备。为争取时间，特先从兰州运来 9 根东北松木和少量钢筋铅丝，其他一些圆木也是从香日德运来的，你看着办吧。"

邓郁清向王宏恩询问了修桥准备工作，察看了地形，发现所选桥位很适当，而且引道已修好。问题在于 9 根作大梁的木料长度为 9 米。而实际需要长度为 12 米，短了 3 米。接梁也没有材料，连一根螺栓和铁夹板、桥钉都没有。引道下口虽然有一米多的余地，如果砌上石台可以压缩跨径，却没有水泥和石灰，附近也找不到一处能打料石的石场；如果降低桥梁高度，也可能压缩跨径，然而改修两边的引道，石方工程又十分艰巨。

王洪恩提议由邓郁清设计方案，他派车去兰州备料。慕生忠听了，当即说："不行，远水解不了近渴，3 天内必须通车，不然前边的人就要饿肚子了！"

邓郁清给慕生忠下了逐客令："政委，你有事就先走吧，这里由我们来想办法。"

时近傍晚，慕生忠独自到前方工地去了。临走时，坚持把警卫员白生孝留下照顾邓郁清的生活——邓郁清竭力反对也无济于事。

当晚，邓郁清饭也不想吃，只一支接一支地抽烟。他让白孝生通知大家也想办法，便和衣躺在帐篷里的地铺上反复思考，想出来的很多办法都被他自己推翻了。

第二天一早，邓郁清便和王洪恩、工兵班的 10 个战士以及几位陕北石工，开了一个"诸葛亮会"，要大家在压缩跨径又不降低高度上想办法。有人提出可否把下口岩石边缘凿平，垫上一排桥梁立柱？这个办法可行，但问题是如何才能把立柱放稳。

这又把大家难住了。大家正愁眉不展的时候，一位姓郝的石工师傅提议可以不做桩架，而在每根立柱的位置上打个石窝，把桥桩插进去。大家一听都认为很好，高兴得拍手相庆。

邓郁清马上在一块木箱盖子上画了施工图，然后叫王宏恩和工兵班长去定桩位。没有经纬仪，就用皮尺按3∶4∶5的比例在引道中心线上定出直角三角形，测出两岸桩位线——与路线垂直的平行线。每排按五根，每根间距1米。桥桩埋入石窝中的深度为80厘米，桥桩与横梁采用接榫加钉蚂蟥钉，桥桩用铅丝拉住固定于埋在桥台后的撬棍上；两桥头加砌片石作护坡；为了减小挠度，加设托梁及斜撑。在需要用螺丝的地方，比如大梁与横梁的结合部位，都用截下来的钢筋平弯过来一段，然后把木料钻个窟窿，从底下拉上来，在上面用铁锤砸平。

三天期限到了，木桥架起来了。慕生忠按时赶了回来，马上叫满载面粉的十辆卡车通过。邓郁清耽心万一出问题，决定亲自坐第一辆车过桥。慕生忠却一把把他从驾驶室里拉了出来，自己跳了上去，对他说："这桥是你修的嘛，你在前面指挥！"

邓郁清理解他的意思，只好从命。

汽车顺利通过，在场的人高兴得相互握手拥抱。当时，慕政委和大家一起把它取名为"天涯桥"。1956年，陈毅副总理路经此桥时，更名为"昆仑桥"。

七、到达可可西里

昆仑山顶的岩石，经过千万年的日晒雨淋和冰冻雪浸，已风化为碎石，堆满山坡，厚厚一层。筑路工人用两只手和简单的工具，将其清除，使汽车开过了昆仑山，把给养送到了前方筑路工地。任启明来到昆仑山巅，看到汽车第一次开上世界屋脊之巅，心潮澎湃，曾吟诗一首：

相传昆仑太神奇，生存不易总是谜。

今日汽车如水流，再莫教人费猜疑。

当运粮汽车开到昆仑山南第一工程队工地帐篷前时，马珍一见慕生忠就咧嘴笑开了。

慕生忠说："你们没挨饿吧！"

马珍乐呵呵地说："今天正好20天，我们还有6天的口粮呢。"

"为什么？"

"我怕到时您来不了，我们节省了一点！"

慕生忠说："军中无戏言，我说到就要做到。"

翻过昆仑山，海拔陡升到4500米至5000米。千里荒原，杳无人烟。但野牛、野马、野羊成群，也有伤人的豺狼熊豹。由于空气稀薄，人稍一行走就气喘如牛，要干修路这样的重体力活更是吃力。这里气候变化无常，一天之间，几乎要度过春夏秋冬四季。

青藏公路从格尔木至黑河之间，要跨过通天河上游大小十多条河流。在这千里荒原上，一寸木料也找不到，没有木料就很难架桥。筑路人员开动脑筋，因地制宜创造，使汽车通过了一条又一条河流。

修路队伍抵达乌兰木伦河时，高原开始飞雪，几百米宽的河面上漂着冰凌。筑路工人先在渡口的上游挖掘河道，把河水分为几道支流，进行排水分流。然后从十里外的沙滩备齐石料、沙袋后，用羊皮筏子载到河中，人跳到冰冷的激流里抬下石头或沙袋，填铺路面。过水路面经过填铺，河面变宽，河底变浅，然后在河的两岸垒石为记，即使河里有水，只要不太深，汽车也可从河上通过。

邓郁清和慕生忠往前赶。宋剑伯、何畏在前面测量队，但他们都没有搞过公路测量，定线时既无仪器也没经验，因此，未打弯道，也未测定坡度。邓郁清和慕生忠对每段公路作了检查，凡是妨碍通车的地方，即使修好了也要求返工。邓郁清只带了测量队长通常带的几件宝：小罗盘仪、手水准、曲线表和计算尺——他就靠它们打弯道、定坡度。

昆仑山北坡下有个叫西大滩的地方，最初修的一段路靠近扇形冲积层。第二次改线时，筑路队在坡边挖了截水沟，同时还加高了路基，但不到一月，冰雪融化，水势一大，便把截水沟填满，结果这段路被水冲毁了。这说明扇形冲积层表面平坦，实际上却不宜修路。邓郁清因此把路线北移，一直靠近山坡跟前，路基并未提高多少，却能较好地把水排走。

过了西大滩，公路进入昆仑山的一条山谷，接着要翻越一个山垭口。由于山谷多乱石，大家便叫它乱石沟。为了不使人望而生畏，大家又将那座山取名为"十二步山"，意思是很快就可以翻过去。那时候，有一个中队在山顶施工，他们挖了不到一米深，虽然又垫上了石头，冰层仍旧不断融化。后来邓郁清才知道那是多年冻土，不能破坏它的保护层。在昆仑山上改线的时候，他们也曾遇到一个孤立的小山包，挖开来却是冰层，同大块冰一样。邓郁清赶快叫大家把它掩盖好。从实践中他体会到，在有多年冻土和地下冰层的地段修路，只能填，不能挖，同时最好不要在上坡取土，在下坡取土也要远离路基 50 米以外。

青藏公路跨过了不少河流。可是当年条件很差，除了非修不可的昆仑桥以外，筑路队再也没有力量架设第二座桥梁。邓郁清选的线路，避开了黄河发源地，不过黄河，过的只是长江源头——通天河的上游，而它在这里有四条支流，都比较浅。在正常情况下，桥位的选定一般都在河床比较顺直，水面较窄，水流集中，河岸比较固定的地方。而那时他们却要找河宽水浅、河床坚硬的地方作为过河点，修简易过水路面。

楚玛尔河的过河点就选在水面宽 100 余米、河岸间宽数百米的地方。筑路队用当地的沙柳编成大筐，装上石头，把下游部分填起来，又在行车水道填上石头，使其基本平整。记得慕生忠见驾驶员徐平开第一辆汽车过了河，兴奋得立即跑上前去把徐平抱起，几个人冲上去，把他抛到半空中。大家之所以高兴，是因为过了这道河，通车可可西里就胜利在望了。

过了楚玛尔河，慕生忠和邓郁清赶上了宋剑伯、何畏带的测量队。这是一支由 6 名干部、两名工人、一名翻译、一名炊事员组成的小分队，只有两顶帐篷、八峰骆驼和几个皮卷尺。邓郁清对慕生忠说："政委，你该往哪里走就往哪里走吧！我一定要同测量队在一起。我的主要任务是定线，这是关键。前面还有唐古拉等好多山，如果线定得不合适，汽车是爬不过去的。"

事情的确如此。工程队在艾芨里沟修路时，弯度打不出来，只好边修边试。他们用架杆绑成汽车长宽的形状，用人抬着转着比弯度，费尽了苦心。但修出的路还不一定符合标准。邓郁清决不能让这种情况继续下去。

从楚玛尔河向南 50 公里就是可可西里，外国探险家称作人类不能生存之地，因有五道缓坡起伏的山梁，慕生忠给它起名"五道梁"。他还在这里设了一个运输站。再向南通过通天河上游第二条支流东卜勒纳木河，就到了乌丽。

慕生忠在组织运输总队和修筑青藏公路时，用了一批原国民党军官和历史上有些问题的人才当干部，当时有人说他"招降纳叛"。他知道中央对他们的使用有明确的政策，所以没管那一套。

齐天然原是老西北军冯玉祥部下，后来在胡宗南部队当过少将师长。慕生忠组织运输总队时，派他到五道梁任运输站站长。他路过五道梁，齐天然陪他乘车到前边察看工程，走了 100 多公里后，发现有个地方的煤层露在地面上，就对齐天然说："这里有煤，就叫'乌丽'吧。过前边道班时，我让道班工人今天把帐篷搬到那里去，明天挖煤。"

齐天然觉得很好笑："世界上竟有你这样主观主义的人，车也没下，又是起地名，又是叫挖煤。"

可是他俩一天半后回来时，挖出的煤已堆了一大堆，道班工人说很好烧。回到五道梁，齐天然对慕生忠说："今天我可佩服你了。过去只知道你胆大、有魄力，现在我看你也算一个能人。"

慕生忠说："你如果佩服我，我给你个任务你敢不敢干？"

"什么任务？"

"把公路从格尔木修到敦煌。"

"敢！"

慕生忠说："那好，我给你 1 部汽车，20 个人，你从敦煌边修边走，车能开到格尔木，任务就算完成。哪儿通不过，你死在哪儿，我另外派人。"

"一言为定！"

就这样，齐天然离开五道梁，修敦煌到格尔木的公路去了。

过了乌丽就到沱沱河，它是通天河上游第三条河。7 月 30 日，10 辆十轮卡车开过沱沱河，上了可可西里。慕生忠十分激动，当即给彭总和中央发了电报报告了这个好消息。

也就在这时，范明陪同班禅到内地途经这里。他们把乘坐的马匹和骆驼留下后，由五道梁改乘汽车到达了格尔木。这段公路就算正式通车了。

青藏公路送走了第一批客人的当晚，慕生忠召集各工程队队长开了会，具体布署了接下来的筑路任务，然后，他连夜乘吉普车到西宁，赶往北京，再次向彭德怀汇报。

彭德怀欣喜地让秘书拿来军用地图，一段一段地询问在昆仑山上修路的情况。

最后，慕生忠说："我们还要继续往前修！但是……"

彭总没等他说完，就说："这次不要再给总理打报告了。要钱，从军费里借；要人，再给你拨工兵；要车，再给你拨汽车！"

慕生忠把他脑子里早已想好的打算报告了彭总："我需要经费 200 万元，工兵 1000 名，十轮大卡车 100 台。"

彭德怀说："这都没问题，你只管朝前修！"

彭德怀的支持，给了慕生忠和奋战在青藏高原上的筑路官兵和民工巨大的鼓舞。筑路队伍以超乎人们意料的速度向前推进着。

过去，西藏运输总队用骆驼运粮时，在沱沱河的前边设有运输站，负责人是张祥麟和鱼献海。但筑路工程队修路过了沱沱河，翻过山时遇上大雾，走迷了方向，寻不见这个运输站了。任启明派人四处寻找运输站，以便给筑路人员补充给养。这些人出去半天没有找到。任启明就找邓郁清查一下他们在什么地方，邓郁清也说不清楚。最后两人只好骑马去找。他俩走着走着，发现两座参差着的山间有个窄道，一过窄道则是个大荒原，运输站就设在这个荒原上。

两人分外高兴，立即回去报告了这一意外的发现。他们给那道参差的山岭取名"开心岭"。后来慕生忠向毛主席汇报青藏公路情况，提到"开心岭"时，毛主席称赞这名字取得好，有革命乐观主义精神。

青藏公路沿线的很多地名就是取的，比如西大滩、三叉河、乱石沟、不冻泉、开心岭、风火山、五道梁、乌丽、雁石坪等，这些地名后被国家承认，填补了中国地图上的一大片空白。

八、狼群与饥饿

在青藏公路的定线过程中，邓郁清注意从长远考虑，尽量把线定正确。因此，全线除了两段由于石方多、工程艰巨，当时有意避开，后来改动较大外，其他改动都不大。其一是过沱沱河翻开心岭后，测量队当初不是走的现在的线路，而是绕道小唐古拉。因为那里是土山，没有石方，比较容易修通。还有一段就是过了安多买马，有个地方叫申克里功山，山高坡陡。当初测量到那里时，吃尽了苦头。按照当时的人力和物力，要使公路翻过这个山岭简直是不可能的。邓郁清和杨景铮、马善孝一起，骑着骆驼寻找新线路。他们看见下面有一个大湖，断定这个山沟的水和后山的水都是流到湖里的，便沿着山沟找去，走了整整一天，未能返回宿营地。

当晚，他们便把三匹骆驼按三角形卧好挡风，人就坐在中间，各倚一匹骆驼取暖。那天，他们每人只带了三张饼，早已吃光了。高原的夜，寒风刺骨，又冻又饿，几乎彻夜未眠。翌日清晨，当他们爬上山顶，依稀看到山下有两顶帐篷时，高兴极了。

从开心岭再向南，过了温泉，就开始上唐古拉山了。唐古拉山是青藏公路线上最高、最艰险的一座大山，主峰达6000多米，常年积雪，气候特别恶劣。

测量队要赶在施工队前面探测路线，他们没有电台，无法同指挥部和工程队联系，交代工程说明就采取在土堆里埋信件的办法。这样，后面知道测量队的行程，他们却不知后面工程的进展。测量队刚踏上唐古拉山，老天就变了脸，大雪纷飞，积雪盈尺，上哪里拾牛粪生火做饭呢？大家在海拔5000多米的山上行进、工作，忍受着剧烈的高山反应，渴了吃雪，饿了雪拌糌粑，每前进一步都十分困难。

雪下了四天，他们一直未生过火。也就在第四天，测量队过了唐古拉山口，把帐篷搬到了山下面。

天渐渐黑下来，邓郁清因为勘察线路，经过几个山头之后实在走不动了，下山时只能走一走停一停。这时，有一位工人始终在前面等着他。邓郁清走他也走，邓郁清停他也停。后来，邓郁清感到支持不到帐篷了，便对他说："同志，你先走吧！不要管我了。"但那位年轻人坚持要等他。又走了一段路，他忽然惊叫起来："工程师，看哪！我们的帐篷里往外冒烟了，我们能喝热水了。"

已经吃了四天雪，没有喝过一口水的邓郁清，一见帐篷冒烟，高兴得了不得，劲头也上来了，很快到达了宿营地。他一走进炊事员的帐篷，便瘫倒在地上。只听大家兴奋地说："今天好啦，有吃的了！"结果并不是拾来了牛粪，是有心的炊事员在这关键时刻，把特意保存了很长时间的一个木桶劈来烧了做饭。大家喝着面糊汤，感觉比山珍海味还要鲜美。

9月中旬，马珍带领的筑路队上了唐古拉山。随后，筑路总指挥部也上了山。上去那么多人，粮食运不上来，吃粮困难。慕生忠提出要大家学习进藏部队挖地老鼠吃。任启明建议先减少骑马饲料，以马料充饥，并派人去催粮，让骆驼迅速将粮食运上山来。

当时已是10月初，唐古拉山上天低云暗，整日下雪，气候特别寒冷，脸盆里的水一会儿就冻得鼓起来，山上的土地和碎石冻在一起，一镐下去，弹得老高。大风吹得人站不稳脚，帐篷也常被刮倒刮飞。山顶上的飞鸟也因难以展翅，不能飞翔，只能冲着大风，跃过山垭，任启明有感于此，特意写了一首诗：

> 唐古拉山非等闲，自古积雪不知年。
> 风大鸟飞难展翅，跳跃通过垭壑前。

由于气候特别恶劣，加之缺粮、缺氧，病号迅速增加，在这山上，一分钟的延迟都将付出代价。各筑路队的队长都来找任启明想办法。大家研究后决定，早上不出工，等阳光将地表冻土融化后再开始干活，一直干到夜间上冻为止。其他时间，好好休息，改善伙食。6个工程队分段作战。斜坡、垭口有许多石坎、石崖，大家用洋镐刨，钢钎撬，有的地方要打眼放炮，施工人员忍着缺氧反应，奋力抡锤。这个累倒了，那个又上。同志们一个个脸色黑紫，嘴唇干裂，身体干瘦，有人的皮肤竟能擦燃火柴。

但就在这生死关头，后方来电报说上级一个工作组要慕生忠回去检讨所谓"招降纳叛"的问题。他一听气环了：这是什么时候？偏在这当口儿来纠缠，要定罪要杀头等把路修过唐古拉山再说吧！他把电报甩在一边上了工地，和民工并排抡起大锤，民工一气打80下，他也打80下。大家都说："总指挥红眼了！"

曾经有人问："工人每天劳动多少小时？"按规定每天早上六点起床，吃完饭后上工，中午吃完饭后又继续干，傍晚才收工。那时的饮食极其简单，除了馒头就是大头菜和其他咸菜，油很早就吃光了，从未吃过新鲜蔬菜。可是，不少工人半夜就起床上工。有一天晚上，医生走进一个帐篷，没有见到一个工人，他连忙去找队长。队长跑来一看，果然人和工具都没有了。仔细一听，山上有镢头声，便和医生一起去工地批评小队长，命令停工。小队长说："这是工人们叫我起来的！你让别的小队停了工我就停工！"而当时工人的工资每月才30余元，也没有什么奖金。

就这样，10月20日下午，唐古拉山顶最艰巨的30公里工程竣工了。车过唐古拉，慕生忠马上给彭德怀发电报请他转告中央：

> 中央：我们已战胜唐古拉，在海拔5700米以上①修路30公里，这可能是世界上最高的一段公路。现正乘胜前进，争取早日到达拉萨。

彭德怀看了电报，交给了周恩来，周恩来特别高兴，马上通知了交通部。交通部和青海省很快派去了慰问团。

过了唐古拉，一路缓坡，直下到桃儿久。这里是怒江上游黑河的发源地。修路的人乘车先到了，驮帐篷的骆驼还没有上来，慕生忠和大家一起，只好在风雪荒野中露宿，第二天早上起来，被子上全是泥沙、冰雪、草屑。

这时，西北军区派出的工兵团在团长李易带领下，也赶到了。工兵团有现代化的施工机械和炸药。筑路部队没有费多大力气，就将青藏公路修通到了黑河，实现了半年通车黑河的筑路计划。

——半年之间，1200人用最简单的工具在世界屋脊修公路890公里，创造了公路史上的奇迹。

从格尔木开始修筑青藏公路是秘密进行的。当时连青海省都不知道在修这条路，那时报纸上有青藏公路的报道，指的是正在修筑的西宁至玉树的路线。当汽车通到黑河的第二天，印度报纸才刊登了青藏公路通车黑河的消息。于是新华社开始报道："青藏公路越过青海西南部的大草原和青海西藏交界的唐古拉山，在11月16日通车到西藏北

---

① 当时按气压表测的高度，未修正。

部重镇——黑河。"

原来，任启明带着探路队用马车探路至黑河时，只设想修一条冬季汽车路，保证能有半年时间用汽车运输，使西藏部队、工委机关的粮食问题得到基本解决。他自己也没有料到，青藏公路能进展得这样神速。

公路贯通，慕生忠、任启明、邓郁清三人相对，没有说一句话，只有满脸泪水，然后，三人紧紧拥抱，像个孩子似的号啕大哭了一场。

九、通车拉萨

公路修通到黑河后，由于有了现代化的工兵团，筑路指挥部及时大胆提出：争取年底通车拉萨。

从黑河向拉萨修路，首先要决定公路的路线。1951年，十八军独立支队进军西藏走的路线，是从黑河到当雄境内，折向南行，经旁多、林周至拉萨。从当雄至拉萨要翻两座大山，横渡拉萨河的上游热振河，工程艰巨，年底不能修通。在黑河分工委工作的程永康曾走过羊八井至拉萨这条路。他向大家介绍说，从当雄西南行，仍是大草原，比较平坦，只有羊八井峡谷的工程艰巨。经研究，决定公路走羊八井至拉萨这条路线。

为了完成公路年底通向拉萨的任务，黑河地区的藏族牧民，在黑河分工委的领导下，组织了支援委员会，帮助筑路队伍运输物资。从黑河至拉萨，大部分所经之地是藏北草原，地势平坦，一望无际，青藏公路飞速向前延伸。只用半个月，就修筑公路260多公里。12月1日，浩浩荡荡的筑路队伍，已来到距拉萨90公里的羊八井峡谷。只要战胜了这一艰巨工程，汽车就可直通拉萨。

邓郁清到拉萨向张国华、陈明义等人汇报了青藏公路的修建情况。当时，川藏公路已经快要通车了，正在修建拉萨河大桥。陈明义副司令员把他叫到拉萨河边的帐篷里，给指挥架桥的官兵介绍情况。在场的人听说青藏公路已经修到羊八井时，无不感到惊讶。

羊八井到拉萨，要穿过20公里石峡。谷窄沟深，悬崖夹道，石方工程量很大。而修通羊八井峡谷，是保证年底通车拉萨的关键。有专家认为修通羊八井工程至少需要3个月时间，而这时距年底只有一个月了。慕生忠来到羊八井，坐镇指挥。工兵团负责炸石开路，任启明指挥民工修铺路面。工兵团在前，民工在后，不间歇地向前突进。

羊八井峡谷的河流落差大，水流急，填到水中的石头、沙袋，立刻被水冲走。当时已是十二月，天寒地冻，但王德明、王廷杰、赵建中等筑路队领导一见，带头下水，搭成人墙，想拦住沙袋。但工人畏惧水寒流急，站在河边看着，水里人少就拦不住沙袋。任启明看到这一情景，也毫不犹豫地跳入水中。民工一见，也纷纷下水，结成一层又一层人墙，拦住了沙袋，修好了过水路面。

12月15日，2000多名筑路英雄，100台十轮卡车，浩浩荡荡地穿过了羊八井石峡。

第二天，青藏、康藏两条公路的筑路人员，在拉萨西郊噶宗会合。这里已能看见雄伟的布达拉宫了。

至此，前后仅用了7个月零4天的时间，格尔木至拉萨1300公里的公路全线通车。

与此同时，从敦煌到格尔木的公路在齐天然的带领下，也奇迹般地把汽车开过了祁连山、百里盐湖，于12月26日到达了格尔木。

原来，齐天然离开慕生忠回到兰州后，搞了辆旧汽车，修了修，到敦煌召集了20名民工，浩瀚戈壁600公里，他们40天就把汽车开到了格尔木。

这段路，胆小的人干不成。因为格尔木向北70公里就是盐湖，其宽30多公里，又称盐桥。工程地质人员认为土质含盐10%以上就不能修路。齐天然说："量多质变，百分之百的盐为什么不能修路？"

实践证明这段盐路很好。

齐天然到达格尔木后，给慕生忠发来电报，说格尔木到敦煌一段也通车了。这样，青藏公路从拉萨到格尔木后，既可东到西宁，又可北到敦煌，和兰（州）新（疆）铁路直接相接。

1955年1月，慕生忠赶到北京，向彭德怀汇报了青藏公路全线通车的情况。彭德怀故作惊讶地说："你真的把青藏公路修通啦？"

慕生忠回答说："我是坐汽车到拉萨，又从拉萨坐汽车到兰州的！"

彭德怀说："好，人就应该有这种干劲！"

吃午饭了，彭德怀拿出一瓶白酒，给慕生忠斟了满满一大杯，约有2两，自己也倒了小半杯，说："这是我自己泡的好酒，今天我敬你一杯。”

慕生忠一饮而尽。彭德怀又连斟两杯，慕生忠又都喝光了。

彭德怀看他一气喝了三大杯，就把酒瓶拿开了，说：“你这酒鬼，再喝就醉了。”

慕生忠说：“谢谢彭总，我已经喝好了。”

吃完饭，慕生忠又向彭德怀汇报了他们在公路沿线开煤矿、种树、建砖瓦厂的事，并说他已在格尔木拆了帐篷，建了几孔窑洞。

彭德怀说：“你把陕北的文化也带到青藏高原去了，以后我一定要借你的窑洞住几天。”

慕生忠当即邀请彭德怀有机会时到青藏公路去看看，彭德怀欣然答应了。

1958 年 10 月的一天，彭德怀乘坐的飞机降落在盐湖机场。他走下飞机，站在坚硬的盐岩上，放眼四望，看到一辆辆汽车在盐湖上疾驰，微笑着对周围的人说，“嗬，这机场好大气派，这公路也不同一般呀！”

到格尔木后，彭德怀就住在慕生忠的窑洞里。

第二天，彭德怀在慕生忠陪同下，实地考察了青藏公路，并登上了昆仑山口①。

1957 年 12 月 9 日，毛泽东邀集慕生忠等人到中南海研究西藏边防和供应问题。毛泽东问：“如果打起仗来，你公路上的桥怕不怕炸？”

慕生忠：“青藏公路上没有什么桥，青藏高原越到上游水越小、山越平。”

毛泽东问：“你是怎么想出来的？”

“我是按主席教导调查研究来的。”

“你说几千里极少人烟，向谁调查？”

“我们向大自然做调查。”

毛泽东听了很高兴，连连说：“科学，科学！”

1954 年 12 月 25 日，康藏公路和青藏公路同时举行了通车典礼。

这是解放军筑路大军和汉藏民工的盛大节日。毛泽东主席授予康藏、青藏两条公路筑路人员锦旗。锦旗上绣着毛泽东的题词：“庆贺康藏、青藏公路的通车，巩固各族人民的团结，建设祖国！”全国各大报

---

① 张春亭、王安：彭总与青藏公路，载 1982 年《人民日报》。

纸发了社论，中央人民政府交通部把康藏公路列为部管四条国道之一①。

康藏公路长达 2400 余公里，是横跨大渡河、金沙江、澜沧江、怒江，穿越横断山系的高原大动脉；而青藏公路是人类第一次在世界屋脊上修筑的平均海拔最高的公路。它跨过长江、黄河的源头，越过青藏高原的脊梁——昆仑山和唐古拉山，穿过广阔的无人地带。

——康藏、青藏公路的通车，使西藏第一次能够用现代化交通设施与内地沟通、密切了西藏和内地的联系，为维护祖国统一，巩固西南边疆，建设新西藏创造了条件。西藏人民用各种美好的语言赞美它，把它誉为"金色的飘带""绚丽的彩虹"，连接北京和拉萨的"金桥"。

康藏、青藏公路的通车，为西藏进入一个全新的时代，提供了最根本的条件。

---

① 陈明义：《英雄的路 壮丽的诗——进藏初期人民解放军修筑康藏公路纪实》，载《新西藏》2013 年第 8 期。

后　记

　　仔细回想一下，我与西藏的缘分竟有 18 年之久了。自我 1998 年前往阿里采访后，就一直关注着西藏。为此，也曾多次前往，试图揭开它被时间、距离和词语装饰起来的神秘感，接近它的真实。关于西藏的资料，那些年我一直都有收集。这次为写这本书，从书柜里将其挑出，其中有西藏文化、宗教方面的书籍，有历史资料，有当事者写的回忆文章，竟有近百本之多。加之这次采访收集的资料，最后竟有200 余册，有了一个西藏资料的专柜。

　　这件事谭洁女士最初是请裴山山老师来做的。山山老师此前著有《我在天堂等你》这部长篇小说，她的盛名和对西藏的了解——作为一名女作家，她曾 17 次进藏——这在中国内地作家里恐怕是唯一的，是最适合来做这件事的。但她担心时间太紧，向谭洁女士推荐了我。我当时虽然知道这是一项艰巨的写作任务，但因为对西藏的兴趣，没怎么犹豫，就应承了下来。答应之后，两眼一抹黑。当时对于十八军，我只听说过这个已经不存在的部队番号。我不认识、不了解一个十八军的老兵。好在我当年采访过 1950 年代初进疆的八千湖南女兵，积累了一些寻访经验。

　　我一直认为，报告文学其实就是"报道"，长篇报告文学就是一篇长篇报道。可以是"新闻"，也可能是"旧事"。只不过它要求作者适度的运用文学的手法，对一个事件的报道更全面，更详尽，报道者的观点更明确。

　　凭已有的资料，我也可大致完成十八军解放西藏的报道。但我认为，这有违我作为一个报道者的操守。我必须要通过采访得到印证，我要看到今天的他们，他们的精神状态、生活状况，他们对人生的看法，对往事的态度……哪怕是听他们将往事再讲述一遍。这些和文字材料至少应该是一种互补。只有这样，我心里才踏实。

我为此寻找他们。除了在成都采访，我还先后去了重庆、乐山、绵阳，接下来是兰州、咸阳、西安、郑州、北京，然后是南昌、拉萨、乌鲁木齐……

这些还活着的老兵都已达 80 以上高龄，一些已经 90 多岁，有些已经讲不出什么。但可以看到往事重新点燃他们内心的激情后眼中的亮光，可以看到他们当年不多的留影，看到青春的他们，准备去战斗的他们，获得胜利后的他们。难能可贵的是，几乎每个老兵都写有关于西藏往事的回忆文字，或长或短，或详尽或简略，这成了他们晚年生活的主要内容。

我联系到的第一个采访对象是十八军老兵魏克。当时他已 95 岁高龄，仍在坚持写作、跑步，发表作品，出版新书，他给我提供了不少珍贵的线索，为我打开了通往十八军峥嵘岁月的大门。我由此找到了阴法唐、张君福、张振水、许浦、张克林、曹从连、高平、赵景仁、陈钦甫、谢法海、王贵、降边嘉措等前辈；找到了李国柱、陈荣林、白曙、孙常愉、江一、安佩、王雪峰、张秀年、叶雪音、邓亲和、次仁卓玛、娜喜等阿姨。他们都乐于把珍藏在心中 60 多年的往事讲给我听，把珍藏了 60 多年的资料、照片提供给我，为我写这部作品提供了必不可少的素材，他们构成了这部书的基础。

特别是阴法唐将军，他已 93 岁高龄，有大量的文稿需要写作、整理，时间十分宝贵，却在百忙之中接受了我三次采访，让我备感温暖。王贵先生既是当年十八军的一名侦察员，也是一位著名的军事学者，他撰写了大量很有影响的关于西藏问题的专著，收集了当年进藏的不少史料，最后都慷慨地提供给了我，让我带回成都复印后再寄还给他，他对一个陌生晚辈的信任，令我无比感动。

原进藏先遣连副连长、全国特级战斗英雄彭清云，我在新疆工作时就多次采访过他，这次到乌鲁木齐采访他时，得知他已去世；我在咸阳采访时，就住在赵景仁老前辈家里。老式的平房已经荒芜，家具老旧、简陋，老人家当时 90 岁，他担任过张国华将军的警卫员，记忆虽然衰退，但聊起张国华将军，许多细节却能记得一清二楚。他当时身体尚可，我约定书写好去看他，没有想到他在接受我采访后数月就去世了。在此，我要谨祝两位老人英灵安息！

上述的采访对这本书的完成非常重要。它也同时为我打开了上世纪初到 60 年代西藏复杂的历史。它是如此丰富、独特，非本书可以承载得下。为了尽可能充分报道和平解放西藏的过程，本书主要截取了 1949 年 4 月中共中央决定解放西藏到 1952 年 2 月西藏军区成立这三年的历史。但由于康藏、青藏公路直到 1954 年 12 月才修成通车，而这两条公路的修通对巩固国家主权、西藏边防，推动西藏的改革和现代化建设具有十分重要的战略意义，加之康藏公路的修建自进军之初就开始了，是和平解放西藏的重大行动之一，所以本书不能不反映，故分作两章，放于该书之中。

真实是报告文学的生命所在。所以本书注重资料的准确，在遵照整个历史事件真实性的同时，尽可能参考了我自己的采访，当事人的讲述，并与历史资料、个人回忆录进行甄别、对照，做到言必有出处。所以该书作了 300 条引注，参考的主要文献资料有 169 种。随着时间的流逝，这些资料显得格外重要。在此，要特别感谢撰写、编辑了这些文献的个人和单位。

其实，涉及文学创作，都会涉及人，尤其应该以普通人为主。但在对重大历史时间的重述中，事件本身变为主角，人物归于其次。这使我采访到的很多内容未能在该书使用，但很多东西的确很珍贵，接下来，我将以"口述实录"的形式予以整理出版，届时，历史事件本身会成为背景，参与这个时间的人——从将军到士兵，会在这个事件中凸显出来。以不辜负那些并不如烟的往事，以不辜负各位前辈将往事讲述给我时对我的信任。以后，随着我对现在历史的了解、对西藏民族的理解，我可能也会以其他方式来表达我对西藏的爱。

王朝奉先生是位儒雅的、学者型的的公仆，我虽然只见过他一面，却印象深刻。能开启这段历史，让这段渐渐远去的历史重新回到我们的记忆之中，没有他的推动，没有他对文化建设的高瞻远瞩，就不可能实现。在此，我要特别致以衷心的谢意！谭洁女士原是一位知名的军事记者，在部队时我就知道她。她才华与学识兼具，对西藏充满感情，为了这本书，她多次往返奔波于世界屋脊与四川盆地之间，忍受着海拔变化带来的痛苦。她为此书的写作提供了诸多建议。我从她那里学到了什么叫尽职尽责，什么叫对西藏的热爱。内心的感激之情难以言表。还有黄应胜先生，我们没有谋面，只知道他在青岛工作，因援藏到了日喀则。他为此书的写作提供的方便令我难忘。在此一并致谢！

还要感谢西藏自治区党委组织部对口支援干部处，这是该处主抓的一个文化项目，得到了组织部相关部门的大力支持；同时，感谢原成都军区政治部宣传部、干部部老干处，原兰州军区政治部宣传部，西藏军区政治部宣传处，新疆军区政治部老干部办公室、十三集团军驻乐山某部、驻眉山某部在我采访时提供的方便。

我在采访时，得到了原成都军区政治部宣传部部长高岭、副部长雷鸣的支持，原文化处干事孙健、西藏军区政治部宣传处干事格桑做了不少协调工作；我在西安采访时，陕西省巴中商会会长刘大富先生给我提供了许多帮助，使我在西安和咸阳的采访得以顺利进行。他们的支持令我备感温暖。

自然，要特别感谢现代出版社及此书的编辑李鹏先生，没有李鹏先生负责任的劳作，这部书就不可能高质量地呈现给读者。

有缘的读者在读到此书的同时，也做了一次精神的漫游，经历了一次精神的洗礼。由于时间仓促，对一段宏大历史史诗的了解除了需要热情，更需要学识，我的热情足够，但学识浅陋，因此，本书定有诸多缺憾、错误和不足，在此，敬请读者诸君和各位方家原谅并指正。

作　者

2016 年 3 月 18 日

主要参考文献

一、专著、文集、文献类出版物

国内部分

1.《艽野尘梦》，陈渠珍著、任乃强校注，西藏人民出版社 1999 年 1 版。

2.《达赖喇嘛传》，牙含章编著，人民出版社 1984 年版。

3.《班禅额尔德尼传》，牙含章编著，人民出版社 1984 年版。

4.《毛泽东与西藏和平解放》，杜玉芳著，中国藏学出版社 2011 年版。

5.《毛泽东西藏工作文选》，中共中央文献研究室、中共西藏自治区委员会、中国藏学研究中心编，中央文献出版社、中国藏学出版社 2001 年版。

6.《毛泽东选集》（第四卷），人民出版社 1991 年版。

7.《邓小平与西藏工作——从和平解放到改革开放》，王茂侠著，中国藏学出版社 2011 年版。

8.《邓小平西南工作文选》，中央文献出版社、重庆出版社 2006 年版。

9.《解放西藏史》，《解放西藏史》编委会著，中共党史出版社 2008 年版。

10.《亲历川藏线》，高平著，人民出版社 2011 年版。

11.《李安宅、于式玉藏学文论选》，李安宅、于式玉著，中国藏学出版社 2002 年版。

12.《任乃强藏学文集》（上、中、下），任乃强著，中国藏学出版社 2009 年版。

13.《西藏封建农奴制研究论文选》，吴从众编，中国藏学出版社1991年版。

14.《论西藏的政教合一制度》（藏文），东嘎·洛桑赤烈著，民族出版社1983年版。

15.《中共西藏党史大事记（1949—1994）》，西藏自治区党史资料征集委员会编，西藏人民出版社1995年版。

16.《西藏历史地位辨》，王贵、喜饶尼玛、唐家卫著，民族出版社1995年版。

17.《纪念川藏青藏公路通车三十周年文献集》，纪念川藏青藏公路通车三十周年筹委会办公室、西藏自治区交通厅文献组编，西藏人民出版社1984年版。

18.《白雪——解放西藏纪实》，吉柚权著，中国物资出版社1993年版。

19.《和平解放西藏》，西藏自治区党史资料征集委员会、西藏军区党史资料征集领导小组编，西藏人民出版社1995年版。

20.《和平解放西藏五十周年纪念文集》，中国藏学研究中心编（张羽新主编），中国藏学出版社2001年版。

21.《世界屋脊风云录——纪念和平解放西藏四十周年》，西藏军区政治部编，解放军文艺出版社1991年版。

22.《通向世界屋脊之路》，王戈著，解放军文艺出版社2013年版。

23.《目击雪域瞬间——20世纪五六十年代的西藏》，陈宗烈著，中国藏学出版社2005年版。

24.《首批进军西藏的女兵们》（上、下），西藏自治区党委党史研究室、《首批进军西藏的女兵们》编辑委员会编，西藏人民出版社2001年版。

25.《西藏，1951年——人民解放军进藏实录》，晓浩著，民族出版社1999年版。

26.《情凝雪域》，魏克著，中共党史出版社2007年版。

27.《进军西藏日记》，魏克著，中国藏学出版社2011年版。

28.《口述西藏十大家族》，白玛郎杰、孙勇、仲布·次仁多杰主编，中国藏学出版社2014年版。

29.《中国人解放军第二野战军战史》，第二野战军战史编委会编，解放军出版社 1990 年版。

30.《李觉传》，降边嘉措著，中国藏学出版社 2005 年版。

31.《历史的跨越——庆祝昌都解放六十周年专辑》，王瑞连主编，中国藏学出版社 2010 年版。

32.《解放昌都》，成都军区政治部编研室、西藏昌都军分区编，四川人民出版社 1991 年版。

33.《吴忠追怀录》，马冰山、迟泽厚主编，广东人民出版社 1993 年版。

34.《雪域长歌——西藏 1949—1960》，张小康著，四川人民出版社、中共党史出版社 2014 年版。

35.《苗丕一回忆录》，苗丕一著，西藏人民出版社 2005 年版。

36.《为和平解放西藏而战——昌都战役回忆录》，庆祝昌都解放五十周年书系编委会编，四川民族出版社 2000 年版。

37.《昌都战役文献资料选编》，中共昌都地委、昌都地区行署编，西藏人民出版社 2000 年版。

38.《解放战争时期国民党军起义投诚·川黔滇康藏地区》，中国人民解放军历史资料丛书编审委员会编，解放军出版社 1996 年版。

39.《张经武与西藏解放事业》，中共西藏自治区委员会党史研究室编著，中国党史出版社 2006 年版。

40.《一个女兵的西藏人生》，李国柱著，中国藏学出版社 2010 年版。

41.《梦萦西藏——20 世纪 50 年代进藏追记》，陈良著，中国藏学出版社 2010 年版。

42.《西藏民族的新生——民主改革亲历记》，中国西藏杂志社编，中国藏学出版社 2009 年版。

43.《50 年真相——西藏民主改革与达赖的流亡生涯》，中国藏学研究中心主编，人民出版社 2009 年版。

44.《沧桑百年——杨公素回忆录》（修订版），杨公素著，张植荣整理，中国文艺出版社（香港）2011 年版。

45.《从豫皖苏到西藏高原》，西藏自治区党委党史研究室、四川省新四军研究会编，西藏人民出版社 2000 年版。

46.《拉萨史》，傅崇兰主编，洛嘎、刘维新、张春荣副主编，中国社会科学出版社 1994 年版。

47.《中国反对外国侵略干涉西藏地方斗争史》，杨公素著，中国藏学出版社 2001 年版。

48.《进军西藏记事》，林亮著，西藏人民出版社 1985 年版。

49.《清朝驻藏大臣制度的建立与沿革》，吴丰培、曾国庆著，中国藏学出版社 1989 年版。

50.《中华民国时期中央政府与西藏地方的关系》，祝启源、喜饶尼玛著，中国藏学出版社 1989 年版。

51《井冈山上走出的"井冈山"——张国华传》，郭江明、冉启培著，解放军出版社 2014 年版。

52.《雪山名将谭冠三》，降边嘉措著，中国藏学出版社 1996 年版。

53.《青海藏区部落习惯法资料集》，张济民主编，青海人民出版社 1993 年版。

54.《玉树调查记》，周希武编著，吴均校释，青海人民出版社 1986 年版。

55.《拉萨旧事》，柳陞祺著，中国藏学出版社 2014 年版。

56.《十八军先遣侦察科进藏纪实》，王贵、黄道群著，中国藏学出版社 2001 年版。

57.《英雄先遣连——1950 年西北部队进军阿里纪实》，公丕才著，甘肃人民出版社 2006 年版。

58.《当代四川要事实录（第一辑）》，当代口述史丛书编委会编，四川人民出版社 2005 年版。

59.《九世班禅内地活动及返藏受阻档案选编》，中国第二历史档案馆、中国藏学研究中心合编，中国藏学出版社 1992 年版。

60.《高路入云端——陈明义将军传》，杨星火著，四川人民出版社 1999 年版。

61.《西藏文史资料选辑——纪念西藏和平解放三十周年专辑》（第一辑），内部发行，政协西藏自治区委员会文史资料研究委员会编，西藏人民出版社 1981 年版。

62.《西藏文史资料选辑》（十），西藏自治区政协文史资料研究委员会编，民族出版社 1989 年 3 月版。

63.《西藏文史资料选辑——第十三世达赖喇嘛年谱》（十一），西藏自治区政协文史资料研究委员会编，民族出版社 1989 年 10 月版。

64.《西藏文史资料选辑》（十二），西藏自治区政协文史资料研究委员会编，民族出版社 1990 年 8 月版。

65.《西藏文史资料选辑》（十三），西藏自治区政协文史资料研究委员会编，民族出版社 1991 年 6 月版。

66.《西藏文史资料选辑》（十四），西藏自治区政协文史资料研究委员会编，民族出版社 1994 年 1 月版。

67.《西藏文史资料选辑》（十五），西藏自治区政协文史资料研究委员会编，民族出版社 1998 年 10 月版。

68.《西藏文史资料选辑——拉鲁家族及本人经历》（十六），拉鲁·次旺多吉著，西藏自治区政协文史资料研究委员会编，民族出版社 1995 年 8 月版。

69.《西藏文史资料选辑》（十七），西藏自治区政协文史资料研究委员会编，民族出版社 1995 年 12 月版。

70.《西藏文史资料选辑》（二十一），西藏自治区政协文史民族宗教法治委员会编，民族出版社 2004 年 3 月版。

71.《西藏文史资料选辑》（22），西藏自治区政协法制民族宗教文史委员会编，民族出版社 2005 年 8 月版。

72.《西藏文史资料选辑》（23），西藏自治区政协法制民族宗教文史委员会编，民族出版社 2008 年 4 月版。

73.《西藏文史资料选辑》（24），西藏自治区政协法制民族宗教文史委员会编，民族出版社 2008 年 4 月版。

74.《西藏文史资料选辑——平息 1959 年西藏武装叛乱纪实》（第 26 辑），杨一真著，西藏自治区文史资料学习委员会编，中国藏学出版社 2010 年 12 月版。

75.《西藏文史资料选辑——昌都强巴林寺及历代帕巴拉传略》（第 27 辑），江参等编著，扎雅·洛桑普赤翻译，西藏自治区文史资料学习委员会编，中国藏学出版社 2010 年 12 月版。

76.《四川文史资料选辑》（第四十二辑），四川省政协文史资料研究委员会编，四川人民出版社 1994 年 1 月版。

77.《昆仑卫士礼赞》，南疆军区政治部编，新疆人民出版社 1993 年版。

78.《张国华同志诞辰 100 周年纪念专文》，《西藏党史资料》杂志

2014 年第 4 期。

国外部分

1.《百万农奴站起来》，［美］安娜·路易斯·斯特朗著，孟黎莎译，中国藏学出版社 2011 年版。

2.《西藏的文明》，［法］石泰安著，耿昇译，王尧审定，中国藏学出版社 1999 年版。

3.《世界屋脊》，［英］T·E·戈登著，成斌、王曼译，新疆人民出版社 2013 年版。

4.《现代西藏的诞生》，［加］谭·戈伦夫著，伍昆明、王宝玉译，中国藏学出版社 1990 年版。

5.《西藏：现实与神话》，［加］谭·戈伦夫著，载《新中国》1975 年第 1 卷第 3 期。

6.《喇嘛王国的覆灭》，［美］梅·戈尔斯坦著、杜永彬译，时事出版社 1994 年版。

7.《1728—1959 西藏的贵族和政府》，［意］毕达克著，沈卫荣、宋黎明译，邓锐龄校，中国藏学出版社 2008 年版。

8.《藏人言藏——孔贝康藏见闻录》，［英］孔贝著，邓小咏译，中国社会科学出版社、四川民族出版社 2002 年版。

二、内部出版物

1.《世界屋脊风云录》（3），西藏军区政治部编，1998 年印。

2.《世界屋脊风云录》（4），西藏军区政治部编，2000 年印。

3.《世界屋脊风云录》（6），西藏军区军史办编，2014 年印。

4.《纪念进军西藏 62 周年文史资料选》，张钧、王贵编，高原老战士（北京）联谊会，2012 年印。

5.《西藏文史资料选辑——纪念和平解放西藏四十周年专辑》，西藏自治区政协文史资料委员会编，1991 年印。

6.《高原文艺战士》，西藏军区政治部编，2002 年印。

7.《铁血雄狮铸辉煌——一四九师（五十二师）战斗历程回忆录选集》（一、二），一四九师编，2002 年印。

8.《忠诚卫士——步兵一四九师辉煌六十年》,《忠诚卫士》画册编撰组》,2005 年印。

9.《战斗在高原》,步兵第四十二师编,1992 年印。

10.《康藏地区参考资料——昌都地区概况》,十八军统战部 1951 年编写,西藏昌都地区档案馆整理,中国藏学研究中心当代研究所 2009 年印。

11.《昌都分工委社会调查资料选编》,西藏昌都地区档案馆编,中国藏学研究中心当代研究所,2010 年印。

12.《刘振国将军纪念文集》,金良平主编,2004 年印。

13.《峥嵘岁月——七十多年来军旅生涯回眸》,乔学亭著,2011 年印。

14.《雪山雄鹰藏民团》,原成都军区藏民一团《雪山雄鹰藏民团》编委会,2002 年印。

15.《雪山升起红太阳——进军西藏访谈录》,西藏军区军史办编,2014 年印。

16.《西藏文史资料选辑》(第二辑),内部发行,西藏自治区政协文史资料研究委员会编,1984 年 2 月印。

17.《西藏文史资料选辑》(第三辑),内部发行,西藏自治区政协文史资料研究委员会编,1984 年 2 月印。

18.《西藏文史资料选辑》(第四辑),内部发行,西藏自治区政协文史资料研究委员会编,1985 年 2 月印。

19.《西藏文史资料选辑》(第五辑),内部发行,西藏自治区政协文史资料研究委员会编,1985 年 4 月印。

20.《西藏文史资料选辑》(第六辑),内部发行,西藏自治区政协文史资料研究委员会编,1985 年 6 月印。

21.《西藏文史资料选辑》(第七辑),内部发行,西藏自治区政协文史资料研究委员会编,1985 年 8 月印。

22.《西藏文史资料选辑》(第八辑),内部发行,西藏自治区政协文史资料研究委员会编,1986 年 3 月印。

23.《西藏文史资料选辑》(第九辑),内部发行,西藏自治区政协文史资料研究委员会编,1985 年 11 月印。

24.《在藏被俘记》,罗伯特·福特著,王小彬、温汝俊译:《在藏被俘记》，中国藏学研究中心，2005年印。

25.《中国西藏地方的涉外问题》，杨公素著，西藏自治区党史资料征审委员会，1986年印。

三、手稿及亲历者撰述

1. 阴法唐:《关于"老西藏精神"材料合编》。

2. 谢法海:《赤诚献祖国，西藏系衷情——我的回忆录》。

3. 张秀年:《艰险青春路，风雨万里程》。

4. 拉鲁·次旺多吉:《格达活佛在昌都逝世情况》(王贵译)。

5. 拉鲁·次旺多吉:《拉鲁家族及本人经历》。

6. [印]汪达此理:《东部西藏之铁幕》。

7. 西藏自治区党史资料征审委员会、西藏军区党史资料征集领导小组:《格达死因存疑材料》。

8.《英谍福特案总结》。

9.《格达委员昌都被害情况》。

10.《审讯福特记录》。

11. 福特:《我在英人唆使的下杀害格达喇嘛事件中所扮演的角色》。

12. 王贵:《进军西藏中的联络工作及有关格达活佛资料摘记》。

13. 王贵:《试析格达活佛被害身亡问题》

14. 中国人民解放军八一三九部队:《英雄连(初稿)》。

15. 张相仁、王亚泉:《走访先遣连人员座谈记录》。

16. 西藏阿里军分区政治部:《世界屋脊上的英雄战士——记由新疆进军藏北的先遣"英雄连"(讨论稿)》。

17. 左齐:《李狄三》。

18. 伍仪瑜:《一个外事女兵的自述》。

19. 柏志:《1949年我代表格达活佛向毛主席、朱德总司令敬献哈达的回忆》。

20. 来作中:《夏克刀登传略》。

21. 格桑次旺:《我和我的家庭情况》。

22. 阿旺洛桑:《土牛年(1949年)原西藏地方政府为藏北地区筹

集、运送 10 万克军饷粮的有关情况》。

23. 杨一真：《十八军先遣支队进军拉萨宿营报告实录》。

24. 任乃强：《回忆贺老总召谈解放西藏》。

25. 刘广润：《从拉萨入城式回忆进藏部队先遣团》。

26. 郝广福：《在张代表身边的日子里》。

27. 郝广福：《1952 年前后我在阿里》。

28. 恰宗·其美杰布：《忆 1950 年达赖喇嘛去亚东及劝和团迟玉锐来藏片段》。

29. 常希武：《"驱汉"事件前后见闻》。

30. 强俄巴·多吉欧珠：《原西藏地方政府阻止西藏和平解放的事件之一》。

31. 格龙·洛桑旦增：《我任雪恰朗（拉恰列空的朗生）时参与原西藏地方政府驱逐国民党驻藏工作人员事件的点滴经过》。

32. 定甲·次仁多杰：《近代藏军和马基康（藏军司令部）及有关情况略述》。

33. 雪康·索朗达吉：《西藏地方政府从印度政府购买军火情况》。

34. 雪康·索朗达吉：《迎接中央代表进藏记》。

35. 平措旺杰：《回忆西藏和谈及其前后》。

36. 曲央：《十八军印象记》。

37. 夏尔孜·益西土丹：《我当过监禁前摄政——五世热振活佛的狱卒》。

38. 魏克：《记十八军接受进军西藏任务的时刻》。

39. 翟全贞：《忆阿里先遣部队"英雄连"连长——李狄三》。

40. 陈炳：《藏军史略》。

41. 拉鲁·次旺多吉：《热达矛盾起因及我等受命于达扎摄政王"迎请"热振活佛的经过》。

42. 江中·扎西多吉、降村班觉：《西藏解放前夕三大寺代表和藏军在工布江达、拉日廓的暴行》。

43. 李苏·晋美旺秋：《噶厦政府和扎什伦布寺拉章之间矛盾的由来》。

44. 金中·坚赞平措：《昌都解放前后》。

45. 土丹旦达：《关于和平解放西藏办法的协议》签订前后。

46. 郄晋武：《进藏先遣数千里》。

47. 陈炳：《进军察隅》。

48. 牙含章：《护送班禅额尔德尼返回西藏的回忆》。

49. 李传恩：《回顾西线筑路》。

50. 德格·格桑旺堆：《我率部起义经过》。

51. 余炯：《川藏公路昌都至拉萨段踏勘纪行》。

52. 刘扬勋：《踏勘川藏南线》。

53. 李光明：《两次长征》。

54. 苏音：《难忘的历程》。

55. 樊近真：《进藏初期的金融工作》。

56. 迟玉锐：《随劝和代表团进藏》。

57. 刘立君：《怀念孙志远"和谈"做贡献》

58. 乐于泓：《进藏日记摘抄》

59. 郭庆基：《进军昌都，进驻察隅》

60. 范明：《把五星红旗高高插上喜马拉雅山——回忆十八军独立支队（西北西藏工委）进军西藏》。

61. 徐东海：《从大学生到"牛倌"》

62. 肖生：《西北进藏的后勤工作》

63. 邓郁清：《李达、张经武同志谈修建青藏公路》。

46. 郄晋武:《进藏先遣数千里》。

47. 陈炳:《进军察隅》。

48. 牙含章:《护送班禅额尔德尼返回西藏的回忆》。

49. 李传恩:《回顾西线筑路》。

50. 德格·格桑旺堆:《我率部起义经过》。

51. 余炯:《川藏公路昌都至拉萨段踏勘纪行》。

52. 刘扬勋:《踏勘川藏南线》。

53. 李光明:《两次长征》。

54. 苏音:《难忘的历程》。

55. 樊近真:《进藏初期的金融工作》。

56. 迟玉锐:《随劝和代表团进藏》。

57. 刘立君:《怀念孙志远"和谈"做贡献》

58. 乐于泓:《进藏日记摘抄》

59. 郭庆基:《进军昌都,进驻察隅》

60. 范明:《把五星红旗高高插上喜马拉雅山——回忆十八军独立支队（西北西藏工委）进军西藏》。

61. 徐东海:《从大学生到"牛倌"》

62. 肖生:《西北进藏的后勤工作》

63. 邓郁清:《李达、张经武同志谈修建青藏公路》。